16	3	2	13
5	10	11	8
9	6	7	12
4	15	14	1

Mikhail Bakhtin

A obra de François Rabelais e a cultura popular na Idade Média e no Renascimento

Tradução, notas e glossário
Sheila Grillo e Ekaterina Vólkova Américo

Ensaio introdutório
Sheila Grillo

editora 34

EDITORA 34

Editora 34 Ltda.
Rua Hungria, 592 Jardim Europa CEP 01455-000
São Paulo - SP Brasil Tel/Fax (11) 3811-6777 www.editora34.com.br

Capa, projeto gráfico e editoração eletrônica:
Franciosi & Malta Produção Gráfica

Revisão:
Lívia Campos, Danilo Hora, Beatriz de Freitas Moreira

1ª Edição - 2025

CIP - Brasil. Catalogação-na-Fonte
(Sindicato Nacional dos Editores de Livros, RJ, Brasil)

Bakhtin, Mikhail (1895-1975)
B142o A obra de François Rabelais e a cultura popular na Idade Média e no Renascimento / Mikhail Bakhtin; tradução, notas e glossário de Sheila Grillo e Ekaterina Vólkova Américo; ensaio introdutório de Sheila Grillo — São Paulo: Editora 34, 2025 (1ª Edição).
776 p.

ISBN 978-65-5525-258-3

Tradução de: Tvórtchestvo Fransua Rable i naródnaia kultúra Srédnevekóvia i Renessansa

1. Estudos literários. 2. Cultura popular. 3. Filosofia da linguagem. 4. Círculo de Bakhtin. 5. Rabelais, François (1483-1553). I. Grillo, Sheila. II. Vólkova Américo, Ekaterina. III. Título.

CDD - 891.74

A obra de François Rabelais e a cultura popular na Idade Média e no Renascimento

Do livro à tese e da tese ao livro: o texto de Bakhtin sobre Rabelais (1930-1965)

Sheila Vieira de Camargo Grillo[1]

O livro de Mikhail Bakhtin sobre François Rabelais — anteriormente traduzido do francês para o português e lançado no Brasil em 1987 com o título *A cultura popular na Idade Média e no Renascimento: o contexto de François Rabelais* — tem uma longa história que começa nos anos 1930 e "termina" em 1965 com sua publicação na União Soviética. Embora na Rússia essa história já seja bastante conhecida entre os especialistas da obra de Bakhtin, no Brasil essas informações são escassas e ainda pouco difundidas. Diante disso, nosso objetivo é recuperar a trajetória desse texto com base, sobretudo, em dois tipos de fontes: 1) documentos da época da escrita, da defesa da tese e da outorga do título de doutor a Bakhtin pela Comissão de Certificação Superior (VAK), incluindo atas da comissão científica de defesa, cartas, pareceres de membros oficiais da banca e de profissionais das editoras, e estenograma da defesa, presentes nas *Obras reunidas* de M. M. Bakhtin (1997-2012); e 2) artigos e livros de especialistas russos que escreveram e interpretaram essas fontes: Irina Popova (2008, 2009, 2010), Nikolai Pankóv (2010) e Vladímir Alpátov (1997, 1999).[2] Este ensaio forne-

[1] Agradeço a Ekaterina Vólkova Américo pela leitura, revisão e sugestões para melhoria deste ensaio.

[2] Todas as traduções desses documentos presentes neste ensaio introdutório são de minha autoria.

ce aos estudiosos brasileiros da obra de Bakhtin dados sobre o contexto histórico e intelectual que auxiliarão na compreensão do longo processo de elaboração do texto, das interferências sofridas durante sua avaliação na VAK e da personalidade científica do autor, com impactos sobre o livro publicado em 1965.

Anos 1940: apresentações no Instituto de Literatura Mundial Maksim Górki (IMLI)

Na defesa da tese sobre Rabelais, cujo estenograma é analisado adiante, Bakhtin declara em sua apresentação inicial: "Rabelais, em princípio, quando eu comecei este trabalho, não foi para mim o objetivo principal. Pesquiso há muitos anos a teoria e a história do romance" (Bakhtin, 2008, p. 1.018). Ou seja, ele aponta a conexão entre a teoria do romance e a pesquisa sobre Rabelais. Nessa linha, a teoria do romance foi tema de duas apresentações de Bakhtin no grupo de teoria da literatura dirigido pelo acadêmico Leonid Timoféiev, no início da década de 1940, no Instituto de Literatura Mundial Maksim Górki (IMLI), em Moscou, onde anos mais tarde defendeu a tese sobre Rabelais.

A primeira dessas apresentações, intitulada "A palavra no romance", ocorreu em 14 de outubro de 1940; o texto, porém, foi publicado apenas em 1975 na coletânea *Questões de literatura e de estética*, organizada por Serguei Botcharov e Vadim Kójinov. Em 24 de março de 1941, Bakhtin apresentou-se pela segunda vez com o tema "O romance como gênero literário", texto publicado posteriormente com o título "Epos e romance", sobre o qual Pankóv destaca o papel do riso na renovação do gênero, sugerindo a relação entre a teoria do romance e o livro sobre Rabelais. Ele também ressalta dois aspectos relevantes da teoria bakhtiniana: primeiro, a abordagem histórica entendida como compreensão da orientação dos gêneros; segundo, o estabelecimento da diferença entre epos, como poesia do passado e do ocorrido, e romance, como zona de contato com a contemporaneidade em processo.

Sem negar a originalidade das teses bakhtinianas, Nikolai Pankóv, por meio da consulta a estenogramas das reuniões das quais Bakhtin participou e de obras de teóricos integrantes desses mesmos encontros, estabelece relações entre as teses de Bakhtin e as ideias desenvolvidas por esse grupo. No estenograma reproduzido em Pankóv (2010), uma questão colocada durante a discussão dessa segunda apresentação de Bakhtin chama a atenção: Leonid Timofêiev (1904-1984), então chefe da seção de literatura soviética do IMLI, solicita uma definição mais clara de "gênero". Na resposta, Bakhtin responde que "O gênero é uma norma, mas que determina a forma, a estrutura do todo da obra literária" (Pankóv, 2010, p. 73), o que, a nosso ver, resultará na definição clara e precisa dada no início do texto *Os gêneros do discurso* (2016 [1953-1954], pp. 11-2), como "tipos relativamente estáveis de enunciados" que "refletem as condições específicas de cada referido campo não só por seu conteúdo (temático) e pelo estilo de linguagem [...] mas, acima de tudo, por sua construção composicional", bem como sua valorização da "construção composicional" de aspectos ligados ao todo do enunciado.

O livro que virou tese

A defesa da tese de doutoramento "François Rabelais na história do realismo" diante do Conselho Científico[3] do

[3] O Conselho Científico é composto por membros oficiais, ou oponentes, que leem a tese na íntegra e emitem pareceres escritos, e membros

IMLI aconteceu em 15 de novembro de 1946. Contudo, a gênese desse texto remonta ao início dos anos 1930, quando Bakhtin estava exilado em Kustanai. Temos a confirmação disso na resposta de Bakhtin, ao ser interrogado por Viktor Duvákin sobre o momento em que teria começado o trabalho sobre François Rabelais: "Comecei *Rabelais* ainda em Kustanai [...]. Mas o trabalho maior, é claro, aconteceu já mais tarde. Quer dizer, em Moscou,[4] onde vivi sem registro, e depois [...] em Saviólovo". Durante esse período, Bakhtin contou com a ajuda de seu amigo, o biólogo Ivan Kanáev,[5] que, com o auxílio de "um parente que era diretor da Biblioteca Saltikóv-Schedrin" (Duvákin [1996], 2002, p. 239), e também da Biblioteca da Academia de Ciências, ambas em Leningrado, enviava-lhe livros. O trabalho foi finalizado no verão de 1940.

Inicialmente, Bakhtin não concebe o texto sobre Rabelais como uma tese, mas como um livro endereçado a um público mais amplo. Sua primeira tentativa de publicação ocorreu entre o fim de 1940 e o início de 1941. Em uma correspondência para Bakhtin datada de 12 de dezembro de 1940 (Bakhtin, 2008, pp. 929-42), o teórico da literatura e especialista em Shakespeare Aleksandr Smirnóv (1883-1962)[6] es-

não oficiais, que podem analisar o trabalho completo ou apenas suas teses (sínteses escritas). Equivale à banca de defesa no Brasil.

[4] Segundo Pankóv (2010, p. 95), em Moscou, Bakhtin viveu "na casa de sua irmã mais nova, Natália Mikháilovna, e seu marido, N. P. Perfiliev", ou na casa de I. I. Iúdina e na de B. V. Zaliésski; e, em São Petersburgo, na casa de I. I. Kanáev.

[5] Ivan Ivánovitch Kanáev (1893-1994), eminente biólogo especialista em genética e historiador da ciência da Europa Ocidental, conheceu Bakhtin em 1924, quando este se mudou para Leningrado, onde se formou novamente um círculo de estudiosos sobre filosofia, religião, psicanálise e literatura.

[6] Ao traçar o perfil deste membro oficial do Conselho Científico de

creve que "ficará feliz em ajudar com seus negócios" e que "já contou a Jirmúnski sobre o seu Rabelais" (Bakhtin, 2008, p. 929). Com base em testemunhos escritos, Pankóv (2010) informa que Smirnóv conheceu Bakhtin no início dos anos 1920, durante concertos de piano de Maria Iúdina realizados no apartamento dela em Leningrado.[7]

A tentativa de publicação do livro foi um processo longo. Reproduzidos nas *Obras reunidas* de M. M. Bakhtin (2008), dois pareceres para a editora Goslitizdat foram elaborados pelo conhecido teórico da literatura, e próximo em certos momentos da OPOIAZ,[8] Boris Tomachévski (1890-1957), que avalia o texto de Bakhtin como um trabalho científico sólido, original e corajoso, finalizando com a recomendação de sua publicação, e pelo acima mencionado Aleksandr Smirnóv, que considera que Bakhtin fez algumas descobertas e abriu um caminho produtivo para o estudo e a interpretação de Rabelais, também recomendando a publicação da obra. Ambos os pareceres datam de dezembro de 1944,

defesa de Bakhtin, Pankóv (2010) não menciona o interesse de Smirnóv por Shakespeare. Mas encontramos essa informação nas cartas trocadas entre Bakhtin e Smirnóv e reproduzidas em M. M. Bakhtin, *Obras reunidas*, v. 4(1) (2008): carta de Smirnóv a Bakhtin — "não perco a animação e me ocupo um pouco com meu Shakespeare" (p. 946); carta de Bakhtin a Smirnóv — "ontem li no jornal sobre sua apresentação de Shakespeare na sessão de aniversário da Academia" (p. 954); carta de Smirnóv a Bakhtin — "nas raras horas livres trabalho com Shakespeare, mais detalho, sintetizo e deleito-me (estética e espiritualmente) do que de fato pesquiso algo" (p. 964).

[7] Maria Veniaminóvna Iúdina (1899-1970), célebre pianista soviética, conheceu Bakhtin em sua cidade natal, Niével, onde ele residiu entre 1918 e 1919. Ambos integraram, com outros pensadores, o "Seminário Kantiano".

[8] Sociedade para o Estudo da Linguagem Poética: grupo de teóricos da literatura sediados em Petrogrado e depois Leningrado nos anos 1920, que ficaram conhecidos como formalistas russos.

ou seja, quatro anos após a primeira finalização do texto e o início dos esforços de Bakhtin para publicá-lo. Segundo Popova (2008), até o verão de 1945, Bakhtin alimenta a esperança de, com a publicação do seu livro sobre Rabelais, sair da pequena cidade de Saviólovo, onde trabalha como professor de língua russa na educação básica. No entanto, esse propósito não se consolidou, pois a editora Goslitizdat, segundo carta de Smirnóv a Bakhtin (Bakhtin, 2008), recusou a publicação, com base em duas justificativas: a lançamento recente de outro trabalho sobre François Rabelais e as especificidades de algumas partes do texto de Bakhtin.

Apesar de a publicação do livro não acontecer, os contatos feitos durante essa empreitada auxiliaram na proposta de sua transformação em tese, cujo processo foi apresentado por Bakhtin à seção de Literaturas Ocidentais do IMLI, em 28 de junho de 1946. Conforme já exposto em Grillo (2019 e 2020), embora Bakhtin não tivesse o diploma de Letras da Faculdade de História e Filologia da Universidade de Petrogrado (apesar de ter afirmado o possuir em seu requerimento), seu processo foi aceito com base em um atestado de um mínimo doutoral, obtido por meio de provas escritas e emitido pelo Departamento de Literatura Geral do Instituto Lênin Estatal Pedagógico de Moscou, em 24 de junho de 1946, no qual obteve avaliação "excelente" nas seguintes disciplinas: Literatura Antiga, Literatura Medieval e do Renascimento, Literatura dos Séculos XVIII, XIX e XX, Língua Alemã, Língua Francesa, e História da Filosofia e do Materialismo Dialético e Histórico. Segundo Popova (2008), esse é o único documento oficial sobre sua formação, constante de seu processo pessoal. Apesar de solicitar ao IMLI o envio do diploma universitário de Bakhtin, a Comissão de Certificação Superior (VAK), assim como o instituto, acabou aceitando esse atestado.

Até o início de junho de 1945, Ivan Kanáev (Bakhtin, 2008, pp. 956-7) escreve a Bakhtin sobre os procedimentos para depósito da tese visando a obtenção do título de doutor. Já no fim de junho de 1945, em carta a Smirnóv (Bakhtin, 2008, pp. 957-8), Bakhtin diz pretender, com base no "conselho de membros influentes do Instituto Górki", não nomeados por ele, obter o título equivalente a nossa livre-docência. Do verão de 1945 até a primavera de 1946, o único avanço no processo de defesa é a definição de dois dos membros oficiais da banca: Aleksandr Smirnóv e Aleksei Djiveliégov.[9] Segundo Popova (2008), essa demora se deve, em parte, à mudança de Bakhtin para Saransk e à dificuldade de reunir os documentos necessários à defesa.

Logo após o depósito da tese e dos documentos, começou a discussão, em particular entre Smirnóv e Vladímir Chichmarióv,[10] a respeito do título pleiteado. Segundo carta a Bakhtin de 31 de julho de 1946 (Bakhtin, 2008, pp. 968-9), Smirnóv escreve que "insistirá na outorga do título de livre-docente!" e que tem o apoio de dois dos oponentes oficiais[11] do Conselho Científico: Isaak Nucinóv[12] e Aleksei Djiveliégov. Apesar de demonstrar uma grande simpatia pela candidatura de Bakhtin, Chichmarióv, presidente do Conselho Científico, logo manifesta preocupação com a proposta

[9] Segundo Pankóv (2010), Aleksei Djiveliégov (1875-1952) foi historiador, livre-docente em teoria da arte e, à época da defesa de Bakhtin, coordenador da área de literaturas ocidentais no IMLI.

[10] Segundo Pankóv (2010), Vladímir Chichmarióv (1874-1957) foi diretor do IMLI entre 1944 e 1947 e especialista em história das línguas e literaturas românicas.

[11] Até os dias de hoje, os Conselhos Científicos de defesa na Rússia são compostos por muitos integrantes (o de Mikhail Bakhtin foi composto por treze [Bakhtin, 2008, pp. 1.017-8]), entre os quais são nomeados os chamados membros oficiais, ou oponentes, que, como já foi mencionado, devem ler e apresentar um parecer detalhado da tese.

[12] Segundo Pankóv (2010), Isaak Nucinóv (1889-1950) foi teórico da literatura ocidental.

de obtenção do título de livre-docente e sugere a apresentação de uma dupla candidatura — de doutor e de livre-docente — julgada em duas sessões de defesa subsequentes, a fim de evitar o risco de uma recusa completa do trabalho. Segundo Popova (2008, p. 909), "para a defesa, M. M. B. não muda nada no texto de Rabelais-1940, apenas acrescenta a bibliografia".

Pareceres dos membros oficiais

Nas *Obras reunidas* de M. M. Bakhtin, v. 4(1) (2008), são publicados os pareceres dos três oponentes oficiais e o de Ievguêni Tarle sobre a tese de Bakhtin. O primeiro e mais extenso deles (Bakhtin, 2008, pp. 999-1.007), datado de 15 de setembro de 1946, é de autoria de Aleksandr Smirnóv, e começa com a constatação da raridade de trabalhos sobre Rabelais na Rússia e na União Soviética e mesmo de trabalhos teóricos de fôlego na Europa Ocidental. Em seguida, Smirnóv avalia que o trabalho de Bakhtin "pesquisa [...] alguns traços particularmente essenciais, em especial aqueles que ajudam a esclarecer o tipo de realismo representado na obra de Rabelais e o lugar ocupado por essa obra na história do pensamento e da literatura europeus" (Bakhtin, 2008, p. 1.000). Na sequência, Smirnóv argumenta que, contrariamente aos trabalhos produzidos até então, que relacionavam a obra de Rabelais exclusivamente ao Renascimento, Bakhtin revela a visão de mundo e da arte medievais, polarizadas em uma visão oficial e outra não oficial e popular. As imagens populares e festivas da visão não oficial se distinguem por seu caráter não finalizado, em um momento de passagem do velho para o novo, ou do passado para o futuro, e pelo uso do riso para subverter a visão oficial. Retomando os termos da tese, Smirnóv fala em visão de mundo, imagens, estilo, forma e linguagem populares e quase não utiliza a palavra "cultura", que estará mais presente no livro publicado em 1965. Todos esses recursos estão a serviço da luta contra a opressão e o obscurantismo medievais. Ao finalizar a síntese da tese, Smirnóv declara que seu conteúdo é profundamente original e que há observações valiosas, para, em seguida, retomar a influência dessa visão de mundo na obra do escritor russo Nikolai Gógol (1809-1852). Smirnóv levanta uma objeção geral às teses de Bakhtin — as imagens grotescas e populares na obra de Rabelais não são formadas apenas por aspectos renovadores e vivos, mas também por elementos petrificados e automatizados — e menciona uma dezena de passagens das quais discorda, propondo interpretações alternativas. Smirnóv finaliza seu parecer com a seguinte avaliação:

> Por seu caráter global, por seu volume, pela erudição imensa manifestada pelo autor, pela metodologia pessoal de pesquisa, pela importância, originalidade e fertilidade excepcionais das ideias e concepções científicas contidas no trabalho, a pesquisa corresponde não a uma tese de doutorado, mas à de livre-docência. Em razão disso, solicito a concessão a M. M. Bakhtin do título científico de livre-docente em ciências filológicas. (Bakhtin, 2008, pp. 1.006-7)

O segundo parecer (bem menor, com apenas três páginas e meia) é de Isaak Nucinóv e data de 12 de outubro de 1946. A primeira frase ilustra o tom geral do texto: "Os estudos rabelaisianos russos se enriqueceram com um grande trabalho" (Bakhtin, 2008, p. 1.008). Nucinóv destaca a abordagem bakhtiniana do "realismo gótico" e sua importância para a literatura do Renascimento e em especial de Rabelais, bem como valoriza a análise do sistema imagético-verbal de Rabelais e do caráter do riso nesse sistema, cujas raízes se encontravam na realidade medieval. Todavia, Nucinóv discorda de Bakhtin em três pontos: primeiro, ausência ou pouca atenção ao embate de Rabelais com a escolástica e com a ciência medieval; segundo, a aproximação, sem suficiente fundamento, do romance de Rabelais com fenômenos posteriores da literatura do Renascimento, em particular com Shakespeare, e da Idade Moderna; terceiro, a afirmação de que as fontes da literatura de Gógol estão no realismo gótico. Ao contrário disso, Nucinóv afirma: "O riso de Gógol se nutriu da própria realidade ucraniana e não das influências literárias do Ocidente" (Bakhtin, 2008, p. 1.010). Este último ponto, como veremos adiante, será um dos aspectos mais criticados do trabalho de Bakhtin na Comissão de Certificação Superior (VAK). Nucinóv finaliza seu parecer apontando a erudição, a autonomia e a seriedade de Bakhtin, e afirma que o trabalho merece mais do que o título de doutor.

O terceiro parecer (três páginas) é de Aleksei Djiveliégov e está sem data. O parecerista aponta que, embora Bakhtin evidencie o necessário conhecimento da imensa literatura sobre Rabelais no Ocidente, ele não repete o que já foi feito e propõe uma abordagem nunca realizada na Rússia, na União Soviética e mesmo na Europa Ocidental. Djiveliégov avalia que Bakhtin demonstra grande liberdade no manuseio do seu material, ao expor a relação de Rabelais com a visão de mundo e os problemas artísticos medievais, abrindo, com isso, caminho para novos aspectos da obra do escritor francês. O parecerista afirma que uma pesquisa de tal amplitude e com tanta originalidade não poderia deixar de suscitar discordâncias e que ele considera haver um excesso de valorização do papel atribuído por Bakhtin ao baixo material e corporal. Para finalizar, Djiveliégov, ao recomendar a publicação da tese, ressalta a extensão do trabalho, a erudição do autor, o domínio do método de pesquisa e que, diante das qualidades elencadas, considera ser o título de doutor aquém da pesquisa desenvolvida, recomendando que o trabalho receba o título equivalente ao de livre-docente.

O quarto e último parecer, com extensão de uma página e meia e também sem data, é de Ievguêni Tarle,[13] que destaca o pioneirismo e a erudição do trabalho, ao buscar as fontes da obra de Rabelais, bem como aponta a originalidade da pesquisa, que nunca se limita à abordagem formalista e está sempre articulada à análise do conteúdo e do sentido revolucionários da escrita de Rabelais. Assim como os demais, o parecerista finaliza ressaltando a erudição e a independência de pensamento e do método, e recomenda a publicação do trabalho.

Síntese analítica do estenograma da defesa

Ocorrida no dia 15 de novembro de 1946, a defesa de Bakhtin foi registrada em um estenograma reproduzido nas *Obras reunidas* de M. M. Bakhtin, v. 4(1) (2008). A análise desse documento suscita discordâncias entre dois importantes estudiosos da obra de Bakhtin na Rússia: Nikolai Pankóv (2010) e Vladímir Alpátov (1997, 1999). Pankóv aponta a atmosfera política, social e acadêmica do início da segunda metade dos anos 1940, quando ocorreu uma verdadeira campanha contra o IMLI, e mesmo contra a defesa de Bakhtin. Ao analisar atas de reuniões do IMLI, Pankóv relata que seus dirigentes tiveram de se defender das seguintes acusações feitas pelo partido: "falta de sentimento de historicismo, servilismo ao Ocidente, ausência de temas substanciais e relevantes ao cotidiano" (Pankóv, 2010, p. 114). Ele qualifica a defesa de Bakhtin como um drama, perceptível tanto no texto quanto no subtexto do estenograma.[14]

[13] Ievguêni Tarle (1875-1955) foi historiador do império russo e das relações entre a Europa Ocidental e a Rússia, e membro da Academia de Ciências da União Soviética.

[14] Pankóv relata alguns episódios dramáticos da defesa ausentes do

Já Vladímir Alpátov (1997) interpreta diferentemente o estenograma e faz as seguintes críticas à abordagem de Pankóv:

1) Uma divisão dicotômica (preto e branco) dos integrantes do Conselho Científico em sua relação com o *establishment* marxista, ou seja, teriam sido escolhidos apenas antimarxistas e "anti-*establishment*". Alpátov pensa que as relações com o marxismo oficial eram mais nuançadas, havendo teóricos da literatura marxistas com uma perspectiva mais ampla, inclusive de não rejeição a tudo que era ocidental. Também argumenta que presos, condenados e exilados nos anos 1930, como o célebre linguista e teórico da literatura Viktor Vinográdov (1895-1969) e o supracitado Ievguêni Tarle, nos anos 1940, foram reabilitados e ocuparam postos de comando em instituições acadêmicas soviéticas.

2) Uma dramatização excessiva da defesa com base em um contexto político desfavorável. Em vez disso, Alpátov destaca que qualquer defesa é uma situação de tensão e que a concessão do título de livre-docente a um candidato não possuidor do título de doutor era excepcional e, portanto, passível de discussões tensas.

3) Os acontecimentos são narrados sem considerar a dinâmica dos anos 1920, 1930 e 1940, marcados por transformações rápidas e constantes. Na primeira metade dos anos 1940, época da preparação e submissão da tese de Bakhtin ao IMLI, a Segunda Guerra Mundial suavizou a atmosfera antiocidental, pois houve uma coalizão com países do Ocidente a fim de alcançar a vitória contra o fascismo, tornando-se o momento "mais liberal" do período de Stálin. Já na segunda metade dos anos 1940, justamente à época da defesa e depois da avaliação da tese na VAK, houve uma mudança

estenograma, mas que, para evitar os testemunhos orais sem documentação escrita, não abordaremos aqui.

de orientação: passou-se do internacionalismo e da abordagem de classe para o imperialismo e patriotismo russos e para a luta contra o cosmopolitismo.[15] Essa mudança dificultou a aprovação do trabalho de um "inimigo do povo" acusado de cosmopolitismo.

4) Por fim, Alpátov compara o destino de Bakhtin ao de outros presos e condenados, como os supracitados Viktor Vinográdov e Ievguêni Tarle, para concluir que o destino marginal de Bakhtin se deveu, em boa parte, à peculiaridade do seu caráter, à sua "constante inabilidade para pedir e cuidar dos seus interesses" (1997, p. 95) e ao seu desinteresse em publicar seus trabalhos.

Quanto a este último aspecto, a leitura das cartas escritas por Bakhtin a Maria Iúdina, Ivan Kanáev, Aleksandr Smirnóv, Boris Zaliésski[16] e outros — presentes nas *Obras reunidas* de M. M. Bakhtin, v. 4(1) (2008) e às quais Vladímir Alpátov (1997) provavelmente não teve acesso — contradizem-no, pois registram-se nelas o interesse e o esforço de Bakhtin em publicar seu trabalho sobre Rabelais e seus constantes pedidos para que esses amigos intercedam junto às editoras e ao IMLI. A título de exemplo, reproduzo duas cartas de Bakhtin: uma a Aleksandr Smirnóv, de dezembro

[15] A posição oficial do governo soviético era que o cosmopolitismo se constituía em uma teoria burguesa, que propagava uma recusa das tradições e culturas nacionais, bem como da soberania estatal e nacional. Ao cosmopolitismo o poder soviético opunha a internacional proletária, que defendia uma gradual e livre aproximação das nações, seguida da fusão entre elas. Depois da Segunda Guerra Mundial, a União Soviética promoveu uma luta contra parte da *intelligentsia* soviética, considerada defensora de tendências pró-Ocidente.

[16] Segundo Pankóv (2010), Boris Vladímirovitch Zaliésski (1887-1966), geólogo de formação, foi amigo próximo de Bakhtin. No volume 4(1) das *Obras reunidas* de M. M. Bakhtin, há uma dezena de cartas trocadas entre eles.

de 1944 (Bakhtin, 2008, p. 944), e outra a Maria Iúdina, de 28 de outubro de 1946 (Bakhtin, 2008, p. 973):

Caro Aleksandr Al[eksándrovitch],

Eu [recebi a informação] com alegria, soube que você [foi tão bondoso e] concordou em resenhar meu Rabelais. Sou profundamente [agradecido] por sua bondade. Eu sei como você é ocupado e como é ingrato o trabalho com esse tipo de resenha. Tomei a coragem de enviar-lhe um telegrama com o pedido para apressar o envio dela. A questão demorou muito e receio que o clima favorável para meu livro possa mudar. Para mim essa questão tem importância primordial, dela depende a possibilidade de sair de Saviólovo, onde o trabalho científico subsequente torna-se impossível. Você se encontrou pessoalmente com P. I. Tcháguin?[17] O que ele falou sobre as perspectivas de trabalho?

Como você vive? Sobre o que trabalha no momento (em Iaroslávl)? Minhas coisas não estão muito bem. Eu passei o inverno com muita dificuldade, mas no verão recuperei-me um pouco. Agora trabalho sobre o problema [incompreensível].

Mande lembranças ternas a sua esposa.

Com amor, M. Bakhtin.

Cara Maria Veniaminóvna,

Estamos muito inquietos com o seu silêncio. Enviamos a você um cartão-postal e *dois* telegramas, e nenhuma resposta! Você está bem de saúde, está tudo bem?

[17] Piotr Ivánovitch Tcháguin (1898-1967) foi diretor da Golitizdat (Editora Estatal de Literatura de Ficção) de Moscou.

Sobre a defesa da tese, eu nada sei, além de ela ter sido marcada para 15 de novembro. Portanto, é preciso viajar o mais tardar em 8 ou 9 de novembro. Mas como eu posso ir, sem nada saber sobre você, nem sobre a situação da tese? Peço com insistência acalmar-nos com carta e telegrama sobretudo relativos ao seu bem-estar e depois sobre a tese (são *três* os oponentes, o caráter dos pareceres, o que fala Nucinóv etc.). É necessário que tudo isso se esclareça até 8 de novembro, para não anular a defesa. Com impaciência vou esperar sua resposta. Mande lembranças para todos os amigos.

Um beijo nosso, seu M. Bakhtin.

Nas duas cartas, percebemos o empenho de Bakhtin em mobilizar pessoas conhecidas para intercederem a favor de seu trabalho sobre Rabelais.

Apresentadas as interpretações de Pankóv e Alpátov a respeito do estenograma da defesa, reproduzido nas *Obras reunidas* de M. M. Bakhtin, v. 4(1) (2008, pp. 1.017-68), passemos à nossa síntese dos pontos desse documento que nos pareceram mais relevantes.

O presidente Vladímir Chichmarióv (Bakhtin, 2008, p. 1.018) abre a sessão com a definição de que será julgada a outorga do título de doutor em ciências filológicas a M. M. Bakhtin sobre o tema "François Rabelais na história do realismo" e informa que os três oponentes oficiais são os livre-docentes em ciências filológicas Aleksandr Smirnóv, Isaak Nucinóv e Aleksei Djiveliégov.

Em seguida, é concedida a palavra a Bakhtin, que inicia com a menção a uma síntese de vinte páginas de seu trabalho[18] apresentada ao Conselho Científico, merecedor de al-

[18] Segundo experiência pessoal de assistir a uma defesa de tese na Universidade Estatal de São Petersburgo em junho de 2018, os membros

guns esclarecimentos. Primeiramente, Bakhtin declara que sua dissertação é inabitual e que trabalhou nela por mais de dez anos. Ele esclarece que chegou até Rabelais ao pesquisar a teoria e a história do romance, cujas formas se caracterizam por sua evolução, inacabamento e caráter inconcluso. A seguir, afirma que Dostoiévski é aquele que soube retomar e concluir essa tradição do gênero romance. Na sequência, volta a Rabelais, cujo romance fala a linguagem da praça medieval e emprega formas inacabadas e não concluídas da existência. Ao mencionar a fortuna crítica, Bakhtin afirma que ela apenas esclarece aspectos superficiais da obra de Rabelais e depois novamente faz referência à literatura russa para afirmar que Gógol representa a continuidade do riso medieval. Nos momentos finais, desculpa-se por não ter tido acesso a todo o material necessário, admite ter consciência da novidade do seu trabalho (reforçada aqui e em diversos momentos na VAK) e admite ser a concepção do corpo grotesco paradoxal, reforçando que a palavra e o estilo de Rabelais revelam um mundo inacabado e em formação. E finaliza: "fiz muito pouco, mas, se consegui despertar o interesse por esse mundo e mostrar sua importância, considero que meu objetivo foi atingido" (Bakhtin, 2008, p. 1.023).

Terminada a fala de Bakhtin, o presidente do Conselho Científico passa a palavra a Smirnóv, que propõe ao comitê avaliar o trabalho como uma tese de livre-docência. A seguir, o presidente concede a palavra a Nucinóv, que também concorda com a mudança para o título de livre-docente:

> Conheço uma série inteira de trabalhos, muito valorosos e de cientistas que não possuíam nem o

do Conselho Científico recebem, antes da defesa, um resumo expandido da tese, com os seus principais resultados, para que possam tomar conhecimento do trabalho, uma vez que é exigida a leitura completa da tese apenas dos membros oficiais, chamados de oponentes.

> atestado mínimo para doutorado, aos quais outorgamos o título de livre-docente. Todavia, o trabalho de M. M. Bakhtin se sobressai entre eles, sendo uma enorme contribuição para a história da ciência. (Bakhtin, 2008, p. 1.024)

Destacamos que essa fala de Nucinóv contradiz a argumentação anterior de Alpátov (1997), de que a concessão do título de livre-docente a um candidato não possuidor do título de doutor era excepcional à época.

O próximo a falar é Djiveliégov. Este começa por qualificar a erudição e a obsessão de Mikhail Bakhtin pelo tema, para, em seguida, afirmar que as repreensões feitas anteriormente por seus colegas, e com as quais ele concorda, devem-se a essa obsessão. Djiveliégov acrescenta sua discordância com a ambivalência aguda do tema do baixo material e das sanções; avalia que Bakhtin conseguiu mostrar o processo de encarnação da natureza popular na ideologia renascentista; critica o fato de Bakhtin não ter conseguido incluir a atmosfera de condenação de hereges à fogueira no século XVI; e termina com a recomendação de publicação do trabalho e com sua concordância de que a tese merece o título de livre-docente.

Gostaria de chamar a atenção para um aspecto dessa fala: a menção a críticas ao trabalho de Bakhtin feitas pelos avaliadores precedentes — provavelmente Smirnóv e Nucinóv — que não figuram no estenograma. Uma explicação seria que Djiveliégov teve acesso aos pareceres escritos dos dois oponentes oficiais e se refere aos textos e não às falas.

Na arguição seguinte, Maria Teriáeva[19] faz diversas críticas ao trabalho de Bakhtin. Primeiramente, aponta a falta

[19] Sobre Maria Teriáeva, Nikolai Pankóv (2010) afirma não ter conseguido saber sua idade à época da defesa, mas hoje temos a data de seu nascimento: 6/2/1896. Do ponto de vista ideológico, Pankóv a define co-

de uma caracterização do realismo e do lugar de Rabelais na história do realismo. Em segundo lugar, critica a ausência, na tese, da abordagem sobre o realismo feita pelos grandes teóricos da literatura russos e soviéticos — Guértsen, Bielínski, Dobroliúbov, Tchernichévski, Lênin e Stálin. Em seguida, aponta a ausência de uma abordagem política soviética da teoria da literatura e novamente cita Bielínski, Dobroliúbov, Tchernichévski, Lênin e Stálin. Na sequência, critica a ausência de uma definição do realismo gótico. Depois, dedica uma grande parte de sua apresentação à discordância da abordagem de Gógol feita por Bakhtin, tomado como um continuador da cultura popular, festiva e do riso — a qual Teriáeva considera uma simplificação formal do fenômeno estudado por Bakhtin —, pois, para ela, Gógol percebeu a essência da luta de classes. Ainda criticando a falta de uma abordagem de classes, Teriáeva avalia que o trabalho deve ser integralmente refeito, pois sofre de uma falha metodológica em que a biologia desempenha um papel enorme, bem como apresenta uma compreensão idealista do materialismo dialético. Por fim, citando a arguição de Nucinóv, Teriáeva afirma que a proposta de outorga do título de livre-docente contradiz todas as críticas feitas à tese.

Durante sua avaliação, Teriáeva ataca não só a tese de Bakhtin, mas também os pareceres dos oponentes oficiais do Conselho Científico, por isso, na sequência do estenograma, Valiéri Kirpótin,[20] um dos membros não oficiais do Conselho Científico e vice-diretor do IMLI à época, toma a palavra para propor que os membros oficiais do Conselho Científico mencionados por Teriáeva também possam se manifestar. No

mo uma defensora sincera das ideias marxistas. Teriáeva foi especialista em Stendhal e escreveu livros de literatura infantil.

[20] Valiéri Iákovlevitch Kirpótin (1898-1997) foi um teórico da literatura soviético, vice-diretor do IMLI entre 1945 e 1947, e pesquisador da obra de Dostoiévski.

entanto, antes dos membros oficiais, manifestam-se alguns membros não oficiais.

Nikolai Piksánov[21] começa sua fala expressando seu "embaraço" pela proposta de mudança não prevista da outorga de título de livre-docente. Afirma que "uma tese de doutorado já não é uma questão de tanta responsabilidade, para a qual é preciso se preocupar muito, sobretudo, por se tratar de Bakhtin, que conhecemos há muito tempo por suas publicações" (Bakhtin, 2008, p. 1.035). Piksánov declara que, embora não tenha tido tempo para a leitura da tese, a exposição oral de Bakhtin forneceu diversos elementos para discussão. Primeiramente, ele sugere a mudança de título da tese para "Rabelais de volta à Idade Média e Antiguidade", pois o título dado por Bakhtin — "François Rabelais na história do realismo" — sugere que Rabelais se volta não só para o passado, mas também para o futuro. Em seguida, aponta que Bakhtin citou Gógol e Dostoiévski em sua exposição, mas que a tese não contém elementos suficientes para afirmar a influência de Rabelais sobre a literatura e o realismo russos do século XVIII. Concluindo, considera ter havido uma desproporção na análise da presença da Idade Média e do riso festivo medieval na obra de Rabelais, e finaliza com a consideração de que "o Humanismo dos séculos XV e XVI era em certa medida hostil e até oposto a determinadas fontes populares do Renascimento" (Bakhtin, 2008, p. 1.038).

Em seguida, Nikolai Bródski[22] afirma que: "diante de mim está uma pessoa que conheço há muito tempo pelos tra-

[21] Pankóv (2010) informa que Nikolai Piksánov (1878-1969) é autor de mais de setecentos trabalhos científicos e cita testemunhos que o qualificam como alguém pedante e conservador.

[22] Segundo Pankóv (2010), Nikolai Bródski (1881-1951) obteve o título de livre-docente sem defesa de tese. Seus trabalhos mais importantes foram as publicações das biografias de Púchkin e de Liérmontov. Chefiou a seção de literatura russa do IMLI em 1946.

balhos sobre Dostoiévski" (Bakhtin, 2008, p. 1.039). Após declarar não ter lido o trabalho, coloca duas questões com base na apresentação oral e no resumo da tese apresentado ao Conselho Científico: 1) O realismo gótico representa um rebaixamento do método, pois é o realismo clássico, do qual ele é um adepto, que reflete as contradições e os movimentos do mundo objetivo; 2) Não concorda com a tese de que as obras *Sonho de um homem ridículo* e *Bobók* de Dostoiévski refletem o realismo gótico.

O próximo a falar é Dmitri Mikháltchi[23] e, em sua breve intervenção, afirma ter lido o trabalho, que considera um "acontecimento da teoria literária soviética" (Bakhtin, 2008, p. 1.040). Em seguida, enumera diversas qualidades da tese e do candidato: grande capacidade analítica, enorme erudição, horizonte amplo e conhecimento maior do que o dos avaliadores. Finaliza afirmando que Bakhtin merece os títulos de doutor e de livre-docente.

Ióssif Finkelchtein[24] também afirma não ter lido a tese e, com base na apresentação oral, declara que o mais importante do trabalho é a revelação dos caminhos desconhecidos pelos quais se formou o realismo e se desenvolveu o romance no século XVI. Considera que as críticas feitas à tese de Bakhtin são infundadas e que o Rabelais de Bakhtin não se volta para o passado, mas segue adiante.

Evguênia Dombrovskaia[25] afirma não ter lido o trabalho na íntegra e sua fala é uma série de críticas à tese: acusa

[23] Segundo Pankóv (2010), Dmitri Mikháltchi (1900-1973) defendeu tese de doutorado sobre a poesia de cavalaria na Itália do século XV, obteve o título de livre-docente e foi professor de universidades em Moscou.

[24] Segundo Pankóv (2010), Ióssif Finkelchtein (1920-1980) defendeu tese sobre Jean Racine e tinha apenas 26 anos à época da defesa. Considerando a esfera de interesses desse pesquisador, Pankóv comenta não entender sua participação no Conselho Científico.

[25] Evguênia Dombrovskaia (1903-1973) foi doutora em literatura

Bakhtin de desconsiderar o aspecto satírico em Rabelais, assevera que Rabelais não é um herdeiro da Idade Média, cita Engels para defender que o Renascimento é uma superação da Idade Média, nega que as obras de Gógol *Tarás Bulba* e *Almas mortas* sejam saturnálias e, por fim, afirma que essas obras não são uma imitação da literatura ocidental.

Na sequência, os três oponentes oficiais tomam a palavra novamente para defender a outorga do título de livre-docente. Em primeiro lugar, Aleksei Djiveliégov afirma em polêmica aberta que é preciso ler a tese para poder fazer críticas; considera infundada a acusação de que não há luta de classes no trabalho, pois o riso popular é luta contra o poder feudal. A seguir, Aleksandr Smirnóv, em tom mais diplomático, acentua o caráter original e inovador da tese, para finalizar, de modo tático, que concorda com tudo o que foi afirmado pelos oponentes, mas que essas afirmações não se aplicam ao trabalho de Bakhtin. Depois, Isaak Nucinóv toma a palavra pela segunda vez para defender que há luta de classes na tese de Bakhtin e que essa luta consiste na oposição ao feudalismo, concluindo que: "Diante de mim está um trabalho que não pode ser comparado a outros, aos quais nós outorgamos o título de livre-docente aqui neste auditório. Não retiro minha proposta de outorgar ao camarada Bakhtin, por seu trabalho, o título de livre-docente" (Bakhtin, 2008, p. 1.048).

Segue-se um grupo de intervenções de oponentes não oficiais que revelam não terem lido a tese e fazem observações a partir da apresentação de Bakhtin e das discussões dos oponentes anteriores. O primeiro deles é Valiéri Kirpótin, que reconhece a erudição indiscutível de Bakhtin e declara conhecer seu livro sobre Dostoiévski. Ele considera artificial a divisão entre cultura oficial e cultura popular, e julga haver, por

inglesa e professora, de 1946 a 1973, no Departamento de Literatura Estrangeira do Instituto Krúpskoi Pedagógico Regional de Moscou.

um lado, uma supervalorização do carnaval e do riso populares na Idade Média e, por outro, menosprezo pela ideologia do Renascimento: "Parece-me que essa questão que abordo é uma recriminação muito séria" (Bakhtin, 2008, p. 1.050) — além disso, não se posiciona claramente sobre ser favorável ou não à outorga do título de livre-docente. Na sequência, em sua breve fala, Boris Zaliésski expressa sua impressão da defesa: "Ao ouvir atentamente a discussão, concluí que aqueles que conhecem bem o trabalho se manifestaram de modo positivo, já aqueles que se expressaram de modo negativo reconheceram abertamente não tê-lo lido" (Bakhtin, 2008, p. 1.051). A última arguição é de Boris Gornung,[26] que, ao destacar a concepção da unidade do desenvolvimento da cultura segundo a filosofia marxista-leninista da história, valoriza diversos aspectos do trabalho: a existência de duas Idades Médias, as fontes medievais do humanismo e do realismo em Rabelais, a originalidade do trabalho e seu valor metodológico.

Por fim, Bakhtin responde às questões dos membros oficiais e não oficiais do Comitê, e a sessão é finalizada. Destacaremos os pontos principais para a compreensão da personalidade, do pensamento e da metodologia do autor:

1) Ao retomar o adjetivo dado por Djiveliégov, Bakhtin se reconhece como um "inovador obsessivo" (Bakhtin, 2008, p. 1.054).

2) Ele enfatiza que a tradição gótica pode ser observada em revolucionários russos, pois "a essência de qualquer pensamento, e sobretudo do pensamento revolucionário, não está no isolamento, na separação em relação ao restante do

[26] Segundo Pankóv (2010), Boris Gornung (1899-1976) defendeu tese de doutorado sobre língua e literatura gregas antigas no IMLI, exerceu diversos cargos de secretário em instituições de pesquisa e em bibliotecas estatais, e publicou trabalhos sobre a Idade Média e o Renascimento citando as ideias de Bakhtin.

mundo, mas na sua relação orgânica profunda com tudo o que há de progressista no mundo" (Bakhtin, 2008, p. 1.059).

3) Ele demonstra plena consciência de sua tese ao afirmar: "Eu mostro Rabelais na história do realismo. Talvez eu esteja enganado, mas eu introduzi uma nova página na história do realismo" (Bakhtin, 2008, p. 1.060), recusando-se a recontar a história do realismo — cobrada por Teriáeva —, pois considera que seria uma repetição do que já se sabe.

4) Ele mostra que o riso não foi o único meio de resistência do povo na Idade Média: "Não era em absoluto minha intenção considerar o riso como algo alegre, desinteressado e feliz. Ele foi uma das armas mais poderosas de luta. O povo lutou tanto com o riso quanto com armas de fogo, punhos e bastões" (Bakhtin, 2008, p. 1.061).

5) Afirma que Rabelais é uma nova consciência e, ao mesmo tempo, permite descobrir a tradição. "Seria possível separar a questão [revolucionária — S. G.] da consciência, da palavra e do pensamento? Questões revolucionárias seriam possíveis sem a palavra?" (Bakhtin, 2008, p. 1.062).

5) O riso medieval preparou o Renascimento: "O riso liberta do medo, e esse trabalho do riso de libertação do medo é o pressuposto necessário para a consciência renascentista em geral" (Bakhtin, 2008, p. 1.062).

6) O carnaval não é alegre: "Eu não concebi o carnaval como algo alegre. De modo algum. Em toda imagem do carnaval está presente a morte. Falando nos termos de vocês, trata-se de uma tragédia. Mas a tragédia não é a última palavra" (Bakhtin, 2008, p. 1.063).

7) Afirmação do revolucionário: "Meu trabalho é profundamente revolucionário, segue adiante e apresenta algo novo. Todo o meu trabalho fala do escritor mais revolucionário — Rabelais" (Bakhtin, 2008, p. 1.064). "Considero que o povo, em cujas tradições Rabelais cria, é profundamente progressista. [...] Penso que eu soube mostrar o caráter profundamente progressista e revolucionário da consciência

do carnaval, da consciência da unidade, da unidade temporal física" (Bakhtin, 2008, p. 1.065).

Terminada a fala de Bakhtin, o Conselho Científico, composto por treze integrantes, se reúne para votar primeiramente a outorga do título de doutor — resultado: treze a favor e nenhum contra —, e em seguida, para votar a de livre-docente — resultado: sete a favor e seis contra. Valiéri Kirpótin faz a síntese final:

> Desse modo, o Conselho Científico outorga o título de doutor em ciências filológicas ao camarada Bakhtin M. M. e dirige-se ao Ministério da Escola Superior com o requerimento de outorga do título de livre-docente em ciências filológicas. Portanto, considero encerrada a sessão do Conselho Científico. (Bakhtin, 2008, p. 1.066)

O Conselho Científico aprova por unanimidade a outorga do título de doutor, mas, apesar de a votação ser majoritária também para o título de livre-docente (7 a 6), o Conselho deixa a decisão final para uma instância superior no Ministério da Escola Superior.

O processo de outorga de título na Comissão de Certificação Superior (VAK)

O exame do processo de Bakhtin na VAK é longo: vai de novembro e dezembro de 1946, logo após a defesa no IMLI, até 31 de maio de 1952, data da decisão final, que recusa a concessão do título de livre-docente e outorga a do título de doutor. Assim como ocorreu com a análise do estenograma da defesa, o exame das reações de Bakhtin aos pareceres emitidos sobre seu trabalho permite compreender tanto aspectos do projeto científico e da personalidade do autor quanto as mudanças ocorridas no trabalho em decorrência das críticas contidas nos pareceres, como bem aponta Pankóv (2010). As alterações na pesquisa desmistificam a falsa ideia de uma liberdade absoluta na criação científica, pois esta pode sofrer coerções, às vezes justas e às vezes conservadoras e injustas, de integrantes da esfera acadêmica.

Em carta enviada à VAK, o diretor do IMLI, Vladímir Chichmarióv, expõe que os três oponentes oficiais defenderam o merecimento do título de livre-docente, vários oponentes não oficiais avaliaram muito bem o trabalho, e outros fizeram críticas. Essa carta é seguida de um certificado, com o título "Atestado à VAK do Formulário nº 2 sobre a outorga do título científico de doutor em ciências filológicas" (Bakhtin, 2008, p. 1.073), assinado pelo secretário científico do IMLI e membro não oficial do Conselho Científico, Boris Gornung. Nesse atestado, Gornung primeiramente faz uma relação-síntese da formação acadêmica e da experiência docente de Bakhtin, na qual se destaca a informação de que ele finalizou a Faculdade de História e Filologia da Universidade de Petrogrado em 1918, dado nunca comprovado. Em seguida, o secretário realiza uma descrição avaliativa dos trabalhos científicos de Bakhtin, com destaque para o livro sobre Dostoiévski. Na sequência, avalia a grande originalidade da tese defendida, que sintetizamos com a frase: "Seu trabalho em nada repete o que fizeram especialistas ocidentais" (Bakhtin, 2008, p. 1.074). Por fim, apresenta os resultados das duas votações e requere à VAK a outorga do título de livre-docente a Bakhtin.

No próximo documento, intitulado "Resposta ao pedido da VAK de documentação complementar do processo de M. M. Bakhtin" (Bakhtin, 2008, p. 1.076), de 10/5/1947, o secretário científico do IMLI Boris Gornung responde: "Foi solicitada por telegrama ao camarada Bakhtin uma cópia do diploma de conclusão da Universidade de Petrogrado em

1918. O Instituto não a exigiu de Bakhtin antes da defesa, pois foi apresentado o documento de obtenção dos requisitos mínimos para doutorado" (Bakhtin, 2008, p. 1.076). Até onde sabemos, Bakhtin nunca enviou o diploma solicitado, pois, segundo seus biógrafos Konkin e Konkina (1993) e Korovachko (2017), não há registros de que Bakhtin tenha frequentado a Universidade de Petrogrado. Provavelmente a VAK, assim como o IMLI, contentou-se com o documento de obtenção dos requisitos mínimos para doutorado.

Em uma ata da VAK de 20/6/1947 (Bakhtin, 2008, pp. 1.078-9), a Comissão de Ciências Filológicas encaminha a tese de Bakhtin a dois de seus integrantes para que emitam pareceres indicando se o trabalho merece o título de doutor ou de livre-docente. São eles: Mikhail Alekséiev (1896-1981), professor de literatura estrangeira e chefe do Departamento de Literaturas Estrangeiras na Universidade Estatal de Leningrado e no Instituto Guértsen Estatal Pedagógico de Leningrado, e Stefan Mokulsk (1896-1960), crítico, editor de livros e professor de teatro nas universidades de Leningrado e Moscou.

Nikolai Pankóv (2010) contextualiza o momento da escrita desses pareceres. Primeiramente, em novembro de 1947, no jornal oficial *Cultura e Vida*,[27] foi publicado o artigo "Superação do atraso na elaboração dos problemas atuais da teoria literária", em que V. Nikoláiev (1947) acusa Chichmarióv e Kirpótin, diretor e vice-diretor do IMLI, de má gestão — ambos foram afastados logo após a publicação do artigo — e menciona a tese de Bakhtin como exemplo dessa malsucedida atividade, pois esse autor utilizaria uma metodologia freudiana em que as imagens grotescas e do baixo material e corporal desempenham um papel central na obra de Rabe-

[27] Órgão de propaganda do Comitê Central do Partido Comunista da União Soviética, publicado entre 1946 e 1951.

lais. Outro elemento do contexto destacado por Pankóv foi a destruição da "Escola de Vesselóvski" (mencionada positivamente na tese de Bakhtin) pela ciência soviética, e a afirmação de Bakhtin da influência de Rabelais, um autor ocidental, sobre a obra de Gógol.

O parecer de Mikhail Alekséiev, datado de 2/3/1948, é integralmente reproduzido no v. 4(1) das *Obras reunidas* de M. M. Bakhtin (2008, pp. 1.079-83). A avaliação é extremamente elogiosa e finaliza com a proposição de que seria vergonhoso para a ciência soviética não conceder o título de livre-docente a Bakhtin. Para uma impressão mais concreta do teor desse parecer, reproduzimos seu início:

> A meu ver, o trabalho de M. M. Bakhtin, sob o título acima, é um fenômeno inabitual e excepcional da nossa literatura científica. Pela coragem, pelo frescor e pela originalidade de suas ideias, pela fecundidade de seus resultados, pela fineza de sua análise e por muitos outros aspectos — na verdade, por sua qualidade magnífica —, essa pesquisa se distingue com nitidez de todas as teses de livre-docência dos últimos dez anos com as quais tive contato por meio de manuscritos ou de pareceres públicos. Não posso chamar a tese de M. M. Bakhtin de outro modo a não ser um trabalho notável que, no caso de sua publicação, não poderá deixar de se tornar um verdadeiro acontecimento na história do estudo da literatura da Idade Média e do Renascimento. (Bakhtin, 2008, pp. 1.079-80)

Além de duas indicações de inclusão bibliográfica, a única ressalva de Alekséiev é a escolha do termo "realismo gótico", que não revelaria a natureza do fenômeno estudado. Como alternativa, o parecerista sugere a expressão "realismo medieval folclórico" (2008, p. 1.082).

O parecer de Stefan Mokulsk não está presente em nenhuma das obras por nós consultadas. Segundo Nikolai Pankóv (2010), "o parecer de S. S. Mokulsk está ausente nos arquivos, porém, a partir do que ele apresentou sobre a tese na comissão de especialistas de 24 de fevereiro de 1949, é visível que sua opinião no todo também foi positiva" (p. 265).

Aparentemente, a Comissão de Certificação Superior (VAK) não ficou satisfeita com os pareceres e, segundo duas atas datadas respectivamente de 12/4/1948 e de 25/11/1948 (Bakhtin, 2008, pp. 1.084-5), a tese de Mikhail Bakhtin foi enviada a outros dois especialistas: Viktor Jirmúnski (1891-1971) — especialista em línguas germânicas, em sociolinguística, e em literaturas alemã, russa e turca — e Iakov Mettalov (1900-1976) — membro do partido bolchevique a partir de 1919, editor da Goslitizdat, especialista em literatura alemã, professor em universidades, diretor de institutos de pesquisa e presidente das reuniões da Comissão da VAK entre 12/4/1948 e 20/12/1948 (Bakhtin, 2008, pp. 1.084-5). Segundo Pankóv (2010), não está claro se o parecer de Jirmúnski foi de fato emitido, e é desconhecido o conteúdo do parecer de Mettalov. Ambos também não constam de nenhuma obra por nós consultada. Em ata de 30/12/1948, considerando as qualidades e os defeitos do trabalho, Mettalov decide convidar Bakhtin para participar de uma reunião da comissão que se realizaria em 19/11/1949, a fim de que ele pudesse conhecer as críticas a seu trabalho (Bakhtin, 2008, p. 1.085). Em sete telegramas trocados entre, de um lado, Bakhtin e, de outro, Maria Iúdina e o Ministério da Escola Superior (Bakhtin, 2008, pp. 1.086-8), aquele procura saber o motivo do convite e declara que, em razão de problemas de saúde, não poderia comparecer à reunião.

Em ata de 24/2/1949 (Bakhtin, 2008, pp. 1.088-90), há um parecer sobre o processo de Bakhtin em que são destacadas a originalidade e a grande quantidade de material pesquisado, mas afirma-se que

> [...] no trabalho de M. M. Bakhtin existem erros e defeitos grosseiros, como a referência à "grande" autoridade de Vesselóvski, a afirmação da influência de Rabelais sobre a obra de Gógol N. V., o termo "realismo gótico" etc. O conteúdo do trabalho não corresponde ao seu título "François Rabelais na história do realismo", uma vez que Bakhtin elucidou apenas um dos aspectos dessa questão. (Bakhtin, 2008, p. 1.090)

A decisão final é devolver o trabalho para que Bakhtin o reelabore e o reapresente à comissão de especialistas. O documento seguinte é um estenograma de uma reunião da VAK de 15/3/1949 (Bakhtin, 2008, pp. 1.090-3), liderada por Aleksandr Toptchiev,[28] na qual a especialista Valentina Kinnik-Sokolova[29] é consultada sobre o mérito da outorga do título de livre-docente a Bakhtin. Kinnik-Sokolova começa sua fala referindo-se aos pareceres elogiosos dos oponentes oficiais Nucinóv, Djiveliégov e Smirnóv, mas é interrompida por Aleksandr Samarin:[30] "Em relação às avaliações deles é completamente possível atribuir um sinal negativo, não convém citá-los" (Bakhtin, 2008, p. 1.091). Então, a especialista menciona o parecer elogioso de Alekséiev, os problemas indicados por oponentes não oficiais durante a defesa em 1946 e aponta que o trabalho apresenta uma compreensão muito unilateral de Rabelais, ligando-o aos bufões de feiras

[28] Aleksandr Toptchiev (1907-1962), químico com muitos trabalhos publicados na área, foi vice-ministro da Educação Superior e vice-presidente da VAK.

[29] Valentina Kinnik-Sokolova (1898-1979) foi teórica da literatura e tradutora (de Baudelaire, Verlaine etc.), especialista em literaturas francesa e russa.

[30] Aleksandr Samarin (1902-1970) foi vice-presidente da VAK, vice-ministro da Educação Superior e engenheiro metalúrgico.

e teatros ambulantes, e chama a atenção para a aproximação entre Rabelais e Gógol. A esse último aspecto, Samarin assim reage: "se não houvesse Rabelais, também não haveria Gógol?" (Bakhtin, 2008, p. 1.092). Valentina Kinnik-Sokolova responde que se trata da influência de Rabelais sobre Gógol. Após o fim da fala da especialista, Aleksandr Toptchiev afirma que o trabalho tem um caráter claramente cosmopolitista e que Gógol é apresentado como um imitador de Rabelais. Outro membro da VAK, Anatoli Blagonravov,[31] opina que a própria comissão de especialistas duvida de que a tese mereça o título de livre-docente e propõe encerrar a questão com a outorga do título de doutor, mas Samarin responde que é preciso verificar até mesmo se a tese corresponde a esse título. Assim se encerra o estenograma da reunião.

O documento subsequente é uma carta do setor das universidades da VAK, datada de 9/5/1949 (Bakhtin, 2008, pp. 1.094-5), em que Bakhtin é convidado a comparecer à reunião da VAK, em 21/5 ou 28/5 daquele mesmo ano, a fim de se posicionar diante das seguintes críticas: análise de Rabelais dissociado do Humanismo francês e europeu da época; a abordagem do romance *Gargântua e Pantagruel* segundo um método formalista que ignora seu aspecto semântico; a concentração em aspectos folclóricos, imagens e cenas bufas de caráter grosseiramente fisiológicas; a falta de distinção entre o realismo popular das diversões de rua e o realismo de Rabelais. A síntese final da carta consiste na afirmação de que a tese apresenta vícios metodológicos. Segundo o estenograma (Bakhtin, 2008, pp. 1.096-102), a reunião proposta nessa carta aconteceu em 21/5/1949 e foi presidida pelo supracitado Aleksandr Toptchiev, que solicita a Bakhtin responder às críticas sobre sua tese. Este começa afirmando que as crí-

[31] Anatoli Blagonravov (1874-1975) foi engenheiro mecânico, serviu na Primeira Guerra Mundial e participou da revolução soviética, tornando-se especialista e professor de artilharia.

ticas não têm nenhuma relação com seu trabalho e passa a respondê-las ponto a ponto:

1) Afirma que "Todo o objetivo, finalidade do meu trabalho é revelar a época do Renascimento!" (Bakhtin, 2008, p. 1.096).

2) Em relação à cultura popular e ao Renascimento: "Eu abordei do ponto de vista da cultura não oficial e popular, pois só a partir dela é possível compreender escritores democráticos do Renascimento, tais como Rabelais" (Bakhtin, 2008, p. 1.096). "Não se trata de imagens 'fisiológicas grosseiras', mas de uma arma poderosa do povo, de criticismo popular" (Bakhtin, 2008, p. 1.097). "Muitas vezes declaramos e citamos passagens de Lênin sobre a cultura não oficial presente em todos os povos; porém é preciso ir adiante: é necessário revelar essa cultura não oficial" (Bakhtin, 2008, p. 1.097).

3) Quanto a Gógol: "Reconheço que foi inconveniente abordar Gógol de modo secundário e retirarei essas três páginas. Contudo, é possível definir a avaliação de todo o meu trabalho por essas três páginas?" (Bakhtin, 2008, p. 1.098). E acrescenta "Não deduzi Gógol de Rabelais ou de fontes ocidentais. Afirmo que é preciso estudar Gógol, estudar esse riso não estudado, que está ligado com a academia espiritual, com os bursacos,[32] dos quais Gógol era próximo" (Bakhtin, 2008, p. 1.098).

4) Assim como todos os trabalhos do início dos anos 1940, Bakhtin declara que seu trabalho precisa de reformulações após nove anos, mas que está convencido de que sua proposta continua extremamente atual.

[32] Os bursacos eram seminaristas em sistema de internato, onde estudavam teologia, retórica e filosofia. Como eram estabelecimentos pobres, eles, para sobreviver, ministravam aulas particulares e faziam apresentações em escolas e teatros de feira durante as festas religiosas.

Concluída sua fala, Aleksandr Toptchiev cita a crítica de que o método de Mikhail Bakhtin leva a conclusões erradas, ao que Bakhtin responde "Deduzi Gógol do folclore nacional ucraniano e só aponto que meu método de revelação da cultura não oficial deve ser aplicado também ao estudo de Gógol" (Bakhtin, 2008, p. 1.099). A discussão segue acalorada entre vários integrantes da comissão. Importante destacar o papel de Viktor Vinográdov — mencionado anteriormente e citado por Bakhtin em diversos de seus trabalhos —, que afirma: "Bakhtin foi quase meu camarada na Universidade de Leningrado, pessoa de grande cultura e grandes conhecimentos, de talento excepcional, mas, como viram, muito doente" (Bakhtin, 2008, p. 1.100). É curiosa a afirmação de Vinográdov sobre terem sido colegas na universidade, considerando a ausência de diplomas de Bakhtin. Além de valorizar o seu talento, Vinográdov o defende na questão da influência de Rabelais sobre Gógol ao declarar que Bakhtin apenas reconhece a influência da literatura popular sobre Gógol e propõe que ele merece um incentivo por seu trabalho. A decisão final da comissão é que Bakhtin reescreva o trabalho e, sem nova defesa, apresente-o para análise de uma comissão de especialistas da VAK.

Onze meses depois dessa audiência, em carta ao secretário científico da VAK, datada de 15/4/1950 (Bakhtin, 2008, pp. 1.103-6), Bakhtin relata detalhadamente as alterações realizadas na tese e informa que esta seguia anexa. A seguir, os principais pontos do relato de Bakhtin:

1) Foi escrita uma introdução ao livro (que não existia antes), que revela o problema fundamental do meu trabalho à luz da doutrina de V. I. Lênin sobre as duas culturas nacionais em cada cultura nacional, e apresenta uma definição preliminar da cultura popular não oficial na Idade Média e no Renascimento.

2) Foram acrescentadas uma crítica de base das visões gerais de A. N. Vesselóvski sobre a obra de Rabelais (pp. 34-

7), bem como críticas pontuais a questões particulares (pp. 137-9, 206-7 e 215).

3) Foi introduzida uma crítica de caráter mais fundamental e combativa dos estudos rabelaisianos burgueses.

4) Foram escritas aproximadamente noventa páginas (em diversas partes do trabalho), com o objetivo de dar mais nitidez e força metodológica à revelação do conteúdo de classe e revolucionário presente no conteúdo da cultura popular do passado e sua distinção da cultura oficial (isto é, da cultura das classes dominantes).

5) Foram retiradas do livro as páginas dedicadas à criação de N. V. Gógol, em razão de conterem formulações imprecisas e em razão de o tratamento secundário e superficial dispensado à obra de Gógol no livro sobre Rabelais estar fora de lugar.

6) De acordo com a indicação da comissão de especialistas, o termo inadequado "realismo gótico" foi substituído pelo termo "realismo grotesco" (esse termo tem, é claro, um caráter convencional). Foi também alterado (também por indicação da comissão de especialistas) o título do trabalho, que, em vez de "François Rabelais na história do realismo", passou a se intitular "François Rabelais e o problema da cultura popular na Idade Média e no Renascimento".

No fragmento citado, destacamos que Bakhtin realizou grandes alterações em sua tese, resultando, segundo ele mesmo menciona adiante nessa carta, em um acréscimo de 120 páginas. Essas alterações respondem a todas as críticas dirigidas ao trabalho, com destaque para a introdução de aspectos "de classe e revolucionários" em consonância com a ideologia marxista hegemônica na União Soviética à época.

Em uma ata datada de 11/5/1950 (Bakhtin, 2008, pp. 1.106-7), a comissão designa o professor Roman Samarin para a emissão de parecer, que é apresentado em reunião de 22/2/1951 (Bakhtin, 2008, pp. 1.107-13), ou seja, nove meses após sua designação.[33] Nesse parecer, R. Samarin sentencia que o trabalho não pode ser considerado uma pesquisa que atende aos requisitos de uma tese de doutorado e elenca os seguintes problemas:

1) Bakhtin trata o realismo na obra de Rabelais como uma manifestação do naturalismo, o que seria precoce para a Idade Média e para o Renascimento europeus.

2) Bakhtin não compreendeu a arte popular dos séculos XV e XVI, mas as abordou do ponto de vista das tendências naturalistas, ou seja, dos seus meios grosseiros e exteriores de representação.

3) Bakhtin utiliza terminologia e estilo indelicados, obscuros, confusos e inadmissíveis, referindo-se à abordagem do baixo material e corporal.

4) Do ponto de vista metodológico, Bakhtin não realiza uma abordagem histórica da obra de Rabelais nem uma análise marxista-leninista do movimento popular libertador na França do século XVI. A esse respeito, vale reproduzir o seguinte excerto: "No trabalho não há base histórica concreta, disso decorre a sua abstração formalista, colorida por uma tendência fisiológica desagradável, o que infelizmente obriga a lembrar as conjecturas reacionárias freudianas da 'teoria literária'" (Bakhtin, 2008, p. 1.111).

5) "Na tese de M. Bakhtin, Rabelais é estudado fora da luta literária de sua época. M. Bakhtin quase não cita em seu livro outros notáveis escritores franceses da época de Rabelais, uma plêiade inteira de escritores e poetas satíricos, que Rabelais encabeçou" (Bakhtin, 2008, pp. 1.111-2).

6) O importante problema da cultura popular na Idade Média é apenas proposto e não realmente trabalhado como

[33] Roman Samarin (1911-1974) foi teórico da literatura, especialista em literatura inglesa, professor e coordenador do Departamento de Literaturas Estrangeiras da Universidade Estatal de Moscou.

a tese exigiria, em razão da falta de uma análise marxista-leninista do surgimento e da formação da nação francesa.

Segue-se a esse parecer uma ata de 10/5/1951 da Comissão de Teoria Literária da VAK (Bakhtin, 2008, pp. 1.113-4), em que são destacadas: a desconsideração metodológica por Bakhtin das condições históricas concretas da obra de Rabelais; a impossibilidade de a tese figurar no catálogo da Biblioteca Pública Lênin; o envio da tese para que Bakhtin incorpore as indicações de R. Samarin; e a rejeição do requerimento de outorga do título de livre-docente apresentado pelo Conselho Científico do IMLI.

Por fim, em ata de 31/5/1952 da Presidência da VAK (Bakhtin, 2008, pp. 1.116-8), relatam-se os históricos acadêmico (no qual mais uma vez é afirmado que Bakhtin concluiu a Faculdade de História e Filologia de Petrogrado) e profissional de Bakhtin, são citados e sintetizados todos os pareceres emitidos, e conclui-se que:

> No trabalho do camarada Bakhtin há insuficiências e erros metodológicos sérios, em essência ligados ao fato de o autor da tese adotar uma abordagem formalista da questão do método criativo de Rabelais e negligenciar as condições históricas concretas de seu desenvolvimento: as condições do movimento popular libertador na França do século XVI, as condições da formação da nação francesa, as condições políticas, incluindo ainda a luta literária, da qual Rabelais participou. (Bakhtin, 2008, p. 1.118)

A decisão final, pela qual Mikhail Bakhtin esperou de 15/11/1946 a 31/5/1952 (cinco anos, cinco meses e vinte dias), foi: “Outorgar a Bakhtin M. M. o diploma de doutor em ciências” (Bakhtin, 2008, p. 1.118).

Seguindo os passos da publicação do livro sobre Rabelais

Em 12/11/1960, após carta enviada a Mikhail Bakhtin por Vadim Kójinov, Serguei Botcharov, Gueorgui Gátchev, Piotr Palievski e Vitali Skvoznikov (Pankóv, 2010, pp. 486-7),[34] começa a história da publicação do livro *A obra de François Rabelais e a cultura popular na Idade Média e no Renascimento* (1965).

Irina Popova, editora do v. 4(2) das *Obras reunidas* de M. M. Bakhtin (2010), informa que a base do livro publicado em 1965 foi a primeira redação de 1940, à qual Bakhtin acrescentou a longa "Introdução" formulada a partir da ampliação e alteração do antigo primeiro capítulo, além de atualizar a bibliografia dos estudos sobre Rabelais na União Soviética e no exterior após a defesa da tese. O parecer negativo de R. Samarin à Comissão de Certificação Superior (VAK) e o clima gerado em torno dele tornaram impossível a publicação da tese nos anos 1950. Por meio da transcrição de fragmentos de cartas trocadas entre Bakhtin e Vadim Kójinov, acompanharemos o longo processo de publicação do livro sobre Rabelais, que só ocorreu em 17/11/1965, no aniversário de setenta anos do autor.

Na terceira carta enviada a Mikhail Bakhtin, datada de 25/12/1960 (Pankóv, 2010, pp. 492-4), os pesquisadores supracitados, pela primeira vez, propõem explicitamente a ele a publicação da tese sobre Rabelais:

[34] Vadim Kójinov (1930-2001), Serguei Botcharov (1929-2017), Gueorgui Gátchev (1929-2008), Piotr Palievski (1932-2019) e Vitali Skvoznikov foram teóricos da literatura e funcionários do Instituto de Literatura Mundial Maksim Górki (IMLI).

> Nós — e não apenas nós, mas também L. E. Pinski, D. E. Mikháltchi e E. M. Evnina — consideramos que seu trabalho sobre Rabelais deve ser publicado o mais cedo possível. Anexamos nossa carta à direção do Instituto, que, é claro, tem um caráter puramente oficial, por isso não repare em seu estilo:
>
> À direção do Instituto de Literatura Mundial Górki da URSS
>
> [...]
>
> A pesquisa de M. M. Bakhtin sobre Rabelais é um trabalho fundamental, ao realizar uma análise profunda e multilateral da criação de um dos mais importantes representantes da literatura mundial. O autor se apoia em material literário e científico verdadeiramente imenso e reconstitui a figura de Rabelais em toda a sua plenitude.
>
> O trabalho de M. M. Bakhtin não é menos valioso e interessante do ponto de vista *teórico*. A criação de Rabelais, de fato, foi estudada como etapa na história do realismo. Ao analisar a epopeia de Rabelais como uma "passagem" peculiar da Idade Média para a Idade Moderna, M. M. Bakhtin elucida de modo profundo o próprio movimento da consciência social e estética da época. O mais essencial é que a pesquisa de M. M. Bakhtin abre aspectos e tendências do desenvolvimento da cultura e da arte europeias, as quais, na verdade, quase saíram do campo de visão de nossa teoria da literatura. (Pankóv, 2010, pp. 492-3)

Um mês e meio após o primeiro contato, os pesquisadores-funcionários do IMLI — que leram a tese presente nos arquivos do Instituto — se empenharam em publicar a pesquisa de Rabelais, destacando, por um lado, a riqueza da pesquisa histórica, historiográfica e o enfoque nas mudanças ocorridas da Idade Média ao Renascimento, e, por outro, o caráter valioso da teoria sustentadora da pesquisa. Se compararmos com as críticas feitas durante a defesa e depois na VAK, constatamos que os anos 1960 representaram uma grande mudança no horizonte político e acadêmico da União Soviética.

Vadim Kójinov volta a escrever a respeito da importância da publicação do texto sobre François Rabelais em carta de 23/6/1962:[35] "Faz tempo que não escrevia a você — tudo ficou em suspenso, enquanto publico uma carta sobre o seu *Rabelais* no *Jornal Literário* (hoje, finalmente!)" (Pankóv, 2010, p. 544). Intitulada "Livro, necessário às pessoas", a carta foi assinada pelo supracitado V. V. Vinográdov, N. M. Liubímov[36] e K. A. Fedin (Pankóv, 2010, p. 546).

Em 7/7/1962, Mikhail Bakhtin escreve a Kójinov para contar que recebeu um pedido da editora Goslitizdat, solicitando o envio do manuscrito sobre Rabelais. Vejamos o teor dessa carta:

> 7.VII.62
>
> Querido Vadim Valeriánovitch!
>
> Recebi da Goslitizdat a proposta de envio *rápido* do manuscrito do meu *Rabelais*.
>
> Eu enviei-lhes correspondência de 5/VII com o manuscrito em sua segunda redação, sobre a qual escrevi a você (não tenho o outro comigo). Antes do envio, olhei rapidamente o manuscrito e fiquei

[35] Antes disso, muitas cartas foram trocadas entre Vadim Kójinov e Mikhail Bakhtin, em que se abordou, entre outros assuntos, a publicação de *Problemas da poética de Dostoiévski*, ocorrida em 1963.

[36] Nikolai Mikháilovitch Liubímov (1912-1992) foi tradutor de Rabelais na União Soviética.

totalmente horrorizado. Eu o alterei (por volta de 1950) por "indicação" da comissão de especialistas da VAK e introduzi muita vulgarização abominável no espírito daquela época. Refazer, porém, não foi possível, pois os redatores exigiram o envio veloz. Eu pude só consertar traços claros do culto à personalidade (infelizmente eles também ocorreram). Temo que tudo isso provoque reprovação de pareceristas *sérios* (é verdade que, assim como ocorreu com Knipovitch, isso talvez os agrade).

É claro que tudo isso será corrigido, mas seria possível — em uma forma puramente diplomática — precaver os editores sobre a situação em que refiz minha tese? Eu de novo preciso abusar da sua bondade excepcional.

Lembranças afetuosas para Elena Vladímirovna e amigos.

Com amor,

M. Bakhtin. (Pankóv, 2010, pp. 550-1)

A prestigiada editora Goslitizdat — Editora Estatal de Literatura de Ficção, fundada em 1930 — demonstra interesse em publicar a tese de Bakhtin sobre Rabelais. No entanto, Bakhtin, que teve de ceder e se adaptar para que, nos anos 1950, sua tese fosse aprovada na VAK, teme que as alterações necessárias naquele momento sejam motivo de recusa de seu trabalho nos anos 1960, em um contexto ideológico completamente diferente. Por conseguinte, fica evidente por que o manuscrito de 1940, produzido antes das coerções da VAK, será a base do livro a ser publicado em 1965.

Vadim Kójinov, em carta datada de 12/7/1962, responde a Bakhtin:

A editora da Goslitizdat, Sarra Lvovna Leibovitch, já leu 100 páginas do seu *Rabelais* e diz estar interessada, ter gostado e que é preciso publicar. Porém, por enquanto, isso não é oficial.

Mais um ponto: as citações de Rabelais precisam ser traduzidas (talvez você conheça a nova — a meu ver, bastante valorosa — tradução de N. M. Liubímov?). A citação de Kaus em *Dostoiévski* também precisa ser traduzida. Não se aborreça. Quem hoje sabe línguas? (Pankóv, 2010, p. 552)

Destacamos dois pontos: primeiro, o manuscrito sobre Rabelais é bem recebido pela editora, e, segundo, o domínio de línguas estrangeiras havia diminuído na União Soviética.

Irina Popova (2010) informa que a Goslitizdat enviou o manuscrito de Bakhtin a L. E. Pinski e M. P. Aleksêiev (este já havia participado da banca de defesa de Bakhtin). Em 1961, Pinski havia publicado na Goslitizdat um livro intitulado *O realismo na época do Renascimento*, no qual dedicava um capítulo a François Rabelais.[37] Ambos escrevem pareceres bastante elogiosos ao trabalho. Então, Kójinov solicita a Bakhtin o envio dos pareceres escritos à VAK por integrantes do Conselho Científico de defesa de sua tese. Em resposta a Kójinov, Bakhtin escreve em 18/7/1962:

Envio-lhe os pareceres sobre meu *Rabelais* escritos por M. P. Aleksêiev, E. V. Tarle, B. V. Tomachévski, A. A. Smirnóv e A. K. Djiveliégov. Além

[37] Leonid Efímovitch Pinski (1906-1981) foi teórico e especialista em literatura da Europa Ocidental dos séculos XVII e XVIII. A partir de 1938, foi professor de literatura estrangeira na Universidade Estatal de Moscou. Na atualização da bibliografia sobre Rabelais para a publicação do livro em 1965, Bakhtin afirma que o acontecimento mais significativo nos estudos rabelaisianos soviéticos foi o aparecimento do grande ensaio de L. E. Pinski "Smekh Rable" ["O riso de Rabelais"] no seu livro *Realízm epókhi Vozrojdiénia* [*O realismo da época do Renascimento*] (Moscou, Goslitizdat, 1961, pp. 87-223).

> disso, envio o único parecer negativo (escrito para a VAK) de R. M. Samarin (com base nesse parecer a VAK recusou a concessão do título de livre-docente); mandá-lo à editora, é claro, não é necessário, mas eu queria que você o conhecesse (por precaução). (Pankóv, 2010, p. 554)

Os pareceres, cujos fragmentos foram transcritos anteriormente, são enviados a Vadim Kójinov para serem utilizados a seu favor na editora. Transparece ainda a sensação de injustiça do parecer encomendado pela VAK.

Após algumas cartas em que se aborda a publicação do livro sobre Dostoiévski, Kójinov escreve em 2/12/1962 a propósito do livro sobre Rabelais:

> No que diz respeito a *Rabelais*, por enquanto tudo vai às mil maravilhas. É provável que você já tenha recebido uma notificação da editora informando que o livro já passou pela *segunda* instância (a primeira é dos revisores, a segunda, a confirmação do editor-chefe). Agora o processo está com o editor *principal* da editora. O editor-chefe me falou que há uma grande chance de incluir o livro no plano de 1963 (e não de 1964, como foi proposto no início). (Pankóv, 2010, p. 562)

O processo de publicação dos dois livros, sobre Dostoiévski e sobre Rabelais, caminharam em paralelo, e, conforme informado na carta, havia a possibilidade de antecipação do trabalho sobre Rabelais, o que hoje sabemos não ter ocorrido, pois a obra só saiu no fim de 1965.

Em carta de 27/2/1963, Vadim Kójinov volta a escrever a Bakhtin sobre a iminência da publicação do trabalho sobre Rabelais:

> Em 1º de março, na Goslitizdat, ocorrerá a reunião do conselho editorial, no qual *Rabelais* será confirmado. A questão sobre a inclusão do livro no plano está totalmente resolvida. *Não há qualquer dúvida*, em absoluto (o conselho editorial é só uma formalidade). Por isso escrevo sobre isso a você. (Pankóv, 2010, p. 569)

Novamente, dá-se como certa a publicação em 1963. No entanto, em 27 de março daquele ano, Bakhtin responde com apreensão: "no último mês a situação mudou bastante, e isso, evidentemente, reflete-se em tudo (embora, talvez, não de imediato)" (Pankóv, 2010, p. 570). Segundo Pankóv (2010), Bakhtin se refere a uma reunião entre dirigentes do partido e líderes da literatura e das artes, ocorrida em 7 e 8 de março de 1963, para reafirmar o compromisso dos artistas com a luta pela vitória do marxismo-leninismo.

Kójinov escreve sobre o atraso da publicação do livro sobre Rabelais em carta de 5/6/1963:

> Pensei em escrever a você sobre o destino de *Rabelais*. É evidente que, apesar de tudo, é necessário. O livro (a propósito — quem sabe — você já recebeu alguma notícia dos editores?) foi adiado para o plano de preparo editorial de 1964. Eu próprio estudei em detalhes o que ocorreu. De fato, eles têm uma "sobrecarga" muito grande no plano, que incluiu uma vez e meia mais páginas do que o previsto. O seu livro destaca-se pelo volume (30 folhas de direitos autorais). O editor-chefe disse-me que, se se tratasse de 15 folhas, eles manteriam o livro no plano de 1963. É claro que influenciou o fato de o livro ser complexo etc. Em todo caso, junto com seu livro foram prorrogados para o próximo ano também muitos outros (bem diversos entre

si). Ainda não há uma decisão *final*, e espero fazer algo. Tomara que tudo — há males que vêm para bem — "deslanche". No início o livro "passou" sem empecilhos e tropeços, e até, graças ao apoio de uma série de pessoas "respeitadas", com "vivas". Mas, é claro, mudanças conhecidas perturbaram os editores. Estou certo de que tudo é temporário. Por isso queria muito que você não abandonasse o trabalho com o manuscrito (pelo que entendi, você tem, quanto a isso, a sua própria opinião). (Pankóv, 2010, p. 572)

Nessa carta, Kójinov aborda uma série de circunstâncias que provocaram o adiamento da publicação, entre elas as "mudanças conhecidas", ou seja, os fatos políticos temidos e relatados por Mikhail Bakhtin em carta anterior. Também demonstra um grande cuidado em acompanhar o andamento do livro na editora e em estimular Bakhtin a trabalhar no manuscrito.

Em carta de 12/7/1963, Kójinov escreve sobre seu descontentamento com o atraso na editora:

> Como você sabe, o seu *Rabelais* foi transferido para o plano de preparo editorial de 1964. No oficial, isso significa só um atraso devido ao aumento do plano de lançamento de livros de teoria literária. Mas não quero aceitar esse atraso. Agora M. B. Khraptchenko[38] passou a desempenhar a função de secretário acadêmico da Seção de Literatura e Línguas da Academia de Ciências da URSS. Com ele é mais fácil *negociar* do que com V. V. Vinográdov.

[38] Mikhail Boríssovitch Khraptchenko (1904-1986) foi um historiador e teórico da literatura que desempenhou vários e importantes cargos nos órgãos de gestão da ciência na União Soviética.

> Por isso resolvi transferir seu *Rabelais* para a editora da Academia de Ciências da URSS com a ajuda de Khraptchenko. Já dei o primeiro passo nessa direção: publiquei no *Jornal Literário* uma resenha sobre o livro de Khraptchenko, talvez você já a tenha lido. Como ele é muito poderoso, o livro pode passar com rapidez por todas as instâncias. Só uma coisa incomoda: na editora da Academia de Ciências pagam menos, de uma vez e meia a duas, do que na Goslitizdat. Mas lá é mais tranquilo em relação ao volume — para eles de 35 a 40 folhas autorais não é empecilho. (Pankóv, 2010, p. 576)

Foi grande o empenho de Vadim Kójinov para superar todos os obstáculos que atrapalhavam a publicação do livro. Chama a atenção a crítica a Viktor Vinográdov, que apoiou Bakhtin durante a Comissão da VAK e participou da supracitada carta em defesa da publicação do livro sobre Rabelais. Segundo comentários de Nikolai Pankóv (2010), Vinográdov fez uma gestão autoritária na Seção de Literatura e Línguas da Academia de Ciências da URSS, quando exerceu a função de secretário acadêmico, e ainda parece não ter tido uma posição única em relação a Bakhtin, que, a propósito, fez várias críticas ao trabalho de Vinográdov sobre Dostoiévski no texto de 1929.

Em carta de 1/3/1964, Kójinov escreve: "*Rabelais* entrou *definitivamente* no plano de 1965 (no início do ano aconteceram algumas indecisões)" (Pankóv, 2010, p. 588). Em 6/3/1964, Bakhtin responde:

> As coisas com *Rabelais* não vão muito bem. O trabalho avança de modo muito lento devido a problemas cardíacos que me acometeram durante todo o inverno. O prazo combinado de apresentação do manuscrito é 15 de março, mas eu conseguirei apre-

> sentá-lo só no final de abril. Espero que, em razão disso, não ocorram complicações. (Pankóv, 2010, p. 591)

Aqui e em outras cartas, Bakhtin relata problemas de saúde, seus e de sua esposa, que atrapalharam o bom andamento de suas pesquisas e os trabalhos com manuscritos. Em 30/5/1964, ele novamente prorroga o envio do manuscrito de Rabelais em razão de problemas de saúde:

> A reformulação do meu *Rabelais*, por diversas razões, está demorando. Em caso de absoluta necessidade, eu posso apresentar o manuscrito no início de julho. A partir de 10 de julho planejamos estar em Maleevka, e levaria o manuscrito comigo. Mas, se for possível protelar a questão para setembro, seria muito bom para mim (nos meses de verão o manuscrito ficará parado na editora). Diga-me, por favor, sua opinião sobre isso. Por enquanto não escrevi para a editora. (Pankóv, 2010, pp. 593-4)

Em 5/6/1964, Kójinov escreve manifestando apreensão com o atraso no envio do manuscrito à editora e sugerindo providências imediatas a Bakhtin:

> Passemos imediatamente ao assunto *Rabelais*. A situação é inquietante, apesar de não ser grave. Penso que eu falei a você que na Goslitizdat há uma concorrência atroz, e o plano de publicações está sobrecarregado. Uma vez que você não envia nenhuma notícia há tempos, a editora já cogitou a hipótese de adiar o seu livro para o plano de lançamentos de 1966. Por enquanto a editora conseguiu salvaguardar o livro. Mas podem ocorrer "intrigas" mais adiante. Por isso é preciso fazer algo e o

> mais rapidamente possível. A propósito, nada muito complicado.
>
> 1) Faz-se necessário enviar *logo* para a editora (Moscou-66, Novo-Basmannaia, 19, conselho editorial de crítica e teoria da literatura, editor-chefe Guennadi Arcenevitch Solovióv) o seu pedido oficial para prorrogar (na editoria a gíria é "prolongar") o prazo de entrega do manuscrito (o prazo combinado era 1º de março) em quatro meses, até 1º de julho, em razão de sua doença.
>
> 2) No momento de sua chegada a Maleevka (se por algum motivo a viagem for transferida para início de julho), o manuscrito deve estar em um aspecto acabado do ponto de vista *formal*. Não irão lê-lo; o importante é a forma, a aparência. S. L. Leibovitch pegará o manuscrito com você e fará a entrega do livro.
>
> 3) Depois disso, darão a você o manuscrito para "reelaborações suplementares", e você poderá fazer com calma tudo o que julgar necessário.
>
> É *absolutamente necessário* realizar todas essas formalidades. De outro modo, a questão pode dar errado por besteira, o que, é claro, será muito triste. (Pankóv, 2010, p. 594)

Não sabemos a que "intrigas" Kójinov se refere, mas vemos que a publicação do livro está sob constante ameaça, seja devido a prorrogações na editora, seja devido aos problemas de saúde de Bakhtin que o impediam de trabalhar no manuscrito e cumprir os prazos estabelecidos pela editora.

Mas em carta de 6/10/1964, Kójinov informa sobre o bom andamento da publicação do livro na Goslitizdat:

> Atualmente a situação (que não dê azar!) vai muito bem. O problema da edição está totalmente

resolvido, isto é, não há quaisquer dúvidas e embaraços. Foi G. A. Soloviόv que me falou, referindo-se à direção da editora; e ele é uma pessoa cuidadosa e que não gosta de fazer promessas infundadas. Ele próprio estudou (justamente assim, ele não para de usar termos e expressões do seu livro) a introdução e a primeira parte e elogiou muito tudo. Ele fez algumas observações ou, mais precisamente, propostas de acréscimos. Ele acha que você expandiu demais a natureza do riso e quer pedir que você fale *algumas palavras* sobre o trágico etc. Não são observações essenciais e elas podem ser resolvidas com a introdução de algumas ressalvas, sem comprometer a concepção do livro.

Aflige o fato de que S. L. Leibovitch ainda está ocupada com outro trabalho (seu livro estava no plano da primavera e do início do verão). Por isso ela se ocupará de perto de *Rabelais* só no fim de outubro.

[...]

Em Praga falei muito de você com Jan Mukaróvsky, grande filólogo tcheco, um dos integrantes eminentes do Círculo Linguístico de Praga. Trata-se, de fato, de um grande cientista e pessoa de prestígio. Ele manifestou grande interesse por seu trabalho, sobretudo quando eu, é claro, muito sucintamente, contei sobre o projeto do livro *Os gêneros do discurso* (a propósito, você o está escrevendo?). Ele falou que, durante muitos anos, quis ir nessa mesma direção, mas não pode passar para uma posição de natureza "metalinguística". (Pankóv, 2010, pp. 598-9)

Nessa carta, o processo de publicação parece avançar bem, apesar de alguns atrasos imprevistos. Outro aspecto relevante é o trecho em que Kójinov menciona o projeto de Bakhtin de escrever um livro intitulado *Os gêneros do discurso*. A menção a esse projeto já havia aparecido em uma carta anterior de Kójinov, enviada em 5/6/1963, na qual este estimula Bakhtin a desenvolver o estudo sobre o tema. A referência a um integrante do Círculo Linguístico de Praga reforça o caráter metalinguístico do trabalho, que tinha em seu horizonte a linguística formal e estruturalista da época. Em resposta a essa carta, Bakhtin escreve sucintamente, em 29/10/1964, o seguinte: "Começar um novo trabalho é muito difícil para mim agora: seja porque *Rabelais* o impede, seja por falta de saúde, seja, para falar a verdade, por falta de perspectiva" (Pankóv, 2010, p. 602). Em nota a essa passagem, Pankóv esclarece que o referido trabalho é mesmo *Os gêneros do discurso*. O estado de saúde física e mesmo emocional de Bakhtin não vai bem nesse momento, o que o impede de desenvolver o trabalho.

Em 5/11/1964, Kójinov escreve sobre o avanço importante na publicação do *Rabelais* e sobre seu interesse na metalinguística de Bakhtin:

> Estou muito feliz de poder comunicar a você que *Rabelais* avançou muito. Nas últimas semanas (sobretudo em relação a mudanças gerais) é como se tudo tivesse se estagnado. Foi necessário de novo pressionar, fazer manobras etc. Por fim, ontem o editor-chefe da editora, A. I. Puzikov (o diretor está doente) deu as instruções para inscrever o seu livro como "aprovado". Precisamente agora, quando escrevo sobre isso, os documentos sobre a aprovação estão sendo emitidos na tesouraria.
>
> É um passo decisivo: agora o livro está praticamente entregue para a produção. (Entre parênteses, observo: não se preocupe com suas novas correções e acréscimos: você conseguirá inseri-las; já

> conversei sobre isso com S. L. Leibovitch, e ela enviará o manuscrito à tipografia só após a sua aprovação final.) Em breve, você receberá o documento oficial de aprovação. [...]
>
> Ainda outras notícias: no dia 19 de novembro, na universidade, ocorrerá uma discussão do seu *Dostoiévski*. [...]
>
> Aflige-me que você não tenha vontade de trabalhar na sua "metalinguística". Eu acabei de reler (li a primeira vez há muito tempo e compreendi muito mal) *Marxismo e filosofia da linguagem* (pseudo-Volóchinov). A sua ideia sobre as duas tendências na linguística, sobre a limitação da abordagem saussuriana, sobre o problema da diferença entre o "sinal" e o "signo" e muitas outras ideias são notáveis e necessárias *hoje*. Pretendo escrever sobre o estruturalismo e a semiótica e não conseguirei sem isso. É claro, terei de citar Volóchinov (mais precisamente, eu não pretendo citar, mas recontar). Contudo, peço que me autorize a nomear Volóchinov seu discípulo ou, pelo menos, seu colega. Entre outras coisas, V. V. Vinográdov, N. I. Berkóvski, V. Chklóvski e até Dimchits *sabem com segurança* que pelo menos 90% desse livro foi escrito por você. (Pankóv, 2010, pp. 503-4)

Essa carta traz diversos elementos importantes para a compreensão do momento pelo qual Bakhtin passava e da recepção de sua obra. Primeiramente, a publicação do livro sobre Rabelais não para de encontrar obstáculos em razão do contexto político desfavorável. Kójinov tem de "pressionar" para conseguir que o processo avance e obtém sucesso na sua ação. Em segundo lugar, o meio universitário acolhe com interesse *Problemas da poética de Dostoiévski* (publicado em 1963), que, de acordo com as notas de Pankóv, é objeto de resenhas em revistas de estudos literários e, segundo a carta, será tema de um colóquio na Universidade Estatal de Moscou. Em seguida, o interesse pela metalinguística e, nesse quadro teórico, os gêneros do discurso, parece despertar cada vez mais a atenção dos estudiosos de língua e literatura. A visão corrente à época da questão da autoria de *Marxismo e filosofia da linguagem* revela-se de modo evidente.

A carta-resposta de Bakhtin de 16/11/1964 é bastante breve. Em relação à publicação de *Rabelais*, responde: "Recebi sua carta com notícias muito boas (eu já não tinha mais esperança)" (Pankóv, 2010, p. 606). Bakhtin parece seguir com bastante cautela e até desalento o processo de publicação de seu livro. Citando uma carta de L. E. Pinski de novembro de 1960, Irina Popova (2010) escreve que Bakhtin não acreditava muito no sucesso da publicação do livro sobre Rabelais. Quanto a Valentin Volóchinov, apesar de Bakhtin responder que "no que diz respeito a Volóchinov, você pode chamá-lo, de pleno direito, de meu discípulo" (Pankóv, 2010, p. 606), ele não se manifesta sobre a autoria de *Marxismo e filosofia da linguagem*.

Segue-se uma troca de cartas em que Bakhtin escreve ter feito acréscimos e correções no manuscrito de *Rabelais*, mas não há nenhum dado sobre o teor das alterações, por isso julgamos desnecessário transcrever trechos dessas cartas. Finalmente, segundo nota de Pankóv a uma carta de Bakhtin para Kójinov de 4/11/1965, informa-se: "Em 17 de novembro de 1965, M. M. Bakhtin completou 70 anos. No dia de seu aniversário saiu o livro sobre Rabelais" (Pankóv, 2010, p. 617). No entanto, Irina Popova, em seus comentários às *Obras reunidas* de M. M. Bakhtin, v. 4(2), informa que o livro saiu em 8 de dezembro de 1965.

A última carta trocada entre Bakhtin e Vadim Kójinov, de 18/11/1966, e presente no livro de Nikolai Pankóv, contém o seguinte parágrafo: "pretendo terminar *Os gêneros do discurso*. Esse trabalho avança, mas muito lentamente, pois sempre desvio para outras direções. De um modo ou de outro, eu o finalizarei" (Pankóv, 2010, p. 619). Pelas cartas percebemos que, apesar de o livro pretendido não ter chegado a termo, o projeto estava no horizonte de Bakhtin durante boa parte dos anos 1960.

* * *

A trajetória de publicação da tese de Mikhail Bakhtin sobre Rabelais como livro, entre 1930 e 1965, foi bastante conturbada, e revelou diversos aspectos essenciais para uma melhor compreensão dessa obra.

Destaco, primeiramente, a conexão estreita entre a teoria do romance elaborada nos anos 1930 e o livro sobre Rabelais, em especial a visão deste autor — tanto do ponto de vista do gênero romanesco quanto da invenção textual — como interlocutor do grande tempo da tradição literária europeia e, ao mesmo tempo, criador de uma zona de contato com a contemporaneidade, apontando tendências futuras e inconclusas do gênero literário e da cultura popular.

Em seguida, ressalto a menção, por oponentes oficiais e não oficiais do Conselho Científico do IMLI durante a defesa da tese sobre Rabelais, de que conheciam Bakhtin há muito tempo pelo seu livro sobre Dostoiévski, o que evidencia mais uma vez o fato de que *Problemas da obra de Dostoiévski* (lançado em 1929) entrou para a história da teoria literária soviética logo após a sua publicação, não tendo caído no esquecimento.

Depois, impressiona a personalidade científica de Mikhail Bakhtin que, mesmo diante de críticas contundentes, de um contexto político-ideológico desfavorável e até dos problemas de saúde e dos contratempos profissionais, reafirma reiteradamente sua convicção na originalidade de sua pesquisa sobre Rabelais e recusa a se curvar diante de exigências que o obrigariam a recontar e repetir conhecimentos já estabelecidos. Ademais, Bakhtin soube revelar nas imagens, na linguagem, nos símbolos e nos gêneros populares presentes em Rabelais uma dimensão revolucionária.

Merece destaque ainda a acusação por pareceristas da VAK de que a tese de Bakhtin adota uma abordagem formalista e emprega tendência fisiológica desagradável que lembra conjecturas reacionárias freudianas da "teoria literária", ou seja, ele é acusado de adotar duas perspectivas — a formalista e a freudiana — que foram objeto de críticas por ele, Pável Medviédev e Valentin Volóchinov nos anos 1920. Segundo Nikolai Pankóv (2010, p. 20), em decorrência das acusações da VAK, o nome de Bakhtin tornou-se "proibido" e retornou ao mundo científico apenas após a publicação em 1963 do livro *Problemas da poética de Dostoiévski*.

O projeto de publicação do trabalho sobre Rabelais é retomado só após o contato de Kójinov, Botcharov, Gátchev, Palievski e Skvoznikov, teóricos da literatura e funcionários do IMLI, em 12/11/1960, mediante carta enviada a Bakhtin (Pankóv, 2010, pp. 486-7). Segundo cartas consultadas e parcialmente transcritas neste ensaio introdutório, coube a Kójinov o protagonismo no processo de publicação, que aconteceu apenas no final de 1965. Nessa época, a publicação (não ocorrida) de um livro sobre os "gêneros do discurso" no âmbito da metalinguística estava no horizonte de Bakhtin.

Finalizo com uma breve reflexão sobre a escrita de um ensaio historiográfico em linguística e teoria literária. A reconstrução de fatos, datas e personalidades históricas se ancora em fontes primárias (atas, cartas, pareceres, estenogramas etc.) e secundárias (estudiosos russos que já se debruçaram sobre a totalidade ou parte das fontes primárias). A consulta a essas fontes revelou dados consensuais e lacunas, bem como divergências na interpretação e fixação dos acontecimentos, obrigando a reconhecer o caráter inconcluso e relativamente aberto da escrita dessa história.

Referências bibliográficas

ALPÁTOV, V. "Notas à margem do estenograma da defesa da tese de M. M. Bakhtin". *Diálogo. Carnaval. Cronotopo*, nº 1, pp. 70-97, 1997. Disponível em: <http://nevmenandr.net/dkx/?y=1997&n=1&abs=Alpatov>. Acesso em: 10/4/2021.

________. "O processo na VAK de M. M. Bakhtin". *Diálogo. Carnaval. Cronotopo*, v. 2, pp. 50-137, 1999. Disponível em: <http://nevmenandr.net/dkx/?y=1999&n=2&abs=DELOVAK>. Acesso em: 1/5/2021.

BAKHTIN, M. M. *Questões de literatura e de estética*. Moscou: Khudójestvenaia Literatura, 1975.

________. *Obras reunidas*, v. 2. *Problemas da obra de Dostoiévski* (1929). Comentários. Moscou: Rússkie Slovarí, 2000.

________. *Obras reunidas*, v. 6. *Problemas da poética de Dostoiévski* (1963). Trabalhos dos anos 1960-1970. Moscou: Rússkie Slovarí/ Iaziki Slavianskoi Kultury, 2002.

________. *Obras reunidas*, v. 4(1). François Rabelais na história do realismo (1940). Materiais para o livro sobre Rabelais (anos 1930-1950). Comentários e anexos. Moscou: Iaziki Slavianskoi Kultury, 2008.

________. *Obras reunidas*, v. 4(2). *A obra de François Rabelais e a cultura popular na Idade Média e no Renascimento* (1965). Rabelais e Gógol. A arte da palavra e a cultura cômica popular (1940, 1970). Comentários e anexos. Moscou: Iaziki Slavianskoi Kultury, 2010.

________. *A cultura popular na Idade Média e no Renascimento: o contexto de François Rabelais*. Trad. Y. Frateschi. 7ª ed. São Paulo: Hucitec, 2010 [1965].

________. *Os gêneros do discurso*. Trad. P. Bezerra. São Paulo: Editora 34, 2016 [1953-1954], pp. 11-70.

________. *Problemas da obra de Dostoiévski*. Trad., notas e glossário S. Grillo e E. V. Américo. São Paulo: Editora 34, 2022 [1929].

DUVÁKIN, V. D. *Conversas com Bakhtin*. 4ª ed. Moscou: Soglasiye, 2002 [1996].

GRILLO, S. V. C. "O retrato de Mikhail Bakhtin em sua mais recente biografia russa" (2017). *In*: BRAIT, B.; PISTORI, M. H. C.; FRANCELINO, P. F. (orgs.). *Linguagem e conhecimento: Bakhtin, Volóchinov, Medviédev*. Campinas: Pontes, 2019, pp. 15-42.

GRILLO, S. V. C.; GUEDES-PINTO, A. L.; CAMPOS, M. I. B. (orgs.). "O homem e o autor por trás de *Problemas da obra de Dostoiévski*", *Linha d'Água*, v. 1, nº 33, "90 anos de *Problemas da criação de Dostoiévski* (1929-2019)", São Paulo, USP, 2020, pp. 1-23.

KONKIN, S. S.; KONKINA, L. S. *Mikhail Bakhtin: páginas da vida e da obra*. Saransk: Saransk Mordovskoie Izdátelstvo, 1993.

KOROVACHKO, A. V. *Mikhail Bakhtin*. Moscou: Molodaia Gvardiia, 2017.

NIKOLÁIEV, V. "Superação do atraso na elaboração dos problemas atuais da teoria literária". *Cultura e Vida*, Moscou, 20/11/1947.

PANKÓV, H. A. *Questões da biografia e da obra científica de M. M. Bakhtin*. Moscou: MGU, 2010.

POPOVA, I. L. "Comentários". *In*: BAKHTIN, M. M. *Obras reunidas*, v. 4(1). François Rabelais na história do realismo (1940). Materiais para o livro sobre Rabelais (anos 1930-1950). Comentários e anexos. Moscou: Iaziki Slavianskoi Kultury, 2008, pp. 831-924.

_________. *O livro de M. M. Bakhtin sobre François Rabelais e sua importância para a teoria da literatura*. Moscou: IMLI, 2009.

_________. "Comentários". *In*: BAKHTIN, M. M. *Obras reunidas*, v. 4(2). *A obra de François Rabelais e a cultura popular na Idade Média e no Renascimento* (1965). Rabelais e Gógol. A arte da palavra e a cultura cômica popular (1940, 1970). Comentários e anexos. Moscou: Iaziki Slavianskoi Kultury, 2010, pp. 523-696.

A obra de François Rabelais e a cultura popular na Idade Média e no Renascimento

Introdução (a colocação do problema)

De todos os grandes escritores da literatura mundial, Rabelais é, entre nós, o menos popular, o menos estudado, o menos compreendido e valorizado.

No entanto, Rabelais ocupa um dos primeiros lugares entre os grandes criadores das literaturas europeias. Bielínski[1] considerava Rabelais genial, o "Voltaire do século XVI", e seu romance um dos melhores do passado. Os teóricos da literatura e os escritores ocidentais costumam colocar Rabelais — pela sua força artístico-ideológica e sua importância histórica — imediatamente depois de Shakespeare ou até mesmo ao lado dele. Os românticos franceses, sobretudo Chateaubriand e Hugo, incluíam-no no seleto grupo dos maiores "gênios da humanidade" de todos os tempos e povos. Consideravam-no, e ainda o consideram, não só um grande escritor no sentido habitual, mas até mesmo um sábio e um profeta. Eis uma opinião sobre Rabelais muito ilustrativa feita pelo historiador Michelet:

> Rabelais recolheu de fato a sabedoria do *universo popular dos velhos dialetos, dos ditados, dos*

[1] Vissarion Bielínski (1811-1848) foi o mais influente crítico literário russo do século XIX. Após ler *Gente pobre* (1846), ele afirmou que Dostoiévski seria o "novo Gógol", mas depois se desentendeu com o escritor por este não priorizar a crítica social em sua obra posterior. (N. da T.)

> *provérbios, das farsas estudantis, da boca dos bobos e bufões.*
>
> E, por meio dessa *bufonaria*, o gênio do século e sua *força profética* se revelam em toda a sua grandeza. Onde Rabelais não encontra, ele *entrevê*, ele promete, ele direciona. Nesse bosque de sonhos, vê-se sob cada folha frutos que serão colhidos pelo *futuro*. Todo esse livro é um *ramo de ouro*.[2] [Aqui e em outras citações os grifos são meus — M. B.]

É claro que todas as opiniões e avaliações desse gênero são relativas. Não pretendemos discutir aqui questões sobre a possibilidade de colocar Rabelais ao lado de Shakespeare, acima ou abaixo de Cervantes etc. Todavia, o lugar histórico de Rabelais ao lado desses criadores das novas literaturas europeias, ou seja, ao lado de Dante, Boccaccio, Shakespeare, Cervantes, é indiscutível. De modo essencial, Rabelais definiu os destinos não só da literatura e da língua literária francesas, mas também da literatura mundial (é provável que não menos do que Cervantes). Tampouco resta dúvida de que ele é o mais *democrático* entre os fundadores das novas literaturas. Entretanto, o mais importante para nós é que Rabelais está ligado de maneira mais estreita e essencial às fontes *populares* e ainda específicas (Michelet as enumera com bastante precisão, embora não as esgote) — essas fontes determinaram todo o sistema de suas imagens e sua cosmovisão artística.

É justamente esse caráter popular específico e, por assim dizer, radical, de todas as imagens de Rabelais que explica aquela sua saturação excepcional de futuro, a qual Michelet destaca com toda razão no excerto citado. O mesmo caráter

[2] Jules Michelet, *Histoire de France*, v. X, Paris, Chamerot, 1860, p. 58. O "ramo de ouro" é uma referência ao ramo profético entregue pela Sibila a Eneias.

popular explica a "não literariedade" específica de Rabelais, ou seja, a não correspondência de suas imagens a todos os cânones e normas dominantes de literariedade do final do século XVI até os nossos dias, por mais que o seu conteúdo tenha mudado. Rabelais não lhes correspondia em grau muito maior do que Shakespeare ou Cervantes, que só não atendiam aos cânones classicistas relativamente estreitos. As imagens de Rabelais distinguem-se por uma não oficialidade específica, categórica e inextinguível: nenhum dogmatismo, nenhum autoritarismo, nenhuma seriedade unilateral podem coexistir com as imagens rabelaisianas, inimigas de qualquer finalização e estabilidade, de qualquer seriedade limitada, de qualquer caráter pronto e resolvido no campo do pensamento e da cosmovisão.

Disso decorre a solidão particular de Rabelais nos séculos seguintes: é impossível aproximar-se dele por quaisquer caminhos largos e trilhados da criação artística e do pensamento ideológico da Europa burguesa ao longo dos quatro séculos que nos separam dele.

E se no decorrer desses séculos encontramos muitos apreciadores entusiasmados de Rabelais, em lugar algum identificamos uma compreensão relativamente abrangente e explícita dele. Os românticos, que descobriram Rabelais, Shakespeare e Cervantes, não souberam, porém, revelá-lo e não foram além da estupefação admirada. Muitos rejeitaram e ainda rejeitam Rabelais. A grande maioria simplesmente não o entende. Em essência, até hoje as imagens de Rabelais permanecem, em grande medida, um mistério.

Esse mistério pode ser resolvido só por meio de um estudo profundo das *fontes populares* de Rabelais. Se, por um lado, Rabelais parece tão solitário e diferente dos representantes da "grande literatura" dos últimos quatro séculos de história, por outro, com base em uma criação popular corretamente compreendida, são justamente esses quatro séculos de desenvolvimento da literatura que podem parecer específicos e distintos de tudo, enquanto *as imagens de Rabelais estão em harmonia com os milênios de desenvolvimento da cultura popular*.

Rabelais é o mais difícil de todos os clássicos da literatura mundial, pois para a sua compreensão é necessária a reconstrução essencial de toda a percepção artístico-ideológica, a habilidade para abstrair-se de muitas exigências do gosto literário profundamente enraizadas, a revisão de muitos conceitos e, o principal, a inserção profunda nos campos pouco e superficialmente estudados da criação popular do *riso*.[3]

Rabelais é difícil. Contudo, a correta compreensão de sua obra lança, por sua vez, uma luz sobre milênios de desenvolvimento da cultura popular do riso, da qual o autor é o mais importante expoente no campo literário. A importância de Rabelais para iluminar essa cultura é imensa; seu romance deve tornar-se uma chave para o relicário grandioso, pouco estudado e quase totalmente incompreendido da criação popular do riso. Em primeiro lugar, é necessário, porém, ter acesso a essa chave.

O objetivo da presente Introdução é expor o problema da cultura popular do riso na Idade Média e no Renascimento, definir a sua relevância e apresentar uma caracterização prévia da sua originalidade.

O riso popular e suas formas são, como já dissemos, o campo menos estudado da criação popular. Uma concepção estreita da origem popular e do folclore, que se formou na época pré-romântica e foi finalizada principalmente por

[3] O adjetivo *smekhovói*, que significa literalmente "do riso" e contém o radical *smiekh* (riso), é empregado por Bakhtin durante todo o livro. Considerando que o autor quase não utiliza o adjetivo *komítcheski* (cômico), optamos por traduzir, sempre que possível, por "do riso", mas em alguns casos tivemos de optar por "cômico" por soar melhor em português. (N. da T.)

Herder[4] e os românticos, excluiu quase por completo a especificidade da cultura popular da praça e do riso em toda a riqueza de suas manifestações. Mesmo no desenvolvimento posterior dos estudos do folclore e da literatura, o povo que ri na praça não se tornou objeto de nenhuma investigação atenta e profunda da cultura, da história, do folclore e da literatura. O riso ocupa o lugar mais modesto na numerosa bibliografia científica dedicada ao rito, ao mito, à criação popular épica e lírica. No entanto, o principal problema é que a natureza específica do riso popular é percebida de modo totalmente deturpado, uma vez que lhe são aplicados representações e conceitos totalmente alheios e formados nas condições da cultura e da estética burguesa na Modernidade. Portanto, é possível afirmar, sem exagero, que a originalidade profunda da cultura popular do riso no passado continua não revelada até hoje.

Todavia, tanto o volume quanto a importância dessa cultura na Idade Média e no Renascimento foram enormes. Na Idade Média, todo um mundo infinito de formas e manifestações do riso se opunha (pelo seu tom) à cultura oficial e séria da Igreja e do sistema feudal. Apesar de toda a diversidade dessas formas e manifestações (as festividades na praça de tipo carnavalesco, alguns ritos e cultos do riso, os bufões e os bobos, os gigantes, os anões e os monstros, os palhaços de todo tipo e gênero, a vasta e variada literatura paródica etc.), todas elas possuem um mesmo estilo e são partes e partículas de uma única e íntegra cultura carnavalesca do riso popular.

As variadas manifestações e expressões da cultura popular do riso podem, por seu caráter, ser subdivididas em três formas principais:

[4] Johann Gottfried von Herder (1744-1803), filósofo e escritor alemão que influenciou o jovem Goethe. (N. da T.)

1) *As formas de rituais e de espetáculos* (festividades de tipo carnavalesco, diversos atos do riso na praça etc.).

2) *Obras verbais do riso* (inclusive as paródias) de gêneros variados: orais e escritas, em latim e nas línguas vernáculas.

3) *As diversas formas e gêneros do discurso*[5] *sem cerimônias da praça* (xingamentos, perjúrios, juramentos, brasões populares etc.).

Apesar de toda a sua diversidade, essas três formas refletem o mesmo aspecto do riso universal, estão estreitamente ligadas e se entrelaçam de diversos modos.

Apresentaremos uma caracterização prévia de cada uma dessas formas do riso.

* * *

As festividades de tipo carnavalesco, bem como os atos e ritos do riso ligados a elas, ocuparam um lugar imenso na vida das pessoas na Idade Média. Além do próprio carnaval com seus complexos atos e procissões na praça e na rua que duravam dias, eram celebradas as "festas dos loucos" (*festa stultorum*) e as "festas do asno", existindo ainda um "riso pascal" (*risus paschalis*) específico, livre e consagrado pela tradição. Mais do que isso, quase toda festa religiosa tinha seu lado do riso popular e da praça, que também era consagrado pela tradição. São assim, por exemplo, as chamadas "festas templárias", que costumavam ser acompanhadas de feiras com um sistema rico e variado de diversões da praça (das quais participavam gigantes, anões, monstros, animais "adestra-

[5] Trata-se da expressão russa *janri riétchi* ou *retchevie janri*, a mesma que aparece em *Marxismo e filosofia da linguagem*, de Valentin Volóchinov, para designar os pequenos gêneros da ideologia do cotidiano, e em *Os gêneros do discurso*, de Mikhail Bakhtin, em que é proposta a divisão entre primários e secundários. (N. da T.)

dos"). Uma atmosfera carnavalesca reinava nos dias da encenação de mistérios e *soties*.[6] Ademais, ela reinava em festividades agrícolas, como durante a colheita da uva (*vendange*), que ocorria também nas cidades. O riso costumava acompanhar ainda cerimônias e rituais civis e cotidianos: os bufões e os bobos eram participantes constantes e imitavam parodicamente diversos momentos de cerimônias sérias (a glorificação dos vencedores nos torneios, as cerimônias de transferência de direitos de vassalagem, as condecorações de cavaleiros etc.). Mesmo os banquetes cotidianos não ocorriam sem elementos da organização do riso, por exemplo, a eleição das rainhas e dos reis temporários "para rir" (*roi pour rire*).

Essas formas rituais de espetáculo organizadas segundo o princípio do riso e consagradas pela tradição eram difundidas em todos os países da Europa medieval, mas, nos países românicos, aí incluída a França, elas se distinguiam por sua riqueza e complexidade específicas. A seguir, no decorrer de nossa análise do sistema imagético de Rabelais, faremos uma investigação mais completa e detalhada das formas rituais de espetáculo.

Todas essas formas rituais de espetáculo, por serem organizadas segundo o princípio do *riso*, diferiam com extrema nitidez, e pode-se dizer por princípio, das formas e das cerimônias *sérias* e oficiais de culto, religiosas e estatais feudais. Elas mostravam um aspecto completamente outro e não oficial do mundo, do ser humano e de suas relações, fora da Igreja e do Estado; é como se construíssem *um segundo mundo e uma segunda vida* do outro lado de tudo o que é oficial; todas as pessoas na Idade Média participavam delas em maior ou menor grau e nelas *viviam* em uma determinada época do ano. Trata-se de uma *dualidade do mundo* especi-

[6] Farsa de caráter satírico encenada na Idade Média por atores vestidos de bufões. Estes representavam diferentes personagens do imaginário popular do riso, como uma alegoria da sociedade da época. (N. da T.)

fica, sem a qual nem a consciência cultural da Idade Média, nem a cultura do Renascimento podem ser corretamente compreendidas. Desconsiderar ou subestimar o riso popular na Idade Média distorce todo o quadro do desenvolvimento histórico posterior da cultura europeia.

O aspecto duplo da percepção de mundo e da vida humana existiu já nos primórdios do desenvolvimento da cultura. No folclore dos povos ancestrais, ao lado dos cultos sérios (pela organização e tom) ocorriam cultos do riso, que ridicularizavam e blasfemavam a divindade ("o riso ritual"); ao lado dos mitos sérios havia mitos do riso e de injúria; ao lado dos heróis existiam seus duplos-sósias paródicos. Nos últimos tempos, esses ritos e mitos do riso começam a atrair a atenção dos folcloristas.[7]

No entanto, em etapas primordiais e nas condições de uma ordem social sem classe e sem Estado, os aspectos sério e do riso da divindade, do mundo e do ser humano eram, pelo visto, igualmente sagrados e, por assim dizer, "oficiais". Mesmo nos períodos mais tardios, esse traço às vezes foi preservado em alguns ritos. Por exemplo, até na etapa estatal em Roma, a cerimônia de triunfo incluía, quase em termos iguais, tanto a glorificação quanto a ridicularização do vencedor; já no ritual funerário se praticava tanto a lamentação (glorificadora) do defunto, quanto a sua ridicularização. Contudo, nas condições de uma ordem de classe e de Estado estabelecida, uma igualdade completa dos dois aspectos é impossível, e todas as formas do riso — algumas mais cedo, outras mais tarde — passam a ser não oficiais, são de certa maneira repensadas, complicam-se, aprofundam-se e

[7] Confira as análises muito interessantes dos sósias do riso e as reflexões sobre essa questão no livro de E. M. Meletínski, *Proiskhojdiénie geroítcheskogo épossa* [*A origem do epos heroico*], Moscou, Izd-vo Stochoi Lit-ry, 1963 (em particular nas páginas 55-8); nesse livro há ainda indicações bibliográficas.

tornam-se as formas principais de expressão da cosmovisão e da cultura populares. São assim as festividades de tipo carnavalesco do mundo antigo, em particular as saturnálias romanas, e os carnavais medievais. Eles, é claro, já estão muito distantes do riso ritual da comunidade ancestral.

Quais seriam as particularidades específicas das formas rituais de espetáculo do riso na Idade Média e, sobretudo, qual seria a sua natureza, ou seja, o modo de sua existência?

É claro que não são ritos religiosos como a liturgia cristã, da qual são parentes genéticos distantes. O princípio do riso que organiza os ritos carnavalescos liberta-os de qualquer dogmatismo religioso clerical, do misticismo e da devoção; eles são completamente desprovidos tanto do caráter mágico quanto da prece (nada exigem e nada pedem). Ademais, algumas formas carnavalescas são uma paródia explícita do culto religioso. Todas as formas carnavalescas são coerentemente exteriores à Igreja e à religião. Pertencem a uma esfera outra da existência.

Pelo seu caráter visual e concreto-sensorial, bem como pela forte presença do elemento *lúdico*, elas se aproximam das formas artístico-imagéticas e, mais precisamente, das teatrais de espetáculo. De fato, na Idade Média uma grande parcela das formas teatrais de espetáculo tendia à cultura carnavalesca popular da praça e, de certo modo, fazia parte dela. Porém, o núcleo carnavalesco principal dessa cultura não é de todo uma forma teatral de espetáculo puramente *artística* nem integra o campo da arte. Esse núcleo se encontra nas fronteiras entre a arte e a própria vida. Em essência, é a própria vida, só que apresentada de um modo lúdico específico.

Com efeito, o carnaval não conhece a divisão entre intérpretes e espectadores. Ele não conhece a ribalta mesmo em sua forma embrionária. A ribalta destruiria o carnaval (assim como o contrário: a eliminação da ribalta destruiria o espetáculo teatral). O carnaval não se contempla, nele se *vive*, e vivem *todos*, porque por princípio ele é *de todo o povo*. Enquanto é celebrado o carnaval, não há para ninguém outra vida além da carnavalesca. Dele não se pode fugir, pois o carnaval não conhece limites espaciais. Durante o carnaval só se pode viver segundo suas leis, ou seja, segundo as leis da *liberdade* carnavalesca. O carnaval tem um caráter universal, é um estado específico do mundo (seu renascimento e renovação), do qual todos participam. Esta é a ideia do carnaval, a sua essência, que era sentida vivamente por todos os seus participantes. Essa ideia do carnaval se manifestou e foi concebida com maior nitidez nas saturnálias romanas, vistas como um retorno real e completo (ainda que temporário) da era de ouro de Saturno à Terra. As tradições das saturnálias não se interromperam e se mantiveram vivas no carnaval da Idade Média, que, mais do que outras festividades medievais, encarnou com maior completude e pureza essa ideia da renovação universal. Outras festividades medievais de tipo carnavalesco eram, em maior ou menor grau, limitadas e encarnavam a ideia do carnaval de forma menos completa e pura, mas mesmo nelas essa ideia estava presente e era percebida vivamente como uma saída temporária dos limites da ordem habitual (oficial) da vida.

Nesse sentido, o carnaval não foi uma forma artística, teatral e de espetáculo, antes foi uma espécie de forma real (ainda que temporária) da própria vida, que não era apenas encenada, mas vivida quase de verdade (durante o carnaval). Essa ideia pode ser expressa da seguinte maneira: no carnaval, a própria vida encena interpretando (sem o palco cênico, sem a ribalta, sem os atores, sem os espectadores, ou seja, sem qualquer especificidade teatral artística) outra forma livre (liberta) da sua realização, seu renascimento e renovação com base em princípios melhores. Aqui a forma real da vida é ao mesmo tempo sua forma ideal ressuscitada.

Figuras como os bufões e os bobos são características da cultura do riso medieval. Eles foram uma espécie de portadores constantes e presentes do princípio carnavalesco na vida comum (ou seja, não carnavalesca). Tais bufões e bobos, por exemplo, Triboullet na corte de Francisco I (que aparece também no romance de Rabelais), não eram em absoluto atores que interpretavam no palco cênico os papéis de bufão ou bobo (como fizeram mais tarde atores cômicos que desempenhavam em cena os papéis de Arlequim, Hans Wurst etc.). Na vida, independentemente de onde estivessem, eles sempre permaneciam bufões e bobos. Como bufões e bobos, são portadores de uma forma de vida específica, ao mesmo tempo real e ideal. Eles se encontram nas fronteiras entre a vida e a arte (como se estivessem em uma espécie de esfera transitória): não são simplesmente excêntricos ou tolos (no sentido habitual), tampouco atores cômicos.

Em síntese, no carnaval a própria vida encena, e essa encenação se transforma temporariamente na própria vida. Essa é a natureza específica do carnaval, ou seja, a peculiaridade da sua existência.

O carnaval é a segunda vida do povo, organizada segundo o princípio do riso. É a sua *vida festiva*. Na Idade Média, o caráter festivo é a particularidade essencial de todas as formas do riso rituais e de espetáculo.

Externamente, todas essas formas eram relacionadas às festas religiosas. Mesmo o carnaval, que não era vinculado a nenhum acontecimento da história sagrada e a nenhum santo, coincidia com os últimos dias antes da quaresma (por isso na França ele era chamado de *Mardi Gras* ou *Carêmprenant*, e nos países germânicos de *Fastnacht*). É ainda mais essencial a relação genética dessas formas com as antigas festividades pagãs de tipo agrário, que incluíam o elemento do riso em seu rito.

A festividade (seja qual for) é uma *forma primária* muito importante da cultura humana. É impossível deduzi-la ou explicá-la a partir das condições e dos objetivos práticos do trabalho social ou, de forma mais vulgar ainda, a partir das necessidades biológicas (fisiológicas) de um descanso periódico. A festividade sempre teve um conteúdo semântico e de cosmovisão essencial e profundo. Nenhum exercício de organização e aperfeiçoamento do processo de trabalho social, nenhum "brincar de trabalhar" e nenhum descanso ou intervalo no trabalho podem vir a ser *por si sós festivos*. Para que se tornem festivos, é preciso que se acrescente algo de outra esfera da existência, da esfera espiritual ideológica. Eles devem obter uma sanção não do mundo dos *meios* e condições necessários, mas do mundo dos *fins superiores* da existência humana, ou seja, do mundo dos ideais. Sem isso não há nem pode haver nenhuma festividade.

A festividade tem uma relação essencial com o tempo. Na sua base sempre há uma concepção determinada e concreta do tempo natural (cósmico), biológico e histórico. Ademais, as festividades, em todas as etapas do seu desenvolvimento histórico, eram relacionadas aos momentos de *crise* e de ruptura na vida da natureza, da sociedade e do ser humano. Os momentos de morte e de renascimento, as alternâncias e as renovações sempre nortearam a percepção de mundo festiva. Foram precisamente esses momentos — nas formas concretas de determinadas festas — que criaram a festividade específica da festa.

Nas condições de uma ordem de classe e de Estado feudal na Idade Média, essa festividade da festa, ou seja, sua relação com os fins superiores da existência humana, com o renascimento e a renovação pode realizar-se, em toda a sua plenitude e pureza não distorcida, apenas no carnaval e no aspecto popular e da praça de outras festas. A festividade aqui se tornou uma segunda forma de vida do povo, que ingressou temporariamente no reino utópico da união universal, da liberdade, da igualdade e da abundância.

As festas oficiais da Idade Média — tanto as religiosas quanto as do Estado feudal — nunca desviavam da ordem de mundo existente nem criavam uma segunda vida. Ao contrário, elas consagravam e sancionavam a ordem existente, fortalecendo-a. A relação com o tempo se tornou formal, as alternâncias e as crises foram transferidas para o passado. Em essência, a festa oficial olhava apenas para trás, para o passado, e por meio desse passado consagrava a ordem presente. A festa oficial, às vezes até contrariando a sua própria ideia, afirmava a estabilidade, a imutabilidade e a eternidade de toda a ordem de mundo existente: da hierarquia, dos valores, normas e proibições religiosos, políticos e morais. A festa era um triunfo da verdade já pronta, vencedora e dominante, que se apresentava como uma verdade eterna, imutável e indiscutível. Por isso também o tom da festa oficial só podia ser monoliticamente *sério*, e o princípio do riso era alheio à sua natureza. Justamente por essa razão a festa oficial traía a natureza *autêntica* da festividade humana e a distorcia. Contudo, essa festividade autêntica era indestrutível, razão pela qual era preciso tolerá-la e em parte até legalizá-la fora da festa oficial, concedendo-lhe a praça popular.

Em oposição à festa oficial, o carnaval celebrava uma espécie de libertação temporária da verdade dominante e da ordem existente, a anulação temporária de todas as relações hierárquicas, privilégios, normas e proibições. Era uma verdadeira festa do tempo, da formação, das alternâncias e das renovações. O carnaval era avesso a toda eternização, conclusão e fim. Ele olhava para o futuro inconcluso.

A anulação de todas as relações hierárquicas durante o carnaval tinha uma importância especial. Nas festas oficiais, as distinções hierárquicas se sobressaíam: os participantes tinham de se apresentar com todas as distinções da sua patente, posto, mérito e ocupar o lugar correspondente à sua classe. A festa consagrava a desigualdade. Em oposição a isso, no carnaval todos eram considerados iguais. Na praça carnavalesca, reinava uma forma específica de contato sem cerimônias e livre entre as pessoas, que, na vida habitual ou não carnavalesca, estavam separadas pelas barreiras intransponíveis da posição de classe, de bens, de serviço, de família e idade. No contexto da extrema divisão hierárquica da ordem feudal na Idade Média e da excepcional desunião corporativa e de classe das pessoas nas condições de vida habitual, esse contato livre e sem cerimônias entre todas as pessoas era sentido de maneira especialmente aguda e compunha uma parte essencial da percepção de mundo carnavalesca geral. É como se o ser humano renascesse para relações novas e puramente humanas. A alienação desaparecia temporariamente. O ser humano retornava a si próprio e sentia-se humano entre seus semelhantes.

Esse humanismo autêntico das relações não só era objeto da imaginação ou do pensamento abstrato, mas era realizado e vivido de modo real no contato material sensível. O ideal-utópico e o real se fundiam temporariamente nessa percepção de mundo carnavalesca e única.

Essa temporária eliminação ideal e real das relações hierárquicas entre as pessoas criava na praça carnavalesca um tipo específico de comunicação, que era impossível na vida comum. Aqui também eram elaboradas as formas particulares, sinceras e livres da linguagem e do gesto da praça, que não reconheciam quaisquer distâncias entre aqueles que se comunicavam e estavam livres das normas de etiqueta e de decoro comuns (extracarnavalescas). Formou-se um estilo específico de linguagem carnavalesca e da praça, cujos exemplos encontraremos em abundância em Rabelais.

No processo de desenvolvimento do carnaval na Idade Média, que ocorreu durante muitos séculos e foi preparado por milênios de desenvolvimento de ritos do riso mais antigos (incluindo as saturnálias na Antiguidade), foi elaborada uma espécie de linguagem particular de formas e símbolos carnavalescos, muito rica e capaz de expressar uma percepção de mundo popular una, porém complexa e carnavalesca. Essa percepção de mundo, avessa a tudo o que era pronto e finalizado e a quaisquer pretensões à estabilidade e à eternidade, exigia formas dinâmicas e mutáveis ("proteicas"), lúdicas e instáveis para sua expressão. O *pathos*[8] das alternâncias e renovações, ou seja, a consciência da relatividade alegre das verdades e dos poderes dominantes, preenche todas as formas e os símbolos da linguagem carnavalesca. Para ela, é muito característica a lógica peculiar da "inversão" (*à l'envers*), do "contrário", "às avessas", a lógica dos deslocamentos constantes entre alto e baixo ("roda"), face e traseiro; são característicos todo tipo de paródias e travestias, rebaixamentos, profanações, coroações e destronamentos bufos. A segunda vida, ou o segundo mundo da cultura popular, é construída, de certo modo, como uma paródia da vida habitual, ou seja, extracarnavalesca, como um "mundo às avessas". Contudo, é necessário salientar que a paródia carnavalesca difere muito da paródia puramente negativa e formal da Idade Moderna: ao negar, a paródia carnavalesca ao mesmo tempo ressuscita e renova. De modo geral, a pura negação é completamente alheia à cultura popular.

Aqui, na Introdução, apenas realizamos um breve panorama da linguagem excepcionalmente rica e peculiar das formas e dos símbolos carnavalescos. O principal objetivo de todo o nosso trabalho é compreender essa linguagem quase esquecida e já bastante obscura para nós. Foi justamente essa linguagem que Rabelais utilizou. Sem conhecê-la, é impossível compreender de fato o sistema de imagens rabelaisiano. No entanto, essa linguagem carnavalesca foi empregada de modo distinto, e em maior ou menor grau, também por Erasmo, Shakespeare, Cervantes, Lope de Vega, Tirso de Molina, Guevara e Quevedo, bem como pela "literatura alemã dos bufões" (*Narrenliteratur*), Hans Sachs, Fischart, Grimmelshausen e outros. Sem o conhecimento dessa linguagem é impossível uma compreensão abrangente e completa da litera-

[8] Termo originário da retórica de Aristóteles que depois foi ampliado na obra de Hegel e utilizado com frequência no discurso científico em língua russa com o sentido de ênfase, acento, destaque, relevo. (N. da T.)

tura do Renascimento e do Barroco. Não só a literatura de ficção, mas também as utopias renascentistas e a própria cosmovisão renascentista foram profundamente impregnadas pela percepção de mundo carnavalesca e revestidas com frequência por suas formas e seus símbolos.

Abordaremos brevemente a natureza complexa do riso carnavalesco. Trata-se, acima de tudo, de um *riso festivo*. Por conseguinte, não é uma reação individual a algum fenômeno singular (isolado) "engraçado". O riso carnavalesco é, em primeiro lugar, *de todo o povo* (o pertencimento a todo o povo, como já tratamos, faz parte da própria natureza do carnaval); todos riem, e é um riso "diante de todos"; em segundo lugar, ele é *universal*, ou seja, está orientado para tudo e para todos (inclusive para os próprios participantes do carnaval), o mundo todo é representado de modo engraçado, é percebido e compreendido em seu aspecto do riso e em sua relatividade alegre; por fim, esse riso é *ambivalente*: é alegre, jubiloso e, ao mesmo tempo, zombeteiro, escarnecedor, ele tanto nega quanto afirma, tanto sepulta quanto ressuscita. É assim o riso carnavalesco.

Observemos uma particularidade importante do riso popular e festivo: esse riso é direcionado também para aqueles que riem. O povo não se exclui do todo do mundo em formação. Ele também é inconcluso, ao morrer nasce e se renova. Nisso está uma das distinções essenciais do riso popular e festivo em relação ao riso puramente satírico da Idade Moderna. Um satirista puro, que conhece apenas o riso negativo, coloca-se fora do fenômeno satirizado, opõe-se a ele, e desse modo é destruída a integridade do aspecto risível do mundo, ou seja, o risível (negativo) passa a ser um fenômeno particular. Já o riso popular e ambivalente expressa o ponto de vista da totalidade do mundo em constituição, da qual mesmo aquele que ri faz parte.

Enfatizemos aqui a especificidade da cosmovisão e do caráter utópico desse riso festivo, bem como sua orientação para o mais elevado. Em uma forma essencialmente ressignificada, nele estava ainda viva a ridicularização ritual da divindade presente nos ritos do riso mais antigos. Aqui desapareceu tudo o que era limitado e cultual, mas permaneceu aquilo que era de toda a humanidade, universal e utópico.

Rabelais foi o último e maior expoente desse riso popular e carnavalesco na literatura mundial. Sua criação nos permite penetrar na natureza complexa e profunda desse riso.

É muito importante colocar com correção o problema do riso popular. Até hoje na literatura sobre ele ocorre sua modernização grosseira: no espírito da literatura do riso na Idade Moderna, ele é interpretado ora como um riso satírico puramente negativo (nesse caso Rabelais é declarado como um puro satírico), ora como um riso puramente de diversão, leviano, alegre e desprovido de qualquer profundidade e força de cosmovisão. A sua ambivalência costuma ser ignorada por completo.

* * *

Passemos à segunda forma da cultura popular do riso na Idade Média: as obras verbais do riso (na língua latina e nas vernáculas).

É evidente que já não se trata de folclore (embora uma parte dessas obras em línguas vernáculas possa ser atribuída ao folclore). No entanto, toda essa literatura foi impregnada pela percepção de mundo carnavalesca, fazia amplo uso da linguagem das formas e das imagens carnavalescas, desenvolveu-se sob o abrigo das liberdades carnavalescas legitimadas e, na maioria dos casos, estava ligada de modo organizacional com as festividades de tipo carnavalesco, integrando diretamente, por vezes, uma parte literária delas.[9] Também ne-

[9] Algo análogo ocorreu na Roma antiga, onde a literatura do riso gozou de certas liberdades próprias das saturnálias, às quais estava ligada de modo organizacional.

la o riso é ambivalente e festivo. Ela era uma literatura festiva e recreativa da Idade Média.

As festividades de tipo carnavalesco, como já tratamos, ocupavam um lugar de destaque na vida das pessoas da Idade Média, e inclusive no tempo: as grandes cidades medievais viviam uma vida carnavalesca que durava até três meses do ano. A influência da percepção de mundo carnavalesca sobre a visão e o pensamento das pessoas era incontornável: é como se ela os obrigasse a se abstrair de sua posição oficial (de monge, clérigo, cientista) e a perceber o mundo em seu aspecto do riso e carnavalesco. Não só os estudantes e o baixo clero, mas também o alto clero e os teólogos eruditos se permitiam recreações alegres, ou seja, um descanso da seriedade devota, e "brincadeiras monásticas" (*joca monachorum*), como era chamada uma das mais populares obras da Idade Média. Em suas celas, eles criavam tratados científicos paródicos e semiparódicos e outras obras do riso em língua latina.

A literatura medieval do riso se desenvolveu durante um milênio ou até mais, uma vez que seus princípios remontam ainda à Antiguidade cristã. Durante um período tão longo de sua existência, essa literatura, é claro, passou por transformações bastante significativas (a literatura na língua latina foi a que menos mudou). Foram elaboradas diversas formas de gênero e variações estilísticas. Não obstante, apesar de todas as diferenças históricas e de gênero, essa literatura permanece — em maior ou menor grau — uma expressão da percepção de mundo popular e carnavalesca, bem como emprega a linguagem das formas e símbolos carnavalescos.

A literatura semiparódica e puramente paródica na língua latina era muito conhecida. É enorme a quantidade de manuscritos dessa literatura que chegou até nós. Toda a ideologia e a ritualidade religiosas e oficiais são aqui representadas no aspecto do riso. Nessa literatura, o riso perpassa as mais elevadas esferas do pensamento e do culto religiosos.

Uma das obras mais antigas e populares dessa literatura — *Coena Cypriani* [*A ceia de Cipriano*] — realiza uma peculiar travestia carnavalesca e de banquete a todas as Sagradas Escrituras (tanto da Bíblia quanto dos Evangelhos). Essa obra era consagrada pela tradição do "riso pascal" livre (*risus paschalis*); e, além disso, nela são ouvidos ecos distantes das saturnálias romanas. Outra obra muito antiga da literatura do riso — de Virgilius Maro Grammaticus — é um tratado erudito semiparódico sobre a gramática latina e, ao mesmo tempo, uma paródia da sabedoria escolástica e dos métodos científicos do início da Idade Média. Ambas as obras, criadas quase no limiar da Idade Média com o mundo antigo, inauguram a literatura latina do riso medieval e exercem uma influência determinante sobre suas tradições. A popularidade dessas obras se estendeu quase até a época do Renascimento.

No desenvolvimento posterior da literatura latina do riso, surgem duplos paródicos literalmente de todos os aspectos do culto e da doutrina religiosos. Trata-se da assim chamada *parodia sacra*, um dos fenômenos mais peculiares e até o momento menos compreendidos da literatura medieval. Chegaram até nós as mais variadas liturgias paródicas (a "liturgia dos bêbados", a "liturgia dos jogadores" e outras), as paródias das leituras evangélicas e das preces, inclusive das mais sagradas (o "Pai-Nosso", a "Ave-Maria" etc.), das litanias, dos hinos religiosos, dos salmos, assim como as travestias de várias máximas dos Evangelhos etc. Foram criados ainda testamentos paródicos ("testamento do porco", "testamento do burro"), os epitáfios paródicos, as resoluções paródicas dos concílios etc. Essa literatura é praticamente infindável. Toda ela era consagrada pela tradição e, em certa medida, tolerada pela Igreja. Uma parte dela era criada e existia sob a égide do "riso pascal" ou "riso natalino", outra parte (as liturgias e as preces paródicas) estava diretamente ligada à "festa dos loucos", durante a qual provavelmente era encenada.

Além das variações da literatura latina do riso já citadas, existiam ainda outras, por exemplo, as disputas e os diálogos paródicos, as crônicas paródicas etc. Toda essa literatura em latim demandava de seus autores certo grau de erudição (às vezes bem elevado). Essas variações foram ecos e ressonâncias do riso carnavalesco da praça dentro dos muros dos monastérios, das universidades e das escolas. A literatura latina do riso na Idade Média atingiu o seu apogeu na etapa mais alta do Renascimento com o *Elogio da loucura* de Erasmo (uma das maiores criações do riso carnavalesco de toda a literatura mundial) e com as *Cartas de homens obscuros* (*Epistolae obscurorum virorum*).

A literatura medieval do riso nas línguas vernáculas foi não menos rica e ainda mais variada. Aqui também encontraremos fenômenos análogos à *parodia sacra*: preces e sermões paródicos (os assim chamados *sermons joyeux*, ou seja, os "sermões alegres" na França), cânticos natalinos, lendas hagiográficas paródicas etc. Contudo, nesse caso predominam paródias e travestias laicas, que apresentam um riso próprio da ordem feudal e do seu imaginário heroico. São assim as obras épicas medievais: sobre animais, bufões, pícaros e bobos; os elementos da épica heroica paródica dos *cantastors*, bem como o surgimento dos duplos do riso de heróis épicos (*Roland cômico*) e outros. Surgem romances de cavalaria paródicos (*La mule sans frein* [*A mula sem freio*], *Aucassin et Nicolette*). Desenvolvem-se gêneros diversos da retórica do riso: toda espécie de "debates" de tipo carnavalesco, de disputas, de diálogos, de "discursos[10] elogiosos" cômicos (ou "glorificações") etc. O riso carnavalesco soa nos *fabliaux* e nas peculiares obras líricas dos vagantes (estudantes errantes).

[10] Tradução do termo russo *slová*, que significa literalmente "palavras", mas no contexto da retórica consideramos "discurso" mais adequado. (N. da T.)

Todos esses gêneros e obras da literatura do riso estão ligados com a praça carnavalesca e, claro, empregam de modo muito mais amplo formas e símbolos carnavalescos do que a literatura latina do riso. Entretanto, é a dramaturgia medieval do riso que está ligada mais estreita e imediatamente à praça carnavalesca. Já a primeira peça cômica (entre as que chegaram até nós) de Adam de la Halle, *Le Jeu de la feuillée* [*O jogo do caramanchão*], representa um exemplo notável da visão e da compreensão puramente carnavalesca da vida e do mundo; muitos aspectos do futuro universo de Rabelais estão contidos nela de forma embrionária. Os gêneros milagres e moralidades são, em maior ou menor grau, carnavalizados. O riso se introduziu também nos mistérios: diabruras-mistérios possuem um caráter nitidamente carnavalesco. As *soties* são um gênero profundamente carnavalizado da Idade Média tardia.

Tratamos aqui de apenas alguns dos fenômenos mais conhecidos da literatura do riso, sobre os quais é possível falar sem maiores detalhes. Para a colocação do problema, consideramos isso suficiente. Adiante, no decorrer da nossa análise da obra de Rabelais, teremos de nos deter mais detalhadamente tanto nesses quanto em muitos outros gêneros e obras menos conhecidos da literatura medieval do riso.

* * *

Passemos à terceira forma de expressão da cultura popular do riso, ou seja, a alguns fenômenos e gêneros específicos da linguagem sem cerimônias da praça na Idade Média e no Renascimento.

Já abordamos antes que, na praça carnavalesca e nas condições de abolição temporária de todas as distinções e barreiras hierárquicas entre as pessoas e da anulação de algumas normas e proibições da vida habitual, ou seja, extracarnavalesca, foi criado um tipo específico de comunicação ideal e real entre as pessoas, impossível na vida comum. Trata-se de um contato livre e sem cerimônias entre as pessoas da praça que desconhece quaisquer distâncias entre elas.

Um novo tipo de comunicação sempre gera novas formas de vida do discurso:[11] novos gêneros do discurso, ressignificação ou eliminação de algumas formas antigas e assim por diante. Nas condições da comunicação discursiva atual, todos conhecem fenômenos semelhantes. Por exemplo, quando duas pessoas se tornam amigas próximas, a distância entre elas diminui (tornam-se íntimas), e como resultado as formas de comunicação discursiva entre elas mudam de modo brusco: surge o "você",[12] sem cerimônias; muda-se a forma de tratamento e os nomes (Ivan Ivánovitch transforma-se em Vânia ou Vanka);[13] às vezes o nome é substituído por um apelido; surgem expressões injuriosas usadas com sentido carinhoso; tornam-se possíveis gozações recíprocas (quando não há relações próximas, o objeto da gozação pode ser apenas uma terceira pessoa); é possível dar tapinhas nos ombros e até na *barriga* (um típico gesto carnavalesco); a etiqueta discursiva e as proibições discursivas se enfraquecem; surgem palavras e expressões obscenas etc. Contudo, é evidente que esse contato sem cerimônias no *cotidiano* atual está muito distante do contato livre e sem cerimônias na praça carnavalesca popular. Falta-lhe o principal: a natureza popular universal e festiva, a concepção utópica, a profundidade

[11] Trata-se do termo russo *rietch*, o mesmo que compõe as expressões "gêneros do discurso" e "interação discursiva". (N. da T.)

[12] Aqui no original ocorre o pronome russo de segunda pessoa "ti", que só pode ser usado entre pessoas próximas. No caso de relações cotidianas não próximas, utiliza-se o pronome de segunda pessoa do plural "vi". (N. da T.)

[13] Ivan Ivánovitch, nome e patronímico, é o tratamento formal na língua russa, já "Vânia" e "Vanka" são hipocorísticos do nome Ivan, assim como em português Tião é de Sebastião, e Chico é de Francisco. (N. da T.)

da visão de mundo. De modo geral, a cotidianização de algumas formas carnavalescas na Idade Moderna perde seu sentido interior, apesar de preservar o invólucro exterior. Observaremos de passagem que elementos dos antigos ritos de confraternização foram preservados no carnaval em uma forma ressignificada e aprofundada. Por meio do carnaval alguns desses elementos foram incorporados no cotidiano da Idade Moderna, perdendo quase por completo sua concepção carnavalesca.

Assim, um novo tipo de tratamento sem cerimônias e da praça carnavalesca se reflete em uma série de fenômenos da vida discursiva. Detenhamo-nos em alguns deles.

Para o discurso da praça carnavalesca era característico o emprego bastante frequente de *xingamentos*, ou seja, de palavras e expressões injuriosas inteiras, que eram por vezes muito longas e complexas. No contexto discursivo, xingamentos costumavam aparecer isolados gramatical e semanticamente e, de modo semelhante aos ditados, eram percebidos como todos acabados. Por isso é possível abordar os xingamentos como um gênero discursivo particular do discurso sem cerimônias da praça. Em sua gênese, os xingamentos não eram homogêneos e desempenhavam diferentes funções nas condições da comunicação ancestral, principalmente de caráter mágico e ritualístico. Todavia, para nós são de interesse especial aqueles xingamentos-blasfêmias da divindade, que eram um elemento constituinte necessário dos antigos cultos do riso. Esses xingamentos-blasfêmias eram ambivalentes: ao rebaixarem e destruírem, ao mesmo tempo ressuscitavam e renovavam. São justamente essas blasfêmias ambivalentes que determinaram o caráter do gênero discursivo dos xingamentos na comunicação da praça carnavalesca. Nas condições do carnaval, eles foram repensados em sua essência: perderam por completo o seu caráter mágico e prático, tornaram-se um fim em si, adquirindo universalidade e profundidade. Assim transfigurados, os xingamentos contribuíram para a criação de uma atmosfera carnavalesca livre e de um segundo aspecto do mundo, o do riso.

Em muitas maneiras, promessas e juramentos (*jurons*) são análogos aos xingamentos. Eles também eram abundantes no discurso sem cerimônias da praça. Os juramentos devem ser considerados um gênero discursivo específico, nas mesmas bases dos xingamentos (o caráter isolado, concluído e o fato de serem um fim em si). Originalmente as promessas e os juramentos não estavam ligados ao riso, mas foram excluídos das esferas oficiais do discurso por violarem normas discursivas dessas esferas e, portanto, deslocaram-se para a esfera livre do discurso sem cerimônias da praça. Aqui, no ambiente carnavalesco, eles se impregnaram do princípio do riso e adquiriram um caráter ambivalente.

É semelhante também o destino de outros fenômenos discursivos, por exemplo, das obscenidades de todo tipo. O discurso sem cerimônias da praça se tornou uma espécie de reservatório onde se acumulavam diversos fenômenos discursivos, proibidos e eliminados da comunicação discursiva oficial. Apesar de toda a sua diversidade genética, eles se impregnaram igualmente da percepção de mundo carnavalesca, mudaram suas antigas funções discursivas, assimilaram um tom geral de riso e se tornaram, por assim dizer, faíscas da chama carnavalesca una que renova o mundo.

Em momento oportuno, nós nos deteremos em outros fenômenos discursivos peculiares do discurso sem cerimônias da praça. Como conclusão, enfatizamos que todos os gêneros e formas desse discurso exerceram uma influência poderosa sobre o estilo artístico de Rabelais.

* * *

Essas são as três formas fundamentais da expressão da cultura popular do riso na Idade Média. É claro, todos os fenômenos por nós aqui analisados são conhecidos da ciência e foram estudados por ela (em especial a literatura do riso em línguas vernáculas). Contudo, eles foram estudados de modo isolado e apartados por completo do ventre materno das formas carnavalescas rituais de espetáculo, ou seja, fora da unidade da cultura popular do riso na Idade Média. *O problema dessa cultura nunca foi levantado*. Por isso, por trás da variedade e da heterogeneidade desses fenômenos não foi percebido o aspecto do riso uno e profundamente peculiar, do qual eles são fragmentos. É também pelo mesmo motivo que a essência de todos eles permaneceu sem ser completamente revelada. Esses fenômenos foram estudados à luz das normas culturais, estéticas e literárias da Idade Moderna, ou seja, foram medidos não por sua régua, mas por aquelas da Idade Moderna, que lhes eram alheias. Eles foram *modernizados* e por isso receberam uma interpretação e uma avaliação errôneas. Também permaneceu incompreendido o *tipo específico das imagens do riso*, uno na multiplicidade de suas formas, que era próprio da cultura popular medieval e de modo geral alheio à Idade Moderna (principalmente ao século XIX). Em seguida, devemos passar a uma caracterização preliminar desse conjunto de imagens do riso.

* * *

Na obra de Rabelais, costumam observar um predomínio excepcional do *princípio material e corporal da vida*: as imagens do próprio corpo, da comida, da bebida, das defecações e da vida sexual. Ademais, essas imagens aparecem de modo extremamente exagerado e hiperbolizado. Rabelais foi chamado de maior poeta da "carne" e do "ventre" (por exemplo, por Victor Hugo). Outros o acusavam de "fisiologismo grosseiro", de "biologismo", de "naturalismo" etc. Fenômenos semelhantes, embora expressos com menor nitidez, eram encontrados ainda em outros representantes da literatura do Renascimento (em Boccaccio, Shakespeare, Cervantes). Isso foi explicado como uma "reabilitação da carne" típica justamente do Renascimento, enquanto reação ao ascetismo medieval. Às vezes viam nisso uma típica manifestação do princípio burguês no Renascimento, ou seja, do interesse material do "homem econômico" em sua forma particular e egoísta.

Todas essas explicações e outras semelhantes são diversas formas de *modernização* das imagens materiais e corporais na literatura do Renascimento; a essas imagens são atribuídas aquelas significações estreitas e modificadas, que a "materialidade", o "corpo", a "vida corporal" (comida, bebida, defecação etc.) receberam na visão de mundo dos séculos posteriores (principalmente no século XIX).

No entanto, as imagens do princípio material e corporal em Rabelais (e em outros escritores do Renascimento) são uma herança (ainda que um pouco modificada na etapa renascentista) da cultura popular do riso, ou seja, daquele tipo específico de imagem e, de forma mais ampla, da concepção estética específica da existência que era característica dessa cultura e que difere nitidamente das concepções estéticas dos séculos posteriores (a começar pelo classicismo). Por enquanto, e de modo provisório, denominaremos essa concepção estética *realismo grotesco*.

O princípio material e corporal no realismo grotesco (ou seja, no sistema imagético da cultura popular do riso) é apresentado em seu aspecto popular universal, festivo e utópico. O cósmico, o social e o corporal aparecem aqui em uma união indissolúvel, isto é, como um todo vivo indivisível. E esse todo é alegre e benevolente.

No realismo grotesco, a natureza material e corporal é um princípio profundamente *positivo*, que se manifesta não de maneira particular e egoísta, tampouco separado das demais esferas da vida. Aqui o *princípio material e corporal* é percebido como universal e de todo o povo, e, justamente como tal, se opõe a qualquer *separação das raízes materiais e corporais do mundo, a qualquer isolamento e fechamento em si*, a qualquer ideal abstrato, a quaisquer *pretensões so-*

bre uma significação abstrata e independente da terra e do corpo. O corpo e a vida corporal, repetimos, possuem nesse caso um caráter cósmico e ao mesmo tempo popular universal; não se trata do corpo e da fisiologia no sentido estreito e preciso da atualidade; eles não estão individualizados por completo nem separados do restante do mundo. Aqui o portador do princípio material e corporal não é um indivíduo biológico isolado, tampouco um indivíduo egoísta burguês, mas o povo, e ainda o povo, cujo desenvolvimento ocorre em eterno crescimento e renovação. Por isso tudo que é corporal é tão grandioso, exagerado e desmedido. Esse exagero possui um *caráter positivo e afirmativo*. Em todas essas imagens da vida material e corporal, o aspecto norteador é a fertilidade, o crescimento e o excesso que transborda. Reiteramos mais uma vez, todas as manifestações da vida material e corporal e todas as coisas relacionam-se não a um indivíduo biológico único, não a uma pessoa particular, egoísta e "econômica", mas a uma espécie de corpo popular, coletivo e próprio do gênero humano (adiante precisaremos o sentido dessas afirmações). O excesso e a natureza universal popular determinam ainda o caráter *alegre e festivo* específico (e não comum e cotidiano) de todas as imagens da vida material e corporal. Aqui o princípio material e corporal é um princípio relativo à festa, ao banquete, ao júbilo, ou seja, é um "banquete para todo mundo". *Em grande medida*, esse caráter do princípio material e corporal se preserva na literatura e na arte do Renascimento, e, é claro, com maior plenitude em Rabelais.

A particularidade norteadora do realismo grotesco é o *rebaixamento*, ou seja, a transferência de tudo o que é elevado, espiritual, ideal e abstrato para o plano material e corporal, para o plano da terra e do corpo, em sua união indissolúvel. Assim, por exemplo, a *Coena Cypriani*, mencionada anteriormente, e muitas outras paródias latinas medievais consistem, em grande medida, na seleção dos pormenores materiais e corporais rebaixadores e aterrissadores retirados da Bíblia, dos Evangelhos e de outros textos sagrados. Em diálogos cômicos muito populares na Idade Média entre Salomão e Marcul, as sentenças elevadas e sérias (em seu tom) de Salomão se opõem às máximas alegres e rebaixadoras do bufão Marcul, que transferem a questão discutida para uma esfera material e corporal enfaticamente grosseira (da comida, da bebida, da digestão, da vida sexual).[14] É preciso dizer que um dos principais aspectos da comicidade do bufão medieval foi justamente a transferência de todas as cerimônias e todos os rituais elevados para o plano material e corporal; era assim a conduta dos bufões nos torneios, nas cerimônias de consagração dos cavaleiros etc. Muitos rebaixamentos e aterrissagens da ideologia e das cerimônias cavalheirescas em *D. Quixote* se encontram precisamente nessas tradições do realismo grotesco.

Uma gramática de tipo paródica e alegre foi muito difundida no meio escolar e erudito da Idade Média. A tradição dessa gramática, que remonta a Virgilius Grammaticus (já mencionado), perpassa toda a Idade Média e o Renascimento e sobrevive ainda hoje, em forma oral, nas escolas, colégios e seminários religiosos da Europa Ocidental. A essência dessa gramática alegre consiste precisamente na transferência de todas as categorias gramaticais — casos, formas verbais etc. — para o plano material e corporal, sobretudo erótico.

No entanto, não só as paródias, em sentido estrito, mas também todas as formas do realismo grotesco rebaixam, aterrissam e corporificam. Nisso consiste a particularidade fundamental do realismo grotesco, que o distingue de todas as formas da arte e da literatura medievais elevadas. O riso popular, que organiza todas as formas do realismo grotesco,

[14] Esses diálogos entre Salomão e Marcul são muito próximos, por seu caráter rebaixador e aterrissante, de vários diálogos entre D. Quixote e Sancho Pança.

sempre esteve ligado ao baixo material e corporal. O riso rebaixa e materializa.

Qual seria o caráter desses *rebaixamentos*, próprios de todas as formas do realismo grotesco? Por enquanto daremos uma resposta preliminar a essa questão. Nos capítulos a seguir, precisaremos, ampliaremos e aprofundaremos nossa compreensão dessas formas na obra de Rabelais.

No realismo grotesco, o rebaixamento e a degradação do elevado não têm um caráter formal e relativo. Nesse caso, o "alto" e o "baixo" possuem uma significação absoluta e estritamente *topográfica*. O alto é o céu, o baixo é a terra, sendo esta um princípio devorador (túmulo, ventre) e um princípio gerador e ressuscitador (seio materno). Tal é a significação topográfica do alto e do baixo no aspecto cósmico. No aspecto propriamente *corporal*, que em nenhum lugar está separado nitidamente do cósmico, o alto é o rosto (a cabeça), o baixo são os órgãos reprodutores, a barriga e o traseiro. É com essas significações topográficas absolutas que trabalha o realismo grotesco, inclusive a paródia medieval. Aqui o rebaixamento significa a aterrissagem, a comunhão com a terra, como um princípio devorador e *ao mesmo tempo* gerador da vida: ao rebaixar, tanto se enterra quanto se semeia, se destrói, é para gerar de novo melhor e em maior quantidade. O rebaixamento significa ainda a comunhão com a vida da parte inferior do corpo, com a vida da barriga e dos órgãos reprodutores e, consequentemente, com atos como a copulação, a concepção, a gravidez, o nascimento, o ato de devorar e o de defecar. O rebaixamento cava um túmulo corporal para um *novo* nascimento. Por isso ele não só possui uma significação de aniquilamento e negação, mas positiva e ressuscitadora: ele é *ambivalente*, ao mesmo tempo nega e afirma. Não é um simples jogar para baixo, para o inexistente, para o aniquilamento absoluto; não, é um precipitar para o baixo reprodutivo, para aquele baixo onde ocorre a concepção e o novo nascimento, de onde tudo cresce em excesso; o realismo grotesco desconhece outro baixo a não ser a terra que gera e o ventre corporal, o baixo sempre *concebe algo*.

É por isso que a paródia medieval em nada se assemelha à paródia literária puramente formal da Idade Moderna.

A paródia literária, assim como qualquer paródia, rebaixa, mas esse rebaixamento tem um puro caráter negativo e é privado da ambivalência ressuscitadora. É por isso que nas condições da Idade Moderna tanto a paródia como gênero quanto todo tipo de rebaixamento não podiam preservar, é claro, a sua enorme importância de outrora.

Os rebaixamentos (paródicos e outros) são muito característicos também da literatura do Renascimento, que, nesse sentido, continuou as melhores tradições da cultura popular do riso (com especial plenitude e profundidade em Rabelais). Contudo, o princípio material e corporal é, de certo modo, ressignificado e reduzido, enfraquecendo o seu caráter universal e festivo. É verdade que esse processo se encontra aqui bem no início. É possível observá-lo em *D. Quixote*.

A linha principal dos rebaixamentos paródicos em Cervantes tem um caráter aterrissador e de comunhão com a força *ressuscitadora* e produtiva da terra e do corpo. Trata-se da continuação da linha grotesca. Contudo, em Cervantes o princípio material e corporal empobreceu e diminuiu um tanto. Ele se encontra em um estado de crise e de bifurcação peculiares, e as imagens da vida material e corporal começam a viver uma vida dupla na sua obra.

A barriga gorda de Sancho (*pança*), seu apetite e sede essenciais e profundamente carnavalescos, sua propensão à abundância e à plenitude ainda não se baseiam em um caráter particular, egoísta e isolado, mas tendem à abundância de todo o povo. Sancho é descendente direto dos antigos demônios pançudos da fertilidade, cujas figuras vemos, por exemplo, nos célebres vasos coríntios. Por isso nas imagens de comida e de bebida ainda está vivo o aspecto popular, festivo e do banquete. O materialismo de Sancho — sua pança, apetite e defecações abundantes — é o baixo absoluto do realismo grotesco, é o túmulo corporal alegre (barriga, ventre, terra), cavado para o idealismo isolado, abstrato e morrediço de D. Quixote; nesse túmulo o "cavaleiro da triste figura" deve sofrer uma espécie de morte para nascer novo, melhor e maior; trata-se de uma correção material, corporal e popular das pretensões individuais, abstratas e espirituais; além disso, é uma correção popular do riso em relação à seriedade unilateral dessas pretensões espirituais (o baixo absoluto sempre ri, pois se trata de uma morte que gera vida e ri). O papel de Sancho em relação a D. Quixote pode ser equiparado ao papel das paródias medievais em relação à alta ideologia e ao culto, ao papel do bufão em relação ao cerimonial sério, ao do *Charnage*[15] em relação ao *Caresme* (quaresma) etc. Embora em grau enfraquecido, o alegre princípio gerador da vida ocorre ainda nas imagens ligadas à terra de todos esses moinhos (gigantes), tabernas (castelos), rebanhos de carneiros e ovelhas (exército de cavaleiros), taberneiros (dono de castelo), prostitutas (damas nobres) etc. É um típico carnaval grotesco, que traveste a batalha em cozinha e banquete, armas e elmos em utensílios de cozinha e bacias de barbear, sangue em vinho (o episódio da batalha com odres de vinho) etc. Trata-se do primeiro aspecto carnavalesco da vida de todas as imagens materiais e corporais nas páginas do romance de Cervantes. Entretanto, é justamente esse aspecto que cria o grande estilo, o universalismo e o profundo utopismo popular do realismo de Cervantes.

Por outro lado, os corpos e as coisas começam a adquirir, em Cervantes, um caráter particular ou privado, degeneram, tornando-se domésticos e elementos imóveis do cotidiano particular, ou seja, objetos do desejo e da posse egoísta.

[15] Período em que é permitido comer carne. (N. da T.)

Não se trata mais de um baixo positivo, que dá vida e renova, mas de um obstáculo obtuso e mortificante para todas as aspirações ideais. Na esfera da vida privada e cotidiana dos indivíduos isolados, as imagens do baixo corporal, apesar de preservarem o aspecto da negação, perdem quase por completo a sua força positiva que gera vida e renova; rompe-se a sua ligação com a terra e o cosmos; elas se reduzem a imagens naturalistas do erotismo cotidiano. Todavia, em Cervantes esse processo está ainda bem no início.

Esse segundo aspecto da vida das imagens materiais e corporais se entrelaça em uma unidade complexa e contraditória com seu primeiro aspecto. A força e o realismo histórico superior dessas imagens estão justamente na sua vida dupla, tensa e contraditória. Esse é o drama peculiar do princípio material e corporal na literatura do Renascimento, o drama da separação do corpo e das coisas em relação à unidade da terra geradora e do corpo popular que cresce e se renova eternamente, aos quais o corpo e as coisas estavam ligados na cultura popular. Para a consciência artística e ideológica do Renascimento, essa separação ainda não foi concluída por completo. Aqui também o baixo material e corporal do realismo grotesco desempenha suas funções agregadoras, rebaixadoras, destronantes, mas ao mesmo tempo renovadoras. Por mais espalhados, desunidos e separados que sejam os corpos e as coisas "particulares" e isolados, o realismo do Renascimento não corta o cordão umbilical que os une ao ventre gerador da terra e do povo. O corpo e as coisas isolados não coincidem aqui consigo mesmos, não são iguais a si mesmos, como ocorre no realismo naturalista dos séculos seguintes; eles representam o todo do mundo material e corporal em crescimento e, por conseguinte, extrapolam os limites de seu isolamento; neles o particular e o universal estão ainda fundidos em uma unidade contraditória. A percepção de mundo carnavalesca é a base mais profunda da literatura renascentista.

Até o momento, a complexidade do realismo renascentista ainda não foi suficientemente revelada. Nele se cruzam dois tipos de concepções imagéticas do mundo: uma que remonta à cultura popular do riso e outra, propriamente burguesa, de uma existência pronta e difusa. O realismo renascentista se caracteriza por uma alternância entre essas duas linhas contraditórias de percepção do princípio material e corporal. O princípio material da vida crescente, inesgotável, indestrutível, excedente e fértil, o princípio que ri eternamente, que tudo destrona e renova, combina-se de modo contraditório com o "princípio material" mesquinho e estagnado do cotidiano da sociedade de classes.

A desconsideração do realismo grotesco dificulta a possibilidade de uma compreensão correta não só do realismo renascentista, mas também de todo um conjunto de fenômenos muito importantes presentes nos estágios posteriores do desenvolvimento do realismo. Todo o terreno da literatura realista dos últimos três séculos está literalmente repleto de destroços do realismo grotesco, que às vezes não são apenas destroços, mas manifestam a capacidade de ter uma nova vida ativa. Na maioria dos casos, são imagens grotescas, que ora enfraqueceram seu polo positivo e sua ligação com o todo universal do mundo em formação, ora o perderam por completo. Compreender a significação efetiva desses destroços ou dessas formações semivivas só é possível no contexto do realismo grotesco.

* * *

A imagem grotesca caracteriza o fenômeno em transformação, ou seja, em uma metamorfose ainda não concluída, no estágio da morte e do nascimento, do crescimento e da formação. A relação com o *tempo*, com a *formação*, é um traço constitutivo e necessário (determinante) da imagem grotesca. A isso está ligado um outro traço necessário: a *ambivalência*, na qual de um modo ou de outro estão presentes (ou esboçados) os dois polos da *transformação — o velho e o novo, o que morre e o que nasce, o princípio e o fim da metamorfose.*

É evidente que a relação com o tempo, a sua percepção e compreensão, que inspiraram essas formas, evoluíram e se transformaram bastante ao longo de um processo milenar de desenvolvimento dessas formas. Nos estágios iniciais do desenvolvimento da imagem grotesca, no assim chamado arcaico grotesco, o tempo aparece como uma simples coexistência (em essência, uma simultaneidade) de duas fases do desenvolvimento — o início e o fim: inverno e primavera, morte e nascimento. Essas imagens ainda primitivas se movem em um círculo biocósmico de alternância cíclica entre as fases da vida produtiva da natureza e do ser humano. Os componentes dessas imagens são as alternâncias das estações do ano, a inseminação, a concepção, a morte, o crescimento etc. A concepção de tempo, que implicitamente estava contida nessas imagens mais antigas, é uma concepção de um tempo cíclico da vida natural e biológica. Contudo, as imagens grotescas não permanecem, é claro, nesse estágio primitivo de desenvolvimento. A percepção do tempo e a alternância temporal própria a elas amplia-se, aprofunda-se e passa a incluir no seu círculo os fenômenos sociais e históricos; o seu caráter cíclico é superado e ela é elevada à percepção do tempo histórico. As imagens grotescas ambivalentes e essencialmente relacionadas com a alternância do tempo se tornam o principal meio de expressão artística e ideológica daquela poderosa percepção da história e da alternância histórica, que na época do Renascimento despertou com uma força excepcional.

No entanto, mesmo nesse estágio de seu desenvolvimento, especialmente em Rabelais, as imagens grotescas preservam a sua natureza peculiar, a sua distinção nítida em relação às imagens de uma existência pronta e concluída. Essas imagens são ambivalentes, contraditórias, feias, monstruosas e disformes do ponto de vista de toda a estética “clássica”, ou seja, da estética de uma *existência pronta e concluída*. *Uma nova percepção histórica* as perpassa e faz com que sejam ressignificadas sem perderem o seu conteúdo tradicional, sua matéria: em toda a sua materialidade imediata, a copulação, a gravidez, o parto, o crescimento corporal, a velhice, a decomposição do corpo, o seu desmembramento em partes etc. permanecem os principais aspectos do sistema das imagens grotescas. Elas se opõem às imagens clássicas do corpo humano pronto, concluído, maduro e como que livre de todos os dejetos do nascimento e do desenvolvimento.

Entre as famosas estatuetas de terracota de Kertch preservadas no Ermitage, há, a propósito, figuras peculiares de *velhas grávidas*, cuja velhice e gravidez disformes são enfatizadas de modo grotesco. Ademais, essas velhas grávidas *riem*.[16] Trata-se de um grotesco bem característico e expressivo. Ele é ambivalente: é uma morte prenhe, ou seja, uma morte geradora de vida. No corpo da velha grávida não há nada de concluído, estável e tranquilo. Nele se combinam o corpo em decomposição, já deformado, e o corpo de uma nova vida concebido e ainda não formado. Aqui a vida é mostrada em seu processo ambivalente e interiormente contraditório. Aqui não há nada de pronto; trata-se da própria inconclusibilidade. Essa é precisamente a concepção grotesca do corpo.

Diferentemente dos cânones da Idade Moderna, não há fronteiras entre o corpo grotesco e o restante do mundo, ele não está fechado, concluído ou pronto, mas cresce para fora de si e extrapola os seus limites. As ênfases incidem sobre aquelas partes do corpo em que ora ele está aberto para o

[16] Sobre essas figuras de velhas grávidas em terracota, ver Hermann Reich, *Der Mimus: ein litterar-entwickelungs-geschichtlicher Versuch* [*O mimo: um ensaio sobre seu desenvolvimento histórico-literário*], Berlim, Weidemannsche Buchhandlung, 1903, pp. 507-8. O autor as compreendeu de modo superficial no espírito do naturalismo.

mundo exterior, com o mundo entrando no corpo ou se sobressaindo dele, ora o próprio corpo sobressai para o mundo, incidindo as ênfases sobre os orifícios, as protuberâncias, todo tipo de ramos e ramificações: a boca escancarada, as genitálias, os seios, o falo, a barriga gorda, o nariz. O corpo revela a sua essência como um princípio que cresce e extrapola os seus limites em atos como a copulação, a gravidez, o parto, a agonia, a comida, a bebida, a defecação. É um corpo eternamente inacabado, eternamente criado e criador, é um elo na cadeia da evolução da espécie, ou mais precisamente dois elos, mostrados no ponto em que se juntam, em que um entra no outro. Isso é particularmente evidente no período arcaico do grotesco.

Uma das tendências fundamentais da imagem grotesca do corpo consiste em mostrar *dois corpos em um*: um que gera vida e morre, outro que é concebido, gestado e gerado. É um corpo sempre prenhe e que gera ou que ao menos está pronto para a concepção e a fecundação: o falo ou as genitálias estão em evidência. De algum modo, um corpo novo sempre se sobressai de outro corpo.

Em seguida, também as idades desse corpo, diferente dos cânones novos, são mostradas sobretudo em proximidade máxima com o nascimento ou com a morte: são a primeira infância e a velhice com uma ênfase nítida na sua proximidade com o ventre e o túmulo, com o útero que gera e devora. Contudo, como tendência (ou, por assim dizer, no limite), esses dois corpos se unem em um. Aqui a individualidade se encontra em estágio de fundição, como a que morre, mas ainda não está pronta; é um corpo ao mesmo tempo no limiar entre o túmulo e o berço, já não é um único corpo, mas ainda não são dois; nele sempre batem dois pulsos: um deles, o materno, está prestes a parar.

Esse corpo, não pronto e aberto (que morre — gera — é gerado), não está apartado do mundo por meio de fronteiras nítidas: ele se mistura com o mundo, com os animais e com as coisas. Ele é cósmico e representa todo o mundo material e corporal em todos os seus elementos (forças da natureza). O corpo tende a representar e a encarnar em si todo o mundo material e corporal, tomado como um baixo absoluto, como um princípio que devora e gera, como um túmulo e um útero corporal, como um campo, que é semeado e no qual amadurecem novos frutos.

Em linhas gerais e deliberadamente simplificadas, é essa a concepção peculiar do corpo. No romance de Rabelais, ela encontrou sua finalização mais plena e genial. Em outras obras da literatura renascentista, ela foi enfraquecida e suavizada. Na pintura, essa concepção foi representada em Hieronymus Bosch e [Pieter] Bruegel, o Velho. Seus elementos podem ser encontrados em um período anterior, naqueles afrescos e baixos-relevos que adornavam catedrais e até igrejas rurais a partir dos séculos XII e XIII.[17]

Essa imagem do corpo teve um desenvolvimento particularmente grande e essencial nas formas dos espetáculos populares e festivos da Idade Média: na festa dos loucos, nos *charivaris*,[18] carnavais, no aspecto popular e da praça da festa de Corpus Christi, nas diabruras-mistérios, *soties* e farsas. Na Idade Média, a cultura popular e de espetáculos só conheceu essa concepção de corpo.

No campo da literatura, a paródia medieval se fundamenta na concepção grotesca do corpo. A mesma acepção orienta como as imagens do corpo aparecem em uma quantidade enorme de lendas e obras literárias, relacionadas tanto às "maravilhas da Índia" quanto às maravilhas ocidentais

[17] Um extenso e valioso material sobre os motivos grotescos na arte medieval pode ser encontrado no vasto trabalho de Émile Mâle, *L'Art religieux du XIIe siècle, du XIIIe et de la fin du Moyen Âge en France*, Paris, Armand Colin, v. I, 1902, v. II, 1908, v. III, 1922.

[18] Trata-se de procissões festivas e populares durante as quais as pessoas batiam em panelas e outros utensílios de cozinha. (N. da T.)

do mar celta. Essa mesma concepção organiza ainda as imagens do corpo na vasta literatura das visões além-túmulo. Ela também determina as imagens das lendas sobre gigantes: encontramos seus elementos no epos animal, nos *fabliaux* e nos *Schwänke* (bufonarias alemãs).

Por fim, essa concepção do corpo está na base dos xingamentos, das maldições e dos juramentos, que são de extrema importância para a compreensão da literatura do realismo grotesco. Eles exerceram uma influência organizadora direta sobre toda a linguagem, o estilo e a construção das imagens dessa literatura. Eles foram uma espécie de fórmula dinâmica de uma verdade sincera, extremamente próxima (pela gênese e pelas funções) de todas as outras formas de "rebaixamento" e "aterrissagem" do realismo grotesco e renascentista. Nos xingamentos e maldições obscenos contemporâneos, conservam-se resquícios mortos e puramente negativos dessa concepção do corpo. Tal como ocorre em nossa linguagem obscena (em todas as suas possíveis variantes) ou em expressões como "vá para a...", esses xingamentos rebaixam seu objeto de acordo com o método grotesco, ou seja, despacham-no para um baixo corporal topográfico absoluto, para a zona dos órgãos geradores ou reprodutores, para um túmulo corporal (ou para um inferno corporal), para a aniquilação e um novo nascimento. No entanto, desse sentido ambivalente ressuscitador não sobrou praticamente nada nos xingamentos modernos, além da negação, do cinismo e do insulto puros: nos sistemas semânticos e valorativos das novas línguas e no novo quadro do mundo, essas expressões estão totalmente isoladas, são destroços de uma língua alheia, na qual em algum momento era possível dizer algo, mas agora só podem ser expressos insultos insensatos. Entretanto, seria absurdo e hipócrita negar que esses xingamentos ainda preservam certo grau de encanto (sem qualquer relação com o erótico). É como se estivesse adormecida neles uma vaga memória das antigas liberdades carnavalescas e de sua verdade. O sério problema de sua vitalidade inextinguível na língua ainda não foi colocado de fato. Na época de Rabelais, os xingamentos e as maldições nas esferas da linguagem popular, das quais se desenvolveu seu romance, ainda preservavam a plenitude da sua significação e sobretudo o seu polo positivo ressuscitador. Eles eram extremamente próximos de todas as formas de rebaixamento, herdadas do realismo grotesco: formas das travestias populares e festivas carnavalescas, imagens das diabruras, imagens do inferno na literatura de peregrinações, imagens de *soties* etc. Foi por isso que puderam desempenhar um papel essencial em seu romance.

Em especial é preciso observar uma expressão muito marcante da concepção grotesca do corpo nas formas do cômico popular do teatro de feira e em geral da praça na Idade Média e no Renascimento. De um modo mais preservado, essas formas transferiram a concepção grotesca do corpo para a Idade Moderna: no século XVII, ela estava viva nas "paradas" de Tabarin, no cômico de Turlupin e em outros fenômenos análogos.[19] É possível dizer que a concepção do corpo do realismo grotesco e folclórico ainda está viva nos dias atuais (mesmo que de um modo enfraquecido e distorcido) em muitas formas do cômico da feira e do circo.

É claro que a concepção do corpo do realismo grotesco esboçada por nós previamente se encontra em oposição nítida ao cânone da literatura e das artes plásticas na Antiguidade "clássica",[20] que formou a base da estética do Renasci-

[19] Tabarin e Turlupin são dois famosos comediantes de rua franceses do início do século XVII. (N. da T.)

[20] Contudo, não da Antiguidade de um modo geral: encontramos uma concepção análoga (grotesca) na antiga comédia dórica, no drama satírico, nas formas da comicidade da Sicília, em Aristófanes, nos mimos e atelanas. Ela pode ser encontrada ainda em Hipócrates, Galeno, Plínio e na literatura das "conversas à mesa": em Ateneu, Plutarco, Macróbio e em uma série de outras obras da Antiguidade não clássica.

mento e foi bastante significativo para o desenvolvimento posterior da arte. Todos esses novos cânones veem o corpo de modo completamente diferente, em outros momentos da sua vida e em relações bastante distintas com o mundo exterior (extracorporal). O corpo nesses cânones é, sobretudo, um corpo rigorosamente concluído e completamente pronto. Além disso, ele é solitário, sozinho, apartado de outros corpos, fechado. Por isso, são eliminados todos os sinais do seu inacabamento,[21] crescimento e multiplicação: são retiradas todas as suas protuberâncias e ramificações, são niveladas todas as saliências (que possuem o significado de novos brotos, germinação), são fechados todos os orifícios. É como se o eterno inacabamento do corpo fosse ocultado, escondido: a concepção, a gravidez, o parto, a agonia não costumam ser mostrados. A preferência é dada à idade mais distante do ventre materno e do túmulo, ou seja, em uma distância máxima dos "limiares" da vida individual. A ênfase recai sobre a individualidade autossuficiente e concluída do corpo. São mostradas apenas aquelas ações do corpo no mundo exterior em que há fronteiras nítidas e claras entre o corpo e o mundo; as ações e os processos intracorporais de devoração e de eliminação não são revelados. O corpo individual é mostrado fora da sua relação com o corpo popular da espécie.

Essas são as tendências predominantes e fundamentais dos cânones da Idade Moderna. É bastante compreensível que, do ponto de vista desses cânones, o corpo do realismo grotesco pareça algo feio, monstruoso e disforme. Esse corpo

[21] Conceito central da obra de Bakhtin e frequente já em *Problemas da obra de Dostoiévski* (1929). Na maioria das vezes, o conceito é expresso pela palavra "inconclusibilidade" [*nezaverchénnost/nezaverchímost*], mas em algumas passagens, como é o caso, aparece também "inacabamento" [*negotóvost*]. Procuramos preservar essa alternância na tradução. Ver verbete *inconclusibilidade* do Glossário. (N. da T.)

não se encaixa dentro dos limites da "estética do belo" que se formou na Idade Moderna.

Tanto aqui, na Introdução, quanto nos capítulos seguintes do nosso trabalho (em especial no capítulo 5), ao compararmos os cânones grotesco e clássico de representação do corpo, de modo algum afirmamos a prevalência de um cânone sobre o outro, mas apenas estabelecemos as principais diferenças entre eles. Entretanto, é natural que, no primeiro plano de nossa pesquisa, se encontre a concepção grotesca, uma vez que é justamente ela que determina a concepção imagética da cultura popular do riso e de Rabelais: queremos compreender a lógica peculiar do cânone grotesco, a sua vontade artística específica. Do ponto de vista artístico, o cânone clássico nos é compreensível, pois até certo grau ainda o vivemos; quanto ao cânone grotesco, há muito tempo deixamos de compreendê-lo ou o compreendemos de modo distorcido. A tarefa dos historiadores e teóricos da literatura e da arte é reconstruir esse cânone em seu sentido autêntico. É inadmissível interpretá-lo no espírito das normas da Idade Moderna e vê-lo só como um desvio delas. É preciso medir o cânone grotesco com a sua própria régua.

Aqui é necessário dar mais alguns esclarecimentos. Compreendemos a palavra "cânone" não no sentido estreito de um conjunto determinado de regras, normas e proporções de representação do corpo humano conscientemente estabelecidas. Numa acepção tão estreita, ainda é possível falar sobre o cânone clássico em algumas etapas do seu desenvolvimento. Já a imagem grotesca do corpo nunca teve um cânone semelhante. Ela não é canônica por natureza. Aqui empregamos a palavra "cânone" em um sentido mais amplo, como uma determinada tendência dinâmica e em desenvolvimento da representação do corpo e da vida corporal. Observamos na arte e na literatura do passado essas duas tendências, que, por convenção, designamos como cânones grotesco e clássico. Apresentamos anteriormente as definições desses dois cânones em sua expressão pura ou, por assim dizer, extrema. No entanto, na realidade histórica viva, esses cânones (incluído o clássico) nunca foram algo estático e imutável, mas se encontravam em constante desenvolvimento, gerando variantes históricas diversas do clássico e do grotesco. Além disso, entre ambos os cânones costumavam ocorrer formas variadas de interação: lutas, influências mútuas, cruzamentos e fusões. Isso é especialmente característico da época do Renascimento (como já apontamos). Até em Rabelais, que foi o mais puro e consequente expoente da concepção grotesca do corpo, há elementos do cânone clássico, sobretudo no episódio em que Gargântua é educado por Ponócrates e no episódio de Telema. Não obstante, para os objetivos do nosso estudo são importantes, principalmente, as diferenças essenciais entre os dois cânones em sua expressão pura. É nelas que concentraremos a nossa atenção.

* * *

Por convenção, denominamos "realismo grotesco" um tipo específico de imagens que é próprio da cultura popular do riso em todas as formas de sua manifestação. Agora, precisamos fundamentar a terminologia por nós escolhida.

Em primeiro lugar, detenhamo-nos no termo "grotesco". Apresentaremos a história desse termo na relação com o desenvolvimento tanto do próprio grotesco quanto de sua teoria.

O tipo grotesco de imagens (ou seja, o método de construção das imagens) é o mais antigo: ele aparece na mitologia e na arte arcaica de todos os povos, inclusive, é claro, na arte pré-clássica dos antigos gregos e romanos. Também na época clássica o tipo grotesco não morre, mas, ao ser excluído da grande arte oficial, continua a viver e a se desenvolver em alguns dos seus campos "inferiores" e não canônicos: no campo das artes plásticas do riso, principalmente as miniaturas, por exemplo, as já mencionadas terracotas de Kertch, as máscaras cômicas, os silenos, as figuras de demônios da fertilidade, as figuras muito populares de Tersites, o feio, e outros; no campo da pintura de vasos cômica,[22] por exemplo, as imagens dos duplos cômicos (Héracles e Odisseu cômicos), as cenas de comédias, aqueles mesmos demônios da fertilidade etc.; finalmente, em campos amplos da literatura do riso, relacionada de uma ou outra maneira com as festividades de tipo carnavalesco (dramas satíricos, a comédia ática antiga, os mimos etc.). Na época da Antiguidade tardia, o tipo grotesco de imagens floresce, se renova e conquista quase todas as esferas da arte e da literatura. Aqui, sob a influência essencial da arte dos povos orientais, cria-se uma nova variedade do grotesco. Entretanto, o pensamento estético e dos estudos da arte na Antiguidade se desenvolveram na direção da tradição clássica, e por isso o tipo grotesco de imagens não recebeu uma designação generalizadora fixa, ou seja, um termo, um reconhecimento e uma concepção teóricos.

Em todas as três etapas de desenvolvimento do grotesco antigo — na arcaica grotesca, no grotesco da época clássica e no grotesco da Antiguidade tardia — formaram-se os elementos essenciais do realismo. É incorreto ver nele apenas um "naturalismo grosseiro" (como às vezes ocorreu). Todavia, a etapa antiga do realismo grotesco extrapola os limites do nosso trabalho.[23] Nos capítulos subsequentes, abordare-

[22] Nesse parágrafo, Bakhtin alterna os adjetivos russos *komítcheski* (cômico) e *smekhovói* (do riso). Sempre que possível, procuramos manter a tradução "do riso" para o adjetivo russo *smekhovói*. Em alguns casos, no entanto, essa tradução não nos pareceu adequada e optamos, então, pelo adjetivo "cômico". (N. da T.)

[23] Um material interessante e observações muito valiosas sobre o grotesco antigo e, em parte, medieval e renascentista podem ser encontrados no livro de Albrecht Dieterich, *Pulcinella: pompejanische Wandbilder und römische Satyrspiele* [*Pulcinella: a pintura mural de Pompeia e os dramas satíricos romanos*], Leipzig, B. G. Teubner, 1897. No entanto, o pró-

mos só aqueles fenômenos do grotesco antigo que exerceram influência na obra de Rabelais.

O florescimento do realismo grotesco é o sistema imagético da cultura popular do riso da Idade Média, mas o seu ápice é a literatura do Renascimento. É na época do Renascimento que surge pela primeira vez o termo *grotesco*, mas em princípio só em uma acepção estreita. No final do século XV, em Roma, durante as escavações das partes subterrâneas das Termas de Tito, foi descoberto um tipo até então desconhecido de pintura ornamental romana. Foi precisamente esse tipo de ornamento que recebeu o nome italiano de "*la grottesca*", da palavra italiana "*grotta*", ou seja, gruta, lugar subterrâneo. Um pouco mais tarde, ornamentos análogos também foram descobertos em outros lugares da Itália. Qual é a essência desse tipo de ornamento?

O ornamento romano reencontrado surpreendeu os contemporâneos pelo jogo inabitual, engenhoso e livre das formas vegetais, animais e humanas, que passam de umas para as outras, como se gerassem umas às outras. Fronteiras nítidas e inertes não separam esses "reinos da natureza" como ocorre em um quadro comum do mundo: no grotesco, elas são rompidas com ousadia. Tampouco há aqui a imobilidade habitual na representação da realidade: o movimento deixa de ser um movimento das formas prontas — vegetais e animais — em um mundo que já está pronto e estável, mas se transforma em um movimento interior da própria existência, que se expressa na passagem de certas formas a outras, no eterno *inacabamento* da existência. Nesse jogo ornamental podem ser percebidas uma liberdade e uma leveza excepcionais da fantasia artística, e essa liberdade é sentida como uma *liberdade alegre*, quase *ridente*.[24] Esse tom alegre do novo

prio autor não emprega o termo "grotesco". Em muitos aspectos, o livro de Dieterich ainda não perdeu a sua atualidade.

[24] Nesta passagem, Bakhtin utiliza duas palavras distintas para "li-

ornamento foi muito bem compreendido e transmitido por Rafael e seus alunos em suas imitações do grotesco durante a pintura das galerias do Vaticano.[25]

Essa é a particularidade fundamental do ornamento romano, ao qual foi aplicado, pela primeira vez, o termo "grotesco", criado especialmente para esse ornamento. Tratava-se apenas de uma palavra nova para designar um fenômeno que, na época, parecia novo. Seu significado inicial também foi muito estrito: uma variedade de um ornamento romano que foi redescoberta. Contudo, essa questão foi uma pequena parte (um destroço) do imenso mundo das imagens grotescas que existiu em todas as etapas da Antiguidade e continuou a existir na Idade Média e na época do Renascimento. Nessa pequena parte se refletiram traços característicos desse imenso mundo. Assim, se tornou possível a posterior vida produtiva do novo termo: sua disseminação gradual por quase todo o imenso universo das imagens grotescas.

Todavia, a ampliação do volume do termo ocorre de modo muito lento e sem uma compreensão teórica precisa da peculiaridade e da unidade do mundo grotesco. A primeira tentativa de análise teórica ou, mais precisamente, de descrição e avaliação do grotesco pertence a Vasari, que, ao apoiar-

berdade" — *svobóda* e *vólnost* —, a primeira está mais ligada à ideia de liberdade sociopolítica da democracia ocidental, já a segunda se refere a uma liberdade absoluta, sem limites, característica da cultura russa e muito presente na obra de Dostoiévski. (N. da T.)

[25] Citaremos aqui uma definição maravilhosa do grotesco elaborada por L. E. Pinski: "No grotesco a vida percorre todos os degraus — dos inferiores, inertes e primitivos, até os superiores, mais móveis e espiritualizados —, testemunhando a sua unidade nessa guirlanda de formas variadas. Ao aproximar os longínquos, ao combinar os excludentes, ao romper as representações habituais, o grotesco na arte é parente do paradoxo na lógica. À primeira vista o grotesco só é irônico e engraçado, mas ele oculta grandes possibilidades" (cf. L. E. Pinski, *Realizm epókhi Vozrojdiénia*, Moscou, Goslitizdat, 1961, pp. 119-20).

-se nas opiniões de Vitrúvio (arquiteto romano e teórico da arte da época de Augusto), avalia negativamente o grotesco. Vitrúvio — Vasari demonstra afinidade ao citá-lo — condenava a nova moda "bárbara" de "pintar as paredes com monstros no lugar de imagens claras do mundo objetual", ou seja, condenava, a partir das posições do classicismo, o estilo grotesco como uma ruptura grosseira com as formas e proporções "naturais". Vasari defende a mesma posição, que em essência permaneceu dominante por um longo período. Uma compreensão mais profunda e ampla do grotesco só surgirá na segunda metade do século XVIII.

Na época do domínio do cânone classicista em todos os campos da arte e da literatura nos séculos XVII e XVIII, o grotesco relacionado à cultura popular do riso se viu fora da grande literatura da época: ele se rebaixou ao cômico inferior ou sofreu uma deterioração naturalista (como já mencionamos antes).

Nessa época (na verdade, a partir da segunda metade do século XVII) ocorre um processo de estreitamento, de redução e de empobrecimento gradual das formas carnavalescas rituais e do espetáculo na cultura popular. Por um lado, ocorre uma *estatização* da vida festiva e ela adquire um caráter de *parada*, por outro, ocorre a sua *cotidianização*, ou seja, ela se introduz no cotidiano privado, doméstico e familiar. Os antigos privilégios da praça festiva se tornam cada vez mais limitados. A específica percepção de mundo carnavalesca com sua natureza popular, absolutamente livre, utópica e orientada ao futuro começa a se transformar em uma simples atmosfera festiva. A festa *quase* deixou de ser a segunda vida do povo, seu renascimento e renovação temporários. Grifamos a palavra "quase" porque o princípio carnavalesco, popular e festivo, em essência, é inextinguível. Apesar de estreitado e enfraquecido, ele continua a fecundar diferentes campos da vida e da cultura.

Aqui nos importa a particularidade desse processo. A

literatura desses séculos quase não sofre a influência direta da empobrecida cultura popular e festiva. A percepção de mundo carnavalesca e as imagens grotescas continuam a viver e a ser transmitidas como uma tradição literária, principalmente enquanto uma tradição da literatura renascentista.

Ao perder os laços vivos com a cultura popular da praça e ao se tornar uma tradição puramente literária, o grotesco se transforma. Ocorre certa *formalização* das imagens carnavalescas e grotescas, a qual permite utilizá-las em diferentes tendências e com diferentes objetivos. No entanto, essa formalização não foi apenas exterior, e o conteúdo da própria forma carnavalesca e grotesca, bem como a sua força artístico-heurística e generalizadora, foram preservados em todos os fenômenos essenciais dessa época (ou seja, dos séculos XVII e XVIII): na *commedia dell'arte* (que manteve, de modo mais completo, o vínculo com o seio carnavalesco que a gerou); nas comédias de Molière (ligadas à *commedia dell'arte*); no romance cômico e nas travestias do século XVII; nas novelas filosóficas de Voltaire e Diderot (*As joias indiscretas* [*Les Bijoux indiscrets*], *Jacques, o fatalista, e seu amo* [*Jacques le Fataliste*]); nas obras de Swift e em algumas outras. Em todos esses fenômenos — apesar das diferenças de caráter e tendências — a forma carnavalesca e grotesca possui funções semelhantes: consagra a liberdade de invenção; permite combinar o heterogêneo e aproximar o distante; ajuda a se libertar do ponto de vista dominante sobre o mundo, de qualquer convenção, de verdades banais, de tudo o que é ordinário, costumeiro e socialmente aceito; permite ver o mundo de um modo novo; permite sentir a relatividade de todo o existente e a possibilidade de uma ordem mundial totalmente outra.

Contudo, uma compreensão *teórica* clara e nítida da unidade de todos os fenômenos abrangidos pelo termo "grotesco" e sua especificidade artística levou muito tempo para amadurecer. Ademais, o próprio termo foi dublado pelos termos "arabesco" (aplicado sobretudo ao ornamento) e "burlesco" (aplicado sobretudo à literatura). Nas condições do domínio do ponto de vista classicista na estética, tal compreensão teórica ainda não era possível.

Na segunda metade do século XVIII, surgem mudanças essenciais tanto na própria literatura quanto no campo do pensamento estético. Nessa época, na Alemanha, fervilha um embate literário em torno da figura do Arlequim, que era então um participante obrigatório de todas as apresentações teatrais, até mesmo das mais sérias. [Johann Christoph] Gottsched e outros classicistas exigiram a expulsão de Arlequim dos palcos "sérios e decentes", o que conseguiram por algum tempo. [Gotthold Ephraim] Lessing ficou do lado de Arlequim nesse embate. Por trás da questão estreita sobre Arlequim estava um problema mais amplo e de princípio sobre a admissibilidade na arte de fenômenos que não correspondiam às exigências estéticas do belo e do sublime, ou seja, sobre a admissibilidade do grotesco. A esse problema foi dedicado um pequeno trabalho de Justus Möser publicado em 1761, *Arlequim, ou a defesa do grotesco-cômico* [*Harlekin oder die Vertheidigung des Groteske-Komischen*]. Aqui a defesa do grotesco é colocada na própria boca do Arlequim. No trabalho de Möser é destacado que o Arlequim é parte de um mundo (ou mundinho) específico integrado também pela Colombina, pelo Capitão, pelo Doutor e outros, ou seja, pelo mundo da *commedia dell'arte*. Esse mundo é dotado de integridade, de leis estéticas específicas e de seu próprio critério particular de perfeição, que não se submete à estética classicista do belo e do sublime. Entretanto, Möser contrapõe ao mesmo tempo esse mundo ao cômico "baixo" do teatro de feira e, com isso, reduz o conceito de grotesco. Adiante, Möser revela algumas particularidades do mundo grotesco: ele o chama de "quimérico", ou seja, esse mundo combina elementos de origens diversas, admite a violação das proporções naturais (o caráter hiperbólico) e a presença do elemento caricato e paródico. Por fim, Möser enfatiza o princípio do riso grotesco e deduz o riso da necessidade da alma humana de felicidade e alegria. Essa é a primeira, ainda que bastante estreita, apologia do grotesco.

Em 1788 o cientista[26] alemão [Friedrich] Flögel, autor de quatro volumes de história da literatura cômica e do livro *Uma história dos bobos da corte*, lançou *Uma história do cômico grotesco*.[27] Flögel não define e tampouco delimita o conceito de grotesco, nem de um ponto de vista histórico, nem sistemático. Ele considera como grotesco tudo o que se afasta com nitidez das normas estéticas habituais e tudo em que o aspecto material e corporal é salientado e exagerado. Todavia, os livros de Flögel em sua maior parte abordam justamente os fenômenos do grotesco medieval. Ele analisa as formas festivas e populares medievais (a "festa dos loucos", a "festa do asno", elementos populares e da praça da festa de Corpus Christi, os carnavais etc.), as sociedades literárias histriônicas do fim da Idade Média (Reino da Basoche,[28] os

[26] O termo russo empregado aqui é *utchióni*, que significa "cientista". Nas tradições russa e soviética, esse termo é utilizado tanto para as ciências exatas e da natureza quanto para as ciências humanas, aí incluída a teoria da literatura. Embora essa designação não seja muito comum no Brasil, preferimos manter uma tradução mais literal, pois revela uma visão específica das ciências humanas e da teoria literária. (N. da T.)

[27] Em uma versão um pouco reelaborada e ampliada, o livro de Flögel foi reeditado em 1862: Friedrich Wilhelm Ebeling, *Flögel's Geschichte des Grotesk-Komischen* [*A história do cômico-grotesco de Flögel*], Leipzig, A. Werl, 1862. Nessa versão de Ebeling, o livro teve cinco reedições. Daqui em diante, faremos todas as citações desse livro a partir da primeira edição de Ebeling. Em 1914, saiu uma nova edição da obra de Flögel, sob os cuidados de Max Brauer.

[28] Em francês *Royaume de la Basoche*, uma corporação de juristas que surgiu em Paris no início do século XIV, cujo líder era chamado de "rei". O rei francês Filipe, o Belo, concedeu à corporação o privilégio de realizar espetáculos teatrais, que mais tarde foram substituídos por farsas e *soties*, dando início à comédia francesa. (N. da T.)

Rapazes Despreocupados[29] etc.), *soties*, farsas, jogos da Máslenitsa,[30] algumas formas do cômico popular da praça etc. De modo geral, o volume de grotesco abordado por Flögel é um pouco restrito: ele não aborda em absoluto os fenômenos puramente literários do realismo grotesco (por exemplo, a paródia latina medieval). A ausência de um ponto de vista histórico e sistemático determinou uma certa casualidade na seleção do material. A compreensão do sentido dos próprios fenômenos é superficial e, em essência, não há compreensão alguma: ele os reúne simplesmente como curiosidades. Apesar disso, o livro de Flögel, em razão do seu material, conserva sua importância até a atualidade.

Tanto Möser quanto Flögel conhecem apenas o cômico grotesco, ou seja, somente o grotesco organizado segundo o princípio do riso — e, a propósito, o princípio do riso é concebido por eles como alegre e feliz. Assim foi o material desses pesquisadores: a *commedia dell'arte* para Möser e o grotesco medieval para Flögel.

* * *

Contudo, foi na época do surgimento dos trabalhos de Möser e Flögel, que pareciam orientados ao que ficou para trás, ou seja, para as etapas já passadas do desenvolvimento do grotesco, que o próprio grotesco entrou em uma nova fase da sua evolução. No pré-romantismo e no início do romantismo ocorreu um renascimento do grotesco, mas com uma ressignificação radical. O grotesco se torna uma forma

[29] Em francês *Enfants-Sans-Souci*, confraria francesa formada por volta do século XV em Paris e provavelmente integrada por jovens pobres, que representavam *soties*, farsas e *moralités* em praças públicas durante as festividades, como a "festa dos loucos". (N. da T.)

[30] Festa típica das culturas eslavas de origem pagã, que celebra o fim do inverno e o início da primavera, e que ocorre na semana anterior à quaresma. Corresponde ao carnaval na Europa e no Brasil. (N. da T.)

para expressar uma percepção de mundo subjetiva, individual e muito distante da percepção de mundo carnavalesca e popular dos séculos anteriores (apesar de alguns elementos dessa última também permanecerem nele). Uma primeira e muito significativa expressão do novo grotesco subjetivo é *A vida e as opiniões de Tristam Shandy*, de [Laurence] Sterne (uma tradução peculiar da percepção de mundo de Rabelais e Cervantes para a linguagem subjetiva da nova época). Outra variante do novo grotesco é o romance gótico. Na Alemanha, o grotesco subjetivo teve talvez um desenvolvimento mais forte e original. Trata-se da dramaturgia do *Sturm und Drang*, o início do romantismo (Lenz, Klinger, o jovem Tieck), os romances de Hippel e Jean Paul e, por fim, a obra de Hoffmann, que exerceu uma enorme influência sobre o desenvolvimento do novo grotesco na literatura mundial posterior. F. Schlegel e Jean Paul se tornaram os teóricos do novo grotesco.

O grotesco romântico é um fenômeno muito relevante e influente na literatura mundial. De certo modo, ele foi uma reação àqueles elementos do classicismo e do Iluminismo responsáveis pela limitação e pela seriedade unilateral dessas correntes: o racionalismo estreito da razão, o autoritarismo estatal e lógico-formal, a tendência ao caráter pronto, concluído e monossemântico, o didatismo e utilitarismo dos iluministas, o otimismo ingênuo ou burocrático etc. Ao negar tudo isso, o grotesco romântico apoiou-se, acima de tudo, nas tradições da época do Renascimento, principalmente em Shakespeare e Cervantes, que naquela época foram redescobertos e à luz dos quais foi interpretado o grotesco medieval. Uma influência essencial sobre o grotesco romântico foi exercida por Sterne, que em certo sentido pode até ser considerado seu fundador.

No que diz respeito à influência imediata das formas carnavalescas vivas, populares e de espetáculos (mas já muito empobrecidas), ela, pelo visto, não foi significativa. Predominaram as tradições puramente literárias. No entanto, é preciso observar a influência bastante expressiva do teatro popular (especialmente de bonecos) e de alguns tipos de comicidade do teatro de feira.

Distinto do grotesco medieval e renascentista, ligado de modo direto à cultura popular e que tinha um caráter popular, universal e da praça, o grotesco romântico torna-se *de câmara*: é uma espécie de carnaval vivido na solidão e com uma consciência aguda desse seu isolamento. A visão de mundo carnavalesca parece ser traduzida para a linguagem do pensamento filosófico, subjetivo e idealista, e deixa de ser aquela percepção vivida concretamente (pode-se até dizer vivida *corporalmente*) da unidade e da inesgotabilidade da existência como ocorria no grotesco medieval e renascentista.

O princípio do riso sofreu a transformação mais essencial no grotesco romântico. É evidente que o riso permaneceu, pois nas condições da seriedade monolítica é impossível qualquer grotesco, mesmo o mais tímido. Todavia, o riso no grotesco romântico se reduziu e assumiu a forma do humor, da ironia e do sarcasmo. Ele deixa de ser um riso alegre e jubiloso. O aspecto positivo e *ressuscitador* do princípio do riso é enfraquecido até o mínimo.

Há uma reflexão muito característica sobre o riso em uma das obras mais notáveis do grotesco romântico: em *Rondas noturnas*, de Bonaventura (pseudônimo de um conhecido autor, talvez de Jean-Gaspard Wetzel).[31] Trata-se de histórias e reflexões de um vigia noturno. Em uma passagem, o narrador assim caracteriza a significação do riso:

> Será que há no universo um meio mais potente de resistir a todas as mazelas do mundo e do destino do que o riso? Diante dessa máscara satírica

[31] *Nachtwachen*, 1804 (cf. a edição de Raimund Steinert, *Nachtwachen von Bonaventura*, Weimar, Gustav Kiepenheuer, 1917).

> sente horror até o inimigo mais poderoso, e a própria desgraça recua, se ouso rir dela! E o que mais, diabos, a não ser o escárnio, merece essa Terra com seu satélite sentimental — a Lua!

Aqui é declarado o caráter contemplativo e universal do riso — uma marca obrigatória de todo grotesco — e é glorificada sua força *libertadora*, mas não há nenhuma alusão à força ressuscitadora do riso, e por isso ele perde seu tom alegre e feliz.

O autor (por meio do seu narrador, um vigia noturno) dá para isso uma explicação peculiar na forma de um mito sobre a origem do riso. O riso foi enviado à Terra pelo próprio diabo. Mas ele — o riso — apareceu às pessoas sob a máscara da *alegria*, e as pessoas o receberam com entusiasmo. E eis que então o riso tirou a sua máscara alegre e passou a olhar para o mundo e para as pessoas como uma sátira maldosa.

A transformação do princípio do riso que organiza o grotesco, ou seja, a perda de sua força ressuscitadora, leva a um conjunto de outras distinções essenciais entre o grotesco romântico e o grotesco medieval e renascentista. De modo mais nítido, essas distinções se manifestam na relação com o *terrível*. O mundo do grotesco romântico é, em certo grau, um mundo terrível e *alheio* ao ser humano. Tudo o que é habitual, comum, cotidiano, vivido e amplamente reconhecido se torna de repente insensato, duvidoso, alheio e hostil ao ser humano. O *seu* mundo de repente se transforma em um mundo *alheio*. De repente, o terrível se revela naquilo que é habitual e não terrível. Essa é a tendência do grotesco romântico (em suas formas mais extremas e acentuadas). A reconciliação com o mundo, quando ocorre, realiza-se no plano subjetivo-lírico ou até místico. Entretanto, o grotesco medieval e renascentista relacionado à cultura popular do riso conhece o terrível apenas na forma de *monstros engraçados*, ou seja, apenas o terrível já vencido pelo riso. Nesse caso, ele sempre se torna engraçado e alegre. O grotesco relacionado à cultura popular aproxima o mundo do ser humano e o corporifica, torna-o próximo por meio do corpo e da vida corporal (diferentemente da apropriação romântica abstrata e espiritual). Já no grotesco romântico, as imagens da vida material e corporal — comida, bebida, defecação, copulação, parto — perdem quase por completo sua significação ressuscitadora e se transformam em um "cotidiano baixo".

As imagens do grotesco romântico podem expressar o medo[32] diante do mundo e tendem a incutir esse terror nos leitores ("assustam"). As imagens grotescas da cultura popular são absolutamente intrépidas,[33] e todos comungam dessa intrepidez. Essa é característica também das obras mais grandiosas da literatura do Renascimento. Contudo, o ápice dessa intrepidez é o romance de Rabelais: aqui o terror é eliminado na raiz e tudo vira alegria. Trata-se da obra mais intrépida da literatura mundial.

O enfraquecimento do aspecto ressuscitador do riso está relacionado ainda com outras particularidades do grotesco romântico. O motivo da loucura, por exemplo, é muito característico de todo grotesco, pois ele permite ver o mundo com outros olhos, não turvados por representações e avaliações "normais", ou seja, comumente aceitas. No entanto, no grotesco popular a loucura é uma paródia alegre à razão oficial, à seriedade unilateral da "verdade" oficial. É uma loucura *festiva*. Já no grotesco romântico a loucura adquire um tom sombrio e trágico de alienação individual.

[32] *Strakh*, no original, que aqui foi traduzida por "medo" e em seguida por "terror". Ela tem a mesma raiz de *strachni*, que significa "terrível", e também poderia ser vertida por "temor". (N. da T.)

[33] A palavra empregada aqui é *besstráchie*, que literalmente significa "sem medo", "sem terror", mas também pode ser traduzida por "intrepidez", "coragem". (N. da T.)

O motivo da *máscara* é ainda mais importante. Trata-se do motivo mais complexo e polissêmico da cultura popular. A máscara está ligada à alegria das alternâncias e reencarnações, à relatividade alegre, à negação também alegre da identidade e da univocidade, à negação da coincidência obtusa consigo mesmo; a máscara está ligada com as passagens, metamorfoses, transgressões das fronteiras naturais, zombarias, apelidos (no lugar do nome); na máscara está encarnado o princípio lúdico da vida; na sua base jaz uma inter-relação totalmente peculiar entre a realidade e a imagem, que é característica das formas de ritual e espetáculo mais antigas. Obviamente, exaurir o simbolismo bastante complexo e polissêmico da máscara é impossível. É necessário observar que fenômenos como a paródia, a caricatura, a careta, as contorções corporais afetadas, os trejeitos etc., são, em sua essência, derivados da máscara. Na máscara se revela com muita nitidez a própria essência do grotesco.[34]

No romantismo grotesco, a máscara, separada da unidade da visão de mundo carnavalesca popular, se empobrece e adquire uma série de novas significações, originalmente alheias à sua natureza: a máscara esconde e oculta algo, engana etc. É claro, semelhantes significações são impossíveis quando a máscara funciona no todo orgânico da cultura popular. No romantismo, a máscara perde quase por completo o seu aspecto ressuscitador e renovador e adquire um tom sombrio. Muitas vezes por trás da máscara se revela um vazio terrível, o "Nada" (esse motivo foi bastante desenvolvido em *Rondas noturnas*, de Bonaventura). Todavia, no grotesco popular sempre há por trás da máscara a vida inexaurível e multifacetada.

[34] Aqui abordamos a máscara e suas significações já nas condições da cultura popular festiva da Antiguidade e da Idade Média e não tratamos das suas significações rituais mais antigas.

Entretanto, também no grotesco romântico, a máscara preserva algo da sua natureza popular e carnavalesca; nela essa natureza é inextinguível. Afinal, até nas condições da vida contemporânea habitual a máscara sempre está encoberta por uma atmosfera peculiar e é percebida como uma partícula de outro mundo. A máscara nunca pode ser simplesmente uma coisa em meio a outras coisas.

No grotesco romântico, o motivo das marionetes e dos bonecos desempenha um grande papel. Obviamente esse motivo não é alheio ao grotesco popular. Não obstante, para o romantismo nesse motivo ocupa o primeiro plano a representação da força sobre-humana *alheia*, que rege as pessoas e as transforma em marionetes, representação esta completamente estranha à cultura popular do riso. Somente para o romantismo é característico o peculiar motivo grotesco da *tragédia do boneco*.

De modo nítido, também na interpretação da imagem do diabo se manifesta a diferença entre o grotesco romântico e o popular. Nas diabruras dos mistérios medievais, nas visões cômicas[35] além-túmulo, nas lendas paródicas, nos *fabliaux* etc., o diabo é um portador ambivalente e alegre dos pontos de vista não oficiais, da santidade às avessas, é o representante do baixo material e corporal, e assim por diante. Nele não há nada de terrível e alheio (em Rabelais na visão além-túmulo de Epistemão, "os diabos eram bons companheiros"[36] e amigos de copo). Às vezes os diabos e o próprio inferno são "monstros engraçados". Já no grotesco romântico o diabo adquire um caráter terrível, melancólico e trágico. O riso infernal se torna um riso maldoso e sombrio.

[35] O adjetivo aqui utilizado é *smekhovói*, que literalmente significa "do riso". (N. da T.)

[36] F. Rabelais, *Pantagruel*, em *Pantagruel e Gargântua*, org., trad., apres. e notas de Guilherme Gontijo Flores, São Paulo, Editora 34, 2021, p. 181. (N. da T.)

É preciso admitir que o caráter ambivalente no grotesco romântico normalmente se transforma em um nítido contraste estático ou em uma antítese imóvel. Assim, o pai do narrador de *Rondas noturnas* (o vigia noturno) é um diabo, e a mãe é uma santa canonizada; ele mesmo tem o costume de rir nos templos e chorar nas casas de alegria (ou seja, nos bordéis). Desse modo, a antiga ridicularização ritual da divindade diante de todo o povo e o riso medieval no templo à época da festa dos loucos se transformam, no limiar do século XIX, em um riso excêntrico de um esquisitão solitário na igreja.

Por fim, observamos mais uma particularidade do grotesco romântico: ele é predominantemente um grotesco *noturno* (*Rondas noturnas* de Bonaventura, *Contos noturnos* [*Nachtstücke*] de Hoffmann), de modo geral são peculiares dele as trevas e não a luz. Para o grotesco popular, ao contrário, é característica a luz: trata-se de um grotesco primaveril e matinal, de alvorada.[37]

É assim o grotesco romântico em solo germânico. Analisaremos adiante a variante romana do grotesco romântico. Em seguida, detenhamo-nos um pouco na teoria romântica do grotesco.

Friedrich Schlegel em sua "Conversa sobre a poesia" ["Gespräch über die Poesie", 1800] aborda o grotesco, ainda que sem uma definição terminológica precisa (ele costuma chamá-lo "arabesco"). Schlegel considera o grotesco (o arabesco) "a mais antiga forma da fantasia humana" e a "forma natural da poesia". Ele encontra o grotesco em Shakespeare e Cervantes, em Sterne e Jean Paul. Ele vê a essência do grotesco na combinação estranha de elementos da realidade distantes entre si, na destruição das leis e da ordem comuns do

[37] De modo mais preciso, o grotesco popular reflete o próprio momento da *alternância* entre as trevas e a luz, a noite e a manhã, o inverno e a primavera.

mundo, no fantástico livre das imagens e na "alternância entre entusiasmo e ironia".

Em sua *Introdução à estética* [*Vorschule der Ästhetik*], Jean Paul revela com mais nitidez justamente os traços do grotesco romântico. Ele tampouco utiliza o termo "grotesco" e o analisa como "humor aniquilador". De modo bastante amplo, Jean Paul compreende o grotesco (o humor aniquilador) não apenas nos limites da literatura e da arte, mas inclui nele tanto a festa dos loucos quanto a festa do asno (as "missas dos asnos"), ou seja, as formas rituais e de espetáculo do riso na Idade Média. Dos fenômenos literários da época do Renascimento, ele cita com bastante frequência Rabelais e Shakespeare. Em particular, ele fala da "ridicularização do mundo inteiro" (*Welt-Verlachung*) em Shakespeare, ao se referir aos seus "bufões melancólicos" e a Hamlet.

Jean Paul compreende com perfeição o caráter universal do riso grotesco. O "humor aniquilador" é direcionado não para fenômenos negativos isolados da realidade, mas para toda a realidade, para o mundo finalizado em sua totalidade. Tudo o que é finalizado enquanto tal é aniquilado pelo humor. Jean Paul destaca o radicalismo desse humor: o mundo inteiro é transformado por ele em algo *alheio*, terrível e *injustificável*; perdemos o solo sob nossos pés; experimentamos uma vertigem, pois não vemos nada de estável ao nosso redor. Jean Paul vê o mesmo universalismo e radicalismo da destruição de todos os preceitos morais e sociais nas formas rituais e de espetáculo medievais do riso.

Jean Paul não aparta o grotesco do riso. Ele compreende que, sem o princípio do riso, o grotesco é impossível. Contudo, sua concepção teórica conhece apenas o riso reduzido (humor), privado da força positiva ressuscitadora e renovadora, e, portanto, sem alegria e sombrio. O próprio Jean Paul enfatiza o caráter *melancólico* do riso aniquilador e afirma que o diabo (é claro, em sua concepção romântica) seria o maior dos humoristas.

Embora Jean Paul também cite os fenômenos do grotesco medieval e renascentista (inclusive Rabelais), ele apresenta, em essência, só a teoria do grotesco romântico, pelo prisma do qual olha para as etapas passadas do desenvolvimento do grotesco, "romantizando-as" (principalmente no espírito da interpretação sterniana de Rabelais e Cervantes).

Jean Paul (assim como Schlegel) concebe o aspecto positivo do grotesco, a sua última palavra, já fora do princípio do riso, como uma transgressão dos limites de tudo o que é finalizado e destruído pelo humor, rumo a uma esfera puramente espiritual.[38]

Bem mais tarde (a partir do final dos anos 1820), também no romantismo francês, ocorre um renascimento do tipo grotesco de imagens.

Primeiramente em seu prefácio a *Cromwell* e depois no livro sobre Shakespeare, Victor Hugo levantou o problema do grotesco de maneira interessante e bastante característica para o romantismo francês.

Hugo compreende o tipo grotesco de imagens de modo muito amplo. Ele o encontra na Antiguidade pré-clássica (a Hidra, as Hárpias, os Ciclopes e outras imagens da arcaica grotesca) e, em seguida, relaciona a esse tipo toda a literatura posterior à Antiguidade, a começar pela medieval. Segundo Hugo, "o grotesco está em todo lugar: por um lado, ele cria o disforme e o terrível e, por outro, o cômico e o bufo". O aspecto essencial do grotesco é o disforme. A estética do grotesco é, em grande medida, uma estética do disforme. Mas, ao mesmo tempo, Hugo enfraquece a significação independente do grotesco, ao declará-lo um meio de contraste

[38] Na obra do próprio Jean Paul, há muitas imagens extremamente características do grotesco romântico, principalmente em seus "sonhos" e "visões" (cf. a coletânea de ensaios de Jean Paul organizada por Richard Benz, *Träume und Visionen*, Munique, R. Piper, 1954). Aqui há muitas imagens expressivas do grotesco noturno e sepulcral.

para o *sublime*. O grotesco e o sublime se complementam, e é justamente a sua união (alcançada de modo mais pleno em Shakespeare) que cria a beleza autêntica, inacessível ao clássico puro.

No livro sobre Shakespeare, Hugo apresenta as mais interessantes e concretas análises das imagens grotescas e, em particular, dos princípios do riso e do material-corporal. Todavia, nós nos deteremos nesse aspecto mais tarde, uma vez que Hugo desenvolve também sua concepção da obra de Rabelais.

O interesse pelo grotesco e pelas etapas passadas do seu desenvolvimento foi compartilhado ainda por outros românticos franceses, e, a propósito, em solo francês o grotesco foi percebido como uma tradição nacional. Em 1853, saiu o livro (uma espécie de coletânea) de Théophile Gautier com o título *Os grotescos* [*Les Grotesques*]. Nessa coletânea, Théophile Gautier reuniu os representantes do grotesco francês, que foi compreendido por ele de modo bastante amplo: encontraremos aí tanto Villon quanto os poetas libertinos do século XVII (Théophile de Viau, Saint-Amant), Scarron, Cyrano de Bergerac e até mesmo Scudéry.

Essa é a etapa romântica no desenvolvimento do grotesco e da sua teoria. À guisa de conclusão é preciso enfatizar dois aspectos positivos: primeiramente, os românticos buscavam as raízes populares do grotesco e, em segundo lugar, eles nunca atribuíram ao grotesco funções puramente satíricas.

É claro que nossa análise do grotesco romântico está muito longe de ser completa. Além disso, ela tem um caráter um tanto unilateral e até mesmo polêmica. Isso é explicado pelo fato de que para nós só foram importantes as diferenças entre o grotesco romântico e as imagens grotescas da cultura popular na Idade Média e no Renascimento. Entretanto, houve no romantismo uma descoberta positiva de imensa importância: a descoberta do ser humano interior e subjetivo com sua natureza profunda, complexa e inesgotável.

Essa *infinitude interior* da personalidade individual era alheia ao grotesco medieval e renascentista, mas a sua descoberta pelos românticos só se tornou possível graças à aplicação por eles do método grotesco com sua força libertadora de todo dogmatismo, conclusibilidade e limitação. Em um mundo fechado, pronto e estável, com fronteiras precisas e inabaláveis entre todos os fenômenos e valores, a infinitude interior não poderia ser descoberta. Para convencer-se disso, basta comparar as análises racionalizantes e exaustivas das vivências interiores feitas pelos classicistas com as imagens da vida interior em Sterne e nos românticos. Aqui se revela com nitidez a força artístico-heurística do método grotesco. Porém, tudo isso já extrapola os limites do nosso trabalho.

Abordaremos brevemente a compreensão do grotesco na estética de Hegel e na de F. T. Vischer.

Ao falar sobre o grotesco, Hegel, em essência, considera só a arcaica grotesca, que ele define como a expressão do estado de espírito pré-clássico e pré-filosófico. Fundamentando-se principalmente na arcaica indiana, Hegel caracteriza o grotesco por três traços: a fusão de campos heterogêneos da natureza, os exageros imensuráveis e a multiplicação de alguns órgãos (imagens dos deuses indianos com muitos braços e pernas). Hegel desconhece por completo o papel organizador do princípio do riso no grotesco e o analisa fora de qualquer relação com o cômico.

F. T. Vischer se afasta de Hegel na questão do grotesco. A essência e a força propulsora do grotesco, segundo Vischer, é o engraçado, o cômico. "O grotesco é o cômico na forma do milagroso, é um 'cômico mitológico'." Essas definições de Vischer não deixam de ter certa profundidade.

É preciso falar que, no desenvolvimento posterior da estética filosófica e até os dias de hoje, o grotesco ainda não foi compreendido e avaliado devidamente: não houve lugar para ele no sistema da estética.

Após o romantismo, a partir da segunda metade do século XIX, o interesse pelo grotesco enfraquece bruscamente tanto na própria literatura quanto na teoria literária. O grotesco, quando é mencionado, ora é considerado como uma das formas do cômico vulgar baixo, ora é compreendido como uma forma específica de sátira, direcionada para fenômenos isolados e puramente negativos. Nessa abordagem desaparece toda a profundidade e todo o universalismo das imagens grotescas.

Em 1894, foi lançada a obra mais abrangente dedicada ao grotesco: o livro do cientista alemão Schneegans, *Uma história da sátira grotesca*.[39] Em grande parte, esse livro se dedica à obra de Rabelais, que Schneegans considera o maior representante da sátira grotesca, mas nele também há um breve panorama de alguns fenômenos do grotesco medieval. Schneegans é o representante mais consequente da compreensão puramente satírica do grotesco. Para ele, o grotesco é sempre e apenas uma sátira puramente negativa, um "*exagero do indevido*", do negado, e ainda um exagero que extrapola os limites do provável, tornando-se fantástico. É precisamente por meio desses exageros desmedidos que o indevido sofre um golpe moral e social. Essa é a essência da concepção de Schneegans. Ele não compreende em absoluto o *hiperbolismo positivo* do princípio material e corporal no grotesco medieval e em Rabelais. Schneegans tampouco compreende a força positiva, ressuscitadora e renovadora do riso grotesco. Ele conhece apenas o riso puramente negativo, retórico e não ridente da sátira do século XIX e, nesse espírito, interpreta o fenômeno do riso medieval e renascentista. Trata-se de uma expressão extrema da modernização deturpadora do riso na teoria literária. Schneegans tampouco compreende o universalismo das imagens grotescas. Contudo, sua

[39] Heinrich Schneegans, *Geschichte der grotesken Satire*, Estrasburgo, Karl J. Trübner, 1894.

concepção é bastante típica de toda a teoria literária da segunda metade do século XIX e dos primeiros decênios do século XX. Até mesmo na atualidade, a compreensão puramente satírica do grotesco e, em particular, da obra de Rabelais no espírito de Schneegans está longe de ser superada.

Como já havíamos dito, Schneegans em grande parte desenvolve sua concepção por meio de análises da obra de Rabelais. Por isso ainda nos deteremos no seu livro adiante.

* * *

No século XX, ocorre um novo e potente renascimento do grotesco, apesar de a palavra "renascimento" não ser totalmente aplicável a algumas formas do mais novo grotesco.

O panorama de desenvolvimento do mais novo grotesco é bastante complexo e contraditório. Mas, de modo geral, é possível distinguir duas linhas desse desenvolvimento. A primeira linha é o grotesco *modernista* (Alfred Jarry, os surrealistas, os expressionistas e outros). Esse grotesco está ligado (em graus variados) às tradições do grotesco romântico; atualmente ele se desenvolve sob a influência de diferentes correntes do existencialismo. A segunda linha é o grotesco *realista* (Thomas Mann, Bertolt Brecht, Pablo Neruda e outros), que está relacionado às tradições do realismo grotesco e da cultura popular, e às vezes reflete também a influência imediata das formas carnavalescas (Neruda).

A descrição das especificidades do mais novo grotesco não faz parte de nossos objetivos. Detenhamo-nos apenas na mais nova teoria do grotesco, que está relacionada à primeira linha modernista do seu desenvolvimento. Referimo-nos ao livro do eminente teórico da literatura alemão Wolfgang Kayser, *O grotesco na pintura e na literatura*.[40]

[40] Wolfgang Kayser, *Das Groteske: seine Gestaltung in Malerei und Dichtung*, Oldenburg, G. Stalling, 1957. Esse livro foi reeditado (postumamente) nos anos 1960-61 na série *Rowohlts deutsche Enzyklopädie*, e

O livro de Kayser, em essência, é o primeiro e — por enquanto — o único trabalho sério sobre a teoria do grotesco. Nele há muitas observações valiosas e análises refinadas. Contudo, é impossível concordar com a concepção geral de Kayser.

O projeto do livro de Kayser deveria fornecer uma teoria geral do grotesco e revelar a própria essência desse fenômeno. Na realidade, ele apresenta apenas a teoria (e a breve história) do grotesco romântico e modernista, e, estritamente falando, somente do modernista, uma vez que Kayser vê o grotesco romântico pelo prisma do grotesco modernista e por isso o compreende e o avalia de modo um tanto deturpado. A teoria de Kayser é absolutamente inaplicável aos milênios de desenvolvimento do grotesco pré-romântico: à arcaica grotesca, ao grotesco antigo (por exemplo, ao drama satírico ou à comédia ática antiga), ao grotesco medieval e renascentista, que está ligado à cultura popular do riso. Em seu livro, Kayser sequer aborda todos esses fenômenos (ele apenas nomeia alguns deles). Ele formula todas as suas conclusões e generalizações com base nas análises do grotesco romântico e modernista, e, ademais, como já havíamos dito, justamente este último determina a concepção de Kayser. Por isso, a autêntica natureza do grotesco, inseparável do universo uno da cultura popular do riso e da percepção de mundo carnavalesca, permaneceu incompreendida. No grotesco romântico, essa natureza foi enfraquecida, empobrecida e, em grande parte, repensada. Entretanto, mesmo nele, todos os motivos fundamentais de origem claramente carnavalesca preservam certa memória sobre aquele todo poderoso do qual outrora fizeram parte. E essa memória é despertada nas melho-

é dessa edição que citaremos adiante algumas páginas. [Ed. bras.: *O grotesco: configuração na pintura e na literatura*, trad. Jacó Guinsburg, São Paulo, Perspectiva, 1986. (N. da T.)]

res obras do grotesco romântico (com uma força particular, mas de modo diferente, em Sterne e Hoffmann). Essas obras são mais fortes e profundas — e também mais *alegres* — do que aquela cosmovisão subjetivo-filosófica que é expressa nelas. No entanto, Kayser não conhece essa memória de gênero nem a procura nelas. O grotesco modernista, que dá o tom a essa concepção, perdeu essa memória quase completamente e formalizou quase até o extremo a herança carnavalesca dos motivos e símbolos grotescos.

Quais seriam, segundo Kayser, as principais particularidades das imagens grotescas?

Nas definições de Kayser, surpreende sobretudo aquele tom geral sombrio, terrível e assustador do mundo grotesco que é o único captado pelo pesquisador. Na verdade, esse tom é absolutamente estranho a todo o desenvolvimento do grotesco até o romantismo. Já dissemos que o grotesco medieval e renascentista, repleto da visão de mundo carnavalesca, liberta o mundo de tudo o que é terrível e assustador, tornando-o não assustador e, portanto, extremamente alegre e luminoso. Tudo o que no mundo habitual era terrível e assustador, no mundo carnavalesco se transforma em "monstros engraçados" e alegres. O medo é a expressão extrema da seriedade unilateral e tola vencida pelo riso (encontramos uma elaboração magnífica desse motivo em Rabelais, em particular o "tema de Malbrough"). Apenas em um mundo extremamente não assustador é possível a liberdade extrema, que é característica do grotesco.

Já para Kayser o principal no mundo grotesco é "algo hostil, estranho e não humano" ("*das Unheimliche, das Verfremdete und Unmenschliche*").[41]

Kayser enfatiza em especial o aspecto da estranheza: "o grotesco é um mundo que se tornou estranho" ("*das Gro-*

[41] W. Kayser, *Das Groteske*, *op. cit.*, p. 81.

teske ist die entfremdete Welt").[42] Kayser explica essa definição ao comparar o grotesco com o mundo dos contos de magia.[43] Pois o mundo dos contos de magia, quando visto de fora, também pode ser definido como estranho e inabitual, mas não é um mundo que *se tornou* estranho. Já no grotesco aquilo que, para nós, era próprio, habitual e próximo, de repente se torna estranho e hostil. É precisamente o *nosso mundo* que se torna de súbito *estranho*.

Essa definição de Kayser é aplicável só a alguns fenômenos do grotesco modernista, mas não se torna tão adequada quando empregada para o grotesco romântico e é totalmente inaplicável às etapas anteriores do seu desenvolvimento.

Na verdade, o grotesco — inclusive o romântico — revela a possibilidade de um mundo totalmente *outro*, de uma outra ordem mundial, de um outro modo de vida. Ele extrapola os limites da aparente (falsa) unidade, incontestabilidade e caráter inabalável do mundo existente. O grotesco, gerado pela cultura popular do riso, em essência, sempre encena — de uma ou de outra forma, por um ou por outro meio — o retorno da era de ouro de Saturno à Terra, a *possibilidade viva* do seu retorno. Também o grotesco romântico atua assim (caso contrário, ele deixaria de ser grotesco), mas em formas subjetivas que lhe são próprias. O mundo existente se torna de repente estranho (se utilizarmos a terminologia de Kayser) justamente porque é revelada a possibilidade de um mundo autêntico próximo, de um mundo da "era de ouro" e da verdade carnavalesca. O ser humano retorna a si próprio. O mundo existente é destruído para que renasça e renove-se. O mundo ao morrer gera vida. A relatividade de tudo o que existe no grotesco é sempre alegre, e ele sempre está repleto

[42] *Idem*, p. 136.

[43] Tradução do termo russo *skazka*, que aparece nas obras de Vladímir Propp e que também poderia ser traduzido por "conto maravilhoso". (N. da T.)

da alegria das alternâncias, mesmo que essa alegria e felicidade sejam reduzidas ao mínimo (como no romantismo).

É preciso destacar mais uma vez que o aspecto utópico (a "era de ouro") no grotesco pré-romântico se revela não para um pensamento abstrato e tampouco para uma vivência interior, mas é interpretado e vivido por *todo* ser humano em sua *integridade*: pensamento, sentimento e *corpo*. Essa participação corporal de um outro mundo possível, a sua compreensão pelo corpo, tem uma importância enorme para o grotesco.

Já na concepção de Kayser não há nenhum lugar para o princípio material e corporal com a sua natureza inesgotável e eterna renovação. Na sua concepção, inexistem o tempo, as alternâncias, as crises, ou seja, inexiste tudo aquilo que ocorre com o Sol, com a Terra, com o ser humano, com a sociedade humana e com o que justamente vive o grotesco autêntico.

A definição elaborada por Kayser é bastante representativa do grotesco modernista: "O grotesco é uma forma de expressão do *id*".[44]

Kayser compreende o *id* menos no espírito freudiano e mais no existencialista: o *id* é uma força estranha e sobre-humana, que rege o mundo, as pessoas, sua vida e seus atos. Ele também relaciona muitos dos principais motivos do grotesco à percepção dessa força estranha, por exemplo, o motivo das marionetes. O motivo da loucura também está relacionado a ele. Segundo Kayser, sempre percebemos em um louco algo estranho, como se algum espírito sobre-humano penetrasse sua alma. Já mencionamos que no grotesco o motivo da loucura é usado de uma forma totalmente distinta, ou seja, para libertar-se da falsa "verdade deste mundo" e olhar para ele com os olhos *livres* dessa "verdade".

[44] W. Kayser, *Das Groteske*, *op. cit.*, p. 137.

O próprio Kayser mais de uma vez menciona a *liberdade* da peculiar fantasia do grotesco. Mas como é possível tal liberdade em relação a um mundo onde reina a força estranha do *id*? Nisso consiste uma contradição insuperável da concepção de Kayser.

Na verdade, o grotesco liberta de todas aquelas formas da necessidade inumana que perpassam as representações dominantes sobre o mundo. O grotesco destrona essa necessidade, por considerá-la relativa e limitada. A necessidade de uma visão de mundo predominante em uma época sempre se manifesta como monoliticamente séria, incondicional e indiscutível. Contudo, de um ponto de vista histórico as representações sobre a necessidade são sempre relativas e mutáveis. O princípio do riso e a visão de mundo carnavalesca, que estão na base do grotesco, destroem a seriedade limitada e toda a pretensão à importância e à incondicionalidade atemporal das representações da necessidade, libertando a consciência humana, o pensamento e a imaginação para novas possibilidades. Eis por que as grandes reviravoltas, mesmo no campo da ciência, sempre são precedidas por uma certa carnavalização da consciência que as prepara.

No mundo grotesco, todo *id* é destronado e se transforma em um "monstro engraçado"; ao adentrar nesse mundo — até mesmo no mundo do grotesco romântico —, sempre sentimos uma espécie de alegre liberdade do pensamento e da imaginação.

Detenhamo-nos ainda em dois aspectos da concepção de Kayser.

Ao tirar conclusões de sua análise, Kayser afirma que "no grotesco não se trata do medo da morte, mas do medo da vida".

Nessa afirmação, que segue o espírito do existencialismo, há acima de tudo uma oposição entre a vida e a morte. Essa oposição é completamente alheia ao sistema de imagens do grotesco. Nesse sistema, a morte de modo algum é uma negação da vida em sua compreensão grotesca, como a vida do grande corpo popular. Aqui a morte entra no todo da vida como seu momento necessário, como condição de sua renovação e rejuvenescimento constantes. A morte aqui está sempre correlacionada ao nascimento, e o túmulo, ao seio gerador da terra. O nascimento-morte, a morte-nascimento são momentos determinantes (constitutivos) da própria vida, como nas famosas palavras do Espírito da Terra no *Fausto* de Goethe.[45] A morte integra a vida e junto com o nascimento determinam seu eterno movimento. O pensamento imagético grotesco compreende até a luta entre a vida e a morte no corpo individual como uma luta da velha vida obstinada com a nova que nasce (ou que ainda irá nascer), como uma crise de alternância.

Leonardo da Vinci disse: quando o ser humano espera com alegre impaciência um novo dia, uma nova primavera, um novo ano, ele ao mesmo tempo não suspeita que, desse modo, ele anseia em essência pela própria morte. Embora a forma de expressão desse aforismo de Leonardo não seja grotesca, há em sua base uma visão de mundo carnavalesca.

[45] Eis os versos:

"Geburt und Grab,	"Berço e jazigo,
Ein ewiges Meer,	Perene mar,
Ein wechselnd Weben,	Urdidura alternante,
Ein glühend Leben."	Vida flamante."

Aqui não há uma *oposição* entre vida e morte, mas a comparação entre *nascimento* e *túmulo*, igualmente relacionados com o seio da terra e do corpo, que gera e absorve, e igualmente integrantes como momentos necessários do todo vivo da vida, que está em eterna alternância e renovação. Tudo isso também é bastante característico da visão de mundo de Goethe. O mundo, em que a vida e a morte estão opostas, e o mundo, em que o nascimento e o túmulo são correlacionados, são dois mundos totalmente distintos. O último deles é o mundo da cultura popular e, em parte, o mundo de Goethe.

[*Fausto* I, cena "Noite", vv. 504-7, trad. Jenny Klabin Segall, São Paulo, Editora 34, 2004. (N. da T.)]

Assim, no sistema de imagens grotescas a morte e a renovação são indissociáveis uma da outra no todo da vida, e esse todo está longe de despertar o medo.

É preciso dizer que também a imagem da morte no grotesco medieval e renascentista (e inclusive no gênero pictórico, por exemplo, nas "Danças da morte" de Holbein ou Dürer) sempre contém em si um elemento cômico. Trata-se invariavelmente, em maior ou menor grau, de um "monstro engraçado". Nos séculos posteriores e sobretudo no século XIX, perdeu-se quase por completo a capacidade de ouvir o princípio do riso nessas imagens, que passaram a ser percebidas em um plano unilateral e sério, tornando-se triviais e distorcidas. O século XIX burguês tratou com respeito só o riso puramente satírico, que foi, em essência, um riso retórico que não ri, sério e edificante (não por acaso ele era comparado ao chicote ou à chibata). Além dele, foi admitido ainda o riso puramente recreativo, despreocupado e inofensivo. Tudo o que era sério deveria ser sério, ou seja, retilíneo e trivial em seu tom.

O tema da morte enquanto renovação, a combinação da morte com o nascimento, as imagens das mortes alegres desempenham um papel essencial no sistema de imagens do romance de Rabelais e, nas partes subsequentes do nosso trabalho, serão submetidas a uma análise concreta.

O último aspecto da concepção de Kayser no qual nos deteremos será a sua abordagem do riso grotesco. Eis a sua formulação: "O riso misturado com a amargura, ao integrar-se ao grotesco, assume traços de um riso escarnecedor, cínico e, por fim, satânico".[46]

Vimos que Kayser compreende o riso grotesco totalmente no espírito das reflexões do "vigia noturno" de Bonaventura e da teoria do "humor aniquilador" de Jean Paul, ou

[46] W. Kayser, *Das Groteske*, *op. cit.*, p. 139.

seja, no espírito do grotesco romântico. Está ausente o elemento alegre, libertador e ressuscitador do riso, ou seja, justamente o aspecto criativo. No entanto, Kayser compreende toda a complexidade do problema do riso no grotesco e rejeita a sua solução unilateral.

É assim o livro de Kayser. Como já dissemos, o grotesco é uma forma predominante de diferentes tendências do modernismo contemporâneo. A concepção de Kayser serve, em sua essência, justamente como um embasamento teórico desse grotesco modernista. Com certas ressalvas, ela pode elucidar ainda alguns aspectos do grotesco romântico. Contudo, estendê-la a outras épocas do desenvolvimento das imagens grotescas nos parece totalmente inadmissível.

O problema do grotesco e sua essência estética pode ser colocado e resolvido de modo correto só com base no material da cultura popular medieval e da literatura do Renascimento, sendo, nesse caso, particularmente grande a importância elucidativa de Rabelais. É possível compreender a profundidade autêntica, as múltiplas significações e a força de certos motivos grotescos somente na unidade da cultura popular e da visão de mundo carnavalesca; fora dessa unidade, os motivos se tornam unilaterais, triviais e empobrecidos.

* * *

Não resta dúvida alguma sobre a justeza da aplicação do termo "grotesco" ao tipo particular de imagem da cultura popular medieval e da literatura renascentista ligada a ela. Mas em que medida é justo o nosso termo "*realismo* grotesco"?

Nesta Introdução é possível dar apenas uma resposta prévia.

As particularidades que distinguem de forma tão nítida o grotesco medieval e renascentista do grotesco romântico e modernista — e acima de tudo a compreensão da existência espontaneamente materialista e dialética — podem ser definidas de modo mais adequado como *realistas*. Adiante nossas análises concretas das imagens grotescas confirmarão essa tese.

As imagens renascentistas grotescas — diretamente ligadas à cultura carnavalesca popular em Rabelais, Cervantes e Shakespeare — exerceram uma influência determinante em toda a grande literatura realista dos séculos posteriores. O realismo do grande estilo (o realismo de Stendhal, Balzac, Hugo, Dickens e outros) sempre foi relacionado (direta ou indiretamente) à tradição renascentista, e a ruptura com ela levou de maneira inevitável a um amesquinhamento do realismo e à sua degeneração em um empirismo naturalista.

Já no século XVII algumas formas do grotesco começam a degenerar para uma "caracterização" estática e para uma pintura de costumes estreita. Essa degeneração está relacionada a uma visão de mundo burguesa, específica e limitada. O grotesco autêntico está longe de ser estático, ele tende justamente a abarcar em suas imagens a própria constituição, o crescimento, a eterna inconclusibilidade, o inacabamento da existência; por isso ele apresenta em suas imagens os dois polos de constituição ao mesmo tempo: o que parte e o novo, o que morre e o que nasce; em um corpo ele mostra dois, a geração e a divisão da célula viva da vida. Aqui nas alturas do realismo grotesco e folclórico, assim como na morte de organismos monocelulares, nunca resta um cadáver (a morte de um organismo monocelular coincide com sua multiplicação, ou seja, com a divisão em duas células, dois organismos, sem quaisquer "restos mortais"); aqui a velhice é grávida, a morte é prenhe, tudo o que é limitado e característico, petrificado, pronto, é lançado para o baixo corporal, para uma refundição e um novo nascimento. Já no processo de degeneração e decomposição do realismo grotesco desaparece o polo positivo, ou seja, o segundo elo jovem da constituição (que é substituído pela sentença moral e pelo conceito abstrato): resta o puro cadáver, a velhice privada de gravidez, pura, idêntica a si mesma e isolada, separada daquele todo crescente em que ela era ligada ao próximo elo jovem na corrente única de desenvolvimento e crescimento. Como resultado temos um grotesco fragmentado, uma figura do demônio da fecundidade com o falo cortado e com uma barriga murcha. Daí se originam todas essas imagens estéreis daquilo que é "característico", todos esses tipos "profissionais" de advogados, comerciantes, alcoviteiras, velhos e velhas etc.; todas essas máscaras do realismo diminuído e degenerado. Todos esses tipos também estiveram presentes no realismo grotesco, mas neste não foi construído um quadro de toda a vida, eles foram apenas uma parte moribunda de uma vida que gera. A questão é que a nova concepção de realismo traça, de modo diferente, fronteiras entre todos os corpos e coisas. Ela disseca corpos bicorporais e retira elementos pertencentes ao realismo grotesco e folclórico que haviam se juntado a ele; ela tende a deixar cada individualidade fora da relação com o *todo último*, cuja imagem antiga já foi perdida e uma nova ainda não foi encontrada. A compreensão do tempo também mudou em sua essência.

A literatura do assim chamado "realismo cotidiano" no século XVII (Sorel, Scarron e Furetière) junto com aspectos carnavalescos autênticos já está repleta de imagens desse grotesco contido, ou seja, um grotesco quase retirado do grande tempo, do fluxo da constituição, e, portanto, ou petrificado em sua duplicidade ou partido em dois. Alguns críticos (por exemplo, [Gustave] Reynier) tendem a interpretar isso como o começo do realismo, como seus primeiros passos. Na realidade são apenas fragmentos moribundos e às vezes quase sem sentido do potente e profundo realismo grotesco.

* * *

Já mencionamos no início da nossa Introdução que tanto os fenômenos isolados da cultura popular do riso medieval quanto os gêneros específicos do realismo grotesco foram estudados de modo bastante amplo e sólido, mas, é claro, do ponto de vista dos métodos histórico-culturais e histórico-literários que dominaram a ciência no século XIX e nos primeiros decênios do XX. É evidente que foram estudados não só obras literárias, mas também fenômenos bem específicos como a "festa dos loucos" (Bourquelot, Dreves,[47] Villetard), o "riso pascal" (Schmid, Reinach etc.), a "paródia sacra" (Novati, Ilvonen, Lehmann) e outros fenômenos que, em sua essência, encontram-se fora dos limites da arte e da literatura. Foram estudados também, é claro, as mais variadas manifestações da cultura do riso na Antiguidade (A. Dieterich, Reich, F. Cornford[48] etc.). Foi significativa ainda a contribuição dos folcloristas para o esclarecimento do caráter e da gênese de alguns motivos e símbolos que integravam a cultura popular do riso (basta lembrar a obra monumental de Frazer, *O ramo de ouro*).[49] No geral, é extensa a literatura científica que tem relação com a cultura popular do riso.[50] Adiante, no decorrer de nossa pesquisa, citaremos trabalhos especializados no assunto.

Contudo, toda essa enorme bibliografia crítica, com raras exceções, carece de *pathos teórico*. Ela não busca generalizações teóricas que tenham alguma amplitude e toquem a essência da questão. Como resultado, esse material — qua-

[47] Guido Maria Dreves (1854-1909), jesuíta alemão. (N. da T.)

[48] Francis M. Cornford (1874-1943), classicista inglês. (N. da T.)

[49] James G. Frazer, *The Golden Bough: A Study in Comparative Religion*, Londres, Macmillan, 1890, 2 v. (N. da T.)

[50] Entre os trabalhos soviéticos tem um grande mérito o livro de Olga Freidenberg, *Poétika siujéta i jánra* [*A poética do enredo e do gênero*] (Leningrado, Goslitizdat, 1936), no qual é reunido um vasto material folclórico diretamente relacionado com a cultura popular do riso (sobretudo antiga). Contudo, esse material é interpretado, em grande parte, no espírito das teorias do pensamento pré-lógico, e o problema da cultura popular do riso não é abordado.

se infinito, reunido com esmero e frequentemente estudado de modo minucioso — permanece sem ser unificado nem analisado. Aquilo que chamamos o universo uno da cultura popular do riso parece aqui um amontoado de curiosidades desconexas, cuja inserção na história "séria" da cultura e da literatura europeias, apesar do seu enorme volume, é em essência impossível. Esse amontoado de curiosidades e obscenidades permanece fora do conjunto daqueles "sérios" problemas criativos que a humanidade europeia estava resolvendo. É bastante compreensível que, diante dessa abordagem, mesmo a influência poderosa da cultura popular do riso em toda a literatura de ficção e no próprio "pensamento imagético" da humanidade permanecesse praticamente não revelada.

De modo breve, examinaremos aqui só duas pesquisas e ainda sobre problemas teóricos, aliás aqueles que abordam dois aspectos diferentes do nosso problema da cultura popular do riso.

Em 1903 foi publicado um trabalho volumoso de H. Reich, *O mimo: um ensaio sobre seu desenvolvimento histórico-literário*.[51]

O objeto de estudo de Reich é, em essência, a cultura do riso antiga e medieval. Ele fornece um material enorme, muito interessante e valioso. Ele revela de modo correto a unidade da tradição do riso que perpassa a Antiguidade e a Idade Média. Por fim, ele compreende a relação autêntica e essencial do riso com as imagens do baixo material e corporal. Tudo isso permite a Reich se aproximar de uma abordagem correta e produtiva do problema da cultura popular do riso.

Todavia, ele não levantou esse problema. A nosso ver, há duas razões que impediram que isso acontecesse.

Em primeiro lugar, Reich tenta reduzir toda a história da cultura do riso à história do mimo, ou seja, de um único

[51] H. Reich, *Der Mimus*, *op. cit.* (ver nota 16, p. 97 deste volume).

gênero cômico, ainda que bastante característico em especial para a Antiguidade tardia. Para Reich, o mimo é o centro e quase que o único portador da cultura do riso. Reich reduz ainda todas as formas festivo-populares e a literatura do riso medieval à influência do mimo da Antiguidade. Na busca pela influência do mimo da Antiguidade, Reich extrapola até os limites da cultura europeia. Isso resulta em excessos inevitáveis e na ignorância de tudo aquilo que não cabe no leito de Procusto do mimo. É preciso dizer que às vezes o próprio Reich não sustenta a sua concepção: o material transborda e obriga o autor a sair dos limites estreitos do mimo.

Em segundo lugar, Reich moderniza e empobrece um pouco tanto o riso quanto o princípio material e corporal ligado a ele de modo indissolúvel. Na concepção de Reich os aspectos positivos do princípio do riso — sua força libertadora e ressuscitadora — soam um pouco abafados (embora Reich tenha um excelente conhecimento da filosofia do riso na Antiguidade). O universalismo do riso popular, bem como sua cosmovisão e caráter utópico, também não recebeu a devida compreensão e avaliação em Reich. Entretanto, a concepção do princípio material e corporal parece particularmente empobrecida: Reich a vê pelo prisma do pensamento abstrato e diferenciador da Idade Moderna, e por isso a compreende de modo estreito, quase naturalista.

Esses são os dois aspectos fundamentais que comprometem, a nosso ver, a concepção de Reich. Contudo, ele contribuiu muito para preparar uma abordagem correta do problema da cultura popular do riso. É uma pena que seu livro, rico em novos materiais, bem como original e ousado pelo pensamento, não tenha exercido a influência devida em seu tempo.

Adiante teremos de citar o trabalho de Reich algumas vezes.

A segunda pesquisa que abordaremos aqui, pequena pelo volume, é o livro de Konrad Burdach, *Reforma, Renasci-*

mento, Humanismo.[52] Ele também se aproxima da abordagem do problema da cultura popular, mas de um modo totalmente diferente do livro de Reich. Nele não são abordados o riso e o princípio material e corporal. Seu único herói é a ideia-imagem do "renascimento", da "renovação" e da "reforma".

Em seu livro, Burdach mostra que essa ideia-imagem de renascimento (em suas diferentes variações), nascida inicialmente no pensamento mitológico ancestral dos povos orientais e da Antiguidade, continuou a viver e a se desenvolver durante toda a Idade Média. Ela foi conservada ainda no culto religioso (na liturgia, no ritual de batismo etc.), porém na condição de um engessamento dogmático. Desde a época do auge religioso no século XII (Joaquim de Flora, Francisco de Assis, os espiritualistas), essa ideia imagética revive, introduz-se em círculos mais amplos do povo, colore-se de emoções puramente humanas, desperta uma imaginação poética e artística, e torna-se a expressão de um anseio crescente de renascimento e renovação na esfera puramente terrena e mundana, ou seja, na esfera da vida política, social e artística.[53] Burdach examina o processo lento e gradual de secularização da ideia-imagem de renascimento em Dante, nas ideias e atividades de [Cola di] Rienzo, em Petrarca, Boccaccio etc.

Burdach considera com razão que um fenômeno histórico, como o Renascimento, não pode ter surgido como resultado de buscas puramente cognitivas e esforços intelectuais de pessoas isoladas. Ele assim aborda esse tema:

> O Humanismo e o Renascimento não são produtos do conhecimento (*Produkte des Wissens*). Eles surgem não porque os cientistas descobriram

[52] Konrad Burdach, *Reformation, Renaissance, Humanismus*, Berlim, G. Paetel, 1918.

[53] *Idem*, p. 55.

os monumentos perdidos da literatura e da arte da Antiguidade e aspiram devolvê-los à vida. O Humanismo e o Renascimento nasceram de uma esperança e de uma aspiração apaixonadas e ilimitadas de uma época *envelhecida*, cuja alma abalada em toda a sua profundeza ansiava por uma *nova juventude*.[54]

É óbvio que Burdach está completamente certo ao se recusar a buscar as origens e explicar o Renascimento a partir de fontes científicas e livrescas, de estudos individuais e ideológicos, de "esforços intelectuais". Ele também tem razão ao defender que a Renascença foi preparada ao longo de toda a Idade Média (e sobretudo a partir do século XII). Por fim, ele está correto ao afirmar que a palavra "Renascimento" estava longe de significar um "renascimento das ciências e das artes da Antiguidade", mas tinha por trás uma formação enorme e polissêmica, enraizada nas próprias profundezas do pensamento ritualístico, de espetáculos, imagético, intelectual, representado em ideias da humanidade. Entretanto, Burdach não enxergou e tampouco compreendeu a principal esfera da existência da ideia-imagem renascentista: a cultura popular do riso na Idade Média. O anseio por uma renovação e um novo nascimento, a "sede por uma nova juventude" atravessaram a visão de mundo carnavalesca e encontraram uma encarnação multi-imagética nos aspectos concretos e sensíveis da cultura popular (tanto nas de ritual e espetáculos quanto nas verbais). Nisso consistia a segunda vida festiva da Idade Média.

Muitos daqueles fenômenos, que Burdach examina em seu livro como os que prepararam a Renascença, refletiram, por sua vez, a influência da cultura popular do riso e, no âm-

[54] *Idem*, p. 138.

bito dela, anteciparam o espírito renascentista. Eram assim, por exemplo, Joaquim de Flora e sobretudo Francisco de Assis, bem como o movimento criado por ele. Não por acaso o próprio Francisco chamava a si mesmo e os seus correligionários "jograis de Deus" (*joculatores domini*). A visão de mundo particular de Francisco, com sua "alegria espiritual" (*laetitia spiritualis*), com a bênção do princípio material e corporal, com os rebaixamentos e profanações específicos franciscanos, pode ser chamada (com algum exagero) de catolicismo *carnavalizado*. Os elementos da percepção de mundo carnavalesca foram bastante fortes também em toda a obra de Rienzo. Todos esses fenômenos que, segundo Burdach, prepararam o Renascimento, possuem o princípio libertador e renovador do riso, ainda que às vezes em forma bastante reduzida. Contudo, Burdach não considera em absoluto esse princípio. Para ele, existe apenas uma tonalidade séria.

Desse modo, Burdach, em sua aspiração por compreender mais corretamente a relação da Renascença com a Idade Média, também prepara — por seus próprios meios — a colocação do problema da cultura popular do riso medieval.

* * *

Assim se coloca o nosso problema. Contudo, o objeto imediato da nossa pesquisa não é a cultura popular do riso, mas a obra de François Rabelais. A cultura popular do riso é, em essência, imensa e, como vimos, heterogênea ao extremo em suas manifestações. Em relação a ela, nossa tarefa é puramente teórica: revelar a unidade e o sentido dessa cultura, sua essência ideológica geral, sua visão de mundo e estética. A melhor maneira de resolver essa tarefa é por meio do material concreto em que a cultura popular do riso é reunida, concentrada e compreendida artisticamente em sua etapa renascentista superior, e mais precisamente na criação de Rabelais. Rabelais é insubstituível, se quisermos adentrar na essência mais profunda da cultura popular do riso. Em seu mundo criativo, a unidade interna de todos os elementos heterogêneos dessa cultura se revela com uma nitidez excepcional. Pois, como se sabe, a sua obra é toda uma enciclopédia da cultura popular.

Entretanto, ao utilizar a criação de Rabelais para revelar a essência da cultura popular do riso, de forma alguma a transformamos em um puro meio para alcançar o objetivo que se encontra fora dela. Ao contrário, estamos profundamente convencidos de que somente por esse meio, ou seja, apenas à luz da cultura popular, é possível revelar o autêntico Rabelais, mostrar Rabelais em Rabelais. Até o momento, apenas o modernizaram: leram-no com os olhos da Idade Moderna (sobretudo com os olhos do século XIX, os menos atentos à cultura popular) e extraíram de Rabelais somente aquilo que era, para ele e seus contemporâneos — e também do ponto de vista *objetivo* —, o menos essencial. Até agora, o encanto excepcional de Rabelais (que pode ser experimentado por todos) permanece sem explicação. Para isso, é preciso sobretudo compreender a linguagem específica de Rabelais, ou seja, a linguagem da cultura popular do riso.

* * *

Com isso, podemos finalizar nossa Introdução. Durante o próprio trabalho, ainda retornaremos a todos os temas e afirmações fundamentais que foram aqui expressos de uma forma um pouco abstrata e às vezes introdutória demais; além disso, daremos uma concretização completa a esses temas e afirmações, tanto com base no material da obra de Rabelais quanto no material de outros fenômenos da Idade Média e da Antiguidade, que serviram para ele de fonte direta ou indireta.

Capítulo 1

Rabelais na história do riso

> "Escrever a história do riso seria de extremo interesse."
>
> Aleksandr Herzen

Os quatro séculos de história da compreensão, influência e interpretação de Rabelais são bastante instrutivos: essa história se entrelaça de modo estreito com a do próprio riso, suas funções e sua compreensão ao longo desse mesmo período.

Os contemporâneos de Rabelais (e quase todo o século XVI), que viveram naquelas mesmas tradições populares, literárias e ideológicas gerais, nas mesmas condições e acontecimentos da época, de algum modo compreenderam nosso autor e souberam valorizá-lo. Sobre essa grande valorização de Rabelais testemunham tanto as opiniões que chegaram até nós de contemporâneos e gerações próximas[55] quanto as frequentes reedições dos seus livros no século XVI e nos primeiros três decênios do século XVII. Ademais, Rabelais era muito apreciado não só nos círculos de humanistas, na corte e

[55] A história póstuma de Rabelais, ou seja, a história de sua compreensão, interpretação e influência no decorrer dos séculos, é bastante estudada do ponto de vista factual. Além de uma longa série de publicações valiosas na *Revue des Études Rabelaisiennes* (de 1903 até 1913) e na *Revue du Seizième Siècle* (de 1913 até 1932), dois livros especiais foram dedicados a essa história: Jacques Boulenger, *Rabelais à travers les âges*, Paris, Le Divan, 1925; e Lazare Sainéan, *L'Influence et la réputation de Rabelais: interprètes, lecteurs et imitateurs*, Paris, J. Gamber, 1930. É claro que, nesses livros, estão reunidas também as opiniões de contemporâneos de Rabelais.

na alta burguesia urbana, mas também em amplas massas populares. Citarei a interessante opinião de um contemporâneo mais jovem de Rabelais, o historiador (e escritor) notável Estienne Pasquier. Em uma carta a Ronsard, ele escreve:

> Entre nós não há ninguém que não soubesse a que grau o *erudito* Rabelais, *ao fazer folia sabiamente* [*en folastrant sagement*] em seu *Gargântua e Pantagruel*, ganhou o amor do povo [*gaigna de grace parmy le peuple*].[56]

Os vestígios numerosos e profundos da influência de Rabelais e uma série inteira de suas imitações testemunham com maior nitidez o fato de ele ser compreensível por seus contemporâneos e próximo deles. Quase todos os prosadores do século XVI que escreveram após Rabelais (mais precisamente após a publicação dos dois primeiros livros do seu romance) — Bonaventure des Périers, Noël du Fail, Guillaume Bouchet, Jacques Tahureau, Nicolas de Cholières etc. — foram em maior ou menor grau rabelaisianos. Tampouco evitaram a sua influência os historiadores da época — Pasquier, Brantôme, Pierre de l'Estoile — e os polemistas e panfletistas protestantes — Pierre Viret, Henri Estienne etc. É como se a literatura do século XVI se concluísse sob o signo de Rabelais: no campo da sátira política, ela é rematada pela notável *Sátira menipeia sobre a virtude do Catolicão da Espanha...* (1594), dirigida contra a Liga da Inquisição, uma das melhores sátiras políticas da literatura universal,[57] e, no campo da literatura de ficção, pela obra magnífica de Béroalde de Ver-

[56] Estienne Pasquier, *Lettres* [*Cartas*], livro II. Cito segundo Lazare Sainéan, *L'Influence et la réputation de Rabelais, op. cit.*, p. 100.

[57] A sátira foi reeditada: *Satyre ménippée de la vertu du Catholicon d'Espagne...*, Oppeln, Frank, 1884, reimpressão da 1ª edição de 1594.

ville *O meio de prosperar na vida* (1612).[58] Essas duas obras, que finalizam o século, carregam o selo da influência essencial de Rabelais; as imagens contidas nelas, apesar da sua heterogeneidade, vivem uma vida grotesca quase rabelaisiana.

Além dos grandes escritores do século XVI nomeados por nós, os quais souberam usufruir da influência de Rabelais e manter a sua independência, encontramos inumeráveis pequenos imitadores de Rabelais que não deixaram vestígios autênticos na literatura da época.

É preciso ainda destacar que Rabelais alcançou o sucesso e teve reconhecimento imediatamente, já ao longo dos primeiros meses após a publicação de *Pantagruel*.

O que revelam esse reconhecimento rápido, as opiniões entusiasmadas (mas não surpresas) dos contemporâneos, a influência enorme na grande literatura de *problemas* da época — sobre cientistas humanistas, historiadores, panfletistas políticos e religiosos — e, por fim, a enorme quantidade de imitadores?

Os contemporâneos receberam Rabelais no contexto de uma tradição viva e ainda potente. Eles poderiam ter se surpreendido com a força e a sorte de Rabelais, mas não com o próprio caráter de suas imagens e seu estilo. Os contemporâneos souberam perceber a *unidade* do mundo rabelaisiano e sentir o profundo parentesco e a inter-relação essencial de todos os elementos desse mundo, que já no século XVII pareciam nitidamente heterogêneos e, no século XVIII, incompatíveis em absoluto: a alta problematicidade, as ideias filosóficas dos banquetes, os xingamentos e as obscenidades, a baixa comicidade verbal, a erudição e a farsa. Os contemporâneos apreenderam a lógica una, que perpassava todos esses

[58] Eis o título completo: Béroalde de Verville, *Le Moyen de parvenir: oeuvre contenant la raison de ce qui a été, est et sera*, edição comentada com variantes e glossário de Charles Royers, Paris, Lemerre, 1876, em dois pequenos volumes.

fenômenos tão estranhos para nós. Eles também perceberam com vivacidade a relação entre as imagens de Rabelais e as formas populares de espetáculo, a festividade específica dessas imagens e sua profunda impregnação pela atmosfera carnavalesca.[59] Em outras palavras, os contemporâneos captaram e compreenderam a integridade e a coerência de todo o mundo artístico e ideológico de Rabelais, o estilo uno e a consonância de todos os elementos integrantes, enquanto permeados por uma única visão de mundo, por um único grande estilo. Essa é a diferença essencial entre a recepção de Rabelais no século XVI e a sua recepção nos séculos subsequentes. Os contemporâneos compreendiam como fenômenos de um único grande estilo aquilo que as pessoas dos séculos XVII e XVIII passaram a perceber como uma idiossincrasia individual e estranha de Rabelais, ou como um código, um criptograma, que encerra em si um sistema de alusões a certos acontecimentos e pessoas da época de Rabelais.

Contudo, essa compreensão dos contemporâneos era ingênua e espontânea. Aquilo que para os séculos XVII e seguintes se tornou algo a ser desvendado, para eles era evidente. Por isso a compreensão dos contemporâneos não oferece respostas a *nossas* questões sobre Rabelais, pois essas questões ainda não existiam para eles.

Ao mesmo tempo, já nos primeiros imitadores de Rabelais observamos também o início do processo de decomposição do estilo rabelaisiano. Por exemplo, em Des Périers e

[59] Por exemplo, chegou até nós uma curiosa descrição de uma festividade grotesca (de tipo carnavalesco) em Rouen, em 1541. No decorrer dela, à frente da procissão, que representava um enterro paródico, carregavam uma bandeira com o anagrama do nome de Rabelais, e depois, durante o banquete festivo, um dos participantes com trajes de monge lia da cátedra a *Crônica de Gargântua* no lugar da Bíblia. (Conferir J. Boulenger, *Rabelais à travers les âges*, *op. cit.*, p. 17, e L. Sainéan, *L'Influence et la réputation de Rabelais*, *op. cit.*, p. 20.)

principalmente em Noël du Fail, as imagens rabelaisianas degeneram e se suavizam, começam a adquirir um caráter de pintura de gênero e cotidiano. O universalismo dessas imagens enfraquece bruscamente. Outro aspecto desse processo de degeneração começa a se revelar quando as imagens de tipo rabelaisiano passam a servir aos objetivos da sátira. Nesse caso, ocorre um enfraquecimento do polo positivo das imagens ambivalentes. Quando o grotesco começa a servir a tendências abstratas, sua natureza inevitavelmente é distorcida. Pois a essência do grotesco está justamente na expressão da plenitude contraditória e ambígua da vida, que inclui a negação e o aniquilamento (a morte do velho) como um momento *necessário*, inseparável da *afirmação*, do nascimento daquilo que é novo e melhor. Ademais, o próprio substrato material e corporal da imagem grotesca (comida, vinho, força reprodutora, órgãos do corpo) têm um caráter profundamente positivo. O princípio material e corporal triunfa, pois ele sempre resulta em excedente e crescimento. A tendência abstrata inevitavelmente deturpa a natureza da imagem grotesca. Ela transfere o centro de gravidade para o conteúdo da imagem semântico-abstrato e "moral". Além disso, essa tendência subordina o substrato material da imagem ao aspecto negativo: o exagero se transforma em caricatura. Encontramos o princípio desse processo já no início da sátira protestante e depois na "sátira menipeia", a qual já mencionamos. Contudo, aqui esse processo está apenas começando. As imagens grotescas postas a serviço da tendência abstrata estão ainda fortes demais: elas conservam sua natureza e continuam a desenvolver a sua própria lógica, independente das tendências do autor e muitas vezes contra elas.

Um documento bastante característico desse processo é também a tradução livre de *Gargântua* para a língua alemã feita por Fischart com o título grotesco *Affentheurlich Naupengeheurliche Geschichtklitterung* [*A simiesca e absurda falsificação da história*] (1575).

Fischart é um protestante e moralista e sua criação literária estava relacionada com o "grobianismo". Em suas origens, o grobianismo alemão é um fenômeno próximo de Rabelais: as imagens da vida material e corporal foram herdadas pelos grobianistas do realismo grotesco e se encontravam sob influência imediata das formas carnavalescas populares e festivas. Disso decorre o hiperbolismo acentuado das imagens materiais e corporais, em especial daquelas da comida e da bebida. Tanto no realismo grotesco quanto nas formas populares e festivas, os exageros tinham um caráter positivo; por exemplo, as salsichas grandiosas, que eram carregadas por dezenas de pessoas durante os carnavais de Nuremberg nos séculos XVI e XVII. Entretanto, a tendência moral e política dos grobianistas (Dedekind, Scheidt, Fischart) atribui a essas imagens uma significação negativa, de algo indevido. No prefácio a seu *Grobianus*, Dedekind[60] cita os lacedemônios, que mostravam escravos bêbados a seus filhos para afastá-los da bebedeira; as imagens de São Grobianus e dos grobianistas criadas por Dedekind serviam ao mesmo objetivo de amedrontamento. A natureza positiva da imagem serve, portanto, ao objetivo negativo de ridicularização satírica e condenação moral. Essa sátira é apresentada do ponto de vista de um burguês e protestante, e é direcionada contra a nobreza feudal (*junkers*), soterrada no ócio, na comilança, na bebedeira e na libertinagem. Justamente essa perspectiva grobianista (sob a influência de Scheidt) fundamentou em parte a tradução livre de *Gargântua* por Fischart.[61]

[60] [Friedrich] Dedekind, *Grobianus et Grobiana, De antiqua morum simplicitate, Libri tres* (1ª ed. 1549, 2ª ed. 1552). O mestre e parente de Fischart, Kaspar Scheidt, traduziu o livro de Dedekind para o alemão.

[61] Falamos "em parte" porque, na sua tradução do romance de Rabelais, Fischart, apesar de tudo, não foi totalmente grobianista. Karl Marx deu uma descrição ríspida, porém justa, da literatura grobianista do século XVI. Conferir a edição russa: Karl Marx, *A crítica moralizante e a*

Apesar dessa tendência bastante primitiva de Fischart, as imagens rabelaisianas em sua tradução livre continuam a viver sua vida original e alheia a essa tendência. Em comparação com Rabelais, o hiperbolismo das imagens materiais e corporais (em especial, das imagens da comida e da bebida) é até mais forte. A lógica interna de todos esses exageros, assim como em Rabelais, é a lógica do crescimento, da fertilidade e da abundância transbordante. Aqui todas as imagens revelam aquele mesmo baixo devorador e gerador. Do mesmo modo, conserva-se também o caráter *festivo* específico do princípio material e corporal. A tendência abstrata não se introduz no interior da imagem e não se torna seu efetivo princípio organizador. Da mesma maneira, o riso não se transforma por completo em uma ridicularização nua e crua: ele ainda tem um caráter bastante íntegro, relaciona-se com *todo* o processo da vida, com ambos os seus polos; nele ainda ressoam os tons triunfantes do nascimento e da renovação. Desse modo, na tradução de Fischart a tendência abstrata ainda não dominou por completo todas as imagens. Ainda assim, ela já entrou na obra e transformou suas imagens em uma espécie de apêndice divertido para o sermão abstrato e moral. Esse processo de ressignificação do riso pôde ser concluído só mais tarde, e ainda em relação estreita com o estabelecimento da hierarquia dos gêneros e do lugar do riso nela.

* * *

Ronsard e a Plêiade já estavam convencidos da existência de uma *hierarquia dos gêneros*. Essa ideia, emprestada principalmente da Antiguidade, porém retrabalhada em solo francês, não pôde se enraizar, é claro, de imediato. Nessas questões, a Plêiade foi ainda bastante liberal e democrática. Seus integrantes, em particular Du Bellay e Baïf, tratavam

moral crítica, em Karl Marx e Friedrich Engels, *Sotchiniénia* [*Obras*], Moscou, Izdátelstvo Politítcheskoi Literaturi, 1955, v. 4, pp. 291-5.

Rabelais com grande respeito e souberam apreciá-lo por seus méritos. No entanto, essa avaliação elevada do nosso autor (e a poderosa influência da sua linguagem sobre a da Plêiade) ia de encontro com a sua posição na hierarquia dos gêneros, como o lugar mais baixo, quase fora dos limiares da literatura. Porém, essa hierarquia era ainda só uma ideia abstrata e não completamente precisa. Foram necessárias certas mudanças e deslocamentos sociais, políticos e ideológicos gerais, bem como uma diferenciação e um estreitamento do círculo de leitores e avaliadores da grande literatura oficial, para que a hierarquia dos gêneros se tornasse a expressão da sua correlação real nos limites dessa grande literatura, e para que essa hierarquia se tornasse de fato uma força reguladora e determinante.

Como se sabe, esse processo se concluiu no século XVII, mas ele começa a se manifestar já no final do século XVI. Portanto, já tinha começado a se formar uma visão de Rabelais como um escritor *apenas divertido* e alegre. O mesmo destino, como se sabe, teve também *D. Quixote*, que por muito tempo foi recebido como literatura divertida, para leitura leve. Isso ocorreu também com Rabelais, que a partir do século XVI começou a descer cada vez mais até atingir o próprio limiar da grande literatura, a ponto de se encontrar quase completamente fora dos seus limites.

Já Montaigne, que era quarenta anos mais jovem do que Rabelais, escreve em seus *Ensaios* (livro II, cap. 10; trecho escrito em 1580): "Entre os livros simplesmente divertidos [*simplement plaisants*], considero, dentre os novos, *Decamerão* de Boccaccio, Rabelais e *Beijos* de Jean Second — se é que devem ser relacionados a essa categoria — dignos de diversão [*dignes qu'en s'y amuse*]".

Contudo, esse "simplesmente divertido" de Montaigne ainda está no próprio limite da compreensão e da avaliação antigas e novas de "divertido" (*plaisant*), "alegre" (*joyeux*), "recreativo" (*récréatif*) e outros epítetos análogos atribuídos a certas obras, e que tão frequentemente fazem parte, nos séculos XVI e XVII, dos próprios títulos dessas obras.[62] Para Montaigne, o conceito de divertido e alegre ainda não se estreitou em definitivo e não adquiriu o tom de algo baixo e insignificante. Em outro lugar dos *Ensaios* (livro I, cap. 38), o próprio Montaigne afirma:

> Quanto a mim, só aprecio os livros agradáveis [*plaisants*] e fáceis [*faciles*], que me distraem, cuja leitura é agradável, ou então os que me consolam e me fornecem regras para orientar a vida e preparar-me para a morte [*à regler ma vie et ma mort*].[63]

A partir das palavras citadas está claro que, de toda a literatura de ficção em sentido próprio, Montaigne prefere justamente livros divertidos e leves, pois a outra literatura — os livros de consolo e conselho — seria para ele, é claro, não a literatura de ficção, mas os livros de filosofia, de teologia e, acima de tudo, aqueles semelhantes aos *Ensaios* (Marco Aurélio, Sêneca, *Moralia* de Plutarco etc.). Para ele, a literatura de ficção é ainda e principalmente a literatura de diversão, alegre e recreativa.[64] Nesse sentido, ele é ainda um homem do século XVI. Contudo, é característico que as questões de

[62] Eis, por exemplo, o título de um livro notável do século XVI de autoria de Bonaventure des Périers: *Les Nouvelles récréations et joyeux devis*, ou seja, *As novas recreações e conversas alegres* [Lyon, Guillaume Rouille, 1561].

[63] Michel de Montaigne, *Ensaios*, trad. Sérgio Milliet, São Paulo, Editora 34, 2016, p. 275. (N. da T.)

[64] No século XVI, o epíteto *plaisant* era atribuído, no geral, a todas as obras de literatura de ficção, independentemente do seu gênero. Nesse período, a obra mais respeitada e influente do passado permanecia *O romance da rosa*. Em 1527, Clément Marot lançou uma edição um pouco modernizada (do ponto de vista da linguagem) desse grandioso monumento da literatura universal e, no prefácio, a recomendou com as seguintes

como lidar com a vida e com a morte já tenham sido decisivamente banidas do domínio do riso alegre. Rabelais, ao lado de Boccaccio e Jean Second, "pode servir de diversão", mas ele não pertence ao conjunto de consoladores e conselheiros quando o assunto é "como lidar com a vida e com a morte". No entanto, Rabelais foi justamente um consolador e um conselheiro para seus contemporâneos. Eles ainda sabiam colocar a questão de como lidar com a vida e com a morte em um *plano alegre*, ou seja, no plano do *riso*.

Na história do riso, a época de Rabelais, Cervantes e Shakespeare é um ponto de virada essencial. Em nenhum lugar as fronteiras que separam os séculos XVII e seguintes da época do Renascimento tiveram um caráter tão abrupto, fundamental e nítido como no campo do tratamento do riso.

O tratamento renascentista do riso pode ser caracterizado de modo preliminar e grosseiro da seguinte maneira: o riso tem uma profunda significação de cosmovisão, é uma das formas mais essenciais da verdade sobre a totalidade do mundo, sobre a história e o ser humano; trata-se de um ponto de vista universal específico sobre o mundo, que o vê de outra maneira, mas não menos (talvez mais) essencial do que a *seriedade*; por isso o riso é tão aceito na grande literatura (e ainda aquela que levanta problemas universais) quanto a seriedade; há alguns aspectos bastante essenciais do mundo que são acessíveis apenas ao riso.

Já a partir do século XVII, o tratamento do riso pode ser assim caracterizado: o riso deixa de ser uma forma universal e de visão de mundo; ele só pode se relacionar a certos fenômenos *particulares* e *tipicamente particulares* da vida social, a fenômenos de ordem negativa; o essencial e o importante não pode ser risível; não podem ser risíveis a história e as pessoas que atuam como seus representantes (imperadores,

palavras: "Trata-se do livro de diversão O *romance da rosa*..." ["C'est le *plaisant* livre du *Roman de la rose*..."].

comandantes, heróis); o campo do risível é estreito e específico (vícios particulares e sociais); a verdade essencial sobre o mundo e o ser humano é impossível de ser falada na linguagem do riso, aqui cabe apenas o tom sério; por isso na literatura o lugar do riso se encontra apenas nos gêneros baixos, que retratam a vida de pessoas comuns e das classes sociais baixas, o riso é ou uma distração leve ou uma espécie de castigo de utilidade pública para pessoas vis e baixas. Assim, é claro que de maneira um tanto simplificada, pode ser caracterizada a abordagem do riso nos séculos XVII e XVIII.

O Renascimento expressou o seu tratamento particular do riso sobretudo pela *prática* de sua criação e avaliações literárias. Também não faltaram raciocínios teóricos justificadores do riso como uma forma de visão de mundo universal. Essa teoria renascentista do riso se apoiou quase exclusivamente em fontes antigas. Nos prólogos antigo e novo do *Quarto livro* do seu romance, o próprio Rabelais desenvolveu essa teoria, embasando-se sobretudo em Hipócrates.[65] O papel de Hipócrates como uma espécie de teórico do riso foi muito significativo naquela época. Costumavam apoiar-se não só em suas observações nos tratados de medicina sobre a importância de uma atitude alegre e animada do médico e dos pacientes para combater as doenças,[66] como também no assim chamado *Romance de Hipócrates*. Trata-se de uma correspondência de Hipócrates (apócrifa, é claro) anexa à *Antologia de Hipócrates* sobre a "loucura" de Demócrito, que se manifestava em seu *riso*. No *Romance de Hipócrates*, o riso de Demócrito possui um caráter filosófico e de visão de mundo, e tem como seu objeto a vida humana e todos os medos e as esperanças humanos vazios, ligados aos deuses e

[65] Hipócrates (469-399 a.C.), médico contemporâneo de Aristóteles. (N. da T.)

[66] Em particular, no sexto livro das *Epidemias*, que Rabelais cita nos prólogos mencionados.

à vida após a morte. Aqui, Demócrito explica o riso como uma visão de mundo integral, como uma orientação espiritual de uma pessoa madura e desperta, e, no final das contas, Hipócrates concorda com ele.

A doutrina sobre a força curativa do riso e a filosofia do riso no *Romance de Hipócrates* obtiveram um reconhecimento especial e eram divulgadas na Faculdade de Medicina de Montpellier, onde Rabelais estudou e depois lecionou. Membro dessa faculdade, o famoso médico Laurent Joubert lançou em 1560 um tratado especial sobre o riso com um título bastante característico: *Traité du ris, contenant son essance, ses causes, et mervelheus effais, curieusement recerchés, raisonnés & observés par Laurent Joubert...* [*Tratado do riso, contendo sua essência, suas causas, e maravilhosos efeitos, curiosamente pesquisados, refletidos e observados por Laurent Joubert...*]. Em 1579, em Paris, saiu outro tratado dele: *La Cause morale de Ris, de l'excellent et très renommé Démocrite, expliquée et témoignée par ce divin Hippocras en ses Êpîtres* [*A causa moral do Riso, do excelente e muito renomado Demócrito, explicada e testemunhada pelo divino Hipócrates em suas Epístolas*], que é, em essência, uma versão francesa da última parte do *Romance de Hipócrates.*

Esses trabalhos de filosofia do riso saíram já após a morte de Rabelais, mas eles são apenas um eco tardio daquelas reflexões e discussões sobre o riso que aconteceram em Montpellier, quando Rabelais ainda estava lá, e que determinaram a doutrina rabelaisiana sobre a força curativa do riso e sobre o "médico alegre".

Depois de Hipócrates, a segunda fonte da filosofia do riso na época de Rabelais foi a célebre fórmula de Aristóteles: "De todos os seres vivos somente o ser humano é capaz de rir".[67] Essa fórmula gozou de uma grande popularidade

[67] Aristóteles, *De Anima*, livro III, cap. 10.

na época de Rabelais e teve seu significado ampliado: o riso era visto como um supremo privilégio espiritual do ser humano, inacessível a outros seres. Essa fórmula, como se sabe, finaliza a introdução poética de Rabelais a *Gargântua*:

Mieulx est de ris que de larmes escripre.
Pource que rire est le propre de l'homme.[68]

Mesmo Ronsard utiliza essa fórmula em seu sentido ampliado. Em seu poema dedicado a Belot (*Oeuvres*, Paris, A. Lemerre, t. V, p. 113), há os seguintes versos:

Dieu, qui sus l'homme a le monde soumis,
A l'homme seul le seul rire a permis
Pour s'esgayer, & non pas à la beste
Qui n'a raison ny esprit en la teste.[69]

O riso, como uma dádiva de Deus apenas ao ser humano, é citado aqui em relação ao poder do ser humano sobre o mundo, e à presença nele da razão e do espírito, ausentes nos animais.

Segundo Aristóteles, a criança começa a rir não antes do quadragésimo dia após o nascimento; e é como se, apenas a partir desse momento, ela pela primeira vez se tornasse um ser humano. Rabelais e seus contemporâneos conheciam também a afirmação de Plínio de que só uma pessoa no mundo

[68] "Antes o riso do que o pranto em criso,/ Pois sabemos que rir é o próprio do homem." F. Rabelais, *Gargântua*, em *Pantagruel e Gargântua*, org., trad., apres. e notas de Guilherme Gontijo Flores, São Paulo, Editora 34, 2021, pp. 209-10. (N. da T.)

[69] "Deus, que subjugou ao homem o mundo,
Apenas ao homem permitiu o riso
Para se alegrar, e não à besta
Que nem razão nem espírito tem na cabeça." (N. da T.)

começou a rir desde o nascimento: Zoroastro; isso foi compreendido como um prenúncio da sua sabedoria divina.

Por fim, a terceira fonte da filosofia renascentista do riso é Luciano, em especial a imagem de Menipo rindo no reino além-túmulo. Nessa época, a obra de Luciano *Menipo ou a descida aos infernos* gozou de grande popularidade. Essa obra exerceu uma influência essencial também sobre Rabelais e mais precisamente sobre o episódio da permanência de Epistemão no inferno (*Pantagruel*). Foi também de grande influência seus *Diálogos dos mortos*.[70] Eis alguns excertos característicos desses últimos:

> Menipo, Diógenes está te convidando, *caso as coisas na terra já estejam suficientemente zombadas por ti*, que venhas para cá, para *zombar muito mais*. Na verdade, aí o riso ainda está incerto e é frequente o refrão: "Quem sabe com certeza das coisas de além-vida?".
>
> *Aqui, no entanto, não cessarás de rir com segurança, como eu estou fazendo agora.*[71]

> Pois então, Menipo, tu também despes *a liberdade, a franqueza*, a ausência de tristeza, a nobreza e o riso, porque tu és o único que estás rindo.[72]

> CARONTE — Hermes, de onde tu nos trouxeste esse cão? Que coisas ele dizia durante a travessia... *ele ria e zombava de todos os passageiros*. Enquanto os outros gemiam, ele era o único que cantava.

[70] Luciano, *Diálogos dos mortos*, trad. Henrique G. Murachco, São Paulo, Palas Athena/Edusp, 3ª ed., 2008. (N. da T.)

[71] *Idem*, p. 45. Grifos de Bakhtin. (N. da T.)

[72] *Idem*, p. 153. Grifos de Bakhtin. (N. da T.)

HERMES — Não sabes, Caronte, que tipo de homem tu tivestes como passageiro? *É alguém absolutamente livre*. De nada se preocupa. Esse homem é Menipo.[73]

Nessa imagem em que Luciano retrata Menipo rindo, enfatizamos a *relação do riso com o inferno (e com a morte), com a liberdade do espírito e com a liberdade da fala*.

Essas são as três fontes antigas mais populares da filosofia renascentista do riso. Elas determinaram não só os tratados de Joubert, mas também as reflexões sobre o riso, sua significação e valor, em voga no meio humanista e literário. Todas essas três fontes definem o riso como um princípio universal e de visão de mundo, que cura e ressuscita, e que está relacionado em sua essência com as questões filosóficas últimas, ou seja, justamente com aquelas questões de "como lidar com a vida e com a morte" que Montaigne já concebera somente em tons sérios.

Rabelais e seus contemporâneos conheciam, é claro, as representações antigas sobre o riso também em outras fontes — Ateneu, Macróbio, Aulo Gélio e outros —, assim como conheciam as célebres palavras de Homero sobre o riso inextinguível, ou seja, eterno dos deuses ("ἄσβεστος δ' ἄρ'", *Ilíada*, I, 599, e *Odisseia*, VIII, 326). Ademais, eles conheciam perfeitamente as tradições romanas sobre a liberdade do riso: as saturnálias, o papel do riso durante os triunfos e nas distinções dos sepultamentos de pessoas ilustres.[74] Em

[73] *Idem*, p. 55. Grifos de Bakhtin. (N. da T.)

[74] Reich fornece um material volumoso sobre a liberdade tradicional da ridicularização na Antiguidade, em particular sobre a liberdade do riso nos mimos. Ele cita um trecho correspondente das *Tristia* de Ovídio, em que este último justifica seus versos levianos ao se referir à tradicional liberdade e obscenidade dos mimos. Ele cita Marcial, que nos epigramas justifica suas liberdades diante do imperador ao mencionar a tradição da ridicularização dos imperadores e comandantes durante os triunfos. Reich

particular, Rabelais faz alusões e referências recorrentes tanto a essas fontes quanto aos fenômenos correspondentes do riso romano.

Enfatizamos mais uma vez que, para a teoria renascentista do riso (assim como para as suas fontes na Antiguidade já abordadas), é característico justamente o reconhecimento do significado positivo, ressuscitador e *criativo* do riso. Nisso, ela se distingue com nitidez das teorias e filosofias do riso posteriores, inclusive a de Bergson, que priorizam sobretudo as funções negativas do riso.[75]

A tradição da Antiguidade descrita por nós teve uma significação essencial para a *teoria* renascentista do riso, que fez a apologia da tradição literária do riso e a introduziu no curso das ideias humanistas. Já a própria prática artística do

analisa uma interessante apologia do mimo, de autoria do retórico do século VI, Corício [de Gaza], em muito paralela à apologia do riso renascentista. Ao defender os mimos, Corício tinha, sobretudo, de se colocar em prol do riso. Ele esmiúça a acusação feita pelos cristãos de que o riso provocado pelo mimo vem do diabo. Ele declara que o *ser humano* se distingue do *animal* graças à sua *capacidade de falar e de rir*. Em Homero, os deuses riam e Afrodite "sorria com doçura". O severo Licurgo ergueu uma estátua ao riso. O riso é uma dádiva dos deuses. Corício menciona ainda um caso de *cura de um doente* com a ajuda do mimo, *por meio do riso provocado por este*. Essa apologia de Corício lembra em muito a defesa do riso no século XVI, em particular a sua apologia rabelaisiana. Ressaltamos o caráter universal da concepção de riso: ele distingue o ser humano do animal, é de origem divina e, por fim, está relacionado à medicina e à cura (cf. H. Reich, *Der Mimus*, *op. cit.*, pp. 52-5, 182 ss., 207 ss.).

[75] As representações sobre a força criativa do riso eram próprias também para outras culturas antigas. Em um papiro egípcio de alquimia do século III d.C., conservado em Leiden, a criação do mundo é atribuída ao riso divino: "Quando deus riu, nasceram sete deuses que regem o mundo... Quando ele desatou em riso, surgiu a luz... Ele desatou em riso uma segunda vez e surgiram as águas...". Com o sétimo desatar de riso surgiu a alma. Cf. Salomon Reinach, "Le Rire rituel" em *Cultes, mythes et religions*, Paris, Ernest Leroux, 1908, v. IV, pp. 112-3.

riso no Renascimento é determinada, sobretudo, pelas tradições da cultura popular do riso medieval.

Aqui, nas condições do Renascimento, não se trata de uma simples continuação dessas tradições, mas do ingresso em uma fase totalmente nova e elevada de sua existência. Toda a riquíssima cultura popular do riso na Idade Média viveu e se desenvolveu fora da esfera oficial da ideologia e da literatura elevadas. Contudo, justamente graças a essa sua existência extraoficial, a cultura do riso se distinguiu pelo radicalismo excepcional, liberdade e lucidez impiedosa. A Idade Média, que proibiu o riso em todos os campos oficiais da vida e da ideologia, concedeu-lhe em compensação privilégios excepcionais de liberdade e impunidade fora desses campos: na praça, durante as festas, na literatura recreativa e festiva. E o riso medieval soube usar esses privilégios de forma ampla e profunda.

Na época do Renascimento, o riso em sua forma mais radical, universal, por assim dizer, cósmica, e ao mesmo tempo mais *alegre*, irrompeu na história somente uma vez a cada cinquenta ou sessenta anos (em diferentes países as épocas diferiam) das profundezes do povo, junto com as línguas populares ("vulgares"), para a grande literatura e para a ideologia elevada, a fim de desempenhar um papel essencial na criação de obras da literatura mundial tais como o *Decamerão* de Boccaccio, o romance de Rabelais, o romance de Cervantes, os dramas e comédias de Shakespeare e outros. Nessa época, era inevitável que as fronteiras entre a literatura oficial e a não oficial caíssem, em parte pelo fato de que essas fronteiras nas áreas ideológicas mais importantes passavam pela linha divisória das línguas: latina e popular. A transferência da literatura e de alguns campos da ideologia às línguas populares teve, temporariamente, de aniquilar ou, em todo caso, enfraquecer essas fronteiras. Uma série de outros fatores relacionados à decomposição do regime feudal e teocrático da Idade Média também contribuiu para esse deslocamento e fusão do oficial e do não oficial. A cultura popular do riso, que por séculos se formou e se sedimentou nas formas não oficiais da criação popular — de espetáculos e verbais — e no cotidiano não oficial, pôde elevar-se até o topo da literatura e da ideologia, para fecundá-las, e depois, com a estabilização do absolutismo e a formação de uma nova oficialidade, descer até o fundo da hierarquia dos gêneros, alojar-se nele e se separar em grande medida das raízes populares: diminuindo, estreitando-se e degenerando.

Todo um milênio de riso popular e extraoficial irrompeu na literatura do Renascimento. Esse riso milenar não só a fecundou, mas ele próprio foi fecundado por ela. Ele se combinou com a ideologia mais avançada da época, com o conhecimento humanista e com uma elevada técnica literária. Na figura de Rabelais, a palavra e a máscara (no sentido de definição de toda a personalidade) do bufão medieval, as formas da folia carnavalesca popular e festiva, o enlevo do clérigo democrático que tudo traveste e parodia, a fala e o gesto dos saltimbancos de feira, se combinavam com a erudição humanista, a ciência e a prática do médico, com a experiência política e os conhecimentos de uma pessoa que, por ser confidente dos irmãos Du Bellay, conhecia intimamente todas as questões e os segredos da alta política de sua época. O riso medieval nessa nova combinação e nessa nova etapa do seu desenvolvimento teve de sofrer transformações essenciais. Seu caráter popular universal, seu radicalismo, sua liberdade, sua sobriedade e sua materialidade passaram do estágio de uma existência quase espontânea para o da tomada de consciência e de determinação artísticas. Em outras palavras, o riso medieval em seu estágio renascentista de desenvolvimento se tornou a expressão de uma nova consciência *histórica* da época, livre e crítica. Isso só foi possível porque os germes e os embriões dessa historicidade e suas potencialidades já haviam sido preparados durante os milênios de desenvolvimento do riso na Idade Média. Como então se formaram e se desenvolveram as formas da cultura medieval do riso?

* * *

Como já tratamos, o riso na Idade Média se encontrava além dos limites de todas as esferas oficiais da ideologia e de todas as formas oficiais e rígidas da vida e da comunicação. O riso foi expulso do culto religioso, da hierarquia estatal feudal, da etiqueta social e de todos os gêneros da ideologia elevada. A cultura oficial medieval se caracterizava pela *seriedade unilateral de tom*. O próprio conteúdo da ideologia medieval, com seu ascetismo e providencialismo sombrio e com o papel determinante de categorias como pecado, expiação e sofrimento, e o próprio caráter da ordem feudal consagrado por essa ideologia, com as formas de extrema opressão e amedrontamento, determinaram essa unilateralidade excepcional de tom, sua seriedade petrificada e gélida. A seriedade foi afirmada como a única maneira para expressar a verdade, o bem e, no geral, tudo o que é essencial, significativo e importante. O medo, a devoção, a redenção etc. foram os tons e os sobretons dessa seriedade.

Já o cristianismo primitivo (na Antiguidade) condenava o riso. Tertuliano, Cipriano e João Crisóstomo se manifestaram contra as formas de espetáculo na Antiguidade, sobretudo contra o mimo, o riso mímico e as piadas. João Crisóstomo declara abertamente que as piadas e o riso não vêm de Deus e sim do diabo; a um cristão convém apenas uma seriedade *constante*, penitência e arrependimento de seus pecados.[76] Na luta contra os arianos, eles foram acusados de ter introduzido na missa elementos do mimo: cantos, gesticulação e riso.

[76] Cf. H. Reich, *Der Mimus*, *op. cit.*, pp. 116 ss.

No entanto, essa seriedade unilateral excepcional da ideologia religiosa oficial levou à necessidade de legalizar fora dela — ou seja, fora do culto, dos ritos e da hierarquia oficiais e canonizados — a alegria, o riso e as piadas que tinham sido deles excluídos. E eis que ao lado das formas canônicas da cultura medieval foram criadas formas paralelas de caráter puramente cômico.

Os princípios da alegria e do riso estão presentes até mesmo nas formas de culto religioso herdadas da Antiguidade, repletas da influência do Oriente e que sofreram também certa influência dos ritos pagãos locais (sobretudo dos ritos de fertilidade). Eles podem ser revelados tanto na liturgia quanto no rito funerário, no rito de batismo e de casamento, e em uma série de outros rituais religiosos. Contudo, aqui esses princípios do riso foram sublimados, suprimidos e abafados.[77] Em compensação, foi necessário permiti-los no cotidiano próximo à Igreja e às festividades e até mesmo admitir a existência, em paralelo ao culto, de ritos e formas puramente cômicos.

Eram assim sobretudo as "festas dos loucos" (*festa stultorum*, *fatuorum*, *follorum*), celebradas por estudantes e representantes do baixo clero no dia de Santo Estevão, no Ano-Novo, no "dia dos inocentes", na "epifania de Cristo" e no dia de São João. Essas festas, no início celebradas nas igrejas e de caráter bastante legal, se tornaram depois semilegais, e, no final da Idade Média, totalmente ilegais; mas continuaram a sobreviver nas ruas, nas tavernas e foram incor-

[77] É curiosa a história dos "tropos"; o tom alegre e jovial desses tropos permitiu que, a partir deles, se desenvolvessem elementos do drama religioso (cf. Léon Gautier, *Histoire de la poésie liturgique au Moyen Âge, I. Les Tropes*, Paris, Victor Palmé & Alphonse Picard, 1886; cf. ainda J. P. Jacobsen, *Essai sur les origines de la comédie en France au Moyen Âge*, Paris, Honoré Champion, 1910).

poradas às festividades da Máslenitsa.[78] A festa dos loucos (*fête de fous*) manifestou uma força e uma resistência excepcionais justamente na França. Em sua grande maioria, as festas dos loucos tinham um caráter de travestia paródica do culto oficial, eram acompanhadas de fantasias, mascaradas e danças indecentes. No Ano-Novo e no dia da Epifania, esses divertimentos do baixo clero eram de natureza especialmente indomável.

Quase todos os ritos da festa dos loucos são *rebaixamentos* grotescos de diferentes ritos e símbolos religiosos por meio da sua transferência para o plano material e corporal: glutonaria e bebedeira no altar, movimentos corporais indecentes, desnudamento dos corpos etc. Analisaremos adiante alguns desses atos ritualísticos da festa.[79]

Como já havíamos mencionado, a festa dos loucos foi preservada com uma maior obstinação na França. Chegou até nós uma curiosa apologia dessa festa do século XV, na qual os defensores da festa dos loucos se referem sobretudo ao fato de que a festa foi estabelecida nos primeiros séculos do cristianismo por nossos antepassados que sabiam melhor o que faziam. Em seguida, destaca-se o caráter não sério e sim de pura *brincadeira* (bufonaria) da festa.

> Essa diversão festiva é necessária para que a *tolice* (bufonaria), que *é nossa segunda natureza* e

[78] Ver nota 30, p. 112 acima e cf. verbete no Glossário. (N. da T.)

[79] Sobre a festa dos loucos, cf. Félix Bourquelot, *L'Office de la fête des fous* [*O ofício da festa dos loucos*], Sens, Duchemin, 1856; Henri Villetard, *Office de Pierre de Corbeil* [*Ofício de Pierre de Corbeil*], Paris, A. Picard, 1907, e *Remarques sur la fête des fous, au Moyen Âge* [*Notas sobre a festa dos loucos, na Idade Média*], Paris, A. Picard, 1911. [Em russo, Bakhtin emprega a palavra *durák*, que significa "bobo", "tolo", um personagem que se revela sábio no folclore eslavo. Já o referencial francês utiliza a palavra *fou*, que significa "louco", por isso a opção pela tradução "festa dos loucos". (N. da T.)]

> parece ser *inata ao ser humano*, pudesse ao *menos uma vez no ano expressar-se com liberdade*. Os barris de vinho explodirão, se de tempos em tempos não forem feitos neles orifícios para deixar o ar entrar. Todos nós, pessoas, somos barris mal-acabados, que explodirão devido ao *vinho da sabedoria*, se esse vinho permanecer na fermentação ininterrupta da devoção e do medo divino. É preciso dar-lhe ar para que não estrague. É por isso que nos permitimos, em determinados dias, a bufonaria (tolice), para que depois, com um zelo maior ainda, retornemos a servir ao senhor.[80]

Era assim a defesa das festas dos loucos no século XV. Nessa notável apologia, a bufonaria e a tolice, ou seja, o riso, são abertamente declaradas como a "segunda natureza do ser humano" e opostas à seriedade monolítica do culto e da visão de mundo cristãos ("fermentação ininterrupta da devoção e do medo divino"). É justamente a natureza unilateral singular dessa seriedade que levou à necessidade de criar uma escapatória para a "segunda natureza do ser humano", ou seja, para a bufonaria, para o riso. A festa dos loucos servia como essa escapatória — "*ao menos uma vez no ano*" — quando o riso e o princípio material e corporal ligado a ele ganhavam plena liberdade. Portanto, estamos diante de um reconhecimento claro da segunda vida festiva das pessoas na Idade Média.

É certo que o riso na festa dos loucos não foi em absoluto uma zombaria abstrata e puramente negativa do ritual cristão e da hierarquia da Igreja. O aspecto zombeteiro negativo foi profundamente imerso no riso jubiloso do renas-

[80] Essa apologia faz parte da carta circular da Faculdade Parisiense de Teologia, de 12 de março de 1444. A carta condena a festa dos loucos e refuta os argumentos dos seus defensores já citados.

cimento e da renovação materiais e corporais. Era a "segunda natureza do ser humano" que ria, o baixo material e corporal, que não encontrou uma expressão na cosmovisão e no culto oficiais.

A já citada apologia peculiar do riso dos defensores da festa dos loucos se refere ao século XV, mas, mesmo antes, é possível encontrar reflexões semelhantes por motivos análogos. No século IX, Rabanus Maurus, o abade de Fulda, um eclesiástico austero, criou uma versão resumida da *Coena Cypriani* [*A ceia de Cipriano*]. Ele a dedicou ao rei Lotário II "*ad jocunditatem*", isto é, "para diversão". Em sua carta dedicatória, ele tenta justificar o caráter alegre e rebaixador da *Coena* com a seguinte reflexão: "Assim como a Igreja abriga tanto pessoas boas quanto ruins, seu poema contém também as falas desses últimos". Essas "pessoas ruins" do eclesiástico austero correspondem aqui à "segunda natureza tola" do ser humano. Mais tarde o papa Leão XIII também emitiu uma fórmula análoga: "Uma vez que a Igreja é composta pelo elemento divino e pelo elemento humano, esse último deve ser revelado com toda a sinceridade e honestidade, como foi dito no Livro de Jó: 'Deus não precisa da nossa hipocrisia'".

No princípio da Idade Média, o riso popular penetrou não só nos círculos eclesiásticos médios, mas também nos mais elevados: Rabanus Maurus não é nenhuma exceção. A atração do riso popular foi muito forte em todos os níveis da ainda jovem hierarquia feudal (tanto eclesiástica quanto leiga). Esse fenômeno pode ser explicado, aparentemente, pelas seguintes razões:

1) A cultura oficial, religiosa e feudal nos séculos VII, VIII e até mesmo no IX ainda era fraca e não formada por completo.

2) A cultura popular era muito forte e era impossível desconsiderá-la, e alguns de seus elementos tiveram de ser usados como meio de *propaganda*.

3) Ainda estavam vivas as tradições das saturnálias romanas e de outras formas do riso popular romano *legalizado*.

4) A Igreja fazia com que as festas cristãs coincidissem com as festividades pagãs locais (com o objetivo de sua cristianização) ligadas com os cultos *do riso*.

5) A jovem ordem feudal ainda era relativamente progressista e por isso *relativamente* popular.

Foi sob a influência dessas razões que, nos primeiros séculos, pôde formar-se a tradição da relação tolerante (*relativamente* tolerante, é claro) com a cultura popular do riso. Essa tradição continuou a viver nas épocas seguintes, sofrendo, porém, novas limitações. Nos séculos posteriores (inclusive até o século XVIII) se tornou hábito apoiar-se sobre a autoridade dos eclesiásticos e teólogos antigos nas questões da defesa do riso.

Assim, os autores e compiladores de coletâneas de facécias, anedotas e piadas do fim do século XVI e início do XVII costumavam se referir à autoridade dos eruditos e teólogos medievais que consagraram o riso. Desse modo, Melander, que compilou uma das coletâneas mais ricas da literatura do riso (*Jocorum atque seriorum, Libri duo*, 1ª edição de 1600 e última de 1643), incluiu em sua obra um extenso catálogo (de algumas dezenas de nomes) de eminentes eruditos e teólogos que escreveram facécias antes dele (*Catalogus praestantissimorum virorum in omni scientiarum facultate, qui ante nos facetias scripserunt*). A melhor coletânea de *Schwänke* [facécias] alemães é de Johannes Pauli, monge e famoso pregador na sua época. Ela foi publicada com o título *Zombaria e seriedade* (*Schimpf und Ernst*), e sua 1ª edição é de 1522. No prefácio, ao tratar do destino do seu livro, Pauli traz reflexões que lembram a já citada apologia da festa dos loucos: ele compôs o seu livro "para que os filhos espirituais em monastérios fechados tivessem algo para ler e para a *diversão* do seu espírito e repouso: *pois nem sempre é possível perma-*

necer na severidade ["*wan man nit alwegen in einer strenckeit bleiben mag*"].

O objetivo e o sentido de semelhantes enunciados (ainda é possível mencionar muitos outros) é explicar e de certo modo justificar o riso sobre assuntos religiosos e a *parodia sacra*, ou seja, a paródia de textos e rituais sagrados. É claro, não faltaram condenações desse riso. De modo reiterado, ocorreram proibições conciliares e jurídicas da festa dos loucos. A mais antiga proibição feita pelo concílio de Toledo data da primeira metade do século VII. A última proibição jurídica da festa dos loucos na França é a deliberação do parlamento de Dijon de 1552, isto é, mais de nove séculos após a sua primeira proibição. No decorrer de todos esses nove séculos, a festa continuou a existir de forma semilegal. A sua variante francesa tardia são as procissões de tipo carnavalesco organizadas em Rouen pela *Societas Cornardorum*.[81] Em uma dessas procissões (em 1540), como já mencionamos, figurava o nome de Rabelais, e, no banquete, foi recitada a *Crônica de Gargântua* no lugar do Evangelho. É como se o riso rabelaisiano retornasse aqui ao seio materno da sua antiga tradição de ritual e espetáculo.

A festa dos loucos é uma das expressões mais marcantes e puras do riso festivo medieval a respeito dos assuntos da Igreja. Outra expressão dele é a "festa do asno" celebrada em memória da fuga para o Egito de Maria com o bebê Jesus em um asno para o Egito. No centro dessa festa não se encontravam nem Maria nem Jesus (apesar de uma jovem e seu bebê ali figurarem), mas justamente o *asno* e seu berro "Hinham!". Eram celebradas "missas de asno" especiais. Chegou até nossos dias uma descrição oficial de uma missa assim, composta pelo rigoroso eclesiástico Pierre de Corbeil. Cada parte da missa era acompanhada pelo berro cômico do asno:

[81] No século XVI foram publicadas duas coletâneas de materiais dessa sociedade.

"Hinham!". Ao término da missa, o sacerdote, em vez da bênção habitual, berrava três vezes como se fosse um asno, e os fiéis, no lugar de amém, respondiam-lhe três vezes com o mesmo berro. Todavia, o asno é um dos símbolos mais antigos e longevos do baixo material e corporal, que ao mesmo tempo rebaixa (destrói) e ressuscita. Basta lembrar *O asno de ouro* de Apuleio, os mimos de asno, comuns na Antiguidade e, por fim, a imagem do asno como símbolo do princípio material e corporal nas lendas sobre Francisco de Assis.[82] A festa do asno é uma das variações desse motivo bastante antigo e tradicional.

A festa do asno e a festa dos loucos são festas específicas, em que o riso desempenha um papel primordial e, nesse sentido, se assemelham aos seus parentes consanguíneos: o carnaval e o *charivari*. Entretanto, também em todas as outras festas religiosas comuns da Idade Média, como já falamos na Introdução, o riso sempre desempenhava determinado papel, seja grande ou pequeno, ao organizar o aspecto popular e de praça da festa. Na Idade Média, o riso integrava a festa (assim como o princípio material e corporal) e era predominantemente *festivo*. Chamo a atenção sobretudo ao assim denominado *risus paschalis*. Nos dias pascais, a antiga tradição autorizava, até na igreja, o riso e as piadas livres. Do púlpito o sacerdote se permitia contar todo tipo de histórias e piadas para que os fiéis, depois de uma longa quaresma e contrição, pudessem rir com alegria, em uma espécie de *renascimento alegre*; esse riso se chamava "riso pascal". Essas piadas e histórias alegres tratavam em sua maioria da vi-

[82] A longevidade da imagem do asno nessa sua acepção pode ser testemunhada, por exemplo, pelos seguintes fenômenos de nossa literatura: o "berro do asno" na Suíça *ressuscitou* o príncipe Míchkin e o aproximou do estrangeiro e da vida (*O idiota*, de Dostoiévski); o asno e o "berro do asno" são imagens recorrentes no poema de Aleksandr Blok, "Solovíni sad" ["Jardim dos rouxinóis"].

da material e corporal; eram piadas de tipo carnavalesco. Afinal, a permissão do riso estava relacionada à permissão simultânea da carne e da vida sexual (proibidas durante a quaresma). A tradição do *risus paschalis* ainda estava viva no século XVI, ou seja, na época de Rabelais.[83]

Além do "riso pascal" existia ainda a tradição do "riso natalino". Se o riso pascal era realizado predominantemente nos sermões, nas histórias alegres, anedotas e piadas, o riso natalino ocorria em canções alegres. Canções de conteúdo bastante mundano eram cantadas nas igrejas; os cantos espirituais eram entoados com melodias mundanas e até mesmo de rua (por exemplo, dessa época conservou-se a partitura do "Magnificat", a qual evidencia que esse hino religioso era entoado com a melodia de uma canção bufa de rua). A tradição das canções natalinas floresceu em especial na França. O conteúdo espiritual se entrelaçava nessas canções com as melodias mundanas e com momentos de rebaixamento material e corporal. O tema do *nascimento do novo*, *da renovação*, se combinava organicamente com o tema da *morte do velho* em um plano alegre e rebaixador e com as imagens do *destronamento* bufo e carnavalesco. Graças a isso, a canção natalina francesa pôde desenvolver-se em um dos gêneros mais populares da canção revolucionária de rua.

O riso e o aspecto material e corporal, enquanto princípios rebaixadores e regeneradores, desempenham um papel essencial nas dimensões extrarreligiosa ou religiosa também de outras festas, em particular aquelas que tinham um caráter local e por isso podiam incorporar elementos das festividades pagãs antigas, por serem às vezes sua substituição cristã. Assim eram as festas de consagração das igrejas (primeira

[83] Sobre o "riso pascal", conferir J. P. Schmid, *De risu paschali*, diss., Rostock, 1847, e S. Reinach, "Le *Rire pascal*", no artigo "Le Rire rituel", *op. cit.*, pp. 127-9. Tanto o riso pascal quanto o natalino estavam relacionados com as tradições das saturnálias populares romanas.

missa) e as festas do santo padroeiro. Normalmente essas festas coincidiam com feiras locais, dotadas de todo um sistema de diversões populares e da praça. Elas eram acompanhadas ainda pela glutonaria e pela bebedeira desenfreadas.[84] A comida e a bebida ocupavam ainda o primeiro plano das festas de finados. Em homenagem aos padroeiros e patrocinadores sepultados na igreja, o clero organizava banquetes em que se bebia, para honrá-los, "*poculum caritatis*" ou "*caritas vini*". Em uma ata da abadia de Quedlinburg, declara-se abertamente que o banquete dos sacerdotes nutre e agrada os mortos: "*plenius inde recreantur mortui*". Os dominicanos espanhóis bebiam em homenagem aos padroeiros sepultados em suas igrejas com o característico brinde ambivalente "*viva el muerto*".[85] Nesses últimos exemplos, o riso e a alegria festivos possuem um caráter banqueteiro e se combinam com a imagem da morte e do nascimento (renovação da vida) em uma unidade complexa do baixo material e corporal ambivalente (que devora e gera).

Algumas festas adquiriram uma tonalidade específica graças às estações do ano em que eram celebradas. Assim, as festas outonais de São Martinho e São Miguel assumiram tons báquicos, e esses santos eram considerados padroeiros da vinicultura. Às vezes as particularidades de um ou outro santo eram motivo para o desenvolvimento de rituais e atos extrarreligiosos, cômicos e rebaixadores relacionados ao princípio material e corporal, que ocorriam durante a festa em sua homenagem. Por exemplo, em Marselha, no dia de São Lázaro, era organizada uma procissão solene com todos os

[84] É claro, a questão não é a própria glutonaria e bebedeira *cotidianas*, mas o fato de elas adquirirem aqui uma significação utópica simbolicamente ampliada de "banquete para todo mundo", o triunfo da abundância, do crescimento e da renovação materiais.

[85] Cf. Friedrich Wilhelm Ebeling, *Flögel's Geschichte des Grotesk-Komischen*, Leipzig, A. Werl, 1862, p. 254.

cavalos, mulas, asnos, bois e vacas. Toda a população participava do travestimento e da "grande dança" (*magnum tripudium*) nas praças e ruas. Provavelmente isso se explica pelo fato de que a figura de Lázaro estava relacionada com o ciclo das lendas sobre o inferno, que tinham uma tonalidade material e corporal topográfica (o inferno como baixo material e corporal),[86] e com o motivo da morte e do renascimento. Por isso a festa de São Lázaro pôde incorporar elementos antigos de alguma festividade pagã local.

Por fim, o riso e o princípio material e corporal foram legalizados no cotidiano festivo, nos banquetes e nas diversões de rua, de praça e domésticas.

Não trataremos aqui das formas do riso carnavalesco e da Máslenitsa em sentido próprio.[87] Deixaremos isso para o momento oportuno. Contudo, aqui devemos mais uma vez enfatizar a *relação essencial entre o riso festivo e o tempo, bem como a alternância temporal*. A relação da festa com o calendário regenera e passa a ser percebida com nitidez justamente em seu aspecto extraoficial e do riso popular. Aqui revive a relação com a alternância das estações do ano, com as fases do sol e da lua, com a morte e a renovação da vegetação, com a alternância dos ciclos agrícolas. Nessa alternância se acentuava de modo positivo o momento do novo, do vindouro, daquilo que se renova. Esse momento adquiriu uma significação mais ampla e profunda: ele incorporou aspirações populares de um futuro melhor, de uma ordem socioeconômica mais justa, de uma nova verdade. Em certa medida, o aspecto popular e do riso da festa encenava esse futuro melhor da abundância material geral, da igualdade, da liberdade, assim como as saturnálias romanas encenavam

[86] Ainda voltaremos a abordar esse ciclo de lendas. Lembremos que o "inferno" foi também uma parte necessária do carnaval.

[87] Justamente o *carnaval*, com todo seu complexo sistema de imagens, foi a expressão mais plena e pura da cultura popular do riso.

o retorno da era de ouro de Saturno. Graças a isso, a festa medieval se tornou uma espécie de Janus biface: se seu rosto oficial e religioso era voltado para o passado e servia para consagrar e sancionar a ordem existente, o rosto ridente, popular e da praça *olhava para o futuro e ria no enterro do passado e do presente*. Ele se opunha à imobilidade conservadora, à "extratemporalidade", à inalterabilidade da ordem e da cosmovisão estabelecidas, enfatizava justamente o aspecto da *alternância* e da *renovação*, e ainda em um plano sócio-histórico.

O baixo material e corporal, bem como todo o sistema de rebaixamentos, transformações e travestimentos, adquiriu uma relação essencial com o tempo e com a alternância sócio-histórica. Um dos aspectos obrigatórios da folia popular e festiva era a *fantasia*, ou seja, a *renovação* das roupas e de sua imagem social. Outro aspecto essencial foi a transferência do alto hierárquico para o baixo: o bufão era declarado rei, nas festas dos loucos eram escolhidos o abade, o bispo e o arcebispo bufos, e, nas igrejas sob o domínio direto do papa, elegiam até um papa bufo. Eram esses clérigos bufos que celebravam a missa solene; em muitas festas era obrigatória a eleição dos reis e rainhas efêmeros (de um dia), por exemplo, no dia dos reis ("rei dos feijões") e na festa de São Valentim. A eleição desses reis efêmeros ("*roi pour rire*") era especialmente difundida na França, onde quase todo banquete cotidiano tinha seu rei e sua rainha. Desde o ato de vestir a roupa no avesso e pôr as calças na cabeça até a eleição do rei e papa bufos, vigora a mesma lógica topográfica: *transferir o alto para o baixo*, lançar o elevado e o velho — pronto e concluído — para o inferno material e corporal com vistas à sua morte e a um novo nascimento (renovação). Eis que tudo isso adquiriu uma relação essencial com o tempo e com a alternância sócio-histórica. O aspecto da relatividade e do devir surgiu em contrapartida a todas as pretensões de caráter inabalável e atemporal da ordem hierárquica medieval.

Todas essas imagens topográficas aspiravam a registrar justamente o momento da passagem e da alternância entre dois poderes e duas verdades: do velho e do novo, do que morre e do que nasce. É como se o ritual e as imagens da festa tendessem a encenar o próprio tempo, que simultaneamente destrói e gera vida, que funde o velho com o novo e não permite que nada se eternize. O tempo brinca e ri. É o menino brincante de Heráclito, ao qual pertence o poder superior universal ("o poder pertence a uma criança"). A ênfase recai sempre sobre o futuro, cuja imagem utópica tem presença constante nos rituais e imagens do riso popular e festivo. Graças a isso, nas formas da folia popular e festiva puderam se desenvolver aqueles embriões que floresceriam mais tarde na percepção renascentista da história.

À guisa de conclusão podemos dizer que na Idade Média o riso, recalcado no culto e na cosmovisão oficiais, se aninhou de modo não oficial, mas quase legal, sob o telhado de todas as festas. Por isso toda festa tinha, em paralelo ao seu aspecto oficial (religioso e estatal), um segundo aspecto popular, carnavalesco e de praça, cujo princípio organizador era o riso e o baixo material e corporal. Esse aspecto da festa era formalizado a seu modo, tinha sua temática, suas imagens e seus rituais específicos. A origem de certos elementos desse ritual é diversa. Não resta nenhuma dúvida de que aqui, durante toda a Idade Média, continuou a existir a tradição das saturnálias romanas. Estavam vivas também as tradições do mimo da Antiguidade. Ademais, o *folclore local* era uma fonte essencial. Em grande medida, é justamente ele que nutria as imagens e os rituais de natureza popular e do riso nas festas medievais.

Na Idade Média, foram participantes ativos das festividades populares e da praça o baixo e o médio clero, os escolares, os estudantes, os membros de corporações e, por fim, aqueles elementos sem estrato social e indefinidos, tão numerosos à época. Entretanto, a cultura do riso na Idade Média era, em essência, de todo o povo. A verdade do riso conquistava e incluía todos: ninguém podia se opor a ela.

* * *

Na Idade Média, a enorme literatura paródica ainda estava direta ou indiretamente ligada às formas do riso popular e festivo. É possível que, como afirmam alguns pesquisadores, por exemplo, Novati, certas paródias dos textos e ritos sagrados fossem destinadas diretamente à apresentação na festa dos loucos, à qual estavam ligadas de maneira imediata. Contudo, não é possível afirmar o mesmo em relação à maioria das paródias medievais sacras. Não é essa relação imediata que importa, mas a relação mais geral das paródias medievais com o riso e a liberdade legalizados e festivos. Toda a literatura paródica medieval é recreativa, foi criada durante o ócio festivo e destinada a uma leitura também festiva, repleta da atmosfera de liberdade e independência das festas. Essa parodização alegre do sagrado era permitida durante as festividades, assim como o *risus paschalis*, a carne e a vida sexual. Ela era repleta daquela mesma percepção popular e festiva da alternância temporal e da renovação no plano material e corporal. Aqui domina aquela mesma lógica do baixo material e corporal ambivalente.

As recreações escolares e universitárias tiveram uma importância imensa na história da paródia medieval, bem como de toda a literatura da Idade Média. Elas costumavam coincidir com as festas. A elas foram transferidos todos os privilégios festivos que a tradição havia estabelecido para o riso, as piadas e a vida material e corporal. Durante as recreações não só se descansava de todo o sistema de cosmovisão oficial, da sabedoria e das regras escolares, mas se permitia ainda que eles se tornassem objeto de jogos e piadas rebaixadores e alegres. Libertavam-se, sobretudo, dos pesados grilhões da devoção e da seriedade (da "fermentação ininterrupta da devoção e do medo divino") e do *fardo* de tais categorias sombrias, como "eterno", "inabalável", "absoluto", "imutável". A elas se opunha o aspecto alegre, livre e cômico do mundo com sua inconclusibilidade e abertura, com a alegria das alternâncias e renovações. Por isso as paródias medievais não eram em absoluto paródias formalmente literárias ou puramente negativas de textos sagrados ou das teses e regras da sabedoria escolar: as paródias grotescas transferem tudo isso para o registro alegre do riso e para o plano material e corporal positivo, elas corporificam e materializam e ao mesmo tempo atribuem leveza a tudo que tocam.

Aqui não seria o caso de nos determos na essência das paródias medievais; falaremos em tempo oportuno sobre algumas delas (como sobre a *Coena Cypriani*). Importa-nos apenas caracterizar o lugar das paródias sacras na unidade da cultura popular do riso medieval.[88]

[88] Além dos capítulos correspondentes em obras gerais sobre a história da literatura medieval (de [Max] Manitius, [Adolf] Ebert, [E. R.] Curtius), três trabalhos específicos são dedicados à paródia sacra:

1) Francesco Novati, "La parodia sacra nelle letterature moderne", em *Studi critici e letterari*, Turim, Loescher, 1889).

2) Eero Ilvonen, *Parodies de thèmes pieux dans la poésie française du Moyen Âge*, Paris, Honoré Champion, 1914.

3) Paul Lehmann, *Die Parodie im Mittelalter*, Munique, Drei Masken, 1922.

Esses três trabalhos se complementam. Novati aborda o campo da paródia sacra de um modo mais amplo do que os demais (até o presente momento, seu trabalho não envelheceu e continua fundamental); Ilvonen apresenta uma série de textos críticos apenas sobre a paródia francesa mista (uma combinação das línguas latina e francesa, fenômeno que era bastante comum na literatura paródica) e acrescenta aos textos publicados uma introdução geral e comentários sobre a paródia medieval. Lehmann faz uma excelente introdução à literatura da paródia sacra, mas se limita apenas à paródia latina.

Todos os autores citados examinam a paródia medieval como algo isolado e específico e por isso não revelam a ligação orgânica dessa paródia com o mundo grandioso da cultura popular do riso.

A paródia medieval, em especial a antiga (até o século XII), está longe de ser orientada para algo negativo, para algumas imperfeições particulares do culto, da organização religiosa, da ciência escolar, que deveriam ser ridicularizadas e aniquiladas. Segundo os parodistas medievais, tudo, sem exceção, é engraçado; o riso é tão universal quanto a seriedade: está direcionado ao todo universal, à história, a toda a sociedade e à cosmovisão. O riso é a *segunda verdade sobre o mundo*, que diz respeito a tudo, e da qual nada escapa. É uma espécie de *aspecto festivo de todo o mundo* em todas as suas manifestações, uma espécie de segunda revelação sobre o mundo mediante o jogo e o riso.

Por isso, a paródia medieval faz um jogo alegre e absolutamente desenfreado com tudo que há de mais sagrado e importante do ponto de vista da ideologia oficial. A mais antiga paródia grotesca, *Coena Cypriani* (criada entre os séculos V e VII), transformou toda a história sagrada de Adão até Cristo em material para uma representação fantasmagórica do banquete bufo, ao utilizar para fins grotescos os acontecimentos e símbolos mais importantes dessa história.[89]

Um caráter mais contido está presente em outra obra de natureza recreativa mais antiga: *Joca monachorum* (ela surgiu nos séculos VI-VII, é de origem bizantina e a partir do século VIII foi muito popular na França; também na Rússia teve sua história estudada por A. N. Vesselóvski e I. N. Jdánov). Trata-se de um tipo de catecismo alegre, de uma série de questões sobre temas bíblicos; em sua essência *Joca* é um jogo alegre com a Bíblia, apesar de ser mais contido do que a *Coena*.

[89] Conferir a análise da *Coena Cypriani* de F. Novati, *Studi critici e letterari, op. cit.*, pp. 266 ss., e de P. Lehmann, *Die Parodie im Mittelalter, op. cit.*, pp. 25 ss. Uma edição crítica do texto da *Coena Cypriani* foi feita por K. Strecker (*Monumenta Germaniae Historica, Poetae Latini*, IV, 857, Berlim, Weidmann, 1923).

Nos séculos posteriores (em particular a partir do século XI), a criação paródica atrai para o jogo cômico todos os aspectos do dogma e do culto religioso oficiais, assim como *todas as formas de cosmovisão séria*. Sobreviveram ao tempo inúmeras paródias das mais importantes preces: "Pai-Nosso", "Ave-Maria" e "Credo";[90] assim como paródias de hinos (por exemplo, "*Laetabundus*") e de litanias. Os parodistas não se intimidavam nem diante da liturgia. Conhecemos a "liturgia dos bêbados", a "liturgia dos jogadores" e a "liturgia do dinheiro". Há também os evangelhos paródicos: o "evangelho do dinheiro do marco de prata", o "evangelho do dinheiro do estudante parisiense", o "evangelho dos jogadores", o "evangelho dos bêbados". Existiam paródias de regulamentos de mosteiros, de decretos religiosos e de decisões de concílios, de bulas e missivas papais, e de sermões eclesiásticos. Muito cedo — já nos séculos VII e VIII — encontramos testamentos paródicos (por exemplo, o "testamento do porco", o "testamento do asno") e epitáfios paródicos.[91] Já abordamos a gramática paródica, muito popular na Idade Média.[92] Por fim, havia paródias de textos e leis jurídicos.

[90] Por exemplo, E. Ilvonen publica em seu livro seis paródias do "Pai-Nosso", duas do "Credo" e uma da "Ave-Maria".

[91] A quantidade dessas paródias é imensa. Além de algumas paródias, a parodização de diferentes aspectos do culto e da hierarquia é um fenômeno muito difundido nas formas épicas cômicas dos animais. Em relação a isso, é particularmente rica a obra *Speculum stultorum* (*Espelho dos tolos*) de Nigellus Wireker. Trata-se da história do asno Brunellus, que parte para Salerno a fim de se livrar de seu rabo imprestável, estuda teologia e direito em Paris, em seguida se torna monge e funda sua própria ordem. No caminho para Roma, ele cai nas mãos de seu dono. O texto está repleto de inúmeras paródias de epitáfios, receitas, bênçãos, preces, regulamentos de ordens etc.

[92] Inúmeros exemplos de jogos com casos gramaticais são dados por

Além dessa literatura paródica em sentido estrito, o jargão dos clérigos, dos monges, dos estudantes, dos juristas e a fala coloquial popular estavam repletos de todo tipo de travestimentos de textos religiosos diversos, de preces, de sentenças, de afirmações da sabedoria popular e, por fim, simplesmente de nomes de santos e mártires. Literalmente não deixaram passar nem um texto ou sentença do Antigo e Novo Testamentos dos quais se pudesse extrair ao menos alguma alusão ou ambiguidade, passível de ser de algum modo "fantasiada", travestida, traduzida para a linguagem do baixo material e corporal.

Em Rabelais, frei João é a encarnação da poderosa força travestidora e renovadora do baixo clero democrático.[93] Ele é um grande conhecedor de tudo "em matéria de breviário"[94] ("*en matiere de breviaire*"); isso significa que ele sabe repensar qualquer texto sagrado no plano da comida, da bebida, do erótico e transferi-lo do plano do jejum para o carnal e "gordo". Em geral, no romance de Rabelais é possível encontrar um material bastante rico de textos e sentenças sagrados travestidos e espalhados por tudo. Por exemplo, são assim as últimas palavras de Cristo na cruz: "*Sitio*" ("Tenho sede") e "*Consumatum est*" ("Está consumado!"), fantasiadas em expressões de comida e bebedeira;[95] ou "*Venite apotemus*", ou seja, "*potemus*" ("Venham beber"), em vez de

P. Lehmann, *Die Parodie im Mittelalter, op. cit.*, pp. 75-80 e 155-6 (*Grammatica erotica*).

[93] Púchkin assim caracteriza seus irmãos russos: "Vós monges jovens, pândegos, audazes". [Citação do drama histórico *Boris Godunóv*, de Aleksandr Púchkin, publicado em 1931. (N. da T.)]

[94] *Gargântua, op. cit.*, p. 328. (N. da T.)

[95] Por precaução, na edição de 1542 Rabelais fez uma limpeza nos dois primeiros livros do romance, eliminando todas as alusões contra a Sorbonne (Faculdade de Teologia da Universidade de Paris), mas nem passou por sua cabeça eliminar "*Sitio*" e outros travestimentos análogos de

"*Venite adoremus*" ("Venham adorar") (salmo 95, 6); em outro lugar, frei João pronuncia uma frase em latim bastante característica do grotesco medieval: "*ad formam nasi cognoscitur ad te levavi*".[96] Traduzindo isso significa: "pela forma do nariz se reconhece o 'a ti levanto'". A primeira parte dessa frase está ligada ao preconceito hegemônico naquele tempo (compartilhado até mesmo por médicos) de que pelo tamanho do nariz era possível julgar o tamanho do falo e, por conseguinte, a força reprodutora do homem. A segunda parte, colocada entre aspas e grifada por nós, é o início de um dos salmos (124, 1), ou seja, o texto sagrado recebe, desse modo, uma interpretação indecente. A releitura rebaixadora se fortalece ainda mais, pois a última sílaba da citação do salmo, "*vi*", em consonância com uma palavra francesa correspondente, é interpretada como uma designação do falo. No grotesco, tanto no medieval quanto no antigo, o nariz normalmente significava o falo. Na França, existiu uma litania paródica inteira, composta de textos sagrados e preces, que começavam com *ne* (a negação latina: "não"), por exemplo, "*Ne advertas*" (ou seja, "Não desvies"), "*Ne revoces*" ("Não convoques") e outros (eles eram, é claro, muito numerosos). Essa litania se chamava "*Noms de tous les nez*", ou seja, "Nomes de todos os narizes", uma vez que a palavra latina "*ne*" era interpretada parodicamente em consonância com a palavra francesa "*nez*", como nariz (substituição do falo). A litania se iniciava com as palavras "*Ne reminiscaris delicta nostra*", ou seja: "Que não te lembres de nossos pecados". Essas palavras eram entoadas no início e no fim dos sete salmos de penitência e estavam relacionadas às bases da doutrina e do culto cristãos. Em Rabelais, há uma alusão a essa litania (*Pantagruel*, cap. I); no que concerne às pessoas

textos sagrados, de tanto que os direitos e liberdades carnavalescos do riso ainda estavam vivos em sua época.

[96] *Gargântua*, *op. cit.*, p. 375. (N. da T.)

com narizes monstruosos, Rabelais fala: "*desquelz est escript: Ne reminiscaris*", ou seja, "de quem se escreveu: *Ne reminiscaris*".[97]

Todos esses são exemplos característicos de como as analogias e as consonâncias mais externas foram aproveitadas a fim de travestir o sério e forçá-lo a soar no plano do riso. Em tudo — no sentido, na imagem, no som das palavras e ritos sagrados — se buscava e se encontrava um calcanhar de Aquiles para ser ridicularizado, ou seja, algum pequeno traço que permitisse relacioná-los ao baixo material e corporal. Diversos santos tinham a sua lenda não oficial construída, diversas vezes, com base no travestimento do seu nome; por exemplo, o som do nome Saint Vi (São Vito) era compreendido no plano do baixo corporal (falo); existia a expressão corrente "honrar a santa Mamica", que significava visitar a amante.

É possível afirmar que toda a linguagem não oficial e sem cerimônias do clero (bem como de toda a intelectualidade) medieval e do povo simples era repleta de elementos do baixo material e corporal: obscenidades e xingamentos, juramentos e juras, famosos textos e sentenças sacros travestidos e virados às avessas; tudo o que integrava essa linguagem devia obedecer à força rebaixadora e renovadora do poderoso baixo ambivalente. Na época de Rabelais, a linguagem sem cerimônias permanecia a mesma. Seus exemplos característicos são a linguagem de frei João e de Panurgo.[98]

[97] *Idem*, p. 47. (N. da T.)

[98] No meio protestante do século XVI era muito frequente a condenação do uso gozador e rebaixador dos textos sagrados na comunicação verbal sem cerimônias. Em sua *Apologia de Heródoto*, Henri Estienne, contemporâneo de Rabelais, se queixava do constante uso profanador de palavras sagradas durante as bebedeiras. Ele cita inúmeros exemplos desse uso. Assim, ao entornar um copinho de vinho, era comum pronunciar as palavras do salmo penitencial: "Um coração puro cria em mim, ó Deus,

Em todos os exemplos enumerados por nós, o caráter universal do riso se manifesta com total evidência. O riso medieval é direcionado para os mesmos objetos da seriedade medieval. O riso não só não faz exceção alguma para o elevado, mas, ao contrário, está preferencialmente orientado para ele. Em seguida, está orientado não para o particular e a parte, mas justamente para a totalidade, o geral, o todo. É como se ele construísse seu mundo contra o mundo oficial, sua igreja contra a Igreja oficial, seu Estado contra o Estado oficial. O riso serve à liturgia, professa seu símbolo de fé, coroa, realiza o ritual funerário, inscreve os epitáfios nos túmulos, elege reis e bispos. É peculiar que até mesmo a menor paródia medieval fosse sempre construída como um fragmento do universo cósmico inteiro e uno.

Esse universalismo do riso se manifesta com mais nitidez e coerência nas formas carnavalescas de rituais e espetáculos e nas paródias a elas relacionadas. Contudo, ele também está presente em todos os outros fenômenos da cultural medieval do riso: nos elementos cômicos do drama religioso, nos *dits* ("ditos") cômicos e *débats* ("debates"), na epopeia animal, na fábula e nos *fabliaux* e *Schwänke*.[99] Em todo lugar, o caráter do riso e sua relação com o baixo material e corporal permanecem os mesmos.

É possível dizer que a cultura medieval do riso propensa às festividades foi uma espécie de "quarto" drama medieval, ou seja, satírico, que correspondia e se opunha à "trilogia trágica" do culto e da doutrina oficiais e cristãos. Assim co-

e um espírito reto renova em minhas vísceras" (salmo 51, 10). Até aqueles com doenças venereas usavam os textos sagrados para caracterizar a doença e seus suores (cf. Henri Estienne, *Apologie pour Hérodote*, Genebra, 1566, I, p. 16).

[99] É verdade que às vezes os primórdios da cultura burguesa já impunham certa limitação a esses fenômenos, e nesses casos o princípio material e corporal se amesquinha e, de certa maneira, degenera.

mo o drama satírico da Antiguidade, a cultura do riso medieval foi, em grande medida, o *drama da vida corporal* (copulação, nascimento, crescimento, comida, bebida, defecações), mas obviamente não era o drama de um corpo individual nem de um cotidiano particular material, mas do grande *corpo popular da espécie humana*, para o qual o nascimento e a morte não eram o princípio e o fim absolutos, mas apenas momentos do seu crescimento e renovação ininterruptos; o grande corpo desse drama satírico medieval é inseparável do mundo, está repleto de elementos cósmicos e se funde com a terra que devora e gera vida.

* * *

É necessário colocar ao lado do universalismo do riso medieval a sua segunda particularidade notável: sua relação indissolúvel e essencial com a *liberdade*.

Vimos que o riso medieval foi absolutamente extraoficial, mas em compensação legalizado. Na Idade Média, os direitos do chapéu de bobo eram tão sagrados e intocáveis quanto os direitos dos *pileus* (chapéu pontudo sem abas) na época das saturnálias romanas.

É claro que essa liberdade do riso, assim como qualquer liberdade, era relativa; seu campo era ora mais amplo, ora mais restrito, mas ela nunca foi abolida por completo. Essa liberdade, como vimos, estava relacionada às festas e se limitava, em certa medida, à temporalidade dos dias festivos. Ela se fundia com a atmosfera festiva e se combinava com a permissão simultânea da carne, do toucinho e da vida sexual. Essa *libertação festiva do riso e do corpo* contrastava nitidamente com a quaresma passada ou vindoura.

A festa era uma espécie de pausa temporária das atividades do sistema oficial com todas as suas proibições e barreiras hierárquicas. Por um curto período, a vida sai do seu eixo habitual, legitimado e consagrado, e ingressa na esfera da liberdade utópica. A própria efemeridade dessa liberdade só reforçava o caráter fantástico e o radicalismo utópico das imagens criadas na atmosfera festiva.

A atmosfera de liberdade efêmera reinava tanto na praça popular quanto no banquete cotidiano, festivo e doméstico. A antiga tradição da livre conversa à mesa, muitas vezes obscena e ao mesmo tempo filosófica, ressurgida na época do Renascimento, encontrou a tradição local do banquete festivo que tinha as mesmas raízes folclóricas.[100] Essa tradição das conversas à mesa continuou viva nos séculos posteriores. São análogas também as tradições das canções báquicas à mesa, que combinam o universalismo obrigatório (questões da vida e da morte) com o aspecto material e corporal (vinho, comida, amor carnal), com uma percepção elementar do tempo (juventude, velhice, brevidade da vida, mutabilidade do destino) e com o utopismo peculiar (a irmandade tanto de parceiros de copo quanto de toda a humanidade, o triunfo da abundância, a vitória da razão etc.).

Gozavam de certo grau de legitimidade os rituais cômicos da festa dos loucos, da festa do asno, de todo tipo de procissões e ritos do riso em outras festividades. Eram legalizadas as diabruras durante as quais os "diabos" às vezes tinham o direito de "correr livremente" pelas ruas e redondezas alguns dias antes das encenações e criar no seu entorno

[100] Na segunda metade do século XVI, a literatura das conversas livres (com predomínio da temática material e corporal) era bastante característica — conversas à mesa, festivas, recreativas e durante os passeios: Noël du Fail, *Propos rustiques et facétieux* (*Conversas rústicas e facecio-sas*, 1547), também dele *Contes et nouveaux discours d'Eutrapel* (*Contos e novos discursos de Eutrapel*, 1585); Jacques Tahureau, *Dialogues* (*Diálogos*, 1562); Nicolas de Cholières, *Matinées* (*Conversas matinais*, 1585), também dele *Les après-dîners* (*Conversas após o almoço*); Guillaume Bouchet, *Sérées* (*Conversas após o jantar*, 1584-1597) e outras. Aqui é preciso incluir ainda *Le Moyen de parvenir* (*O meio de prosperar na vida*) de Béroalde de Verville, já abordado por nós. Todas essas obras pertencem a um tipo particular de diálogo carnavalizado e refletem em maior ou menor grau a influência de Rabelais.

uma atmosfera diabólica e indomável: eram legalizadas as diversões de praça das feiras; era legalizado o carnaval. É claro, essa legalidade era forçada, incompleta e se intercalava com perseguições e proibições. Ao longo de toda a Idade Média, o Estado e a Igreja eram obrigados a fazer grandes ou pequenas concessões à praça, ou seja, considerá-la. Durante todo o ano, havia pequenas ilhas de tempo, limitadas com rigor pelas datas festivas, quando o mundo tinha a permissão de sair do eixo oficial, mas exclusivamente na forma defensiva do riso. Ao próprio riso quase não eram impostos limites, desde que se tratasse apenas do riso.

O universalismo e a liberdade do riso medieval estão relacionados à sua terceira particularidade notável, ou seja, à sua conexão essencial com a *verdade popular não oficial*.

A *seriedade* da cultura de classes é oficial, autoritária e se combina com violência, proibições e restrições. *Nessa seriedade sempre há um elemento de medo e de amedrontamento*. Na seriedade medieval, esse elemento dominava com nitidez. O riso, ao contrário, propunha a superação do medo. Não há proibições e restrições criadas pelo riso. O poder, a violência, a autoridade nunca falam a língua do riso.

Na Idade Média, as pessoas, com uma agudez especial, sentiam o riso justamente como uma *vitória sobre o medo*. Ele era sentido não só como uma vitória sobre o medo místico (o "medo divino") e sobre o medo diante das forças da natureza, mas, sobretudo, como uma vitória sobre o medo moral que acorrenta, oprime e enturva a consciência do ser humano: sobre o medo diante de tudo que é consagrado e proibido ("maná" e "tabu"), diante do poder divino e humano, diante dos mandamentos e proibições autoritários, diante da morte e das punições além-túmulo, diante do inferno e de tudo o que é *mais terrível do que a terra*. Ao vencer esse medo, o riso iluminava a consciência do ser humano e revelava para ele o mundo de uma nova maneira. É verdade que essa vitória foi apenas efêmera, festiva, e seguida por dias de medo e opressão, mas desses vislumbres festivos da consciência humana se formava outra verdade não oficial sobre o mundo e o ser humano, que preparou a nova autoconsciência renascentista.

A sensação aguda de vitória sobre o medo é um aspecto muito essencial do riso medieval. Essa sensação se expressa em um conjunto de particularidades das imagens medievais do riso. Nelas sempre está presente esse medo vencido na forma do monstruoso e cômico, na forma dos símbolos do poder e da violência virados às avessas, nas imagens cômicas da morte, nas dilacerações alegres. Tudo que é ameaçador se torna risível. Já falamos que entre os acessórios obrigatórios do carnaval estava uma construção grotesca chamada "inferno"; e esse "inferno" costumava ser queimado solenemente no momento culminante da festa. Em geral, não é possível entender a imagem grotesca sem considerar esse aspecto do medo vencido. Se brinca e se ri do terrível: o terrível se torna um "monstro alegre". Contudo, não se pode compreender a imagem grotesca se esse aspecto for simplificado e se houver a tentativa de interpretar toda a imagem no espírito de sua racionalização abstrata. É impossível dizer quando termina o medo vencido e começa a felicidade alegre. Até mesmo o inferno carnavalesco é uma terra devoradora e geradora, que muitas vezes se transforma em uma cornucópia, e o monstro — a morte — se revela grávido; em todo tipo de deformidades — barrigas protuberantes, narizes enormes, corcundas etc. — revelam-se sinais de gravidez ou da força reprodutiva. A vitória sobre o medo não é a sua eliminação abstrata, mas sim, ao mesmo tempo, seu destronamento e renovação, sua transformação em alegria: o "inferno" explodiu e se desfez em uma cornucópia.

Dissemos que o riso medieval venceu o medo diante daquilo que era mais terrível do que a terra. Todo o terrível não terrestre se transformava em *terra*, uma mãe, que devora para gerar de novo, e gerar mais e melhor. Na terra não pode haver nada de terrível, assim como no corpo materno, onde há seios que alimentam, órgão gerador, sangue tépido. O terrestre terrível é um órgão genital, um túmulo corporal, mas que floresce com prazer e novos nascimentos.

Entretanto, o riso medieval não é uma percepção subjetiva e individual, tampouco biológica, do fluxo ininterrupto da vida, mas uma percepção social e de todo o povo. O ser humano percebe esse fluxo ininterrupto da vida na praça festiva, na multidão carnavalesca, no contato com outros corpos de todas as idades e condições sociais; ele se sente membro do povo, que está em eterno crescimento e renovação. Por isso, o riso popular e festivo inclui o aspecto da vitória não apenas sobre o medo diante dos terrores além-túmulo, do sagrado, da morte, mas também sobre o medo diante de qualquer poder, rei terrestre, governo terrestre e social, diante de tudo que oprime e limita.[101]

O riso medieval, que vencera o medo do mistério, do mundo e do poder, revelou sem temor a verdade sobre o mun-

[101] Reflexões profundas sobre as funções do riso na história da cultura foram expressas por Herzen (apesar de ele não conhecer em absoluto a Idade Média ridente): "O riso tem algo de revolucionário... O riso de Voltaire destruiu mais do que o pranto de Rousseau" (*Obra reunida em nove volumes*, Moscou, 1956, v. 3, p. 92). E em outro lugar: "O riso não é brincadeira, e não abriremos mão dele. No mundo antigo gargalhavam no Olimpo e gargalhavam na Terra ao ouvir Aristófanes e suas comédias, gargalhavam até a época de Luciano. A partir do século IV, a humanidade parou de rir, ela chorava sem parar e pesados grilhões caíram sobre a mente em meio a lamentações e remorsos de consciência. Assim que a febre fanática começou a diminuir, as pessoas se puseram a rir de novo. *Escrever a história do riso seria de extremo interesse*. Na igreja, no palácio, no fronte, diante do chefe de departamento, do comissário de polícia, do gerente alemão, ninguém ri. Os servos são privados do direito de sorrir na presença dos senhores. *Apenas os iguais riem entre si*. Se for permitido aos inferiores rirem diante dos superiores ou se eles não conseguirem conter o riso, então adeus ao respeito às patentes. Fazer rir do deus Ápis significa rebaixá-lo do título sagrado para um simples boi" (*A. I. Herzen ob iskússtve* [*A. I. Herzen sobre a arte*], Moscou, Iskússtvo, 1954, p. 223).

do e o poder. Ele se opunha à mentira e à glorificação, à adulação e à hipocrisia. Essa verdade do riso rebaixava o poder e se combinava com os xingamentos obscenos. O bufão medieval era um dos portadores dessa verdade.

Em seu artigo sobre Rabelais, A. N. Vesselóvski assim caracteriza a significação social do bufão:

> Na Idade Média, o bufão é um portador desautorizado da verdade abstrata objetiva. À época, quando toda a vida se formava nos moldes convencionais dos estratos sociais, das prerrogativas, da ciência escolástica e da hierarquia, a verdade se localizava nesses moldes, e era relativamente feudal, escolástica etc., tirando a sua força de diferentes meios e sendo o resultado de sua capacidade vital. A verdade feudal é o direito de oprimir o servo, desprezar o trabalho escravo, ir à guerra, caçar nas terras dos camponeses etc.; a verdade escolástica é o direito ao saber exclusivo, fora do qual não há proveito, e por isso ele deve ser protegido de tudo que ameaça turvá-lo e assim por diante. Toda a verdade universal, não ligada a um ou outro estrato social, a uma profissão estabelecida, isto é, a certo direito, era excluída, desconsiderada, desdenhada e, na primeira suspeita, condenada à fogueira, sendo admitida apenas quando era apresentada em uma forma inofensiva, ao provocar o riso e ao não pretender um papel mais sério na vida. Assim era definida a significação social do bufão.[102]

Vesselóvski faz uma caracterização correta da verdade feudal. Também é acertada sua afirmação de que o bufão era

[102] Cf. A. N. Vesselóvski, *Ízbrannie statii* [*Artigos selecionados*], Leningrado, Goslitizdat, 1939, pp. 441-2.

o portador de outra verdade, não feudal e não oficial. Contudo, essa verdade não oficial dificilmente pode ser definida como uma "verdade abstrata objetiva". Em seguida, Vesselóvski analisa o bufão isoladamente de toda a poderosa cultura medieval do riso, e por isso compreende o riso só como uma forma *exterior* de defesa da "verdade abstrata objetiva", da "verdade universal",[103] que o bufão proclamava, ao utilizar essa forma exterior, isto é, o riso. Se não houvessem as repressões externas e as fogueiras, essas verdades se livrariam da fantasia bufa e se expressariam em um tom *sério*. Essa compreensão do riso medieval nos parece incorreta.

Sem dúvida, o riso foi também uma forma de defesa externa. Ele foi legalizado, ele tinha privilégios, ele libertava (é claro, apenas em certa medida) da censura exterior, das repressões externas, da fogueira. Não se pode subestimar esse aspecto. Todavia, reduzir a ele toda a significação do riso é totalmente inadmissível. O riso não é uma forma externa, mas *interna* e essencial, que é impossível de ser trocada pela seriedade sem eliminar e deturpar o próprio conteúdo da verdade revelada pelo riso. Ele liberta não só da censura externa, mas, sobretudo, do grande *censor interno*, do medo, por milênios cultivado no ser humano, diante do sagrado, da proibição autoritária, do passado, do poder. O riso revelou o princípio material e corporal em sua verdadeira significação. Ele abriu os olhos para o novo e o futuro. Portanto, ele não só permitiu expressar a verdade popular antifeudal, mas também auxiliou na sua revelação e formulação interior. Por milênios, essa verdade se formou e se sedimentou no seio do

[103] Nas expressões entre aspas citadas por Bakhtin a partir do texto de Vesselóvski, são empregados dois termos diferentes para "verdade": em "verdade abstrata objetiva", *ístina*, e, em "verdade universal", *pravda*. Embora em russo esses dois termos tenham acepções diferentes (*ístina* é uma verdade absoluta, e *pravda*, uma verdade particular), aqui os termos parecem ser utilizados como equivalentes. (N. da T.)

riso e das suas formas festivo-populares. O riso revelou o mundo de uma maneira nova em seu aspecto mais alegre e *sóbrio*. Seus privilégios exteriores estão indissoluvelmente ligados a essas suas forças interiores e são uma espécie de reconhecimento exterior dos seus direitos interiores. Por isso o riso era o menos propenso a se tornar um instrumento de opressão e enganação do povo. E nunca foi possível torná-lo oficial até o fim. Ele sempre permaneceu uma arma livre nas mãos do povo.

Em oposição ao riso, a seriedade medieval era perpassada de dentro por elementos do medo, da fraqueza, da submissão, da resignação, da mentira, da hipocrisia ou, ao contrário, pelos elementos da violência, do amedrontamento, das ameaças e proibições. Nos lábios do poder, a seriedade amedrontava, exigia e proibia; já na boca dos subalternos, estremecia, resignava-se, elogiava e glorificava. Por isso a seriedade medieval provocava desconfiança no povo. O tom oficial era tratado como tudo o que é oficial. A seriedade oprimia, assustava, imobilizava; ela mentia e dissimulava; era avarenta e abstinente. Na praça festiva, à mesa do banquete, o tom sério, como uma máscara, era deixado de lado e uma outra verdade começava a soar na forma do riso, das travessuras bufas, das obscenidades, dos xingamentos, das paródias, das travestias etc. Todos os medos e toda a mentira se dissipavam diante do triunfo do princípio material, corporal e festivo.

No entanto, seria incorreto pensar que a seriedade medieval não tenha infundido nenhum respeito no povo. Uma vez que havia lugar para o medo, uma vez que o ser humano na Idade Média ainda era fraco demais diante das forças da natureza e das forças sociais, *a seriedade do medo e do sofrimento* em suas formas religiosas, socioestatais e ideológicas não podia deixar de impor respeito. A consciência da liberdade só podia ser limitada e utópica. Por isso seria incorreto pensar que a desconfiança popular da seriedade e o amor popular pelo riso, como outra verdade, sempre tiveram um caráter consciente, crítico e nitidamente opositivo. Sabemos que os criadores das mais indomáveis paródias dos textos sagrados e do culto religioso costumavam ser aquelas pessoas que aceitavam e participavam desse culto com sinceridade. Chegaram até nós testemunhos de pessoas da Idade Média que atribuíam às paródias objetivos didáticos e instrutivos. Assim, por exemplo, soubemos do testemunho de um monge do mosteiro de St. Gallen que afirmava que as missas dos bêbados e jogadores foram criadas com o objetivo didático de afastar as pessoas do jogo e da bebida e conduziram muitos estudantes para o caminho da penitência e correção.[104] As pessoas na Idade Média podiam combinar a presença devota na missa oficial com a alegre paródia do culto oficial na praça. A crença na verdade bufa e na verdade do "mundo às avessas" podia se combinar com a lealdade sincera. Anunciada na época do Renascimento, a verdade alegre sobre o mundo, cuja base era a confiança na matéria e nas forças materiais e espirituais humanas, na Idade Média era afirmada com espontaneidade nas imagens materiais e corporais utópicas da cultura do riso, mas a consciência do ser humano isolado nem sempre pode se libertar da seriedade do medo e da fraqueza. Dádiva do riso, a liberdade era, muitas vezes, apenas um luxo festivo.

Dessa maneira, a desconfiança do tom sério e a fé na verdade do riso tinham um caráter espontâneo. Compreendia-se que o riso nunca escondia a violência, que o riso não erguia fogueiras, e que a hipocrisia e a mentira nunca riam, mas vestiam uma máscara séria, que o riso não criava dogmas e não podia ser autoritário, que o riso não revelava o medo, mas a consciência da força, que o riso estava ligado com o ato reprodutor, o nascimento, a renovação, a fertili-

[104] Nessa opinião se manifesta a tendência moralizante burguesa (no espírito do grobianismo posterior), mas ao mesmo tempo a aspiração a neutralizar as paródias.

dade, a abundância, a comida e a bebida, a imortalidade terrestre do povo, e que, por fim, o riso estava ligado ao futuro, ao novo, ao vindouro, abrindo-lhes caminho. Por isso eram espontâneas a desconfiança da seriedade e a fé no riso festivo.

As pessoas na Idade Média partilhavam igualmente duas vidas: a oficial e a carnavalesca como dois aspectos do mundo, o da devoção séria e o do riso. Esses dois aspectos coexistiam na consciência delas. De forma bastante clara e evidente, essa coexistência se refletiu nas páginas dos manuscritos com iluminuras dos séculos XIII e XIV, por exemplo, nos *legendarium*, ou seja, nas coletâneas manuscritas de hagiografias. Aqui, nos limites de uma página, se combinam ilustrações rigorosamente devotas do texto hagiográfico com toda uma série de representações livres, isto é, não ligadas ao texto, de quimeras (combinações fantasmagóricas de formas humanas, animais e vegetais), diabos cômicos, jograis com seus truques acrobáticos, figuras mascaradas, cenas paródicas etc., ou seja, imagens grotescas puramente carnavalescas. E tudo isso, repetimos, nos limites de uma mesma página. A superfície da página, assim como a consciência do ser humano na Idade Média, combinava em si ambos os aspectos da vida e do mundo.[105] Contudo, não só nas miniaturas dos livros, mas também nas pinturas das igrejas medievais (das quais já havíamos tratado) e na escultura religiosa, observa-

[105] Há pouco tempo foi publicado entre nós um livro de grande interesse, *Neizviéstni pámiatnik kníjnogo iskússtva: ópit vosstanovliénia frantsúzskogo legendária XIII vieka* [*Um monumento desconhecido da arte livresca: a experiência de recuperação de um legendarium francês do século XIII*], Moscou-Leningrado, AN URSS, 1963. O livro foi organizado por V. S. Liublínski, responsável pela recuperação do monumento: um *legendarium* único do século XIII. As páginas desse *legendarium* podem servir como uma ilustração excepcionalmente clara e completa do que havíamos dito (conferir as análises magníficas de V. S. Liublínski nas pp. 63-73 do referido livro).

mos a mesma coexistência entre a devoção séria e rigorosa e o carnavalesco e grotesco. É notável o papel da quimera (essa quintessência do grotesco), que irrompe literalmente em tudo. Não obstante, também nas artes plásticas medievais ambos os aspectos estão delimitados por uma rigorosa fronteira interior: eles coexistem lado a lado, porém não se fundem nem se misturam.

* * *

Assim, a cultura popular do riso medieval era, em grande medida, limitada pelas pequenas ilhas de festas e recreações. Ao lado dela existia uma cultura oficial séria e rigorosamente separada da cultura do riso na praça. Nessa última por toda parte nasciam brotos de uma nova cosmovisão; porém, reclusos em formas específicas da cultura do riso, espalhados pelas ilhas isoladas e utópicas da alegria popular, festiva, recreativa e de banquete ou pelo universo instável da linguagem coloquial sem cerimônias, esses brotos não podiam crescer e desabrochar. Para isso, eles deveriam abrir caminho para a grande literatura.

Já no fim da Idade Média se inicia o processo de enfraquecimento mútuo das fronteiras entre a cultura do riso e a grande literatura. Cada vez mais as formas baixas começam a preencher as camadas superiores da literatura. O riso popular ingressa no epos, e aumenta seu peso específico nos mistérios. Começam a florescer gêneros como *moralités*, *soties*, farsas. Os séculos XIV e XV se caracterizam pelo surgimento e florescimento das sociedades bufas: Reino da Basoche, Rapazes Sem Tristeza[106] etc.[107] A cultura do riso extra-

[106] Bakhtin já mencionou essas sociedades na Introdução, mas traduziu o nome da segunda como Rapazes Despreocupados. (N. da T.)

[107] O Reino da Basoche é uma sociedade para ensinar *moralités*. Era composta pelos secretários dos advogados parlamentares. Essa sociedade recebeu os primeiros privilégios no reinado de Filipe, o Belo. Os *basochiens*

pola os limites estreitos da festa e tende a preencher todas as esferas da vida ideológica.

Na época do Renascimento, esse processo se concluiu. No romance de Rabelais, o riso medieval encontrou sua expressão superior. Aqui ele se tornou a forma para uma nova consciência livre e *histórica* crítica. E esse estágio superior do riso já tinha sido preparado na Idade Média.

A tradição da Antiguidade desempenhou um papel significativo só no próprio processo de tomada de consciência e de elucidação *teórica* da herança medieval do riso. Vimos que a filosofia renascentista do riso se apoiava nas fontes da Antiguidade. É preciso dizer que no Renascimento francês do século XVI encontra-se em primeiro plano não a tradição "clássica" da Antiguidade — não o epos, a tragédia, e tampouco os gêneros líricos rígidos, ou seja, não aquela tradição que se tornou determinante para o classicismo do século XVII —, mas Luciano, Ateneu, Aulo Gélio, Plutarco, Macróbio e outros eruditos, retóricos e satíricos da Antiguidade tardia.[108] Nos termos de Reich, no século XVI se encontrava

posteriores elaboraram um tipo específico de jogo: as "Parades". Essas paradas gozavam amplamente dos direitos do riso sobre a liberdade e a obscenidade. Os *basochiens* também compunham paródias dos textos sagrados e *sermons joyeux*, ou seja, sermões cômicos. Devido a suas encenações, o Reino da Basoche sofria com frequência proibições e repressões. Em 1547, essa sociedade foi liquidada em definitivo. Já a sociedade "Enfans Sans Souci" encenou *soties*. O líder dessa sociedade era chamado de "Prince des Sots" [Príncipe dos Tolos].

[108] Os comediógrafos — Aristófanes, Plauto, Terêncio — não exerceram grande influência. Tornou-se lugar-comum comparar Rabelais a Aristófanes. Observam uma proximidade essencial entre eles nos próprios métodos do cômico. Mas isso não pode ser explicado pela influência. É claro, Rabelais conhecia Aristófanes: entre os onze livros com *ex-libris* de Rabelais que foram preservados há um volume de Aristófanes na tradução latina, mas no romance há poucos vestígios de sua influência. Certa proximidade nos métodos do cômico (não se deve exagerá-la) é explicada pe-

em primeiro plano a tradição "mímica", bem como a imagem "biológica" e "etiológica" da Antiguidade, o diálogo, a conversa à mesa, a cena, a anedota, a sentença. Não obstante, tudo isso se aproxima da tradição medieval do riso e lhe é consonante.[109] Tudo isso, na nossa terminologia, é a Antiguidade carnavalizada.

A filosofia renascentista do riso, construída a partir de fontes da Antiguidade, nem sempre se adequou à prática efetiva do riso na Renascença. A filosofia do riso não refletiu o principal: a orientação histórica do riso renascentista.

A literatura e outros documentos da época do Renascimento testemunham a percepção excepcionalmente clara e nítida por parte dos contemporâneos do grande umbral histórico, da alternância radical dos tempos e das épocas históricas. Na França, nos anos 1520 e no início dos anos 1530, essa percepção era em especial aguda e muitas vezes assumia a forma de declarações conscientes. As pessoas se despediam das "trevas do século gótico" e saudavam o sol da Idade Moderna. Basta lembrar a carta-dedicatória de Rabelais para André Tiraqueau e a famosa carta de Gargântua a Pantagruel [*Pantagruel*, cap. VIII].

lo parentesco das fontes folclóricas carnavalescas. Rabelais conhecia perfeitamente o único drama satírico que se preservou — O *Ciclope*, de Eurípedes —, citado duas vezes em seu romance; ele, sem dúvida, exerceu certa influência.

[109] O caráter da erudição antiga do próprio Rabelais e de sua época, seus gostos e preferências na seleção das fontes antigas são muito bem revelados por Jean Plattard em seu livro *L'Oeuvre de Rabelais: sources, invention et composition* [*A obra de Rabelais: fontes, invenção e composição*], Paris, Honoré Champion, 1910. O livro sobre as fontes de Montaigne pode servir como seu complemento: Pierre Villey, *Les Sources et l'évolution des* Essais *de Montaigne* [*As fontes e a evolução dos Ensaios de Montaigne*], Paris, Hachette, 1908. A Pléiade introduz algumas alterações nessa seleção da herança da Antiguidade, ao configurar o século XVII com uma orientação definida e nítida da Antiguidade "clássica".

A cultura medieval do riso forneceu formas preparadas para a expressão dessa percepção histórica. Com efeito, essas formas tiveram uma relação mais essencial com o tempo, com a alternância temporal, com o futuro. Elas destronavam e renovavam o poder dominante e a verdade oficial. Celebravam um retorno dos melhores tempos, bem como da abundância e da justiça para todo o povo. Por isso foi justamente no riso que essa consciência encontrou sua expressão mais radical.

B. A. Krjévski abordou isso muito bem em seu artigo sobre Cervantes:

> O estrondo da gargalhada ensurdecedora em que se desfaz a Europa mais avançada, e que empurrou para o túmulo os costumes seculares do feudalismo, foi uma prova alegre e evidente de sua sensibilidade em relação à mudança do ar histórico. Os ribombos desse riso de colorido "histórico" fizeram estremecer não só a Itália, a Alemanha e a França (refiro-me em primeiro lugar a *Gargântua* e *Pantagruel* de Rabelais), mas também encontraram uma resposta genial além dos Pireneus.[110]

Todas as imagens populares e festivas foram postas a serviço dessa nova percepção histórica: dos simples travestimentos e mistificações (seu papel na literatura do Renascimento, por exemplo, em Cervantes, é enorme) até as formas carnavalescas mais complexas. Ocorre a mobilização de todas as formas, elaboradas por séculos: da despedida alegre do inverno, do jejum, do ano velho e da morte, e da recepção alegre da primavera, dos dias gordos, do abate do gado, dos

[110] Texto publicado em N. I. Berkóvski (org.), *Ránni burjuázni realizm* [*O primeiro realismo burguês*], Leningrado, Khudójestvennaia Literatura, 1936, p. 162.

casamentos, do Ano-Novo etc., bem como de todas as imagens de alternância e renovação, de crescimento e abundância, sedimentadas por séculos.

Todas essas imagens, que já estavam saturadas de tempo e futuro utópicos, de expectativas e aspirações do povo, se tornam agora a expressão das alegres despedidas populares de uma época moribunda, de um velho poder e de uma velha verdade.

As formas do riso predominam não só na literatura de ficção. Para alcançarem popularidade, para se tornarem acessíveis ao povo e conquistarem a sua confiança, expoentes protestantes passaram a usar essas formas em seus panfletos e até em seus tratados teológicos. Também aqui foi de grande importância a passagem para a língua francesa popular. Henri Estienne lançou o seu panfleto satírico protestante *Apologia de Heródoto* (*Apologie pour Hérodote*, 1566), e por causa disso passaram a chamá-lo de "Pantagruel de Genebra". Segundo Calvino, Estienne subverteu a religião "à moda rabelaisiana" ("*tournoit à la rabelaiserie*"). De fato, essa obra foi escrita em estilo rabelaisiano e estava repleta de elementos do cômico popular. O famoso expoente protestante Pierre Viret, em suas *Disputations chrestiennes* [*Disputas cristãs*] (1544), apresenta uma justificativa interessante e característica do elemento cômico na literatura teológica:

> Se eles (os teólogos sérios — M. B.) pensam que tratar temas desse gênero só é possível com a maior seriedade e humildade, não nego que a palavra de Deus exige um tratamento reverente. Mas também é preciso entender que a palavra de Deus não é tão rigorosa e rígida que a sua importância e grandeza não possam ser combinadas com elementos da ironia, da farsa, do jogo honesto, da piada espirituosa e do gracejo.

Uma ideia análoga é expressa pelo autor desconhecido das *Satyres chrestiennes de la cuisine papale* [*Sátiras cristãs da cozinha papal*] (1560) no prefácio ao leitor:

> Lembrei-me dos versos de Horácio: "O que pode impedir aquele que ri de dizer a verdade?". E, de fato, a verdade deve ser servida de diferentes maneiras, de modo que ela possa ser recebida não só com a ajuda de demonstrações de autoridades de peso, mas também na moldura de algumas histórias divertidas [*quelques facéties*].

Nessa época, só se munindo do universo não oficial do riso era possível se aproximar do povo, que tratava toda seriedade com desconfiança e era acostumado a relacionar a verdade sincera e livre ao riso.

Mesmo a primeira tradução da Bíblia para a língua francesa, feita por [Pierre Robert] Olivétan, reflete a influência da linguagem e do estilo de Rabelais. Na biblioteca de Olivétan havia também obras de Rabelais. Doumergue, o estudioso de Calvino, fala muito bem da tradução de Olivétan:

> A Bíblia de 1535 revela aquele humor popular ingênuo que fez de Olivétan um dos fundadores da língua francesa, ao posicioná-lo entre Rabelais e Calvino: pelo estilo, aproxima-se de Rabelais; pelo pensamento, de Calvino. (E. Doumergue, *Calvin*, v. 1, p. 121)

* * *

O século XVI é o ápice da história do riso, e o pico desse ápice é o romance de Rabelais. Em seguida, já a partir da Plêiade começa uma descida brusca. Caracterizamos anteriormente o ponto de vista do século XVII sobre essa questão: o riso perde a sua relação essencial com a visão de mundo, combina-se com a negação e com uma negação dogmática, limita-se ao campo do particular e do tipicamente particular, e perde seu colorido histórico; é verdade que a sua relação com o princípio material e corporal se mantém, mas o próprio princípio adquire um caráter de cotidiano particular e baixo.

Como transcorreu esse processo de degradação do riso?

No século XVII, ocorreu a *estabilização* de uma nova ordem da monarquia absolutista. Criou-se uma "forma histórico-mundial" nova e relativamente progressista. Ela encontrou sua expressão ideológica na filosofia racionalista de Descartes e na estética do classicismo. No racionalismo e no classicismo foram claramente expressos os traços fundamentais da nova cultura oficial, que era distinta da feudal-religiosa, mas repleta como esta de uma seriedade autoritária, apesar de menos dogmática. Foram criados novos conceitos dominantes que, segundo Marx, a nova classe dominante apresentava inevitavelmente como verdades eternas.[111]

Na nova cultura oficial vencem as tendências à estabilidade e conclusibilidade da existência, ao sentido único e à seriedade monotonal das imagens. A ambivalência do grotesco se torna inaceitável. Os gêneros elevados do classicismo se libertam por completo de qualquer influência da tradição grotesca do riso.

Entretanto, essa tradição não morre: ela continua a viver e lutar por sua existência tanto nos gêneros canônicos baixos (comédia, sátira, fábula) quanto sobretudo nos gêneros não canônicos (no romance, na forma específica do diálogo cotidiano, nos gêneros burlescos etc.); além disso, ela continua a viver na cena popular (Tabarin, Turlupin etc.). Todos esses gêneros tinham, em maior ou menor grau, um

[111] Cf. K. Marx e F. Engels, *Sotchiniénia* [*Obras*], *op. cit.*, 1955, v. 3, pp. 45-8.

caráter *oposicionista*. Foi isso que permitiu à tradição grotesca do riso se inserir neles. Contudo, mesmo esses gêneros permaneceram, em maior ou menor grau, dentro dos limites da cultura oficial, e por isso o riso e o grotesco, neles, mudaram sua própria natureza e se degradaram.

Adiante trataremos com mais detalhes dessa *linha burguesa* de desenvolvimento do grotesco cômico rabelaisiano. Por enquanto, devemos destacar ainda uma linha específica do desenvolvimento das imagens carnavalescas e rabelaisianas no século XVII, ligada, pelo visto, às disposições da aristocracia frondista, mas que tem uma importância mais geral.

É bastante característico o seguinte fenômeno: os personagens de Rabelais se tornam, no século XVII, protagonistas de festas da corte, de mascaradas, de balés. Em 1622, em Blois, dança-se uma "mascarada" intitulada *O nascimento de Pantagruel*, em que figuram Panurgo, frei João e a Sibila de Panzoult ao lado do bebê gigante e sua ama. Em 1628, no Louvre, dança-se o balé *As linguiças* (sobre o tema da "guerra das linguiças"), um pouco depois o balé *Os pantagruelistas* e, em 1638, *A bufonaria rabelaisiana* (a partir de material do *Terceiro livro*). Encenações semelhantes ocorreram também mais tarde.[112]

Esses fenômenos testemunham que a natureza de espetáculo das imagens de Rabelais ainda era percebida com muita vivacidade. Ainda não tinha sido esquecida a pátria popular, festiva e carnavalesca do fantástico rabelaisiano.[113] No

[112] Cf. J. Boulenger, *Rabelais à travers les âges*, *op. cit.*, p. 34. Conferir ainda o artigo especial de Henri Clouzot, "Ballets tirés de Rabelais au XVIIe siècle" ["Balés extraídos de Rabelais no século XVII"], *Revue des Études Rabelaisiennes*, v. 5, p. 90.

[113] Na França, ainda na contemporaneidade foram criadas obras cômicas com base no material rabelaisiano: *Panurgo*, de Massenet (encenada em 1913), e *Gargântua*, de Mariotte (apresentada em 1935, na Opéra-Comique).

entanto, ao mesmo tempo, essas imagens migraram da praça popular para a mascarada da corte, e aqui seu estilo e sua concepção, é claro, sofreram mudanças.

É preciso dizer que essa foi uma das linhas do destino da tradição popular e festiva na Idade Moderna. As festividades da corte, com suas mascaradas, procissões, alegorias, fogos de artifício etc., viviam em parte devido à tradição carnavalesca. Os poetas da corte (sobretudo na Itália) foram organizadores dessas festividades, conhecedores dessas formas e, por vezes, compreenderam toda sua cosmovisão e profundidade utópica. Foi o caso de Goethe na corte de Weimar, incumbido de encenar festividades desse tipo. Ele, com a mais profunda atenção, estudou as formas tradicionais, tentando compreender o sentido e a importância de algumas máscaras e símbolos.[114] Em sua obra, ele soube aplicar essas imagens no processo histórico e revelar a "filosofia da história" contida nelas. Até o momento, a influência profunda das formas festivo-populares em sua obra não foi suficientemente avaliada e estudada.

As formas festivo-populares, ao passarem para a linha do desenvolvimento da mascarada da corte e ao se combinarem aqui com outras tradições, conforme já abordamos, começaram a degenerar do ponto de vista estilístico. Surgem elementos decorativos e de alegorismo abstrato que inicialmente lhes eram alheios; a obscenidade ambivalente, ligada ao baixo material e corporal, degenera-se em frivolidade superficial e erótica. O utópico espírito popular e a nova percepção histórica começam a abandonar essas formas.

Para o destino da outra linha, burguesa, do desenvolvimento da herança festivo-popular é bastante demonstrativo o "romance cômico" do século XVII: o romance de [Charles]

[114] Esses estudos de Goethe encontraram sua expressão (parcial) na cena da mascarada da segunda parte do *Fausto*.

Sorel, de [Paul] Scarron e outros. A consciência de Sorel já foi bastante limitada à maneira burguesa, e isso se expressou com clareza em suas opiniões teóricas sobre a literatura. Ele se manifestou contra a invenção ficcional e contra o fantástico, ao defender o ponto de vista do bom senso estreito e do sóbrio pragmatismo burguês. Sorel escreve o romance para desabituar o público de ler romances inúteis. Em *D. Quixote* ele vê uma simples paródia literária dos romances de cavalaria, do fantástico, do sonho e do idealismo — paródia apresentada segundo o bom senso e o pragmatismo. Desse modo, ele expressa uma típica compreensão burguesa estreita de *D. Quixote*. Essas são suas opiniões teóricas.

Entretanto, a criação literária do próprio Sorel nem sempre corresponde a essas opiniões teóricas. Ela é complexa e contraditória. Ela está repleta de imagens tradicionais, que se encontram aqui em um estágio de transição e ressignificação, longe de serem concluídas.

No que concerne ao seu projeto principal, *Le Berger extravagant* [*O pastor extravagante*, 1628] está mais próximo das opiniões teóricas de Sorel. Esse romance é um *D. Quixote* pastoral, simplificado até se tornar uma pura paródia literária dos romances pastorais populares à época. Todavia, apesar desse projeto superficial, racionalista e estreitamente literário, a obra encerra uma série de imagens e motivos tradicionais, cuja significação extrapola os limites desse projeto superficial. É assim, sobretudo, o motivo da loucura ou tolice do protagonista, Lysis. Da mesma maneira que em *D. Quixote*, o tema da loucura do protagonista permite desenvolver em seu entorno todo tipo de entronamentos-destronamentos, travestimentos e mistificações carnavalescos. Esse tema (a loucura do protagonista) permite que o restante do mundo também saia do seu eixo oficial habitual e participe da loucura carnavalesca do protagonista. Por mais que em Sorel esses motivos estejam enfraquecidos, neles ainda ardem as faíscas do riso festivo-popular com seu baixo material e corporal regenerador. Porém esses traços mais profundos dos motivos e imagens carnavalescos tradicionais se manifestam aqui quase contra a vontade e a consciência do autor.

Destacamos a cena da espera do fim do mundo, do incêndio e dilúvio universais em um povoado perto de Saint-Cloud, e a imagem, relacionada a essa cena, da bebedeira grandiosa. Há aqui pontos de contato com o sistema de imagens de Rabelais. Destacamos ainda o célebre *banquet des dieux* [banquete dos deuses] incluído no *Terceiro livro* do romance.

Os motivos e a imagens tradicionais têm um caráter mais essencial e mais produtivo no melhor romance de Sorel: *Francion* [1623].

Ressaltamos, sobretudo, o papel das facécias escolares no romance (lembremos da enorme importância das recreações escolares na história da literatura medieval); a representação da boemia escolar com suas mistificações, travestimentos e paródias ocupam no romance um lugar essencial. Notemos ainda a mistificação de Raymond e o extraordinário episódio, um dos melhores do romance, da orgia em seu castelo. Por fim, daremos um destaque especial ao episódio da representação burlesca do pedante escolar Hortensius como rei da Polônia. Trata-se de um jogo totalmente carnavalesco no espírito das saturnálias (além do mais, a arena desse jogo é Roma). No entanto, a percepção histórica revelada nessas imagens é extremamente fraca e estreita. Assim são os "romances cômicos" de Sorel.

As tradições do realismo grotesco na literatura dialógica do século XVII têm um caráter ainda mais pobre e estreito. Aqui referimo-nos sobretudo a *Caquets de l'accouchée* [*Tagarelices à cama da parturiente*]. Trata-se de uma obra pequena publicada em edições separadas ao longo de 1622 e lançada em livro em 1623. Pelo visto, ela pertence a vários autores. Nela estão representadas reuniões tradicionais de mulheres à cama da *parturiente convalescente*. A tradição de tais reuniões é muito antiga.[115] Elas eram dedicadas à *comida abundante* e à *conversa franca*: aqui eram desconsideradas muitas das convenções da comunicação habitual. O ato de parir e a comida determinaram o papel do baixo material e corporal na temática dessas conversas.

Essa era a tradição. Na nossa obra, o autor escondido atrás da cortina escuta a tagarelice das mulheres. Entretanto, nessa tagarelice os temas do baixo material e corporal (por exemplo, o tema rabelaisiano dos limpa-cus) são transpostos para o plano cotidiano e particular; toda essa tagarelice feminina consiste simplesmente de fofocas e mexericos. Em substituição à sinceridade essencial da *praça*, com seu baixo grotesco ambivalente, veio a escuta, atrás da cortina, das intimidades da vida particular contadas *entre quatro paredes*.

Nessa época, semelhantes *Caquets* estavam na moda. De modo análogo — com base na tagarelice feminina — foram elaboradas *Caquets des poissonières* [*A tagarelice das vendedoras de peixe*, 1621-1622] e *Caquets des femmes du faubourg Montmartre* [*A tagarelice das mulheres do bairro de Montmartre*, 1622]. É bastante característica a obra *Amours, intrigues et cabales des domestiques des grandes maisons de ce temps* [*Amores, intrigas e astúcias dos criados das casas grandes em nosso tempo*, 1625]. Trata-se de mexericos e fofocas de criados e criadas de casas grandes, mas não sobre os senhores e sim sobre os criados de uma posição superior. Essa obra é toda baseada na escuta às escondidas e literalmente na espia das intimidades sexuais e de sua franca discussão. Aqui, em comparação com a literatura dialógica do século XVI, ocorre uma completa degeneração da franqueza da praça: ela se transforma em lavagem de roupa suja de assuntos particulares. Essa literatura dialógica do século XVII prepa-

[115] No século XVI, Estienne Pasquier e Henri Estienne citam-nas.

rou o "realismo de alcova" do cotidiano particular, ou seja, o realismo do espiar e do escutar às escondidas, que alcançou seu auge no século XIX. Essas obras dialógicas são um documento histórico interessante, pelo qual é possível acompanhar o processo de degeneração da franqueza grotesca da praça e do diálogo carnavalesco de banquete, que se transforma em diálogo da vida particular próprio do romance de costumes na Idade Moderna. Contudo, uma certa faísca carnavalesca ainda se preservou nesse caso.

As tradições dos motivos e imagens populares e festivos adquirem um caráter um pouco diferente nos poetas libertinos: Saint-Amant, Théophile de Viau, [Charles Coypeau] d'Assoucy. Aqui é mantido o sentido da cosmovisão das imagens, mas elas adquirem um colorido epicurista e individualista. Esses poetas sofreram uma influência forte e direta de Rabelais. A interpretação epicurista e individualista das imagens do baixo material e corporal é um fenômeno bastante característico na vida dessas imagens nos séculos posteriores, fenômeno paralelo à sua interpretação naturalista, particular e de costumes.

Outros aspectos das imagens populares e festivas revivem em Scarron, no seu *Romance cômico* [1651]. Aqui o coletivo de atores vagantes não é um mundinho estreitamente profissional, análogo a outras profissões. O coletivo de atores se opõe ao restante do mundo organizado e estável enquanto um mundo específico, semirreal e semiutópico, retirado, de certo modo, da convencionalidade e da inter-relação comuns, e dotado, até certo grau, de direitos e verdades carnavalescos. Esse coletivo, em parte, preservou os privilégios populares e festivos. A carroça teatral dos atores vagantes espalhava ao seu redor uma atmosfera festiva e carnavalesca, que também reinava na própria vida, no próprio cotidiano dos atores. Assim era a percepção do teatro também em *Wilhelm Meister* (Goethe). Em sua essência, o encanto carnavalesco e utópico do mundo teatral é preservado até hoje.

Na criação do próprio Scarron ao lado do romance sobre atores, encontramos obras que revelam outros aspectos do mesmo conjunto mais amplo das formas e imagens populares e festivas, grotescas e paródicas. São assim seus poemas burlescos, comédias grotescas e, em especial, seu *Virgile travesti* [*Virgílio travestido*, 1648].[116] Ele descreve em versos a feira de Saint-Germain e o seu carnaval.[117] Por fim, nas suas famosas *Les Boutades du capitain Matamore* [*As boutades do capitão Matamouros*], há imagens quase rabelaisianas de tipo grotesco. Assim, em uma das *boutades*, Matamouros afirma que o inferno é sua adega de vinho, o céu é seu armazém de alimentos, a abóboda celeste é sua cama, a cabeceira e os pés da cama são os polos, e "os abismos das águas são seu penico noturno" ("*Et mon pot à pisser les abîmes de l'onde*"). É preciso dizer que os *travestimentos* paródicos de Scarron (especialmente *Virgílio travestido*) já estão distantes das paródias universais e positivas da cultura popular e se aproximam das paródias estreitas e puramente literárias da Idade Moderna.

Todos os fenômenos por nós estudados se referem à época pré-clássica do século XVII, ou seja, à época anterior ao reino de Luís XIV. A influência de Rabelais se combina aqui com as tradições diretas do riso popular e festivo que ainda estavam vivas. Por isso, até mesmo Rabelais não pareceu algo extraordinário e diferente do restante. A seguir, esse contexto vivo no qual Rabelais era percebido e compreendido

[116] Bakhtin traduziu o título dessa obra, uma paródia da *Eneida*, como *Virgílio às avessas*. (N. da T.)

[117] Em "La Foire Saint-Germain" ["A feira de Saint-Germain"] em seu *Recueil de quelques vers burlesques* [*Coletânea de alguns versos burlescos*], 1648. A descrição da feira de Saint-Germain com suas diversões carnavalescas está presente também no romance inacabado de Sorel *Polyandre, histoire comique* [*Poliandro, história cômica*], 1648.

quase deixou de existir. Rabelais se torna um escritor solitário e estranho, que requer interpretações e comentários específicos. Isso foi expresso de modo muito nítido na famosa reflexão de La Bruyère sobre Rabelais. O trecho correspondente em seu livro *Les Caractères, ou Les Moeurs de ce siècle* [*Os personagens, ou Os costumes desse século*], de 1688, apareceu só na quinta edição e, portanto, já se refere a 1690. Citemos esse fragmento no original seguido de sua análise detalhada:

> *Marot et Rabelais sont inexcusables d'avoir semé l'ordure dans leurs écrits: tous deux avaient assez de génie et de naturel pour pouvoir s'en passer, même à l'égard de ceux qui cherchent moins à admirer qu'à rire dans un auteur. Rabelais surtout est incompréhensible: son livre est une énigme, quoi qu'on veuille dire, inexplicable; c'est une chimère, c'est le visage d'une belle femme avec des pieds et une queue de serpent, ou de quelque autre bête plus difforme; c'est un monstrueux assemblage d'une morale fine et ingénieuse, et d'une sale corruption. Où il est mauvais, il passe bien loin au delà du pire, c'est le charme de la canaille; où il est bon, il va jusques à l'exquis et à l'excellent, il peut être le mets des plus délicats.*[118]

[118] "Marot e Rabelais são imperdoáveis por terem semeado obscenidades em seus escritos: os dois tinham talento nato para passarem sem elas, mesmo considerando aqueles que buscam em um autor menos a admirar do que a rir. Rabelais é sobretudo incompreensível, seu livro é um enigma inexplicável, independentemente do que se fale; é uma quimera, é o rosto de uma bela mulher com os pés e uma cauda de serpente, ou de qualquer outra besta mais disforme ainda; trata-se de uma combinação monstruosa de uma moral fina e engenhosa com uma perversão suja.

Nessa reflexão foi formulado com plena precisão o "problema de Rabelais", como este foi colocado na época do classicismo tardio. O ponto de vista da época — a "estética da época" — encontrou uma expressão correta e adequada nessa reflexão de La Bruyère. Ademais, por meio dele, expressa-se não a estética racionalizada dos cânones estreitos e dos manifestos literários, mas uma percepção estética mais ampla e orgânica da época da estabilização. Por isso é importante analisar essa reflexão.

A obra de Rabelais parece a La Bruyère, sobretudo, ambígua e bifacetada, mas a chave para unir os dois lados heterogêneos dessa criação já foi perdida para ele. A combinação deles em uma única obra de um único autor é incompreensível (*incompréhensible*), enigmática (*une énigme*) e inexplicável (*inexplicable*). La Bruyère caracteriza um desses lados incompatíveis como "obscenidades" (*l'ordure*), como "corrupção suja" (*sale corruption*), como "o charme do canalha" (*le charme de la canaille*). Além disso, nesse lado negativo de sua obra, Rabelais extrapola os limites do pior (*il passe bien loin au delà du pire*). La Bruyère caracteriza o outro lado, *positivo*, da sua obra, como "genial e original" ou "natural" (*génie, naturel*), como uma moral fina e engenhosa (*morale fine et ingénieuse*), como primoroso e excelente (*l'exquis et l'excellent*), como a mais delicada das iguarias (*les mets des plus délicats*).

Segundo a compreensão de La Bruyère, o lado negativo de Rabelais consiste, sobretudo, em obscenidades, xingamentos e maldições sexuais e escatológicas, ambiguidades verbais e comicidade verbal de baixo calão; em outras palavras, a tradição da cultura popular na obra de Rabelais, *o riso e o*

Quando ele é ruim, ele vai bem além do pior, é o charme do canalha; quando ele é bom, ele é primoroso e excelente, ele pode ser a mais delicada das iguarias." La Bruyère, *Les Caractères, ou Les Moeurs de ce siècle*, Paris, Estienne Michallet, 5ª edição, 1690, pp. 82-3.

baixo material e corporal. Já o lado positivo, para La Bruyère, é a natureza puramente literária e humanista da obra. As tradições grotesca, oral da praça e livresca-literária se separaram e se tornaram incompatíveis. Tudo o que ecoa o grotesco e a praça festiva é "*le charme de la canaille*". A obscenidade, que ocupa um lugar enorme nas páginas de Rabelais, para La Bruyère e seus contemporâneos soava de modo completamente outro do que na época de Rabelais. Romperam-se suas ligações com os aspectos essenciais da existência e da cosmovisão, com o sistema orgânico uno das imagens carnavalescas e festivo-populares. A obscenidade se tornou estritamente sexual, isolada, particular e cotidiana. Ela perdeu seu lugar no novo sistema oficial de cosmovisão e de imagens. As mesmas mudanças acometeram todos os outros elementos do cômico popular e da praça. Eles se separaram do todo que os carregava — do baixo material e corporal ambivalente — e por isso perderam seu sentido autêntico. A palavra sábia, a observação perspicaz, a ampla ideia sociopolítica já haviam se apartado por completo desse todo e se tornaram literárias e intimistas, passaram a soar de outro modo na época de La Bruyère. A eles já podem ser atribuídas definições como "refinamento", "iguaria delicada" etc. A união desses elementos heterogêneos (de um novo ponto de vista) na obra de Rabelais é concebida como "uma combinação monstruosa" (*un monstrueux assemblage*). Para caracterizar essa mistura estranha, La Bruyère emprega uma imagem: a "quimera". A imagem é bem ilustrativa. Na estética do classicismo, não havia lugar para essa imagem. A quimera é o grotesco. A junção de formas humanas e animalescas é um dos tipos mais característicos e antigos do grotesco. Para La Bruyère, que expressou com precisão a estética do seu tempo, a imagem grotesca é completamente estranha. Ele estava acostumado a pensar em seres prontos, estáveis e concluídos, a traçar fronteiras firmes e nítidas entre todos os corpos e coisas. Por isso, até mesmo uma imagem grotesca tão contida, como a de Melusina [*Mélusine*] das lendas populares, pareceu-lhe uma "mistura monstruosa".

La Bruyère, como vimos, aprecia a "moral fina" de Rabelais. Mas por moral ele entende sobretudo os "costumes", a caracterologia, as observações generalizantes e tipificantes sobre a natureza e a vida humanas. Em essência, trata-se do campo das "moralidades" da Antiguidade, que La Bruyère encontra e aprecia em Rabelais. Todavia, ele compreende esse campo como ele era de fato (na Antiguidade). Ele ignora as relações das "moralidades" com as festas, os banquetes e o riso à mesa, que ainda podem ser sentidos em seu precursor, Teofrasto.

Essas são as reflexões de La Bruyère. Semelhante avaliação dúbia de Rabelais continua a existir também nas épocas posteriores. Ela persiste até nossos dias. Na obra de Rabelais, costumam descartar como herança do grosseiro século XVI o riso popular, o baixo material e corporal, os exageros grotescos extremos, a bufonaria, os elementos do cômico popular. Costumam manter a "psicologia", os "tipos", a maestria da narrativa e do diálogo, a sátira social. Em essência, a primeira tentativa de compreender a criação de Rabelais como um todo uno, artístico, literário e necessário no conjunto dos seus aspectos foi realizada já na segunda metade do século XIX por Stapfer em seu livro sobre Rabelais.[119]

No século XVII, constitui-se ainda o método histórico-alegórico de interpretação de Rabelais.

A obra de Rabelais é muito complexa. Nela há uma variedade de alusões, com frequência compreensíveis só a contemporâneos próximos e às vezes só a um círculo estrito de pessoas próximas de Rabelais. A obra é imensamente enciclopédica: nela há uma grande variedade de termos específi-

[119] Paul Stapfer, *Rabelais, la personne, son génie, son oeuvre*, Paris, Armand Colin, 1889. (N. da T.)

cos dos mais diversos ramos do conhecimento e da tecnologia. Por fim, nela há uma enorme quantidade de palavras novas e inabituais, introduzidas na língua pela primeira vez. É bastante compreensível que Rabelais necessite de comentários e interpretações. O próprio Rabelais deu início a eles ao acrescentar a "Briefve declaration" ["Breve declaração"] ao *Quarto livro* do seu romance.[120]

O comentário de Rabelais inaugura os comentários filológicos de sua criação. Entretanto, um trabalho filológico sério sobre ele demorou muito para surgir. Só em 1711 aparece o famoso comentário de Le Duchat, que até hoje conserva a sua importância.[121] A tentativa de Le Duchat permaneceu única. Tanto antes dele quanto depois e quase até nossos dias, os comentários e explicações de Rabelais tomaram um rumo bem diferente: nem filológico nem estritamente histórico.

No seu prólogo ao primeiro livro do romance (*Gargântua*), Rabelais aponta a significação oculta do seu livro, que deve ser decifrada. Eis suas palavras:

> Pois nela vocês vão encontrar um gosto bem diferente e uma doutrina mais abscôndita, que lhes revelará altíssimos sacramentos e mistérios espantosos, tanto no que concerne a nossa religião quanto ao estado político e à vida doméstica.[122]

Ainda retornaremos à explicação dessa passagem. Ela dificilmente pode ser compreendida como um simples procedimento convencional para interessar o leitor (embora essa

[120] A autoria rabelaisiana da "Breve declaração" pode ser considerada quase certa.

[121] *Oeuvres de maitre François Rabelais*, edição de Jacob Le Duchat, Amsterdã, Henri Bordesius, 1711. (N. da T.)

[122] *Gargântua*, *op. cit.*, p. 214. (N. da T.)

espécie de procedimento ainda fosse praticada na literatura dos séculos XV e XVI, por exemplo, na obra burlesca *Rolando enamorado*, de [Francesco] Berni, há uma afirmação análoga). Importa-nos aqui apenas a tentativa de decifrar esses "altíssimos sacramentos e mistérios espantosos", que no século XVII levou à criação do método histórico-alegórico, predominante nos estudos rabelaisianos ao longo de quase três séculos.

A primeira ideia de uma interpretação histórico-alegórica das imagens de Rabelais remonta ainda ao século XVI. No livro *Mémoires de la vie* [*Memórias da vida*], Jacques-Auguste de Thou, o conhecido historiador da segunda metade desse século, emitiu a seguinte opinião sobre Rabelais:

> François Rabelais [...] escreveu um livro deveras espirituoso, em que, com uma liberdade de Demócrito e uma zombaria ultrajante, ele diverte os leitores com nomes inventados, pelo ridículo que confere *a todos os aspectos da vida e a todas as faces do Estado*.[123]

Nessa reflexão há uma série de aspectos peculiares: o caráter universal e festivo-popular do riso em relação a "*todos os aspectos da vida e a todas as faces do Estado*", a liberdade democritiana desse riso, o caráter teatral e de espetáculo das imagens de Rabelais, e, por fim, os personagens históricos reais com nomes inventados. São reflexões de um homem do século XVI, que compreendeu corretamente o essencial na obra de Rabelais. Entretanto, ao mesmo tempo trata-se de julgamentos de um homem da *segunda* metade do século, para o qual o riso de Rabelais soa muitas vezes bufo

[123] Jacques-Auguste de Thou (1593-1617), *Mémoires de la vie*, tradução do original em latim, Roterdã/Rouen, R. Leers, 1711, pp. 244-5. (N. da T.)

demais e que busca por trás dos nomes inventados pessoas e acontecimentos absolutamente *reais*, ou seja, começa a reavaliar o elemento alegórico da obra de Rabelais.

Não resta dúvida de que, já no século XVI, estava formada a tradição de substituir os personagens de Rabelais e diversos episódios do seu romance por pessoas históricas reais e acontecimentos reais da vida política e cortesã. Essa tradição foi herdada pelo século XVII e assimilada pelo método histórico-alegórico.

No século XVII, surgem "chaves" para o romance de Rabelais, ou seja, a decifração concreta de nomes e acontecimentos desse romance. Pela primeira vez, essa chave foi aplicada às *Obras* de Rabelais editadas em 1659, em Amsterdã. Depois, essa chave foi modificada em várias das edições posteriores, inclusive na de Antoine-Léandre Sardou nos anos 1874-1876 (edição que resume todas as chaves). A edição de Amsterdã de 1663 contava com diversas decifrações. Nela há, por exemplo, uma interpretação do episódio com a égua gigante de Gargântua muito característica do método histórico-alegórico: ao desejar se livrar das moscas que a perseguiam, ela derrubou com seu rabo toda a floresta de Beauce: "É conhecido de todos que essa égua é Madame d'Étampes, amante do rei, que justamente mandou derrubar a floresta de Beauce...". O autor se refere à tradição que teve origem no século XVI.

No entanto, o autêntico iniciador do método histórico-alegórico foi Pierre-Antoine Le Motteux. Em 1693 na Inglaterra (para onde emigrou depois da anulação do edito de Nantes), ele editou a tradução de Rabelais para o inglês feita por [Thomas] Urquhart, à qual acrescentou biografia, prefácio e comentários. Aqui ele apresenta uma análise de diferentes chaves, propostas antes dele, e depois expõe interpretações próprias. Esse comentário se tornou a fonte principal para todo o desenvolvimento posterior do método histórico-alegórico.

Um grande representante desse método no século XVIII foi o abade de Marsy, que publicou em Amsterdã *Rabelais modernizado* (1752) com comentários.[124] Por fim, o monumento mais significativo do método histórico-alegórico é a edição *variorum* da obra de Rabelais em nove volumes.[125] Éloi Johanneau e Esmangart, autores da edição, usaram o trabalho de todos os comentadores precedentes. Eles expõem todo um sistema de interpretações histórico-alegóricas.

Esses são os principais dados da evolução externa do método histórico-alegórico. Em que consiste a sua essência? Ela é muito simples: atrás de cada imagem de Rabelais — personagem e acontecimento — está uma personalidade histórica real e um acontecimento real da vida histórica ou da corte; todo o romance é um sistema de alusões históricas; o método as decifra, ao apoiar-se, por um lado, na tradição originária do século XVI, e, por outro, na comparação de imagens de Rabelais com fatos históricos de sua época e em todo tipo de invenções e comparações. Uma vez que a tradição é heterogênea e todas as invenções em certo grau são sempre arbitrárias, é bastante compreensível que uma mesma imagem seja decifrada de maneiras distintas por diferentes

[124] Título completo da edição: *Le Rabelais moderne, ou ses oeuvres (de maître François Rabelais) mises à la portée de la plupart des lecteurs* [*O Rabelais moderno, ou suas obras (do mestre François Rabelais) postas à disposição da maioria dos leitores*] (em oito pequenos volumes).

[125] *Oeuvres de Rabelais*, édition *variorum*, augmentée de pièces inédites, des *Songes drolatiques de Pantagruel*, ouvrage posthume, avec l'explication en regard; des remarques de Le Duchat, De Bernier, de Le Motteux, de l'Abbé de Marsy, de Voltaire, de Ginguené, etc.; et d'un nouveau commentaire historique et philologique [*Obras de Rabelais*, edição *variorum*, acrescida de textos inéditos, de *Sonhos bufonescos de Pantagruel*, obra póstuma, com explicação; observações de Le Duchat, De Bernier, de Le Motteux, de l'Abbé de Marsy, de Voltaire, de Ginguené etc.; e de um novo comentário histórico e filológico], de [Charles] Esmangart e Éloi Johanneau, Paris, Dalibon, 1823-1826. (N. da T.)

representantes do método. Daremos alguns exemplos: Gargântua costuma ser visto como Francisco I, mas Le Motteux o vê como Henri d'Albret; alguns veem Panurgo como o cardeal d'Amboise, outros como o cardeal Charles de Lorraine, outros ainda como Jean de Monluc, por fim, alguns como o próprio Rabelais; Picrócolo é visto como Ludovico Sforza ou Fernando de Aragão, já Voltaire reconhece nele Carlos V. O método histórico-alegórico tende a decifrar cada detalhe do romance como alusão a um acontecimento real. Assim, o famoso episódio do primeiro livro do romance sobre os limpa-cus de Gargântua é interpretado não só em seu todo, mas em relação a cada um dos limpa-cus (que são numerosos). Por exemplo, certa vez Gargântua limpou o cu com uma gata no cio, que lhe arranhou todo o traseiro; os comentadores veem esse episódio como alusão a um acontecimento real da vida de Francisco I: em 1512, quando Francisco tinha dezoito anos, ele contraiu uma doença venérea da sua amante gascã. Gargântua só se curou dos arranhões quando limpou o cu com as luvas de sua mãe; isso é visto como uma alegoria à participação da mãe de Francisco no tratamento de sua doença. Desse modo, todo o romance se transforma em um complexo sistema de alusões precisas.

Atualmente o método histórico-alegórico foi totalmente rechaçado por rabelaisianistas sérios.[126]

Na obra de Rabelais, sem dúvida, há muitas alusões a personalidades e acontecimentos históricos, mas de modo algum se pode admitir a existência de um sistema rigoroso de alusões *à realidade* mantidas ao longo de todo o romance. É impossível buscar uma chave *real* e *única* para cada imagem. Mas mesmo quando é possível pressupor no romance uma

[126] Contudo, é claro, mesmo na Idade Moderna se realiza todo tipo de tentativas de se decifrar o romance de Rabelais como uma espécie de criptograma.

alusão ao real, na maioria dos casos o método histórico-alegórico não é capaz de decifrá-la com precisão, pois a tradição é heterogênea, e todas as comparações e invenções são arbitrárias. Por fim, com isso a questão é resolvida; mesmo uma alusão decifrada e comprovada não oferece nada de essencial para uma compreensão artístico-ideológica da imagem. A imagem é sempre mais ampla e profunda, está ligada à tradição e tem sua própria lógica artística independente das alusões. Mesmo que a interpretação do episódio dos limpa-cus de Gargântua citada fosse correta, ela não oferece nada para a compreensão da própria imagem dos limpa-cus e da sua lógica artístico-semântica. A imagem do limpa-cu é uma das mais comuns da literatura escatológica: anedotas, gêneros discursivos sem cerimônias, xingamentos, metáforas e comparações da praça. Essa imagem não é nova até mesmo na literatura. Após Rabelais, encontramos esse tema em *Tagarelices à cama da parturiente*, mencionada antes. O limpa-cu é uma das imagens mais recorrentes nos epigramas dos escritores e das obras. Uma alusão decifrada a um fato singular (ainda que esteja presente no episódio citado de Rabelais) nada oferece à compreensão tanto da significação tradicional dessa imagem (uma das imagens do baixo material e corporal) quanto das suas funções artísticas específicas no romance de Rabelais.[127]

Como explicar que o método histórico-alegórico pôde predominar quase exclusivamente durante três séculos? Como explicar que mentes tão perscrutadoras, como Voltaire no século XVIII e o historiador Michelet no século XIX, prestaram homenagem ao método histórico-alegórico? Por fim, como explicar o próprio surgimento das tradições sobre as quais se apoiava esse método?

[127] No capítulo 6, abordaremos a função específica e o sentido artístico do episódio com os "limpa-cus".

Ocorre que a viva tradição do riso festivo-popular iluminadora da obra de Rabelais no século XVI começa a desaparecer nos séculos seguintes, deixando de ser um comentário vivo e compreensível das imagens de Rabelais. A autêntica chave artística e ideológica dessas imagens se perdeu junto com a tradição que as gerou. Passou-se a procurar chaves falsas.

O método histórico-alegórico é um documento característico daquele processo de decomposição do riso que ocorreu no século XVII. O campo de domínio do riso se torna cada vez mais estreito, perdendo seu universalismo. Por um lado, o riso se une ao típico, generalizado, mediano, comum, cotidiano; por outro, à invectiva pessoal, ou seja, se direciona a uma única pessoa. A individualidade histórica universal deixa de ser objeto do riso. O universalismo do riso de tipo carnavalesco se torna aos poucos incompreensível. Quando não há uma tipicidade evidente, busca-se uma individualidade única, ou seja, uma pessoa absolutamente real.

É claro que o riso popular e festivo admite alusões a certas pessoas reais. Todavia, essas alusões compõem apenas um sobretom de imagens do riso, enquanto o método alegórico as transforma no tom principal. A autêntica imagem do riso não perde sua força e sua importância mesmo quando as alusões forem esquecidas ou substituídas por outras. Não é delas que se trata.

No século XVII, realiza-se um processo muito significativo em todas as esferas da ideologia: a importância de aspectos como a generalização, a abstração empírica e a tipificação começa a ganhar força. Esses aspectos se tornam norteadores dessa cosmovisão. O processo se conclui no século XVIII. Reconstrói-se o próprio modelo do mundo. Ao lado do geral permanece o singular, que adquire sua significação apenas enquanto exemplar do geral, ou seja, na medida em que é típico, generalizado e médio. Por outro lado, a singularidade torna-se um fato indiscutível, incontestável. Disso decorre a tendência característica para o documentalismo primitivo. O fato singular, comprovado documentalmente, e com ele o geral, o típico, passam a desempenhar um papel principal na cosmovisão. Isso ainda se manifesta com toda força na criação artística (sobretudo no século XVIII), ao criar uma limitação específica do realismo iluminista.

No entanto, se o "romance documental" em específico se refere ao século XVIII, durante todo o século XVII são criados "romances com chave". Assim foi no início do século o romance latino do inglês [John] Barclay *Euphormionis Lusinini Satyricon* (Londres, 1603), que gozou de um sucesso enorme na primeira metade do século (teve várias edições inclusive em francês). Embora a ação do romance ocorra no mundo da Antiguidade, trata-se de um romance autobiográfico "com chave". A chave, que decifrava nomes próprios, era anexada às edições do romance. Trata-se de uma mascarada peculiar de contemporâneos famosos. Foi precisamente esse aspecto que conferiu um interesse especial ao romance.

No espírito desses romances de "mascarada" com chave, também Rabelais foi interpretado pelo método histórico-alegórico nos primeiros estágios do seu desenvolvimento.

Essas são as linhas fundamentais do desenvolvimento do riso e da tradição rabelaisiana no século XVII. Nesse século existiam ainda, é verdade, fenômenos bastante significativos na história do riso relacionados à tradição festivo-popular. Referimos-nos, sobretudo, a Molière. Entretanto, esses fenômenos são de caráter específico e não serão analisados aqui.

* * *

Passemos ao século XVIII. Em nenhuma época, Rabelais foi tão pouco compreendido e apreciado como nesse século. A compreensão e a apreciação de Rabelais manifestaram justamente o lado fraco e não o forte do Iluminismo. Os iluministas, com sua não historicidade, seu utopismo abstrato e racional, sua compreensão mecanicista da matéria e sua tendência à generalização e tipificação abstratas, por um lado, e o documentalismo, por outro, foram os menos capazes de compreender e apreciar corretamente Rabelais. Ele foi para os iluministas um representante expressivo do "selvagem e bárbaro século XVI". Voltaire expressou muito bem o ponto de vista do século XVIII sobre Rabelais. Eis a sua avaliação de Rabelais, que ele relaciona a Swift:

> Rabelais em seu livro extravagante e ininteligível desenvolve uma alegria extrema e um descaramento maior ainda; ele espalha erudição, obscenidades e tédio; compra-se uma boa história de duas páginas pelo preço de volumes inteiros de asneiras: não há mais do que um punhado de pessoas de gosto excêntrico que se gabam de compreender e apreciar esta obra, enquanto o resto da nação ri das piadas de Rabelais e despreza seu livro. Veem-no como o primeiro dos bufões, e lamentam que um homem com tanto espírito o tenha utilizado de forma tão miserável; trata-se de um filósofo bêbado que só escreve durante sua embriaguez.[128]

Toda essa avaliação é extremamente característica. O romance de Rabelais parece a Voltaire algo extravagante e ininteligível. Ele o vê como uma mistura de erudição, obscenidade e tédio. Dessa maneira, a decomposição do romance em elementos heterogêneos e incompatíveis foi muito mais longe em Voltaire do que em La Bruyère. Voltaire considera que apenas poucas pessoas com gosto excêntrico podem aceitar Rabelais na íntegra. É muito interessante o modo como Voltaire caracteriza a relação do "resto da nação" com Ra-

[128] Voltaire, *Lettres philosophiques* (1734), ed. G. Lanson, Paris, Hachette, 1917, v. II, p. 135.

belais (exceto as pessoas com gosto excêntrico): segundo ele, assim como antes, todos riem de seu romance, mas ao mesmo tempo o desprezam. A relação com o riso mudou em sua essência. Mesmo no século XVI todos riam do romance de Rabelais, mas ninguém o desprezava por esse riso. Mas eis que, no século XVIII, o riso alegre se tornou algo desprezível e baixo, assim como o título de "primeiro dos bufões". Por fim, a afirmação do próprio Rabelais (nos prólogos) de que ele escreve sua obra só comendo e bebendo é compreendida por Voltaire no plano literal, elementar e cotidiano. Para Voltaire, já era incompreensível a relação tradicional e visceral da palavra sábia e livre com a comida e o vinho, bem como a "verdade" específica das conversas à mesa (embora esta tradição ainda estivesse viva). No século XVIII, com seu utopismo abstrato e racional, todo o lado popular e banqueteiro do romance de Rabelais perdeu seu sentido e significação.[129]

Voltaire vê no romance de Rabelais apenas uma sátira pura e direta, enquanto todo o restante é um lastro desnecessário. No *Le Temple du goût* [*O templo do gosto*, 1733], Voltaire descreve a "biblioteca de Deus", onde "quase todos os livros foram corrigidos e abreviados pelas mãos das musas". Nessa biblioteca, Voltaire coloca também a obra de Rabelais, mas ela é "abreviada em um oitavo". Esse tipo de abreviação das obras de escritores do passado é extremamente característico dos iluministas.

No século XVIII, foram empreendidas ainda tentativas reais de abreviar e purificar (*expurger*) Rabelais. O abade de Marsy em seu *Rabelais modernizado* não só moderniza a linguagem de Rabelais e a purifica dos dialetismos e arcaísmos, mas também suaviza as obscenidades rabelaisianas. O abade

[129] Após 1759, quando Voltaire releu *Gargântua*, sua opinião se tornou mais favorável, ainda que sua essência pouco tenha mudado: ele aprecia Rabelais sobretudo e quase exclusivamente por seu anticlericalismo.

Pérau, que publicou no mesmo ano de 1752, em Genebra, *Oeuvres choisies* [*Obras selecionadas*] avança ainda mais nessa direção. Foi retirado tudo o que era indecente e grosseiro. Por fim, em 1776 é publicado o Rabelais purificado especialmente "para damas" na célebre *Bibliothèque Universelle des Romans* [Biblioteca Universal dos Romances] (1775-1778).[130] Todas as três edições são bastante ilustrativas do século XVIII e de sua relação com Rabelais.

Em suma, os iluministas de modo geral não compreenderam nem apreciaram Rabelais, pelo menos no plano de sua consciência teórica. E isso é compreensível. Na época do Iluminismo, nas palavras de Engels, "a razão pensante se tornou a medida única de todo o existente".[131] Esse racionalismo abstrato, esse anti-historicismo, essa tendência à generalização abstrata, essa não dialeticidade (separação entre a negação e a afirmação) não permitiram que os iluministas compreendessem e concebessem *teoricamente* o riso popular e festivo ambivalente. A imagem da existência em uma constituição contraditória e eternamente inacabada foi impossível de ser reduzida à medida da razão iluminista. Entretanto, é necessário observar que *na prática* tanto Voltaire em suas novelas filosóficas e em *La Pucelle d'Orléans* [*A donzela de Orléans*] quanto Diderot em *Jacques le Fataliste* e sobretudo em *Les Bijoux indiscrets* não eram alheios às imagens rabelaisianas, embora de modo limitado e um tanto racionalizado.

A influência das formas, motivos e símbolos carnavalescos sobre a literatura do século XVIII é bastante expressiva. Contudo, essa influência sofreu formalizações: as formas carnavalescas se transformaram em *meios* artísticos (em especial

[130] Uma edição do Rabelais "purificado" foi planejada por George Sand em 1847, mas o projeto não se concretizou. Até onde sabemos, um Rabelais adaptado para jovens apareceu pela primeira vez em 1888.

[131] Cf. K. Marx e F. Engels, *Sotchiniénia* [*Obras*], *op. cit.*, 1961, v. 20, p. 16.

no enredo e na composição) colocados a serviço de diferentes objetivos artísticos. Em Voltaire, esses meios servem à sátira, que ainda conserva a universalidade e a cosmovisão; mas o riso aqui é reduzido ao mínimo, a uma simples zombaria. É precisamente assim o famigerado "riso de Voltaire": sua força e profundidade estão na agudeza e no radicalismo da negação, mas ele carece quase por completo do aspecto renovador e ressuscitador; tudo o que é positivo encontra-se fora do riso e tem um caráter de ideia abstrata.

Na literatura do rococó, as formas carnavalescas estão a serviço de outras finalidades artísticas. Aqui é preservado o tom positivo e alegre do riso. Entretanto, tudo se torna de câmara, pequeno, mais leve. A sinceridade da praça se transforma em intimidade; a obscenidade, relacionada ao baixo material e corporal, converte-se em frivolidade erótica; e a relatividade alegre, em ceticismo e leviandade. Contudo, nessa alegria de câmara com matizes hedonísticos foram preservadas centelhas vivas do fogo carnavalesco, que consome o "inferno". No contexto da seriedade taciturna da literatura moral e didática, muito difundida no século XVIII, o estilo rococó ainda continuou, mesmo que de modo unilateral e bastante empobrecido, as tradições do carnaval alegre.

Na época da Revolução Francesa, Rabelais gozava de enorme prestígio entre seus representantes. Fizeram dele até um profeta da revolução. A cidade natal de Rabelais — Chinon — ganha o nome de Chinon-Rabelais. A época soube sentir a profunda natureza revolucionária de Rabelais, mas não conseguiu dar-lhe uma interpretação nova e correta. O principal documento rabelaisiano da época é o livro de [Pierre-Louis] Ginguené publicado em 1791: *De l'autorité de Rabelais dans la révolution présente et dans la constitution civile du clergé* [*Da autoridade de Rabelais sobre a revolução atual e sobre a constituição civil do clero*]. Ginguené defende, em essência, o ponto de vista do método histórico-alegórico, mas o aplica de modo mais profundo, tentando revelar a concepção sociopolítica. Entretanto, aqui se manifesta o anti-historicismo de Ginguené, um homem do século XVIII. Ele transforma Rabelais em um inimigo aguerrido do poder monárquico. Na verdade, Rabelais não foi de modo algum um inimigo desse poder, ao contrário, ele compreendeu muito bem sua importância progressista em sua época.[132] Esse foi o principal erro de Guinguené. De maneira bastante errônea, no espírito do século XVIII, ele compreende também os exageros grotescos de Rabelais: ele os vê como uma sátira puramente negativa. Assim, por exemplo, os exageros grotescos de comida, bebida e vestimentas gastos com Gargântua devem, segundo Ginguené, mostrar como os reis custam caro a seus povos. Ele não ouve, em absoluto, o motivo da abundância que ressoa aqui, não compreende a lógica ambivalente do baixo material e corporal. Perceber a abundância rabelaisiana no espírito das despesas excessivas do orçamento real é bastante ingênuo. Nesse sentido, o livro de Guinguené permanece no nível da compreensão de Rabelais do século XVIII.

No século XVIII, o processo de decomposição do riso popular e festivo, que na época do Renascimento irrompeu na grande literatura e na cultura, foi em essência finalizado. Ao mesmo tempo terminou, no geral, o processo de formação das novas variedades de gênero da literatura do riso, satírica e de diversão, que reinariam no século XIX. De maneira geral, formaram-se ainda as formas do riso reduzido — humor, ironia, sarcasmo etc. — que iriam se desenvolver na qualidade de componente estilístico dos gêneros sérios (sobretudo do romance). Contudo, a análise de todos esses fenômenos extrapola a nossa tarefa.[133] Interessou-nos apenas

[132] É verdade que Rabelais também compreendeu muito bem toda a relatividade desse caráter progressista.

[133] A forma mais comum do riso reduzido na Idade Moderna (prin-

a tradição magistral do riso festivo-popular, que preparou a obra de Rabelais (e no geral a Renascença), bem como a sua extinção gradual nos dois séculos seguintes.

* * *

Nosso trabalho tem, de modo geral, um caráter histórico-literário, embora também possua relações bastante estreitas com problemas da poética histórica. Contudo, não abordaremos questões mais amplas de estética geral e, em particular, aquelas relacionadas à estética do riso. Revelaremos aqui apenas uma forma historicamente determinada do riso da cultura popular na Idade Média e no Renascimento, ainda que não em sua totalidade, mas nos limites da análise da obra de Rabelais. Nesse sentido, nosso trabalho pode oferecer somente algum *material* para a filosofia e a estética do riso, e não mais do que isso.

A forma do riso da cultura popular historicamente determinada que pesquisamos se opunha não à seriedade no geral, mas à forma historicamente determinada da seriedade dogmática e unilateral na Idade Média. Entretanto, a história da cultura e da literatura conhece ainda outras formas de seriedade. Assim, a cultura da Antiguidade conheceu a forma da *seriedade trágica*, expressa de modo mais profundo no gênero da tragédia grega. A seriedade trágica é universal (por isso também é possível falar de uma "cosmovisão trágica") e está repleta da ideia de *morte fundante*. A seriedade trágica

cipalmente a partir do romantismo) é a ironia. Ao problema da ironia é consagrado um livro muito interessante do crítico suíço Beda Allemann, *Ironie und Dichtung* (Pfullingen, G. Neske, 1956). Nessa obra, são analisadas a compreensão e as formas da ironia em Schlegel, Novalis, Solger, Kierkegaard, Nietzsche, Thomas Mann e Musil. As análises de Allemann se distinguem pela profundidade e sutileza, mas ele compreendeu a ironia como um fenômeno *puramente* literário e não revela suas relações com a cultura popular do riso.

é totalmente privada de dogmatismo. A tragédia dogmática é tão impossível como o riso dogmático (os melhores exemplos de tragédia classicista superam o dogmatismo). Em todas as suas formas e variantes, o dogmatismo mata tanto a tragédia quanto o riso ambivalente autênticos. Já nas condições da cultura da Antiguidade, a seriedade trágica não excluía o aspecto cômico do mundo, e com ele coexistia. Após a trilogia trágica surgiu o drama satírico que a completou no plano do riso. No geral, a seriedade antiga não temia o riso e as paródias e até exigia que o riso a corrigisse e complementasse.[134] É por isso que, no Mundo Antigo, não podia haver uma oposição tão nítida entre as culturas oficial e popular quanto na Idade Média.

No mesmo terreno da Antiguidade, formou-se uma outra forma de seriedade também sem dogmatismo e unilateralidade (por princípio) e capaz de passar pela fornalha do riso: a forma da filosofia crítica. Seu fundador, Sócrates, estava ligado de modo imediato com as formas carnavalescas da Antiguidade, que fecundaram o diálogo socrático e libertaram-no da seriedade unilateral *retórica*.

Na cultura da Idade Moderna, uma forma específica de seriedade ganhou enorme importância: a *seriedade científica rigorosa*. Em princípio, essa seriedade não tem qualquer dogmatismo e qualquer unilateralidade, ela é de natureza *problematizadora*, autocrítica e inconclusa. A começar pela época do Renascimento, essa nova seriedade exerce uma influência poderosa também sobre a literatura de ficção, passando, é claro, por uma transformação correspondente.

Mesmo no campo da literatura de ficção, em todas as épocas do seu desenvolvimento, existiram — no epos, na lírica, no drama — formas variadas de seriedade profunda e pura, porém *aberta*, sempre pronta para a morte e a renova-

[134] Recordemos as análises de Dieterich em seu livro *Pulcinella*.

ção. A autêntica *seriedade aberta* não teme nem a paródia, nem a ironia, nem outras formas de riso reduzido, pois ela sente sua participação no todo inconcluso do mundo.[135]

Na literatura universal, há obras em que ambos os aspectos do mundo — sério e do riso — coexistem e se refletem um no outro (trata-se justamente dos aspectos *íntegros*, e não de imagens isoladas, sérias e cômicas, como no drama comum da Idade Moderna). Na literatura da Antiguidade, um exemplo notável desse tipo é o *Alceste* de Eurípides, no qual a tragédia se une ao drama satírico (pelo visto, ela foi ensinada como o quarto drama). No entanto, as obras mais significativas desse gênero são, é claro, as tragédias de Shakespeare.

O verdadeiro riso, ambivalente e universal, não nega a seriedade, mas a purifica e a completa. Purifica do dogmatismo, da unilateralidade, da estagnação, do fanatismo e do categorismo, dos elementos do medo ou do amedrontamento, do didatismo, da ingenuidade e das ilusões, da fixação nociva em um único plano e em uma única significação, do histerismo tolo. O riso não deixa a seriedade se congelar e se separar do todo inconcluso da existência. Ele recupera a in-

[135] O Mozart de Púchkin aceita tanto o riso quanto a paródia, mas o agelasta taciturno Salieri não os entende e os teme. Eis o diálogo entre eles depois da apresentação de um violinista cego:

SALIERI — E tu podes rir?
MOZART — Ah, Salieri!
E tu mesmo não ris?
SALIERI — Não.
Não rio, quando um pintor imprestável
Suja a *Madona* de Rafael,
Não rio, quando um palhaço desprezível
Com paródia desonra Alighieri.

Aleksandr Púchkin, *Mozart e Salieri*, cena I [em *Pequenas tragédias*, trad. Irineu Franco Perpetuo, São Paulo, Biblioteca Azul, 2012.]

tegridade ambivalente. Essas são as funções gerais do riso no desenvolvimento histórico da cultura e da literatura.

Todas essas observações sobre as diversas formas da seriedade e suas inter-relações com o riso já extrapolam os limites deste trabalho. O seu material limitado, do ponto de vista histórico, não permite fazer generalizações teóricas demasiadamente amplas.

Por isso nossas observações têm aqui um caráter um tanto declarativo e preliminar.

No presente capítulo, resta-nos examinar ainda duas questões: 1) a avaliação de Rabelais no romantismo francês; 2) a situação dos estudos rabelaisianos contemporâneos.

* * *

Na Introdução, caracterizamos a relação dos românticos franceses (em particular, de Victor Hugo) com o grotesco em geral. Agora trataremos da sua visão sobre a obra de Rabelais, considerado por eles, junto com Shakespeare, um dos mais profundos representantes das imagens grotescas.

Trataremos, em primeiro lugar, das opiniões de Chateaubriand [1768-1848] sobre Rabelais. Ele apresenta uma ideia, muito peculiar para o romantismo, sobre os *gênios-mães* (*génies-mères*) que geram e nutrem todos os demais grandes escritores de um dado povo. Há apenas cinco ou seis desses gênios-mães em toda a literatura universal. Entre eles, ao lado de Homero, Shakespeare e Dante, encontra-se também Rabelais. Ele criou toda a literatura francesa, assim como Homero criou a literatura greco-romana, Shakespeare, a inglesa, e Dante, a italiana. Foi impossível elevar Rabelais mais alto. Que diferença em comparação com as opiniões dos séculos precedentes, por exemplo, de Voltaire, para quem Rabelais era apenas o primeiro dos bufões, desprezado por toda a nação!

A ideia dos gênios-mães, comum para quase todos os românticos, foi frutífera para sua época. Ela obrigou a buscar no passado os embriões do futuro, a avaliar o passado do ponto de vista do futuro fecundado e gerado por ele. É análoga também a ideia romântica do gênio-farol ("*esprit phare de l'humanité*"), que ilumina muito além de si. Essa ideia obriga a ver nas obras do passado — em Shakespeare, Dante, Rabelais — não só aquilo que já *existe* nelas, como pronto, bem concebido, pertencente à *sua época*, delimitado, mas sobretudo os embriões, os brotos do futuro, ou seja, aquilo que desabrochou, floresceu e se esclareceu por completo só nos tempos posteriores, só nos filhos concebidos pelos gênios-mães. Graças a essa ideia, as obras do passado revelam novos aspectos, novas possibilidades; foi graças a ela que os românticos puderam fazer revelações produtivas: descobrir Shakespeare, Cervantes, Rabelais.

Nessa ideia e em suas consequências manifestam-se com bastante nitidez as diferenças entre os românticos e os iluministas. Estes queriam ver nas obras e nos escritores menos do que havia neles de fato: do ponto de vista da razão não histórica parecia haver neles muito de inútil, desnecessário, incompreensível; era preciso purificá-los e abreviá-los. É bastante emblemática a imagem voltairiana da biblioteca de Deus, na qual todos os livros foram corrigidos e abreviados a fundo. Os iluministas apresentavam uma tendência peculiar que empobrecia o mundo: o real no mundo é muito menor do que parece, a realidade é exagerada por conta de obsolescências, preconceitos, ilusões, fantasias, sonhos etc. Essa concepção estreita e puramente estática da realidade definiu tanto a percepção quanto a avaliação das obras literárias, e levou a tentativas de sua purificação e abreviação.

Em oposição aos iluministas, os românticos formularam uma concepção ampliada da realidade, na qual se atribuía uma importância significativa ao *tempo* e à *evolução histórica*. Com base nessa concepção ampliada do mundo, eles tenderam a ver, mesmo em uma obra artística, o máximo possível, muito mais do que parecia para um olhar superficial. Eles buscavam na obra tendências do futuro, brotos, sementes, revelações, profecias. Lembremos da citação do historiador Michelet que fizemos no início do livro.

A concepção ampliada da realidade, formulada pelos românticos, tem aspectos tanto positivos quanto negativos. O aspecto positivo dessa concepção é sua historicidade, sua relação com o tempo e a evolução. A realidade perde a sua natureza estática, naturalística e dispersa (contida apenas pelo pensamento abstrato-racionalista), nela começa a adentrar o futuro na forma de tendências, possibilidades, antecipações. No aspecto histórico, a realidade adquire uma relação essencial com a liberdade, supera-se o determinismo e o mecanicismo estreitos e abstratos. No campo da criação artística, justificam-se desvios da realidade elementar, da natureza estática hodierna, do documentalismo, da tipificação superficial, justificam-se, por fim, o grotesco e a fantasia grotesca como formas de apreensão artística do tempo e do futuro. Nisso consiste a contribuição indiscutível da ampliação romântica da realidade.

O aspecto negativo da concepção romântica é a sua tendência idealista e errônea do papel e dos limites da consciência subjetiva. Os românticos costumavam acrescentar à realidade aquilo que nela não havia. Por conseguinte, a fantasia podia degenerar em misticismo, a liberdade humana podia se apartar da necessidade e se transformar em uma força não material. Esse é o aspecto negativo da concepção romântica.[136]

Victor Hugo expressou a compreensão romântica mais plena e profunda de Rabelais. É verdade que ele não escreveu um livro ou artigo específico sobre Rabelais, mas algumas

[136] Aqui não colocaremos, é claro, o problema do romantismo em toda a sua complexidade. No romantismo, importa-nos apenas aquilo que o ajudou a revelar e compreender (embora não até o fim) Rabelais e, no geral, o grotesco.

opiniões sobre nosso autor estão espalhadas em todas as suas obras. De maneira mais detalhada e sistematizada, Hugo falou de Rabelais no seu livro sobre Shakespeare.

Hugo parte da ideia de gênios da humanidade, que lembra a ideia de Chateaubriand de gênios-mães. Cada um desses gênios da humanidade é absolutamente original e encarna um aspecto determinado da existência. Todo gênio tem sua invenção ou descoberta ("*Tout génie a son invention ou sa découverte*").[137] Para Hugo, esses gênios são quatorze. A composição dessa lista é bastante peculiar: Homero, Jó, Ésquilo, o profeta Isaías, o profeta Ezequiel, Lucrécio, Juvenal, Tácito, o apóstolo Paulo, o apóstolo João, Dante, Rabelais, Cervantes, Shakespeare. Nessa lista (cronológica) de gênios, Rabelais é colocado depois de Dante e antes de Cervantes e Shakespeare. Hugo faz uma caracterização de cada um desses gênios, inclusive de Rabelais.

Hugo constrói sua caracterização não como uma definição histórico-literária, mas como uma série de variações românticas livres sobre o tema do baixo material e corporal absoluto e da topografia corporal. O centro da topografia rabelaisiana, segundo Hugo, é o *ventre*. Essa é a descoberta artística feita por Rabelais. As funções principais do ventre são a *paternidade* e a *maternidade*. Em relação a esse baixo que destrói e gera, Hugo traz a imagem grotesca da serpente no homem: "são as suas entranhas". No geral, Hugo compreendeu corretamente a importância do baixo material e corporal como um princípio organizador de todo o sistema de imagens rabelaisianas. Ao mesmo tempo, ele compreende esse princípio no plano abstrato-moral: o ventre humano, diz ele, "tenta, trai e pune". A força destruidora do baixo topográfico é traduzida para a linguagem moral e filosófica.

[137] Victor Hugo, *William Shakespeare*, Paris, Librarie Internationale, 1864, p. 95. (N. da T.)

Adiante as variações de Hugo sobre o tema do "ventre" se desenvolvem no plano do patético moral e filosófico. Ele mostra (com exemplos) que o "ventre" pode ser trágico, que ele pode ser heroico, mas ao mesmo tempo ele é, segundo Hugo, o início da decomposição e degeneração humanas: o ventre come o homem ("*le ventre mange l'homme*"). Alcibíades se transforma em Trimalcião; a orgia degenera em glutonaria; no lugar de Diógenes resta apenas o barril. Nas variações de Hugo, o baixo material e corporal ambivalente do realismo grotesco se decompõe nessas imagens e antíteses morais e filosóficas.

Hugo apreende com precisão a relação essencial do riso rabelaisiano com a morte e com a luta entre a vida e a morte (e ainda no aspecto histórico); ele sente *uma relação específica entre a comida-devoração, o riso e a morte*. Além disso, Hugo conseguiu perceber uma relação entre o inferno de Dante e a glutonaria de Rabelais: "Esse mundo que Dante jogou no inferno, Rabelais colocou no barril". Os sete círculos do inferno servem como anéis para esse barril rabelaisiano. Se no lugar do barril Hugo escolhesse a imagem da boca escancarada ou do ventre devorador, a sua comparação seria ainda mais precisa.

Ao perceber com correção o vínculo entre o riso, a morte do mundo antigo, o inferno e as imagens de banquete (o devorar e o deglutir), Hugo falha ao interpretá-lo: ele tenta dar um caráter moral e filosófico abstrato a esse vínculo. Não compreende a força ressuscitadora e renovadora do baixo material e corporal. Tudo isso enfraquece ainda o valor de suas observações.

Enfatizemos que Hugo soube compreender com excelência o caráter universal e de cosmovisão — e não o cotidiano — dessas imagens em Rabelais, como a glutonaria e a bebedeira, embora ele tenha atribuído a elas um sentido não exatamente rabelaisiano.

Em relação a Rabelais e Shakespeare, Hugo faz uma caracterização muito interessante do gênio e da obra genial. Dessa caracterização decorre que o caráter grotesco da obra é um sinal obrigatório de genialidade. O escritor genial — inclusive Rabelais e Shakespeare — se distingue dos escritores simplesmente grandes pelos *bruscos exageros*, *excessos*, *obscuridade* (*obscurité*) e *monstruosidade* (*monstruosité*) de todas as suas imagens e obras.

Nessas afirmações de Hugo, há traços positivos e negativos de sua concepção. As especificidades, que ele considera sinais de genialidade (no sentido romântico dessa palavra), devem ser de fato atribuídas àquelas obras e àqueles escritores que refletem — e ainda de maneira essencial e profunda — grandes épocas de ruptura na história mundial. Esses escritores lidam com um mundo inconcluso e em reconstrução, repleto de um passado em decomposição e de um futuro ainda não formado. Suas obras se caracterizam por uma inconclusibilidade específica, positiva e, por assim dizer, *objetiva*. Essas obras são carregadas de um futuro objetivamente ainda não dito, elas são obrigadas a deixar uma porta aberta para esse futuro. Daí a sua polissemia específica, sua aparente obscuridade. Daí também a história póstuma excepcionalmente rica e variada dessas obras e desses escritores. Daí, por fim, a sua aparente monstruosidade, ou seja, a não correspondência a cânones e normas de todas as épocas conclusivas, autoritárias e dogmáticas.[138]

Hugo percebe corretamente a especificidade das obras das épocas de ruptura na história mundial, mas ele dá à sua percepção uma expressão teórica incorreta. Suas formulações são um tanto metafísicas e, além disso, os traços objetivos ligados ao processo histórico em seus momentos de rup-

[138] Nessas épocas de crise, a cultura popular com sua concepção de uma existência inconclusa e de um tempo alegre exerce uma influência poderosa sobre a grande literatura, como ocorreu com especial clareza na época da Renascença.

tura, ele transfere para uma organização específica de personalidades geniais (embora, é verdade, ele não separe a genialidade da época e aborde o gênio na história). Mesmo na caracterização dos gênios, Hugo segue seu método de contrastes: fortalece de modo unilateral os traços do gênio para criar um contraste estático e nítido com os demais grandes escritores.

Os temas de Rabelais costumam ser encontrados também nas obras poéticas de Hugo. Nelas, ele ainda destaca o universalismo das imagens de Rabelais e a profundidade da cosmovisão de seu riso.

Na poesia tardia de Hugo, sua relação com o riso rabelaisiano mudou um pouco. De acordo com Hugo, o próprio universalismo desse riso universal parece agora algo pavoroso e sem perspectiva (passageiro, sem futuro). Rabelais não é nem o "fundo nem o ápice", ou seja, é algo em que não se pode deter, algo especificamente passageiro. Trata-se de uma incompreensão profunda do *otimismo* específico do riso rabelaisiano que se manifestou já nas primeiras opiniões de Hugo. Desde o início, o riso foi para ele um princípio eminentemente negativo, rebaixador e aniquilador. Apesar de Hugo também repetir a característica de Rabelais dada por [Charles] Nodier, "*Homère bouffon*" [Homero bufão], e apesar de ele também ter aplicado outras definições análogas — "*Homère du rire*" [Homero do riso], "*la moquerie épique*" ["a zombaria épica"] —, foi justamente a natureza épica do riso rabelaisiano que ele não compreendeu.

É interessante comparar essas opiniões tardias de Hugo sobre Rabelais com o dístico do historiador Estienne Pasquier, contemporâneo de Rabelais, dedicado ao mesmo tema. Eis o dístico:

Sic homines, sic et coelestia numina lusit,
Vix homines, vix ut numina laesa putes —

ou seja, "ele brincava tanto com os homens quanto com os deuses celestes, de tal maneira que nem as pessoas nem os deuses ficavam ofendidos com a brincadeira".

A reflexão do contemporâneo define com maior precisão o caráter verdadeiro do jogo cômico e universal de Rabelais. Pasquier compreendeu seu profundo otimismo, seu caráter popular e festivo, seu estilo épico e não jâmbico.

* * *

A partir da segunda metade do século XIX, Rabelais, sua obra e sua vida se tornam objeto de um estudo científico abrangente. Surge uma série de monografias sobre ele. Começa um exame histórico e filológico sério de seus textos. No entanto, o início de um estudo científico mais amplo de Rabelais ocorre só nos primeiros anos do século XX.

É claro, a história da pesquisa científica sobre Rabelais não é nosso objetivo. Limitamo-nos apenas a uma breve caracterização do estado atual dos estudos rabelaisianos.

No começo de 1903, foi organizada a Sociedade de Estudos Rabelaisianos (*Société des Études Rabelaisiennes*). Trata-se de um momento essencial na história dos estudos rabelaisianos. Essa sociedade se formou dos discípulos e amigos de Abel Lefranc, estudioso de Rabelais. A sociedade se tornou o centro de todos os trabalhos sobre Rabelais não só na França, mas também na Inglaterra e na América. A partir de 1903, começou a ser publicada (trimestralmente) a revista da sociedade, *Revue des Études Rabelaisiennes*. Desde 1913, essa revista foi substituída por outra com um programa mais amplo — *Revue du Seizième Siècle* [*Revista do Século Dezesseis*], publicada até 1933. Em 1934, passa a ser editada uma revista com um programa mais amplo ainda: *Humanisme et Renaissance*.

Em torno da Sociedade e de suas revistas se concentrou todo um trabalho textológico sobre Rabelais, sua linguagem, a localização das fontes, a verificação da biografia científica, enfim, sobre a interpretação histórica das obras de Rabelais em alicerces estritamente científicos. Com base em todos esses trabalhos, a partir de 1912, passou a ser publicada, sob a organização do diretor da Sociedade, Abel Lefranc, a edição científica das obras de Rabelais. Até 1932, saíram cinco volumes dessa edição, incluindo os três primeiros livros do romance.[139] No momento, a edição está interrompida.[140] Para o trabalho científico sobre Rabelais, essa edição com seu texto e sistema de variantes, com seus comentários amplos e sólidos, tem um valor excepcional.

Entre os trabalhos dos membros da Sociedade destacaremos os mais importantes segundo as principais divisões dos estudos rabelaisianos. Aqui, é sobretudo necessário citar o trabalho fundamental sobre a linguagem de Rabelais de Lazare Sainéan (vice-presidente da Sociedade), *La Langue de Rabelais* [*A linguagem de Rabelais*].[141]

No campo de estudos das fontes e do caráter da erudição de Rabelais, o livro de Jean Plattard, *L'Oeuvre de Rabelais: sources, invention et composition* [*A obra de Rabelais: fontes, invenção e composição*], de 1910, representou uma valiosa contribuição. É também do mesmo autor a primeira tentativa de produzir uma biografia científica sintética de Rabelais: *La Vie de François Rabelais*, de 1928.[142] Aponte-

[139] *Oeuvres de François Rabelais*, edição crítica publicada por Abel Lefranc (professor do Collège de France), Jacques Boulenger, Henri Clouzot, Paul Dorneaux, Jean Plattard e Lazare Sainéan. O primeiro tomo saiu em 1912, e o quinto (com o *Terceiro livro*), em 1931.

[140] Em 1955 saiu ainda um sexto tomo (com o *Quarto livro*, capítulos 1 a 17), após a morte de Abel Lefranc (1863-1952). (N. da T.)

[141] Lazare Sainéan, *La Langue de Rabelais*, Paris, E. de Boccard, v. I-II, 1922-1923.

[142] Eis os trabalhos biográficos fundamentais sobre períodos específicos da vida de Rabelais: A. Dubouchet, *Rabelais à Montpellier, 1530-1538* [*Rabelais em Montpellier, 1530-1538*], Montpellier, C. Coulet, 1887;

mos o valioso trabalho no campo da textologia rabelaisiana realizado por Jacques Boulenger (secretário da Sociedade) e, no campo da topografia rabelaisiana, os trabalhos de Henri Clouzot. Por fim, é preciso salientar em particular os trabalhos excepcionalmente valiosos, pela riqueza do material, de Abel Lefranc, presidente da Sociedade, em especial seus artigos introdutórios aos três livros do romance, publicados sob sua organização.

A seguir, ao longo de nosso estudo, teremos de abordar todos os trabalhos aqui mencionados, bem como uma série de outros estudos rabelaisianos. Citemos ainda uma monografia bastante detalhada sobre Rabelais: *La Vie et l'oeuvre de François Rabelais* [*A vida e a obra de François Rabelais*], de Georges Lote.[143]

Como resultado dos trabalhos tanto dos membros da Sociedade quanto de outros rabelaisianistas contemporâneos, a compreensão e a análise *filológica* do texto de Rabelais se tornaram muito mais fáceis, e foi reunido um grande volume de material para uma compreensão mais ampla e profunda de seu lugar histórico e para o estabelecimento das relações de sua obra com a realidade da época e com a literatura predecessora. Entretanto, todo esse material reunido pelo trabalho cuidadoso dos pesquisadores ainda aguarda sua síntese. Não encontraremos uma imagem íntegra de Rabelais nos estudos dos rabelaisianistas atuais. Eles, de modo geral, são muito cautelosos e a todo custo evitam qualquer

Arthur Heulhard, *Rabelais, ses voyages en Italie et son exil à Metz* [*Rabelais, suas viagens à Itália e seu exílio em Metz*], Paris, Librarie de l'Art, 1891; Alexis Bertrand, *Le Séjour de Rabelais à Lyon* [*A estadia de Rabelais em Lyon*], Lyon, Storck, 1894; Jean Plattard, *L'Adolescence de Rabelais en Poitou* [*A adolescência de Rabelais em Poitou*], Paris, Les Belles-Lettres, 1923.

[143] Georges Lote, *La Vie et l'oeuvre de François Rabelais*, Paris, E. Droz, 1938.

síntese mais ampla, bem como qualquer conclusão e generalização mais abrangente. O único livro que pretende ser uma síntese cautelosa, muito cautelosa, é o já citado livro de Plattard de 1910 (e em parte a monografia de Lote acima mencionada). Contudo, apesar do material valioso reunido nos livros de Plattard e Lote e de algumas observações perspicazes (especialmente de Plattard), essa síntese não pode nos satisfazer. Ela nos satisfaz ainda menos do que a antiga tentativa de síntese de Stapfer (1889) ou o trabalho do crítico alemão Schneegans (1894).

Os estudos rabelaisianos contemporâneos, ao assumirem uma perspectiva positivista, limitam-se, em essência, à coleta de material. É claro que, em si mesma, essa coleta é necessária e útil. No entanto, a falta de um método profundo e de pontos de vista amplos restringem mesmo as perspectivas desse trabalho: a coleta do material se limita a um conjunto estreito de fatos biográficos, de pequenos acontecimentos da época, de fontes literárias (principalmente bibliográficas); já as fontes folclóricas são reveladas de modo muito superficial e em uma compreensão habitual estreita dos gêneros folclóricos, em face das quais o *folclore do riso* em toda a sua peculiaridade e multiplicidade permanece quase por completo fora dos limites da pesquisa. Todo esse material recolhido minuciosamente não ultrapassa, em grande parte, os limites da *cultura oficial*, enquanto Rabelais, em sua totalidade, está longe de caber em seus limites. O riso é avaliado pelos rabelaisianistas da escola de A. Lefranc como um fenômeno secundário, que não aborda a problemática séria do romance de Rabelais: trata-se ora de um meio de conquistar a popularidade das grandes massas, ora de uma simples camuflagem de proteção. O problema-chave da cultura popular do riso permanece sem ser colocado mesmo no terreno dos estudos rabelaisianos.

* * *

Um grande acontecimento no campo dos estudos rabelaisianos foi o surgimento do livro do historiador Lucien Febvre *O problema da falta de fé no século XVI: a religião de Rabelais*.[144] Em grande parte, esse livro foi dirigido contra Abel Lefranc e sua escola. Febvre não aborda o aspecto artístico do romance de Rabelais, tampouco o campo de suas fontes autobiográficas, no qual o trabalho da escola de Lefranc foi especialmente produtivo; interessou-lhe apenas a cosmovisão de Rabelais, em especial a sua relação com a religião e o catolicismo.

A principal tarefa de Febvre é compreender Rabelais nas condições do seu meio cultural e intelectual, dentro dos limites das possibilidades acessíveis à sua época. É impossível compreender o século XVI, afirma Febvre, isolando o indivíduo do "clima moral" e do "ambiente intelectual" da época. A principal tarefa do historiador consiste em estabelecer como as pessoas do ano de 1532 (ano do lançamento do primeiro livro de Rabelais, *Pantagruel*) podiam ler e entender *Pantagruel* e como elas — e não nós — podiam compreendê-lo. É necessário ler o texto de Rabelais com os olhos de seus contemporâneos, pessoas do século XVI, e não com os olhos das pessoas do século XX. O pior pecado do historiador, para Febvre, é o pecado do *anacronismo*.

Do ponto de vista das exigências metodológicas, que em sua base são totalmente justas, Febvre submete à crítica as afirmações de Abel Lefranc de que Rabelais fez a propaganda de um ateísmo racionalista consequente em sua obra. Ao lançar mão de um enorme e valioso material de diferentes campos da cultura e do pensamento do século XVI, Febvre busca provar que, para um ateísmo racionalista consequente, não havia, no século XVI, terreno e fundamentos para sua

144 Lucien Febvre, *Le Problème de l'incroyance au XVIe siècle: la religion de Rabelais*, Paris, Albin Michel, 1942.

percepção e cosmovisão (filosófica e científica); ele não tinha em que se apoiar. Qualquer negação deve ser fundamentada para ter certo peso social e importância histórica. A negação subjetiva e arbitrária desprovida de fundamento e base (um simples "eu nego") não tem nenhuma importância histórica. No século XVI, nem a filosofia nem a ciência (que, em essência, nem existia) forneciam a fundamentação necessária para a negação da religião. O ateísmo racionalista consequente era impossível.[145]

Todo o livro de Febvre é dedicado à confirmação dessa tese. Como já afirmamos, Febvre emprega um enorme e heterogêneo material, que possui um valor indiscutível e autônomo, isto é, independente da tese do autor. À luz desse material, muitas opiniões formadas sobre diversos fenômenos da cultura do século XVI precisam ser revistas. O livro de Febvre é de grande riqueza para a compreensão de aspectos isolados da cultura do século XVI. No entanto, para a compreensão do romance de Rabelais como *obra artística*, como *cosmovisão e percepção de mundo artística de Rabelais*, o livro de Febvre oferece muito pouco e ainda de maneira indireta. O pensamento artístico de Rabelais não se insere nem no ateísmo racionalista, nem na confissão religiosa, seja ela católica, protestante ou no espírito da "religião do Cristo" de Erasmo. O pensamento rabelaisiano é mais amplo, profundo e radical. Ele é alheio a qualquer seriedade unilateral e a qualquer dogmatismo. A cosmovisão artística de Rabelais desconhece tanto a negação abstrata e pura quanto a afirmação unilateral. A tese de Lefranc e a tese oposta de Febvre nos afastam igualmente de uma compreensão correta da visão de mundo artística de Rabelais. Essas teses também nos afastam de uma compreensão correta da cultura do século XVI em seu todo.

[145] *Idem*, pp. 380-1.

A questão é que Febvre (assim como Abel Lefranc) ignora a cultura popular do riso da Idade Média e do Renascimento. Para ele, existe apenas o plano *sério* do pensamento e da cultura. Em suas brilhantes análises dos diversos campos e esferas da cultura do século XVI, ele permanece, em essência, só nos limites da cultura oficial. É por isso que no romance de Rabelais ele percebe e avalia só aquilo que pode ser compreendido e interpretado no plano sério da cultura oficial, e, portanto, o mais essencial em Rabelais — o Rabelais autêntico — fica fora do campo da sua percepção e avaliação.

Conforme assinalamos, Febvre considera o anacronismo e a modernização pecados gravíssimos para o historiador. Ele, de modo justo, acusa Abel Lefranc e outros estudiosos de Rabelais desse pecado. Mas, infelizmente, ele mesmo sucumbe a essa transgressão, em relação ao riso. Ele escuta o riso rabelaisiano com os ouvidos de uma pessoa do século XX e não como ele era ouvido pelas pessoas de 1532. Por isso, não conseguiu ler o mais importante e essencial em *Pantagruel* com os olhos dessas pessoas.

Febvre percebe o riso de Rabelais e sua época como uma pessoa do século XX e por isso não compreende nele o principal: seu caráter universal e de cosmovisão, não compreende a possibilidade da visão de mundo cômica, o aspecto universal e cômico do mundo. Em razão disso, ele procura a cosmovisão de Rabelais apenas onde ele não ri, ou, mais precisamente, onde ele, Febvre, não escuta esse riso, onde Rabelais lhe parece bastante sério. Já quando Rabelais ri, para Febvre, ele simplesmente está brincando, e essas brincadeiras são ingênuas e, como todas as brincadeiras, nada dizem da autêntica cosmovisão de Rabelais, uma vez que toda cosmovisão, segundo Febvre, só pode ser séria. Desse modo, a compreensão do riso e de suas funções na cultura e na visão de mundo, característica da Idade Moderna e sobretudo do século XIX, Febvre transfere para o século XVI, cometendo um anacronismo e modernização evidentes.

Em seu livro, Febvre conta como ficou surpreso com a análise do prólogo de *Pantagruel* feita por Lefranc em seu artigo introdutório ao romance. Ele ficou especialmente perplexo com a conclusão do autor de que Rabelais foi propagandista consciente de um ateísmo consciencioso. Para averiguar essa conclusão que o surpreendeu, Febvre diz: "com certa inquietude tiramos nosso Rabelais da estante. Abrimos o *Pantagruel. E apenas rimos*. Não pensamos mais sobre o 'crescendo' da impiedade [de que falou Lefranc]" ("*On reprend son Rabelais avec quelque inquietude. On ouvre le* Pantagruel. *On rit. On de songe plus au 'crescendo' de l'impiété*"). Febvre não encontra lá "nada de oculto, nada de extraordinário, nem de sacrílego". Ele encontra apenas as "velhas brincadeiras clericais" (*de vieilles plaisanteries cléricales*), que existiam mesmo antes de Rabelais. Isso é tudo o que Febvre encontra no prólogo a *Pantagruel*.

Aqui se manifesta com muita nitidez a relação de Febvre com as piadas de Rabelais: elas provocam apenas o riso — *on rit*. Contudo, justamente esse *on rit* é que necessita de análise. Será que nós, pessoas do século XX, rimos do mesmo jeito que Rabelais e seus leitores contemporâneos riam? E qual é a natureza dessas "velhas piadas clericais"? E se por trás delas não houver aquela velha tendência ateísta abstrata apontada por Lefranc, então talvez haveria outra coisa muito mais significativa, profunda e artisticamente concreta (isto é, o aspecto cômico do mundo)? Entretanto, Febvre não levanta essas questões. Pelo visto, ele considera que, em todas as épocas, o riso sempre foi igual, e a piada sempre foi só uma piada. É por isso que ele orienta sua análise histórica vaga para as partes sérias do romance de Rabelais (mais precisamente àquelas que lhe parecem sérias), mas ignora o riso por considerá-lo algo não histórico e imutável.

Febvre despreza o aspecto cômico do mundo, que se formou ao longo de centenas e milhares de anos nas mais variadas formas da cultura popular do riso (e sobretudo nas formas de riso rituais e de espetáculo). Ao analisar algumas "piadas clericais", como "*Sitio*" ("Estou sedento"), "*Consummatum est*" ("Está consumido") e outras (que surpreenderam Lefranc por sua ousadia), ele se limita a destacar seu caráter tradicional e inofensivo. Ele não vê que são partes de um todo enorme e uno: a percepção de mundo popular e carnavalesca, bem como o aspecto do mundo universal e do riso. Para ver isso, seria preciso revelar o sentido histórico de fenômenos seculares, como a *parodia sacra*, o *risus paschalis*, a imensa literatura cômica medieval e, sobretudo, é claro, as formas carnavalescas rituais e de espetáculo. Mas Febvre não faz isso. Toda a sua atenção está direcionada exclusivamente aos fenômenos "sérios" (no espírito do século XIX) da cultura e do pensamento. Por exemplo, ao analisar Erasmo e sua influência sobre Rabelais, ele não aborda o *Elogio da loucura*, a obra mais consonante com o mundo rabelaisiano. Ele se interessa apenas pelo Erasmo "sério". Às tradicionais piadas clericais é dedicada apenas uma pequena seção do livro, sob o título "Algumas piadas de homens da Igreja" (pp. 161-5), ao todo cinco páginas de quinhentas. Febvre ainda aborda o princípio do riso na cultura do século XVI em uma pequena seção dedicada aos pregadores Menot e Maillard, que em seus sermões empregaram "facécias de Rabelais" (pp. 179-82). Em outros lugares do livro, há ainda algumas observações, poucas e breves, sobre os elementos do riso na cultura do século XVI, mas esses elementos são interpretados no espírito das representações do riso dos séculos XIX e XX. É extremamente característico que, no livro dedicado ao escritor mais carnavalesco da literatura mundial, a palavra "carnaval" apareça uma única vez (na análise das visões além-túmulo de Epistemão).

Em um trecho do seu livro, Febvre parece tender a reconhecer a historicidade do riso. Ele afirma que a "ironia é filha do tempo" (p. 172). No entanto, essa tese permanece sem ser desenvolvida e é empregada por ele só com o objetivo de delimitar o elemento do riso em Rabelais. Febvre considera que, no romance de Rabelais, há muito mais afirmações diretas e sérias do que se costuma pensar e que é comum ouvirem ironia onde de fato ela não existe.

Pensamos que essas afirmações de Febvre são totalmente incorretas. No mundo de Rabelais é possível apenas uma seriedade *relativa*. Mesmo aquelas passagens que tomadas em outro contexto ou de modo isolado seriam bastante sérias (Telema, a carta de Gargântua a Pantagruel, o capítulo sobre a morte dos heróis etc.), no contexto do romance de Rabelais adquirem um sobretom de riso, e as imagens cômicas circundantes se refletem nelas. O aspecto do riso é universal e diz respeito a tudo. Porém, Febvre não vê justamente esse caráter universal e de cosmovisão do riso e sua *verdade* específica. Para ele, a verdade pode apenas profetizar. Ele tampouco vê a natureza ambivalente do riso.

Mesmo em um plano histórico mais amplo, a afirmação de Febvre é incorreta. Na cultura universal do passado, há muito mais de riso e ironia (como uma das formas do riso reduzido) do que nosso ouvido é capaz de ouvir e perceber. A literatura (incluindo a retórica) de certas épocas (helenismo, Idade Média) literalmente está saturada de diferentes formas do riso reduzido, algumas das quais já deixamos de perceber. É muito comum perdermos a percepção do paródico. É indubitável que há muito na literatura universal do passado que ainda teremos de ler novamente e ouvir em outro registro. No entanto, para isso é preciso sobretudo compreender a natureza específica do riso popular do passado — sua cosmovisão, universalismo, natureza ambivalente, relação com o tempo etc. —, ou seja, tudo aquilo que quase por completo foi perdido pelo riso da Idade Moderna.

A desconsideração por Febvre da cultura popular do riso o leva a uma compreensão deturpada da época do Renascimento e do século XVI francês. Febvre não vê e não quer ver a liberdade interior excepcional e o adogmatismo quase extremo do pensamento artístico característicos dessa época, pois não encontra uma base para eles. Ele apresenta um quadro unilateral e falso da cultura do século XVI.

No campo da literatura, a época do Renascimento de um modo geral (e o Renascimento francês em particular) se caracteriza, sobretudo, pelo fato de que a cultura popular do riso, nas suas melhores realizações, se elevou até o nível da alta literatura da época, fecundando-a. Sem revelar isso, não é possível compreender nem a literatura, nem a cultura da época. É evidente que não se pode reduzir a esse momento, *apenas*, todo o conteúdo rico, complexo e contraditório da época. Todavia, é esse momento — um momento de excepcional importância — que permanece não revelado até hoje. Isso se manifesta de modo especialmente nocivo na compreensão de Rabelais.

À guisa de conclusão, temos de concordar com a avaliação crítica do livro de Febvre feita por Pierre Daix em seu artigo "Nossa inconsistência na avaliação da obra de Rabelais": "[...] o livro de Febvre é a mais refinada de todas as tentativas realizadas ao longo dos quatrocentos anos após a morte de Rabelais de separar a sua obra do povo".[146]

* * *

Apresentaremos um breve panorama da situação dos estudos rabelaisianos entre nós.

Os estudos literários russos da época pré-revolucionária quase não se ocuparam de Rabelais. Entre nós não houve rabelaisianistas. Não foi publicado nenhum livro sobre ele, ne-

[146] Cf. Pierre Daix, *Sem vekóv romána* [*Sete séculos do romance*], Moscou, Inostránnaia Literatura, 1962, p. 121 [*Sept siècles de roman*, Paris, EFR, 1955, p. 132]. Conferir também a crítica detalhada de Febvre no livro de L. E. Pinski, *Realizm epókhi Vozrojdiénia* [*O realismo da época do Renascimento*], Moscou, Goslitizdat, 1961, pp. 106-14.

nhuma monografia. Toda a literatura científica russa sobre Rabelais antes da Revolução se resume a um artigo bastante volumoso de A. N. Vesselóvski, "Rabelais e seu romance",[147] e uma brochura de I. Fokht (sem qualquer valor científico).[148]

O artigo citado de A. N. Vesselóvski sobre Rabelais teve uma importância científica indubitável para a sua época (1878). Ele surgiu muito antes do início dos estudos rabelaisianos estritamente científicos na França e um quarto de século antes da fundação da Sociedade de Estudos Rabelaisianos. No artigo, há uma série de observações valiosas e inovadoras sobre a época e sobre aspectos particulares do romance de Rabelais; algumas delas integraram com solidez os estudos rabelaisianos. Entretanto, do ponto de vista de nossa concepção, o entendimento do romance de Rabelais por A. N. Vesselóvski contém incorreções essenciais.

Em sua explicação do caráter predominante do romance de Rabelais, sua gênese e evolução, Vesselóvski coloca em primeiro plano aspectos conjunturais estreitos da política da corte real e de diversos grupos de representantes das classes dominantes (aristocracia feudal e as elites da casta militar e da burguesia); o papel do povo e sua posição específica são totalmente desconsiderados. Por exemplo, Vesselóvski explica o otimismo do primeiro período de Rabelais (até outubro de 1534) pela fé ingênua na vitória do humanismo no contexto do apoio da corte e da amizade de Rabelais com os ex-

[147] "Rablé i iegó román: opyt guenetítcheskogo obiasniêniia" ["Rabelais e seu romance: uma tentativa de elucidação genética"], em *Ízbrannie statii* [*Artigos selecionados*], Leningrado, Goslitizdat, 1939.

[148] Cf. I. Fokht, *Fransua Rable, ego jizn i tvórtchestvo* [*François Rabelais, sua vida e obra*], Moscou, Sazonova, 1914. É preciso mencionar, embora não tenha uma relação direta com a bibliografia russa sobre Rabelais, que o leitor de língua francesa da antiga Universidade de São Petersburgo, Jean Fleury, publicou entre 1876 e 1877, em Paris, uma monografia compilativa de dois volumes sobre Rabelais, razoável para a época.

poentes da Reforma religiosa; já as mudanças na visão de mundo e no tom de Rabelais ocorridas nos livros posteriores do romance são explicadas pela derrota do humanismo como resultado da alteração da política da corte real e da ruptura simultânea de Rabelais com os expoentes da Reforma. No entanto, tais sentimentos, como a fé ingênua e a desilusão, eram profundamente alheios à natureza potente do riso rabelaisiano; já acontecimentos como mudanças na política da corte e de diversos grupos no interior das classes dominantes, não tinham para esse riso, repleto da sabedoria milenar das alternâncias e renovações, mais importância do que uma tempestade em um copo d'água ou coroações e destronamentos de bufões durante as saturnálias romanas e os carnavais europeus. O otimismo de Rabelais é um *otimismo do povo*, e todas as esperanças e decepções, relacionadas às possibilidades limitadas da época, são apenas sobretons em seu romance; já em Vesselóvski eles se transformam em tons principais. Vesselóvski não ouve os fundamentos populares dos escritos de Rabelais.

Vesselóvski tampouco capta o caráter específico e a natureza revolucionária do riso popular que soa na obra de Rabelais. Em essência, ele ignora quase por completo o riso medieval e subestima as tradições milenares da cultura popular do riso. Vesselóvski compreende o riso de Rabelais como a expressão de uma alegria de viver primitiva, elementar, quase animalesca, de um "garoto de aldeia correndo solto na rua".[149]

Vesselóvski, assim como os estudiosos ocidentais de Rabelais, conhecem, na verdade, apenas o Rabelais *oficial*. Ele analisa no romance só os aspectos *periféricos*, que refletem tais correntes, como o círculo humanista de Margarida de

[149] Conferir a crítica mais detalhada dessa imagem de Vesselóvski no capítulo 2, pp. 256 ss. deste volume.

Angoulême, o movimento dos primeiros reformadores etc. Entretanto, a obra de Rabelais expressa, em sua base, os interesses, as aspirações e os pensamentos mais radicais do povo, que não se solidarizou até o fim com nenhum dos movimentos *relativamente* progressistas da Renascença aristocrática e burguesa.

Em consonância com os estudos rabelaisianos do século XIX, Vesselóvski coloca em primeiro plano o *episódio de Telema*, ao fazer dele uma espécie de chave para a cosmovisão de Rabelais e de todo o romance. Contudo, Telema não é característico em absoluto nem da cosmovisão, nem do sistema de imagens, tampouco do estilo de Rabelais. Ainda que nesse episódio esteja presente também o aspecto popular e utópico, de modo geral Telema está relacionado às correntes aristocráticas da Renascença; não é uma utopia popular e festiva, mas uma utopia humanista das festas da corte, que se aproxima mais do pequeno círculo da princesa Margarida do que da praça popular e carnavalesca. Nesse sentido, Telema está fora do sistema de imagens e do estilo de Rabelais.

Quase até os dias atuais, a concepção de A. N. Vesselóvski em muito determinou a interpretação de Rabelais em nossos cursos universitários e nos panoramas da literatura da Renascença.

Até a Grande Guerra Patriótica,[150] os estudos literários soviéticos não trouxeram contribuições substanciais para essa situação. Rabelais, um dos maiores realistas da literatura mundial, foi por muito tempo quase completamente ignorado. Um pequeno artigo de A. A. Smirnóv de caráter informativo publicado na *Enciclopédia Literária* e um artigo seme-

[150] Termo utilizado na União Soviética e na Rússia atual para se referir ao período entre 1941 e 1945 em que a União Soviética lutou contra a invasão nazista. (N. da T.)

lhante de B. A. Krjévski, anexado à segunda edição da tradução incompleta do romance de Rabelais; e, por fim, o capítulo que foi dedicado a Rabelais na *História da literatura francesa* (edição da Academia de Ciências da União Soviética) escrito por A. K Djiveliégov e que tampouco tinha objetivo científico, bem como dois pequenos artigos originais, um de V. F. Chichmarióv, "A história do glorioso Gargântua",[151] e outro de I. E. Vértsman, "Rabelais e o humanismo"[152] — eis quase tudo o que foi publicado sobre nosso autor. Não houve nenhum trabalho monográfico sobre Rabelais; nenhuma tentativa detalhada de rever sua herança à luz das teses e objetivos dos estudos literários soviéticos, principalmente em relação às questões da teoria e da história do realismo e da arte popular.

Após a Grande Guerra Patriótica, a situação mudou. Em 1948, saiu a primeira monografia soviética sobre Rabelais, o livro de E. M. Evniná, *François Rabelais*.[153] Esse livro tem méritos incontestáveis. O desprezo do princípio cômico no romance de Rabelais, próprio dos estudiosos ocidentais, está ausente por completo na obra de Evniná. Para ela, Rabelais é sobretudo um escritor cômico. É verdade que Evniná define Rabelais como um satírico, mas ela entende o riso satírico de maneira muito ampla e, diferentemente de Schneegans e outros, atribui-lhe aspectos positivos essenciais: felicidade, alegria e júbilo. O riso rabelaisiano, segundo a concepção de Evniná, é *multifacetado* e *ambivalente* (ainda que este último

[151] Conferir a coletânea de artigos em homenagem ao acadêmico A. I. Soboliévski, Leningrado, 1928.

[152] Conferir *Utchónie zapíski* [*Notas científicas*] do MGPI (Instituto Pedagógico Estatal de Moscou), 1ª edição (Departamento da História da Literatura Universal), 1935.

[153] Elena Markovna Evniná, *Fransua Rable*, Moscou, Khudójestvennaia Literatura, 1948.

termo não seja empregado por ela). Essa compreensão do riso rabelaisiano permite à autora fazer uma análise interessante e minuciosa dos procedimentos específicos do cômico em Rabelais. O livro de Evniná é uma valiosa contribuição aos jovens estudos rabelaisianos soviéticos.

Durante o período pós-guerra, foi publicada uma série de trabalhos sobre Rabelais para o grande público: o artigo comemorativo de I. I. Aníssimov, "François Rabelais" (*Známia*, 1953, livro 5); o artigo de E. M. Gordéev, "Velíki gumanist Rable" ["O grande humanista Rabelais"] (na coletânea *Sriédnie veká* [*Idade Média*], VII, edição da Academia de Ciências da União Soviética, Moscou, 1955); o prefácio de S. D. Artamónov para *Gargântua e Pantagruel* de Rabelais (tradução de N. M. Liubímov, Goslitizdat, 1961) e seu livro *François Rabelais* (Khudójestvennaia Literatura, 1964). Em 1960, saiu uma brochura interessante e original de S. T. Váiman, *Khudójesvnnii miétod Rable* [*O método artístico de Rabelais*].

No entanto, o acontecimento mais significativo nos nossos estudos rabelaisianos foi a publicação do grande ensaio de L. E. Pinski, "Smekh Rable" ["O riso de Rabelais"].[154]

Diferentemente da maioria dos estudiosos de Rabelais, L. E. Pinski considera o riso como o princípio fundamental e organizador do romance de Rabelais, uma forma não exterior, mas interior da própria visão e compreensão de mundo rabelaisiana. Ele não separa o riso nem da cosmovisão de Rabelais, nem do conteúdo ideológico do seu romance. Sob esse ângulo, Pinski apresenta um esboço crítico da com-

[154] L. E. Pinski, "Smekh Rable" ["O riso de Rabelais"], in *Realízm epókhi Vozrojdiénia* [*O realismo da época do Renascimento*], Moscou, Goslitizdat, 1961, pp. 87-223. A concepção original de L. E. Pinski foi exposta por ele no artigo "O komítcheskom u Rable" ["Sobre o cômico em Rabelais"], *Vopróssi Literatúri*, nº 5, 1959.

preensão e das avaliações de Rabelais ao longo dos séculos. Eis suas conclusões:

> A partir desse rápido panorama da evolução das opiniões sobre Rabelais ao longo dos séculos, não é difícil perceber que só se mostrou produtiva a compreensão da sua obra quando a significação do seu riso não foi subestimada, quando o princípio cômico não foi separado das ideias libertadoras e progressistas do conteúdo de *Gargântua e Pantagruel*. Só nesse caso se revelou um aspecto novo e importante para a vida de sua criação. No decorrer dos séculos, Rabelais permaneceu, sobretudo, como um gênio do cômico na interpretação espontânea do público. (p. 118)

É impossível discordar dessas conclusões de L. E. Pinski. De maneira bastante consequente, L. E. Pinski nega ainda o caráter satírico do riso rabelaisiano. Rabelais não é satírico no sentido habitual da palavra. O seu riso não é orientado em absoluto para certos fenômenos puramente negativos da realidade. Só alguns personagens e episódios secundários nos últimos livros do romance têm um caráter satírico. Já em relação às imagens predominantes do romance, o riso de Rabelais é profundamente positivo. Eis a formulação de L. E. Pinski:

> De modo geral, não se trata de uma sátira no sentido preciso dessa palavra, tampouco de uma revolta contra os vícios ou de uma indignação contra o mal na vida social e cultural. Os companheiros de Pantagruel, sobretudo frei João e Panurgo, não são satirizados em absoluto, porém são os principais portadores do cômico. O caráter cômico das manifestações desembaraçadas de natureza sensual

> — a gula de frei João, a luxúria de Panurgo, a conduta indecente do jovem Gargântua — não objetiva provocar a indignação no leitor. A linguagem e toda a aparência do próprio narrador, Alcofribas Nasier, um dos integrantes do círculo dos pantagruelistas, claramente excluem qualquer tom satírico em relação a Panurgo. É mais um amigo próximo, um segundo "eu" do narrador e do seu personagem principal. Panurgo deve distrair, divertir, surpreender e até, de certo modo, instruir o auditório rabelaisiano, mas de modo algum revoltá-lo. (p. 188)

De modo convincente, L. E. Pinski revela o caráter cognitivo do riso rabelaisiano e sua relação com a verdade. O riso purifica a consciência da seriedade falsa, do dogmatismo, de quaisquer emoções que o turvem. Citaremos uma passagem correspondente do próprio L. E. Pinski. Ao comentar o poema introdutório a *Pantagruel*, ele afirma:

> "O riso em Pantagruel" é ao mesmo tempo o tema e a argumentação. É preciso devolver ao leitor aquela capacidade que a amargura retirou dele: a capacidade de rir. Para que a verdade lhe seja revelada, ele deve regressar ao estado normal da natureza humana. Cem anos após Espinosa, o caminho para a verdade passa pela libertação das emoções de tristeza e alegria. O seu lema é não chorar, não rir, mas conhecer. Para Rabelais, o pensador da Renascença, o riso é justamente a libertação das emoções que turvam o conhecimento da vida. O riso evidencia uma clara visão espiritual e a presenteia aos leitores. O senso do cômico e a razão são dois atributos da natureza humana. Ao sorrir, a própria verdade se revela ao ser humano, quando este per-

> manece em um estado de alegria e comicidade inabaláveis. (p. 174)

Na concepção de L. E. Pinski, consideramos muito importante o reconhecimento da natureza ambivalente do riso rabelaisiano. Em uma das passagens do seu ensaio (p. 181), ele afirma o seguinte: "Um dos traços mais surpreendentes do riso de Rabelais é a polissemia do tom e a relação complexa com o objeto do cômico. A zombaria e a apologia explícitas, o destronamento e a admiração, a ironia e o ditirambo se combinam". Em outro lugar, afirma-se:

> O riso de Rabelais é ao mesmo tempo negativo e afirmativo, porém, mais precisamente, ele é "aquele que busca" e "aquele que aspira", assim como a própria companhia dos pantagruelistas "sedentos". Aqui o entusiasmo ilimitado pelo conhecimento e a ironia cautelosa se interpenetram. O próprio tom desse riso mostra que os dois princípios antagônicos são ao mesmo tempo compatíveis inclusive na forma. (p. 183)

Em seu ensaio, L. E. Pinski revela ainda as fontes principais do riso de Rabelais. Ele se interessa não pelos procedimentos formais externos do cômico, mas precisamente pelas suas fontes na própria existência, ou seja, pela comicidade da própria existência. A principal fonte do riso é, para ele, o "movimento da vida", isto é, a formação, a alternância e a alegre relatividade da existência. Eis como ele aborda a questão:

> O efeito do engraçado em Rabelais se fundamenta na percepção de uma relatividade generalizada — do grande e do pequeno, do elevado e do insignificante, do fantástico e do real, do físico e do

espiritual — na percepção do nascimento, do crescimento, da expansão, do declínio e do desaparecimento, da alternância das formas da natureza eternamente viva.

De acordo com Pinski, outra fonte do cômico, ligada de modo estreito à primeira, é a inabalável alegria de viver, própria da natureza humana. Citaremos sua concepção:

> No prólogo do *Quarto livro*, o pantagruelismo é definido como "a profunda e inabalável alegria de viver, diante da qual tudo o que é efêmero é impotente". A fonte do cômico na obra de Rabelais não é só a impotência do efêmero, incapaz de deter o movimento da vida (pois de modo inevitável "tudo se movimenta para seu fim", como diz a inscrição no templo da Divina Garrafa), não é só a passagem do tempo e o movimento histórico da sociedade, tampouco a lei da "alternância" dos reinos e impérios. Uma fonte não menos relevante do cômico é "a profunda e inabalável alegria de viver" da natureza humana, capaz de se elevar sobre o transitório e compreendê-lo justamente como transitório e efêmero". (p. 147)

De acordo com Pinski, essas são as principais fontes do cômico em Rabelais. A partir das definições citadas é possível perceber que L. E. Pinski compreende com profundidade a relação primordial do riso com o tempo e com a alternância temporal. Ele enfatiza essa relação em outras passagens do seu trabalho.

Analisamos aqui apenas os aspectos mais essenciais da concepção do riso rabelaisiano que L. E. Pinski desenvolveu em detalhes e de modo fundamentado no seu ensaio. Com base em sua concepção, L. E. Pinski faz análises profundas e sutis dos episódios mais importantes do romance de Rabelais e de seus principais personagens (Gargântua, Pantagruel, frei João e Panurgo). É especialmente interessante e profunda a análise da imagem de Panurgo. L. E. Pinski acertou ao indicar a enorme importância dessa imagem (assim como da imagem do Falstaff de Shakespeare) para a compreensão da visão de mundo renascentista.

L. E. Pinski não analisa a história do riso e da cultura popular no riso e, em particular, não aborda as fontes medievais de Rabelais. Seu método (nesse ensaio) é essencialmente sincrônico. Entretanto, ele observa o caráter carnavalesco do riso rabelaisiano (p. 205).

Essa é a situação dos estudos rabelaisianos soviéticos. Nosso breve panorama evidencia que, diferentemente dos estudos rabelaisianos ocidentais contemporâneos, nossos pesquisadores não separam a visão de mundo artística de Rabelais do seu riso e sobretudo tendem a compreender com correção as peculiaridades desse riso.

À guisa de conclusão, é preciso dizer algumas palavras sobre a tradução de N. M. Liubímov. O lançamento dela é um acontecimento de grande importância. Pode-se dizer que o leitor russo pela primeira vez leu Rabelais e pela primeira vez ouviu seu riso. Apesar de as traduções de Rabelais terem começado entre nós ainda no século XVIII, foram traduzidos, na verdade, só alguns fragmentos, e as particularidades e a riqueza da linguagem e do estilo rabelaisianos não foram transmitidos nem de longe. Essa tarefa é de extrema dificuldade. Criou-se até mesmo a opinião da intraduzibilidade de Rabelais para línguas estrangeiras (entre nós essa visão foi defendida por A. N. Vesselóvski). Por isso, de todos os clássicos da literatura mundial só Rabelais não entrou na cultura russa, não foi assimilado de modo orgânico por ela (como foram assimilados Shakespeare, Cervantes etc.). Trata-se de uma lacuna muito grave, uma vez que, por meio de Rabelais, revelou-se o mundo imenso da cultura popular do riso. E eis que graças à tradução magnífica e quase totalmente fiel de N. M. Liubímov, Rabelais falou em russo, falou com toda a sua maneira única, sem cerimônias nem embaraço, com todo o caráter inesgotável e profundo das imagens do riso. A importância desse acontecimento não pode ser subestimada.

Capítulo 2

A palavra da praça no romance de Rabelais

"A ti desejo entender,
Tua língua obscura hei de aprender."[155]

Púchkin

Abordaremos sobretudo aqueles aspectos do romance de Rabelais que, a começar pelo século XVII, foram pedras no caminho dos seus apreciadores e leitores; obstáculos esses chamados por La Bruyère de "charme do canalha" e "perversão suja", e por Voltaire de "descaramento" e "obscenidades". Chamaremos esses aspectos — por enquanto de maneira convencional e metafórica — de aspectos da praça do romance rabelaisiano. É precisamente deles que, no século XVIII, o abade Marsy e o abade Pérau[156] purificaram com diligência o romance de Rabelais, e, no século XIX, George Sand quis expurgar. Esses aspectos continuam impedindo a interpretação pública teatral de Rabelais (e não há escritor mais propício para a interpretação em voz alta do que ele).

Mesmo nos dias de hoje os aspectos da praça no romance de Rabelais criam dificuldades aos seus leitores, e não só aos leitores comuns. É difícil introduzir esses aspectos da praça de maneira orgânica e completa no tecido artístico da obra. A compreensão estreita, limitada e específica que esses

[155] Aleksandr Púchkin, "Versos escritos em uma noite de insônia" [1830], com o segundo verso editado por V. A. Jukóvski.

[156] François-Marie de Marsy (1714-1763) e Gabriel-Louis Calabre Pérau (1700-1767), responsáveis por edições expurgadas da obra de Rabelais publicadas em 1752: respectivamente *Le Rabelais moderne* e *François Rabelais: Oeuvres choisies*. (N. da T.)

aspectos receberam na Idade Moderna distorceu sua percepção correta em Rabelais, cuja significação era universal e muito distante da nova pornografia. Por isso se criou entre os apreciadores e pesquisadores de Rabelais uma espécie de abordagem condescendente dessa herança inevitável "do ingênuo e grosseiro século XVI". Enfatizou-se justamente o caráter ingênuo e inocente dessa obscenidade antiga, que a distingue em especial da nova pornografia perversa.

No século XVIII, o abade Galiani expressou de maneira muito espirituosa essa condescendência. Segundo ele, "a obscenidade de Rabelais é ingênua, ela parece o traseiro de um pobre".

A. N. Vesselóvski tratou o "cinismo" de Rabelais com essa mesma condescendência, usando apenas outra imagem, menos rabelaisiana. Ele afirma:

> Se quiserem, *Rabelais é cínico*, porém, como um *saudável garoto de aldeia*, que deixa sua isbá esfumaçada em plena primavera, ele corre como um doido pelas poças, *jogando lama nos transeuntes* e gargalhando de alegria, quando as bolotas de lama cobrem suas pernas e seu rosto, corados pela *alegria primaveril e animal*.[157]

Essa opinião de Vesselóvski merece uma maior atenção. Por um instante, levaremos a sério todos os elementos da imagem do garoto de aldeia retratada por ele e os cotejaremos com as particularidades do cinismo rabelaisiano.

Em primeiro lugar, precisamente toda a imagem de um garoto *de aldeia* escolhida por Vesselóvski parece-nos bastante infeliz. Em sua essência, o cinismo de Rabelais está li-

[157] A. N. Vesselóvski, *Ízbrannie statii* [*Artigos selecionados*], Leningrado, Goslitizdat, 1939, p. 241.

gado à praça da cidade, à praça da feira e do carnaval na Idade Média tardia e no Renascimento. Em seguida, não se trata da alegria individual de um garoto, solto de uma choupana esfumaçada, mas de uma alegria coletiva do povo na praça da cidade. A primavera nessa imagem é bastante apropriada: de fato, é um riso primaveril, carnavalesco ou pascal. Contudo, não é em absoluto a alegria ingênua de um garoto que corre "como um doido pelas poças", mas uma alegria popular e festiva, cujas formas se constituíram ao longo de muitos séculos. Aqui essas formas de cinismo primaveril ou carnavalesco foram transferidas à primavera histórica, ao encontro de uma nova época (Vesselóvski também se refere a isso). Necessita de correção a própria imagem do garoto, ou seja, da juventude, da imaturidade, da incompletude, essa imagem é apropriada só no plano metafórico: é uma juventude milenar, é o "garoto brincante" de Heráclito. De um ponto de vista histórico, o "cinismo" de Rabelais pertence às camadas mais antigas do seu romance.

Continuemos nossas "implicâncias" com a imagem de Vesselóvski. Seu garoto de aldeia joga *lama* nos transeuntes. Para o cinismo rabelaisiano, é uma metáfora atenuada e modernizada em excesso. Jogar lama significa "*rebaixar*". Entretanto, os rebaixamentos grotescos sempre tiveram em vista um baixo corporal ao pé da letra, a zona dos órgãos reprodutivos. Por isso, costumava-se jogar não lama, mas fezes e urina. É um gesto rebaixador bastante antigo, que originou a metáfora modernizada e atenuada do "jogar lama".

Sabemos que os excrementos desempenharam um grande papel no ritual da *festa dos loucos*. Durante a missa solene do bispo bufão escolhido, eram usadas, na igreja, as fezes no lugar do incenso. Após a missa, o clero se sentava em carroças carregadas de excrementos; os clérigos percorriam as ruas e jogavam excrementos no povo que os acompanhava.

O arremesso de fezes fazia parte ainda do ritual *charivari*. Tivemos acesso a uma descrição de um *charivari* do século XIV, no *Roman de Fauvel*, por meio da qual sabemos que esse ato era praticado contra os transeuntes junto com outro gesto ritual — o lançamento de sal no poço.[158] As liberdades escatológicas (sobretudo verbais) desempenham um enorme papel também no carnaval.[159]

No próprio Rabelais, o banho com urina e a imersão na urina são muito importantes. Lembremos o célebre episódio do primeiro livro do romance (cap. XVII), no qual Gargântua banha com sua urina os parisienses curiosos aglomerados ao seu redor; lembremos nesse mesmo livro o episódio com a égua de Gargântua, que inundou com sua urina parte das tropas de Picrócolo no vau de Vède, e o episódio com os peregrinos atingidos pelo jato da urina de Gargântua; por fim, no *Pantagruel*, lembremo-nos da inundação do acampamento de Anarco com a urina de Pantagruel. Ainda retornaremos a todos esses episódios. Aqui nos importa apenas revelar um dos gestos rebaixadores tradicionais, que se esconde atrás da metáfora eufemística de Vesselóvski (o "ato de jogar lama").

Excrementos, enquanto objeto de arremesso, são conhecidos desde a literatura da Antiguidade. A partir de fragmentos do drama satírico de Ésquilo *Os coletores de ossos* é visível que nele houve um episódio no qual jogaram na cabeça de Odisseu uma "louça fétida", ou seja, um penico noturno. O mesmo acontecimento foi também retratado no drama satírico, que não chegou até nós, de Sófocles, *O banquete dos aqueus*. Episódios análogos são ligados à figura de *Héracles cômico*, e é testemunha disso uma série de imagens nos vasos

[158] Cf. "Roman de Fauvel", in *Histoire littéraire de la France*, v. 32, Paris, Imprimere Nationale, 1898, p. 146: "L'un getoit le bren au visage... L'autre getoit le sel au puis" ["Um joga a merda no rosto... O outro joga o sal no poço"].

[159] Em Hans Sachs [1494-1576], por exemplo, há o "jogo de merda" carnavalesco.

da Antiguidade: ora ele está deitado bêbado na porta de uma hetera, e a velha casamenteira o banha com um penico noturno, ora ele mesmo persegue alguém com um penico na mão. Por fim, foi preservado um fragmento das atelanas de Pompônio: "Tu, Diomedes, banhaste-me com urina" (pelo visto trata-se de uma retomada do episódio de *O banquete dos aqueus*).

Os exemplos citados testemunham que arremessar fezes e banhar com urina são gestos tradicionais de rebaixamento, conhecidos não só do realismo grotesco, como também da Antiguidade. Sua significação rebaixadora era de conhecimento e compreensão gerais. Provavelmente em qualquer idioma é possível encontrar expressões do tipo "estou [...] para você" (expressões paralelas são "estou cuspindo" ou "espirrando para você"). Na época de Rabelais, era comum a expressão "bren pour luy" [merda para ele] (usada por Rabelais no prólogo do primeiro livro do seu romance). Na base desse gesto e das expressões verbais correspondentes está um rebaixamento topográfico literal, ou seja, a aproximação do baixo corporal, da zona dos órgãos reprodutivos. Trata-se de um aniquilamento, de um túmulo para aquilo que é rebaixado. Porém, todos os gestos e expressões rebaixadores desse tipo são *ambivalentes*. Pois o túmulo que eles cavam é um túmulo *corporal*. O baixo corporal, a zona dos órgãos reprodutivos é um *baixo que fecunda e gera vida*. Por isso também nas imagens da urina e das fezes preserva-se um vínculo essencial com o *nascimento*, a *fecundidade*, a *renovação*, a *bênção*. Na época de Rabelais, esse aspecto *positivo* ainda era bastante vivo e sentido com total nitidez.

No famoso episódio com o "rebanho de Panurgo", presente no *Quarto livro* do romance de Rabelais, o comerciante Dindenault, ao elogiar seus carneiros, fala que a urina deles tem o poder milagroso de aumentar a fertilidade da terra, semelhante à urina divina. Em "Briefve declaration" ["Breve declaração"], anexa ao *Quarto livro*, o próprio Rabelais (ou até um seu contemporâneo e uma pessoa do mesmo meio cultural) dá o seguinte esclarecimento a esse trecho: "Si Dieu y eust pissé" [Se Deus tivesse mijado aqui]. Trata-se de uma expressão popular em Paris e em toda a França entre pessoas simples, que consideravam como especialmente abençoados aqueles lugares em que Nosso Senhor teria urinado ou teria feito outras secreções naturais, por exemplo, expelir saliva (assim em João, capítulo IX: "Lutum fecit ex sputo" [Fez um unguento de saliva]).[160]

Essa passagem é muito reveladora. Ela testemunha que, naquela época, nas lendas populares e na própria língua, os excrementos eram indissoluvelmente ligados à fertilidade, e que o próprio Rabelais conhecia essa relação e, portanto, a empregou de modo deliberado. Em seguida, vemos que Rabelais não teve a menor dúvida de unir a ideia do "Notre Seigneur" [Nosso Senhor] e da "bênção divina" com a dos excrementos (essas ideias já estavam unidas na "expressão popular" citada); para ele, não havia nenhuma blasfêmia nisso, assim como ele não via o abismo estilístico entre essas duas ideias, que se fez a partir do século XVII.

Para uma correta compreensão desses gestos e imagens da praça carnavalesca, como o arremesso de fezes, o banho com urina etc., é necessário considerar o seguinte. Todas as imagens verbais e gestuais semelhantes são parte do todo carnavalesco, perpassado por uma única lógica imagética. Esse todo é um drama cômico da morte do antigo e ao mesmo tempo do nascimento de um novo mundo. Toda imagem isolada se subordina ao sentido desse todo, reflete em si a concepção única de um mundo em devir contraditório, apesar de essa imagem também figurar isolada. Por participar desse todo, cada imagem desse tipo é profundamente *ambivalente*:

[160] Cf. a edição de Rabelais em um volume: Louis Moland, *François Rabelais: tout ce qui existe de ses oeuvres* [*François Rabelais: tudo o que existe de suas obras*], Paris, Garnier Frères, 1884, p. 478.

sua relação com a vida-morte-nascimento se torna mais essencial. Por isso todas essas imagens são desprovidas de cinismo e de grosseria, no sentido que lhes atribuímos. Contudo, as mesmas imagens (por exemplo, o arremesso de fezes e o banho de urina), percebidas no sistema de outra cosmovisão, em que os polos positivo e negativo do devir (nascimento e morte) são separados e opostos entre si em diferentes imagens imiscíveis, tornam-se um cinismo de fato grosseiro, perdem a sua relação *direta* com a vida-morte-nascimento e, por conseguinte, a sua ambivalência. Fixam só o aspecto negativo, e, ademais, os fenômenos por elas designados (por exemplo, fezes e urina) adquirem um sentido estreitamente cotidiano e inequívoco (nossa significação atual das palavras "fezes" e "urina"). É justo nesse aspecto — alterado em seu cerne — que essas imagens, ou melhor, as expressões a elas correspondentes, sobrevivem na linguagem sem cerimônias de todos os povos. É verdade que nelas ainda se mantém um eco muito distante de seu sentido na antiga cosmovisão, uma vaga sensação da liberdade absoluta da praça, pois só isso pode explicar sua sobrevivência obstinada e sua ampla disseminação.

Os estudiosos costumam interpretar e avaliar os elementos da praça em Rabelais no espírito da sua *compreensão contemporânea* e isolados da totalidade do ato carnavalesco e da praça que os sustenta. Por isso eles não conseguem captar a profunda ambivalência dessas imagens.

Citaremos mais alguns exemplos paralelos com o intuito de confirmar que, na época de Rabelais, nas imagens da urina e das fezes ainda estava bastante vivo e perceptível o momento do renascimento, da fecundidade, da renovação e do bem-estar.

No *Baldus* de [Teofilo] Folengo (obra macarrônica que exerceu, como se sabe, certa influência sobre Rabelais), há um episódio, que ocorre no *inferno*, em que Cingar *ressuscita* um jovem ao banhá-lo com *urina*.

Em *Les Cronicques inestimables* [*As crônicas inestimáveis*],[161] há um episódio em que Gargântua urina durante três meses, sete dias, treze horas e 47 minutos, *criando* o rio Rhône e junto com ele setecentos navios.

No próprio Rabelais (em *Pantagruel*), todas as fontes de águas termais e *medicinais* na França e na Itália se formaram da urina quente de Pantagruel enfermo.

No *Terceiro livro* do romance (capítulo XVII), Rabelais faz uma alusão ao antigo mito segundo o qual Júpiter, Netuno e Mercúrio *geraram* Órion (do grego *ourein* — urinar) de sua urina (a fonte de Rabelais foi o *Fastos* de Ovídio). Ele faz essa alusão de maneira curiosa: Júpiter, Netuno e Mercúrio "*officialement* [...] *forgerent Orion*" [oficialmente... forjaram Órion]. "*Official*" é um oficial da polícia eclesiástica, mas passou-se a chamar do mesmo jeito — no espírito dos rebaixamentos próprios da linguagem sem cerimônias[162] — o penico noturno (esse emprego lexical foi registrado já na língua do século XV). Entre nós, como se sabe, o penico noturno é chamado às vezes de "general". Rabelais, com sua liberdade linguística excepcional, criou a forma "*officialement*", que devia significar "da urina" (daria para traduzir "à moda do general" ou "à moda de vossa excelência"). Nesse exemplo, as forças rebaixadora e reprodutiva da urina se combinam de maneira bastante peculiar.

Por fim, na qualidade de fenômeno paralelo, mencionemos ainda o famoso *Manneken-Pis* em uma das fontes da cidade de Bruxelas. Trata-se da figura antiga de um garoto que

[161] Trata-se de uma versão ampliada e alterada de *As grandes e inestimáveis crônicas*. Há nela uma série de empréstimos de *Pantagruel*. Possivelmente foi publicada em 1534 sob a autoria de François Gerault.

[162] A expressão utilizada por Bakhtin é *familiárnaia rietch*, que poderia ser traduzida por discurso/fala/linguagem sem cerimônias. O termo *rietch* é o mesmo empregado no famoso texto *Os gêneros do discurso* e em diversas obras de Bakhtin e seu círculo. (N. da T.)

urina com toda desenvoltura. Os habitantes de Bruxelas o consideram seu "cidadão mais antigo" e relacionam a segurança e a prosperidade de sua cidade à existência dele.

Seria possível citar muitos exemplos semelhantes. Em tempo oportuno, voltaremos a esse tema com outros exemplos da obra de Rabelais. Por enquanto, limitemo-nos aos exemplos citados. As imagens da urina e das fezes são ambivalentes, assim como todas as imagens do baixo material e corporal: elas, ao mesmo tempo, rebaixam-destroem e ressuscitam-renovam, trazem tanto bênção quanto humilhação, nelas se entrelaçam de modo indissolúvel a morte e o nascimento, o ato de parir e a agonia.[163] De maneira simultânea, essas imagens estão indissoluvelmente ligadas ao *riso*. A morte e o nascimento nas imagens da urina e das fezes se manifestam em seu aspecto alegre e do riso. Por isso as imagens da defecação de uma ou outra forma quase sempre acompanham aqueles monstros alegres, que são criados pelo riso em substituição do medo derrotado. É por isso também que as imagens da defecação se fundiram de maneira indissociável com a imagem do inferno. É possível dizer que as defecações são matéria e corporeidade, *engraçadas* por excelência; trata-

[163] Na literatura mundial e sobretudo na criação anônima oral, encontraremos inúmeros exemplos de entrelaçamento da agonia com o ato de defecar ou a equivalência entre o momento da morte e o da defecação. Trata-se de um dos modos mais difundidos de rebaixar a morte e o próprio moribundo. É possível chamar esse tipo de rebaixamento de "tema de Malbrough". Da grande literatura cito apenas a sátira maravilhosa e genuinamente saturnalesca de Sêneca, *A transformação de Cláudio em abóbora* [ou *Apocolocintose do divino Cláudio*], em que o imperador morre justamente no momento da defecação. No próprio Rabelais, o "tema de Malbrough" aparece em diversas variantes. Por exemplo, as pessoas na "ilha dos ventos" morrem ao emitirem gases, e a alma delas sai pelo ânus. Em outro lugar, ele cita o exemplo de um romano, que morreu por produzir certo som na presença do imperador. Exemplos semelhantes rebaixam não só o próprio moribundo, mas também rebaixam e corporificam a própria morte, ao transformá-la em um monstro alegre.

-se da matéria mais adequada para a corporificação rebaixadora de todo o elevado. Em razão disso é tão significativo o seu papel no folclore do riso, no realismo grotesco e no romance de Rabelais, bem como nas expressões rebaixadoras correntes da linguagem sem cerimônias. Contudo, quando Hugo diz, em relação ao universo rabelaisiano, "*totus homo fit excrementum*", ele ignora o aspecto ressuscitador e renovador da imagem da defecação, que já se perdera na consciência literária da Europa.

Retornemos à imagem do garoto de Vesselóvski. Agora vemos que a metáfora de "jogar lama" é muito malsucedida quando aplicada ao cinismo de Rabelais. É uma metáfora de ordem abstrato-moral. Já o cinismo de Rabelais é um sistema de rebaixamentos grotescos, semelhantes ao arremesso de fezes e ao banho de urina. Trata-se de um enterro alegre. O sistema de rebaixamentos perpassa em suas diversas formas e expressões todo o romance do início ao fim, ele organiza as imagens que estão muito distantes do cinismo no sentido estrito da palavra. São apenas elementos de um único aspecto cômico do mundo.

Toda a imagem de Vesselóvski é extremamente infeliz. Afinal, o que ele retrata como um ingênuo garoto de aldeia solto na rua, o qual ele perdoa com condescendência pelos respingos de lama, não é outra coisa a não ser a cultura popular do riso que se formara por milênios e que oculta profundidades semânticas excepcionais e nada ingênuas. A cultura e o cinismo do riso estão longe de serem ingênuos e de modo algum precisam de nossa condescendência. Eles exigem de nós estudo e compreensão atentos.[164]

* * *

[164] Também Voltaire (em *Le Sottisier*) usou uma fórmula típica do tratamento desdenhoso e condescendente de Rabelais e seu século: "Costumam elogiar Marot, Amyot e Rabelais, como se fossem crianças que

Embora até o presente momento os termos "cinismo", "obscenidades", "elementos da praça" já sejam convencionais para abordar o romance de Rabelais, eles estão longe de ser adequados ao que devem designar. Em primeiro lugar, esses elementos não são em absoluto algo isolado no romance de Rabelais: são uma parte orgânica de todo o seu sistema de imagens e estilo. Eles se tornaram isolados e específicos apenas para a nova consciência literária. No sistema do realismo grotesco e das formas festivo-populares, eles foram aspectos essenciais nas imagens do baixo material e corporal. É verdade que eles eram elementos não oficiais, porém o mesmo acontecia com o riso e toda a literatura festivo-popular na Idade Média. Por isso, distinguimos os elementos "da praça" apenas por convenção. Por eles entenderemos tudo aquilo que está *diretamente* relacionado à vida da praça, que carrega a marca da *natureza não oficial e da liberdade* da praça, mas ao mesmo tempo não pode ser vinculado com as formas da *literatura* popular e festiva no sentido estrito da palavra.

Temos em vista sobretudo alguns fenômenos da linguagem sem cerimônias — xingamentos, juramentos e promessas, maldições e, em seguida, gêneros discursivos da praça: os "gritos de Paris", anúncios dos charlatães de feira e dos vendedores de poções etc. Todos esses fenômenos não estão separados pela muralha da China dos gêneros literários festivo-populares e de espetáculo: entram na composição destes e com frequência desempenham um papel estilístico proeminente; costumamos encontrá-los com frequência nos *dits* (di-

conseguiram acidentalmente dizer algo de bom. Aprovam esses escritores, por desprezarem o século deles, e as crianças, por não esperarem nada de sua idade". São palavras bastante características da relação dos iluministas com o passado e, em particular, com o século XVI. Infelizmente, elas são sempre repetidas de uma ou de outra maneira ainda em nossos dias. É preciso acabar de vez com as representações equivocadas da ingenuidade do século XVI.

tos) e *débats* (debates) nas diabruras, nas *soties*, em farsas etc. Gêneros cotidianos e artísticos da praça costumam ser tão entrelaçados que às vezes é difícil traçar uma fronteira nítida entre eles. Os mesmos vendedores e anunciantes de poções eram os atores de feira; os mesmos "gritos de Paris" eram revestidos de uma forma poética e interpretados com uma melodia específica; o estilo da linguagem do anunciante de feira em nada se distinguia do estilo dos reclames dos vendedores de livros populares (e até os longos títulos de reclames desses livros costumavam ser construídos no estilo dos anúncios da praça). A praça da Idade Média tardia e do Renascimento era um mundo único e íntegro, em que todas as "apresentações" — de disputas verbais ruidosas até espetáculos festivos organizados — tinham algo em comum: estavam imbuídos do mesmo ar de liberdade e franqueza sem cerimônias. Tais elementos da linguagem sem cerimônias, como juramentos, promessas, xingamentos, eram completamente legalizados na praça e introduziam-se com facilidade em todos os gêneros festivos que gravitavam em torno da praça (mesmo no drama eclesiástico). A praça concentrava tudo o que não era oficial, gozava, por assim dizer, dos direitos da "extraterritorialidade" do mundo da ordem e da ideologia oficiais, sempre permanecendo "com o povo". É claro que esses aspectos da praça se revelavam com plenitude justamente nos *dias festivos*. Eram de suma importância os períodos das feiras, que coincidiam com as festas, mas costumavam se estender por muito tempo. Por exemplo, a famosa feira de Lyon acontecia quatro vezes por ano e durava quinze dias em cada período; desse modo, por dois meses inteiros no ano Lyon vivia uma vida de feira e, portanto, em grande medida *carnavalesca*. Nas feiras, sempre reinava uma atmosfera carnavalesca, mesmo que não houvesse carnaval em sentido próprio.

Desse modo, na Idade Média e ainda na época do Renascimento, a cultura popular não oficial tinha seu território específico, a praça, e seu tempo específico, os dias festivos e de feira. Conforme já abordamos mais de uma vez, essa praça festiva é um segundo mundo específico no interior do mundo oficial da Idade Média. Aqui reinava um tipo especial de comunicação: a comunicação da praça sem cerimônias e livre. Nos palácios, nas igrejas, nas instituições, nas casas particulares, reinavam o princípio hierárquico da comunicação, a etiqueta e as regras de bom comportamento. Na praça soava ainda uma linguagem própria: a linguagem *sem cerimônias*, que era quase uma língua específica, impossível em outros lugares e nitidamente distinta da língua da Igreja, do palácio, dos tribunais, das instituições, da língua da literatura oficial, da língua falada das classes dominantes (aristocracia, nobreza, alto e médio clero, o topo da burguesia urbana), embora elementos da linguagem da praça invadissem, em certas condições, também esses espaços. Nos dias festivos, principalmente durante o carnaval, elementos da praça em menor ou maior grau estavam presentes em todo lugar, até mesmo na Igreja (a festa dos loucos, a festa do asno). A praça festiva reunia uma enorme quantidade de formas e gêneros pequenos e grandes, atravessados pela percepção de mundo única e não oficial.

Na literatura mundial, não há provavelmente outra obra que, com tanta plenitude e profundidade, tenha refletido todos os aspectos da vida popular da praça como o romance de Rabelais. Nele as vozes da praça soam mais alto. Contudo, antes de ouvi-las, é necessário esboçar a história externa dos contatos de Rabelais com a praça (na medida em que os escassos dados da sua biografia permitam).

* * *

Rabelais conhecia com perfeição a vida das feiras na sua época e, como veremos adiante, soube compreendê-la e refleti-la em seu romance com profundidade e força excepcionais.

Em Fontenay-le-Comte, no mosteiro dos Cordeliers, onde Rabelais passou a juventude e conheceu a cultura humanista e a língua grega, ele entrou em contato ao mesmo tempo com a cultura e com a língua específicas da praça e da feira. Naquela época, em Fontenay-le-Comte, havia uma feira famosa em toda a França, que ocorria três vezes ao ano. Reuniam-se lá uma grande quantidade de comerciantes e compradores não só de toda a França, mas também de outros países. Segundo o testemunho de G. Bouchet, juntavam-se ali muitos estrangeiros, sobretudo alemães. Ali encontravam-se pequenos vendedores ambulantes, ciganos e todo tipo de elementos desclassificados, tão comuns à época. Segundo testemunhos do final do século XVI, Fontenay-le-Comte foi berço de um *jargão* específico. Lá Rabelais pôde observar e ouvir toda uma vida particular da praça de feira.

Também no período seguinte de sua vida, Rabelais, que costumava viajar pela província de Poitou acompanhado pelo bispo Geoffroy d'Estissac, pôde ainda observar as feiras de Saint-Maixent e a famosa feira em Niort (ele menciona o barulho desta feira em seu romance). De modo geral, a vida da praça de feira e de espetáculo em Poitou desabrochou naquela época com uma exuberância incomum.

Ali em Poitou, Rabelais entrou em contato com outra face muito importante da vida da praça: os espetáculos. Pelo visto, foi ali que ele adquiriu aqueles conhecimentos especiais da vida dos palcos teatrais (*les échafauds*), revelados por ele no romance. Os palcos teatrais eram erguidos diretamente na praça, e o povo se aglomerava diante deles. Misturando-se à multidão, Rabelais pôde assistir às encenações de mistérios, moralidades e farsas. Cidades de Poitou, como Montmorillon, Saint-Maixent, Poitiers e outras, nessa época eram famosas por encenações teatrais desse tipo.[165] Não por aca-

[165] Cf. a respeito dessa questão Henri Clouzot, *L'Ancien théâtre en Poitou* [*O teatro antigo em Poitou*], Niort, L. Clouzot, 1901.

so Rabelais escolheu como palco da facécia de Villon, narrada no *Quarto livro*, precisamente Saint-Maixent e Niort. A cultura teatral francesa naquela época ainda estava repleta da praça popular.

No próximo período de vida (de 1528 a 1530), não documentado, Rabelais, pelo visto, vagueia pelas universidades de Bordeaux, Toulouse, Bourges, Orléans e Paris. Aqui ele comunga a vida boêmia dos estudantes. Essa aproximação se fortalece mais ainda no período seguinte, quando ele estuda medicina em Montpellier.

Já apontamos a enorme importância das festas e recreações escolares na história da cultura e literatura medievais. Na época de Rabelais, a alegre literatura recreativa dos estudantes já acendera à grande literatura e desempenhava nela um papel essencial. Essa literatura recreativa estava também relacionada com a praça. As paródias, as travestias, as facécias escolares, tanto em latim quanto principalmente nas línguas vernáculas, revelam um parentesco genético e uma semelhança interna com as formas da praça. Toda uma série de diversões estudantis ocorria diretamente na praça. Assim, nos tempos de Rabelais em Montpellier, durante a festa dos reis, os estudantes realizavam procissões carnavalescas e dançavam na praça. Era comum a universidade encenar *moralités* e farsas fora de seus muros.[166]

Ao que parece, Rabelais também participou ativamente das diversões estudantis de sua época. Jean Plattard presume que, durante sua vida de estudante (em especial em Montpellier), Rabelais tenha escrito uma série de anedotas, facécias, disputas alegres, esboços cômicos e tenha adquirido

[166] Essa literatura recreativa estudantil era, em grande medida, parte da cultura da praça e, pelo seu caráter social, se aproximava ou às vezes se fundia com a cultura popular. Entre os autores anônimos das obras do realismo grotesco (em particular, é claro, da sua parte em latim) havia, pelo visto, muitos estudantes ou ex-estudantes.

nas formas da literatura recreativa alegre aquela experiência, que poderia explicar a inabitual velocidade da criação de *Pantagruel*.

No próximo período da vida de Rabelais em Lyon, seu vínculo com a praça da feira popular se torna ainda mais estreito e profundo. Já mencionamos as célebres feiras de Lyon, que preenchiam ao todo dois meses do ano. A vida da praça e de rua de Lyon — essa cidade do sul onde havia uma enorme comunidade italiana — era extremamente rica. No *Quarto livro*, o próprio Rabelais menciona o *carnaval de Lyon*, durante o qual se carregava uma imagem monstruosa do *comilão-devorador Maschecroûte*, um típico *monstro alegre*. Os contemporâneos deixaram testemunhos sobre uma série de outras festividades populosas em Lyon, por exemplo, a festa dos tipógrafos no mês de maio, a festa da eleição do "príncipe dos artesãos" e outras.

As relações de Rabelais com a feira de Lyon eram ainda mais estreitas. No meio editorial e de comércio de livros, a feira de Lyon ocupava um dos primeiros lugares do mundo, ficando atrás apenas da famosa Feira de Frankfurt. Ambas as feiras eram órgãos importantes de difusão de livros e de propaganda literária. Os livros eram lançados para a "feira" (na primavera, no outono e no inverno). A feira de Lyon em grande medida determinava a época de publicação dos livros na França. O lançamento de novidades sempre obedecia às datas dessas feiras.[167] Essas datas determinavam, por conseguinte, a apresentação dos manuscritos pelos autores. A. Lefranc foi feliz ao utilizar as datas das feiras de Lyon para fixar a cronologia das obras de Rabelais. As datas da feira de Lyon regulavam toda a produção de livros (até mesmo científicos), mas em especial, é claro, as grandes edições de livros populares e de literatura recreativa.

[167] Até a obra de Goethe era regulada em grande medida pela época da Feira de Frankfurt.

Rabelais, que no início lançara três publicações científicas, em seguida passou a publicar essa literatura de massa, estabelecendo relações mais estreitas com a praça da feira. Ele teve de considerar não só as datas das feiras, mas também suas exigências, gostos e tom.

Rabelais lança quase ao mesmo tempo não só seu *Pantagruel*, que seguia os passos do livro popular *As grandes e inestimáveis crônicas de Gargântua*, mas também a *Pantagrueline prognostication* (*Pantagruelina prognosticação*) e o *Almanach* (*Almanaque*) de 1533.[168] A *Pantagruelina prognosticação* é uma alegre travestia cômica das *previsões de ano-novo*, que eram populares à época. Essa obra (de apenas algumas páginas) foi reeditada nos anos seguintes.

A segunda obra mencionada — o *Almanaque* — é um calendário popular. Nos anos seguintes, Rabelais continuou a publicar tais calendários. Chegaram até nós alguns dados (e até mesmo fragmentos) dos calendários feitos por ele para os anos de 1535, 1541, 1546 e, por fim, 1550. Pode-se supor, como o faz, por exemplo, L. Moland, que com isso não se esgota a série de calendários publicados por Rabelais; que ele os publicava a cada ano, a começar por 1533; tendo sido, por assim dizer, um compilador juramentado de calendários populares, uma espécie de Matthieu Laensbergh francês.[169]

Ambos os tipos de obra — tanto a *Prognosticação* quanto os "Calendários" — estão ligados de modo mais essencial com o *tempo*, com o *ano-novo* e, por fim, com a praça popular da feira.[170]

[168] Obras incluídas em F. Rabelais, *O ciclo de Gargântua e outros escritos*, org., trad., apres. e notas de Guilherme Gontijo Flores, São Paulo, Editora 34, 2023. (N. da T.)

[169] Autor do *Almanach de Liège* no século XVII. (N. da T.)

[170] É um fenômeno característico da época a combinação, em uma pessoa só, de um cientista erudito sério e de um fornecedor de literatura carnavalesca e de feira.

Não resta a menor dúvida de que, em períodos posteriores de sua vida, Rabelais conservou um interesse vivo e laços diretos com a praça popular em todos os momentos de sua vida, embora os dados escassos de sua biografia não forneçam fatos definitivos e relevantes a esse respeito.[171] Contudo, da época da última viagem de Rabelais à Itália, resgatamos um documento muito curioso. Em 14 de março de 1549, o cardeal Jean du Bellay deu, em Roma, uma festa popular por ocasião do nascimento do filho de Henrique II. Rabelais compareceu a essa festa e fez uma descrição detalhada dela, usando para esse fim suas cartas ao cardeal de Guise. Essa descrição foi publicada em Paris e em Lyon com o título "A ciomaquia e festins feitos em Roma no palácio do meu senhor reverendíssimo, cardeal Du Bellay".[172]

No início dessa festa, foi encenada na praça uma batalha com momentos de efeito, com fogos de artifício e até mesmo com assassinatos, que mais tarde se revelaram *bonecos de palha*. A praça tinha um caráter expressamente *carnavalesco*, como todas as festas desse tipo. Havia ali um "inferno" carnavalesco obrigatório, na forma de uma bola que cuspia fogo. Essa bola era chamada de "bocarra do inferno" e "cabeça de Lúcifer".[173] No fim da festa, era organizado para o povo um banquete grandioso com uma quantidade incrível — totalmente pantagruélica — de salsichas e vinho.

[171] Em compensação, a lenda biográfica de Rabelais o apresenta como uma figura carnavalesca da praça popular. Sua vida, segundo a lenda, é repleta de todo tipo de mistificações, travestimentos e traquinagens bufas. L. Moland acerta ao chamar o Rabelais das lendas de "*un Rabelais de carêmprenant*", ou seja, "um Rabelais carnavalesco".

[172] Obra incluída em F. Rabelais, *O ciclo de Gargântua e outros escritos*, *op. cit.*, pp. 267-84. (N. da T.)

[173] Conferir a edição de Louis Moland, *François Rabelais*, *op. cit.*, p. 599.

No geral, essas festividades são bastante características da época do Renascimento. Também [Jacob] Burckhardt mostrou como foi grande e essencial a influência dessas festividades sobre a forma artística e a visão de mundo renascentista, bem como sobre o próprio espírito dessa época. Ele não superestimou essa influência. Ela foi até bem maior do que ele pensou.[174]

Em relação às festividades de sua época, Rabelais se interessava não pelo aspecto oficial e cerimonioso, mas sobretudo pelo popular e da praça. Foi esse aspecto que exerceu uma influência determinante sobre a sua obra. Na praça, ele estudou as mais diversas formas da comicidade[175] popular, tão rica em sua época.

Ao retratar no primeiro livro do romance os estudos do jovem Gargântua sob a orientação de Ponócrates (cap. XXIV), Rabelais afirma:

> Em vez de arborizarem, visitavam *as lojas dos farmaceutas, herboristas e boticários* e cuidadosamente observavam frutas, raízes, folhas, gomas, sementes, *unguentos exóticos*, bem como o modo de adulterá-los.
>
> Ia ver os *saltimbancos e prestidigitadores e charlatães* e observava seus gestos, suas artimanhas, suas piruetas e frases belas, principalmente os de Chauny na Picardia, porque por natureza são

[174] É verdade que Burckhardt se referia não só às festas populares da praça, mas também às festas da corte e, em geral, a todas as festas oficiais da Renascença.

[175] Essa é uma das poucas passagens em que Bakhtin utiliza o substantivo *kómika* (cômico ou comicidade), e não o substantivo *smiekh* (riso) ou o adjetivo *smiekhovói* (do riso), que predominam na maior parte do seu texto. (N. da T.)

grandes loroteiros e excelentes caloteiros de bagatelas, sobretudo em matéria de chupa-cabra.[176]

Esse relato sobre o estudo da vida da praça pelo jovem Gargântua pode, muito bem, ser interpretado como uma confissão autobiográfica. O próprio Rabelais estudou todos esses aspectos da vida da praça. Enfatizemos a *vizinhança*, típica para uma praça do Renascimento, *das formas populares de espetáculos com as formas da medicina popular*, com os coletores de ervas e farmacêuticos, com vendedores de todo tipo de unguentos milagrosos e médicos charlatães. *Entre as formas da medicina popular e as formas da arte popular havia uma relação antiga e tradicional*. Isso explica também a união, em uma só pessoa, do ator da praça e do vendedor de poções medicinais. Por isso, tanto a *imagem do médico* quanto o elemento medicinal no romance de Rabelais estão organicamente conectados com todo o sistema tradicional de imagens desse romance. No excerto citado, é evidenciada a vizinhança imediata entre a medicina e o teatro de feira na vida da praça à época.

Essa é a história externa do contato de Rabelais com a praça, que foi extraída dos dados bastante escassos da sua biografia. Como a praça entrou em seu romance, como ela se refletiu nele?

* * *

Aqui lidamos, em primeiro lugar, com a questão da atmosfera específica e da *organização peculiar da palavra da praça*. Já nos deparamos com essa questão no prelúdio do romance de Rabelais: em seus famosos "prólogos". Começamos nossa pesquisa com o capítulo sobre os elementos da

[176] F. Rabelais, *Gargântua*, em *Pantagruel e Gargântua*, org., trad., apres. e notas de Guilherme Gontijo Flores, São Paulo, Editora 34, 2021, p. 316. Grifos de Bakhtin. (N. da T.)

praça justamente porque desde as primeiras linhas de seus livros nos encontramos na atmosfera específica da linguagem da praça.

Como é construído o prólogo de *Pantagruel*, ou seja, do primeiro livro do romance em termos da cronologia da escrita e da publicação do livro?

Eis o início do prólogo:

> Ilustríssimos e cavalheiríssimos campeões, nobres e outros que com gosto se dedicam a tudo que é nobreza e honra, vocês há pouco viram, leram e souberam das *Grandes e inestimáveis crônicas do enorme gigante Gargântua* e, como *bons fiéis*, com toda cortesia acreditaram e muitas vezes passaram o tempo com honráveis damas e donzelas, enquanto faziam belas e longas narrativas, quando não estavam muito ocupados; por isso, vocês são dignos do *maior louvor* e de uma *memória sempiterna*.[177]

Aqui, conforme vimos, mesclam-se elogios das *Crônicas de Gargântua* com glorificações dos seus apreciadores. Esses elogios e glorificações são feitos no espírito de reclame, em feiras, de pregoeiros de teatro de feira e de vendedores de livros populares, afinal eles sempre glorificam não só as maravilhas e os livros oferecidos, mas também o "mais respeitável público". Temos diante de nós um exemplo típico do tom e estilo dos anúncios de praça.

Entretanto, é claro que esses anúncios estão muito distantes dos reclames ingênuos, diretos e "sérios". Eles estão repletos do *riso* popular e festivo. *Brincam* com tudo que é anunciado por eles e atraem para esse jogo livre tudo de "sagrado" e "elevado" que lhes der na telha. No nosso exemplo,

[177] *Pantagruel*, em *Pantagruel e Gargântua*, *op. cit.*, pp. 41-2. Grifos de Bakhtin. (N. da T.)

os admiradores das *Crônicas* são comparados a "bons fiéis" ("*vrais fidèles*"), que acreditam nas *Crônicas* "como nos textos da Bíblia e do Sagrado Evangelho"; o autor considera esses admiradores dignos não só do "maior louvor", mas também de uma "memória sempiterna" ("*mémoire sempiternelle*"). Cria-se aquela atmosfera específica de um jogo livre e alegre na praça, em que o elevado e o baixo, o sagrado e o profano se igualam em seus direitos e são atraídos para uma única roda verbal e amigável. A linguagem dos anúncios de praça sempre foi assim. Não se aplicavam a ela as exigências da hierarquia e das convenções linguísticas (ou seja, das normas linguísticas da comunicação oficial), ela desfrutava dos privilégios do riso da praça. Aliás, é preciso observar que o *reclame popular* é sempre *irônico*, de um ou de outro modo *ri de si mesmo* (assim eram os reclames de nossos vendedores ambulantes, camelôs etc.); na praça popular até a ganância e a mentira adquiriam um caráter irônico e semissincero. No grito (*cri*) da praça e da rua medievais sempre soava, com menor ou maior intensidade, o riso.

Destaquemos que, no início do "prólogo" citado, não há palavras objetivas e neutras, aqui todas as palavras são elogiosas: "*Très illustres, très chevaleureux, gentillesses, honnestetez, grandes, inestimables*" e assim por diante (cito do texto original). Prevalece o grau superlativo; em essência, tudo aqui é apresentado no grau superlativo. É claro que não se trata do grau superlativo retórico, aqui ele é exagerado e exacerbado irônica e traiçoeiramente; trata-se do grau superlativo do realismo grotesco. É o revés (ou melhor, o lado frontal) do xingamento.

Nos parágrafos seguintes desse prólogo, escutamos o "grito" do médico charlatão e do vendedor de poções medicinais de feira: ele glorifica as *Crônicas* como um maravilhoso remédio para dor de dentes, e há ainda a receita de seu uso: as *Crônicas* devem ser embrulhadas em um pano aquecido e aplicadas sobre o lugar que dói. Tais receitas paródicas são um dos gêneros mais comuns do realismo grotesco.[178] Adiante, as *Crônicas* são glorificadas como um remédio que alivia as dores daqueles que sofrem de *doenças venéreas e gota*.

Os gotosos e os sifilíticos aparecem com frequência no romance de Rabelais e em geral na literatura cômica dos séculos XV e XVI. A gota e a sífilis são "doenças alegres", resultantes do deleite desmesurado da *comida*, *bebida* e *vida sexual*, e, portanto, ligadas de modo essencial com o baixo material e corporal. A sífilis foi então uma "doença da moda",[179] enquanto o tema da gota foi difundido já no realismo grotesco: ele é encontrado também em Luciano.[180]

Nessa parte do prólogo, vemos o entrelaçamento tradicional entre a medicina e a arte, mas não se trata de uma junção externa do ator e do vendedor de poções medicinais em uma única pessoa; aqui afirma-se diretamente a força curativa de uma obra literária (*Crônicas*), que diverte e provoca o riso. Isso é afirmado no tom de um médico-charlatão e de um pregoeiro de teatro de feira. Já no prólogo do *Quarto livro*, Rabelais retoma esse tema e fundamenta a *força curativa do*

[178] Há registro, por exemplo, de uma receita paródica que recomenda um remédio contra calvície datada do início da Idade Média.

[179] A sífilis surgiu na Europa nos últimos anos do século XV. Era chamada de *maladie de Naple* (doença de Nápoles). Outra denominação vulgar da sífilis é *gorre* ou *grand'gorre*: *gorre* é luxo, pompa; *grand'gorre* é esplendor, opulência, luxo. Em 1539, saiu a obra *Le Triumphe de très haulte et puissante Dame Verolle*, ou seja, *A glorificação da muito nobre e poderosa Senhora Verolle* (*vérole*, ou seja, sífilis, que em francês é do gênero feminino).

[180] Luciano escreveu a tragedia cômica em versos *Tragopodagra* (seus personagens são Podagroso [o doente], Podagra [a gota], um médico, um carrasco e o coro). Fischart, o mais jovem contemporâneo de Rabelais, escreveu *Podagrammisch Trostbüchlein*, em que faz uma glorificação irônica da gota, vista por ele como consequência da ociosidade e da comilança. A *glorificação ambivalente da doença* (principalmente da sífilis e da gota), como dissemos, era um fenômeno muito comum àquela época.

riso com os ensinamentos de Hipócrates, Galeno, Platão e outras autoridades.

Ao enumerar os méritos das *Crônicas*, Rabelais continua o seu prólogo da seguinte maneira:

> Parece pouco? Me mostrem um livro, em qualquer língua, em qualquer faculdade ou saber que seja, que tenha essas forças, propriedades e prerrogativas, que eu vou pagar um quartilho de tripas. Não, meus senhores, não. Ele é sem par, incomparável, inigualável. Eu o defendo até a fogueira, *exclusive*. E quem quiser negar, que seja contado entre os malandros, predesgitadores, impostores e sedutores.[181]

Além de um amontoado excessivo de superlativos típico de elogios da praça, aqui ocorre um procedimento característico da prova cômica de veracidade: apostas e juramentos cômicos; àquele que encontrar um livro melhor do que as *Crônicas*, o autor se compromete a pagar um "quartilho de tripas" (ou seja, de entranhas, de intestinos), e ainda se prontifica a defender que não há um livro melhor até a fogueira, *exclusive*. Esse tipo de apostas e juramentos irônicos são representativos dos reclames da praça.

Atentemos em especial para o "quartilho de tripas" (a aposta do autor). As tripas (*les tripes*) aparecem reiteradamente em Rabelais e em toda a literatura do realismo grotesco (em sua parte latina, *tripes* corresponde à palavra *víscera*). No contexto em questão, trata-se, é claro, de um *prato*. O estômago e os intestinos do gado eram cuidadosamente lavados, salgados e cozidos. Era impossível reservá-los e, por isso, nos dias de abate do gado essas *tripes* era devoradas em

[181] *Pantagruel*, *op. cit.*, pp. 42-3. Grifo de Bakhtin. (N. da T.)

excesso e não valiam nada. Além disso, acreditava-se que, mesmo com uma lavagem bem minuciosa, pelo menos dez por cento das fezes (em relação à quantidade total de vísceras) permaneciam nas tripas, que, portanto, eram comidas junto com elas. São assim as *tripes*. Ainda encontraremos essa imagem em um dos mais notáveis episódios de *Gargântua*.

Entretanto, por que a imagem das "entranhas" desempenhou um papel tão significativo no realismo grotesco? As entranhas, o bucho, os intestinos são o *ventre*, o *útero*, o *interior*, a *vida* do ser humano. Mas ao mesmo tempo é um ventre que engole e devora. O realismo grotesco costumava brincar com essa significação ambígua, por assim dizer, com o *alto* e o *baixo* dessa palavra. Já citamos Henri Estienne, que mostra o costume, muito comum à época da Rabelais, de derramar um copinho de vinho com as seguintes palavras do salmo penitencial: "Um coração puro cria em mim, ó Deus, e um espírito reto renova em minhas vísceras" (*in visceribus meis*), pois o vinho lavava os intestinos (*viscera*). Mas a questão é ainda mais complexa. As entranhas e os intestinos estão ligados às defecações e fezes. A seguir, o ventre não só come e devora, mas *também é comido e devorado* (o prato de *tripes*). Nas "palavras dos cozidos" (no primeiro livro do romance), um dos interlocutores, que pretende tomar um copo de vinho, fala ao outro: "Quer levar algo ao rio? Aquele ali [o copo — M. B.] vai lavar as tripas"[182] (que costumavam ser lavadas no rio), ao referir-se tanto às tripas por ele comidas quanto ao próprio ventre. Em seguida, as entranhas estão relacionadas à morte, ao abate e ao assassinato (em russo, fala-se *vipustit kichkí* ["libertar as tripas"], ou seja, matar, apunhalar). Por fim, elas estão ligadas ao nascimento: o ventre dá à luz.

[182] *Gargântua*, *op. cit.*, p. 236. Na tradução de Bakhtin, a expressão "palavra dos cozidos" aparece como *bessiéda vo khmeliú* (conversa sob o efeito da bebida). (N. da T.)

Assim, na imagem das tripas se concentram em um só nó grotesco e indissolúvel: *vida*, *morte*, *nascimento*, *defecações*, *comida*; trata-se do *centro da topografia corporal, onde o alto e o baixo transitam entre si*. Portanto, no realismo grotesco essa imagem foi a expressão predileta do baixo material e corporal ambivalente, que destrói e gera vida, devora e é devorado. O "balanço" do realismo grotesco, o jogo entre o alto e o baixo, pendula nessa imagem de modo esplêndido: o alto e o baixo, a terra e o céu se fundem. Adiante, veremos que magnífica sinfonia cômica foi criada por Rabelais a partir do jogo com as significações ambivalentes e heterogêneas das "tripas" nos primeiros capítulos de *Gargântua* (a festa do abate do gado, a conversa sob o efeito da bebida, o nascimento de Gargântua).

Em nosso exemplo, um "quartilho de tripas", a aposta do autor no prólogo, não só significa algo de pouco valor (o prato mais barato), "merda", mas também a vida, o ventre (no sentido de "com todas as minhas vísceras"). Também aqui essa imagem é ambivalente e repleta de sentido dúbio.

O fim do nosso excerto também é característico. Após o elogio, o autor passa aos *xingamentos* (o lado oposto do elogio da praça): os defensores de outros pontos de vista sobre as *Crônicas* são rotulados como "predesgitadores, impostores e sedutores". Todas essas três designações ofensivas eram utilizadas, em especial, para aqueles acusados de heresia, aqueles que eram condenados à fogueira. Aqui, continua o jogo com assuntos sérios e perigosos: não por acaso o autor comparou as *Crônicas* com a Bíblia e os Evangelhos, e agora também ele, semelhantemente à Igreja, acusa de heresia os dissidentes na questão das *Crônicas*, com todas as consequências decorrentes. Essa alusão corajosa à Igreja e à sua política tem aqui um caráter atual. Isso é evidenciado pela primeira palavra injuriosa: "predesgitadores" ("*predestinateurs*"), que claramente se refere aos protestantes que confessavam a "predestinação".

Dessa maneira, a desmedida glorificação das *Crônicas* como o melhor e único livro do mundo, a glorificação daqueles que o leem e nele acreditam, bem como a prontidão de dar a sua vida (sob a forma irônica e ambivalente do "quartilho de tripas") pela convicção no poder único e salvador das *Crônicas*, a prontidão de defender essas convicções até a fogueira (porém *exclusive*) e, por fim, a acusação de heresia de todos os dissidentes, tudo isso, do início ao fim, representa uma paródia da Igreja única e salvadora enquanto a exclusiva guardiã e intérprete da palavra de Deus (do Evangelho). Todavia, essa paródia arriscada é apresentada sob a forma do riso e de alegres convites da praça, cuja linguagem e estilo são seguidos à risca. É por isso que essa paródia pôde passar impune. O anunciante da praça não era acusado de heresia, seja o que for que ele tagarelasse, desde que mantivesse o tom alegre e bufo. Rabelais mantém esse tom. O aspecto cômico do mundo era legalizado. É por isso que, mais adiante, ele não hesita em afirmar abertamente que mais *Crônicas* foram vendidas em dois meses do que Bíblias em nove anos.

Passemos ao final do prólogo. Ele termina *com uma chuva de maldições e xingamentos da praça* tanto endereçada ao próprio autor, caso este minta em seu livro nem que seja com uma palavra, quanto àqueles leitores que não acreditarão no autor. Assim é o seu final:

> Portanto, para dar cabo deste prólogo, vou me entregar a cem mil cestadas de bons diabos, corpo e alma, tripas e entranhas, se estiver mentindo uma só palavra ao longo desta história toda. Do mesmo modo, que o fogo de Santo Antônio os queime, o mal-de-terra os contorça, o raio os parta, a úlcera os cambaie, a diarreia os tome, a zipla os fuquefuque pacas, densa que nem pelo de vaca, reforçada de vivo argento, até rasgar seu fundamento, e que

nem Sodoma e Gomorra vocês caiam sobre enxofre, fogo e abismo, se não acreditarem firmemente em tudo que eu contar na crônica presente.[183]

Essa série de maldições da praça, que encerram o prólogo, é bastante representativa desse período. É sobretudo característica a própria transição do elogio exagerado da praça para as maldições aniquiladoras e também exageradas. Tal transição é totalmente natural. É como se os elogios da praça e os xingamentos da praça fossem dois lados de uma mesma moeda. Se um lado é o do elogio, o outro é o do xingamento, e vice-versa. A palavra da praça é um Janus de duas faces. O elogio da praça, conforme vimos, é irônico e ambivalente. Ele se encontra no limite do xingamento: o elogio pode resultar no xingamento e, ao mesmo tempo, é impossível estabelecer um limite claro entre eles, ou seja, indicar onde termina um e começa o outro. O xingamento da praça possui o mesmo caráter. Embora na língua o elogio e o xingamento estejam apartados, na linguagem da praça é como se eles remetessem a um corpo uno, porém duplicado, que ao elogiarem xingam e ao xingarem elogiam. Por isso na linguagem sem cerimônias da praça é tão comum o emprego de xingamentos (especialmente os obscenos) em sentido carinhoso e elogioso (adiante, analisaremos numerosos exemplos de Rabelais). Em um balanço final, a linguagem grotesca da praça (principalmente em suas camadas mais antigas) era orientada para o mundo e para cada fenômeno dele na condição de sua metamorfose inacabada, da transição da noite para a manhã, do inverno para a primavera, do velho para o novo e da morte para o nascimento. É por isso que essa linguagem é repleta de elogios e de xingamentos, que não remetem, é verdade, nem a um único fenômeno, tampouco a dois.

[183] *Pantagruel*, *op. cit.*, pp. 43-4. (N. da T.)

Apesar de que, no nosso exemplo, isso talvez não esteja expresso com tanta nitidez, não há dúvida quanto à sua ambivalência: essa ambivalência determina tanto a organicidade quanto o imediatismo da transição do elogio para o xingamento e vice-versa, bem como certa indefinição, "incompletude", do destinatário desses elogios e xingamentos.[184]

No sexto capítulo do presente trabalho, voltaremos a abordar essa fusão entre o elogio e o xingamento no interior de uma única palavra e de uma única imagem. Esse fenômeno é de extrema importância à compreensão de grandes estágios do desenvolvimento do pensamento imagético da humanidade no passado, mas, até o momento, ele não tinha sido revelado, nem estudado. Observemos de modo preliminar e um tanto simplificado que, no fundamento desse fenômeno, está uma representação do mundo enquanto algo que nunca está pronto, que ao mesmo tempo morre e nasce, um mundo de dois corpos. Uma imagem com duas tonalidades, que combina o elogio e o xingamento, tende a captar o próprio momento da alternância e a própria transição do velho para o novo, da morte para o nascimento. Tal imagem entrona e destrona simultaneamente. Nas condições do desenvolvimento da sociedade de classes, é possível encontrar tal percepção do mundo apenas na cultura não oficial; já na cultu-

[184] *Em um primeiro plano*, esse destinatário multifacetado — a multidão da praça da feira em torno do palco teatral — é o leitor multifacetado das *Crônicas*. É sobre esse destinatário multifacetado que são lançados o elogio e o xingamento; afinal, alguns leitores são representantes do velho mundo e da cosmovisão agonizantes — os agelastas (isto é, as pessoas que não sabem rir), os hipócritas, os caluniadores, os representantes das trevas; já outros são representantes do novo mundo, da luz, do riso e da verdade, mas todos eles compõem uma única multidão, *um único povo, que morre e se renova*; e esse povo único *é ao mesmo tempo glorificado e amaldiçoado*. Mas só em um primeiro plano, pois *mais adiante* — atrás da multidão, atrás do povo — *há um mundo inteiro, incompleto e inconcluso*, que morre para gerar vida e que nasce para morrer.

ra das classes dominantes, não há lugar para ela: aqui o elogio e o xingamento estão nitidamente separados e imóveis, uma vez que, na base da cultura oficial, está o princípio de uma hierarquia imóvel e imutável, em que o elevado e o baixo nunca se fundem. É por isso que a fusão do elogio e do xingamento é absolutamente estranha ao tom da cultura oficial. Não obstante, essa fusão é muito característica do tom peculiar da cultura popular da praça. Ecos longínquos dessa antiga bitonalidade ainda podem ser ouvidos hoje, na linguagem sem cerimônias. Uma vez que a cultura popular do passado não foi estudada, o fenômeno da fusão entre o elogio e o xingamento permaneceu sem ser revelado. Mas retornemos ao nosso prólogo.

Nesse caso, é emblemático até mesmo o próprio conteúdo das maldições da praça. Quase todas elas apresentam um aspecto específico do corpo humano. A primeira delas, direcionada ao próprio autor, se caracteriza por anatomizar e desmembrar o corpo: o autor se entrega aos demônios por inteiro, de corpo e alma, junto com as vísceras e as entranhas. Aqui encontramos de novo *tripes* e *boyaulx* com o sentido de vida e interior corporal (isto é, "vou me entregar por inteiro com tripas e entranhas").

Das sete maldições endereçadas aos ouvintes desconfiados, cinco prometem doenças: 1) fogo de Santo Antônio; 2) epilepsia (*mau de terre vous vire*); 3) úlceras nas pernas e claudicação (*le maulubec vous trousse*); 4) diarreia de sangue (*caquesange vous viengne*); 5) erisipela do ânus (*le mau fin feu* [...] *vous puisse entrer au fondement*).

As maldições desse gênero apresentam uma imagem grotesca do corpo: elas o queimam, jogam-no na terra (*mau de terre*), aleijam suas pernas, causam evacuações, atingem o traseiro — em outras palavras, viram o corpo pelo avesso, salientam nele o baixo. As maldições sempre se caracterizam por sua *orientação para o baixo*, nesse caso, para a terra, as pernas, o traseiro.

Das sete maldições, as duas últimas também são direcionadas para o baixo: 1) "que o raio os parta" (que cai de cima para baixo); e 2) "que vocês caiam sobre enxofre, fogo e abismo", em outras palavras, que vocês vão para o inferno.

Todas essas maldições são transmitidas em suas formulações tradicionais correntes. Uma delas vem da Gasconha ("*le maulubec vous trousse*" ocorre diversas vezes em Rabelais), e a outra, a julgar pelo refrão e pelas assonâncias (no texto original), é um trecho de alguma canção popular de rua. Em muitos xingamentos, a topografia corporal é combinada com a cósmica (o raio, a terra, o enxofre, o fogo, o abismo).[185]

Essa série de maldições no final do prólogo lhe dão uma conclusão bastante dinâmica. Trata-se de um gesto rebaixador forte e agudo, em que o balanço grotesco desce até a terra, antes de parar. Rabelais costuma terminar ou com xingamentos, ou com um convite para banquete e bebedeiras.

Assim é construído o prólogo de *Pantagruel*. Todo ele, do início ao fim, mantém o tom e o estilo da praça. Ouvimos o "grito" do anunciante do teatro de feira, do médico charlatão, do vendedor de poções milagrosas, do vendedor de livros populares, ouvimos, por fim, as maldições da praça, que substituem o elogio irônico de propaganda e a glorificação ambígua. Desse modo, o tom e o estilo desse prólogo são organizados mediante os gêneros cotidianos de reclame, próprios da vida da praça, e os gêneros do discurso da comunicação sem cerimônias da praça. Nesse prólogo, a palavra é um "grito", ou seja, uma palavra ruidosa da praça que provém da multidão e é dirigida à multidão. O falante é solidário com a multidão, não se contrapõe a ela, não a ensina, não a denuncia, não a amedronta, mas *ri* junto com ela. Em seu

[185] No original, Bakhtin utiliza aqui a palavra *okean*, "oceano", porém em Rabelais a palavra é mesmo "abismo" ("*en soulphre, en feu et en abysme*"). (N. da T.)

discurso[186] não penetra um só tom, nem mesmo o mais fraco, de seriedade taciturna, de medo, de veneração, de resignação. Trata-se de um discurso absolutamente alegre, destemido, livre e sincero, que soa livremente na praça festiva, a despeito de todo tipo de proibições, limitações e convenções do discurso.

Ao mesmo tempo, esse prólogo inteiro, como vimos, é uma travestia paródica dos métodos religiosos de persuasão. Por trás das *Crônicas* estão os Evangelhos; por trás da glorificação exagerada das *Crônicas*, como o único livro salvador, está o valor excepcional da verdade religiosa; por trás da injúria e das maldições da praça estão a intolerância religiosa, as ameaças e a fogueira. É a política da Igreja traduzida para a linguagem do alegre e irônico reclame da praça. Mas o prólogo é mais amplo e profundo do que as habituais paródias grotescas. Ele traveste os próprios fundamentos do pensamento medieval, os próprios métodos de estabelecimento da verdade e de persuasão nela, que são inseparáveis do medo, da violência, da seriedade e da intolerância sombrias e unilaterais. O prólogo nos introduz no ambiente totalmente outro — oposto — de uma verdade [*ístina*] destemida, livre e alegre.

O prólogo de *Gargântua* (isto é, do segundo livro na cronologia do romance) é construído de uma maneira mais complexa. Nele, a palavra da praça é combinada com os elementos da erudição humanística livresca e com a releitura de uma passagem de *O banquete* de Platão. Contudo, mesmo aqui continuam a predominar a palavra da praça e as entonações de elogio-xingamento da praça, só que matizados de modo mais sutil e diversificado e aplicados a um material mais rico do ponto de vista objetual e temático.

O prólogo começa com um tratamento característico: "Ilustríssimos manguaceiros e preciosíssimos bexiguentos"

[186] Aqui e na sequência, a palavra usada por Bakhtin é *rietch*, que também poderia ser traduzida por fala, linguagem, língua. (N. da T.)

("*Beuveurs tresillustres, et vous, Verolez tresprecieux*").[187] Com esse tratamento logo se dá o tom sem cerimônias da praça a toda a conversa seguinte com os leitores (mais precisamente, os ouvintes, pois a linguagem dos prólogos é a linguagem do discurso oral).[188]

O xingamento e o elogio se entrelaçam nesses tratamentos. O grau superlativo positivo é combinado com as palavras semi-injuriosas "manguaceiros" e "bexiguentos". Trata-se de um elogio injurioso e de uma injúria elogiosa, que são tão característicos da linguagem sem cerimônias da praça.

Em seguida, todo o prólogo, do começo ao fim, é construído como uma conversa sem cerimônias e da praça do anunciante do teatro de feira com o público aglomerado ao redor do palco. O tempo todo nos deparamos com tratamentos como: "ninguém daria uma casca de cebola", "mas se abrissem essa caixinha, vocês encontrariam ali dentro", "bons discípulos, e outros doidos à toa", "por acaso vocês já desarrolharam garrafas?".[189] Aqui, é bastante óbvio o tom sem cerimônias da praça de todos esses tratamentos endereçados aos ouvintes.

Adiante, ao longo de todo o prólogo, estão espalhados ainda xingamentos diretos endereçados a terceiros: "um verdadeiro fila-boia", "um trolha", "um mala".

A injúria carinhosa e sem cerimônias e os xingamentos diretos organizam a dinâmica discursiva de todo o prólogo e determinam seu estilo. No início do prólogo, é apresenta-

[187] *Gargântua*, *op. cit.*, p. 212. (N. da T.)

[188] Nessa sentença, Bakhtin utiliza a expressão *iazyk ústnoi rietchi*, que também poderia ser traduzida por linguagem da oralidade, linguagem da fala. O termo *rietch* é recorrente na obra de Bakhtin e seu círculo e costuma ser traduzido no Brasil por "discurso" ou, em sua forma adjetival, "discursivo", como nos títulos "A interação discursiva" e *Os gêneros do discurso*. (N. da T.)

[189] *Gargântua*, *op. cit.*, pp. 212-3. (N. da T.)

da a imagem de Sócrates, tal como ele foi retratado por Alcibíades em *O banquete* de Platão. A comparação entre Sócrates e os silenos feita por Alcibíades foi muito popular entre os humanistas na época de Rabelais: Guillaume Budé usou essa comparação; Erasmo a emprega em três de suas obras, uma das quais (*Os silenos de Alcibíades*), pelo visto, serviu de fonte imediata para Rabelais (embora ele também conhecesse *O banquete* de Platão). Entretanto, Rabelais subordinou esse motivo recorrente no meio humanista ao estilo discursivo do seu prólogo: nesse motivo, ele enfatizou a combinação do elogio com a injúria.

Rabelais reconta a caracterização de Sócrates feita por Alcibíades da seguinte maneira:

> Assim ele [Alcibíades] dizia ser Sócrates, pois ao vê-lo por fora e valorá-lo pela aparência exterior, ninguém daria uma casca de cebola, de tão feio que era de corpo e ridículo no porte, com nariz pontudo, olhar de touro, cara de doido, simplório nos modos, capiau nas roupas, pobre na fortuna, desafortunado com as mulheres, inepto a todos os encargos da república, sempre rindo, sempre brindando por alguém, sempre tirando sarro, sempre dissimulando o seu divino saber. Mas se abrissem essa caixinha, vocês encontrariam ali dentro uma celeste e inestimável droga, um entendimento sobre-humano, virtude maravilhosa, coragem imbatível, sobriedade sem igual, contentamento firme, segurança perfeita, desprezo incrível por tudo aquilo por que os humanos tanto velam, correm, trabalham, navegam e batalham.[190]

[190] *Idem*, pp. 212-3. (N. da T.)

Aqui não há desvios acentuados (de conteúdo) do protótipo (isto é, de Platão e de Erasmo), mas o tom dessa contraposição entre a aparência externa e interna de Sócrates se tornou mais sem cerimônias: a seleção de palavras e de expressões na caracterização da aparência e o seu amontoamento aproximam essa caracterização à série injuriosa, ao costumeiro amontoamento rabelaisiano de xingamentos; sentimos uma dinâmica velada de injúrias e xingamentos por trás dessa série verbal. A caracterização das qualidades internas de Sócrates também é reforçada na direção do elogio-glorificação: trata-se de um amontoado de graus superlativos, e, por trás dessa série verbal, sentimos uma dinâmica velada de elogios da praça. Mas, nessa injúria-elogio, o elemento retórico é bastante forte.

Observemos um detalhe extremamente característico: de acordo com Platão (em *O banquete*), os "silenos" eram vendidos em lojas de esculturas e, quando abertos, traziam a imagem de deus no seu interior. Rabelais transfere os "silenos" para as lojas de farmacêuticos, que, como sabemos, eram visitadas pelo jovem Gargântua, quando estudava a vida da praça, e dentro dos silenos havia todo tipo de poções, inclusive uma muito popular — o pó de pedras preciosas — à qual atribuíam propriedades medicinais. A enumeração dessas poções (não as citamos aqui) adquire o tom de um ruidoso reclame de praça proferido por farmacêuticos e por médicos-charlatães, que era tão comum à época de Rabelais.

Todas as demais imagens desse prólogo estão repletas da atmosfera da praça. Por toda parte, sentimos o elogio-injúria da praça como a principal força motriz da linguagem, determinando seu tom, estilo e dinâmica. No prólogo, quase não há palavras objetivas, ou seja, palavras neutras que não estejam relacionadas ao elogio-xingamento. Em todo lugar, encontramos o grau comparativo e o superlativo próprio do reclame. Por exemplo, "O odor do vinho, ah, como ele é mais caro, claro, raro, mais celeste e delicioso que o do azeite!";

ou: "os bons livros de farta gordura".[191] No primeiro caso, ouvimos o reclame ritmado da praça e da rua gritado pelos vendedores; no segundo, o epíteto "de farta gordura" é a caracterização própria do reclame sobre a alta qualidade da carne e da caça. Por toda parte, "grita" aquela praça que foi estudada pelo jovem Gargântua sob a orientação do sábio Ponócrates, a praça com "as lojas dos farmaceutas, herboristas e boticários", com "unguentos exóticos", com "suas artimanhas, suas piruetas e frases belas" peculiares para os naturais de Chauny, que são "grandes loroteiros e excelentes caloteiros de bagatelas".[192] Nessa atmosfera da praça, estão imersas também todas as imagens da nova cultura humanística, tão abundantes nesse prólogo.

Citaremos o final do prólogo:

> Então se esbaldem, meus amores, e sobranceiramente leiam o resto para benefício do corpo e proveito dos rins. Porém escutem, seus jegues, ou que a úlcera lhes arrebente as pernas: lembrem sempre de brindar por mim para empatar, que agorinha eu já entorno.[193]

Como vemos, esse prólogo acaba em um tom ligeiramente distinto do de *Pantagruel*: em vez de uma série de maldições da praça, há aqui um convite para se divertir com a leitura e se embebedar bastante. Entretanto, aqui também aparecem xingamentos e maldições, mas em um sentido carinhoso. Estão endereçados às mesmas pessoas tanto os "*mes amours*", ou seja, "meus amores", e o xingamento "*vietz d'azes*" (na verdade, o falo do burro), quanto a já conhecida

[191] *Idem*, pp. 214 e 213. (N. da T.)

[192] *Idem*, p. 316. (N. da T.)

[193] *Idem*, p. 214. (N. da T.)

maldição de Gasconha "*le maulubec vous trousque*" ("que a úlcera lhes arrebente as pernas"). Nessas linhas finais do prólogo, aparece todo o conjunto rabelaisiano em sua expressão elementar: a palavra alegre, o xingamento obsceno, o banquete. Mas essa é também a mais elementar expressão festiva do ambivalente baixo material-corporal: o riso, a comida, a força reprodutiva, o elogio-injúria. Assim termina esse prólogo.

As principais imagens de todo o prólogo são imagens de *banquete*. O autor glorifica o vinho, que é, em todos os sentidos, melhor do que o azeite (o azeite é o símbolo da sabedoria devota e reverente, já o vinho, da verdade [*pravda*] livre e alegre). A maioria dos epítetos e comparações que Rabelais aplica às matérias espirituais possui, por assim dizer, um "caráter comestível". Nesse caso, ele declara sem rodeios que escreve as suas obras apenas quando come e bebe e acrescenta: "Essa é a hora mais certa para escrever *elevados* assuntos e ciências *profundas*. Como bem sabiam Homero, parágono de todos os filólogos, e Ênio, pai dos poetas latinos".[194]

Por fim, o motivo principal do prólogo — o convite para que os leitores busquem o sentido oculto em suas obras — se expressa também nas imagens do comer, do roer e do devorar: o autor compara esse sentido oculto com o tutano, representando o cão que rói o osso, encontra o tutano escondido nele e o devora. Essa imagem do *ato de devorar o sentido oculto* é extremamente característica de Rabelais e de todo o sistema de imagens festivo-populares. Aqui tocamos nesse aspecto apenas de passagem. Dedicaremos um capítulo especial às imagens de banquete no romance de Rabelais.

A palavra da praça desempenha um papel determinante também no prólogo do *Terceiro livro*, que é o mais notável e rico em motivos de todos os prólogos de Rabelais.

[194] *Idem*, p. 214. Grifos de Bakhtin. (N. da T.)

Esse prólogo começa com um endereçamento: "Gente boa, manguaceiros ilustríssimos e prezadíssimos gotosos, vocês já viram Diógenes, o filósofo cínico?".[195] Adiante, todo o prólogo se desenvolve como uma conversa sem cerimônias da praça com os ouvintes, repleta de imagens de banquete, de elementos do cômico popular, de jogos de palavras, de trocadilhos, de travestias verbais. É a conversa do anunciante do teatro de feira que introduz a apresentação. De maneira totalmente correta, Jean Plattard define o tom inicial desse prólogo: "Trata-se do tom do anunciante, que justifica a mais grosseira das piadas" (comentários da edição acadêmica de Rabelais organizada por Abel Lefranc).

O prólogo do *Terceiro livro* termina com uma injúria da praça, magnífica em sua vivacidade e dinâmica. O autor convida seus ouvintes a beberem copos cheios do seu barril inesgotável como uma cornucópia. Porém convida apenas as pessoas de bem, os apreciadores de vinho e de diversão, e que sabem beber. Já os demais, parasitas e pedantes, fofoqueiros e critiqueiros, hipócritas inflados e arrogantes, ele enxota para longe do seu barril:

> Saiam para lá, seus mastins! Chispem do meu caminho, chispem do meu sol, ô monjarada do diabo! Vocês, jacus, vieram culpar o meu vinho ou comijar no meu barril? Vejam aqui a vara que Diógenes por testamento mandou que ficasse perto dele depois da morte, para escorraçar e escangalhar com as larvas bustuárias e os mastins cerbéricos. Então, arredem, seus santos do pau oco! Vão atrás das ovelhas, seus mastins! Vazem daqui, seus sonsos,

[195] F. Rabelais, *Terceiro livro*, em *Terceiro, Quarto e Quinto livros de Pantagruel*, org., trad., apres. e notas de Guilherme Gontijo Flores, São Paulo, Editora 34, 2022, p. 36. (N. da T.)

pelo diabo! Ainda estão aqui? Renuncio à minha parte da Papimânia, se puder agarrar vocês. Grr, grrr, grrrrrr. Pega! Pega! Será que vão? Que só caguem na base do chicote, só mijem na estrapada, só se aqueçam na base da paulada![196]

Aqui as injúrias e os espancamentos têm destinatários mais definidos do que no prólogo de *Pantagruel*. Esses destinatários são os representantes da velha verdade sombria, da cosmovisão medieval, "das trevas góticas". Eles são sombriamente sérios e hipócritas. São portadores das trevas do inferno, "as larvas bustuárias e os mastins cerbéricos",[197] e por isso escondem o sol. São inimigos da nova verdade livre e alegre, que nesse caso é representada pelo barril de Diógenes, transformado em um barril de vinho. Eles se atrevem a criticar esse vinho da verdade alegre e a urinar no barril. Aqui se tem em vista denúncias, calúnias e perseguições dos agelastas contra a verdade alegre. Rabelais apresenta uma forma interessante de injúria. Esses inimigos vieram para "*culletans articuler mon vin*". A palavra "*articuler*" significa "criticar", "acusar", mas Rabelais também ouve nela a palavra "*cul*" (traseiro) e lhe atribui um caráter injurioso e rebaixador. Justamente para transformar a palavra "*articuler*" em um xingamento, ele a combina com "*cul*" e, com esse propósito, coloca antes a palavra "*culletans*" ("abanando o traseiro"). No capítulo final de *Pantagruel*, Rabelais utiliza o recurso da injúria com mais desenvoltura. Ele menciona os monges hipócritas, que passam o tempo lendo "livros pantagruelísticos", mas não o fazem para diversão e sim para denunciar e caluniar contra eles, e esclarece: "*sçavoir est articulant, mo-*

[196] *Terceiro livro*, *op. cit.*, p. 42. (N. da T.)

[197] Bakhtin traduziu esse trecho da seguinte forma: "são descendentes do mundo do além, cães semelhantes ao Cérbero". (N. da T.)

norticulant, torticulant, culletant, couilletant et diabliculant, c'est à dire columniant" [a saber, articulando, monoarticulando, torticulando, cuticulando, colhoando e diabiculando, ou seja, caluniando][198].[199] Desse modo, a censura eclesiástica (isto é, a censura da Sorbonne), essa calúnia contra a verdade alegre, é lançada para o baixo corporal, para o traseiro (*cul*) e para os órgãos reprodutivos (*couilles*). Nas próximas linhas, Rabelais aprofunda esse rebaixamento grotesco, ao comparar os censores eclesiásticos àqueles maltrapilhos que, na estação da cereja, vasculham as aldeias, remexendo nas fezes das crianças, para encontrar nelas caroços de cereja para vender.

Voltemos ao fim do prólogo. A sua dinamicidade se torna mais potente quando Rabelais introduz o grito tradicional dos pastores para atiçar os cães (esse grito é transmitido com grr, grrr, grrrrrr). As últimas linhas do prólogo são um nítido rebaixamento injurioso. Para expressar a completa mediocridade e improdutividade dos caluniadores sombrios contra o vinho da verdade [*ístina*] alegre, o autor declara que eles não são capazes nem mesmo de urinar, defecar ou sentir a excitação sensual se não forem primeiro espancados. Em outras palavras, a produtividade deles é motivada apenas pelo medo e pelo sofrimento (no texto original "*sanglades d'estrivieres*" e "*a l'estrapade*", que são termos referentes a torturas e punições com chicote na praça). Aqui, esse masoquismo dos caluniadores sombrios é um rebaixamento grotesco do *medo* e do *sofrimento*, que são categorias determinantes da cosmovisão medieval. A imagem da defecação causada pelo medo é um rebaixamento tradicional não só do covarde, mas tam-

[198] *Gargântua*, *op. cit.*, p. 202. (N. da T.)

[199] Na tradução russa de N. M. Liubímov, esse trecho foi vertido para: "Vsié oní — vertichêiki, podsluchêiki, podgliáduny, bl...uny, biésso-poslúchniki, sírietch naúchniki, vot oná, ikh utchônost". É claro que uma tradução adequada desse trecho é praticamente impossível.

bém do próprio medo: trata-se de uma das variações mais importantes do "tema de Malbrough". Rabelais desenvolve em detalhes esse tema no último episódio (escrito por ele) do romance, que finaliza o *Quarto livro*. Panurgo, que nos dois últimos livros do romance (sobretudo no quarto) havia se tornado uma pessoa devota e covarde, ao se assustar com fantasias místicas, confundiu o gato com o diabo no porão escuro e, de tanto medo, cagou nas calças. Dessa maneira, a visão mística gerada pelo medo se transformou em abundantes defecações. Imediatamente, Rabelais faz uma análise médica desse fenômeno:

> A força retentora do nervo que restringe o músculo chamado esfíncter (vulgo olho do cu) se dissolveu pela intensidade do pavor que ele sentiu em suas fantásticas visões, junto ao estrondo das canhonadas, que é mais assustador nas câmaras baixas do que em cima do convés. Pois um dos sintomas e acidentes do pavor é que ele escancara o buraco do serralho que retém por muito tempo a matéria fecal.[200]

Em seguida, Rabelais narra a história de um morador de Siena, Pantolfo de la Casina, que, ao sofrer constipação, convenceu um camponês a assustá-lo com uma forquilha, e depois disso ele se aliviou muito bem. Ele narra ainda outra história sobre como François Villon elogiou o rei Eduardo da Inglaterra por ter pendurado em seu *toilette* o brasão da França, que inspirava medo ao rei. Com isso, o rei pensava em humilhar a França, mas, na verdade, a imagem do brasão, que era terrível para ele, ajudou-lhe a aliviar-se (é uma

[200] *Quarto livro*, em *Terceiro, Quarto e Quinto livros de Pantagruel*, *op. cit.*, p. 488. (N. da T.)

história antiga transmitida em diversas versões, começando pelo século XIII, e, em diferentes versões, ela se refere a personalidades históricas distintas). Em todas essas histórias, o medo é a cura contra a constipação.

Esse rebaixamento do sofrimento e do medo é um aspecto extremamente importante no sistema geral de rebaixamentos da seriedade medieval, que era imbuída de medo e sofrimento. Em essência, todos os prólogos de Rabelais são dedicados a esse rebaixamento da seriedade sombria. Vimos que o prólogo de *Pantagruel* travestiu parodicamente, na linguagem alegre dos reclames da praça, os métodos medievais da única verdade salvadora. O prólogo de *Gargântua* rebaixa os "altíssimos sacramentos", a "doutrina mais abscôndita" e os "mistérios espantosos" da religião, da política e da economia, por meio da sua transferência para o plano da comida e da bebida no banquete. O riso deve libertar a verdade alegre sobre o mundo do invólucro obscurantista da mentira sombria, urdidos pela seriedade do medo, do sofrimento e da violência.

O mesmo ocorre com o tema do prólogo do *Terceiro livro*. Trata-se da defesa da verdade alegre e do direito ao riso. É um rebaixamento da seriedade medieval, sombria e caluniadora. A cena final da injúria e da expulsão dos obscurantistas, ocorrida junto ao barril de vinho de Diógenes (um símbolo da verdade alegre e livre), dá uma conclusão dinâmica a todos esses rebaixamentos.

Seria totalmente incorreto interpretar o rebaixamento rabelaisiano do medo e do sofrimento, ao reduzi-los a defecações, como um cinismo grosseiro. Não se pode esquecer que a imagem das defecações, assim como todas as imagens do baixo material e corporal, é ambivalente, estando nela viva e tangível o aspecto da força reprodutiva, do nascimento e da renovação. Já fornecemos evidências para isso, e aqui também encontramos novas provas. Ao abordar o "masoquismo" dos caluniadores sombrios, Rabelais coloca, ao lado das defecações, a excitação sexual, ou seja, a capacidade do ato reprodutivo.

No final do *Quarto livro*, Panurgo, que se cagou sob a influência do medo místico e que, por isso, foi ridicularizado por seus companheiros, ao se livrar finalmente desse medo, pronuncia alegre as seguintes palavras:

> Ha, ha, ha! irra! Mas que diabo é isso aqui? Vocês chamam isso de bosta, merda, barro, esterco, estrume, fezes, cocô, tolete, caganeira, bozerra, badalhoca, titica, diarreia, cíbalo ou espírato? É (acho) açafrão da Hibérnia. Ho, ho, hi! É açafrão da Hibérnia!
>
> Selah! Bora beber![201]

Essas são as últimas palavras do *Quarto livro* e, em essência, também as últimas palavras de todo o romance escritas pelo próprio Rabelais. Aqui são listados quinze sinônimos para fezes: dos mais vulgares até os científicos. Em conclusão, as fezes são declaradas "o açafrão da Hibérnia", ou seja, algo bastante valioso e agradável. Essa tirada termina com o convite a beber, que na linguagem das imagens rabelaisianas significa comungar a verdade [*ístina*].

Nesse caso, revela-se a ambivalência da imagem das fezes, sua relação com o renascimento e a renovação e seu papel específico na superação do medo. As fezes são uma *matéria alegre*. Como já havíamos dito, nas imagens escatológicas antigas, as fezes estão relacionadas à força reprodutiva e à fertilidade. Por outro lado, *as fezes são concebidas como algo intermediário entre a terra e o corpo, como algo que os aproxima*. As fezes são também algo intermediário entre o corpo vivo e o corpo morto, em decomposição, que se trans-

[201] *Idem*, p. 490. (N. da T.)

forma em terra, em *adubo*; em vida o corpo oferece fezes à terra; *as fezes fertilizam a terra, assim como o corpo humano morto*. Rabelais ainda sentia e percebia com nitidez todos esses matizes de significado, e, como veremos adiante, eles não eram alheios às suas opiniões médicas. Para ele, um artista e herdeiro do realismo grotesco, as *fezes* eram, acima de tudo, *uma matéria alegre e sóbria, ao mesmo tempo rebaixadora e terna, que combinava em si o túmulo e o renascimento em sua forma mais leve, engraçada e não assustadora*.

Por isso não há e não pode haver nada de grosseiro e cínico nas imagens escatológicas de Rabelais (assim como nas imagens análogas do realismo grotesco). O arremesso de fezes, o banho de urina, a tempestade de xingamentos escatológicos sobre um mundo velho e moribundo (e ao mesmo tempo gerador) é o seu *enterro alegre*, totalmente análogo (mas no plano do riso) ao lançamento de ternos torrões de terra sobre o túmulo ou à semeadura de sementes no sulco (no *seio* da terra). Em relação à verdade medieval, sombria e incorpórea, trata-se da sua corporificação alegre e da sua aterrissagem cômica.

Tudo isso não deve ser esquecido ao se analisar as imagens escatológicas, tão abundantes no romance de Rabelais.

Voltemos ao prólogo do *Terceiro livro*. Até agora, abordamos apenas o seu início e o seu fim. Ele começa com um "grito" do anunciante de teatro de feira e termina com um xingamento, ambos da praça. Contudo, a questão não se esgota com as formas da praça que já nos são familiares. Aqui, a praça revela um lado novo e essencial. Ouvimos a voz do arauto da praça, que anuncia a mobilização, o cerco, a guerra e a paz, e apela a todos os estratos e a todas as corporações. Vemos a face histórica da praça.

A imagem central do terceiro prólogo é Diógenes e sua conduta durante o cerco de Corinto. Pelo visto, essa imagem foi emprestada por Rabelais diretamente do tratado de Luciano *Como se deve escrever a história*, mas ele também tinha um bom conhecimento da tradução latina desse episódio, apresentada por Budé em sua dedicatória às *Anotações das Pandectas*. Entretanto, esse breve episódio em Rabelais ficou completamente transformado. Ele está repleto de alusões a acontecimentos contemporâneos da luta da França com Carlos V e das medidas defensivas tomadas por Paris. Essas medidas dos cidadãos são representadas em todos os detalhes. Há a célebre enumeração das medidas e dos armamentos defensivos. Trata-se da enumeração mais rica de objetos militares e de armas de toda a literatura mundial. Por exemplo, somente para a espada são citados treze termos, já para a lança, oito, e assim por diante.

Essa enumeração de diferentes tipos de armas e de medidas defensivas tem um caráter específico. *É uma nomeação em voz alta da praça*. Podemos encontrar exemplos semelhantes dessas nomeações na literatura medieval tardia, sobretudo nos mistérios; em particular, encontramos neles longas enumerações (nomeações) de armamentos. Assim, no *Mistério do Velho Testamento* (século XV), os oficiais de Nabucodonosor, durante a revista, citam 43 tipos de armas, ao enumerá-las.

Em outro mistério, o *Mistério de São Quintino* (fim do século XV), em que, de modo geral, há uma grande riqueza de todo tipo de nominações, o comandante do exército romano faz uma enumeração análoga com 45 tipos de armamentos.

Essas enumerações têm um caráter popular da praça. Trata-se de uma revista e de uma exibição das forças armadas, que deve impressionar o povo. Nomeações análogas, feitas pelo anunciante-arauto de variados tipos de armamentos e de regimentos (estandartes), eram realizadas durante os recrutamentos, mobilizações e no início de campanhas (conferir em Rabelais os apelos de Picrócolo); semelhantes a elas são as nomeações dos premiados, dos mortos etc. São nomeações em voz alta, solenes e monumentais, que deveriam impressionar pela quantidade de nomes e títulos, bem como pela extensão (este é o caso em Rabelais).

Na literatura dos séculos XV e XVI, eram comuns longas enumerações de nomes e títulos, ou amontoados de verbos e epítetos, que às vezes ocupavam várias páginas. Em Rabelais, também há muitos deles; por exemplo, no mesmo terceiro prólogo há 64 verbos para designar todas aquelas ações e manipulações que Diógenes realiza com o seu barril (aqui elas devem servir como paralelo à atividade militar dos cidadãos); ainda no *Terceiro livro* ocorrem 303 epítetos para descrever o órgão genital masculino em boas ou más condições, e 208 epítetos para caracterizar o grau de tolice do bufão Triboullet; em *Pantagruel* são enumerados 144 títulos de livros que se encontram na biblioteca de Saint-Victor; no mesmo livro são listados 79 personagens para descrever o inferno; no *Quarto livro* são citados 154 nomes de cozinheiros que entraram no porco (o episódio da guerra das linguiças); ainda no mesmo livro aparecem 212 comparações para descrever o *Quaresmeprenant* [Quaresmeiro][202] e são enumerados 138 pratos servidos pelos gastrólatras ao seu deus. Todas essas enumerações-nomeações estão imbuídas de uma avaliação *elogiosa e injuriosa* (e ainda hiperbolizada). Mas, é claro, há diferenças substanciais entre as enumerações, que servem a distintos propósitos artísticos. No último capítulo, ainda voltaremos à importância artística e estilística dessas enumerações. Aqui destacamos um tipo específico delas: a nomeação *monumental* da parada na praça.

Essa nomeação traz um tom totalmente novo para o prólogo. É claro que Rabelais não introduz nenhum arauto-anunciante: a enumeração é feita por aquele mesmo autor,

[202] Em países de tradição cristã, a quaresma é o período de contrição equivalente aos quarenta dias antes da Páscoa e que se inicia após os desfiles e festas do carnaval; já o Quaresmeiro é descrito por Rabelais como um gigante com traços e comportamentos exagerados. (N. da T.)

que falara no tom do anunciante de teatro de feira, que "gritara" no tom do reclame de um vendedor de rua, cobrindo seus inimigos com as injúrias da praça. Agora, ele fala no tom solene e monumental de um arauto da praça. Nesse tom, ouve-se com nitidez o enlevo nacionalista e patriótico daqueles dias em que o prólogo foi escrito. A consciência da importância histórica do momento também encontra uma expressão direta nas seguintes palavras: "eu imputo que é vergonha acima da média ser visto como espectador ocioso de tantos bravos, disertos e cavalheirescos personagens, que para visão e espetáculo de toda a Europa encenam esta notável fábula e trágica comédia".[203]

Ressaltemos ainda *o tom de espetáculo* nesse reconhecimento e expressão da importância histórica do momento.

Contudo, mesmo esse tom solenemente monumental se entrelaça, no prólogo, com outros tons do universo da praça, por exemplo, com a piada indecente sobre as mulheres coríntias, que, à sua maneira, contribuíram com a defesa da cidade; e com tons, já conhecidos por nós, dos endereçamentos sem cerimônias, bem como dos xingamentos, maldições e juramentos da praça. Também aqui ressoa o riso da praça. A consciência histórica de Rabelais e de seus contemporâneos não tem medo algum desse riso. Ela teme a seriedade *unilateral* e *petrificada*.

No prólogo do romance de Rabelais, Diógenes não participa da atividade militar de seus concidadãos. Entretanto, para manifestar sua atividade nesse importante momento histórico, ele rola seu barril até o barranco e realiza sobre ele todo tipo de manipulações, que, do ponto de vista prático, não possuem qualquer sentido ou objetivo. Já dissemos que Rabelais lista 64 verbos para caracterizar essas manipulações com o barril, extraindo-os de vários campos da tecnologia e

[203] *Terceiro livro*, *op. cit.*, p. 39. (N. da T.)

de diferentes ofícios. Esse corre-corre e agitação em volta do barril traveste de modo paródico a atividade prática e séria dos cidadãos. Mas aqui também não há uma pura negação unilateral dessa atividade prática e séria. A ênfase de Rabelais recai no fato de que o travestimento alegre de Diógenes também é útil e necessário, pois ele, a seu modo, contribui com a defesa de Corinto. É impossível ficar ocioso, mas o riso está longe de ser uma ocupação ociosa. O direito ao riso e à paródia alegre de *qualquer* seriedade se opõe aqui não aos heroicos cidadãos de Corinto, mas aos sombrios caluniadores e hipócritas, inimigos da verdade livre e alegre. Por isso, quando o autor do prólogo iguala seu papel ao de Diógenes durante o cerco de Corinto, ele transforma o barril de Diógenes em um barril cheio de vinho (a imagem rabelaisiana preferida para mostrar a verdade alegre e livre). Já analisamos aquela cena da praça com a expulsão dos caluniadores e agelastas, que ocorre junto ao barril.

Desse modo, também o prólogo do *Terceiro livro* se dedica ao destronamento da seriedade unilateral e à defesa *dos direitos do riso*, que permanecem nos seus domínios até nas condições mais sérias da luta histórica.

Ambos os prólogos do *Quarto livro* (isto é, o chamado "antigo prólogo" e a carta-dedicatória ao cardeal Odet) versam sobre o mesmo tema. Nesse caso, Rabelais, conforme já havíamos dito, desenvolve sua doutrina *sobre o médico alegre e sobre o poder curativo do riso*, baseando-se em Hipócrates e outras autoridades. Nesses prólogos, há muitos elementos da praça (em especial no antigo prólogo). Abordaremos aqui apenas a imagem do médico alegre, que entretém os seus pacientes e que apresenta o prólogo.

Em primeiro lugar, é preciso destacar que essa imagem do médico, que fala no prólogo do *Quarto livro*, contém traços essenciais populares e da praça. A imagem do médico em Rabelais está muito longe daquela caricatura de gênero estritamente profissional presente na literatura das épocas posteriores. Essa imagem é complexa, universal e ambivalente. Sua composição contraditória inclui, como limite superior, o "médico que se iguala a Deus" de Hipócrates e, como limite inferior, o médico-escatófago (devorador de fezes) da comédia antiga, do mimo e das *facetiae* (facécias)[204] medievais. O médico desempenha um papel decisivo na luta entre a vida e a morte no corpo humano, bem como no parto e na agonia: ele participa do nascimento e da morte. Afinal, o médico não lida com um corpo finalizado, fechado e pronto, mas precisamente com um corpo que nasce, que está em formação, engravida, pare, defeca, adoece, morre e é desmembrado em partes, ou seja, aquele mesmo corpo que encontramos em maldições, xingamentos, juramentos e, no geral, em todas aquelas imagens grotescas relacionadas ao baixo material e corporal. O médico, como participante e testemunha da luta entre a vida e a morte no corpo do paciente, também está relacionado em especial às defecações e sobretudo à urina, cujo papel na medicina antiga era enorme. Em gravuras antigas, o médico costumava ser representado segurando na mão um copo de urina na altura dos olhos.[205] Na urina, ele lia o destino do paciente; é ela que decidia a questão da vida e da morte. Na epístola ao cardeal Odet, ao citar exemplos de médicos rigorosos, Rabelais transmite (do *Mestre Patelin*) uma típica pergunta de paciente dirigida ao médico:

> E minha urina
> Lhe diz que estou para morrer?[206]

[204] Gênero típico da época do Renascimento, formado por pequenos contos humorísticos. (N. da T.)

[205] Uma dessas gravuras retirada de um livro de 1534 foi reproduzida na monografia de Georges Lote, *La Vie et l'oeuvre de François Rabelais*, Paris, E. Droz, 1938, pp. 164-5, imagem VI.

[206] *Quarto livro*, *op. cit.*, p. 254. (N. da T.)

Desse modo, no plano da antiga medicina, a urina e outros excrementos (fezes, vômito, suor) tinham uma relação secundária adicional com a vida e com a morte (além de um vínculo, previamente esclarecido por nós, com o baixo corporal e a terra).

Os elementos heterogêneos, que integram a imagem complexa e contraditória do médico, não se esgotam aí. O cimento que unia todos esses aspectos estranhos — desde o elevado limite hipocrático até o inferior de feira — foi, para Rabelais, justamente o riso em seu sentido universal e ambivalente. Nessa mesma epístola para o cardeal Odet, Rabelais dá uma definição imagética extremamente característica, no espírito de Hipócrates, da prática médica: "De fato, a prática da medicina é mui acertadamente comparada por Hipócrates a um combate e a uma *farsa* encenada com três personagens: o doente, o doutor, a doença".[207]

A percepção farsesca do médico e da luta entre a vida e a morte (com acessórios escatológicos e sentidos universais) é característica de toda a época de Rabelais. Encontramos essa percepção em alguns escritores do século XVI e na literatura anônima: facécias, *soties* e farsas. Assim, por exemplo, em uma *sotie*, os despreocupados e alegres "filhos da Tolice" começam a servir o "Mundo". Mas não há como satisfazer o "Mundo", ele é exigente; pelo visto, o "Mundo" está doente; é chamado o médico, que examina a urina do Mundo e descobre que este sofre de uma doença cerebral; verifica-se que o "Mundo" está obcecado pelo medo diante de uma catástrofe global, diante da morte em um dilúvio e no fogo. No final, os "filhos da Tolice" conseguem devolver ao "Mundo" o humor alegre e despreocupado.

É claro que, em comparação com Rabelais, aqui tudo é muito mais primitivo e grosseiro. Todavia, a composição tra-

[207] *Idem*, p. 252. Grifos de Bakhtin. (N. da T.)

dicional das imagens é bastante próxima da rabelaisiana (incluindo o dilúvio e o fogo em seu aspecto carnavalesco). Na *sotie*, o universalismo e a natureza cósmica das imagens são enfatizados com nitidez, mas possuem um caráter um tanto abstrato, beirando a alegoria.

* * *

Analisamos o papel da praça e de "suas vozes" nos prólogos de Rabelais. Agora examinaremos em separado alguns gêneros discursivos da praça e sobretudo os "gritos" da praça. Havíamos dito que esses gêneros práticos entram na literatura de ficção da época e com frequência desempenham nela um papel estilístico essencial. Vimos isso nos prólogos que analisamos.

Detenhamo-nos, em primeiro lugar, no gênero da praça mais simples, porém essencial para Rabelais: os "gritos de Paris" (*cris de Paris*).

Os "gritos de Paris" eram os reclames ruidosos dos comerciantes parisienses.[208] A esses gritos atribuía-se uma forma rítmica poética; cada "grito" específico era um quarteto, dedicado a elogiar uma determinada mercadoria. A primeira coletânea de "gritos de Paris", compilada por Guillaume de Villeneuve, data do século XIII, já o último compêndio dos "gritos" de Clément Janequin remonta a meados do século XVI (são "gritos" contemporâneos a Rabelais). Há um material bastante rico também de épocas intermediárias, em especial da primeira metade do século XVI. Desse modo, a história desses famosos gritos pode ser acompanhada por quase quatro séculos.[209]

[208] Até hoje ainda utilizamos a expressão "o último grito da moda" ("dernier cri").

[209] Conferir, sobre os "gritos de Paris", o livro de Alfred Franklin, *La Vie privée d'autrefois — L'Annonce et la réclame* [*A vida privada de outras épocas — O anúncio e o reclame*], Paris, Plon, 1887; aqui são mos-

Os "gritos de Paris" eram muito populares. Foi até mesmo composta "A farsa dos gritos de Paris", assim como no século XVII foram escritas "A comédia dos ditados" e "A comédia das canções". Essa farsa foi elaborada com base nos "gritos de Paris" do século XVI. O conhecido artista francês do século XVII, Abraham Bosse, tem uma série intitulada *Cris de Paris*, que retrata pequenos vendedores ambulantes parisienses.

Os "gritos de Paris" são um documento muito importante da época não só para o historiador da cultura e da língua, mas também para o estudioso da literatura. Eles não tinham o caráter específico e limitado dos reclames da Idade Moderna, e além disso, a própria literatura, mesmo em seus gêneros elevados, não era fechada para quaisquer tipos e formas da palavra humana, independentemente da sua natureza prática e "baixa". Naquela época, pela primeira vez a língua francesa nacional se tornou a língua da grande literatura, da ciência e da alta ideologia. Até então, o francês era a língua do folclore, da praça, da rua, da feira, dos pequenos vendedores, dos "gritos de Paris", e, nessas condições, o peso específico desses gritos na criação verbal viva era bastante significativo.

Na vida da praça e da rua nas cidades, o papel dos "gritos de Paris" foi enorme. Os mais diversos gritos literalmente ressoavam nas ruas e nas praças. Para cada mercadoria — a comida, o vinho ou os objetos — existiam suas palavras e sua melodia do grito, sua entonação, ou seja, sua própria imagem verbal e musical. A magnitude dessa diversidade pode ser julgada a partir da coletânea de Truquet de 1545 — *Les Cri de Paris tous nouveaux, et sont en nombres cent &*

trados os gritos de Paris em diferentes épocas. Ver ainda Georges Kastner, *Les Voix de Paris: essai d'une histoire littéraire et musicale des cris populaires* [*As vozes de Paris: ensaio de uma história literária e musical dos gritos populares*], Paris, G. Brandus, Dufour/J. Renouard, 1857.

sept [*Os novos gritos de Paris, que são em número de cento e sete*].[210] Todavia, a questão não se esgotava com esses 107 gritos registrados na coletânea: ao longo de um dia, era possível ouvir uma quantidade muito maior deles. É preciso lembrar ainda que, naquela época, não só todo reclame, sem exceção, era oral e barulhento, era um "grito", mas todo tipo de aviso, decisão, decreto, lei, era transmitido ao povo em forma oral e barulhenta. Na vida cotidiana e cultural da época, os papéis do som e da palavra barulhenta foram enormes, muito maiores até do que agora, na época do rádio. Já o século XIX, em comparação com a época de Rabelais, foi simplesmente um século mudo. Não se pode esquecer disso quando se estuda o estilo do século XVI e em especial o estilo de Rabelais. A cultura da língua vulgar e popular foi em grande medida a cultura da palavra barulhenta e a céu aberto, nas praças e nas ruas. E nessa cultura da palavra, os "gritos de Paris" ocuparam um lugar bastante significativo.

Qual foi a importância desses "gritos de Paris" para a obra de Rabelais?

No próprio romance há alusões diretas a esses "gritos". Quando o rei Anarco foi derrotado e deposto do trono, Panurgo decidiu acostumá-lo ao trabalho e fez dele um vendedor de cheiro-verde. Ele passou a ensinar o rei a "gritar" o cheiro-verde, arte que o desventurado e incapaz rei não pôde aprender de imediato. Rabelais não cita o texto do "grito", mas na já mencionada coletânea de Truquet (1545), entre os 107 gritos, há também o "grito" do cheiro-verde.

No entanto, a questão não se reduz às alusões diretas ou indiretas de Rabelais aos "gritos de Paris". A questão da sua influência e da sua significação paralela precisa ser colocada com maior amplitude e profundidade.

[210] Antoine Truquet, *Les Cri de Paris tous nouveaux, et sont en nombres cent & sept*, Paris, Nicolas Buffet, 1545. (N. da T.)

Em primeiro lugar, é preciso lembrar do enorme papel dos tons e das nomeações típicas de reclame no romance de Rabelais. É verdade que, nesses tons e nomeações, nem sempre é possível distinguir os tons e as imagens característicos dos reclames comerciais daqueles tons e imagens peculiares também de reclames de um anunciante de teatro de feira, de um vendedor de poções medicinais, de um ator, de um médico charlatão, de um compilador de horóscopos de feira etc. Entretanto, não resta nenhuma dúvida de que, nesse caso, os "gritos de Paris" também tiveram sua contribuição.

Os "gritos de Paris" exerceram ainda certa influência no epíteto de Rabelais, que muitas vezes tem um caráter "culinário", é emprestado do dicionário e geralmente usado nos "gritos de Paris" para caracterizar a alta qualidade dos pratos e dos vinhos oferecidos.

No romance de Rabelais, o próprio nome de diversos pratos, de tipos de caça, de legume, de vinho ou de objeto de uso doméstico — roupas, utensílios etc. — é de grande importância. Essa nomeação costuma ter um caráter valioso por si só: o objeto é nomeado em prol dele mesmo. Esse universo das comidas e dos objetos ocupa um lugar enorme no romance de Rabelais. Porém, é o mesmo universo dos produtos, dos pratos e dos objetos que diariamente era proclamado, em toda a sua variedade e riqueza, nas ruas e nas praças, por meio dos "gritos de Paris". Encontramos esse universo exuberante da comida, da bebida e dos utensílios domésticos tanto nas pinturas dos mestres flamengos quanto nas descrições detalhadas de banquetes, tão comuns na literatura do século XVI. A nomeação e a representação de tudo o que era relacionado à mesa e à cozinha estavam no espírito e no gosto da época. Contudo, também os "gritos de Paris" são uma cozinha barulhenta e um banquete ruidoso e abundante, em que cada produto e cada prato tinha a sua rima e melodia habituais; era uma sinfonia da cozinha e do banquete que constantemente ressoava nas ruas. É bastante compreensível que essa sinfonia não poderia deixar de influenciar as imagens consoantes na literatura da época e, em particular, em Rabelais.

Na literatura contemporânea a Rabelais, as imagens de banquete e de cozinha não eram detalhes estritamente cotidianos; foi-lhes atribuído em menor ou maior grau uma significação universal. Uma das melhores sátiras protestantes da segunda metade do século XVI se chama *Sátiras cristãs da cozinha papal* (*Satyres chrestiennes de la cuisine papale*, já mencionadas aqui). Em oito sátiras, a Igreja Católica é representada como uma enorme cozinha que se estendeu por todo o mundo: os campanários são chaminés; os sinos são panelas; os altares são mesas de refeição; diferentes ritos e preces são retratados sucessivamente como diversas comidas, e a nomenclatura culinária é bastante rica. Essa sátira protestante é herdeira do realismo grotesco. Ela rebaixa a Igreja Católica e seus rituais ao transferi-los para o baixo material e corporal, aqui representado pelas imagens da comida e da cozinha. É claro que a essas imagens é atribuído um sentido universal.

A relação com o baixo material e corporal é ainda mais evidente nas imagens universalizadas de cozinha da poesia macarrônica. É igualmente clara essa relação em *moralités*, farsas, *soties* e outros gêneros, em que as imagens universalizadas (simbolicamente expandidas) da cozinha e do banquete desempenham um papel imenso. Já tivemos a oportunidade de mencionar a importância da comida e dos utensílios de cozinha em formas festivo-populares como o carnaval, o *charivari*, as diabruras: alguns participantes desses espetáculos se armavam com pinças, atiçadores, espetos, potes e panelas. São famosos as salsichas e os pães de tamanhos grandiosos, que eram especialmente preparados para os carnavais e carregados em procissões solenes.[211] Um dos tipos

[211] Por exemplo, durante o carnaval em Königsberg de 1583, os sal-

mais antigos de hipérbole e de grotesco hiperbólico foi justamente o exagero acentuado nos tamanhos dos alimentos; nesses exageros da *matéria valiosa* se revelou, pela primeira vez, a significação positiva e absoluta do tamanho e da quantidade em uma imagem artística. Essa hipérbole da comida tem um paralelo nas hipérboles mais antigas da pança, da boca e do falo.

Um eco tardio dessas hipérboles materiais e positivas se manifesta no funcionamento simbolicamente estendido das imagens de taberna, de fogão e de feira na literatura universal. Mesmo nas imagens de feira em Zola (*Le Ventre de Paris* [*O ventre de Paris*]) encontramos essa expansão simbólica, que é uma espécie de "mitificação" da imagem de feira. Em Victor Hugo, que em geral faz muitas alusões a Rabelais, na descrição da viagem pelo Reno há um trecho onde, ao avistar uma taberna com um fogão aceso, ele exclama: "*Si j'étais Homère ou Rabelais, je dirais: Cette cuisine est un monde dont cette cheminée est le soleil*".[212] Ou seja, "Se eu fosse Homero ou Rabelais, eu diria: 'Essa cozinha é um mundo, e esse fogão é seu sol'".[213]

Hugo compreendeu com perfeição a significação universal e cósmica da cozinha e do fogão no sistema rabelaisiano de imagens.

Em relação a tudo o que dissemos, fica evidente a significação especial dos "gritos de Paris" na época de Rabelais. Esses "gritos" entravam em contato direto com uma das vias mais importantes do pensamento imagético da época. Os gri-

sicheiros fizeram uma salsicha que pesava 440 libras e era carregada por noventa açougueiros. Em 1601, a salsicha já pesava novecentas libras. Aliás, ainda hoje se podem ver salsichas e roscas grandiosas — ainda que falsas — nas vitrines de açougues e padarias.

[212] Victor Hugo, *Le Rhin*, tomo 1, Paris, J. Hetzel & Cie e A. Quantin, 1884, p. 45.

[213] Tradução a partir de Bakhtin. (N. da T.)

tos eram percebidos à luz do fogão e da cozinha, que, por sua vez, refletiam a luz do sol. Eles faziam parte da grande utopia do banquete daquela época. É dentro dessa ampla relação que se deve analisar tanto a influência direta dos "gritos de Paris" sobre Rabelais quanto sua elevada importância comparativa para a elucidação da obra de Rabelais e de toda a literatura da época.[214]

De uma maneira geral, os "gritos de Paris" foram para Rabelais e seus contemporâneos não um documento da vida cotidiana no sentido posterior dessa palavra. O que se tornou na literatura subsequente o "cotidiano", na época de Rabelais era repleto de uma profunda significação filosófica sem se desvencilhar dos "acontecimentos" e da história. Os "gritos de Paris" — um aspecto essencial da praça e da rua — se fundiam ao universo utópico geral, popular e festivo da praça. Nesses "gritos", Rabelais ouviu os tons utópicos do "banquete popular para todo mundo", e o fato de que os tons dessa utopia estavam profundamente imersos na densidade da vida viva, concreta, palpável, compreendida em termos práticos, perfumada e barulhenta à moda da praça: tudo isso corresponde ao caráter específico de todas as imagens de Rabelais de uma maneira geral; todas elas combinam em si o mais amplo universalismo e utopismo com as extraordinárias concretude, evidência, vivacidade, forte localização e precisão técnica.

Por seu caráter, os "gritos" dos vendedores de todo tipo de poções medicinais são próximos dos "gritos de Paris". Aqueles "gritos" integram a mais antiga composição da vida

[214] Entre os rabelaisianistas, foi Lazare Sainéan quem analisou a importância dos "gritos de Paris" para o romance de Rabelais, em seu livro sobre a linguagem do autor, cuja riqueza de material é notável. Entretanto, Sainéan não revela toda a plenitude dessa importância e se limita apenas a apontar as alusões diretas a esses "gritos" no romance de Rabelais (cf. *La Langue de Rabelais*, Paris, E. de Boccard, v. I, 1922, p. 275).

da praça. A imagem de um médico que anuncia seus medicamentos é também uma das imagens mais antigas da literatura universal. Dos predecessores franceses de Rabelais, lembremos o famoso *Dito das ervas medicinais* (*Le Diz de l'erberie*) de Rutebeuf (século XIII). Trata-se de um típico "grito" da praça de um médico-charlatão, que glorifica seus remédios, porém Rutebeuf o apresenta em uma chave grotesco-satírica. Entre outros medicamentos, esse doutor tem uma erva magnífica para aumentar a potência reprodutora dos órgãos genitais. A relação do médico com a força reprodutora, com a renovação e o renascimento da vida (e também com a morte) é tradicional. Em Rutebeuf, esse tema é suavizado, já em Rabelais, ele costuma se manifestar com plena força e sinceridade.

Elementos de elogios e reclames medicinais da praça estão espalhados de forma mais aberta ou velada por todo o romance de Rabelais. Já apontamos a glorificação das *Crônicas* como um remédio para a dor de dente e para o alívio da gota e da sífilis. Há também elementos de glorificação medicinal no terceiro prólogo. Uma expressão um tanto atenuada do mesmo tipo de reclame aparece na glorificação, feita pelo frei João, da batina monástica, considerada um remédio para aumentar a força reprodutiva, e do breviário como um remédio para a insônia.

Um exemplo interessante de "elogio medicinal" mais complexo é a famosa glorificação do "pantagruelião", que encerra o *Terceiro livro*. Na base dessa glorificação da cannabis e do asbesto (que compõem o "pantagruelião") se encontra a glorificação do linho feita por Plínio e emprestada da sua *História natural*. Porém, como tudo que Rabelais empresta dos outros, esse trecho de Plínio é transformado por completo dentro do contexto da obra de Rabelais, no qual ganha uma marca autoral específica. A glorificação de Plínio tem um caráter puramente retórico. De um ponto de vista genético, a retórica está relacionada também à praça. Entretanto, nada sobrou da praça no elogio retórico de Plínio, que é um produto de uma cultura refinada puramente livresca. Já na glorificação de Rabelais, ressoam claramente os tons do elogio da praça, análogos ao *Dito das ervas medicinais* e ao elogio de reclame da praça dos coletores de ervas e dos vendedores de unguentos milagrosos. Aqui encontramos ainda os vestígios de lendas folclóricas locais semelhantes ao nosso *razrív-travá*.[215] Graças à praça e ao folclore local, a glorificação do pantagruelião adquire seu radicalismo utópico e seu profundo otimismo, que são completamente atípicos do pessimista Plínio. Contudo, é claro, as formas exteriores do "grito" da praça no elogio do pantagruelião são bastante atenuadas e enfraquecidas.

Observemos na literatura pós-rabelaisiana o uso brilhante do elogio medicinal da praça na já citada *Sátira menipeia*.[216] De uma maneira geral, essa obra notável é rica de elementos da praça. Na parte inicial da sátira (correspondente ao "*cri*" das *moralités* e *soties*), é representado um charlatão espanhol: enquanto no Louvre acontecem os preparativos para a reunião dos partidários da Liga Católica, na rua esse charlatão comercializa uma substância milagrosa universal capaz de curar todos os males e desgraças, o "Catolicão da Espanha". Ele anuncia "aos gritos" essa substância, glorificando-a de todas as maneiras possíveis, e com essa excessiva glorificação da praça expõe cáustica e alegremente a "política católica" e a propaganda da Espanha. Esse "*cri*" introdutório do charlatão prepara aquela atmosfera de franqueza cínica, na qual os líderes da Liga desmascaram a si mesmos e seus planos nas partes subsequentes da sátira. Por sua cons-

[215] Ao pé da letra, "erva-explosão", planta mágica que, de acordo com o folclore eslavo, é capaz de abrir tudo o que está fechado ou trancado. (N. da T.)

[216] *Satyre ménippée de la vertu du Catholicon d'Espagne*, 1594. (N. da T.)

trução e sua orientação parodística, o "grito" do charlatão espanhol se assemelha aos prólogos de Rabelais.

Tanto os "gritos de Paris" quanto os "gritos" dos vendedores de substâncias milagrosas e dos médicos de feira pertencem aos gêneros laudatórios da palavra da praça. É claro, são ambivalentes e neles ressoam o riso, a ironia; eles estão prontos para mostrar seu reverso a qualquer momento, ou seja, estão prontos para se transformar em xingamentos e maldições. Esses gritos também exercem funções rebaixadoras: materializam e corporificam o mundo; estão essencialmente relacionados ao baixo material e corporal ambivalente. Todavia, neles domina o polo positivo desse baixo: a comida, a bebida, a cura, o renascimento, a força reprodutiva, a abundância.

* * *

O reverso do elogio da praça são as maldições, os xingamentos, os juramentos e as promessas. Eles também são ambivalentes, mas aqui predomina o polo negativo do baixo: a morte, a doença, a decomposição e o desmembramento do corpo, sua dilaceração, sua devoração.

Já analisamos uma série de maldições e de xingamentos durante o estudo dos prólogos. Agora, temos de examinar uma variedade da palavra da praça cuja origem e funções artístico-ideológicas no romance de Rabelais se assemelham a eles: o juramento e a promessa.

Todos os fenômenos, como os xingamentos, as maldições, os juramentos, as obscenidades, são elementos não oficiais do discurso.[217] Eles são e eram percebidos como uma violação deliberada das normas aceitas de tratamento no discurso e como uma recusa intencional de cumprir as convenções do discurso, quais sejam: de etiqueta, de polidez, de re-

[217] Sobre a palavra russa *rietch* (discurso), ver notas 186 e 188, pp. 286-7 deste volume. (N. da T.)

verência verbal, de respeito, de servilismo etc. Portanto, todos esses elementos, se estão presentes em quantidade suficiente e de forma intencional, exercem uma influência poderosa sobre todo o contexto e sobre todo o discurso, colocando em outro plano e além das convenções do discurso. Por isso esse discurso, que foi libertado do poder das normas, das hierarquias e das proibições de uma língua comum, transforma-se em uma espécie de língua peculiar, ou seja, em um tipo de jargão da língua oficial. Desse modo, tal discurso cria também uma coletividade específica: a dos iniciados na comunicação sem cerimônias, e a daqueles que são francos e absolutamente livres[218] em termos discursivos. Em sua essência, essa coletividade foi ainda uma *multidão na praça*, em especial aquela festiva, da feira e carnavalesca.

Ao longo das épocas mudam a própria composição e a natureza daqueles elementos, que têm o poder de transformar toda a fala e de criar uma coletividade absolutamente livre e de comunicação sem cerimônias. Muitas obscenidades e expressões blasfemas, que já no século XVII adquiriram o poder de transformar o contexto, não eram percebidas como tais na época de Rabelais e não ultrapassavam os limites daquilo que era aceito no discurso oficial. O grau de influência de certas palavras e expressões extraoficiais ("obscenas") sobre o contexto também é relativo. Cada época tem suas próprias normas do discurso oficial, da decência e da correção.[219] E em toda época há palavras e expressões cujo uso é

[218] O adjetivo russo utilizado é *vólni*, derivado do substantivo *vólia*, que significa uma liberdade sem limites, desenfreada, que não se contém nem mesmo diante da liberdade alheia. Em russo, há ainda o substantivo *svobóda*, que significa uma liberdade limitada pelas normas sociais democráticas, ou seja, a liberdade de uma pessoa que acaba quando começa a liberdade do outro. (N. da T.)

[219] Sobre as mudanças históricas nas normas do discurso em relação à obscenidade, ver Ferdinand Brunot, *Histoire de la langue française* [*His-*

percebido como um sinal de falar livremente, de chamar as coisas por seus verdadeiros nomes e de falar sem omissões e eufemismos. O uso dessas palavras e expressões criava um ambiente de franqueza da praça, sintonizando tanto com determinada temática quanto com o caráter não oficial do próprio ponto de vista sobre o mundo. É claro, as possibilidades carnavalescas de tais elementos discursivos são reveladas em sua *plenitude* justamente na praça *festiva* e nas condições de suspensão de todas as barreiras hierárquicas entre as pessoas, bem como do contato sem cerimônias efetivo entre elas. Aqui esses elementos da fala se tornam partículas plenas de sentido de um único aspecto cômico do mundo.

Na época de Rabelais, entre outros elementos não oficiais, esse caráter era constituído pelos assim chamados *jurons*, ou seja, juramentos e promessas. Faziam promessas e juramentos principalmente citando todo tipo de objetos sagrados: "o corpo do Cristo", "o sangue do Cristo", as festas, os santos e suas relíquias etc. Na maioria dos casos, os *jurons* são remanescentes de antigas fórmulas sagradas de juramentos. A linguagem sem cerimônias era rica desses *jurons*. Alguns grupos sociais e até mesmo alguns indivíduos tinham seu repertório especial de juramentos ou um juramento preferido, que usavam constantemente. Entre os personagens de Rabelais, em particular o frei João enche sua fala com juramentos, sem os quais não consegue dar nem um passo. Quando Ponócrates pergunta ao frei João o motivo de fazer juramentos, ele responde: "É só para ornar a linguagem! São toques de retórica ciceroniana".[220] Nem Panurgo economiza nos juramentos.

tória da língua francesa], t. IV, 1ª parte, livro 4, cap. V, "L'Honnêteté dans le langage" ["A honestidade na linguagem"], Paris, L. Petit de Julleville, 1897.

[220] *Gargântua*, *op. cit.*, p. 372. (N. da T.)

Os juramentos são um elemento da linguagem não oficial. Eles eram até mesmo expressamente proibidos. A luta contra eles foi travada em duas frentes: de um lado, pela Igreja e pelo Estado e, de outro, pelos humanistas de gabinete. Estes últimos viam neles elementos parasitas e desnecessários da linguagem, que apenas enturvavam sua pureza, e os consideravam um legado da barbárie da Idade Média. Esse ponto de vista também é compartilhado por Ponócrates na passagem citada acima. O Estado e a Igreja viam nesses juramentos um uso blasfemo e profano dos nomes sagrados, incompatível com a religiosidade. Sob a influência da Igreja, o poder estatal emitia repetidas vezes decretos contra os *jurons*. Os decretos eram anunciados nas praças, e foram emitidos pelos reis Carlos VII, Luís XI (em 12 de maio de 1478) e, por fim, Francisco I (em março de 1525). Essas condenações e proibições só reforçaram o caráter não oficial dos juramentos, exacerbando a sensação de violação das normas discursivas a eles associada; o que, por sua vez, intensificou o colorido específico da fala repleta de juramentos e, no espírito da praça, tornou-a ainda mais sem cerimônias e absolutamente livre. Os juramentos passaram a ser percebidos como uma violação do sistema de visão de mundo oficial e como um grau de protesto verbal contra ele.

O fruto proibido é doce. Os próprios reis emissores desses decretos também tinham seus juramentos preferidos, que na consciência popular se fixaram como uma espécie de apelido constante e não oficial desses reis. Luís XI jurava com a "Páscoa Divina" ("*Pasque Dieu*"), Carlos VIII, com "Bom dia de Deus" ("*le bonjour Dieu*"), Luís XII, "Que o diabo me carregue" ("*le diable m'emporte*") e Francisco I, "A palavra de honra de um homem nobre" ("*foy de gentilhomme*"). O contemporâneo de Rabelais, Roger de Collerye, dedicou a esse tema um peculiar poema, "Epitheton des quatre Roys" ("Os epítetos de quatro Reis"):

Quant la "Pasque Dieu" deceda,
Le "Bon Jour Dieu" luy succeda;
Au "Bon Jour Dieu" deffunct et mort,
Succeda le "Diable m'emporte".
Luy decedé, nous voyons comme
Nous duist la "Foy de Gentilhomme".[221]

Aqui os constantes juramentos se tornam sinais característicos e uma espécie de apelido de pessoas específicas. Contudo, certos grupos sociais e profissões eram caracterizados de modo semelhante.

Se os juramentos profanam o sagrado, no poema citado eles o fazem duplamente: a "Páscoa Divina" morre, o "Bom dia de Deus" (ou seja, o Natal) também morre e é substituído por "Que o diabo me carregue". Nesse caso, a natureza dos juramentos, livre e da praça, se manifesta com total plenitude. Eles criam uma atmosfera em que se torna possível esse jogo livre e alegre com o sagrado.

Dissemos que cada grupo social e profissão tinha seus juramentos característicos preferidos. Apenas com a ajuda dos juramentos Rabelais faz uma notável representação dinâmica da praça à sua época, que era de composição social heterogênea. Quando o jovem Gargântua, recém-chegado a Paris, se cansou da curiosidade insistente da multidão parisiense, ele se pôs a regá-la com urina. Rabelais não retrata a multidão em si, mas cita todas as promessas e juramentos proferidos pela ela, e *ouvimos* sua composição social.

Eis essa passagem:

[221] "Quando a 'Páscoa Divina' faleceu,
O 'Bom dia de Deus' a sucedeu;
O 'Bom dia de Deus' defunto e morto,
foi sucedido por 'Que o diabo me carregue'.
Após a morte deste, somos regidos
por 'A palavra de honra de um homem nobre'." (N. da T.)

"Acho que esses cretinos querem que eu pague aqui pelas boas-vindas e pelo meu *proficiat*. Está certo. Eu gostaria de dar vinho. Mas vai ser *p'a rir*."

Então sorrindo abriu a bela braguilha e tirando a mêntula para o ar comijou em todos tão brutalmente, que afogou duzentos e sessenta mil quatrocentos e dezoito. Sem contar mulheres e crianças.

Parte deles fugiu daquela mijarada no pernas-para-que-te-quero. E quando chegaram no ponto alto da universidade, suando, tossindo, cuspindo e esbaforidos, deram de jurar e praguejar, uns para acalmar, outros *p'a rir*.[222]

"Juro pelas chagas de baixo, pelo chifre verdadeiro, e o que quer que seja murcho em mim, juro por lagostim, pro cab de bious, das dich Gots leyden Schend, pote de Christo, pelo ventre de São Quenet, e ainda juro por São Fiacre de Brye, São Treignaut, que São Thibaud seja minha testemunha, juro pela Páscoa divina, juro pelo Natal, que o diabo me carregue, juro pela Santa Salsicha, por São Guodegrin, que foi apedrejado por maçãs cozidas, pelo Santo Apóstolo Vulgaríssimo, por São Falo,[223] por Santa Miga d'Aqui, nós fomos ensopados só *p'a rir*", com isso a cidade foi chamada Paris [...][224]

Diante de nós, temos uma imagem muito viva, dinâmica e barulhenta (sonora) da multidão heterogênea de Paris no século XVI. Ouvimos a sua composição social: escutamos o gascão ("*pro cab de bious*" — "com a cabeça do Senhor"),

[222] *Gargântua*, *op. cit.*, p. 280. (N. da T.)

[223] Trecho não encontrado na edição da Pléiade e na tradução brasileira; foi omitido por Rabelais após a 1ª edição de 1534. (N. da T.)

[224] *Gargântua*, *op. cit.*, pp. 280, 282. (N. da T.)

o italiano ("*pote de Christo*" — "cabeça do Cristo"), o *landsknecht* alemão ("*das dich Gots leyden Schend*" — "Que o sofrimento de Deus te envergonhe"), o verdureiro e o vendedor de legumes (São Fiacre de Brye era padroeiro dos jardineiros e dos cultivadores de hortas), o sapateiro (São Thibaud era o padroeiro dos sapateiros), um bêbado (São Guodegrin foi o padroeiro dos amantes da bebida). Todos os demais juramentos (21 no total) têm uma tonalidade específica e evocam alguma associação adicional. Assim encontramos aqui os já conhecidos juramentos dos últimos quatro reis franceses, dispostos em ordem cronológica, confirmando a popularidade desses apelidos peculiares. É possível que já não captemos os muitos matizes e alusões que eram bastante compreensíveis para os contemporâneos de Rabelais.

O caráter específico dessa imagem ruidosa da multidão é criado precisamente pelo fato de que ele foi construído só a partir de juramentos, ou seja, fora das normas da linguagem oficial. Por isso, a reação verbal da multidão se funde de maneira orgânica com o antigo gesto de Gargântua, que, na praça, banhou essa multidão com urina. Seu gesto é tão não oficial quanto a reação verbal da multidão. Eles revelam o mesmo aspecto não oficial do mundo.

Tanto o gesto (o banho de urina) quanto a palavra (os *jurons*) criam uma atmosfera para aquelas travestias bastante livres dos nomes de santos e suas funções que aqui encontramos. Desse modo, algumas pessoas da multidão invocam a "Santa Salsicha", que aqui tem o significado de falo, outros invocam *Saint Guodegrin*, que significa *Godet Grand*, ou seja, uma taça grande; além disso, *Grand Godet* era o nome de uma taverna popular na *Place de Grève* (ela é mencionada por Villon em seu "Testemunho").[225] Outros evocam *Sainct*

[225] Rabelais faz alusão a uma lenda que relacionava o sofrimento desse santo a maçãs assadas (uma imagem carnavalesca rebaixadora).

Foutin,[226] uma travestia paródica do nome de *Sainct Photin*. Outros evocam *Sainct Vit*, que aqui tem o sentido de falo. Por fim, evocam ainda a *Saincte Mamye* (Santa Amiga), cujo nome se tornou uma alusão à amante. Dessa maneira, todos os santos aqui evocados são travestidos ou no plano do obsceno ou no plano do banquete.

Nessa atmosfera carnavalesca, torna-se clara ainda a alusão de Rabelais ao milagre narrado nos Evangelhos, em que o povo foi alimentado com a multiplicação de cinco pães. Rabelais conta que Gargântua afogou, na sua urina, 260.418 pessoas, "sem contar mulheres e crianças". Essa fórmula bíblica foi tirada diretamente da parábola evangélica sobre o milagre da multiplicação dos pães (Rabelais utiliza essa fórmula com muita frequência). Assim, todo o episódio com a urina e a multidão faz uma alusão travestida do milagre evangélico em que o povo aglomerado foi alimentado com cinco pães.[227] Adiante veremos que não é o único travestimento dos milagres evangélicos no romance de Rabelais.

Antes de prosseguir com a realização do seu ato carnavalesco (banhar a multidão com urina), Gargântua declara que só faz isso "pa' rir" ("*par rys*"). E a multidão completa seus juramentos e suas promessas com as palavras "fomos banhados para rir" ("*nous sommes baignés par rys*"). Desde então, afirma o autor, a cidade passou a se chamar Paris ("*Dont fut depuis la ville nommée Paris*"). Dessa maneira, todo esse episódio é um alegre travestimento carnavalesco do nome da cidade "Paris". Ao mesmo tempo, é uma paródia de lendas locais sobre a origem dos nomes (naquela época, adaptações poéticas sérias dessas lendas eram muito populares na França, em particular na obra de Jean Lemaire e de

[226] Do verbo francês *foutre* (foder). (N. da T.)

[227] Não se trata de um travestimento completo, mas só de uma alusão travestida. Alusões arriscadas desse tipo são bastante comuns na literatura recreativa dos "dias gordos" (isto é, no realismo grotesco).

outros poetas da escola "retórica"). Por fim, todos os acontecimentos desse episódio são contados "só para o rir". Do início ao fim, trata-se *de um ato cômico da praça, de um jogo carnavalesco da multidão na praça.* Esse jogo "para rir" inclui o nome da cidade de Paris, os nomes dos santos e mártires, e a parábola dos Evangelhos. É um jogo com assuntos "elevados" e "sagrados", que aqui se combinam com imagens do baixo material e corporal (a urina, os travestimentos eróticos e de banquetes). Os juramentos, como elementos não oficiais da linguagem e como profanação do sagrado, se entrelaçam organicamente nesse jogo, consoantes a este em seu sentido e tom.

Qual seria a temática dos juramentos? Seu conteúdo predominante é o *desmembramento do corpo humano.* Juravam, sobretudo, por diferentes membros e órgãos do corpo divino: pelo corpo do Senhor, por sua cabeça, sangue, chagas, ventre; juravam pelas relíquias dos santos e dos mártires: pernas, braços, dedos etc., que eram guardados nas igrejas. Justamente os juramentos pelo corpo do Senhor e por seus diversos membros eram considerados os mais inadmissíveis e pecaminosos, mas eram esses juramentos os mais comuns. O pregador Menot (contemporâneo mais velho de Rabelais), em um sermão em que condena as pessoas que juravam desmedidamente, disse: "Um agarra Deus pela barba, outro pela garganta, o terceiro pela cabeça [...]. Há aqueles que falam sobre a humanidade do Cristo salvador com menos respeito do que um açougueiro sobre sua carne".

Em sua *Diablerie* (1507), o moralista Eloy d'Amerval, ao condenar os juramentos, desvenda com total clareza a imagem carnavalesca do corpo desmembrado, que se encontra na base da maioria desses juramentos:

> Ils jurent Dieu, ses dens, sa teste,
> Son corps, son ventre, barbe et yeulx,
> Et le prennent par tant de lieux

Qu'il est haché de tous costez
Comme chair à petits pastez.[228]

É claro, o próprio d'Amerval não suspeitava do quão precisa era sua análise histórico-cultural dos juramentos. Entretanto, como um autor do limiar dos séculos XV e XVI, ele conhecia muito bem o papel dos açougueiros e dos cozinheiros, da faca de cozinha, do corpo desmembrado, da carne moída para as salsichas e os pastéis não só no plano da vida cotidiana, mas também no sistema das imagens carnavalescas festivo-populares. Foi por isso que ele pôde fazer comparações tão precisas dessas imagens com o corpo desmembrado de Deus nas promessas e juramentos.

As imagens do corpo desmembrado e de todo tipo de anatomizações desempenham um papel muito relevante no romance de Rabelais. É por essa razão que a temática dos juramentos se insere de maneira orgânica no sistema uno das imagens rabelaisianas. É característico que frei João, um grande amante de promessas, tenha o apelido de "*d'Entommeure*", que significa carne picada e moída, picadinho. Sainéan vê nisso uma dupla alusão: ao espírito combativo do frei João e à sua especial predileção pela cozinha.[229] Mas o importante é que o "*espírito combativo*", a *guerra*, a *batalha*, por um lado, e a *cozinha*, por outro, se cruzam em um certo ponto comum, e este ponto comum é um *corpo desmembrado*, "*picadinho*". Por isso as imagens culinárias na representação das batalhas eram muito comuns na literatura dos séculos XV e XVI, precisamente nos casos em que ela estava

[228] "Eles juram por Deus, por seus dentes, sua cabeça,
Seu corpo, seu ventre, barba e olhos,
E o agarram por tantos lados
Que ele acaba todo picado
Como carne moída para pequenos pastéis." (N. da T.)

[229] L. Sainéan, *La Langue de Rabelais*, *op. cit.*, v. II, 1923, p. 472.

relacionada com a tradição popular do riso. Assim, [Luigi] Pulci descreve o campo de batalha de Roncevaux como "semelhante a um caldeirão com cozido de sangue, cabeças, pernas e outros membros".[230] Imagens parecidas foram encontradas no epos dos cantastorianos.

De fato, o frei João é um "*entommeure*" em ambos os sentidos, e a relação essencial desses significados aparentemente heterogêneos aparecem em Rabelais com uma nitidez excepcional e com muita frequência. No episódio da "guerra das linguiças", frei João desenvolve a ideia da significação bélica dos cozinheiros, com base em material histórico (referência a comandantes-cozinheiros como Nebuzaradã e outros); ele comanda 154 cozinheiros, armados com utensílios de cozinha (espetos, pinças, frigideiras etc.) e os introduz em um "porco" histórico, que nessa guerra de linguiças desempenha o papel do cavalo de Troia. Por outro lado, durante as batalhas, frei João atua como um "*anatomista*" jurado, que transforma os corpos humanos em "picadinho".[231] O mesmo caráter "anatomizante" ocorre na representação da sua batalha na vinícola do mosteiro (onde ele, a propósito, atua com o pau da cruz): uma longa e detalhada enumeração anatômica dos membros e órgãos afetados, dos ossos e articulações quebrados. Eis um trecho dessa anatomia carnavalesca:

[230] A propósito, também no plano épico elevado ocorrem representações de batalha como um banquete, por exemplo, no *Dito sobre o exército do príncipe Ígor*. [Trata-se de um poema épico anônimo do século XII do qual existe uma tradução para o português: *O dito da expedição de Ígor*, de Victória Naméstnikov El Murr, feita como parte de sua tese de doutorado defendida na USP em 1972. (N. da T.)]

[231] Essas duas palavras estão relacionadas no próprio texto de Rabelais. No *Quarto livro*, capítulo LXVI, surge a seguinte maldição: "*A tous les millions de Diables qui te puissent anatomizer la cervelle et en faire des entommeures*" ["Seu leproso podre, respondeu frei João, vá para todos os milhões de diabos, e que eles lhe anatomizem o cérebro para fazer picadinhos!", *Quarto livro*, *op. cit.*, cap. LXVI, p. 484].

> Com uns, fazia mingau do cérebro; com outros, quebrava braços e pernas; com outros, deslocava as vértebras do pescoço; com outros, rompia as mandíbulas, esmagava os dentes na goela, esmigalhava as omoplatas, esfacelava as coxas, destrinchava as ancas, picotava os antebraços.[232]

Trata-se de uma descrição anatomizante, típica de Rabelais, de golpes que desmembram o corpo. Na base dessa anatomização carnavalesca e culinária está a mesma *imagem grotesca* do corpo dilacerado, com a qual também nos deparamos na análise das maldições, dos xingamentos e dos juramentos.

* * *

Dessa maneira, os juramentos, com seu *desmembramento* profanador e culinário *do corpo sagrado*, nos levaram de volta à *temática culinária* dos "gritos de Paris" e à *temática grotesco-corporal das maldições e xingamentos da praça* (doenças, deformidades, órgãos do baixo corporal). Todos os elementos da praça discutidos neste capítulo estão inter-relacionados tanto temática quanto formalmente. Todos eles, independentemente de suas funções prático-cotidianas, apresentam o *mesmo aspecto não oficial do mundo*: não oficial tanto em seu tom (o riso) quanto em seu conteúdo (o baixo material e corporal). Todos esses elementos estão relacionados *à matéria alegre do mundo, àquilo que nasce, morre e gera vida, àquilo que devora e é devorado, mas que, no final, sempre cresce e se multiplica, tornando-se ainda maior, melhor e mais abundante*. Essa matéria alegre é ambivalente: ela é *túmulo, ventre gerador, o passado que se afasta e o futuro que se aproxima; é o próprio devir*.

[232] *Gargântua*, *op. cit.*, p. 329. (N. da T.)

Dessa maneira, todos os elementos da praça que examinamos, apesar de sua diversidade, são imbuídos da unidade interna da cultura popular medieval, mas, no romance de Rabelais, essa unidade se combina organicamente com os novos princípios renascentistas. Os prólogos de Rabelais são especialmente reveladores a esse respeito: todos os cinco prólogos (há dois deles no *Quarto livro*) são exemplos magníficos da publicística[233] do Renascimento com base popular e da praça. Como vimos, esses prólogos desmascaram os próprios fundamentos da cosmovisão medieval que vai ficando no passado e ao mesmo tempo estão repletos de alusões e respostas à atualidade ideológica e política.

Os gêneros da praça que examinamos são relativamente primitivos (alguns deles são bastante arcaicos), mas são dotados de uma grande força travestizante, rebaixadora, que materializa e corporifica o mundo. São tradicionais e profundamente populares. Criam em torno de si uma atmosfera de liberdade absoluta da praça e de franqueza sem cerimônia. Por isso, Rabelais usa todo tipo de "gritos", xingamentos, maldições e juramentos como fatores essenciais formadores de estilo. Vimos o papel que eles desempenharam nos prólogos. Eles criam aquela linguagem [*rietch*] *absolutamente alegre, destemida, livre e franca*, que Rabelais emprega para atacar as "trevas góticas". Esses gêneros cotidianos e da praça preparam a atmosfera para as *formas e imagens festivo-populares* propriamente ditas, cuja linguagem revela sua nova e *alegre verdade* sobre o mundo. O próximo capítulo é dedicado a essas formas e imagens festivo-populares.

[233] Bakhtin usa aqui o termo russo *publitsístika*, que também pode ser traduzido como "jornalismo de opinião". (N. da T.)

Capítulo 3

As formas e as imagens festivo-populares no romance de Rabelais

> "O tempo é uma criança que joga damas.
> O controle está em suas mãos."
>
> Heráclito

No fim do capítulo anterior, abordamos a representação "anatomizante" de batalhas e golpes no romance de Rabelais e sua peculiar anatomia "carnavalesco-culinária". As cenas de espancamento são comuns em Rabelais. Todavia, não se trata de cenas cotidianas. Analisemos algumas delas.

No *Quarto livro* do romance, os viajantes — Pantagruel e seus companheiros — vão parar na "ilha dos chicaneiros", cujos habitantes, os chicaneiros, recebem dinheiro para serem espancados. Frei João escolhe um chicaneiro de "fuça rubra" ("*rouge muzeau*") e o espanca por vinte escudos.

"Frei João bifou tanto e tantíssimo o fuça rubra em lombo e pança, braço e perna, testa e tudo, com grandes pauladas, que eu já achava que tinha morrido de *cacetada*."[234] Vemos que a enumeração anatomizante das partes do corpo não é aqui ignorada. Mais adiante Rabelais continua assim: "Depois lhe entregou os vinte escudos. Então meu desgraçado *deu um pulo* com *tanta alegria*, que mais parecia um rei ou até *dois reis* juntos" ("*Puys luy bailla les vingts escuz. Et mon villain debout, ayse comme un Roy ou deux*").[235]

[234] F. Rabelais, *Quarto livro*, em *Terceiro, Quarto e Quinto livros de Pantagruel*, org., trad., apres. e notas de Guilherme Gontijo Flores, São Paulo, Editora 34, 2022, p. 318. Grifo de Bakhtin. (N. da T.)

[235] F. Rabelais, *Oeuvres complètes*, org., apresentação e notas de Mi-

Essa imagem do "rei" ou de "dois reis" foi introduzida especialmente para caracterizar o mais alto grau de felicidade do chicaneiro "recompensado". Contudo, a *imagem do "rei" está relacionada, em essência, a espancamentos e xingamentos alegres, assim como à fuça rubra do chicaneiro, à sua morte imaginária e à sua inesperada ressurreição, quando ele, feito um palhaço, levanta num pulo* depois dos espancamentos.

Há um plano na narrativa em que os espancamentos e os xingamentos não possuem um caráter cotidiano e particular, mas são atos simbólicos orientados para o *mais elevado*: para o "*rei*". Esse plano é um sistema festivo-popular de imagens, cuja representação mais expressiva é o *carnaval* (mas, é claro, não apenas ele). Nesse mesmo plano, como já dissemos, encontram-se e se cruzam a *cozinha* e a *batalha* nas imagens do *corpo dilacerado*. Na época de Rabelais, esse sistema festivo-popular de imagens ainda vivia uma vida plena e significativa tanto nas mais variadas formas de diversão na praça quanto na literatura.

Nesse sistema de imagens, *o rei é um bufão*. Ele é eleito por todo o povo para depois, ao término de seu reinado, ser *ridicularizado*, xingado e espancado também *por todo o povo*; assim como, ainda hoje, é ridicularizado, espancado, despedaçado, queimado e afogado o espantalho carnavalesco do inverno passado ou o espantalho do ano-velho ("monstros alegres"). Se o bufão no começo era *paramentado* como rei, agora, no fim de seu reinado, é *de novo vestido*, "*travestido*" em trajes de bufão. As injúrias e os espancamentos são completamente equivalentes a esse travestimento, troca de roupas

reille Huchon com a colaboração de François Moreau, Paris, Gallimard, 2020, Bibliothèque de la Pléiade, p. 577 (o trecho "Então meu desgraçado deu um pulo com tanta alegria, que mais parecia um rei ou até dois reis juntos" não está presente na tradução brasileira do *Quarto livro* usada por nós). (N. da T.)

e metamorfose. As injúrias revelam a outra face — a verdadeira — daquele que é xingado, retiram seus trajes e sua máscara: as injúrias e os espancamentos *destronam* o rei.

A injúria é a morte, é a juventude passada e que se tornou velhice, é um corpo vivo que agora virou cadáver. A injúria é o "espelho da comédia" colocado diante da vida em extinção, diante do que deve morrer uma morte histórica. Entretanto, nesse mesmo sistema de imagens, a morte é seguida pelo renascimento, pelo ano-novo, por uma nova juventude, por uma nova primavera. Por isso o elogio responde à injúria. *O xingamento e o elogio são dois aspectos de um mesmo mundo bicorporal.*

O xingamento-destronamento, como uma verdade sobre o poder velho e sobre um mundo moribundo, integra de maneira orgânica o sistema de imagens rabelaisiano, ao se combinar com espancamentos, *troca de fantasias e travestimentos* carnavalescos. Rabelais extrai essas imagens da *viva* tradição popular e festiva do seu tempo, mas ele conhecia muito bem a antiga tradição literária das *saturnálias*, com seus rituais de troca de roupas, destronamentos e espancamentos (ele conhecia as mesmas fontes que nós conhecemos e, sobretudo, as *Saturnálias* de Macróbio). Em relação ao bufão Triboullet, Rabelais cita as palavras de Sêneca (sem nomeá-lo e, pelo visto, segundo Erasmo) de que o rei e o bufão têm o mesmo horóscopo.[236] É evidente que ele conhecia ainda a história do Evangelho sobre a coroação e o destronamento, o espancamento e a ridicularização bufos do "rei dos judeus".

[236] *Terceiro livro*, *op. cit.*, p. 188. Sêneca aborda isso em *A transformação de Cláudio em abóbora*. Já mencionamos essa notável saturnália sobre o destronamento de um finado rei, tanto no momento da morte (ele morre durante a defecação) quanto depois da morte *no reino do além-túmulo*, onde ele se transforma em um "*monstro engraçado*", em um bufão miserável, *em um escravo e em um jogador perdedor*.

Em seu romance, Rabelais retrata o destronamento literal de dois reis: Picrócolo no primeiro livro (*Gargântua*) e Anarco no segundo (*Pantagruel*). Ele representa esses destronamentos em um espírito puramente carnavalesco, mas não sem a influência das tradições antiga e evangélica.

O rei Picrócolo fugiu após sua derrota; pelo caminho, enraivecido, matou seu cavalo (por este ter escorregado e caído). Para seguir adiante, Picrócolo tentou roubar o *burro* de um *moinho* mais próximo, mas os moleiros *o espancaram, retiraram seus trajes reais e o vestiram com uma túnica miserável*. Mais tarde, ele começou a trabalhar em Lyon como um simples trabalhador braçal ("ganha-pão").

Vemos aqui todos os elementos do tradicional sistema de imagens (destronamento, troca de fantasia, espancamento). Contudo, sentimos também reminiscências das saturnálias. O rei destronado se torna escravo ("ganha-pão"); na Antiguidade, o *moinho* era um lugar para onde enviavam os escravos a serem punidos: lá eles eram espancados e obrigados a girar as mós, que era um trabalho forçado. Por fim, o *burro* é um símbolo de humilhação e de resignação nos Evangelhos (e ao mesmo tempo de renascimento).[237]

O destronamento do rei Anarco é baseado nesse mesmo espírito carnavalesco. Após derrotá-lo, Pantagruel o coloca à disposição de Panurgo. Em primeiro lugar, Panurgo *veste* o ex-rei com estranhos trajes bufos e faz dele um vendedor de cheiro-verde (o grau mais baixo na hierarquia social). Os espancamentos também não foram esquecidos. É verdade que o próprio Panurgo não espanca Anarco, mas ele o casa com uma mulher velha e briguenta, que o *xinga* e o *espanca*. Assim, aqui é mantida com rigor a tradicional imagem carnavalesca do destronamento.[238]

[237] O burro era ainda uma das imagens do sistema festivo-popular medieval, como na "festa do asno".

[238] Uma imagem equivalente é o nosso antigo ritual de destronamen-

Conforme já dissemos, a lenda sobre Rabelais nos apresenta sua imagem carnavalesca. Chegaram até nós muitos relatos lendários sobre seus disfarces e mistificações. A propósito, existe o seguinte relato sobre a sua mascarada mortuária: em seu leito de morte, Rabelais supostamente obrigou que o vestissem de *dominó* (traje de mascarada), baseando-se nas palavras das Sagradas Escrituras (o Apocalipse): "*Beati qui in Domino moriuntur*" (isto é, "Bem-aventurados os que morrem em Deus"). O caráter carnavalesco desse relato lendário é bastante claro. Enfatizamos que aqui a real troca de roupa (o travestimento) é justificado por meio do travestimento semântico verbal do texto sagrado.

Todavia, voltemos ao chicaneiro de fuça rubra que foi espancado e ficou feliz com o espancamento "como dois reis". Afinal, o chicaneiro não seria um rei carnavalesco? Não obstante, a imagem do espancamento com uma enumeração anatomizante levou a outros acessórios *carnavalescos* inevitáveis, inclusive a comparação com um rei e até com dois reis — o velho falecido e o novo ressuscitado: pois todos pensam que o chicaneiro foi espancado até a morte (o velho rei), mas ele salta vivo e alegre (o novo rei). *A sua fuça é rubra*, porque é *uma fuça de bufão pintada como a de um palhaço*. Em Rabelais, todas as cenas de brigas e de espancamentos têm o mesmo caráter carnavalesco.[239]

O episódio analisado do espancamento do chicaneiro é precedido por quatro capítulos que são dedicados aos relatos

to e corte de cabelo dos tsares antes da morte, quando eles eram vestidos com uma batina monástica e nela morriam. Todos conhecem a cena de Púchkin em que ocorre o corte de cabelo e a troca de roupa de Boris Godunóv. Aqui há um paralelismo quase completo de imagens. [Referência ao drama histórico *Boris Godunóv*, de Aleksandr Púchkin, publicado em 1831. (N. da T.)]

[239] Ecos desse fenômeno persistem também na literatura posterior, em especial a ligada à linha rabelaisiana: por exemplo, em Scarron.

de espancamentos análogos de chicaneiros na casa de Basché e da "farsa trágica" encenada por François Villon em Saint--Maixent.

O nobre senhor de Basché inventou um modo espirituoso de espancar impunemente os chicaneiros que iam ao seu castelo para lhe entregar intimações da justiça. Em Touraine, onde se passa a ação do relato, assim como em Poitou e em algumas outras províncias da França, eram comuns as chamadas "*nopces à mitaines*" (ou seja, "núpcias com luvas"): durante as festividades do casamento, era hábito presentear uns aos outros com *socos* bufos. Aqueles que os recebiam não podiam se opor a esses murros nupciais leves: eles eram legalizados e consagrados pela tradição. E eis que toda vez que um caluniador se aproximava do castelo de Basché, logo começavam a encenar *bodas fictícias*, às quais o chicaneiro inevitavelmente era convidado.

Na primeira vez, veio um "*velho, gordo, vermelho* chicaneiro" ("*un viel, gros et rouge Chiquanous*"). Durante o banquete de casamento, passaram, como de costume, a servir uns aos outros com murros. "Mas quando chegou a hora do chicaneiro, eles o festejaram com bifas de guante tão caprichadas, que ele saiu um estrupício estupefato, com um olho cozido na manteiga negra, oito costelas fraturadas, esterno afundado, omoplatas em quatro tocos, a mandíbula inferior em três pedaços, e todo mundo rindo" ("*et le tout en riant*").[240]

O caráter carnavalesco desse espancamento é muito evidente. Há aqui até uma espécie de "carnaval no carnaval", mas com consequências reais para o chicaneiro espancado. O próprio costume de murros nupciais faz parte dos rituais de tipo carnavalesco (afinal, está associado à fertilidade, à força reprodutora, ao tempo). *O ritual dá direito a certa li-*

[240] *Quarto livro*, *op. cit.*, pp. 306-7. (N. da T.)

berdade e a certa conduta sem cerimônia, à violação das normas usuais de convívio. Já em nosso episódio, o próprio casamento é *fictício*: ele é encenado como uma farsa ou uma mistificação carnavalesca. No entanto, nesse ambiente carnavalesco duplo, o velho chicaneiro é servido com murros bastante reais, e ainda com "luvas de combate". Ressaltemos também o caráter anatomizante, *carnavalesco, culinário e medicinal* da descrição dos espancamentos.

O *estilo carnavalesco* se manifesta, com maior nitidez ainda, ao serem narrados os espancamentos do segundo chicaneiro, que veio visitar de Basché quatro dias após o primeiro. Esse chicaneiro, diferentemente do primeiro, é *jovem, alto e magro* ("*un autre jeune, hault et maigre chiquanous*"). Assim, o primeiro e o segundo chicaneiros constituem (embora não apareçam juntos) um típico *par cômico*, carnavalesco e festivo-popular, construído sobre *contrastes*: gordo e magro, velho e jovem, alto e baixo.[241] Ainda hoje, tais pares contrastantes estão vivos no cômico dos teatros de feira e dos circos. D. Quixote e Sancho também eram um par carnavalesco (mais complexo, é claro).[242]

Para o segundo chicaneiro também é encenado o ritual de um casamento fictício: seus participantes são chamados claramente de "personagens da farsa" ("*les personnaiges de la farse*"). Quando entra o chicaneiro (protagonista da ação cômica de espancamento), todos os presentes (o coro) co-

[241] Encontramos o mesmo par carnavalesco na "ilha dos chicaneiros". Além do chicaneiro de fuça rubra, escolhido por frei João, havia também um chicaneiro alto e magro, que reclamou dessa escolha.

[242] Pares cômicos semelhantes sao um fenômeno muito antigo. Em seu livro *Pulcinella*, Dieterich reproduz uma imagem cômica de um guerreiro jactancioso e seu escudeiro em um vaso antigo da Baixa Itália (coleção Hamilton). A semelhança do guerreiro e do escudeiro com as figuras de D. Quixote e Sancho é impressionante (só que ambas as figuras são dotadas de um falo enorme) (cf. Albrecht Dieterich, *Pulcinella*, Leipzig, B. G. Teubner, 1897, p. 239).

meçam a rir, e o próprio chicaneiro ri para fazer companhia ("*A son entrée chascun commença par soubrire, Chiquanous rioit par compaignie*" [À sua entrada, cada um começou a sorrir. O chicaneiro ria por educação]).[243] Desse modo é introduzida a *ação cômica*. Mediante esse sinal é encenado o ritual de casamento. Em seguida, *quando trazem o vinho e os petiscos*, começam os *murros nupciais*. Eis como é representado o espancamento do chicaneiro:

> E danou a bater e a socar o chicaneiro, e os golpes de jovens guantes de todos os lados choviam no chicaneiro. "Das bodas, diziam, das bodas, das bodas, se lembre!" Ficou tão bem-arrumado, que o sangue saía pela boca, pelo nariz, pelas orelhas, pelos olhos. Ao fim e ao cabo, estava arrebentado, estropiado, e rachada a cuca, nuca, dorso, peito, braços, tudo. Podem acreditar que, em Avignon, nos dias de Carnaval, os estudantes nunca tocaram mais melodiosamente o tudo-ou-nada nos dados do que tocavam sobre o chicaneiro. Por fim, cai por terra. Jogaram vinho na cara dele, prenderam à manga do gibão da sua linda libré verde e amarela e o botaram em cima do cavalo mormoso.[244]

Aqui de novo vemos um desmembramento do corpo anatomizante, carnavalesco, culinário e medicinal: são enumerados a boca, o nariz, as orelhas, os olhos, a cabeça, o pescoço, as costas, o peito, os braços. Trata-se da dilaceração carnavalesca do protagonista do jogo cômico. É claro que Rabelais se recorda de imediato e não sem razão do *carnaval de Avignon*: os golpes dos bacharéis universitários, que du-

[243] *Quarto livro*, *op. cit.*, p. 313. (N. da T.)

[244] *Idem*. (N. da T.)

rante as recreações carnavalescas jogavam o tudo-ou-nada, são aplicados não menos *melodicamente* (no original "*melodieusement*") do que os golpes sobre o chicaneiro.

O fim dessa cena é bastante característico: o chicaneiro espancado, na verdade, é fantasiado de rei-bufão; em seu rosto é despejado vinho (pelo visto, vinho tinto, e por isso ele fica de "fuça rubra", como o chicaneiro do frei João), e então ele é decorado com fitas coloridas, como um sacrifício carnavalesco.[245]

Na famosa enumeração composta por 217 nomes de jogos de *Gargântua*,[246] há um jogo com o seguinte nome: "*au boeuf viollé*". Em algumas cidades da França, havia o costume — e esse costume sobreviveu quase até nossos dias — de conduzir, durante o carnaval, *um boi gordo* pelas ruas e praças da cidade, quando ainda era permitido o *abate do gado* e o consumo de carne (bem como a *copulação e os casamentos*, proibidos na quaresma). Ele era conduzido em uma procissão solene ao som de *violas*, razão pela qual se chamava "*boeuf viollé*". Sua cabeça *era enfeitada com fitas coloridas*. Infelizmente, não sabemos como era o jogo com esse boi carnavalesco. No entanto, é bem provável que o jogo não ocorresse sem murros. Afinal, esse "*boeuf viollé*" era destinado para o abate, pois se tratava de um *sacrifício carnavalesco*. Esse boi é o *rei*, o *reprodutor* (que encarna a fertilidade do ano, mas também é a "*carne do sacrifício*", que será picada (*haché*) e "*anatomizada*" para fazer salsichas e patês.

Agora entendemos o motivo de enfeitarem o chicaneiro espancado com fitinhas coloridas. *O espancamento é tão ambivalente quanto o xingamento que se transforma em elogio.*

[245] O amarelo e o verde são, pelo visto, as cores das *librés* da casa de Basché.

[246] F. Rabelais, *Gargântua*, em *Pantagruel e Gargântua*, org., trad., apres. e notas de Guilherme Gontijo Flores, São Paulo, Editora 34, 2021, p. 298. (N. E.)

No *sistema de imagens festivo-populares*, não há uma pura negação abstrata. As imagens desse sistema tendem a abarcar *os dois polos em devir* em sua unidade contraditória: enfeitam aquele que é espancado (e morto); e o próprio espancamento possui um caráter *alegre*, ele até começa e termina com o riso.

O episódio de espancamento mais detalhado e interessante é o do terceiro e último chicaneiro que apareceu na casa de Basché.

Dessa vez, o chicaneiro aparece com dois ajudantes (testemunhas). De novo é encenado um ritual fictício de casamento. Durante o banquete, o próprio chicaneiro propõe a retomada do bom e velho costume de "*nopces à mitaines*" e é o primeiro que começa a dar golpes nupciais. Assim, começa o espancamento dos chicaneiros:

> Então botaram guante à obra, tão bem que o chicaneiro rachou o cocoruto em nove pontos, uma das testemunhas teve o braço direito luxado, a outra teve a mandíbula superior desconjuntada, de jeito que cobriu o queixo pela metade, com desnudamento da úvula e perda notável dos dentes molares, pré-molares e caninos. Ao som do tambor que mudava de entonação, os guantes se ocultaram, sem serem percebidos, e quitutes se multiplicaram de novo, com rebuliço renovado. Brindando os bons companheiros uns aos outros e todos ao chicaneiro e às testemunhas, Oudart renegava e maldizia as bodas, alegando que uma das testemunhas tinha desincornifistibulado o ombro todo. Apesar disso, brindava a ele todo alegrinho. A testemunha desmandibulada juntava as mãos e tacitamente pedia perdão. Porque falar não conseguia.[247]

[247] *Quarto livro*, *op. cit.*, pp. 314-5. (N. da T.)

A lesões inflingidas ao chicaneiro e a seus ajudantes são descritas, como sempre, por meio de uma enumeração anatomizante dos órgãos e das partes do corpo afetados. O próprio espancamento tem um *caráter enfaticamente solene e festivo*: ele ocorre *durante o banquete, ao som de um tambor nupcial*, que *muda de tom* quando o espancamento termina e começa um novo surto de alegria festiva. A mudança de tom do tambor e a retomada do banquete introduzem uma nova fase de ação cômica: *a ridicularização da vítima espancada*. Os espancadores se fazem de espancados. Cada um interpreta o papel de aleijado e acusa os chicaneiros. A atmosfera dessa desenfreada encenação carnavalesca é reforçada quando todos os seus participantes exageram o grau (exacerbado) da sua mutilação com a ajuda de uma palavra polissilábica incrível em sua excessiva extensão. Essas palavras não foram criadas por Rabelais ao acaso: em certa medida, elas devem descrever, por meio do som, o caráter da lesão infligida e, por meio da sua extensão, da quantidade e da variedade das suas sílabas (dotadas de certo colorido semântico), devem transmitir a quantidade, a variedade e a força dos golpes recebidos. Ao serem pronunciadas, essas palavras parecem mutilar os órgãos articulatórios ("são de quebrar a língua"). A extensão e a dificuldade de pronúncia dessas palavras aumentam gradativamente com cada participante do jogo: se na palavra de Oudart há oito sílabas, na de Loyre, já são treze. Graças a essas palavras, uma natureza carnavalesca indomável impregna a própria linguagem dessa cena.

Eis a continuação do episódio:

> Mas (dizia Tantã, escondendo o olho esquerdo com o lenço e mostrando o tambor amassado de um lado) que mal eu fiz para eles? Será que já não basta esses aí me terem fuçaembostegaitagorjabatespanquensacabolsestropiado o pobre olhinho,

> sem falar que ainda por cima me amassaram o tambor! Tambores de bodas são sempre batidos, tamboreiros são festejados, batidos jamais! O meu vai servir de pente ao diabo![248]

Aqui a encenação dos chicaneiros espancados ganha força — o lenço que cobre um olho supostamente machucado, o tambor quebrado —, assim como aumenta a extensão da palavra que transmite o grau da lesão infligida: nela já são vinte sílabas, e as próprias sílabas se tornam mais bizarras.

A imagem do tambor quebrado é característica. Para uma correta compreensão do episódio de espancamento dos chicaneiros, e do caráter peculiar dos próprios espancamentos, é necessário considerar o seguinte. *O tambor nupcial tinha uma significação erótica*: "bater no tambor nupcial", em geral, equivalia a realizar o ato reprodutivo; o "tamboreiro" ("*tabourineur*" e "*taboureur*") significava o amante. Na época de Rabelais, essa significação era de conhecimento geral. No capítulo III de *Gargântua*, o próprio Rabelais fala sobre os "tamboreiros" ("*taboureurs*") da filha do imperador Otaviano, ou seja, sobre os amantes dela. Rabelais utiliza a palavra "tambor" com um sentido erótico também no capítulo XXV de *Pantagruel* e no capítulo XXVIII do *Terceiro livro*. Nesse mesmo sentido foram empregadas as palavras "golpe", "golpear", "bater", "bastão" ("*baston*"). O falo era chamado de "*baston de mariage*" [bastão de casamento] (Rabelais usa essa expressão no capítulo IX do *Terceiro livro*), assim como de "*baston à un bout*" [bastão de uma extremidade] (essa expressão também aparece em Rabelais, no capítulo XVIII do *Terceiro livro*).[249] É claro, os "*murros nupciais*" *ti-*

[248] *Idem*, p. 315. (N. da T.)

[249] A palavra "pino de boliche" [*quille*] e "jogar boliche" eram utilizadas também em sentido erótico. Todas as expressões que atribuem sen-

nham o significado de um ato reprodutivo. Essa significação foi transferida ainda para o espancamento dos chicaneiros, não era à toa que eles eram espancados sob o disfarce de murros nupciais e ao som das batidas do tambor nupcial.

É por isso que, em todo o episódio analisado por nós, não há briga cotidiana, nem golpes puramente cotidianos, compreendidos em sentido estrito e prático. *Aqui todos os golpes têm uma significação simbólica amplificadora e ambivalente*: são golpes que ao mesmo tempo *destroem* (no limite) e *dão nova vida*, que acabam com o *velho* e iniciam o *novo*. É por essa razão que todo o episódio está repleto de uma atmosfera tão desenfreadamente carnavalesca e báquica.

Ao mesmo tempo o espancamento dos chicaneiros tem ainda uma significação bastante real, tanto pela seriedade dos golpes infligidos quanto pelo seu objetivo: eles são espancados para que se afastem de uma vez por todas das calúnias em relação a Basché (o que dá resultado). Contudo, esses chicaneiros são representantes do antigo direito, da antiga verdade, do antigo mundo: são inseparáveis de tudo o que é velho, passageiro, moribundo, *mas também são inseparáveis do novo, que desse velho nasce. Eles participam de um mundo ambivalente, que ao mesmo tempo morre e gera vida*, mas gravitam em direção ao seu polo negativo e *mortal*; o espancamento deles é uma celebração de *morte-renascimento* (porém no aspecto do riso). É por isso que são despejados sobre eles golpes *ambivalentes, nupciais e construtivos* ao som do tambor e ao tilintar das taças do banquete. *Batem neles como em reis*.

São assim todos os espancamentos em Rabelais. Todos esses reis feudais (Picrócolo e Anarco), velhos mestres da Sorbonne (Janotus de Bragmardo) e sacristãos monásticos (Ta-

tido erótico a "golpe", "bastão", "taco", "pandeiro" etc. aparecem com bastante frequência nos contemporâneos de Rabelais, por exemplo, na já mencionada obra *Le Triumphe de Dame Verolle*.

parrabo), todos esses monges hipócritas, chicaneiros melancólicos, agelastas sombrios, que Rabelais mata, despedaça, espanca, enxota, amaldiçoa, xinga, ridiculariza, todos eles são representantes do velho mundo e do mundo *inteiro*, do mundo bicorporal, que, *ao morrer, gera vida*. Ao cortar e jogar fora o corpo velho e moribundo, ao mesmo tempo é cortado o cordão umbilical do corpo novo e jovem. Trata-se do mesmo ato. As imagens rabelaisianas capturam o *exato momento da transição*, que contém ambos os polos. Todo golpe no velho mundo auxilia o nascimento do novo; é realizada uma espécie de cesariana, que mata a mãe e liberta a criança. São espancados e xingados os representantes do mundo *velho, mas que gera vida*. Por isso as injúrias e os espancamentos se transformam em um ato festivo e cômico.

Citaremos mais um trecho (com alguns cortes) do final do episódio:

> A recém-casada chorando ria, rindo chorava, porque o chicaneiro não tinha se contentado em espancá-la sem escolha ou seleção dos membros, mas pesadamente a descabelou, ainda por cima tinha trepidespiraladoempubiscrespinhado à traição as partes pudicas dela. [...]
>
> O mestre-sala tinha o braço esquerdo numa tipoia, todo torcirrompirachado: "O diabo, disse, é que me fez assistir a essas bodas. Agora fiquei, juro pela força de Deus, com os dois braços embocatorcicontundidos! Vocês chamam isso aí de casório? Eu chamo de cagórios de merda! Juro por Deus, que é o verdadeiro banquete dos lápitas descrito pelo filósofo samosatense!".[250]

[250] *Quarto livro*, *op. cit.*, p. 316. (N. da T.)

Aqui a ambivalência inerente a todas as imagens desse episódio assume ainda a forma de um oximoro típico de Rabelais: a recém-casada chorando ria e rindo chorava. Também é característico que ela receba golpes (fictícios, é verdade) "nas partes indecorosas" ("golpes nupciais"). Nas palavras do mestre-sala, que encerram o trecho citado, dois aspectos devem ser enfatizados. Primeiramente, no original há um jogo rebaixador de palavras típico do realismo grotesco, que reduz o casório (*fiansailles*) ao cagório (*fiantailles*). Em segundo lugar, há uma referência ao *Banquete dos lápitas* de Luciano. De fato, entre todas as outras versões antigas do *simposium* de Luciano, essa é a mais próxima das cenas de banquete rabelaisianas (em especial da citada). O "banquete" de Luciano também acaba em briga. No entanto, é preciso destacar uma diferença essencial. A briga no banquete retratada por Luciano é ampliada em termos simbólicos apenas mediante um material tradicional de imagens, mas não segundo o projeto do autor, que é de natureza abstrato-racionalista e até um tanto niilista. As imagens tradicionais em Luciano sempre falam contra o projeto do autor e sempre são incomparavelmente mais ricas do que ele. Luciano trabalha com imagens tradicionais, de cujo valor e peso ele mesmo quase já se esqueceu.

Tiremos algumas conclusões de todo o episódio de espancamento dos chicaneiros na casa de Basché analisado por nós. Aqui, todo o acontecimento retratado tem o caráter de um ato cômico, festivo e popular. Trata-se de um jogo alegre e livre, mas profundamente significativo. O seu autêntico personagem e autor é o *próprio tempo*, que destrona, ridiculariza e destrói o velho mundo (o velho poder, a velha verdade) e ao mesmo tempo gera o novo. Desse jogo, participam o protagonista[251] e o coro ridente. O protagonista é o repre-

[251] No original, Bakhtin utiliza o termo *protagonist*. (N. da T.)

sentante do *mundo velho*, mas *prenhe e que gera vida*. Ele é espancado e ridicularizado, mas os golpes são construtivos, pois ajudam a gerar o novo. Por isso os golpes são alegres, melódicos e festivos. Os xingamentos possuem esse mesmo caráter construtivo e alegre. O protagonista, tomado como uma vítima cômica, é enfeitado (o chicaneiro é ornamentado com fitas). Em paralelo, as imagens do corpo dilacerado têm uma importância essencial. O espancamento de cada um dos chicaneiros é acompanhado de uma minuciosa descrição anatomizante. O corpo dilacerado é especialmente presente na cena de espancamento do terceiro chicaneiro e dos seus ajudantes. Além dos ferimentos reais a eles inflingidos, há toda uma série de órgãos e partes do corpo cuja mutilação é fictícia: ombros deslocados, olhos roxos, pernas mancas, braços aleijados, órgãos sexuais danificados. Trata-se de um tipo de semeadura corporal ou, mais precisamente, uma colheita corporal. Parece até um fragmento de Empédocles. É uma combinação de batalha com cozinha ou com açougue. Entretanto, como sabemos, essa também é uma temática dos juramentos e das maldições da praça. Até agora, apenas abordamos com brevidade a imagem do corpo grotesco, mas dedicaremos um capítulo específico ao seu sentido e suas fontes.

Dessa maneira, na representação do episódio, *tudo é estilizado* no espírito das formas festivo-populares e do riso. Porém, essas formas milenares servem aqui às novas tarefas históricas da época, sendo dotadas de uma poderosa consciência histórica e auxiliando em um maior aprofundamento da realidade.

A história da "travessura de Villon" em Saint-Maixent acompanha o episódio analisado (ela é contada pelo próprio Basché como um ensinamento para os participantes da ação cômica). Contudo, trataremos dessa história no final do capítulo, quando retornaremos mais uma vez ao episódio aqui abordado.

Como já apontamos, todas as cenas de espancamento em Rabelais são de natureza semelhante. Todas elas são profundamente ambivalentes e repletas de alegria. Tudo nelas é feito com o riso e para o riso: "*et le tout en riant*" [e todo mundo rindo].[252]

Faremos uma breve análise de mais duas cenas: em uma delas, o sangue se transforma em vinho; na outra, o massacre vira banquete e comilança.

A primeira cena é o famoso episódio de espancamento de 13.662 pessoas na vinícola do mosteiro pelo frei João. É um dos massacres mais cruéis:

> Ele partiu para cima deles tão súbito [...] que nem porcos, batendo a torto e a direito, como na velha escola de esgrima.
>
> Com uns, fazia mingau do cérebro; com outros, quebrava braços e pernas; com outros, deslocava as vértebras do pescoço; com outros, rompia as mandíbulas, esmagava os dentes na goela, esmigalhava as omoplatas, esfacelava as coxas, destrinchava as ancas, picotava os antebraços.
>
> Se alguém tentasse se esconder entre as sebes mais densas, lhe surrava toda a espinha dorsal e o espancava que nem um cachorro.
>
> Se alguém salvar-se desejasse numa fuga, lhe fazia voar a cabeça aos pedaços pela sutura lambdoide.
>
> Se alguém trepasse numa árvore, pensando que ali estaria seguro, com seu bastão o empalava pelos fundilhos. [...]
>
> E se alguém fosse tomado da temeridade de resistir cara a cara, ele mostrava a força dos mús-

[252] *Quarto livro*, *op. cit.*, p. 307. (N. da T.)

> culos; porque lhe atravessava o peito pelo mediastino e pelo coração. A outros dava no diafragma, revirando o estômago, e morriam na hora; e a outros tão violentamente acertava no umbigo, o que lhes fazia sair as tripas; a outros por entre os bagos atravessava o olho-do-cu. Podem acreditar que era o espetáculo mais horrendo que já se viu.[253]

Apresentamos aqui uma versão com cortes desse episódio.

Temos diante de nós a imagem de uma autêntica colheita corporal.

Quando os fradinhos correram para ajudar frei João, ele ordenou que "degolassem" os feridos.

> Então deixando as grandes capas num caramanchão ali pertinho, começaram a degolar e eliminar os que ele tinha ferido de morte. Vocês sabem que ferramentas usaram? Aquelas faquinhas que as crianças daqui usam para abrir as nozes.[254]

Esse mais cruel e sangrento dos massacres foi empreendido pelo frei João para salvar o vinho da nova colheita. Todo esse episódio sangrento está repleto não apenas de tons alegres, mas também de tons francamente jubilosos. Trata-se da "vinícola de Dionísio", de uma *vendange*, ou seja, da festa da colheita da uva. Afinal, é justamente nessa época que acontece a ação do episódio. As faquinhas infantis dos jovens fradinhos nos obrigam a ver, por detrás da massa sangrenta dos corpos humanos dilacerados, os barris cheios daquele "*purée septembrale*" ("purê de setembro") que Rabe-

[253] *Gargântua*, *op. cit.*, p. 329. (N. da T.)

[254] *Idem*, p. 331. (N. da T.)

lais menciona mais de uma vez. Ocorre a transformação do sangue em vinho.[255]

Passemos ao segundo episódio. No capítulo XXV de *Pantagruel*, é narrado como Pantagruel, junto com seus quatro companheiros, derrotaram os 660 cavaleiros do rei Anarco. Por meio do uso engenhoso da pólvora, eles queimaram todos esses cavaleiros. Logo depois disso, começam um banquete alegre. Carpalim pega uma grande quantidade de caça.

> Súbito Epistemão fez em nome das nove Musas nove belos espetos de pau à moda antiga, Êustenes ajudou a esfolar.
>
> E Panurgo pôs dois selins pertencentes aos cavaleiros de jeito que serviram de suporte, e botaram o prisioneiro para assar *e no fogo em que queimaram os cavaleiros fizeram um churrasco com carne fresca de caça*. E depois *um grande festim* com muito vinagre, e que o diabo leve quem hesitar: era um triunfo ver como devoravam.[256]

Dessa maneira, a fogueira, onde acabaram de queimar pessoas, foi transformada em um alegre fogo de cozinha, no

[255] Em *D. Quixote*, encontramos também o motivo da transformação do sangue em vinho, mais precisamente no episódio da batalha do protagonista com os odres de vinho, que ele toma por gigantes. Uma elaboração ainda mais interessante desse motivo ocorre em *O asno de ouro*, de Apuleio. Lúcio mata, na porta de casa, pessoas, que ele toma por bandidos; ele vê o sangue que derramou. Na manhã seguinte, ele é levado a julgamento por assassinato e é ameaçado com a pena de morte. Todavia, acontece que ele foi vítima de uma mistificação alegre. Os assassinados são apenas odres com vinho. O julgamento sombrio se transforma em uma cena de riso alegre generalizado.

[256] *Pantagruel*, *op. cit.*, p. 160. Grifos de Bakhtin. (N. da T.)

qual a caça abundante é assada. A partir do desenvolvimento posterior desse episódio, torna-se especialmente claro o caráter carnavalesco e festivo-popular dessa fogueira e da queima dos cavaleiros (assim é queimado o espantalho que representa o inverno, a morte, o ano-velho) com o subsequente "banquete para todo mundo". Pantagruel e seus companheiros decidiram erguer pilares triunfais no local da batalha e do banquete. Pantagruel ergue o pilar, no qual pendura os atributos arcaicos dos cavaleiros queimados: armadura, esporas, cota de malha, luvas de aço e botas altas. Na dedicatória poética ao troféu, ele glorifica a vitória da mente humana sã sobre as armaduras pesadas (afinal, eles queimaram os cavaleiros graças a um uso engenhoso da pólvora). Panurgo ergue outro pilar, no qual pendura os troféus do banquete: chifres, pele e perna de veado, orelhas de lebre, asas de abetarda etc. Além disso, ele acrescenta um frasco de vinagre, um corno no qual guardavam sal, um espeto de pau, um caldeirão, uma molheira, um saleiro e um copo. A sua dedicatória poética aos troféus glorifica o banquete e contém uma receita culinária.[257]

Esses dois pilares triunfais transmitem com perfeição a ambivalência de todo esse sistema de imagens festivo-populares. Aqui se manifestam em uma *elaboração carnavalesca* o tema histórico da *vitória da pólvora sobre as armaduras dos cavaleiros e as muralhas dos castelos* (tema de "Cenas de tempos cavalheirescos" de Púchkin)[258] e o tema da vitória da mente engenhosa sobre a força bruta primitiva. É por isso que o segundo troféu desenvolve todos os adereços carnava-

[257] Na obra italiana (não macarrônica) de Folengo, *Orlandino*, há uma descrição completamente carnavalesca do torneio de Carlos Magno: os cavaleiros montam burros, mulas e vacas, em vez de escudos usam cestas, em vez de capacetes usam utensílios de cozinha: baldes, caldeirões e panelas.

[258] Obra inacabada escrita em 1835. (N. da T.)

lescos e culinários: espetos, lardeadeiras, potes etc. Nesse sistema de imagens, a morte do velho mundo e a alegria festiva do novo se fundem: a fogueira que queimou o velho se transforma no fogo do banquete. A fênix do novo renasce das cinzas do velho.

Em relação a isso, mencionemos ainda o episódio turco de Panurgo. Capturado pelos turcos, Panurgo por pouco não morreu como mártir na fogueira, mas escapou por milagre em razão de sua fé. O episódio é construído como um travestimento paródico do martírio e do milagre. Por não ter gordura suficiente, Panurgo é coberto de banha antes de ser assado no espeto. Por conseguinte, a fogueira do martírio é aqui substituída pelo fogão de cozinha. No final, como já dissemos, ele conseguiu escapar por milagre e ainda assou seu algoz. O episódio termina com a glorificação do assado no espeto.

Assim, em Rabelais o sangue se transforma em vinho, o brutal massacre e o martírio da morte em um banquete alegre, e a fogueira sacrificial em fogão de cozinha. *As sangrentas batalhas, os dilaceramentos, as fogueiras, as mortes, os espancamentos, os golpes, as maldições, os xingamentos estão imersos no "tempo alegre", que ao matar gera vida, e que não deixa perpetuar nada que é velho e não cessa de gerar o novo e o jovem.* Essa compreensão do tempo não é um pensamento abstrato de Rabelais, mas foi, por assim dizer, "imanente" ao próprio sistema tradicional de imagens festivo-populares herdado por ele. Não foi Rabelais que criou esse sistema, mas, graças a sua obra, ele atingiu um novo e elevado patamar de desenvolvimento histórico.

No entanto, todas essas imagens não seriam simplesmente uma tradição morta e limitadora? Seriam todas essas fitas amarradas nos braços do chicaneiro espancado, esses golpes e xingamentos sem fim, esse corpo dilacerado, esses utensílios de cozinha apenas resquícios sem sentido de cosmovisões antigas que se tornaram uma forma morta, um lastro desnecessário, dificultando ver e representar a realidade contemporânea assim como ela é?

Não há nada mais absurdo e insensato do que tal suposição. O sistema de imagens festivo-populares de fato tomou forma e viveu por milhares de anos. Durante esse longo processo de desenvolvimento, havia ainda *seus restos*, bem como suas *camadas mortas* na vida cotidiana, nas crenças e nos preconceitos. Contudo, na linha mestra de seu desenvolvimento, esse sistema cresceu, enriqueceu-se com um *novo sentido*, absorveu *novas aspirações e pensamentos populares*, transformou-se na prova de fogo da nova experiência popular. A linguagem das imagens foi enriquecida com novos matizes de significações e se tornou mais refinada.

Graças a isso, as imagens festivo-populares puderam se tornar um poderoso instrumento de domínio artístico da realidade e servir de base para um autêntico realismo amplo e profundo. Essas imagens populares ajudam a dominar não a imagem naturalista, instantânea, vazia, insensata e dispersa da realidade, mas o próprio processo de sua formação, o sentido e a direção desse processo. Disso decorre o mais profundo universalismo e o sóbrio otimismo do sistema de imagens festivo-populares.

Em Rabelais, esse sistema de imagens vive uma vida tensa, relevante e bastante consciente, e além disso, vivencia tudo do início ao fim, até os mais ínfimos detalhes: as fitas coloridas nas mangas do chicaneiro espancado, a face rubra do outro chicaneiro, a haste da cruz com lírios desbotados com a qual atua frei João e o seu apelido "Picadinho". Não há nenhum resquício morto e sem sentido: tudo está repleto de um sentido atual, proposital e uno. Em cada detalhe, está presente a consciência *artística*, responsável e clara (porém não de raciocínio estreito) de Rabelais.

Isso não significa que cada detalhe foi inventado, pensado e ponderado pelo pensamento *abstrato* do autor. Rabelais dominou artística e conscientemente seu próprio estilo, o grande estilo das formas festivo-populares; foi a lógica desse estilo carnavalesco que lhe sugeriu tanto a fuça rubra do chicaneiro quanto sua alegre ressurreição após os espancamentos e a comparação com um rei ou dois reis. Entretanto, seu pensamento abstrato dificilmente escolheria e ponderaria tais detalhes em separado. Assim como todos os seus contemporâneos, ele ainda vivia no mundo dessas formas, respirava o seu ar e dominava com confiança a sua linguagem sem precisar de um controle constante da consciência abstrata.

Estabelecemos a relação essencial dos espancamentos e xingamentos com o destronamento. Em Rabelais, os xingamentos nunca têm só um caráter de investida pessoal: eles são universais e, em última instância, sempre apontam para algo mais elevado. É como se Rabelais visse, atrás de cada um que foi espancado e xingado, um rei, um ex-rei, um pretendente ao trono. Ao mesmo tempo, as imagens de todos os destronados são bastante reais e vivas. Todos esses chicaneiros, caluniadores, hipócritas sombrios e fofoqueiros, os quais ele bate, enxota e xinga, são absolutamente reais. Todas essas pessoas estão sujeitas à ridicularização, injúrias e espancamentos, na condição de encarnações individuais do poder e da verdade ultrapassados: do pensamento, do direito, da fé e da virtude outrora dominantes.

Esse velho poder e essa velha verdade reivindicam um caráter absoluto e uma importância atemporal. Por isso todos os representantes da velha verdade e do velho poder são sombrios e sérios, não sabem e não querem rir (os agelastas); agem majestosamente e, como veem em seus inimigos uma ameaça à verdade eterna, os intimidam com a morte eterna. O poder e a verdade dominantes não se veem no espelho do tempo, portanto não enxergam também seus começos, limites e fins, não veem seu rosto velho e ridículo, nem o caráter cômico das suas reivindicações de eternidade e irrevogabilidade. Os representantes do velho poder e da velha verdade desempenham o seu papel mantendo uma aparência e tons muito sérios, enquanto o público já está rindo há muito tempo. Eles continuam a falar em um tom sério, majestoso, amedrontador e terrível, próprio dos reis e arautos das "verdades eternas", sem perceber que o tempo já tornou esse tom ridículo e transformou o velho poder e a velha verdade em um espantalho carnavalesco, em um monstro ridículo, que o povo, rindo, destroça na praça.[259]

São esses espantalhos que o boníssimo mestre Rabelais derrota implacável, cruel e *alegremente*. Em essência, eles são derrotados por aquele *tempo alegre*, em nome e no tom, do qual fala Rabelais. Rabelais não atormenta os vivos, mas os deixa partir desde que, antes, tirem suas vestimentas reais ou seu manto de mestre da Sorbonne ou de arauto da verdade divina, luxuoso à moda das mascaradas. Depois disso, ele é capaz até de recompensá-los com uma pequena cabana nos fundos e com um pilão para moer a cebola do molho verde, assim como recompensara o rei Anarco, ou com um tecido para calças novas, uma grande tigela para comida, salsichas e lenha, assim como ele recompensara o mestre Janota Bagarai.

Abordaremos o episódio com o mestre Janota, que está relacionado ao roubo, pelo jovem Gargântua, dos sinos da catedral de Notre-Dame.

Rabelais empresta o próprio motivo do roubo dos sinos das *Grandes crônicas*, mas, em seu romance, ele é ampliado e transformado. Gargântua rouba os sinos históricos de Notre-Dame a fim de transformá-los em *sininhos* para sua égua

[259] Nas palavras de Karl Marx, todos esses representantes do velho poder e da velha verdade são apenas comediantes da ordem mundial, "cujos *heróis reais* estão mortos" [cf. Karl Marx e Friedrich Engels, *Crítica da Filosofia do direito de Hegel*, São Paulo, Boitempo, 2010, p. 148]. A cultura popular do riso percebe todas as suas reivindicações (de inviolabilidade e eternidade) na perspectiva de um tempo em constante mudança e renovação.

gigante, que ele pretende enviar a seu pai carregada de queijo e peixe. *Esse destronamento dos sinos da catedral em sininhos para a égua* é um típico gesto carnavalesco rebaixador, que combina o destronamento e o aniquilamento com a renovação e o renascimento em um novo plano material e corporal.

A imagem do sininho ou campânula (na maioria dos casos usados por vacas) surge, como um acessório imprescindível, já nos testemunhos mais antigos das ações de tipo carnavalesco. Os sininhos são um artefato comum ainda nas imagens míticas do "exército selvagem", da "caça selvagem", da "gente de Arlequim", que desde os tempos mais antigos se fundiram com as imagens das procissões carnavalescas. Os sininhos de vaca figuram também na descrição dos *charivari* do início do século XV no *Roman de Fauvel*. É bem conhecido o papel dos sininhos bufos na roupa, no chapéu, na vara e no cetro do bufão. Ainda hoje ouvimos o retinir dos sininhos sob os arcos da Máslenitsa[260] e dos casamentos.

No próprio Rabelais, também aparecem campânulas e sininhos na descrição da "diabrura" ensinada por François Villon. Os participantes da diabrura eram "cingidos com grossas correias onde penduravam grandes címbalos de vacas e sinos de mulas com um ruído espantoso".[261] No romance de Rabelais, a própria imagem do destronamento dos sinos aparece mais uma vez.

No já analisado episódio da queima de 660 cavaleiros com a transformação da pira funerária em fogão de banquete, Pantagruel, no meio da festança, quando todos exercitavam suas mandíbulas, diz: "Quem dera cada um de vocês tivesse dois pares de sinetes de falcão nos queixos e eu tivesse no meu os *grandes relógios* de Rennes, de Poitiers, de Tours

[260] Ver nota 30, p. 112 deste volume. (N. da T.)

[261] *Quarto livro*, *op. cit.*, p. 309. (N. da T.)

e de Cambrai, para ver a alvorada que tocaríamos com o movimento dos beiços".[262]

Aqui os sinos e os sininhos de igreja não estão no pescoço de vacas ou de mulas, mas sob o queixo das pessoas que participam do alegre banquete; seu som deve refletir o movimento das mandíbulas que mastigam. É difícil achar uma imagem que revele com mais precisão e clareza, ainda que grosseiramente, a própria lógica do jogo rabelaisiano com os rebaixamentos: a lógica do destronamento-aniquilamento injurioso e da renovação-renascimento. Os sinos, que foram destronados de seu plano elevado e retirados dos campanários de Poitiers, Rennes, Tours e Cambrai, de repente ganham vida nova no plano gastronômico do banquete e renovam o seu som ao retinirem com o movimento da boca mastigante. Ressaltemos que o próprio caráter inesperado do uso dos sinos faz, por assim dizer, renascer a sua imagem. Nesse novo cenário, essa imagem surge perante nós como algo completamente novo, incomum e estranho à sua aparência habitual. Aquela esfera, na qual se realiza esse *novo nascimento da imagem*, é o *princípio material e corporal*, nesse caso em seu aspecto de banquete. Ressaltemos ainda a literalidade e a topografia espacial do rebaixamento: os sinos são transferidos das *alturas* dos campanários para *baixo*, sob as mandíbulas mastigantes.

O aspecto de banquete, que faz renascer os sinos, está muito distante, é claro, tanto do ato animalesco de comer quanto do banquete doméstico privado. Afinal, trata-se de um "banquete para todo mundo", do popular gigante e dos seus companheiros junto à fogueira histórica que incendiara o velho mundo da cultura feudal da cavalaria.

Retornemos ao nosso episódio inicial sobre o roubo dos sinos. Agora é bem compreensível por que Gargântua quer

[262] *Gargântua*, *op. cit.*, p. 160. Grifos de Bakhtin. (N. da T.)

transformar os sinos de Notre-Dame em sininhos para sua égua. Na continuidade do episódio, os sinos e os sininhos são o tempo todo associados à imagens carnavalescas e de banquete. O comandante da ordem monástica de Santo Antônio também não teria nada contra o roubo desses sinos, a fim de sinalizar com seu som a sua chegada e fazer tremer a *banha de porco* nas dispensas (ele tinha o direito de receber um "imposto de banha" da população). O principal motivo para o retorno dos sinos apresentado por Janota Bagarai em seu discurso é a ação benéfica do som dos sinos para a produtividade das vinícolas da região parisiense. Outro motivo decisivo é o recebimento por Janota da linguiça e das calças que lhe foram prometidas caso os sinos fossem devolvidos. Portanto, nesse episódio os sinos badalam o tempo todo em uma atmosfera carnavalesca e de banquete.

Mas quem é esse Janota Bagarai? De acordo com Rabelais, é o membro mais antigo da Sorbonne, que foi a guardiã da religião e da verdade divina inabalável, bem como a dona do destino de qualquer pensamento ou livro religioso. Como se sabe, a Sorbonne também condenou e baniu todos os livros do romance de Rabelais assim que eram publicados, porém, felizmente, nessa época ela já não era onipotente. Janota Bagarai foi representante dessa respeitável faculdade. Contudo, Rabelais, por precaução (afinal não se podia brincar com a Sorbonne), destruiu todos os sinais exteriores de seu pertencimento a essa instituição.[263] Janota foi encarregado da tarefa de convencer Gargântua, por meio de uma palavra sábia e eloquente, a devolver os sinos roubados. Como vimos, foi-lhe prometida uma boa recompensa "carnavalesca", na forma de calças, linguiças e vinho.

[263] Na edição canônica dos dois primeiros livros do romance (edição de 1542), Rabelais chegou a retirar todas as alusões diretas à Sorbonne, substituindo a própria palavra "sorbonnista" por "sofista".

Quando Janota, com uma gravidade cômica e com o manto solene de mestre da Sorbonne, e ainda acompanhado por seus assistentes, chega aos aposentos de Gargântua, essa estranha companhia é confundida inicialmente com uma procissão de mascarados. Eis o trecho:

> Mestre Janota, com um corte de cabelo à moda cesarina, vestiu seu capelo à antiga e com o estômago antidotado de marmelada de forno e água-benta de adega seguiu até o alojamento de Gargântua, levando à frente três badéis de rubra fuça e atrás cinco ou seis mestres inertes escangalhados dos pés à cabeça.
>
> Na entrada os encontrou Ponócrates, sentiu medo ao vê-los assim fantasiados e pensou que fossem uns doidos varridos mascarados. Depois buscou saber com um dos mestres inertes da banda que palhaçada era aquela. Responderam que vinham demandar a restituição dos sinos.[264]

Aqui, nas imagens do sorbonnista e de seus companheiros (inclusive do nosso conhecido "*rouge muzeau*" [fuça rubra]), são destacados todos os *atributos carnavalescos*. O sorbonnista e seus companheiros são transformados em *bufões carnavalescos*, ou seja, em uma alegre procissão cômica. A "água-benta da adega" é uma designação travestizante em voga do vinho.

Ao saber do que se trata, Gargântua e seus companheiros resolvem pregar em Janota uma farsa alegre (uma mistificação). Em primeiro lugar, ele é convidado a beber "à moda teológica",[265] e enquanto isso os sinos são devolvidos aos

[264] *Gargântua*, *op. cit.*, p. 284. (N. da T.)

[265] Uma "bebida teológica" ou um "vinho teológico" é uma bebida abundante (um travestimento rebaixador).

representantes da cidade convocados. Assim, Janota tem de pronunciar seu discurso acompanhado por risos, apenas para a diversão do público. Ele o pronuncia com toda a gravidade e seriedade, insistindo no retorno dos sinos e sem suspeitar que a história dos sinos já havia sido resolvida sem ele e que, na verdade, apenas faz o papel de um bufão de feira. Essa mistificação destaca ainda mais o caráter carnavalesco da figura do sorbonnista, que se afastara do curso real da vida e se tornara um espantalho a ser ridicularizado, mas que continua a desempenhar seu papel em um tom sério, sem perceber que todos ao redor já estão rindo há muito tempo.

O próprio discurso de Janota é uma magnífica paródia da eloquência dos sorbonnistas, do seu modo de argumentar, do seu latim; essa paródia é quase digna de ser equiparada às *Cartas de homens obscuros*. Entretanto, no discurso paródico de Janota, do começo ao fim e com muita arte, é apresentada a *imagem da velhice*. O "estenograma" do discurso está repleto de elementos onomatopeicos, que transmitem todos os jeitos e intensidades de tossir, engasgar, expectorar, sufocar e fungar. O discurso está repleto de ressalvas, lapsos, interrupções de pensamento, pausas, lutas contra o raciocínio evasivo, buscas torturantes por palavras adequadas. E o próprio Janota reclama abertamente da sua velhice. Essa imagem biológica da velhice humana decrépita se funde de modo hábil em um único efeito com a imagem da obsolescência social, ideológica e linguística do sorbonnista. Trata-se de um ano-velho, de um inverno velho, de um rei velho que se tornará bufão. Todos o ridicularizam alegremente, e, no final das contas, ele mesmo começa a rir.

No entanto, é o espantalho do sorbonnista que é ridicularizado. Já o homem velho recebe aquilo de que necessita. E como ele mesmo confessa, ele precisa de pouca coisa: "Costas mais perto do fogo, barriga mais perto da mesa e a tigela cheia até as bordas!". Essa é a única realidade que resta das reivindicações do sorbonnista. Gargântua generosamente concede tudo isso ao velho. Porém o sorbonnista é ridicularizado e aniquilado por completo.

* * *

Todos os episódios e algumas imagens que analisamos até agora, todas as cenas de batalhas, de brigas, de espancamentos, de ridicularizações, de destronamentos, tanto de pessoas (representantes do velho poder e da velha verdade) quanto de coisas (por exemplo, dos sinos), foram elaborados e estilizados por Rabelais no espírito carnavalesco e festivo-popular. Por isso todos eles são ambivalentes: o aniquilamento e o destronamento estão ligados ao renascimento e à renovação, a morte do velho está vinculada ao nascimento do novo; todas as imagens estão relacionadas à unidade contraditória do mundo que morre e que nasce. Entretanto, não só os episódios analisados, mas todo o romance, do início ao fim, está repleto de uma atmosfera carnavalesca. Além disso, toda uma série de episódios e de cenas essenciais estão em relação direta com as festas e com uma temática puramente festiva.

Atribuímos uma significação mais ampla à palavra "carnavalesco". Como um fenômeno concreto, o carnaval sobreviveu até os dias de hoje, enquanto outros fenômenos da vida festivo-popular, próximos a ele por seu caráter e estilo (e também por sua gênese), salvo poucas exceções, há muito tempo morreram ou degeneraram até se tornarem irreconhecíveis. O carnaval é bem conhecido. Com o passar dos séculos, ele foi descrito mais de uma vez. Mesmo no período do seu desenvolvimento tardio — nos séculos XVIII e XIX —, o carnaval ainda preservava de forma bastante clara, apesar de empobrecida, algumas das principais características da sua natureza festivo-popular. O carnaval, como um fragmento relativamente mais bem preservado desse vasto e rico mundo, nos revela a antiga natureza festivo-popular. Tudo isso nos dá o direito de empregar o epíteto "carnavalesco" em um sentido mais amplo, entendendo por ele não só as formas do carnaval em um sentido estrito e preciso, mas também toda a rica e variada vida festivo-popular da Idade Média e do Renascimento com suas principais peculiaridades, que o carnaval passou a representar nos séculos seguintes, quando a maioria das outras formas tinha morrido ou degenerado.

No entanto, o carnaval, no sentido estrito da palavra, está longe de ser um fenômeno simples e inequívoco. O conceito representado nessa palavra abrange uma série de festividades locais e de diferentes origens, que aconteciam em diversas épocas, mas que tinham certos traços em comum com a alegria festivo-popular. Esse processo de unificação na palavra "carnaval" de fenômenos locais heterogêneos e a sua redução a um único conceito correspondiam também ao processo real, que ocorria na própria vida: várias formas festivo-populares, ao se extinguirem ou degenerarem, transmitiram alguns dos seus aspectos — rituais, acessórios, imagens, máscaras — ao carnaval. De fato, o carnaval se tornou o reservatório no qual desembocaram as formas festivo-populares que deixaram de ter existência autônoma.

Esse processo de unificação carnavalesca das formas festivo-populares ocorreu, é claro, à sua maneira e em momentos diferentes, não só em países distintos, mas até mesmo em algumas cidades. Em sua forma mais nítida e por assim dizer clássica, esse processo ocorreu na Itália, precisamente em Roma (e ainda em outras cidades desse país, embora talvez não com tanta clareza), depois na França, em Paris. De maneira mais ou menos clássica (porém em épocas posteriores), esse processo aconteceu em Nuremberg e Colônia. Na Rússia, ele nem chegou a se realizar: diversas formas da alegria festivo-popular tanto de caráter geral quanto local (na Máslenitsa, nas *sviátki*,[266] na Páscoa, nas feiras etc.) permaneceram de-

[266] Festas realizadas no período entre o Natal e o batismo de Cristo

sunidas e não apresentaram nenhuma forma predominante e análoga ao carnaval da Europa Ocidental. Como se sabe, Pedro, o Grande, tentou introduzir na Rússia as formas da tradição europeia tardia da "festa dos loucos" (com a eleição do "papa mais bufo" etc.), das piadas carnavalescas de primeiro de abril e outros, mas essas formas não vingaram nem reuniram em torno de si tradições locais.

Entretanto, também naqueles lugares onde esse processo ocorreu de maneira mais ou menos clássica (Roma, Paris, Nuremberg, Colônia), formas de festividades diversas em sua gênese e desenvolvimento estavam em sua base; e mais tarde, em diversas regiões, seu ritual se enriqueceu com as variadas formas locais em extinção.

É preciso observar que muitas dessas formas festivo-populares, tendo transferido para o carnaval uma série de seus traços (na maioria dos casos, os mais significativos), continuaram a levar uma existência miserável e empobrecida paralela ao carnaval. Assim, por exemplo, ocorreu com o *charivari* na França: o *charivari* transferiu a maior parte de suas formas para o carnaval, mas sobreviveu até os dias de hoje como uma forma particular empobrecida da ridicularização nupcial (se o casamento era considerado anormal por algum motivo) ou como um concerto de gatos sob as janelas. Além disso, todas aquelas formas da alegria festivo-popular, que compunham a segunda metade não oficial e da praça de qualquer festa religiosa e estatal, continuaram a existir junto com o carnaval e independente dele, mas partilhando com ele várias características em comum, como a eleição dos reis e rainhas efêmeros durante a festa de reis ("rei dos feijões"), durante a festa de São Valentim e outras. Todos esses traços comuns são determinados pela relação entre essas formas festivas e o *tempo*, que no aspecto popular e da praça de toda

(epifania), marcado por diversos ritos, procissões e adivinhações, daí a semelhança com o carnaval. (N. da T.)

festa se torna seu verdadeiro protagonista, ao destronar o velho e coroar o novo.[267] É claro, todas essas formas populares e da praça continuaram a existir em torno das festas religiosas. Toda feira (geralmente programada para coincidir com a celebração da consagração de uma igreja ou primeira missa) também preservava um caráter mais ou menos carnavalesco. Por fim, as festas da vida cotidiana — casamentos, batismos, velórios e todo tipo de festa agrícola, como a colheita da uva (*vendange*), o abate do gado (essas festas são descritas em Rabelais) etc. — mantêm certos traços carnavalescos. Por exemplo, vimos o caráter claramente carnavalesco das "*nopces à mitaines*", ou seja, um ritual nupcial. O denominador comum de todas as características carnavalescas das diferentes festas é sua relação essencial com o *tempo alegre*. Onde quer que o aspecto da livre festa popular e da praça for preservado, preserva-se também essa relação com o tempo e, portanto, os elementos carnavalescos.

Contudo, onde o carnaval, em sentido estrito, floresceu e se tornou um centro unificador para todas as formas de alegria popular e da praça, as demais festas em certa medida ficaram enfraquecidas, sendo privadas de quase todos os elementos livres e utópico-populares. Todas as outras festas perdem seu brilho diante do carnaval; a importância popular delas se estreita, em especial devido a sua relação direta com o culto e com a posição da Igreja ou do Estado. O carnaval se torna o símbolo e a encarnação da autêntica festa popular e da praça, independente por completo da Igreja e do Estado (mas por eles tolerado). Assim era o carnaval romano quando Goethe fez sua célebre descrição (do carnaval de 1788); assim era ainda o carnaval romano de 1895, em cuja atmosfera Dieterich esboçou seu livro *Pulcinella* (dedicado a ami-

[267] Em essência, todo dia festivo destrona, coroa e, portanto, tem seu rei e sua rainha. Conferir esse motivo no *Decamerão*, onde em cada um dos dias de conversas festivas eram eleitos seu rei e sua rainha.

gos romanos e ao carnaval de 1897). Nessa época, o carnaval se tornara quase o único representante vivo e expressivo da riquíssima vida festivo-popular dos séculos passados.

Na época de Rabelais, a concentração da alegria festivo-popular no carnaval ainda não havia cessado em nenhuma cidade da França. O carnaval, celebrado no "*mardi gras*" (ou seja, na "terça-feira gorda" da última semana antes da quaresma), era apenas uma das muitas formas da alegria festivo-popular, é verdade que já muito importante à época. Como já dissemos, as feiras (em diversas cidades havia de duas a quatro por ano) ocupam um lugar de destaque na vida festiva da praça. As diversões de feira eram de natureza carnavalesca. Lembremos as numerosas festas populares, já mencionadas, na cidade de Lyon. Na época de Rabelais, as formas tardias da antiga "festa dos loucos" ainda estavam vivas: assim eram as festividades organizadas em Rouen e Évreux pela *Societas Cornardorum*, que elegia seu abade bufão ("*abbas cornardorum*" ou "*abbé des cornards*") e realizava procissões carnavalescas (das quais já falamos).

É claro que Rabelais conhecia muito bem essa rica vida festiva de sua época, tanto urbana quanto rural. Quais festas se refletiram diretamente em seu romance?

Bem no início de *Gargântua*, nos capítulos IV, V e VI, é representada a "festa do abate do gado", com um banquete alegre, quando também ocorre o nascimento milagroso do personagem Gargântua. No que concerne à maneira de compor de Rabelais, trata-se de um dos episódios mais notáveis e característicos de todo o romance. É necessário nos determos em sua análise.

Citaremos o início do episódio:

> A hora e o jeito de Gargamela parir foi assim. E se não acreditarem, merecem é que caia o cu da calça. No caso dela, caiu o cu da calça depois do almoço, no 3º dia de fevereiro, por ter comido mui-

to godebilô. Godebilô: são gordas tripas de Cuarô. Cuarôs: são bois engordados no mocho e nos pastos guimôs. Pastos guimôs: são os que produzem capim duas vezes ao ano. Desses bois gordos, mandaram matar trezentos e sessenta e sete mil e catorze para salgar na terça-feira gorda, a fim de que na primavera tivessem carne salgada com fartura, para no começo das refeições fazerem comemoração de carne seca e melhor entrarem no vinho.[268]

O motivo principal dessa passagem é a abundância material e corporal excedente, que gera vida e que cresce. Todas as imagens estão subordinadas a esse motivo. Em primeiro lugar, o acontecimento retratado está ligado, desde o princípio, com o *parto* de Gargamela. Tudo isso é o cenário e o pano de fundo para o ato de parir. Já na primeira frase, irrompe uma maldição contra aqueles que não acreditam no autor. Essa maldição interrompe a fala ao mesmo tempo que prepara o terreno para o próximo motivo. De imediato, ela nos lança ao baixo material e corporal: "E se não acreditarem, merecem é que caia o cu da calça". O parto de Gargamela começou justamente quando seu reto caiu como resultado de se empanturrar de tripas, ou seja, de vísceras: os intestinos de bois engordados. As *entranhas* e os *intestinos*, com toda a riqueza de sua significação e relações, são as *principais imagens condutoras de todo o episódio*. Na nossa passagem, eles são introduzidos como alimento: "*gaudebilleaux*", que significa o mesmo que "*grasses tripes*", ou seja, gordurosas entranhas de bois. Todavia, devido à comilança, o parto e o prolapso do reto desde o início *ligam o ventre devorado com o ventre devorador*. Os limites entre o corpo devorado dos animais e o corpo devorador do ser humano são enfraqueci-

[268] *Gargântua*, *op. cit.*, p. 230. (N. da T.)

dos, quase apagados. Os corpos se entrelaçam e começam a se fundir em uma *única imagem grotesca de um mundo devorado-devorador*. Cria-se uma única e condensada atmosfera corporal: um *grande ventre*. É nela que ocorrem os principais acontecimentos do nosso episódio: a comilança, o prolapso intestinal e o parto.

O motivo da produtividade e do crescimento, introduzido desde o início pelo "parto" de Gargamela, é desenvolvido adiante nas imagens da abundância e da plenitude de bens materiais, a saber: nas entranhas gordurosas dos bois, especialmente engordados em pastos específicos, que dão capim duas vezes por ano, e nos bois gordos que foram abatidos em uma quantidade grandiosa, 367.014. A palavra "gordo" e seus derivados são repetidos quatro vezes em três linhas (*grasses*, *engressez*, *gras*, *gras*). O abate do gado foi realizado para ter carne *em abundância* (*à tas*) na primavera.

Aqui o motivo da abundância de bens materiais está diretamente relacionado à "terça-feira gorda" (*mardi gras*), quando a carne dos bois abatidos deveria ser salgada; a terça-feira gorda é dia de carnaval. A atmosfera carnavalesca permeia todo o episódio, une em um nó grotesco o abate, o desmembramento e a evisceração do gado, a vida corporal, a abundância, a gordura, o banquete, as alegres liberdades e, por fim, o parto.

No final da passagem, há um típico rebaixamento grotesco: "*commemoration de saleures*". Petiscos salgados, como um complemento extraordinário do almoço, são chamados por um termo litúrgico, "*commemoration*", que significava uma oração curta ao santo, cuja celebração não cai nesse dia, ou seja, uma prece adicional extraordinária. Assim, uma alusão à liturgia é inserida nesse episódio.

Por fim, observemos um traço estilístico típico dessa passagem: a primeira metade é construída como uma corrente, em que cada elo se insere no adjacente. Isso ocorre porque a mesma palavra termina uma frase e começa a seguinte. Tal construção reforça a impressão de densidade e de solidez da unidade inseparável desse mundo da gordura abundante, da carne, do ventre, do crescimento e do parto.

Acompanhemos o desenvolvimento subsequente do episódio. Uma vez que as vísceras do gado abatido não podem ser armazenadas para uso futuro, Grangorja convoca os habitantes de todas as cercanias para o banquete.

> Para isso vieram todos os cidadãos de Cinais, de Seuilly, de la Roche-Clermault, de Vaugaudry, sem deixar para trás os de Coudray-Monpensier, de Gué de Vède e outros vizinhos, todos bons manguaceiros, bons parceiros e bons bolicheiros.[269]

Desse modo, o banquete tem um caráter amplo, que inclui todo o povo (não por acaso foram abatidos 367.014 bois). Trata-se de um "banquete para todo mundo". Idealmente, todo banquete carnavalesco era assim. É curiosa a característica alegre dos cidadãos da circunvizinhança reunidos por Grangorja. A última expressão é: "*beaux joueurs de quille*", ou seja, "bons jogadores de boliche". Contudo, já sabemos que a palavra "*quille*" na época de Rabelais tinha uma conotação erótica adicional, à qual se alude aqui (e que foi muito bem transmitida na tradução).

Assim, essa característica dos convidados ao banquete é mantida no plano material e corporal de todo o episódio.

Grangorja adverte sua esposa contra o consumo exagerado de tripas:

> "Quem (dizia ele) quer muito mascar merda, que coma aquele saco." Apesar das recomendações, ela comeu dezesseis moios, duas pipas e seis alquei-

[269] *Idem*, pp. 230-1. (N. da T.)

> res. Que bela matéria fecal não fermentava dentro dela![270]

Aqui é introduzido o motivo das fezes, que, como já dissemos, está estreitamente ligado à representação do útero em geral e das entranhas bovinas em particular, pois, mesmo com a melhor lavagem, continham certa porcentagem de fezes. Nesse caso, na imagem das fezes, é extinta de novo a fronteira entre o corpo devorador e o devorado: as fezes dos intestinos bovinos possibilitam a formação das fezes nos intestinos humanos. Os intestinos animais e humanos parecem se entrelaçar novamente em um único nó grotesco inseparável. É característica da atmosfera de todo o episódio a frase final do autor, que começa com as palavras "Que bela matéria fecal" ("*O belle matière fecale*"). Lembremos que, no realismo grotesco, a imagem das fezes era a imagem de uma *matéria alegre* por excelência.

Logo após a passagem citada lemos:

> Depois de jantar, todos partiram (atabalhoadamente) para La Saulaie e lá no capim alto dançaram ao som de alegres frautas e doces gaitas-de-fole com tanta alegria, que era um passatempo celeste vê-los assim se divertindo.[271]

Essa festiva alegria carnavalesca no prado se entrelaça de modo orgânico com todas as outras imagens do episódio analisado. Repetimos que, na atmosfera da "terça-feira gorda", a alegria, as danças e a música combinavam muito bem com o abate, o corpo desmembrado, o útero, as fezes e outras imagens do baixo material e corporal.

[270] *Idem*, p. 231. (N. da T.)

[271] *Idem*. (N. da T.)

Para uma correta compreensão de todo o romance de Rabelais, bem como do episódio aqui analisado, é necessário renunciar aos limitados e empobrecidos padrões estéticos da Modernidade, que estão longe de ser adequados às grandes matrizes de desenvolvimento da literatura e da arte universais do passado. Entretanto, é especialmente inaceitável a modernização das imagens de Rabelais, a sua redução aos conceitos diferenciados, estreitos e monótonos que dominam o atual sistema de pensamento. Por exemplo, no realismo grotesco e em Rabelais, a imagem das fezes não tinha nem a significação cotidiana, nem a estritamente fisiológica, que agora lhes são atribuídas. As fezes eram percebidas como um aspecto essencial da vida do corpo e da terra, bem como da luta entre a vida e a morte; elas participavam da percepção humana viva da sua materialidade e corporalidade, que eram indissoluvelmente ligadas à vida da terra.

Por isso, em Rabelais não há nem pode haver "naturalismo grosseiro", "fisiologismo" e pornografia. Para compreender Rabelais, é preciso lê-lo com os olhos dos seus contemporâneos e sobre o pano de fundo daquela tradição milenar que ele representa. Nesse caso, o episódio analisado do parto de Gargamela será percebido como um drama elevado e ao mesmo tempo alegre do corpo e da terra.

O quinto capítulo é dedicado à conhecida "Conversa dos embriagados" ["Palavras dos cozidos"]. Trata-se de um "simpósio"[272] carnavalesco. Nele não há uma coerência lógica externa, nem ideias ou problemas abstratos e unificadores (como nos simpósios clássicos). Porém ele é dotado de uma profunda unidade interna. É um jogo grotesco de rebaixamentos que se manifesta nos mínimos detalhes. Quase to-

[272] Segundo o *Dicionário Houaiss* da língua portuguesa, tratava-se, na antiga Grécia, da segunda parte de um banquete ou festim durante a qual os convidados bebiam, conversavam, ouviam música e se entregavam a outros divertimentos. (N. da T.)

das as réplicas apresentam alguma fórmula de plano elevado: religiosa, litúrgica, filosófica, jurídica ou palavras das Sagradas Escrituras, que se aplicam à bebida e à comida. Em essência, falam apenas de duas coisas: das vísceras bovinas devoradas e do vinho que rega essas vísceras. No entanto, esse baixo material e corporal é travestido em imagens e fórmulas do "alto" sagrado e espiritual.

Aqui é importante enfatizarmos o *jogo com a imagem do útero, do ventre*. Assim, um dos interlocutores fala: "*Je laveroys voluntiers les tripes de ce veau que j'ay ce matin habillé*" ["Eu lavaria de bom gosto as tripas de vitelo que arrumei pela manhã"].[273] A palavra "*habiller*" significa "vestir", mas ela também tinha uma significação especial de "preparar a carne do animal abatido" (trata-se de um termo dos açougueiros e dos livros culinários). Desse modo, nas palavras do parceiro de copo "essa vitela que eu preparei de manhã", a palavra vitela (*veau*) refere-se principalmente ao próprio parceiro de copo, que se vestiu de manhã, mas também se refere à vitela, que, de manhã, foi desmembrada, eviscerada e comida por ele. Da mesma forma, o ventre (*les tripes*) significa tanto o seu próprio ventre, que ele está prestes a regar com vinho, quanto o ventre da vitela, que acabou de comer e pretende regar com vinho.

Eis outra réplica construída de maneira semelhante: "*Voulez vous rien mander à la rivière? Cestuy cy va laver les tripes*" ["Quer mandar algo até o rio? Aquele ali vai lavar as tripas"].[274] Nesse caso, a palavra "*les tripes*" também tem uma dupla significação: é ao mesmo tempo o ventre *devorador* e o ventre *devorado* do boi. Dessa maneira, também aqui são constantemente apagadas as fronteiras entre o corpo devorador do ser humano e o corpo devorado do animal.

[273] *Gargântua*, *op. cit.*, p. 236. (N. da T.)

[274] *Idem.* (N. da T.)

O protagonista do capítulo seguinte, o VI, se torna o *ventre que pare* de Gargamela.

Eis o início do ato de parir:

> Pouco tempo depois, ela começou a suspirar, gemer e gritar. De supetão veio um bando de parteiras de todas as partes. E apalpando-a por baixo, encontraram pedaços de pele de péssimo gosto e pensaram que era a criança, mas era o cu que da calça lhe caía, pelo amolecimento do intestino reto, que vocês chamam de olho do toba, porque ela tinha comido tripa demais, como antes já dissemos.[275]

Aqui literalmente é apresentada a anatomia do baixo corporal ("*le bas*"). O nó grotesco do ventre é aqui apertado com mais força ainda: *o reto caído, o ventre bovino devorado e o ventre que pare* (no início o intestino caído é tomado pelo recém-nascido), tudo isso está entrelaçado de modo indissolúvel nas imagens dessa passagem.

A parteira que chegou aplicou remédios adstringentes fortes demais:

> Por causa desse inconveniente, alargaram os cotilédones de cima da matriz, por onde saltou a criança e entrou na veia cava e pesando pelo diafragma até a parte de cima das espáduas (onde a supracitada veia se divide em duas), tomou o caminho à esquerda e saiu pela orelha sinistra.
>
> Logo que nasceu, não chorou que nem outras crianças, "bué, bué". Mas com toda a voz gritou "Beber, beber", como se convidasse todo mundo

[275] *Idem*, pp. 239-40. (N. da T.)

para beber, se bem que foi ouvido em todo o país de Beudo e Bebamais.[276]

A análise anatômica termina com o nascimento inesperado e bastante carnavalesco da criança pela orelha esquerda. A criança não sai por *baixo*, mas por *cima*: trata-se de uma típica inversão carnavalesca ("às avessas"). O primeiro choro do recém-nascido, que convida a beber, tem o mesmo caráter carnavalesco e de banquete.

Assim é nosso episódio. Tiremos algumas conclusões dessa análise.

Todas a imagens do episódio revelam a temática da *própria festa*: o abate do gado, sua evisceração, seu desmembramento. Essas imagens se desenvolvem no plano do banquete, em que o corpo desmembrado é devorado, e se transformam de maneira quase imperceptível em uma análise anatômica do ventre que dá à luz. Como resultado é criada com maestria notável uma atmosfera densa ao extremo, de uma corporalidade una e contínua, na qual estão apagadas, de propósito, todas as fronteiras entre os corpos dos animais e das pessoas, entre os ventres devorador e devorado. Por outro lado, esse *ventre devorado-devorador se funde com o ventre que dá à luz*. Cria-se uma *imagem verdadeiramente grotesca de uma única vida corporal supraindividual: um grande ventre, devorador-devorado-gerador-gerado*. Contudo, não se trata, é claro, de uma vida corporal supraindividual, "animal" e "biológica" como entendemos hoje. Por trás do ventre devorador e gerador de Gargamela desponta o seio devorador e gerador da terra, assim como o corpo popular em eterno renascimento. Assim nasce o *bogatír*[277] popular Gargântua, o Héracles francês.

[276] *Idem*, p. 240. (N. da T.)

[277] Personagem do folclore eslavo que se distinguia por sua enorme força física e por suas façanhas heroicas. (N. da T.)

No episódio analisado e em toda a obra de Rabelais, a corporalidade alegre, exuberante e que tudo vence é contraposta à seriedade medieval do medo e da opressão com seus métodos de pensamento *amedrontador* e *amedrontado*. Semelhante ao prólogo de *Pantagruel*, nosso episódio termina com uma travestia alegre e livre desses métodos medievais de fé e de persuasão. Eis esta passagem:

> Não sei se vocês vão mesmo acreditar nessa estranha natividade. Se não acreditarem, pouco me importa, porém um homem de bem, um homem de bom senso sempre acredita no que lhe dizem e no que encontra por escrito. [O autor cita Salomão e o apóstolo Paulo — M. B.][278]
>
> Por acaso vai contra a nossa lei, a nossa fé, contra a razão, contra a Santa Escritura? Da minha parte, não vejo nada escrito na Bíblia Santa, que se oponha. Mas se Deus quisesse fazer isso, vocês diriam que ele não seria capaz? Ah, pela graça, não escalafobetem os espíritos de vocês com esse tipo de pensamento à toa. Em verdade, lhes digo, porque para Deus nada é impossível. E se ele assim quisesse, as mulheres doravante teriam seus filhos pela orelha.[279]

[278] O trecho presente na citação feita por Bakhtin aparece na tradução brasileira de *Gargântua*, *op. cit.*, na nota de rodapé 38, p. 240. Eis a passagem: "Não disse Salomão, em *Provérbios* 14, *Innocens credit omni verbo*, etc. [O simples dá crédito a cada palavra, etc.]? E São Paulo, em 1 *Coríntios* 13, *Charitas omnia credit* [O amor... tudo crê]? Por que vocês não acreditariam? Porque dizem que nisso não há coisas que se veem. Eu lhes digo, por esta causa apenas, que vocês deveriam acreditar com fé perfeita. Pois os sorbonistas dizem que a fé é prova de coisas que não se veem". (N. da T.)

[279] *Gargântua*, *op. cit.*, p. 240. (N. da T.)

A seguir, o autor cita uma série de nascimentos estranhos retirados da mitologia antiga e das lendas medievais.

Toda essa passagem é uma magnífica travestia paródica tanto da doutrina medieval da fé quanto dos métodos de defesa e propaganda dessa fé, por meio de referências a autoridades sagradas, intimidações, provocações, ameaças, acusações de heresia etc. A densa atmosfera da corporalidade alegre de todo o episódio repete esse destronamento carnavalesco da doutrina da fé, como "prova de coisas que não se veem".

Um dos mais importantes episódios de *Gargântua* — a guerra picrocolina — ocorre na atmosfera de outra festa agrícola: a festa da colheita da uva (*vendange*).

A *vendange* ocupava um lugar de destaque na vida da França: durante a colheita da uva até as instituições públicas eram fechadas e os tribunais não funcionavam, pois todos estavam trabalhando nas vinícolas. Era uma enorme distração de todos os trabalhos e preocupações, exceto das atividades diretamente relacionadas ao vinho. É na atmosfera da *vendange* que se desenrolam todos os acontecimentos e imagens da guerra picrocolina.

O pretexto para a guerra era o confronto entre os camponeses de Seuilly, que vigiavam as vinícolas maduras, e os padeiros de Lerné, que levavam pães para vender. Os camponeses queriam comer os pães com as uvas (o que, entre outros, tem efeito laxante). Os padeiros se recusaram a vender os pães e ofenderam os camponeses. Por causa disso, foi travada uma briga entre eles. O vinho e o pão, as uvas e os pães (*fouaces*) são uma combinação litúrgica, que aqui é submetida a um travestimento rebaixador (a sua propriedade é causar diarreia).

O primeiro grande episódio da guerra — a defesa da vinícola do mosteiro por frei João — inclui ainda uma alusão travestidora à comunhão. Vimos como o sangue se transforma em vinho, e por detrás da imagem da carnificina brutal se revela a *vendange*. No folclore dos vinicultores franceses, a *vendange* está ligada à imagem de *Bon-Temps*, ou seja, do "Bom Tempo" (*Bon-Temps* é o marido de *Mère Folle* [Mãe Louca]). No folclore, a figura de *Bon-Temps* marca *o fim dos tempos maus e o início da paz universal*. É por isso que, na atmosfera da *vendange*, Rabelais desenvolve o tema popular e utópico da vitória do trabalho pacífico e da abundância sobre a guerra e a aniquilação: afinal, este é o tema principal de todo o episódio e da guerra picrocolina.[280]

Desse modo, a atmosfera da *vendange* permeia toda a segunda parte de *Gargântua* e organiza o sistema de suas imagens, assim como a primeira parte (o nascimento de Gargântua) foi permeada pela atmosfera da festa do abate do gado e do carnaval. Todo o livro está imerso em uma atmosfera concreta e festivo-popular.[281]

No segundo livro do romance — *Pantagruel* — há também episódios diretamente relacionados à temática festiva. Em 1532, ou seja, no ano da escrita de *Pantagruel*, o papa declarou um ano de jubileu extraordinário na França. Em tais anos de jubileu, concedia-se a certas igrejas o direito de vender a todos indulgências papais, ou seja, a remissão dos

[280] Duas figuras da festa popular da *vendange* determinaram todo o caráter do episódio: a figura de *Bon-Temps* definiu a sua ideia (a vitória final da paz e do bem-estar popular, isto é, da abundância), já a figura da sua esposa, *Mère Folle*, o estilo farsesco e carnavalesco do episódio.

[281] Em sua tradução livre desse livro, Fischart reforça bastante o aspecto festivo, mas o apresenta no espírito do grobianismo. Grangorja é um admirador apaixonado de todas as festas, porque nelas sempre se deve banquetear e farrear. É feita uma longa enumeração das festas alemãs do século XVI: a festa de São Martinho, o carnaval, a festa da consagração da igreja, as feiras, os batismos etc. Uma festa atrás da outra, de modo que todo o ciclo anual de Grangorja consiste apenas de festas. Para o moralista Fischart, as festas representam a gula e a ociosidade. É claro, tal compreensão e avaliação das festas contradiz profundamente a acepção rabelaisiana delas. Aliás, a opinião do próprio Fischart sobre elas é ambígua.

pecados. No romance, há um episódio diretamente relacionado à temática desse jubileu. Panurgo, querendo melhorar suas finanças, perambula pelas igrejas e compra indulgências, mas, sob o pretexto de troca, ele embolsa do prato da igreja muito além do que deveria. Nas palavras do Evangelho "receberão cem vezes mais", ele interpreta o tempo futuro ("receberão") como o imperativo ("recebam") e age em conformidade. Dessa maneira, o episódio traveste parodicamente a temática festiva do ano jubilar e o texto evangélico.

Nesse mesmo livro, há um episódio que narra as tentativas fracassadas de Panurgo de cortejar uma nobre dama parisiense. A dama o rejeita, e Panurgo se vinga dela de uma maneira bastante peculiar. O principal acontecimento do episódio ocorre durante a festa de Corpus Christi. Há aqui uma travestia completamente monstruosa dessa festa. É retratada uma procissão de 600.014 cães, que seguiram a dama e urinaram nela, pois Panurgo ocultara no seu vestido os órgãos genitais picados de uma cadela.

Apenas à primeira vista, tal travestia de uma procissão religiosa durante a festa de Corpus Christi parece monstruosamente blasfema e inesperada. A história dessa festa na França e em outros países (sobretudo na Espanha) nos revela que imagens grotescas do corpo bastante livres eram bem comuns e consagradas pela tradição. É possível dizer que a imagem do corpo no seu aspecto grotesco dominou a parte popular e da praça da festa e criou sua atmosfera corporal específica. Assim, os representantes tradicionais do corpo grotesco necessariamente participavam da procissão festiva: um monstro (uma mistura de traços cósmicos, animais e humanos) com a "meretriz da babilônia" montada nele;[282] os gigantes (na tradição popular eram a personificação das

[282] Em essência, o corpo misto de um monstro com uma meretriz montada nele equivale ao ventre devorador-devorado-gerador-gerado da "festa do abate do gado".

ideias grotescas sobre o grande corpo), mouros e negros (variantes grotescas das normas corporais), a multidão de jovens dançando ritmos populares muito sensuais (por exemplo, na Espanha há a dança sarabanda quase obscena); somente depois dessas imagens grotescas do corpo desfilava o clero que carregava a hóstia (ou seja, a comunhão); no fim da procissão, as carroças decoradas levavam atores fantasiados (na Espanha, a festa de Corpus Christi era chamada "*fiesta de los carros*").

Desse modo, a tradicional procissão da festa de Corpus Christi tinha um caráter carnavalesco nitidamente expresso, com forte predomínio do aspecto corporal. Na Espanha, durante essa festa, eram encenadas apresentações dramáticas específicas: "*Autos sacramentales*". Podemos julgar a natureza dessas ideias por algumas peças de Lope de Vega que chegaram até nós. Nelas, prevalece o caráter grotesco-cômico, que permeia até mesmo sua parte séria. Nessas obras, há muitos travestimentos paródicos não só de motivos antigos, mas também cristãos, incluindo a própria procissão festiva.

Como resultado, podemos dizer que o aspecto popular e da praça dessa festa foi, em certa medida, um drama satírico, que travestia o ritual religioso de Corpus Christi (hóstia).[283]

À luz desses fatos, a travestia rabelaisiana acaba não sendo tão inesperada e monstruosa. Rabelais só desenvolve os elementos do drama satírico que já estavam presentes nas imagens tradicionais dessa festa: na imagem do monstro com uma meretriz montada nele, nas imagens de gigantes e de pessoas de diferentes cores, em movimentos de dança obscenos etc. É verdade que ele as desenvolve com grande ousadia e plena consciência. Na atmosfera de um drama satírico, não devemos nos surpreender nem com a imagem dos cães uri-

[283] Conforme já expusemos, o drama satírico da Antiguidade também era um *drama do corpo e da vida corporal*. Como se sabe, os monstros e os gigantes desempenhavam nele um enorme papel.

nando, nem mesmo com os detalhes relacionados à cadela. Lembremos ainda o caráter ambivalente do banho com urina, o aspecto da fertilidade e da força reprodutiva contido nessa imagem. Não sem razão, no episódio, como nos assegura o autor, da urina dos cães se formou um riacho que corre nos arredores de Saint-Victor (e Gobelin utiliza esse riacho para tingir tecidos, acrescenta ele).

* * *

Todos os episódios analisados até agora estão diretamente relacionados a certas festas (a festa do abate do gado, a *vendange*, o jubileu papal, a festa de Corpus Christi). A temática da festa exerce uma influência determinante também na organização de todas as imagens desses episódios. Contudo, a questão não se esgota com tais reflexos diretos e imediatos de certas festas nos acontecimentos do romance. Por todo o romance estão espalhadas numerosas alusões a determinadas festas: ao dia de São Valentim; à feira de Niort, para a qual Villon prepara uma diabrura; ao carnaval de Avignon, durante o qual os bacharéis jogam dados; ao carnaval de Lyon, com seu monstro alegre, glutão e devorador *Maschecroûte-le-Gluton* etc. Em *Pantagruel*, Rabelais, ao descrever a viagem de seu herói pelas universidades da França, dedica uma atenção especial àquelas diversões e jogos recreativos praticados por estudantes e bacharéis.

Quanto ao aspecto popular e da praça da festa, todo tipo de jogos (dos jogos de baralho aos esportivos) e todo tipo de previsões, adivinhações e desejos ocuparam um lugar essencial. Esses fenômenos, indissociavelmente relacionados com a atmosfera popular e festiva, desempenham um papel importante no romance de Rabelais. Basta dizer que todo o *Terceiro livro* do romance é construído com uma série de adivinhações de Panurgo sobre sua noiva, ou seja, sobre sua futura esposa. Por isso, é preciso deter-se em especial nesses fenômenos.

Em primeiro lugar, observemos o grande papel desempenhado no romance de Rabelais por todo tipo de jogos. O capítulo XXII de *Gargântua* contém a famosa lista de jogos, com que o jovem herói se entretém após o almoço. Na edição canônica (1542), essa lista consiste em 217 nomes de jogos: isso inclui uma variedade de jogos de cartas, diversos jogos de salão e de tabuleiro e uma série de jogos ao ar livre.

Essa famosa enumeração de jogos teve enorme repercussão. O primeiro tradutor alemão de Rabelais, Fischart, acrescentou 372 nomes de jogos de cartas alemães e de melodias de dança a essa já longa lista. O tradutor inglês de Rabelais do século XVII — Thomas Urquhart — também aumenta a lista, adicionando jogos ingleses. A versão holandesa de *Gargântua* (1682) dá igualmente à lista um caráter nacional, ao nomear 63 jogos puramente holandeses. Dessa maneira, a lista de Rabelais despertou o interesse de vários países por seus jogos nacionais. A lista da versão holandesa serviu como ponto de partida à mais extensa pesquisa de jogos infantis na folclorística universal: a obra de oito volumes de De Cock e Teirlinck, *Jogos infantis e diversões nos Países Baixos* (1902-1908).[284]

É claro que o interesse do próprio Rabelais pelos jogos está longe de ter um caráter acidental. Ele compartilha esse interesse com toda a sua época. Os jogos estavam relacionados com o *aspecto popular e da praça da festa* não só por um *vínculo* externo, *mas também essencial e interno*.

Além dessa lista de jogos, Rabelais usa amplamente o rico vocabulário dos jogos, na qualidade de fonte de metáforas e comparações. Dessa fonte ele extrai muitas metáforas eróticas (por exemplo, a expressão "*joueurs de quille*" já conhecida por nós), um conjunto de imagens significativas pa-

[284] Alfons de Cock e Isidoor Teirlinck, *Kinderspel & Kinderlust in Zuid-Nederland*, Gent, A. Siffer, 8 v., 1902-1908. (N. da T.)

ra expressar sorte-azar (por exemplo, "*c'est bien rentré de picques!*", "é uma péssima jogada!") e uma série de outras expressões. É preciso admitir que o peso bruto de semelhantes expressões, emprestadas do campo dos jogos, foi muito grande na linguagem popular.

Dois importantes episódios do romance de Rabelais são construídos com base em imagens de jogo. O primeiro deles é "Enigma em profecia", que finaliza o primeiro livro do romance (*Gargântua*). É bastante provável que todo esse poema seja da autoria de Mellin de Saint-Gelais. Entretanto, Rabelais o utilizou em seu romance não por acaso: ele está relacionado de maneira profunda com todo o sistema de suas imagens. Sua análise permitirá revelar uma série de novos e essenciais aspectos desse sistema.

No "Enigma em profecia" estão intimamente entrelaçados dois aspectos: *a representação paródica e profética do futuro histórico e as imagens do jogo de palma*. Essa relação está longe de ser acidental: aqui se manifesta a percepção *carnavalesca* do *processo histórico* como um *jogo*, muito característica da época.

O mesmo Mellin de Saint-Gelais tem um pequeno poema no qual a luta pela Itália entre Francisco I, o papa Clemente VII e Carlos V é representada como uma partida de um jogo de cartas popular à época: *jeu de prime*. A situação política daquele momento, o alinhamento de forças, os pontos fracos e fortes de cada um dos governantes são retratados, nos termos desse jogo, com consistência e precisão.

Na antologia da poesia francesa de Jean Longis e Vincent Sertenas[285] há um pequeno poema, escrito em tons elevados, com reflexões sobre as vicissitudes dos destinos históricos, o mal e as desgraças reinantes na Terra. Todavia, essas vicissitudes e desgraças não concernem em absoluto à vida

[285] *Recueil de vraye poesie françoyse, prinse de plusieurs poetes, les plus excellentz de ce regne*, Paris, Denis Janot, 1544. (N. da T.)

terrena ou à história, mas apenas ao jogo. Esse poema é uma descrição, em estilo enigmático e elevado, de uma partida de boliche. Ressaltemos que aqui, diferentemente do poema de Mellin de Saint-Gelais, não é a realidade histórica que é representada nas imagens do jogo, mas, ao contrário, o jogo (a partida de boliche) é retratado em imagens elevadas da vida terrena como um todo, com suas vicissitudes e desgraças. Esse deslocamento peculiar de sistemas — uma espécie de jogo dentro do jogo — faz com que o desfecho do poema sombrio se torne inesperadamente *alegre e mais leve*. Como veremos, o "Enigma em profecia" de Rabelais é também construído dessa forma.

Há um poema análogo de Des Périers (v. 1, p. 80) com o título *Prophétie a Guynet Thibault, lyonnois* [*Profecia a Guynet Thibault, o lionês*]. Neste, em tom profético, é retratado o destino de "três camaradas" que, no final das contas, são apenas três ossinhos em um jogo de dados.

Na época de Rabelais, semelhantes enigmas proféticos eram tão difundidos que Thomas Sébillet lhes dedica, em sua poética,[286] uma seção especial (cap. XI, "De l'enigme"). Eles são extremamente característicos do pensamento artístico-ideológico da época. O pesado e o terrível, o sério e o importante são traduzidos, do tom menor ao maior, para um registro[287] alegre e leve. Dá-se a tudo uma solução alegre e leve. Os mistérios e os enigmas do mundo e dos tempos futuros não são sombrios e assustadores, mas alegres e leves. É claro, não se trata de afirmações filosóficas, mas sim de uma orientação do pensamento artístico-ideológico da época, que procurava ouvir o mundo em um novo registro, abordá-lo

[286] Cf. Thomas Sébillet, *Art poétique françoys*, Paris, Arnoul l'Angelier, 1548 (reeditado por Félix Gaiffe, Paris, 1910).

[287] A palavra "registro", *regístr* em russo, provém do universo musical e também poderia ser traduzida por "tom" ou por "tonalidade". (N. da T.)

não como um mistério sombrio, mas como um alegre drama satírico.

Outro aspecto desse gênero é a profecia paródica. Ela também era bastante comum na época de Rabelais. É claro, previsões de natureza séria também eram populares naquele tempo. A luta entre Carlos V e Francisco I deu origem a uma grande quantidade de todo tipo de previsões históricas e políticas. Muitas delas estavam associadas a movimentos religiosos e guerras da época. Na maioria dos casos, todas essas previsões sérias tinham um caráter sombrio e escatológico. É claro, também estavam em voga as previsões astrológicas de tipo comum. Eram editados periodicamente "prognósticos" populares, uma espécie de calendário, por exemplo, "Prognósticos para o agricultor", onde eram reunidas previsões ligadas ao tempo e à agricultura.[288] Junto com essa literatura séria de previsões e profecias foram criadas obras paródicas-travestidoras desse gênero, que gozaram de um enorme sucesso e popularidade. As mais famosas delas foram: "Prognosticação geral",[289] "Prognosticação de frei Tybaut",[290] "A nova prognosticação",[291] entre outras.

Trata-se de obras tipicamente recreativas e festivo-populares. Elas são orientadas não só contra crenças levianas e ingênuas em relação a previsões e profecias sérias, mas também contra seus tons, suas maneiras de ver e de interpretar a vida, a história e o tempo. O sério e o sombrio são contrapostos ao humorístico e ao alegre; o inesperado e o estranho, ao habitual e ao cotidiano; o abstrato e elevado, ao material

[288] "La Prenostication des anciens laboureurs", reeditada por Anatole de Montaiglon em seu *Recueil de poésies françaises des XVe et XVIe siècles*, t. II, Paris, P. Jannet, 1855.

[289] Esta obra foi reeditada no *Recueil...*, t. IV, 1856. É possível que a "Prognosticação geral" tenha sido escrita por Rabelais.

[290] *Recueil...*, *op. cit.*, t. XIII, 1878.

[291] *Recueil...*, *op. cit.*, t. XII, 1877.

e ao corporal. A principal tarefa dos autores anônimos desses prognósticos foi colorir o tempo e o futuro com outros tons e transferir as ênfases para os aspectos materiais e corporais da vida. Eles costumavam usar imagens festivo-populares para caracterizar o tempo e as mudanças históricas.

Nesse mesmo espírito carnavalesco foi também escrita a *Pantagruelina prognosticação* do próprio Rabelais. Nessa pequena obra, encontramos ainda imagens materiais e corporais: "O toucinho fugirá das ervilhas na Quaresma, a pança irá na frente, o cu se sentará primeiro"; imagens festivo-populares: "ninguém vai encontrar a fava no bolo de Reis"; e imagens de jogos: "ninguém vai achar o ás no flush, os dados não vão responder às lisonjas, nem vão cair no jeito que se peça".[292] No quinto capítulo da *Prognosticação*, Rabelais, ao parodiar as previsões astrológicas, as democratiza acima de tudo. Ele considera a maior loucura pensar que as estrelas existem apenas para os reis, os papas, os nobres e para os grandes acontecimentos do mundo oficial.

Segundo Rabelais, o objeto da previsão das estrelas deve ser a vida e o destino das pessoas de posição inferior. É uma espécie de destronamento das estrelas, ao serem elas despidas das roupas dos destinos dos reis.

Na *Pantagruelina prognosticação*, há ainda uma descrição "carnavalesca" muito característica do carnaval: "Uma parte do mundo vai se disfarçar para enganar a outra, e vão correr pelas ruas que nem doidos varridos; nunca se viu tamanha barafunda na natureza".[293]

Temos aqui, em menor escala, o "Enigma em profecia" de *Gargântua*. Nas imagens da catástrofe sócio-histórica e natural é retratado um simples carnaval com suas fantasias e desordens nas ruas.

[292] *Pantagruelina prognosticação*, em *O ciclo de Gargântua e outros escritos*, *op. cit.*, p. 122.

[293] *Idem.*

O gênero das profecias paródicas tem um caráter carnavalesco: em sua essência, ele está relacionado ao tempo, ao ano-novo, aos enigmas e seus deciframentos, ao casamento, ao nascimento, à força reprodutiva. É por isso que a comida, a bebida, a vida material e corporal e as imagens do jogo desempenham nele um papel tão relevante.

O jogo está estreitamente relacionado com o tempo e o futuro. Não sem razão os principais instrumentos do jogo — as cartas e os dados — servem como ferramentas de adivinhação, ou seja, de conhecimento do futuro. Não há necessidade de nos estendermos sobre as distantes raízes genéticas das imagens de festas e de jogos: o que importa não é seu parentesco genético distante, mas a *proximidade semântica* dessas imagens, que era claramente percebida e compreendida na época de Rabelais. Era viva a compreensão do universalismo das imagens de jogo, da sua relação com o tempo, o futuro, o destino e o poder estatal, bem como o seu caráter de visão de mundo. As peças de xadrez, as figuras e os naipes das cartas, os dados eram assim entendidos. Os reis e as rainhas das festas costumavam ser escolhidos jogando dados. Por isso a combinação mais valiosa dos dados era chamada "*basilicus*", ou seja, "real". As imagens do jogo costumavam ser vistas como uma espécie de fórmula universal resumida da vida e do processo histórico: felicidade-infelicidade, ascensão-queda, ganho-perda, coroação-destronamento. É como se nos jogos fosse apresentada a vida em miniatura (traduzida para a linguagem dos símbolos convencionais), e ainda sem ribalta. Ao mesmo tempo, o jogo extrapolava os limites da rotina habitual da vida, libertava de suas leis e regras, colocava, no lugar da convenção da vida, outra convenção, mais concisa, alegre e leve. Isso concernia não só às cartas, aos dados e ao xadrez, mas também a outros jogos, inclusive esportivos (de boliche, de palma etc.) e jogos infantis. Entre esses jogos ainda não havia aqueles limites nítidos que foram traçados mais tarde. Vimos como as imagens do jogo de cartas retratavam os acontecimentos históricos da luta pela Itália (em Saint-Gelais); vimos que funções análogas foram desempenhadas pelas imagens do jogo de boliche (na coletânea de Longis e Sertenas) e pelas imagens do jogo de dados[294] (em Des Périers); em "Enigma em profecia", a mesma função é desempenhada pelo jogo de palma. Em *O sonho de Polífilo*, Francesco Colonna descreve o jogo de xadrez, cujas peças são retratadas como pessoas reais vestidas com trajes apropriados. Aqui o jogo de xadrez se transforma, por um lado, em uma mascarada carnavalesca e, por outro, em uma imagem também carnavalesca dos acontecimentos militares e políticos. Esse jogo de xadrez é repetido no *Quinto livro* do romance, possivelmente com base nos rascunhos do próprio Rabelais, que conhecia *O sonho de Polífilo* (em *Gargântua* há alusões a esse livro).

Esse modo peculiar de perceber os jogos na época de Rabelais deve ser considerado com rigor. O jogo ainda não se tornou um simples fenômeno do cotidiano, em parte até de caráter negativo. Ele ainda conservava sua significação de visão de mundo. Deve-se notar que Rabelais, como todos os humanistas de sua época, era bem familiarizado com as visões antigas sobre o jogo, que o elevavam acima de uma simples ociosidade cotidiana. É por isso que Ponócrates não exclui os jogos das atividades do jovem Gargântua. Nos dias chuvosos, eles "estudavam a arte da pintura e da escultura, ou recuperavam a prática do jogo dos astrágalos, tal como descrito por Leônico e tal como joga o nosso grande amigo Láscaris".[295]

[294] A palavra em russo é *kosti*, que significa "ossos", referente ao material do qual eram feitos os dados à época. (N. da T.)

[295] *Gargântua*, *op. cit.*, pp. 314-5. O humanista italiano Nicolaus Leonicus, contemporâneo de Rabelais, publicou um diálogo sobre o jogo de dados (*Dialogi*, Lyon, Sébastien Gryphe, 1532).

O jogo de dados é colocado aqui ao lado da pintura e da escultura e é consagrado pela leitura de autores antigos. Isso nos revela outro lado — o humanista — do mesmo modo de perceber os jogos na época de Rabelais.

Portanto, ao avaliar as imagens do jogo no contexto rabelaisiano, não se pode compreendê-las do ponto de vista das visões posteriores que se formaram nos séculos subsequentes. O destino das imagens do jogo se assemelha em parte ao destino dos xingamentos e das obscenidades. Ao passarem para a vida privada, eles perderam suas relações universais e degeneraram, isto é, deixaram de ser o que eram na época de Rabelais. Os românticos tentaram restaurar as imagens do jogo na literatura (assim como as imagens do carnaval), mas eles as percebiam de modo subjetivo e no plano do destino individual e pessoal;[296] é por isso que a tonalidade dessas imagens nos românticos é totalmente outra: elas costumam soar em tom menor.

Tudo o que abordamos esclarece o motivo de as imagens do jogo, das profecias (paródicas), das adivinhações, bem como as imagens festivo-populares estarem unidas em um todo orgânico, ou seja, uno em sua importância semântica e seu estilo. O denominador comum é o *tempo alegre*. Todas essas imagens transformam o escatologismo sombrio da Idade Média em um "monstro alegre". Elas humanizam o processo histórico e preparam a sua compreensão sóbria e destemida.

Em "Enigma em profecia", os acontecimentos históricos são retratados sob uma perspectiva carnavalesca com a ajuda de todas essas formas (jogos, profecias e enigmas). Detenhamo-nos um pouco mais nos detalhes desse "Enigma".

[296] Com algumas ressalvas, essa nossa afirmação se estende às imagens do jogo em Liérmontov ("Mascarada", "Schtos", "A tesoureira", "O fatalista"). Em Dostoiévski, as imagens do jogo têm um caráter específico (*O jogador*, *O adolescente*).

O autor de "Enigma em profecia" afirma que, se forem possíveis as previsões com base nas estrelas e na inspiração divina, ele, o autor, se compromete a prever o que acontecerá nesse mesmo lugar, no próximo inverno. Surgirá:

> A nova espécie de homem mais desperto
> farto de ócio, acídia e covardia[297]
> [*Il sortira une manière d'hommes*
> *Las du repoz et faschez du séjour*]

Essas pessoas despertas trarão confusão e desunião entre amigos e parentes, dividirão todas as pessoas em partidos, armarão filhos contra seus pais; toda ordem será destruída, e todas as diferenças sociais serão apagadas; os inferiores perderão qualquer respeito pelos superiores.

> Que nem histórias cheias de moções
> Provocariam tantas emoções[298]
> [*Que nulle histoyre, ou sont les grands merveilles*
> *A faict recit d'esmotions pareilles*]

Nesse quadro de desastres vindouros, enfatizemos o colapso completo da hierarquia estabelecida, tanto sociopolítica quanto familiar. Cria-se a impressão de uma absoluta catástrofe de toda a ordem sociopolítica e moral do mundo.

No entanto, a catástrofe histórica é agravada pela cósmica. O autor retrata um dilúvio, que afoga as pessoas, e um terrível terremoto. Então surge uma grandiosa chama, depois da qual se instaura finalmente a paz e a alegria. Aqui é apresentado, ainda que em imagens muito vagas, um quadro de revolução cósmica e de fogo, que queima o velho mundo, e

[297] *Gargântua*, *op. cit.*, p. 435. (N. da T.)
[298] *Idem*. (N. da T.)

de alegria de um mundo renovado. "Tempos melhores" começam como resultado de uma catástrofe e de uma renovação do mundo. Essa imagem se aproxima um pouco daquela já conhecida em que a pira funerária, que consumiu o velho mundo, se transforma no fogo do banquete.

Gargântua e frei João discutem o sentido do "Enigma em profecia". O primeiro leva a sério essa profecia e a relaciona com a realidade histórica contemporânea; ele prevê com pesar a perseguição dos evangelistas. Mas frei João se recusa a ver nessa profecia um sentido sério e sombrio:

> Por São Goderan! (disse o monge). Essa é a minha explicação. O estilo é do profeta Merlim [referência a Mellin de Saint-Gelais — M. B.], e vocês podem dar as alegorias e interpretações mais sérias que quiserem. E delirar, vocês e o mundo inteiro, como bem quiserem. Quanto a mim, acho que não há nenhum sentido oculto, além de uma descrição do jogo de palma em obscuras palavras.[299]

Em seguida, ele dá explicações correspondentes para certas imagens: a desintegração social e as revoltas consistem na divisão dos jogadores em partidos; o dilúvio é o suor que escorre, em bicas, dos jogadores; o incêndio mundial é o fogo da lareira, perto da qual os jogadores descansam após o jogo; e então ocorrem um banquete e a alegria de todos os participantes do jogo, principalmente daqueles que venceram. As palavras "E banquete para todo mundo!"[300]

[299] *Idem*, p. 441. (N. da T.)

[300] Na tradução brasileira de Guilherme Gontijo Flores, essa expressão foi traduzida por "E boa farra!" (*Gargântua*, *op. cit.*, p. 441). Preferimos manter a tradução de Bakhtin, em razão da importância da imagem do banquete para a sua abordagem. (N. da T.)

("*Et grand chère!*") encerram a explicação do frei João e todo o primeiro livro do romance.

O segundo grande episódio do romance de Rabelais construído com base nas imagens do jogo, é o episódio com o velho juiz Bridaganso, que resolvia todos os litígios jogando dados.[301] A expressão jurídica "*alea judiciorum*" (ou seja, a arbitrariedade do julgamento) era compreendida por Bridaganso literalmente, uma vez que a palavra "*alea*" significava dados para o jogo. Com base na mesma metáfora realizada, ele estava bastante seguro de que, ao resolver os litígios por meio dos jogos de dados, agia em estrita conformidade com a ordem jurídica estabelecida. Também literalmente, ele entende a tese "*in obscuris minimum est sequendum*", ou seja, em casos obscuros devem ser tomadas decisões mínimas (como as mais cautelosas); seguindo essa tese, Bridaganso usa, para solucionar casos obscuros, dados de menor tamanho, ou seja, "mínimos". Sobre as mesmas metáforas realizadas, Bridaganso arranja toda a peculiar ordem processual da resolução de casos judiciais. Por exemplo, ele cumpre a exigência de comparar os depoimentos das partes, ao colocar a pasta com os depoimentos do denunciante ao lado da pasta com os depoimentos do réu, e depois joga dados. Como resultado, todo o processo judicial nas mãos de Bridaganso se transforma em um alegre travestimento paródico com a imagem do lançamento dos dados no seu centro.[302]

Esses são alguns episódios relacionados a previsões e jogos (é claro que não são todos). A principal tarefa artística das previsões, profecias e adivinhações paródicas e travestizantes, é destronar o sombrio *tempo* escatológico das repre-

[301] Episódio do *Terceiro livro*, caps. XXXIX-XLIII. (N. da T.)

[302] Evidentemente não revelamos todo o sentido desse notável episódio com Bridaganso. Aqui só nos interessa o uso das imagens do jogo de dados.

sentações medievais sobre o mundo, renová-lo no plano material e corporal, aterrissá-lo, corporificá-lo, transformá-lo em um *tempo bom e alegre*. Na maioria dos casos, as imagens dos jogos servem ao mesmo propósito. No episódio com Bridaganso, elas têm ainda uma função adicional: apresentar um alegre travestimento paródico dos métodos de estabelecimento judicial da verdade, assim como os prólogos e uma série de episódios do romance travestiam os métodos religiosos e escolásticos de estabelecer e propagar a verdade religiosa.

* * *

Aqui devemos nos deter em especial nas previsões do *Terceiro livro* do romance de Rabelais.

O *Terceiro livro* foi uma resposta viva à discussão que agitou os espíritos na França daquela época, em particular entre 1542 e 1550. Essa discussão foi chamada de *Querelle des femmes* e concernia à natureza das mulheres e ao casamento. Quase todos os poetas, escritores e filósofos da França participaram ardorosamente da discussão, que encontrou uma viva resposta tanto na corte quanto nos mais amplos círculos de leitores. Essa disputa não era nova: já animava os espíritos no século XV e, de fato, toda a Idade Média se ocupou dessa questão. A essência da discussão é bastante complexa, mais do que costumam imaginar os pesquisadores.

Em relação à natureza da mulher e do casamento, costumam distinguir duas orientações opostas, que se estendem por toda a Idade Média e o Renascimento.

Costuma-se chamar a primeira orientação de "tradição gaulesa" ("*tradition gauloise*"). Ela perdura por toda a Idade Média e, de modo geral, trata negativamente a natureza da mulher. Ao contrário, a segunda orientação, que Abel Lefranc propõe chamar de "tradição idealizante",[303] exalta a

[303] A discussão sobre as mulheres foi esclarecida de modo detalhado

mulher; na época de Rabelais, os "poetas platonizantes" aderiram e se apoiaram, em parte, na tradição cortês da Idade Média.

Rabelais adere à "tradição gaulesa", na sua época retomada e renovada por diversos autores, em especial por Gratien Du Pont, o qual em 1534 publicou um poema em três livros, *As controvérsias do sexo masculino e feminino* [*Les controverses des sexes masculin et féminin*]. Na *Querela das mulheres*, Rabelais parece não ter ficado do lado delas. Como explicar sua posição?

O fato é que a "tradição gaulesa" é um fenômeno complexo e internamente contraditório. Em essência, trata-se não de uma, mas de duas tradições: 1) a própria tradição popular do riso e 2) a tendência ascética do cristianismo medieval. Essa última, ou seja, a tendência ascética, que via nas mulheres a encarnação de um princípio pecaminoso, a tentação da carne, costumava utilizar os materiais e as imagens da tradição popular do riso. Por isso, com frequência os pesquisadores as combinam e misturam. Deve-se dizer que, em uma série de obras medievais, hostis às mulheres e ao casamento — em especial as enciclopédicas —, ambas as tendências são combinadas de modo mecanicista.

Todavia, a tradição popular do riso e a tendência ascética são profundamente alheias uma à outra. A tradição popular do riso não é, em absoluto, hostil às mulheres e não as avalia de modo negativo. Categorias desse tipo nem se aplicam aqui. Nessa tradição, a mulher está, em essência, relacionada ao *baixo* material e corporal; a mulher é a encarnação desse baixo, que ao mesmo tempo rebaixa e faz renascer. Ela é tão ambivalente quanto esse baixo. A mulher rebaixa, aterrissa, corporifica, mortifica; mas acima de tudo ela é o

por Abel Lefranc em seu artigo introdutório ao *Terceiro livro* (cf. o tomo V da edição da Academia, pp. XXX ss.).

princípio que gera vida. Ela é o *ventre*. Essa é a base ambivalente da imagem da mulher na tradição popular do riso.

Entretanto, quando essa base ambivalente recebe uma interpretação *cotidiana* (na literatura de *fabliaux*, facécias, das primeiras novelas e farsas), a ambivalência da imagem da mulher assume a forma da dualidade de sua natureza, volatilidade, sensualidade, luxúria, falsidade, materialidade, relação com o baixo corporal. Contudo, não são qualidades morais abstratas do ser humano e não podem ser separadas de todo o tecido de imagens em que desempenham a função de materialização, rebaixamento e ao mesmo tempo de *renovação da vida*, e se opõem à *limitação* do parceiro (marido, amante, pretendente): sua mesquinhez, ciúme, tolice, falsa virtude, hipocrisia, velhice estéril, heroísmo empolado, idealidade abstrata etc. Na "tradição gaulesa", a mulher é um túmulo corporal para o homem (marido, amante, pretendente). Ela é uma espécie de injúria encarnada, personificada, obscena, contra todas as pretensões abstratas, toda conclusividade limitada, toda exauribilidade e todo caráter pronto. Ela é um vaso inesgotável de concepções, que condena à morte tudo o que é velho e finalizado. A mulher da "tradição gaulesa", como a Sibila de Panzoult em Rabelais, levanta as saias e mostra o lugar para onde tudo vai (o inferno, o túmulo) e de onde tudo vem (o ventre que gera).

Nesse mesmo plano, a "tradição gaulesa" desenvolve o *tema dos chifres*. Trata-se do destronamento de um marido obsoleto, de um novo ato de concepção com um jovem: nesse sistema de imagens, o *marido chifrudo* passa a desempenhar o papel de um *rei destronado*, do ano-velho, do *inverno que passou*: tiram sua roupa, o espancam e ridicularizam. Deve-se enfatizar que, na "tradição gaulesa", a imagem da mulher, assim como todas as imagens dessa tradição, é dada no plano do riso ambivalente, que ao mesmo tempo destrói com zombaria e afirma com alegria. Seria possível dizer que essa tradição faz uma avaliação hostil e negativa da mulher?

É claro que não. A imagem da mulher é ambivalente, assim como todas as imagens dessa tradição.

Contudo, quando essa imagem é utilizada por tendências ascéticas do cristianismo ou pelo pensamento abstrato-moralizante dos satiristas e moralistas da Idade Moderna, ela perde seu polo positivo e se torna puramente negativa. É necessário dizer que, de um modo geral, tais imagens não podem ser transferidas do plano cômico para o sério sem que sua natureza seja distorcida. Por isso, na maioria das obras enciclopédicas da Idade Média e do Renascimento, que fazem um balanço das acusações góticas contra as mulheres, as autênticas imagens da "tradição gaulesa" são empobrecidas e distorcidas. De certa maneira, isso também se aplica à segunda parte do *Romance da rosa* [*Roman de la Rose*], embora aqui a ambivalência genuína da imagem grotesca da mulher e do amor seja às vezes preservada.

A imagem da mulher da "tradição gaulesa" sofre outro tipo de distorção na literatura de ficção, em que ela começa a adquirir um *caráter* puramente *cotidiano*. Ao mesmo tempo, ou ela se torna apenas negativa, ou a ambivalência degenera em uma mistura absurda de traços positivos e negativos (sobretudo no século XVIII, esse tipo de mistura *estática* de traços *morais* positivos e negativos na personagem eram apresentados como uma genuína verossimilhança realista, como uma "semelhança com a vida").

Contudo, voltemos à discussão sobre as mulheres no século XVI e à participação de Rabelais nela. A discussão ocorria principalmente na linguagem dos novos conceitos estreitos, na linguagem da moralização abstrata e da filosofia humanista livresca. A autêntica e pura "tradição gaulesa" é representada apenas por Rabelais. Ele não se solidarizou em absoluto com os inimigos das mulheres: nem com os moralistas, nem com os epicuristas, seguidores de Castiglione. Ele também não se solidarizou com os idealistas platônicos. Ainda assim, os defensores platônicos das mulheres e do amor estavam mais próximos dele do que os moralistas abstratos. Na sublime "feminilidade" dos platônicos foi preservado certo grau de ambivalência na imagem da mulher; imagem essa que foi simbolicamente expandida, passando para o primeiro plano o aspecto regenerador da mulher e do amor. Entretanto, a interpretação abstrato-idealista e pateticamente séria da imagem da mulher nos poetas platônicos ainda assim era inaceitável para Rabelais. Este compreendeu muito bem a *novidade* daquele tipo de seriedade e de sublimidade, que os platônicos de sua época introduziram na literatura e na filosofia. Ele percebeu a diferença entre essa nova seriedade e a seriedade sombria da época gótica. Todavia, não a considerava capaz de passar pelo cadinho do riso sem ser completamente consumida nele. Por isso, nessa famosa discussão da época, a voz de Rabelais foi em essência completamente solitária: foi a voz das festas populares da praça, do carnaval, dos *fabliaux*, das facécias, das anedotas anônimas da praça, das *soties* e das farsas, mas essa voz soa aqui no mais alto nível da forma artística do pensamento filosófico.

Agora podemos passar às previsões de Panurgo, que ocupam uma grande parte do *Terceiro livro*. O que ele quer prever?

Panurgo quer se casar e ao mesmo tempo teme o casamento: ele teme se tornar um marido corno. É isso que ele quer prever. Todas as previsões lhe dão a mesma resposta fatal: a futura esposa o chifrará, espancará e roubará. Em outras palavras, o destino do rei carnavalesco e do ano-velho o aguarda; e esse destino é inevitável. Todos os conselhos de seus amigos, todas as novelas sobre as mulheres que lhe são contadas, bem como a análise da natureza da mulher feita pelo médico estudioso Rondíbilis conduzem à mesma conclusão. O ventre da mulher é inesgotável e insaciável; uma mulher é organicamente hostil a tudo o que é *velho* (como um princípio que gera o novo); por isso Panurgo sempre será destronado, espancado (e até mesmo assassinado) e ridicularizado. Porém, ele não quer aceitar esse destino inevitável de qualquer indivíduo, destino aqui encarnado na imagem da mulher ("noiva"). Ele insiste. Ele pensa que esse destino pode ser de alguma maneira evitado. Em outras palavras, ele quer ser o rei eterno, o ano eterno, a juventude eterna. A mulher, por sua natureza, é hostil à eternidade e a desmascara como velhice pretensiosa. Os chifres, os espancamentos e a ridicularização são inevitáveis. Em vão Panurgo, em uma conversa com frei João (capítulos XXVII e XXVIII), se refere ao poder excepcional e milagroso de seu falo. Frei João dá uma resposta cabal a isso: "Saquei (disse frei João), mas o tempo abate tudo. Não existe mármore nem porfírio sem velhice e decadência. Mesmo que você ainda não esteja lá, daqui a poucos anos vou ouvi-lo confessar que os bagos pendem em muitos por falta de bornal".[304]

E, no final dessa conversa, frei João conta a famosa novela sobre o anel de Hans Carvel. Essa novela, como quase todas as inseridas no romance, não é da autoria de Rabelais, mas está em completa harmonia com a unidade do sistema de suas imagens e estilo. O anel — símbolo do *infinito* — designa aqui, não por acaso, o órgão sexual feminino (trata-se da mais comum significação folclórica). Há aqui um fluxo *interminável* de concepções e renovações. As esperanças de Panurgo de evitar seu destino — o destino de ser destronado, ridicularizado e assassinado — são tão insensatas quanto a tentativa do velho Hans Carvel, sugerida pelo diabo, de estancar com o dedo esse fluxo inesgotável de renovações e de rejuvenescimentos.

No plano do riso, o medo de Panurgo dos chifres inevitáveis e da ridicularização corresponde à "tradição gaulesa",

[304] *Terceiro livro*, em *Terceiro, Quarto e Quinto livros de Pantagruel*, *op. cit.*, p. 151. (N. da T.)

bem como a um motivo mítico comum do *medo diante do filho* como um *assassino e ladrão* inevitável. No mito de Cronos, o *ventre feminino* também desempenha um papel essencial (o ventre de Reia, mulher de Cronos, "mãe dos deuses"), que não só dá à luz Zeus, mas também o esconde já nascido da perseguição de Cronos e com isso garante a alternância e a renovação do mundo. Outro conhecido exemplo de motivo do medo diante do filho, como um assassino e ladrão inevitável (usurpador do trono), é o mito de Édipo. Aqui também o ventre materno de Jocasta desempenha um papel duplo: dá à luz Édipo e é fecundado por este. Outro exemplo do mesmo motivo é *A vida é sonho* de Calderón.

Se no plano do motivo mítico elevado do medo diante do filho este último é aquele que mata e rouba, no plano da "tradição gaulesa" o papel do filho até certo ponto é desempenhado pela esposa: é ela que bota chifres, espanca e enxota o marido velho. No *Terceiro livro*, a imagem de Panurgo é a de uma velhice obstinada (apesar de estar só no início), que não aceita alternância e renovação. Aqui o medo diante da alternância e da renovação se manifesta na forma do medo diante dos chifres, da noiva e do destino, este encarnado na imagem de uma mulher que mortifica o velho e gera o novo e o jovem.

Desse modo, também o motivo principal do *Terceiro livro* está direta e essencialmente relacionado ao tempo e às formas festivo-populares: ao destronamento (chifres), ao espancamento e à ridicularização. Portanto, também as previsões sobre a noiva e os chifres se relacionam ao motivo da morte individual, da alternância e da renovação (mas no plano do riso), e servem à mesma tarefa de corporificar, de humanizar o tempo e de criar a imagem de um tempo alegre. A previsão dos chifres é um rebaixamento grotesco das previsões do plano elevado sobre os destinos da coroa (aqui no plano do riso lhe correspondem os chifres), às quais se entregam reis e usurpadores, como as previsões de Macbeth.

Destacamos no *Terceiro livro* apenas o motivo festivo das previsões paródicas e cômicas de Panurgo. Contudo, esse motivo principal é uma espécie de pivô em torno do qual se organiza, no campo do pensamento e da cosmovisão, uma ampla revisão carnavalesca de tudo o que é velho e obstinado e de tudo que ainda é novo e engraçado. Os representantes da teologia, da filosofia, da medicina, do direito, da magia natural etc. passam diante de nós. A esse respeito, o *Terceiro livro* lembra os prólogos de Rabelais: é um exemplo igualmente magnífico do ensaísmo renascentista com base carnavalesca, popular e da praça.

Examinamos a influência decisiva das formas festivo-populares sobre uma série de aspectos essenciais do romance rabelaisiano: as cenas de batalhas, os espancamentos, os destronamentos, os vários episódios com certa temática festiva, as imagens dos jogos, as profecias e as previsões. É claro, esses aspectos estão longe de esgotar a influência das formas festivo-populares e carnavalescas. Nos capítulos posteriores, ainda voltaremos a abordar outros reflexos dessa influência. Aqui precisamos analisar duas questões: o principal sentido filosófico das formas carnavalescas e festivo-populares e as funções específicas dessas formas no romance de Rabelais.

Qual é o significado filosófico geral das formas festivo-populares e carnavalescas (em sentido amplo)?

Como ponto de partida à análise dessa questão, tomaremos a descrição do carnaval romano feita por Goethe. Essa notável descrição merece extensas pesquisas. Com grande simplicidade e profundidade, Goethe conseguiu captar e formular quase tudo de essencial nesse fenômeno. O fato de que se trata do carnaval romano de 1788, ou seja, de um fenômeno bastante tardio, não importa nesse caso. Mesmo em épocas bem posteriores, o principal núcleo filosófico do sistema carnavalesco de imagens foi preservado.

Mais do que qualquer outra pessoa, Goethe estava apto à descrição do carnaval romano. Ao longo de toda a sua vida, ele manifestou interesse e amor pelas formas festivo-populares e pelo tipo específico de *simbolismo realista* inerente a essas formas. É significativo o fato de que uma das impressões mais fortes da sua juventude foi a festa de eleição e coroamento do imperador do "Sacro Império Romano da Nação Germânica", presenciado por ele em Frankfurt. Ele demorou para descrever essa festividade, porém o modo como o fez e uma série de outras considerações nos convencem de que foi uma das impressões decisivas de sua juventude, ou seja, uma daquelas impressões que podem ter moldado sua percepção de mundo em sua vida posterior. Foi a visão de um jogo semirreal e semissimbólico com os símbolos do poder, da eleição, da coroação, do triunfo; as forças históricas reais encenaram uma comédia simbólica de suas relações hierárquicas. Foi um espetáculo estatal sem ribalta, em que não se podia delimitar uma fronteira clara entre a realidade e o símbolo. É verdade que aqui não se tratava de um destronamento popular, mas de uma coroação. Todavia, é inquestionável o parentesco genético, formal e artístico entre, por um lado, a eleição, a coroação e o triunfo, e, por outro, o destronamento e a ridicularização. Afinal, inicialmente todas essas cerimônias e as imagens que as compunham eram ambivalentes (ou seja, a coroação do novo sempre era acompanhada do destronamento do velho, o triunfo era acompanhado da ridicularização).

É conhecido o amor de Goethe pelos fenômenos mais elementares das formas festivo-populares: as fantasias e mistificações de todos os tipos, que ele estudou desde a juventude e sobre as quais ele nos contou em *Poesia e verdade*.

Sabemos ainda que, já adulto, ele gostava de viajar incógnito pelo ducado de Weimar e se divertia com isso. Contudo, o ponto aqui não é a simples diversão, ele percebeu o sentido mais profundo e essencial de todas essas travestias, de todas essas alternâncias e renovações de roupa e de posição social.

Goethe também viveu uma paixão pela comicidade carnavalesca e da praça de Hans Sachs.[305] Por fim, no período de Weimar, Goethe, como organizador oficial das festividades e mascaradas da corte, estudou a tardia e específica tradição festiva das formas e máscaras carnavalescas da corte.

Esses são os aspectos principais (embora estamos longe de citar todos) que prepararam Goethe para uma correta e profunda percepção do carnaval de Roma.

Vejamos como ele descreve o carnaval em *Viagem à Itália*, destacando tudo o que corresponde às nossas tarefas. Em primeiro lugar, Goethe enfatiza o caráter popular dessa festa e a iniciativa do povo nela: "O Carnaval romano é uma festa que não é dada ao povo, mas que o próprio povo dá a si mesmo".[306]

O povo não sente que recebeu algo a ser aceito com reverência e gratidão. Nesse caso, ele não recebe absolutamente nada, mas o deixam em paz. Essa festa não tem um *objeto* em relação ao qual se exija *surpresa*, *reverência*, *respeito venerável*, ou seja, não há exatamente aquilo que define toda festa oficial:

> Tampouco há uma procissão chamejante, cuja aproximação faz o povo orar e admirar, encantado. Nessa festa, ao contrário, é dado um sinal de que todos podem se comportar do modo mais louco e

[305] Eis as obras do jovem Goethe escritas totalmente no estilo de Hans Sachs: "A feira Plunderweilern", "O casamento de Hans Wurst", "O auto de feira sobre padre Bray, um falso profeta". Em uma dessas obras festivo-populares ("O casamento de Hans Wurst", que ficou inacabada), encontramos até aqueles aspectos do estilo carnavalesco, como a transformação dos xingamentos de praça em nomes próprios (no texto, há dezenas deles).

[306] Johann Wolfgang von Goethe, *Viagem à Itália*, trad. Wilma Patricia Maas, São Paulo, Editora Unesp, 2017, p. 524. (N. da T.)

tolo que quiserem, e que, com exceção de socos e golpes de faca, tudo o mais é permitido.[307]

É muito importante para toda a atmosfera do carnaval que ele não seja iniciado em um tom reverente, nem sério, nem por ordem, nem por permissão, mas que se abra com um simples sinal para o início da alegria e da folia.

Adiante, Goethe sublinha a extinção de todas as facetas hierárquicas, todos os cargos e posições e o caráter absolutamente sem cerimônia da alegria carnavalesca:

As diferenças entre os mais elevados e os mais baixos, por um momento, parecem deixar de existir: tudo se aproxima, todos tratam com leveza o que lhes possa acontecer, e a falta de cerimônia e a liberdade mútuas são equilibradas por um excelente estado de espírito geral.

> Nesses dias, os romanos se mostram satisfeitos pelo fato de que, embora o nascimento de Cristo tenha adiado a festa saturnal e sua liberdade e liberalidades por algumas semanas, não a aboliu por completo.[308]

É dado o sinal para o início do carnaval:

> Nesse momento, o romano sério e grave, que durante o ano todo evita cometer erros e maus passos, despe-se de sua seriedade e de seus cuidados.[309]

Enfatizemos *essa completa libertação da seriedade cotidiana*.

[307] *Idem*, p. 525. (N. da T.)

[308] *Idem*. (N. da T.)

[309] *Idem*, p. 529. (N. da T.)

Mesmo a obscenidade tem seu lugar na atmosfera da liberdade e da falta de cerimônia carnavalescas. Alguém com a máscara de Pulcinella muitas vezes se permite um gesto obsceno na presença de mulheres:

> Com um sutil movimento, feito enquanto conversava com as mulheres, dá conta de imitar, impudente, a figura do velho deus dos jardins, e isso na Santa Roma! Sua leviandade provoca mais excitação do que desagrado.[310]

Goethe introduz o tema do destronamento histórico na atmosfera carnavalesca. No aperto e na azáfama dos dias de carnaval:

> O duque da Albânia percorria com seu cortejo o mesmo caminho diariamente, para grande incômodo da multidão. Essa atitude fazia Roma lembrar-se, nessa época de zombaria geral, da comédia das próprias pretensões reais do duque.[311]

Adiante, Goethe descreve as *batalhas carnavalescas* com confetes, que por vezes assumem um caráter quase sério. Descrevem-se também *disputas carnavalescas*: embates verbais entre mascarados, por exemplo, entre o Capitão e Pulcinella. À frente, descreve-se *a eleição do rei bufo pelos pulcinellas*: entregam-lhe o *cetro bufo* e o carregam, pela via del Corso, em uma carroça decorada e acompanhada de música e gritos altos.

Por fim, é retratada uma cena que ocorre em uma das ruas laterais e é extremamente característica do carnaval.

[310] *Idem*, pp. 530-1. (N. da T.)

[311] *Idem*, p. 538. (N. da T.)

Aparece um grupo de homens fantasiados: uns estão fantasiados de camponeses, outros de mulheres; entre as mulheres uma apresenta claros sinais de *gravidez*. De repente, uma discussão começa entre os homens; *facas* (feitas de papel prateado) *são usadas*. As mulheres apartam os que estão brigando; de medo a mulher grávida de imediato entra em trabalho de *parto*: ela geme e se contorce, outras mulheres a cercam, a colocam em uma cadeira, e ela, lá mesmo diante de todo o povo, *dá à luz* uma criatura disforme. Assim acaba o espetáculo.

Depois de tudo que dissemos, essa representação *de um massacre e de um ato de nascimento* não precisa de uma explicação especial: como vimos, o abate do gado, o corpo dilacerado e o ato de nascimento constituem, em uma unidade inseparável, o primeiro episódio de *Gargântua*. A combinação do assassinato e do nascimento é marcante na concepção grotesca do corpo e da vida corporal. Toda essa cena representada numa rua lateral é um pequeno drama grotesco do corpo.

No final do carnaval acontece a *festa do fogo moccoli* (ou seja, velas em chama). Trata-se de uma grandiosa circulação de fogo ao longo da via del Corso e de ruas adjacentes. Todos são obrigados a carregar uma vela acesa: "*Sia ammazzato chi non porta moccolo!*", isto é, "Morte àqueles que não carregam velas em chama". Com esse grito sanguinário cada um tenta apagar o fogo do outro. *O fogo se combina com a ameaça de morte*. Contudo, essa ameaça de morte, esse grito "*Sia ammazzato!*", quanto mais alto se torna, mais perde seu sentido direto e unilateral de assassinato: revela-se *o significado profundamente ambivalente do desejo da morte*. Ao descrever o processo de mudança de sentido dessa expressão, Goethe amplia com toda a razão esse fenômeno:

> O significado da expressão vai se perdendo, completamente. Assim como em outras línguas im-

precações e xingamentos podem se tornar sinais de admiração e alegria, também "*Sia ammazzato*" torna-se, nessa noite, uma espécie de senha, de grito de alegria, um refrão de todas as piadas, brincadeiras e cumprimentos.[312]

O fenômeno da ambivalência das expressões injuriosas foi observado e descrito com toda justeza. Mas dificilmente se pode considerar correta a afirmação de Goethe de que a significação original da expressão se perde por completo. Em todas as combinações citadas por ele, nas quais *o desejo da morte serve à expressão da alegria, da zombaria bem-humorada, da bajulação e do elogio*, o significado original de forma alguma desaparece: é justamente ele que cria o caráter e o encanto específico desses tratamentos e expressões carnavalescos, impossíveis em qualquer outra época. *A questão central é justamente a combinação ambivalente da injúria e do elogio, do desejo da morte e do desejo do bem e da vida, na atmosfera da festa do fogo, ou seja, da queima e do renascimento.*

No entanto, por trás do contraste formal do significado e dos tons nessa expressão, por trás do jogo subjetivo de oposições, está a ambivalência *objetiva* da existência e a coincidência objetiva das oposições, que, embora não concebidas com clareza, são sentidas em algum grau pelos participantes do carnaval.

A combinação de "*Sia ammazzato*" com uma entonação alegre, com uma saudação afetuosa e amigável, o cumprimento-elogio, é *perfeitamente equivalente à combinação do esfaqueamento-assassinato com o ato de parir* na cena que se passa na rua lateral. Em essência, trata-se do mesmo *drama da morte prenhe e geradora de vida*, representado tanto

[312] *Idem*, p. 551. (N. da T.)

nessa cena quanto na "festa do fogo" final (*moccoli*). Em *moccoli* revive-se a antiga ambivalência do desejo da morte que soava ainda como desejo de renovação e de novo nascimento: *morra — nasça de novo*. Aqui essa antiga ambivalência não é uma relíquia morta; ela é viva e desperta uma resposta subjetiva de todos os participantes do carnaval, justamente porque é objetiva por completo, mesmo que esse significado objetivo não seja percebido com toda nitidez.

No carnaval, a ambivalência da existência (em devir) revive nos arranjos das antigas imagens tradicionais (facas, assassinatos, gravidez, parto, fogo). Todavia, Goethe expressou a mesma ambivalência objetiva da existência, elevando-a ao alto nível da consciência lírica e filosófica, em seu poema imortal "Selige sehnsucht" ["Anseio abençoado"]:

Und so lang du das nicht hast,
Dieses: Stirb und werde!
Bist du nur ein trüber Gast
Auf der dunklen Erde.[313]

Trata-se da mesma expressão carnavalesca "*Sia ammazzato*", que naquela ocasião foi pronunciada em uma atmosfera de fogo e combinada com alegria, saudações e elogios. Afinal, ali, no carnaval, o desejo da morte — "morre" (*stirb*) — soava ao mesmo tempo como "renova-te", "torna-te" (*werde*). Os participantes do carnaval estão longe de ser "convidados tristes". Em primeiro lugar, eles não são convidados: Goethe enfatizou com toda a razão que o carnaval é a única festa que *o povo oferece a si mesmo*, o povo aqui nada recebe, nem reverencia ninguém, *ele se sente o dono, e*

[313] "E enquanto não tiveres isto,
Este: Morre e torna-te!
És apenas um triste hóspede
Sobre a terra sombria." (N. da T.)

somente o dono (no carnaval não há convidados nem expectadores, todos são participantes, todos são donos); em segundo lugar, os participantes do carnaval estão longe de ser tristes: ao sinal do início da festa, todos eles, até os mais sérios, deixam de lado toda a seriedade (o que é também destacado pelo próprio Goethe). Por fim, de modo algum se pode falar de escuridão durante o *moccoli*, ou seja, durante a festa do fogo, quando toda a *via del Corso* está inundada pela luz do fogo, das velas e das tochas em movimento. Desse modo, o paralelismo aqui é total: *o participante do carnaval — o povo — é o dono absolutamente alegre da terra inundada pela luz, pois ele conhece a morte apenas como prenhe de um novo nascimento, ele conhece a imagem alegre do vir a ser e do tempo e domina esse "stirb und werde"* [morre e torna-te] *por completo*. Aqui não se trata dos graus da consciência subjetiva sobre tudo isso por parte de alguns dos participantes do carnaval, trata-se da *sua comunhão objetiva com a percepção popular da sua eternidade coletiva, da sua imortalidade terrestre, histórica e popular e da renovação ininterrupta do crescimento*.

Contudo, os dois primeiros versos do poema de Goethe,

> *Sagt es niemand, nur den Weisen,*
> *Weil die Menge gleich verhöhnet*[314]

não foram escritas pelo Goethe participante do carnaval romano, mas pelo Goethe grão-mestre da loja maçônica. Ele quer transformar em sabedoria exotérica precisamente aquilo que, em seu tempo, estava acessível em toda a sua plenitude e concretude só às grandes massas populares. Na verdade, foi justamente "*die Menge*" que, com sua linguagem, sua poesia, suas imagens, inclusive as de carnaval, revelou sua

[314] "Não o digas senão ao sábio,
Pois a turba logo zombará." (N. da T.)

verdade ao sábio Goethe, que foi sábio o suficiente para não a ridicularizar.

Citaremos uma passagem paralela que confirma nossa tese.

Nas *Conversações com Eckermann* (de janeiro de 1827), por ocasião dos fogos da noite de São João, Goethe cita seus versos e os comenta:

> Que São João arda livremente
> E a alegria jamais seja perdida!
> Vassouras sempre serão gastas pelo uso
> E crianças continuarão a ser paridas.

> Bastou-me olhar pela janela para ter nas vassouras que varrem as ruas e nas crianças que correm de um lado para outro o símbolo do mundo sempre se desgastando e se renovando.[315]

Goethe compreendeu muito bem a linguagem das imagens festivo-populares. Seu senso de estilo não se constrangia nem um pouco diante da *combinação puramente carnavalesca* das imagens da vassoura varrendo as ruas e das crianças como símbolo mais universal da vida eternamente a morrer e a se renovar.

Todavia, voltemos à descrição de Goethe do carnaval romano e, em particular, da *maldição afirmativa ambivalente "Sia ammazzato"*.

No mundo carnavalesco, toda hierarquia é abolida. Todas as classes e as idades são iguais. E eis que um garoto apaga a vela do seu pai e lhe grita: "*Sia ammazzato il Signore Padre!*" (ou seja, "Morte a você, Senhor Pai!"). Esse magní-

[315] Johann Peter Eckermann, *Conversações com Goethe nos últimos anos de sua vida, 1823-1832*, trad. Mario Luiz Frungillo, São Paulo, Editora Unesp, 2018, p. 212. (N. da T.)

fico grito carnavalesco do garoto que alegremente ameaça seu pai de morte e apaga sua vela, depois de tudo que dissemos, dispensa comentários especiais.

Com isso se encerra o carnaval. Por volta da meia-noite, em todas as casas ocorrem *festanças*, nas quais se come *carne* em abundância, pois logo ela será proibida.

Depois do último dia de carnaval, chega a quarta-feira de cinzas, e Goethe finaliza sua descrição do carnaval com as reflexões do texto "Aschermittwoch" ("Quarta-feira de cinzas"). Ele apresenta uma espécie de "filosofia do carnaval". Tenta revelar o *sentido sério da bufonaria carnavalesca*. Eis a principal passagem dessa reflexão:

> Se, no transcorrer dessa loucura, o grosseiro Polichinelo [Pulcinella] nos fez lembrar, de modo licencioso, dos prazeres do amor aos quais devemos nossa existência, se Baubo revelou, em praça pública, os segredos da maternidade, se tantas velas acesas nos trouxeram à lembrança cerimônias de que participamos, isso significa que, em meio ao desvario, estavam presentes as cenas mais importantes de nossas vidas.[316]

Essa reflexão de Goethe é um pouco decepcionante: nela não estão presentes todos os aspectos do carnaval (por exemplo, não há a eleição do rei bufo, as guerras carnavalescas, o motivo do assassinato etc.); o sentido do carnaval se limita ao aspecto da vida e da morte individuais. O principal aspecto histórico-coletivo não é apresentado. O "incêndio universal" do fogo carnavalesco e renovador é praticamente reduzido às velas fúnebres do rito de sepultamento individual. Na reflexão citada de Goethe, a obscenidade de Pulci-

[316] J. W. Goethe, *Viagem à Itália*, *op. cit.*, p. 553. (N. da T.)

nella, a representação do ato de parir na rua, a imagem da morte simbolizada pelo fogo, estão corretamente relacionadas como aspectos de um espetáculo consciente e profundamente universal, mas ele os reduz ao aspecto individual da vida e da morte.

Assim, as imagens do carnaval descritas com magnificência em "Quarta-feira de cinzas" são transferidas quase por completo para a esfera da visão de mundo individual e subjetiva. Na época do romantismo, as imagens do carnaval foram concebidas no âmbito dessa esfera. Elas foram vistas como os símbolos do destino individual, quando na verdade revelavam o destino do povo, indissoluvelmente ligado com a terra e com o princípio cósmico. Em sua obra de ficção, o próprio Goethe não tomou o caminho da individualização das imagens carnavalescas, mas seu "Quarta-feira de cinzas" inaugurou essa via.[317]

Na descrição do carnaval citada e mesmo em sua reflexão final, o mérito de Goethe é enorme: ele soube ver e revelar a unidade e a profunda cosmovisão carnavalesca. Por trás de algumas palhaçadas carnavalescas e bufas, aparentemente não inter-relacionadas, de obscenidades, de sem-cerimônias grosseiras, e até mesmo da falta de seriedade, ele soube perceber *um único ponto de vista sobre o mundo e um único estilo*, ainda que em sua reflexão final não lhes desse uma expressão *teórica* correta e precisa.

[317] Em comparação com o romantismo, a natureza carnavalesca (o grotesco e o ambivalente) na obra de Heine se torna mais objetiva, embora ali ainda prevaleça o aspecto subjetivo herdado do romantismo. Eis os versos de *Atta Troll* característicos da compreensão da ambivalência por Heine:

"Loucura que finge ser inteligente!
Sabedoria que enlouquece!
Suspiro de morte, que de repente
Se transforma em gargalhada!" (N. da T.)

Em relação ao problema do simbolismo realista das formas festivo-populares na compreensão de Goethe, citarei duas reflexões suas das *Conversações* com Eckermann. Sobre o quadro de Correggio *O desmame do menino Jesus* [*Madonna del Latte*], comenta Goethe: "Sim [...], eis aí um quadrinho! Aí há espírito, ingenuidade, sensualidade, tudo combinado. E o *tema religioso* se tornou *universalmente humano* e serve como *símbolo de uma fase da vida* pela qual *todos* nós passamos. Um quadro assim é eterno, pois tanto recua *ao passado mais remoto da humanidade quanto avança até o mais distante*" (13 de dezembro de 1826).[318] A respeito da *Vaca* de Míron, diz Goethe: "Aqui temos diante de nós algo bastante sublime: a magnífica imagem encarna o *princípio da nutrição, que sustenta o mundo todo e que preenche toda a natureza*; esta imagem assim como outras imagens chamo de *verdadeiros símbolos da onipresença divina*". A partir dessas duas reflexões, vemos que Goethe compreendia muito bem a *significação simbolicamente ampliada das imagens de nutrição* (no primeiro quadro, a nutrição pelo peito, no segundo, a nutrição do bezerro pela vaca).

Citemos ainda duas passagens das *Conversações* com Eckermann que evidenciam a compreensão quase carnavalesca por Goethe da ideia da morte e da renovação, tanto de algumas pessoas quanto de toda a humanidade: "Em geral, pode-se notar que, no meio da vida humana, muitas vezes há uma reviravolta, e se na juventude tudo favorecia a pessoa e ela era bem-sucedida, agora tudo muda de súbito, os fracassos e os infortúnios se sucedem um após o outro. Sabe o que eu penso disso? *O ser humano deve ser destruído de novo! Toda pessoa eminente é destinada a cumprir uma determinada missão. Uma vez que ela a cumpriu, deixa de ser necessá-*

[318] J. P. Eckermann, *Conversações com Goethe*, *op. cit.*, p. 189. Grifos de Bakhtin. (N. da T.)

ria na terra nessa forma, e a providência a predestina para algo diverso" (11 de março de 1828).

Eis outra passagem: "Eu vejo o princípio de novos tempos, quando a *humanidade já não mais agradará ao criador*, e este de novo deverá *destruir tudo* para *renovar a criação*. Estou plenamente certo de que tudo caminha para isso e que, em um futuro distante, já estão fixados o tempo e o prazo, quando essa *época de renovação* terá início. Contudo, antes disso, é claro, passará ainda bastante tempo e ainda poderemos nos *divertir* nesta *velha* e querida terra por milhares e milhares de anos" (23 de outubro de 1828).

É preciso dizer que as concepções de Goethe sobre a natureza, como integridade e como um todo, incluindo também o ser humano, estavam permeadas por elementos da percepção de mundo carnavalesca. Por volta de 1782, Goethe escreveu, no espírito de Espinosa, um notável poema em prosa intitulado "A natureza" ["Die Natur"]. Aleksandr Herzen o traduziu para o russo e o anexou à segunda de suas *Cartas sobre o estudo da natureza*.

Seguem as passagens dessa obra de Goethe que confirmam nossa ideia:

> "Natureza. Rodeados e abraçados por ela, não podemos nem sair, nem penetrá-la mais fundo. Sem ser solicitada e inesperada, ela nos arrasta ao turbilhão de sua *dança* e voa conosco até que, exaustos, caímos de suas mãos."
>
> "Ela não tem falas nem língua, mas cria milhares de línguas e corações com os quais fala e sente."
>
> "Ela é tudo. Ela mesma se recompensa, pune, agrada e tortura. É severa e mansa, ama e aterroriza, é impotente e onipotente."
>
> "Todas as pessoas estão nela, e ela está em todos. Ela conduz um *jogo* amigável com todos, e quanto mais *ganham* dela, mais se alegra. Com mui-

tos joga tão secretamente que o jogo termina sem que eles percebam."

"Seu *espetáculo* é eternamente novo, pois ela sempre cria novos contempladores. A vida é sua melhor invenção; a *morte para ela é um recurso para mais vida*."

"Ela é íntegra e *sempre inacabada*. Do modo como ela cria, pode-se criar eternamente."[319]

A partir desses excertos, vemos que "A natureza" é uma obra de Goethe profundamente carnavalesca.

No fim da vida (em 1828), Goethe escreveu um "esclarecimento" para "A natureza". Nele há as seguintes notáveis palavras:

> É visível uma tendência a uma espécie de panteísmo, e no cerne dos fenômenos universais se pressupõe uma criatura incompreensível, incondicional, *humorística* e contraditória consigo mesma, e tudo pode passar por um *jogo*, sério ao extremo.[320]

Goethe compreendeu que a seriedade unilateral e o medo são *sentimentos de uma parte* que se sente separada do todo. Já o todo em seu "eterno inacabamento" possui um caráter "humorístico" e alegre, ou seja, pode ser compreendido segundo o aspecto do riso.

No entanto, retornemos a Rabelais. A descrição de Goethe do carnaval ainda pode, em certa medida, servir como uma descrição do universo rabelaisiano e do seu sistema de imagens. Com efeito, a específica *festividade com reverência*,

[319] Cito segundo a seguinte edição: J. W. Goethe, *Obras escolhidas em ciências naturais*, Moscou, Academia de Ciências da União Soviética, 1957, pp. 361 ss.

[320] *Idem*, p. 364.

a completa libertação da seriedade, a atmosfera de igualdade, de liberdade e de sem-cerimônia, o caráter de visão de mundo das obscenidades, as coroações-destronamentos bufos, as alegres guerras e espancamentos carnavalescos, as disputas paródicas, a relação das facadas com o ato de parir, as maldições afirmativas: será que não encontramos todos esses aspectos do carnaval de Goethe no romance de Rabelais? Todos eles estão presentes no universo rabelaisiano, são nele igualmente essenciais, bem como têm o *mesmo sentido de cosmovisão*. Qual seria esse sentido?

A multidão carnavalesca da praça popular ou das ruas não é uma simples multidão. *Trata-se de um todo popular*, porém organizado *a seu modo, à maneira popular*, fora e contrário a todas as formas de organização socioeconômica e política forçada, a qual, por assim dizer, fica suspensa durante a festa.

Essa organização festiva do povo é, acima de tudo, profundamente concreta e sensual. Mesmo o próprio aperto, o *contato físico dos corpos* adquire alguma significação. O indivíduo se sente uma parte inseparável do coletivo, um integrante do corpo da massa popular. Nesse todo, o corpo individual até certo de ponto deixa de ser ele mesmo: é como se fosse possível *trocar de corpos uns com os outros, renovar-se* (as fantasias e os mascaramentos). Ao mesmo tempo, *o povo sente a sua concreta e sensual unidade e comunhão materiais e corporais*.

Durante sua viagem à Itália, Goethe conheceu um anfiteatro antigo em Verona. É claro que estava vazio naquele momento. A esse respeito, Goethe expressou uma interessante *reflexão sobre a peculiar autopercepção do povo*, que graças ao anfiteatro recebeu uma *forma concreta, sensual e visível da sua massa e da sua unidade*:

> Este fica perplexo de se observar a si mesmo,
> quando se junta em multidões. Pois, acostumado

> a se ver andando disperso, em volteios desordenados, como uma manada extraviada, um animal vagante de muitas cabeças e muitos sentidos, indo de lá para cá, vê-se agora reunido em um organismo nobre, tornado em unidade, amalgamado e solidificado *em uma massa*, em uma forma habitada *pelo espírito*.[321]

Semelhante percepção do povo sobre sua unidade foi gerada por todas as formas e imagens da vida festivo-popular medieval. Entretanto, essa unidade não tinha, nesse caso, um caráter geométrico e estático tão simples. Ela era mais complexa, diferenciada e, principalmente, mais *histórica*. O corpo popular na praça carnavalesca *sente, sobretudo, a sua unidade no tempo, sente sua contínua duração nele, sua relativa imortalidade histórica*. Por conseguinte, o povo percebe não uma imagem estática da sua unidade ("*eine Gestalt*"), mas *a unidade e a continuidade de seu devir e crescimento*. Por isso, *todas as imagens festivo-populares registram justamente o momento do devir e do crescimento, da metamorfose inconclusa, da morte-renovação*. Afinal, todas essas imagens são (no limite) *bicorporais*: em toda parte é enfatizado o *aspecto do nascimento — a gravidez, o parto, a força reprodutiva* (a dupla corcunda de *Pulcinella*, as barrigas salientes etc.). Já falamos sobre isso e voltaremos a falar em outro momento. O *carnaval — com todas as suas imagens, cenas, obscenidades, maldições afirmativas — encena a imortalidade e a indestrutibilidade do povo*. No mundo carnavalesco, a percepção da imortalidade popular se combina com a percepção da *relatividade do poder em vigor e da verdade dominante*.

[321] J. W. Goethe, *Viagem à Itália*, *op. cit.*, p. 56. (N. da T.)

As formas festivo-populares miram o *futuro* e encenam a *vitória desse futuro — da "era de ouro" — sobre o passado*: a vitória da abundância popular dos bens materiais, da liberdade, da igualdade, da fraternidade. Essa vitória do futuro é garantida pela imortalidade popular. O nascimento do novo, do maior e do melhor é tão necessário e inevitável quanto a morte do velho. Um se transforma no outro, ao fazer com que o melhor se torne ridículo e o pior seja morto. No *todo* do mundo e do povo, *não há lugar para o medo*; o medo pode penetrar apenas *naquela parte que se separou do todo*; *apenas no elo moribundo, tomado isoladamente daquilo que nasce. O todo do povo e do mundo triunfa alegre e destemido.* É esse *todo* que fala por meio das imagens carnavalescas, ele reina na própria atmosfera do carnaval, que faz com que cada um comungue com a sensação do todo.

Em relação a essa sensação carnavalesca do todo ("eternamente inacabado"), gostaria de citar mais uma passagem de "A natureza" de Goethe:

> Nela não há falas nem língua, porém ela cria *milhares de línguas e corações* com os quais fala e sente.
>
> A sua coroa é o *amor*. Só por meio do amor é possível aproximar-se dela. *Ela estendeu abismos entre as criaturas*, e todas as criaturas *anseiam por se fundir em um único abraço. Ela as separou para unir de novo. Com um único toque de lábios no cálice do amor, expia toda uma vida de sofrimentos.*

Como conclusão, é necessário destacar que, na cosmovisão carnavalesca, a imortalidade do povo é percebida na unidade inseparável da imortalidade de toda a existência em devir, fundindo-se a ela. Tanto no seu *corpo* quanto na sua vida, o ser humano percebe com vivacidade a terra e os demais elementos da natureza, o sol e o céu estrelado. No quinto capítulo do nosso trabalho, ainda abordaremos o caráter cósmico do corpo grotesco.

* * *

Passemos à segunda questão colocada por nós: as funções específicas das formas festivo-populares no romance de Rabelais.

Partiremos da breve análise do mais antigo drama cômico francês, *Le Jeu de la feuillée* [*O jogo do caramanchão*], do trovador Adam de la Halle, de Arras. Esse drama é datado de 1262 e, portanto, foi escrito quase três séculos antes do romance de Rabelais. Esse primeiro drama cômico francês usa a festa de tipo carnavalesco, bem como sua temática e o direito, a ela relacionado, de sair do curso habitual da vida, ou seja, a liberdade absoluta em relação a tudo o que é oficial e consagrado. Aqui, esses aspectos ainda são utilizados com bastante simplicidade, porém de modo evidente. Do começo ao fim, esse drama é profundamente carnavalizado.

O jogo do caramanchão quase não possui ribalta. A peça é encenada em Arras, e sua ação também se passa nesse local, cidade natal do autor. Participam dela o próprio autor (um jovem trovador), seu pai (Maître Henri) e outros cidadãos de Arras, que aparecem aqui com seus próprios nomes (Rikier Auris, Gillot Le Petit, Hane Le Merchier etc.). A peça trata da intenção de Adam de deixar sua cidade natal e sua esposa para estudar em Paris. Foi o que de fato ocorreu. Por conseguinte, a ribalta quase não separa o enredo da realidade efetiva. Aqui também há um elemento fantástico que se entrelaça com o real. A peça era encenada em 1º de maio, dia da *feira* e da *festa popular* em Arras, dia em que acontece toda a ação.

O jogo do caramanchão se divide em três partes: a primeira pode ser chamada de carnavalesco-autobiográfica, a segunda de carnavalesco-fantástica e a terceira de carnavalesco-banqueteira.

Na primeira parte, há uma descrição bastante franca no espírito da liberdade sem cerimônias carnavalesca a respeito de assuntos pessoais e familiares do próprio autor (Adam); em seguida, são escancaradas as características dos cidadãos de Arras com a exposição dos seus segredos cotidianos e de alcova.

A primeira parte começa com a aparição de Adam com um traje de clérigo (trata-se de uma fantasia, pois ele ainda não é um clérigo). Ele comunica que deixará sua esposa para ir a Paris aperfeiçoar seus estudos, enquanto ela ficará na casa do seu pai. Adam conta como ficou fascinado pelos encantos de Marie (nome da esposa) antes do casamento. Uma enumeração de seus encantos é feita de modo detalhado, franco e bastante livre. Aparece o pai de Adam, Maître Henri. Quando indagado se daria dinheiro ao filho, Maître Henri responde que não pode, pois está velho e *doente*. O médico presente (*li fisisciens*) diagnostica que a doença do pai é a *avareza*. O médico cita alguns outros cidadãos de Arras que sofrem da mesma doença. Em seguida, uma mulher de vida fácil (*dame douce*) consulta o médico. Nessa ocasião é apresentada uma espécie de "panorama" da vida íntima e de alcova em Arras e são citadas algumas damas de comportamento dúbio. Durante essa consulta médica, a *urina* é vista como o fator determinante do caráter e do destino do ser humano.

As imagens do médico e das doenças-vícios são descritas no espírito carnavalesco e grotesco. Então aparece um monge recolhendo oferendas para Santo Acário, que cura a loucura e a estupidez. Há pessoas que desejam receber a cura desse santo. Em seguida, surge um louco acompanhado por seu pai. O papel desse louco e do tema da loucura e da estupidez, de modo geral, é bastante significativo na peça. Pela boca do louco é feita uma interpretação crítica livre de um decreto do papa Alexandre IV, que prejudica os privilégios dos clérigos (inclusive de Maître Henri). Assim termina a primeira parte da peça. Os pesquisadores costumam explicar as liberdades e as obscenidades dessa parte pela "grosseria daquele século". Contudo, a questão é que nessa "grosseria" há um sistema e um estilo. Trata-se de traços já conhecidos de um único aspecto carnavalesco e do riso universal.

Aqui os limites entre a encenação e a vida são intencionalmente apagados. É a própria vida que encena.

A segunda parte, carnavalesco-fantástica, começa depois que o monge, com as relíquias — neste caso ele é em certa medida o representante da Igreja, portanto, do mundo oficial e da verdade oficial —, adormece longe do caramanchão (a parte principal da cena). No caramanchão está posta uma mesa para três fadas, que só podem aparecer na noite de 1º de maio, e aliás só quando o representante da Igreja (ou seja, do mundo oficial) partir. Antes da aparição delas, passa o "exército de Arlequim" acompanhado do som de sininhos. Em primeiro lugar, surge o mensageiro do rei Arlequim, uma espécie de diabo cômico. Depois, aparecem as próprias fadas. São retratadas a ceia no caramanchão e as conversas entre elas e com o mensageiro do rei Arlequim. A propósito, o nome desse mensageiro é *Croquesot*, ou seja, o "devorador de tolos". As fadas anunciam seus desejos proféticos tanto bons quanto maus (inclusive aqueles relativos ao destino do próprio autor, Adam); aparece ainda a "roda da fortuna", ligada às adivinhações e profecias. Ao final da ceia das fadas, chega uma mulher de vida fácil ("*dame douce*"); as fadas são protetoras dessas mulheres, às quais, assim como às fadas, pertence a noite de 1º de maio com sua liberdade desenfreada. A "*dame douce*" e as fadas são representantes do mundo não oficial, que obtiveram o direito à liberdade e à impunidade na noite de 1º de maio.

A última parte — do carnaval e do banquete — ocorre antes da aurora em uma taberna, onde se reuniram para um banquete os participantes da festa de 1º de maio e da peça, inclusive o monge com as relíquias. Todos bebem, riem, cantam e jogam dados. Jogam também pelo monge, que adormece novamente. Tirando vantagem do seu sono, o taberneiro pega sua caixa de relíquias e, diante das risadas de todos, faz o papel de um monge que cura os tolos, ou seja, o parodia. Ao final da cena, na taberna irrompe um louco (o mesmo que aparecera na primeira parte da peça). Mas, nesse momento, já começa a amanhecer, e tocam os sinos das igrejas. A noite de 1º de maio com suas liberdades acabou. Sob o toque dos sinos, os participantes da peça se dirigem à igreja a convite do monge.

Esses são os principais momentos da história desse antigo drama cômico francês. Por mais estranho que pareça, encontramos nele os princípios de quase todo o universo rabelaisiano.

Em primeiro lugar, enfatizemos a relação excepcionalmente estreita entre a peça e a festa de 1º de maio. Ela se origina, até nos mínimos detalhes, da atmosfera e da temática dessa festa. Esta determina tanto a forma e o caráter da encenação quanto seu conteúdo. Durante a festa, o poder do mundo oficial — da Igreja e do Estado —, com suas normas e seu sistema de avaliações, é como que suspenso. O mundo tem a permissão para sair do seu curso habitual. Na própria peça, o fim da liberdade festiva é retratado com muita clareza pelo toque matinal dos sinos (na própria peça, assim que o monge parte, começam a tocar os sininhos carnavalescos dos arlequins, que passam pela cena). Na própria temática da festa, um lugar de destaque é ocupado pelo *banquete*: a ceia das fadas no caramanchão e o banquete dos participantes da festa na taberna. Destaquemos que o *tema do jogo de dados* não é apenas um aspecto cotidiano do passatempo festivo: o jogo é internamente semelhante à festa, pois ela é extraoficial e governada por leis que se opõem ao curso normal da vida. Além disso, a abolição temporária do poder exclusivo do mundo oficial da Igreja resulta em um retorno temporário dos *deuses pagãos destronados*: torna-se possível a passagem dos arlequins, a aparição das fadas e do mensageiro do rei dos arlequins, e a *festa das prostitutas* na praça conduzida pelas fadas. É preciso enfatizar em especial o *tema da prostituta* ("*dame douce*"); o mundo extraoficial das prostitutas na noite de 1º de maio adquire direitos e até poder: na peça, a "*dame douce*" planeja um acerto de contas com seus inimigos. Por fim, é muito importante o tema da *roda da fortuna* e das *previsões e maldições das fadas na noite de 1º de maio*; a festa olha para o *futuro*, e esse futuro assume não só formas utópicas, mas também formas mais primitivas e arcaicas de previsões e maldições-bênçãos (inicialmente da colheita futura, da reprodução do gado etc.). É característico ainda o *tema das relíquias*, ligado à ideia do corpo dilacerado. O médico desempenha um papel essencial acompanhado de seu atributo invariável, a urina. É muito importante o tema da tolice e da loucura. Na peça é introduzido algo semelhante a um "*cri*" [grito] da praça endereçado aos tolos, que em grande medida determina, junto com a festa, a sua atmosfera. A festa dá direito à tolice.

É claro, a tolice é profundamente ambivalente: nela há tanto o aspecto negativo do rebaixamento e da aniquilação (o único preservado no xingamento moderno "bobo") quanto o aspecto positivo da renovação e da verdade. A tolice é o reverso da sabedoria e da verdade. Trata-se do avesso e do baixo da verdade oficial e dominante; a tolice se manifesta, acima de tudo, na incompreensão das leis e das convenções do mundo oficial e na desobediência destas. *A tolice é a sabedoria festiva livre, liberta de todas as normas e limitações do mundo oficial, bem como das suas preocupações e da sua seriedade.*

Retomemos a apologia da festa dos loucos no século XV, citada anteriormente (no capítulo 1). Como vimos, os defensores dessa festa a entendiam enquanto uma libertação alegre e livre da tolice: da "nossa segunda natureza". Essa tolice alegre era oposta por eles à seriedade da "reverência e do medo divino". Dessa maneira, os defensores da festa dos loucos viam nela não só a libertação "uma vez por ano" do curso habitual da vida, mas também a libertação do ponto de vista religioso sobre o mundo, da reverência e do medo divino. Permitia-se olhar para o mundo com olhos "tolos", e esse direito era atribuído não só à festa dos loucos, mas à dimensão popular e da praça de qualquer festa.

É por isso que, na atmosfera festiva de *O jogo do caramanchão*, o *tema da tolice* e a *imagem do bobo incurável* adquirem tamanha importância; a peça termina com a mesma imagem do louco, que aparece antes do toque dos sinos.

Lembremos que, em sua descrição do carnaval, também Goethe enfatiza mais de uma vez que cada um dos participantes, por mais sério e importante que fosse ao longo do ano, se permitia — nessa única ocasião — todo tipo de bufonaria e todo tipo de tolice. Em relação à questão do bufão Triboullet, Rabelais atribui a Pantagruel a seguinte reflexão sobre a sabedoria e a tolice:

> Você vai aquiescer com este argumento. Porque, tal como quem olha de perto seus afazeres privados e domésticos, que está sempre atento e vigilante ao governo do lar, cujo espírito nunca devaneia, que não perde nenhuma ocasião de adquirir e empilhar bens e riquezas, que com cautela sabe impedir os inconvenientes da pobreza, você chama de sábio mundano, mesmo que besta ele seja aos olhos das inteligências celestes; assim é necessário ser diante delas sage e, assim digo, presságio por aspiração divina e apto para receber o benefício da adivinhação, esquecer a si mesmo, ficar fora de si, esvaziar os sentidos de todo apego terreno, purgar o espírito de toda humana solicitude e lançar tudo na indiferença. O que vulgarmente se atribui à loucura. Desse jeito o vulgo imperito chamou de Fatuelo o grande vaticinador Fauno, filho de Pico, o

> rei dos latinos. Desse jeito vemos nós entre os jograis, na distribuição dos papéis do tolo e do simplório, que sempre são representados pelo mais perito e perfeito ator da companhia. Desse jeito dizem os matemáticos que um mesmo horóscopo serve à natividade de reis e de tolos.[322]

Essa reflexão está escrita em linguagem livresca e em estilo elevado. Pois aqui foram observadas as normas da *eloquência oficial* na escolha das palavras e dos próprios conceitos. Isso explica por que, para caracterizar a tolice do bufão, são usados conceitos como "inteligências celestes" e "receber o benefício da adivinhação". Na primeira parte da nossa citação, Rabelais retrata o bufão e o tolo como santos (em sua época não havia nada de estranho nisso; além do mais Rabelais foi frade franciscano). À "renúncia desse mundo" pelo tolo (louco), ele atribui um conteúdo cristão quase tradicional. Todavia, Rabelais entende a renúncia do mundo pelo bufão e pelo tolo como a renúncia ao mundo oficial, com sua cosmovisão, sistema de avaliações e seriedade. Essa é a imagem do próprio Triboullet retratada no livro. Também para Rabelais, a *verdade bufa* pressupõe a *libertação do interesse material e particular, da habilidade indigna* de arranjar lucrativamente seus assuntos domésticos e particulares, mas a linguagem dessa verdade bufa era ao mesmo tempo completamente *terrestre* e *material*. No entanto, o princípio material não tinha um caráter particular e egoísta, mas *universal e de todo o povo*. Se na citação abstrairmos os conceitos oficiais, introduzidos aqui pelo estilo elevado e por uma linguagem livresca, teremos diante de nós uma apologia rabelaisiana da loucura como uma das formas da *verdade não oficial*, como um ponto de vista específico sobre o mundo,

[322] *Terceiro livro*, *op. cit.*, p. 188. (N. da T.)

livre de todos os interesses particulares e gananciosos, das normas e avaliações "desse mundo" (ou seja, do mundo oficial dominante, ao qual é sempre vantajoso agradar). A parte final da citação remete diretamente aos bufões e aos bobos do teatro festivo.

Retornemos ao drama cômico do 1º de maio de autoria de Adam de la Halle. Quais são as funções da festa e da tolice festiva nele? *Eles dão ao autor o direito à temática não oficial*; e mais do que isso, *ao ponto de vista não oficial sobre o mundo*. Essa peça, apesar de toda a sua simplicidade e despretensão, apresenta *um aspecto específico do mundo*, estranho por completo e, em sua base, profundamente hostil à visão de mundo e à ordem oficial da vida medievais. Em primeiro lugar, trata-se de um aspecto *alegre e leve*; nele desempenham um papel significativo o banquete, a força reprodutiva, o jogo, o travestimento paródico do monge com suas relíquias, os deuses pagãos destronados (fadas e arlequins). O mundo aparece *mais materialista, mais corporal, mais humano e mais alegre*, apesar do fantástico. Trata-se do *aspecto festivo do mundo* e, enquanto tal, ele é *legítimo*. Na noite de 1º de maio, *é permitido olhar para o mundo sem medo e sem reverência*.

Essa peça não pretende em absoluto ser problematizadora. Contudo, ao mesmo tempo ela é profundamente universal. Nela não há nenhuma moralização abstrata. Não há a comicidade dos personagens e das situações e, em geral, não há a comicidade dos aspectos particulares e isolados do mundo e da vida social; assim como não há, é claro, a negação abstrata. O mundo inteiro é apresentado segundo um aspecto *alegre e livre*, que é concebido pelo autor como universal e abrangente. É verdade que esse aspecto é limitado não por um ou outro ângulo e fenômeno do mundo, mas exclusivamente pelos limites temporais da festa: os limites da noite de 1º de maio. O toque matinal dos sinos faz regressar à seriedade do medo e da reverência.

O romance de Rabelais foi escrito quase três séculos depois de *O jogo do caramanchão*, mas nele as funções das formas festivo-populares são semelhantes. É verdade que aqui tudo se tornou mais amplo, profundo, complexo, consciente e radical.

No *Quarto livro* do romance, após a história do espancamento dos caluniadores na casa de Basché, também é narrada a história da "farsa trágica" encenada pelo mestre François Villon.

A história é a seguinte. O velho Villon, encontrando-se em Saint-Maixent, decidiu encenar para a feira de Niort *O mistério da paixão do Senhor*, que inclui também a "grande diabrura". Tudo estava pronto para a encenação, exceto as vestimentas para o Deus pai. O sacristão local Taparrabo se recusou categoricamente a emprestar qualquer uma das vestimentas da igreja, pois acreditava que seu uso para fins teatrais e de espetáculo seria uma profanação. Não foi possível convencê-lo. Então mestre Villon decidiu se vingar dele. Ele sabia quando Taparrabo visitava sua paróquia montado em uma égua, e nesse exato momento organizou um ensaio geral da diabrura. Rabelais faz uma descrição dos diabos, de seus trajetos e de seu "armamento" (com utensílios de cozinha), parcialmente já citada aqui. O ensaio foi realizado na *cidade* e na *praça da feira*. Depois Villon levou os diabos para *festejarem em uma taberna na estrada*, pela qual deveria passar Taparrabo. Quando ele por fim apareceu, os diabos o cercaram com terríveis gritos e barulhos, jogaram alcatrão em chamas envolto em uma terrível fumaça e assustaram a sua égua:

> A potranca apavorada saiu no trote, no peido, no pulo e no galope, em coice, em duplo pinote e peidarada, tanto que derrubou Taparrabo, embora ele se grudasse à sela com todas as forças. As estribeiras eram de corda, e do lado direito por fora o chinelo talhado ficou entalado de um tal jeito que

não conseguia tirar. E assim foi arrastado num esfolacu pela potranca sempre a multiplicar os coices contra ele e esbaforida entre sebes, moitas e valas. De jeito que ela lhe quebrou toda a cabeça, e o cérebro foi se estarrachar perto da cruz hosaneira, aí os braços em frangalhos, um aqui, outro ali, as pernas na mesma, aí das tripas se fez uma longa carnagem, de jeito que a potranca, quando chegou no convento, só trazia dele o pé direito e o chinelo entalado.[323]

Tal é a "farsa trágica" encenada por Villon. A sua essência é o *desmembramento e a dilaceração do corpo de Taparrabo na praça, perto da taberna, durante o banquete, no ambiente carnavalesco e festivo-popular da diabrura*. Essa farsa é trágica, pois Taparrabo foi de fato dilacerado.

Essa história foi narrada por Basché, que a relacionou ao espancamento dos caluniadores em sua casa e a contou para encorajar seus familiares. "Assim (disse Basché), prevejo, meus bons amigos, que de hoje em diante vocês atuarão bem nessa trágica farsa."[324]

Qual seria a semelhança entre a "traquinagem de Villon" e o espancamento dos caluniadores na casa de Basché?

Nos dois casos, para fazer com que o espancamento ficasse *impune* (mas, como veremos adiante, não só por isso), foram empregados *os direitos e as liberdades carnavalescos*: em um caso, o ritual *nupcial*, e, no outro, as *diabruras*. Afinal, o costume de "*nopces à mitaines*" permitia, como vimos, liberdades inaceitáveis na vida comum: era possível sem punição dar socos em todos, independentemente de sua patente e posição. O andamento e a ordem habituais da vida e

[323] *Quarto livro*, *op. cit.*, p. 310. (N. da T.)

[324] *Idem*, p. 311. (N. da T.)

sobretudo a hierarquia social eram abolidos no curto período do banquete de casamento. Durante esse curto período, eram suspensas a ação das leis de polidez entre iguais, bem como a observância da etiqueta e das gradações hierárquicas entre superiores e inferiores: as convenções e todas as distâncias entre as pessoas eram abolidas, o que se expressava simbolicamente no direito de socar sem cerimônias o seu respeitável e importante vizinho. *O aspecto socioutópico do ritual é absolutamente óbvio. Pelo curto período do banquete de casamento, é como se as pessoas — seus participantes — fizessem parte de um reino utópico de igualdade e liberdade absolutas.*[325]

Esse aspecto utópico adquire aqui, como em todas as utopias festivo-populares, uma encarnação material e corporal bastante nítida: afinal, a liberdade e a igualdade se realizam em socos sem cerimônias, ou seja, *em um grosseiro contato corporal.* Como vimos, os espancamentos são totalmente equivalentes a xingamentos obscenos. Nesse caso, o rito é nupcial: à noite ocorrerá um contato físico pleno entre o noivo e a noiva, se realizará o *ato da concepção* e triunfará a força reprodutiva. A atmosfera desse ato central da festa se estende a todos e a tudo; *os socos são a sua irradiação.* Em seguida, o aspecto utópico, como em todas as utopias festivo-populares, tem um caráter absolutamente alegre (pois os so-

[325] Como exemplo paralelo, citemos uma interessante lenda popular saturnalesca e carnavalesca sobre o rei Peidô [roi Pétaud] e sua corte. Essa lenda é mencionada por Rabelais (*Terceiro livro*, cap. VI), assim como Molière cita a *Sátira menipeia* em *Tartufo* (ato I, cena 1). Eis a explicação que Oudin dá sobre o rei Peidô em suas *Curiosidades francesas* (1640) [Antoine Oudin, *Curiositez françaises*, Paris, A. de Sommaville]: "A corte do rei Peidô: aqui todos são senhores, em outras palavras, trata-se de um lugar onde todos comandam, onde não há distinções entre senhores e servos". No anônimo *Ensaio sobre os provérbios*, da segunda metade do século XVI, há a seguinte explicação: "É a corte do rei Peidô, onde todos são senhores".

cos são leves e de brincadeira). Por fim — e isso é de suma importância —, a utopia aqui, embora seja apenas encenada, ocorre *sem qualquer ribalta*, na própria vida. No entanto, seu tempo é estritamente limitado pelo período do banquete nupcial, mas durante esse período não há qualquer ribalta: não há divisão entre participantes (intérpretes) e espectadores, aqui todos são participantes. Durante a abolição da ordem do mundo habitual, uma nova ordem utópica, que a substitui, se torna soberana e se estende a todos. Por isso os caluniadores, que foram parar no banquete nupcial por acaso, são obrigados a obedecer às leis do reino utópico e não podem reclamar dos espancamentos. Aqui não há um limite nítido entre o jogo-espetáculo e a vida: um se transforma no outro. É por isso que Basché pôde empregar uma forma lúdica do banquete nupcial para se vingar séria e efetivamente dos caluniadores.

A ausência de uma ribalta rígida é característica de todas as formas festivo-populares. A verdade utópica é encenada na própria vida. Por um curto período, essa verdade se torna, até certo ponto, uma força real. Portanto, é possível, com sua ajuda, se vingar dos inimigos jurados dessa verdade, como fizeram Basché e o mestre Villon.

No cenário da "farsa trágica" de Villon, encontramos os mesmos aspectos presentes nas "*nopces à mitaines*" de Basché. Parte do mistério, a diabrura tinha um caráter festivo-popular e da praça. É claro, o próprio mistério tinha ribalta, bem como a diabrura, sua parte integrante. Porém era costume — antes da encenação do mistério e às vezes com vários dias de antecedência — permitir que os "demônios", ou seja, os participantes da diabrura em seus trajes corressem pela cidade e até pelas aldeias vizinhas. A esse respeito há uma série de testemunhos e documentos.

Assim, por exemplo, em 1500, na cidade de Amiens, alguns clérigos e leigos pediram permissão para encenar *O mistério da paixão do Senhor*, sendo que em específico solicitaram a permissão de "*faire courir les personnages de diables*" ["fazer correr os personagens de diabos"]. Uma das mais famosas e populares diabruras do século XVI foi encenada em Chaumont (Haute Marne).[326] Essa diabrura fazia parte do *Mistério de São João*. Nas notificações sobre o mistério de Chaumont, era sempre indicado em específico que os demônios e as demônias, que dele participavam, tinham a permissão de correr livremente pela cidade e pelas aldeias, alguns dias antes do início do mistério. Pessoas fantasiadas de diabo se sentiam, até certo ponto, *fora das proibições habituais* e contagiavam com esse seu humor especial também aqueles com quem entravam em contato. Criava-se em torno deles a *atmosfera de uma liberdade carnavalesca desenfreada*. Considerando-se fora das leis ordinárias, os "diabos", que na maioria das vezes eram pessoas pobres (daí a expressão "*pauvre diable*"), costumavam infringir os direitos de propriedade, roubavam os camponeses e, fazendo uso do seu papel, melhoravam sua condição financeira. Eles cometiam ainda outras atrocidades. Por isso, eram com frequência emitidos documentos proibindo os diabos de liberdades quando não estavam desempenhando seus papéis nos mistérios.

Contudo, mesmo permanecendo dentro dos limites do papel atribuído a eles no mistério, os diabos preservavam sua *natureza* profundamente *extraoficial*. O papel deles contemplava tanto os xingamentos quanto as obscenidades. Eles agiam e falavam contra a cosmovisão cristã oficial, pois, afinal, eram diabos. Produziam, no palco, um barulho e uma gritaria inacreditáveis, principalmente se se tratasse de uma "grande diabrura" (ou seja, com a participação de quatro ou mais diabos). Daí a expressão francesa: "*faire le diable à quatre*" ["fazer o diabo a quatro"]. Deve-se dizer que, no processo de seu surgimento ou desenvolvimento, a maioria das

[326] Sobre a diabrura de Chaumont, conferir o trabalho de Émile Jolibois, *La Diablerie de Chaumont*, Chaumont/Paris, Miot/Techener, 1838.

maldições e xingamentos com a palavra "diabo" estavam diretamente relacionados ao palco do mistério. No romance de Rabelais, há muitas maldições e expressões com evidente origem nos mistérios: "*La grande diablerie à quatre personnages*" ["A grande diabrura a quatro personagens"] (*Gargântua*, cap. IV), "*faire d'un diable deux*" ["fazer de um diabo dois"] (*Terceiro livro*, cap. I), "*crioit comme tous les diables*" ["grita como todos os diabos"] (*Gargântua*, cap. XXIII), "*crient e urlent comme diables*" ["gritam e urlam como diabos"] (*Terceiro livro*, cap. XXIII), bem como expressões linguísticas muito comuns: "*faire les diables*" ["fazer o diabo"], "*en diable*" ["endiabrado"], "*pauvre diable*" ["pobre diabo"]. Essa ligação entre os xingamentos e as maldições com as diabruras é bastante compreensível, afinal eles pertencem ao mesmo sistema de formas e imagens.

No entanto, o *diabo dos mistérios* não é só uma figura extraoficial, mas também uma *imagem ambivalente* semelhante, nesse sentido, ao *bobo* e ao *bufão*. Ele foi um representante da *força destruidora e renovadora do baixo material e corporal*. A imagem do diabo nas diabruras costumava ser representada à moda carnavalesca. Por exemplo, vemos em Rabelais que, na diabrura de Villon, os utensílios de cozinha aparecem como armas dos diabos (isso também é confirmado por outras evidências). Otto Driesen, em seu livro *A origem do Arlequim* (1904), faz uma comparação detalhada entre a diabrura e o *charivari* (de acordo com o *Roman de Fauvel*) e revela uma enorme semelhança entre todas as imagens que as compõem. O *charivari* também possui parentesco com o carnaval.[327]

Essas particularidades da imagem do diabo (e acima de tudo sua ambivalência e sua relação com o baixo material e corporal) tornam bastante compreensível a transformação

[327] Cf. Otto Driesen, *Der Ursprung des Harlekin*, Berlim, Alexander Duncker, 1904.

dos diabos em figuras da comicidade popular. Assim, o diabo Arlequim (é bem verdade que não o encontramos nos mistérios) se transforma em uma figura carnavalesca e cômica. Lembremos que também Pantagruel em princípio foi um diabo de mistério.

Desse modo, a diabrura, embora fosse parte do mistério, tinha parentesco com o carnaval, extrapolava a ribalta, interferia na vida da praça e gozava dos direitos carnavalescos a uma liberdade sem limites.[328]

É justamente por isso que a diabrura, ao entrar na praça, permitiu ao mestre Villon se vingar impunemente do sacristão Taparrabo. Aqui, assim como na casa de Basché, a encenação da *liberdade utópica* sem ribalta permite uma vingança séria do *inimigo dessa liberdade*.

Mas por que Taparrabo mereceu uma represália tão cruel? Podemos dizer que, do ponto de vista do culto dionisíaco, Taparrabo, como um inimigo de Dionísio, ao se rebelar contra os jogos dionisíacos (afinal, por *razões de princípio*, se recusou a entregar uma fantasia para a encenação teatral), foi submetido à morte de Penteu, ou seja, ser dilacerado pelas bacantes.[329] No entanto, do ponto de vista de Rabelais, Taparrabo era o pior inimigo, isto é, ele era a personificação daquilo que Rabelais mais odiava: Taparrabo *era agelasta, uma pessoa que não sabia rir e tratava o riso com hostilidade*. É verdade que aqui Rabelais não faz uso explícito dessa palavra, mas o ato de Taparrabo é um típico ato de um agelasta. Esse ato revela uma *venerável seriedade es-*

[328] No original, Bakhtin utiliza duas palavras, *svobóda* e *vólnost*. Ambas significam "liberdade", porém a segunda tem uma acepção mais ampla, que aponta para uma liberdade absoluta, sem limites, por isso traduzimos *vólnost* por "liberdade sem limites" ou "liberdade absoluta". (N. da T.)

[329] Na literatura do século XVI, era comum a expressão carnavalesca e culinária "cozido de Penteu".

túpida e maliciosa, que teme fazer de uma vestimenta sagrada um objeto de espetáculo e de jogo, seriedade repugnante para Rabelais. Taparrabo, por razões de princípio, privou a alegria popular de uma dádiva, de uma ajuda: nele está viva a antiga hostilidade religiosa ao espetáculo, ao mimo, ao riso. Ademais, ele recusou justamente a vestimenta da fantasia, da mascarada, ou seja, em última análise, da renovação e do renascimento. Ele é inimigo da renovação e da nova vida. Trata-se da velhice que não quer *gerar vida e morrer*, da *velhice estéril e teimosa*, repugnante para Rabelais. Taparrabo é o inimigo justamente daquela *verdade alegre e da praça a respeito da alternância e da renovação*, verdade que preencheu as imagens da diabrura concebida por Villon. E eis que essa verdade, que por um tempo se transformou em uma força, acabou por destruí-lo. Ele morreu de uma pura morte carnavalesca por meio do dilaceramento do seu corpo.

Para Rabelais, a imagem de Taparrabo, revelada por meio do seu ato e com uma significação simbólica ampliada, encarna o espírito da época gótica, *com sua seriedade unilateral*, baseada no medo e na coerção, com sua aspiração a perceber tudo *sub specie aeternitatis*, ou seja, sob o ângulo da eternidade e fora do tempo real; essa seriedade gravitava em torno de uma hierarquia imóvel e inabalável e não permitia nenhuma alternância de papéis nem renovação. Em essência, da seriedade unilateral e petrificada da época gótica só restaram, no tempo de Rabelais, as vestimentas próprias das alegres fantasias carnavalescas. Contudo, essas vestimentas eram guardadas com zelo por sacristãos obtusos, sombrios e sérios como Taparrabo. É desses Taparrabos que Rabelais se vinga, enquanto as vestimentas são usadas para a alegria carnavalesca renovadora.

Em seu romance e mediante ele, Rabelais age justamente como Villon e Basché, porta-se de acordo com o método deles. Ele usa o sistema de imagens festivo-populares, com seus direitos legalizados e consagrados por séculos à liberdade sem limites, para se vingar a sério do seu inimigo: a época gótica. Trata-se apenas de um jogo alegre e, portanto, inimputável. Porém esse jogo não tem ribalta. E eis que Rabelais, na atmosfera da liberdade absoluta e reconhecida desse jogo, ataca os dogmas fundamentais, os sacramentos, o mais sagrado da cosmovisão medieval.

É necessário admitir que Rabelais teve êxito nessa "travessura de Villon". Apesar da sinceridade dos seus enunciados, ele não só escapou da fogueira, mas, de fato, não sofreu quaisquer perseguições ou adversidades sérias. É claro que ele teve de tomar algumas medidas de precaução: às vezes desaparecer do horizonte por algum tempo e até mesmo cruzar a fronteira francesa. Mas, no geral, tudo acabou bem e, pelo visto, sem grandes preocupações e inquietações. Étienne Dolet, ex-amigo de Rabelais, morreu na fogueira por ninharias, porém ditas sem riso. Ele não dominava o método de Villon e de Basché.

Rabelais sofreu ataques de agelastas, ou seja, de pessoas que não reconheciam os direitos específicos do riso. Todos os livros dele foram condenados pela Sorbonne (o que, porém, não impediu em nada sua difusão e reedição); no final da vida, ele sofreu um ataque cruel por parte do monge Gabriel de Puy-Herbault; por parte dos protestantes, ele foi atacado por Calvino; mas as vozes de todos esses agelastas permaneceram solitárias; os direitos carnavalescos do riso se mostraram mais fortes.[330] Repetimos que Rabelais teve bastante sucesso com a traquinagem de Villon.

No entanto, o emprego do sistema de formas e imagens festivo-populares não pode ser compreendido como um procedimento externo e mecânico de proteção contra a censu-

[330] A lenda que persistiu até recentemente, segundo a qual Rabelais teria sido perseguido com crueldade antes da sua morte, foi desmentida por completo por Abel Lefranc. Pelo visto, ele morreu em paz sem perder nem o patrocínio da corte, nem o apoio de seus amigos do alto escalão.

ra, como uma "linguagem exótica" adquirida involuntariamente. Afinal, por milhares de anos o povo tem usado os direitos e as liberdades das imagens festivas do riso para encarnar nelas suas mais profundas críticas, sua desconfiança da verdade oficial e suas melhores aspirações e desejos. Pode-se dizer que *a liberdade não era tanto um direito externo quanto o próprio conteúdo interno dessas imagens.* Foi a linguagem de uma "*fala destemida*", fala sem evasivas e sem silenciamentos sobre o mundo e o poder. É bastante compreensível que essa linguagem imagética destemida e livre tenha fornecido ainda um *conteúdo positivo riquíssimo* para a nova cosmovisão.

Basché utilizou a forma tradicional "*nopces à mitaines*" não apenas para tornar impune o espancamento dos caluniadores. Vimos que esse espancamento foi realizado como um *rito solene*, como um ato cômico planejado e pensado em cada detalhe. *Tratou-se de um espancamento em grande estilo.* Os golpes, que desabaram sobre os caluniadores, eram golpes nupciais construtivos; eles desabaram sobre o velho mundo (os caluniadores eram seus representantes) e ao mesmo tempo ajudaram na concepção e no nascimento de um novo mundo. A liberdade externa e a impunidade são inseparáveis tanto do sentido positivo interno dessas formas quanto da sua significação como uma cosmovisão.

O desmembramento carnavalesco de Taparrabo tinha o mesmo caráter. Ele também foi elaborado em grande estilo e pensado em cada detalhe. Taparrabo era um representante do velho mundo, e seu desmembramento foi descrito de maneira positiva. A liberdade e a impunidade são aqui inseparáveis do conteúdo positivo de todas as imagens e formas desse episódio.

A descrição carnavalesca do massacre do velho mundo não deve provocar nosso espanto. Mesmo as grandes reviravoltas econômicas e sociopolíticas daquela *época* não puderam escapar de certa compreensão e descrição *carnavalescas*.

Abordarei dois fenômenos bastante conhecidos da história russa. Ivan, o Terrível, ao lutar contra o feudalismo local, contra a antiga verdade e santidade de patrimônio local, ao romper com as velhas tradições estatais, políticas e sociais e, em certa medida, morais, não pôde evitar uma influência essencial das formas da praça e festivo-populares, das formas de ridicularização da velha verdade do velho poder com todo o seu sistema de travestimentos (fantasias de mascarada), rearranjos hierárquicos (as viradas ao avesso), destronamentos e rebaixamentos.

Sem romper com o badalar dos sinos, Ivan, o Terrível, não pôde prescindir do soar dos sininhos bufos; mesmo no aspecto externo da organização da *oprítchnina*[331] havia elementos das formas carnavalescas (por exemplo, a vassoura, um atributo tão carnavalesco); já o cotidiano interior da *oprítchnina* (sua vida e os banquetes na fortaleza Aleksándrovskaia Slobodá) tinha um nítido caráter carnavalesco e extraterritorial à maneira da praça. Mais tarde, no período de estabilização, a *oprítchnina* não só foi liquidada e repudiada, mas também foi travada uma luta contra seu próprio espírito, que era hostil a qualquer tipo de estabilização.

Tudo isso se manifestou com bastante clareza também na época de Pedro I: para ele, o soar dos sininhos bufos abafava quase por completo o badalar dos sinos. É fato bem conhecido que Pedro cultivou de maneira ampla as formas tardias da festa dos loucos (nunca, durante todo o milênio de sua existência, essa festa gozou de tamanha legalização e reconhecimento estatais); os destronamentos e as coroações bufas dessa festa irrompiam diretamente na vida estatal, até a fusão completa de títulos bufos com o poder real do Esta-

[331] Na Rússia, no período entre 1565 e 1572, a *oprítchnina* era a guarda pessoal de Ivan, o Terrível: um instrumento de repressão utilizado para o confisco de propriedades da nobreza e do clero e para execuções em massa contra possíveis traições ao poder do tsar. (N. da T.)

do (por exemplo, em relação a Romodánovski);[332] no início, o novo era introduzido na vida sob uma roupagem "divertida"; no decorrer das reformas, uma série de seus aspectos se entrelaçou com elementos de travestimento e destronamento quase bufos (corte das barbas, vestimentas europeias e polidez). Entretanto, as formas carnavalescas na época de Pedro tinham um caráter mais importado do exterior; na época de Ivan, o Terrível, essas formas eram mais populares, vivas, complexas e contraditórias.

Desse modo, a liberdade externa das formas festivo-populares era inseparável da sua liberdade interior e de todo o seu conteúdo positivo de visão de mundo. Elas apresentavam um *novo aspecto positivo do mundo* e ao mesmo tempo *davam direito a sua expressão impune*.

O sentido da visão de mundo das formas e das imagens festivo-populares já foi esclarecido anteriormente e não voltaremos a ele. Contudo, agora também ficam claras as funções específicas dessas formas no romance de Rabelais.

Essas funções específicas ficarão ainda mais claras à luz daquele problema da qual se ocupou toda a literatura renascentista. A época buscava as condições e formas que possibilitassem e justificassem *a liberdade e a franqueza máximas do pensamento e da palavra*. Ao mesmo tempo, *o direito externo* (por assim dizer, da censura) e o *interno* a essa liberdade e franqueza não se separavam um do outro. É claro, naquela época a franqueza não era compreendida em um sentido subjetivo estreito, como "sinceridade", "verdade da alma", "intimidade" etc.; a época era muito mais séria do que tudo isso. Tratava-se de uma franqueza completamente objetiva, de todo o povo, barulhenta e da praça, que concernia a todos e a tudo. Era necessário colocar o pensamento e a

[332] Fiódor Romodánovski (*c.* 1640-1717) foi um político russo que governava o país quando Pedro, o Grande, se ausentava. Em 1694 foi designado como generalíssimo do "exército de diversão". (N. da T.)

palavra em condições tais que o mundo mostrasse seu outro lado, aquele que estava oculto, do qual não se falava nada ou não se falava o essencial, que não se encaixava nas palavras e formas da cosmovisão dominante. Nos campos do pensamento e da palavra, procuravam pelas Américas, queriam descobrir antípodas, tentavam espiar a metade ocidental do globo terrestre, perguntavam "o que está sob nós?". O pensamento e a palavra buscavam uma nova realidade além do horizonte visível da cosmovisão dominante. Muitas vezes as palavras e os pensamentos eram deliberadamente revirados, com o propósito de descobrir o que de fato se encontrava por trás deles, qual era o seu avesso. Buscavam uma posição a partir da qual fosse possível vislumbrar o outro lado das formas dominantes do pensamento e das avaliações, e olhar o mundo de uma nova maneira.

Boccaccio foi um dos primeiros a colocar esse problema com plena consciência. A peste que emoldura o *Decamerão* tinha de criar as condições necessárias para a franqueza e a informalidade da fala e das imagens. Na conclusão do *Decamerão*, Boccaccio enfatiza terem ocorrido as conversas que serviram de base para seu livro "não na igreja, cujos assuntos devem ser discutidos nos mais puros pensamentos e palavras [...] e não nas escolas de filosofia [...] mas nos *jardins, nos lugares de diversão*, entre mulheres jovens, apesar de já maduras e não manipuláveis com histórias enganosas, e *numa época* em que até as pessoas mais honradas não consideravam indecoroso *andar com as calças na cabeça* em nome da sua salvação".

Em outra passagem (no fim do sexto dia), um dos participantes das conversas, Dioneu, diz: "Será que vocês não sabem que devido à desgraça de nossa época *os juízes abandonaram os tribunais, tanto as leis divinas quanto as humanas estão caladas*, e todos têm uma ampla liberdade com o objetivo de preservar a vida? Portanto, se nas conversas a sua honestidade se encontrar em *limites um pouco mais livres*, isso não se dará para que ocorra algo obsceno nas ações, mas para agradar a si mesmo e aos outros".

O fim dessas palavras está permeado de evasivas e atenuações características de Boccaccio, mas o seu início revela com correção o papel da peste em seu projeto: ela dá direito a uma palavra outra, a uma abordagem outra da vida e do mundo, onde não só todas as convenções caíram, mas também as leis "tanto as divinas quanto as humanas estão caladas". A vida saiu do seu curso habitual, a teia da convenção foi rompida, todas as fronteiras oficiais e hierárquicas foram aniquiladas, e criou-se uma atmosfera específica, que dava tanto o direito externo quanto o interno à liberdade e à franqueza. Até a pessoa mais honrada poderia vestir "as calças na cabeça". Por isso o problema da vida é aqui discutido "não na igreja" e "não nas escolas de filosofia", mas "nos lugares de diversão".

Nesse caso, falamos das funções específicas da imagem da peste no *Decamerão*: ela dá aos interlocutores e ao autor o direito tanto externo quanto interno a uma especial franqueza e a uma liberdade absoluta. Além disso, a peste, como uma imagem condensada da morte, é um ingrediente necessário de todo o sistema de imagens do *Decamerão*, em que o baixo material e corporal renovador desempenha um papel decisivo. O *Decamerão* é a conclusão italiana do realismo grotesco e carnavalesco, mas em sua forma mais pobre e superficial.

Outra resolução para esse mesmo problema foi o tema da loucura ou da tolice do protagonista. Buscava-se uma libertação exterior e interior em relação a todas as formas e dogmas de uma cosmovisão moribunda, mas ainda dominante, a fim de olhar o mundo com outros olhos e vê-lo de maneira diferente. A loucura ou a tolice do personagem (é claro, no sentido ambivalente dessas palavras) davam direito a tal visão.

A solução rabelaisiana desse mesmo problema é o apelo imediato às formas festivo-populares. Elas conferiam tanto ao pensamento quanto à palavra a liberdade externa e interna mais radical, porém ao mesmo tempo a mais positiva e significativa.

* * *

A influência do carnaval — no sentido mais amplo dessa palavra — foi enorme em todas as épocas do desenvolvimento da literatura, mas, na maioria dos casos, essa influência foi latente, indireta e de difícil percepção; já na época do Renascimento, ela foi não só extraordinariamente forte, mas também direta, imediata e expressa com bastante nitidez mesmo nas formas externas. Por assim dizer, o Renascimento é uma carnavalização direta da consciência, da cosmovisão e da literatura.

A cultura oficial da Idade Média foi desenvolvida ao longo de muitos séculos e teve o seu período criativo heroico, abrangendo e permeando tudo — envolvia e enredava o mundo inteiro e todos os cantos da consciência humana —, além de ter sido apoiada por uma organização tão única em seu gênero como a Igreja Católica. Na época do Renascimento, a formação feudal tinha acabado, mas o poder de sua ideologia sobre a consciência ainda era muito forte.

Em que os ideólogos do Renascimento poderiam se apoiar em sua luta contra a cultura oficial da Idade Média? Afinal, a luta deles era poderosa e vitoriosa. Por si sós, as fontes livrescas antigas não poderiam, é claro, servir de apoio suficiente. A Antiguidade podia ser percebida também (e, de fato, foi percebida por muitos) pelo prisma da visão de mundo medieval. A fim de descobrir a Antiguidade humanista, foi necessário um esforço para libertar a consciência da época do poder milenar das categorias do pensamento medieval e dominar uma posição do outro lado da cultura oficial, sair do eixo secular do desenvolvimento ideológico.

Esse apoio só podia ser dado pela poderosa cultura do riso popular, que se formou durante milênios. As figuras progressistas do Renascimento estiveram diretamente envolvidas nessa cultura e sobretudo na sua vertente carnavalesca festivo-popular, à qual dedicamos o presente capítulo. O carnaval (repetimos, no sentido mais amplo dessa palavra) libertou a consciência do poder da cosmovisão oficial, permitiu olhar o mundo de uma nova maneira: sem medo, sem reverência, de modo absolutamente crítico, mas ao mesmo tempo sem niilismo e pelo viés positivo, pois revelou o princípio material e excedente do mundo, sua formação e alternância, a natureza inelutável e o eterno triunfo do novo, bem como a imortalidade do povo. Foi um poderoso apoio para o ataque contra a era gótica e para o desenvolvimento das bases da nova cosmovisão. É precisamente a carnavalização da consciência que temos abordado: uma libertação completa da seriedade gótica, com vistas a abrir caminho a uma seriedade nova, livre e sóbria.

Em uma de suas resenhas, Dobroliúbov expressou uma notável ideia: "É preciso desenvolver na alma *a firme convicção da necessidade e da possibilidade de um completo êxodo da atual ordem da vida*, a fim de ganhar força para retratá-la de forma poética".[333]

Na base da literatura progressista do Renascimento estava precisamente "a firme convicção da necessidade e da possibilidade de um completo êxodo da atual ordem da vida". Apenas graças à convicção da necessidade e da possibilidade *da alternância radical e da renovação de todo o existente*, os criadores do Renascimento puderam ver o mundo assim como eles o viram. Contudo, é essa convicção que permeia toda a cultura popular do riso, não como uma ideia abstrata, mas como uma cosmovisão viva e determinante de

[333] Nikolai Dobroliúbov, "Stikhotvoriénia Ivana Nikítina" ["Poemas de Ivan Nikítin"], *Obras reunidas em nove volumes*, v. 6, Leningrado, Goslitizdat, 1963, p. 167.

todas as formas e as imagens dessa cultura. A cultura oficial da Idade Média, com todas as suas formas, imagens e todo o seu sistema abstrato de ideias levou à convicção oposta da inviolabilidade e imutabilidade da ordem de mundo e da verdade existentes, ou seja, da imortalidade e da imutabilidade gerais de tudo o que existe. Na época do Renascimento, essa convicção ainda era potente e não podia ser superada por meio do pensamento individual ou do estudo de gabinete das fontes antigas (estudo não iluminado pela "consciência carnavalesca"). Só a cultura popular poderia fornecer um autêntico fundamento.

É por isso que, em todas as grandes obras do Renascimento, percebemos com nitidez a atmosfera carnavalesca que as permeia e o vento livre da praça festivo-popular. A própria construção e a lógica peculiar de suas imagens revelam sua base carnavalesca, embora não com tanta clareza e nitidez externas como em Rabelais.

Uma análise semelhante à realizada por nós no presente capítulo em relação a Rabelais permitiria revelar o aspecto carnavalesco essencial também na organização do drama shakespeariano. Não se trata apenas do segundo plano, bufo, de seus dramas. A lógica carnavalesca dos destronamentos-coroações — tanto de maneira direta quanto velada — organiza ainda seu plano sério. Entretanto, o principal é a "convicção da possibilidade de um completo êxodo da atual ordem da vida" que permeia o drama shakespeariano e determina seu realismo destemido e extremamente sóbrio (mas que não se transforma em cinismo), bem como seu adogmatismo absoluto. Esse *pathos* carnavalesco de alternâncias e renovações radicais é a base da cosmovisão de Shakespeare. Isso lhe permitiu ver, na própria realidade, a grande alternância de épocas e ao mesmo tempo compreender as limitações dessa alternância.

Em Shakespeare, há muitas manifestações externas da natureza carnavalesca: imagens do baixo material e corporal, obscenidades ambivalentes, imagens populares de banquete etc. (já abordadas na Introdução).

A base carnavalesca do *D. Quixote* de Cervantes, bem como de suas novelas, é inegável: o romance é diretamente organizado como um ato carnavalesco complexo, com todos os seus acessórios externos. A profundidade e a coerência do realismo de Cervantes também são determinadas pelo puro *pathos* carnavalesco das alternâncias e renovações.

A literatura renascentista ainda carece de um estudo especial à luz das formas carnavalescas festivo-populares *devidamente compreendidas*.

* * *

O romance de Rabelais é a obra mais festiva de toda a literatura mundial. Ele encarnou a própria essência da festividade popular. É isso que faz com que ele se destaque tão nitidamente no contexto da literatura sério-cotidiana e oficial-solene dos séculos seguintes, sobretudo da literatura do século XIX. É por isso que é impossível compreender Rabelais do ponto de vista da concepção de mundo estritamente *não festiva*, dominante nesse século.

Não obstante, nas condições da cultura burguesa a festividade apenas se estreitou e se distorceu, mas não morreu. A festa é uma categoria primária e indestrutível da cultura humana. Ela pode empobrecer e até degenerar, mas não pode desaparecer por completo. A festa privada e doméstica de uma pessoa da época burguesa ainda preserva, de maneira distorcida, uma autêntica natureza festiva: durante a festa, as portas da casa estão abertas para os convidados (no limite para todos, para o mundo inteiro), tudo é mais abundante (a comida, a roupa festiva, a decoração do ambiente), são preservados, é claro, os votos festivos de prosperidade (mas com uma perda quase total da +), os brindes festivos, os jogos, as fantasias, o riso *alegre*, as piadas, as danças etc. A festa não se sujeita a nenhuma interpretação utilitária (como o descanso, o relaxamento etc.). A festa liberta de todo utilitarismo e praticidade; é uma saída temporária para um mundo utópico. Também é impossível reduzir a festa a certo conteúdo limitado (por exemplo, a um evento histórico por ela comemorado), pois ela transgride os limites de qualquer conteúdo restrito. Não se pode separar a festa da vida, do corpo, da terra, da natureza, do cosmos. Durante a festa, mesmo "o Sol brinca no céu". Instaura-se uma espécie de "tempo festivo" específico.[334] De um modo imperfeito, tudo isso é preservado também nas festas da época burguesa.

Na filosofia ocidental dos últimos anos, e mais precisamente na antropologia filosófica, empreenderam-se tentativas de revelar a específica cosmovisão (o humor festivo) do ser humano e o específico aspecto festivo do mundo, a fim de usá-lo na superação da concepção pessimista do existencialismo. No entanto, a antropologia filosófica com seu método fenomenológico, alheio à historicidade e à sociabilidade genuínas, não pode solucionar essa tarefa; além disso, ela se orienta para a imperfeita festividade da época burguesa.[335]

[334] Uma tarefa interessante seria analisar os étimos e os matizes dos significados das palavras que denotam a festa em diferentes línguas, bem como pesquisar as imagens festivas na linguagem popular, no folclore e na literatura de ficção: em sua totalidade, elas formam um quadro íntegro do mundo festivo e do universo festivo.

[335] A mais interessante tentativa de revelar a visão de mundo festiva do ser humano foi feita no livro de Otto Friedrich Bollnow, *Neue Geborgenheit: das Problem einer Überwindung des Existentializmus* [*Nova sensação de segurança: o problema da superação do existencialismo*], Stuttgart, W. Kohlhammer, 1955. No fim do livro, há um estudo específico adicional sobre a festa: "Zur Anthropologie des Festes", pp. 195-243. O autor não se baseia em material histórico, não faz distinção entre festas populares (carnavalescas) e oficiais, ignora o aspecto cômico do mundo, a natureza popular e utópica da festa. Apesar disso, o livro de Bollnow tem muitas observações valiosas.

Capítulo 4

As imagens de banquete em Rabelais

"Aqui temos diante de nós algo bastante sublime: a magnífica imagem encarna o princípio da nutrição, que sustenta o mundo todo e que preenche toda a natureza."

Goethe (a respeito da *Vaca* de Míron)

As imagens de banquete no romance de Rabelais, ou seja, as imagens de comida, de bebida, de devoração, estão diretamente ligadas às formas festivo-populares que analisamos no capítulo precedente. Na verdade, não se trata da comida e da bebida cotidianas nem particulares de indivíduos isolados. Trata-se de uma *comida de banquete festivo-popular* e, em última instância, "*do banquete para todo mundo*". A potente tendência à *abundância* e à universalidade popular está presente em cada imagem de comida e bebida de Rabelais, determinando a representação dessas imagens, *seu hiperbolismo positivo e seu tom solene e alegre*. Essa tendência à abundância e à universalidade popular é uma espécie de levedura, misturada com todas as imagens da comida; com essa levedura, as imagens sobem, crescem e incham excessiva e desmesuradamente. Todas as imagens da comida em Rabelais se assemelham às linguiças e pães grandiosos que costumavam ser carregados com solenidade nos desfiles de carnaval.

As imagens de banquete se combinam de maneira orgânica com todas as demais imagens festivo-populares. O banquete é um momento obrigatório em qualquer folia festivo-popular. Nenhum ato cômico pode prescindir dele. Vemos que, na casa de Basché, os caluniadores são espancados durante o banquete de casamento. A dilaceração de Taparrabo também ocorre quando os participantes da diabrura se reúnem em uma taverna para banquetear. É claro, tudo isso não é por acaso.

O papel das imagens de banquete no romance de Rabelais é enorme. Não há quase nenhuma página em que essas imagens não figurem, mesmo que na forma de metáforas e epítetos emprestados do campo da comida e da bebida.

As imagens de banquete estão relacionadas de modo estreito às imagens do corpo grotesco. Às vezes é difícil traçar uma fronteira nítida entre elas, de tão orgânica e essencialmente inter-relacionadas, por exemplo, no episódio analisado da festa do abate do gado (a combinação do corpo devorador e devorado). Se retornarmos ao primeiro livro do romance (do ponto de vista cronológico) — *Pantagruel* —, veremos de imediato como essas imagens estão indissoluvelmente entrelaçadas entre si. O autor conta como a terra, após o assassinato de Abel, *absorveu* seu sangue e, portanto, se tornou muito fértil. Em seguida, as pessoas comem as bagas de corniso, daí o *crescimento* desmesurado dos seus *corpos*. O *motivo da boca escancarada* — dominante em *Pantagruel* — e o *motivo da deglutição* a ele relacionado se encontram bem na fronteira das imagens do corpo e das imagens da bebida e da comida. Em seguida, do *ventre escancarado* da mãe de Pantagruel em trabalho de parto sai uma carroça com *salgadinhos*. Desse modo, vemos o quão indissoluvelmente relacionadas estão as imagens da comida com as imagens do corpo e da força reprodutiva (fertilidade, crescimento, parto).

Examinemos o papel das imagens de banquete em todo o romance.

Todas as primeiras façanhas de Pantagruel, realizadas por ele ainda no berço, são *façanhas de comida*. A imagem do assado no espeto é central no episódio turco de Panurgo. Acabam em banquete o episódio do litígio entre Beijacu e Chuparrabo, assim como o episódio com Taumasto. Vimos o enorme papel que o banquete desempenha no episódio da queima dos cavaleiros. Todo o episódio da guerra com o rei Anarco é permeado por imagens de banquete e sobretudo por imagens de bebedeira, que se torna quase a principal arma da guerra. O episódio da visita de Epistemão ao reino do além é igualmente repleto de imagens de banquete. Todo o episódio da guerra com Anarco termina com um banquete popular saturnalesco na capital dos amaurotes.

O papel das imagens de banquete não é menos importante também em *Gargântua*, o segundo livro do romance (do ponto de vista cronológico). A ação começa com um banquete na festa do abate do gado. As imagens da comida no episódio da educação de Gargântua desempenham um papel essencial. Quando Gargântua retorna para casa no início da guerra picrocolina, Grangorja organiza um banquete em que é apresentada uma lista detalhada de pratos e de caça. Vimos o papel desempenhado pelo pão e pelo vinho no enlace da guerra picrocolina e no episódio do massacre no vinhedo do mosteiro. Esse livro é particularmente rico em todo tipo de metáforas e comparações emprestadas do campo da comida e da bebida. O livro termina com as palavras: "*Et grand chère!*" ["Banquete para todo mundo!"].[336]

No *Terceiro livro* do romance, há menos imagens de banquete, mas ainda assim elas estão presentes e espalhadas em diversos episódios. Ressaltemos que a consulta de Panurgo ao teólogo, ao médico e ao filósofo ocorre durante um almoço: a temática de todo o episódio — uma discussão livre sobre a natureza das mulheres e sobre as questões do casamento — é típica de "conversas à mesa".

[336] Chama a atenção a quase completa ausência de imagens de banquete no episódio da abadia de Telema. Todas as dependências da abadia são indicadas e descritas em detalhes, mas, por mais estranho que pareça, a cozinha foi esquecida, não sobrando lugar para ela em Telema.

O papel das imagens de banquete no *Quarto livro* se intensifica de novo. Essas imagens são dominantes no episódio carnavalesco da guerra de linguiças. No episódio com os gastrólatras do mesmo livro, há a mais extensa enumeração de pratos e bebidas da literatura mundial. Aqui também aparece a famosa glorificação de Gaster e suas invenções. A deglutição e a comida desempenham um papel significativo no episódio com o gigante Rasanareba (*Bringuenarilles*) e no episódio com a "ilha dos ventos", onde as pessoas se alimentam exclusivamente de vento. Nele, há um capítulo dedicado aos "monges na cozinha". Por fim, o livro termina com um banquete em um navio, por meio do qual Pantagruel e seus companheiros "corrigem o tempo". As últimas palavras do livro, que concluem o longo discurso escatológico de Panurgo, são: "Bora beber!". Essa também é a última palavra do romance escrita pelo próprio Rabelais.

Qual é o significado de todas essas imagens de banquete no romance?

Já dissemos que elas estão indissoluvelmente ligadas às festas, aos atos cômicos, à imagem grotesca do corpo; além disso, estão relacionadas de modo mais essencial *com a palavra, com a conversa sábia, com a verdade alegre*. Por fim, observamos uma tendência inerente à abundância e à natureza popular. Como pode ser explicado o papel tão excepcional e universal das imagens de banquete?

A comida e a bebida são algumas das manifestações mais importantes da vida do corpo grotesco. As particularidades desse corpo são seu caráter aberto, inconcluso, sua interação com o mundo. *No ato de comer*, essas particularidades se manifestam com total clareza e concretude: aqui o corpo ultrapassa os seus limites, ele engole, absorve e dilacera o mundo, o suga para dentro de si, se enriquece e cresce à sua custa. *O encontro do ser humano com o mundo*, que ocorre em uma boca escancarada, roedora, dilaceradora e mastigante, é um dos enredos mais antigos e importantes do pensamento e da imagética humana. Aqui o ser humano prova o mundo, sente seu gosto, o introduz em seu corpo, tornando-o uma parte de si. A consciência humana a despertar não poderia deixar de se concentrar nesse momento, de extrair dele uma série de imagens essenciais e determinantes da relação entre o ser humano e o mundo. *Esse encontro com o mundo no ato de comer era alegre e jubiloso*. Nele, *o ser humano triunfava sobre o mundo*, o devorava e não era por ele devorado; a fronteira entre ele e o mundo se apagava em um sentido positivo para o ser humano.

No antigo sistema de imagens, a comida estava estreitamente ligada ao *trabalho*. Ela encerrava o trabalho e a luta, era o coroamento e a vitória deles. *O trabalho triunfava na comida*. O encontro e a luta do ser humano com o mundo por meio do trabalho terminava em comida, ou seja, no devorar da parte conquistada do mundo. Como *última e vitoriosa etapa do trabalho*, a comida costuma substituir no sistema de imagens todo o processo de trabalho. De modo geral, em sistemas de imagens mais antigos, não poderia haver fronteiras nítidas entre a comida e o trabalho: eram dois lados de um mesmo fenômeno, isto é, da luta do ser humano com o mundo, que terminava com a vitória do ser humano. É necessário destacar que o trabalho e a comida eram coletivos; toda a sociedade participava deles em pé de igualdade. Essa comida coletiva, como um momento conclusivo do processo de trabalho também coletivo, não é um ato biológico animal, mas um acontecimento social. Se a comida for separada do trabalho, o qual ela conclui, e for percebida como um fenômeno particular e cotidiano, nada restará das imagens do encontro do ser humano com o mundo, da devoração do mundo, da boca escancarada, da relação essencial da comida com a palavra e com a verdade alegre, a não ser uma série de metáforas forçadas e sem sentido. No entanto, no sistema de imagens do *povo trabalhador*, que continua a conquistar sua vida e comida na luta laboral, que continua a devorar *a par-*

te do mundo há pouco conquistada e dominada, as imagens de banquete conservam sua importância, seu universalismo, sua relação essencial com a vida, a morte, a luta, a vitória, o triunfo e o renascimento. É por isso que, em seu significado universal, essas imagens continuaram a viver em todos os campos da criação popular. Elas continuaram a se desenvolver, se renovar e se enriquecer com novos matizes de significados; elas continuaram a estabelecer novas relações com novos fenômenos. Elas cresceram e se renovaram junto com o povo que as criara.

Portanto, as imagens de banquete não foram, em absoluto, resquícios mortos de épocas extintas; resquícios, por exemplo, do período inicial da caça, quando durante a caça coletiva o animal capturado era dilacerado e devorado coletivamente, como afirmam alguns etnólogos e folcloristas. Tais ideias simplistas sobre a caça primitiva dão uma maior visibilidade e uma aparente clareza às explicações para a origem de uma série de imagens de banquete ligadas à dilaceração e à deglutição. Contudo, mesmo as mais antigas imagens de banquete que chegaram até nós (assim como as imagens do corpo grotesco) são muito mais complexas do que essas ideias primitivas sobre o primitivo: elas são profundamente conscientes, intencionais, filosóficas, ricas em matizes e relações vivas com todo o contexto circundante; elas não se parecem de forma alguma com os resquícios mortos de cosmovisões esquecidas. A vida dessas imagens tem um caráter muito diferente nos cultos e rituais dos sistemas oficiais religiosos. De fato, nesse caso é registrado de maneira sublimada o estágio mais antigo de desenvolvimento dessas imagens. Entretanto, no sistema festivo-popular, essas imagens percorreram um caminho milenar de desenvolvimento e renovação, e, na época de Rabelais, assim como nos séculos seguintes, continuaram sua vida consciente e artisticamente produtiva.

* * *

Essas imagens de banquete tiveram uma vida especialmente rica no realismo grotesco. É aqui que se devem procurar as principais fontes das imagens de banquete rabelaisianas. A influência do antigo *simposium* tem uma importância secundária.

Como havíamos dito, no ato de comer, as fronteiras entre o corpo e o mundo são superadas num sentido positivo para o corpo: este triunfa sobre o mundo, sobre o inimigo, celebra a vitória sobre ele, cresce à sua custa. O momento do triunfo vitorioso é inerente a todas as imagens de banquete. O ato de comer não pode ser triste. A tristeza e a comida são incompatíveis (mas a morte e a comida são perfeitamente compatíveis). *O banquete sempre celebra a vitória*: isso é parte de sua própria natureza. *A celebração do banquete é universal: é o triunfo da vida sobre a morte*. Nessa relação, ele equivale *à concepção e ao nascimento*. Ao tomar para si o mundo vencido, o corpo vitorioso *se renova*.

Por isso, na criação popular, o banquete, enquanto celebração da vitória e renovação, com muita frequência desempenha a *função de conclusão*. Nesse caso, ele equivale ao *casamento* (o ato reprodutivo). É bem comum que os dois finais conclusivos se fundam na imagem do "banquete de casamento", com o qual também costumam finalizar as obras populares. Ocorre que o "banquete", o "casamento" e o "banquete de casamento" não são um final abstrato e puro, mas justamente uma *conclusão sempre prenhe de um novo início*. É característico que, na criação popular, a morte nunca seja uma conclusão. Mesmo quando a morte aparece no final, ela é seguida de um *rito funerário* (ou seja, um banquete funerário, com o qual, por exemplo, termina a *Ilíada*); o rito funerário é a autêntica conclusão. Isso se deve à ambivalência de todas as imagens da criação popular: o final deve estar prenhe de um novo início, assim como a morte é prenhe de um novo nascimento.

A natureza vitoriosa e triunfante de qualquer banquete faz com que ele não seja apenas uma conclusão adequada, mas também uma moldura não menos adequada para uma série de acontecimentos essenciais. Por isso também em Rabelais o banquete ora conclui, ora serve de moldura aos acontecimentos (por exemplo, o espancamento dos caluniadores).

No entanto, o *banquete* tem um significado especialmente importante *como uma moldura essencial para a palavra sábia, o discurso e a verdade alegre*. Entre a palavra e o banquete existe uma relação primordial. De forma mais nítida e clássica, essa relação aparece no *simposium* antigo. Porém, mesmo o realismo grotesco medieval conhecia a tradição muito peculiar do *simposium*, ou seja, da palavra no banquete.

É tentador buscar a gênese dessa relação entre a comida e a palavra no próprio berço da palavra humana. Todavia, mesmo se fosse possível estabelecer essa "gênese última" com um certo grau de probabilidade, ela seria pouco útil para a compreensão da vida e da concepção posteriores dessa relação. Afinal, para os antigos autores de *simposium* — Platão, Xenofonte, Plutarco, Ateneu, Macróbio, Luciano e outros —, essa relação entre a palavra e o banquete não era um resquício morto, mas um pensamento vivo. Em Rabelais, seu herdeiro e concluinte, essa relação era igualmente viva e consciente no *simposium* grotesco.[337]

No prólogo de *Gargântua*, Rabelais fala abertamente dessa relação:

> Pois na composição deste livro magistral, eu não perdi nem empreguei mais tempo que o deter-

[337] É claro que, embora em uma forma empobrecida, a tradição do *simposium* grotesco continuou a viver; nós a encontramos em uma série de fenômenos do século XIX (por exemplo, nas conversas à mesa de Beethoven); em essência, ela sobreviveu até nossos dias.

minado para minha refeição corporal, a saber, para beber e comer. Essa é a hora mais certa para escrever elevados assuntos e ciências profundas. Como bem sabiam Homero, parágono de todos os filólogos, e Ênio, pai dos poetas latinos, segundo testemunha Horácio, embora um trolha tenha dito que seus carmes tinham mais cheiro de vinho que de azeite.

O mesmo disse um turlupino sobre os meus livros, mas pode ir à merda. O odor do vinho, ah, como ele é mais caro, claro, raro, mais celeste e delicioso que o do azeite! Quanta glória eu teria se dissessem de mim que mais vinho eu usei do que azeite, que nem Demóstenes, quando dele diziam que mais azeite do que vinho usava. Para mim é pura honra e glória ser reputado um *bon vivant* e bom parceiro, com esse nome eu sou bem-vindo a todas as rodas de pantagruelistas.[338]

No início, o autor faz uma depreciação deliberada dos seus escritos: escreve somente durante as refeições e, portanto, gasta muito pouco tempo com esses escritos, como se fossem brincadeiras e ninharias. Por isso, a expressão "elevados assuntos e ciências profundas" pode ser entendida em sentido irônico. Porém, essa depreciação é retirada em seguida ao se referir a Homero e a Ênio, que agiram da mesma maneira. A palavra à mesa é uma palavra lúdica e livre: se estendem a ela os direitos festivo-populares do riso e da bufonaria à liberdade e à franqueza. É esse gorro protetor de bufão que Rabelais põe em seus escritos. Mas, ao mesmo tempo, em sua essência, a palavra à mesa lhe agrada inteiramente. De fato,

[338] F. Rabelais, *Gargântua*, em *Pantagruel e Gargântua*, org., trad., apres. e notas de Guilherme Gontijo Flores, São Paulo, Editora 34, 2021, p. 214. Grifos de Bakhtin. (N. da T.)

ele prefere o vinho ao azeite: *afinal o azeite é um símbolo da seriedade reverente "da quaresma"*.

Rabelais estava convencido por completo de que a verdade[339] livre e sincera só pode ser enunciada na atmosfera do banquete e apenas no tom de conversas à mesa, pois, para além de quaisquer considerações prudentes, só essa atmosfera e esse tom correspondiam à própria essência da verdade, como a entendia Rabelais: *uma verdade interiormente livre, alegre e materialista*.

Além da seriedade falsa de todos os gêneros elevados e oficiais, Rabelais viu o poder e a verdade do passado em extinção: a de Picrócolos, Anarcos, Janotas, Taparrabos, briguentos e caluniadores, difamadores, carrascos, e todo tipo de agelastas, canibais (os que latiam em vez de rir), misantropos, hipócritas, fanáticos etc. Para ele, a seriedade era ora o tom da verdade em extinção e do poder condenado, ora o tom de uma pessoa fraca e atormentada por todas as formas de medo. Entretanto, o *simposium* grotesco, as imagens festivo-populares, carnavalescas e de banquete e, em parte, as "conversas à mesa" dos antigos proporcionaram a Rabelais o riso, o tom, o vocabulário e todo um sistema de imagens que expressavam sua nova compreensão da verdade. O banquete e as imagens de banquete foram o meio mais benéfico para a verdade absolutamente destemida e alegre. *O pão e o vinho* (o mundo vencido pelo trabalho e pela luta) *dispersam todo tipo de medo e libertam a palavra*. O encontro alegre e triunfante com o mundo no ato da comida e da bebida do ser humano vencedor, que devora o mundo sem ser por ele devorado, estava em profunda sintonia com a própria essência da cosmovisão rabelaisiana. Essa vitória sobre o mundo no

[339] Aqui e nos parágrafos seguintes, Bakhtin emprega o termo *ístina*, que também pode ser traduzido por "verdade absoluta", diferentemente da palavra *pravda*, que corresponde a uma "verdade particular, individual". (N. da T.)

ato de comer era concreta, tangível, material e corporal; sentia-se o próprio gosto do mundo vencido. O mundo alimenta e alimentará a humanidade. Além disso, nessa imagem de vitória sobre o mundo não havia nem um grau de misticismo, nem um grão de sublimação idealista-abstrata.

Tal imagem materializa a verdade e não permite que ela se aparte da terra, mas ao mesmo tempo preserva sua natureza universal e cósmica. Os temas e as imagens das "conversas à mesa" são sempre "matérias elevadas" e "questões profundas", mas elas, de uma ou de outra maneira, são destronadas e renovadas no plano material e corporal: as "conversas à mesa" são liberadas da exigência de observar as distâncias hierárquicas entre os objetos e os valores, elas misturam livremente o profano com o sagrado, o elevado com o baixo, o espiritual com o material; para elas, não existem *mésalliances*.

Nessa passagem, enfatizemos a oposição entre o vinho e o azeite. O azeite, como já dissemos, é o símbolo da seriedade oficial venerada, da "reverência e temor divinos". O vinho liberta do medo e da reverência. "A verdade está no vinho" é uma verdade livre e destemida.

É necessário observar mais um aspecto essencial: a relação específica da palavra de banquete com *o futuro e a glorificação-ridicularização*. Ainda hoje esse aspecto sobrevive nos discursos e brindes de banquete. Nele é como se a palavra pertencesse ao próprio tempo, que mata e gera vida em um único ato, por isso essa palavra é ambígua e ambivalente. Mesmo na forma mais rigorosa e restrita do *simposium* — em Platão e Xenofonte —, o elogio preserva a ambivalência e inclui a injúria (ainda que suavizada): ao glorificar Sócrates é possivel falar de sua aparência feia, e o próprio Sócrates pode glorificar a si mesmo (em Xenofonte) como alcoviteiro. A velhice e a juventude, a beleza e a feiura, a morte e o parto costumam se fundir aqui em uma imagem bifacetada. *Todavia, a voz festiva do tempo fala sobretudo do futuro*. O momento da celebração do banquete inevitavelmente assume a forma da antecipação de um futuro melhor. Com isso, atribui-se um caráter especial à palavra de banquete, que é liberta das correntes do passado e do presente. Na *Antologia de Hipócrates*, há um tratado "Sobre os ventos" (que Rabelais conhecia muito bem); nele é dada a seguinte definição da embriaguez no banquete: "O mesmo ocorre na embriaguez: devido a um aumento repentino de sangue, são transformados as almas e os pensamentos nela contidos, e as pessoas, ao esquecerem dos infortúnios presentes, cultivam esperanças em bênçãos futuras". Porém, esse utopismo da palavra de banquete, que ainda hoje sobrevive nos discursos e nos brindes, não se aparta da terra: o triunfo humano futuro se manifesta nas imagens materiais e corporais da abundância e da renovação do ser humano.

* * *

A significação e as funções das imagens de banquete no romance de Rabelais se tornam mais claras no contexto da tradição grotesca do *simposium*. Observemos os principais fenômenos dessa tradição.

A tradição grotesca se inicia pela famosa *Coena Cypriani*, ou seja, *A ceia de Cipriano*. A história da criação dessa obra peculiar permanece problemática. Sem dúvida, a *Coena* não tem nenhuma relação com São Cipriano, bispo de Cartago (que morreu em 258 d.C.), em cuja obra costuma ser incluída. Estabelecer o tempo de seu surgimento não é possível. Ela se situa entre os séculos V e VIII. Tampouco é claro o objetivo imediato e consciente proposto pelo autor da *Coena*. Alguns pesquisadores (por exemplo, Heinrich Brewer) afirmam que o autor tinha objetivos puramente didáticos e até mesmo mnemônicos: fixar na memória dos discípulos e dos crentes os nomes e os acontecimentos das Sagradas Escrituras; outros (Arthur Lapôtre) a consideravam uma paródia ao *Banquete* em homenagem à deusa Ceres de Juliano, o Apóstata; por fim, alguns (Paul Lehmann etc.) viam nela o desenvolvimento paródico do sermão do bispo Zenão de Verona. É preciso dizer algumas palavras sobre esse sermão.

O bispo Zenão de Verona compôs um sermão peculiar. Pelo visto, ele tinha o propósito de enobrecer um pouco aqueles banquetes desenfreados e não propriamente cristãos, aos quais seus paroquianos se entregavam durante a comemoração da Páscoa. Para tanto, Zenão fez uma seleção de todos os trechos da Bíblia e dos Evangelhos nos quais se fala da comida e da bebida na história sagrada, em outras palavras, fez uma seleção de todas as imagens de banquete das Sagradas Escrituras. Isso resultou em uma espécie de renovação do sagrado no plano material e corporal. Nesse sermão, há um elemento de *risus paschalis*, isto é, aquele riso e aquelas brincadeiras livres que, segundo a tradição antiga, eram permitidos nos sermões religiosos durante a Páscoa.

De fato, a *Coena Cypriani*, pelo seu conteúdo, lembra o sermão de Zenão, mas vai muito além dele. O autor da *Coena* faz uma seleção grandiosa não apenas de todas as imagens de banquete, mas, no geral, de todas as imagens *festivas* contidas na Bíblia e nos Evangelhos. Ele reúne todas essas imagens em um quadro de banquete, grandioso e repleto de movimento e de vida, com uma liberdade carnavalesca excepcional, ou mais precisamente, saturnalesca (a relação de *Coena* com as saturnálias é reconhecida por quase todos os pesquisadores). A obra se baseia na parábola evangélica sobre o rei que celebrou o casamento do seu filho (Mateus, 22, 1-14). Em um grandioso banquete, reúnem-se, como comensais, todos os personagens do Antigo e do Novo Testamentos: de Adão e Eva até Cristo. No banquete, eles ocupam lugares de acordo com as Sagradas Escrituras, estas utilizadas da mais extravagante maneira: Adão se senta no meio; Eva se senta na folha de figueira; Caim, no arado; Abel, no cântaro com leite; Noé, sobre a arca; Absalão, sobre galhos; Judas, no cofre com dinheiro etc. Os pratos e as bebidas servidos aos convidados são selecionados de acordo com o mesmo princípio: a Cristo, por exemplo, é servido vinho de uvas-passas, uma vez que este é chamado de "*passus*", e Cristo sofrera a "*passio*" (ou seja, a Paixão). Todos os demais momentos do banquete são construídos de acordo com o mesmo princípio grotesco. Depois do jantar (isto é, da primeira parte do banquete antigo), Pilates traz água para lavar as mãos; Marta, é claro, serve à mesa; Davi toca harpa; Herodes dança; Judas beija todo mundo; Noé, é claro, está completamente bêbado; Pedro (depois do banquete) não pega no sono por causa de um galo etc. No dia posterior ao banquete, todos trazem presentes ao anfitrião: Abraão, um carneiro; Moisés, duas tábuas; Cristo, um cordeiro, e assim por diante. Depois, é introduzido o motivo do roubo: se descobre que, durante o banquete, muitas coisas foram roubadas; começa uma busca pelos objetos roubados, e todos os convidados são tratados como ladrões, mas então, em expiação pela culpa de todos, matam apenas Agar, que é enterrada com solenidade. Esses são os principais momentos da construção e do conteúdo de *A ceia de Cipriano*, que inaugura a tradição literária do banquete na Idade Média.

A *Ceia* é uma brincadeira absolutamente livre com todas as pessoas, coisas, motivos e símbolos sagrados da Bíblia e dos Evangelhos. O autor dessa brincadeira não se detém diante de nada. A Paixão de Cristo, por uma semelhança puramente verbal, faz com que ele beba vinho de uvas-passas; todas as pessoas sagradas se revelam ladras etc. A excentricidade das vizinhanças e o inesperado das combinações das imagens sagradas são impressionantes; apenas Rabelais é capaz de competir com tais *mésalliances*. Todas as Escrituras Sagradas giram aqui em uma espécie de ciranda bufa. A Paixão de Deus, a arca de Noé, a folha da figueira de Eva, o beijo de Judas etc. se transformaram em alegres pormenores do banquete saturnalesco. O direito a essa liberdade excepcional foi concedido ao autor da *Ceia* pelas imagens de banquete, que ele escolheu como ponto de partida. Essas imagens, uma vez escolhidas, criaram a atmosfera para uma brincadeira absolutamente livre. A natureza material e corporal das imagens de banquete permitiu trazer para essa brincadeira quase todo o conteúdo das Sagradas Escrituras, possibilitando destroná-las e renová-las (nessa forma revitalizada, as imagens bíblicas podem ser de fato bem memorizadas). *O banquete tinha o poder de libertar a palavra das correntes da reverência e do medo divino*. Tudo se tornava acessível à brincadeira e à folia.

Destaquemos uma particularidade da *Ceia*: no banquete, reúnem-se personalidades das mais variadas épocas da história sagrada, ocorre uma espécie de reunião de toda a história, em que os seus representantes estão reunidos em torno da mesa do banquete. O banquete adquire o mais grandioso caráter universal. Enfatizemos ainda o tema do roubo, do sacrifício expiatório paródico (Agar) e do funeral paródico: tudo isso está intimamente ligado às imagens de banquete e, nos séculos subsequentes, retorna mais de uma vez às tradições do *simposium* grotesco.

A partir do século IX (quando ocorreu seu renascimento), *A ceia de Cipriano* gozou de grande sucesso e era distribuída tanto na sua versão original quanto em diversas variantes. Três variantes chegaram até nós: a do célebre abade de Fulda, Rabanus Maurus (855), do diácono João (877) e, por fim, de Asselin de Reims (início do século XI).

Rabanus Maurus foi um clérigo muito severo e ortodoxo, porém não viu nada de blasfemo na *Ceia* e fez uma redação resumida dela dedicada a Lotário II. Em sua dedicatória, ele supõe que a *Ceia* pode servir como uma leitura de diversão para o rei: *ad jocunditatem*. O diácono romano João transformou o texto da *Ceia* em um poema (a *Ceia* antiga era em prosa), acrescentando-lhe um prólogo e um epílogo. A partir do prólogo, fica claro que a obra de João se destinava a ser encenada em uma *festa escolar* durante a *recreação pascal*, e o epílogo evidencia que a *Ceia* fez um grande sucesso à *mesa de banquete* do rei Carlos, o Calvo. Esses fatos são bem característicos: eles testemunham como eram sagrados os direitos e as liberdades da *recreação* e do *banquete* no século IX. Para Rabanus Maurus (e outros contemporâneos seus), o banquete festivo justificava tal brincadeira com objetos sagrados, que, em outras condições, teria parecido uma terrível blasfêmia.

Os manuscritos da *Ceia* são muito numerosos em todos os séculos posteriores, o que indica a enorme influência desse *simposium* medieval. É típico que o universalismo histórico da *Coena* e algumas outras de suas particularidades se repitam na mais grandiosa obra de banquete do século XVI: em *O meio de prosperar na vida* [*Le Moyen de parvenir*], e ainda no *Sonho de Pantagruel*.[340] O *Sonho de Pantagruel* foi escrito sob a influência de Rabelais, e ele, por sua vez, determinou o principal conjunto de motivos do *Terceiro livro* do romance rabelaisiano.

A próxima obra da tradição medieval do banquete sobre a qual nos deteremos pertence ao século X. No assim chamado *Manuscrito musical de Cambridge*, há uma obra poética na qual é narrada a história de como um certo pícaro jura ao arcebispo de Mainz, Heriger, que conseguira visitar o inferno e o céu.[341] De acordo com sua história, Cristo *banqueteia* no céu, enquanto o apóstolo Pedro lhe serve como *cozinheiro* e João Batista, como *copeiro*. O pícaro teria conseguido roubar da mesa do banquete um pedaço de pulmão, que ele comeu. O arcebispo Heriger lhe impõe uma punição por esse roubo celestial. Essa pequena obra é bastante representativa da tradição do banquete medieval: aqui é tra-

[340] François Habert d'Issoudun, *Le Songe de Pantagruel*, Paris, Adam Soulnier, 1542.

[341] Essa "cômica visão além-túmulo" da coletânea cancional de Cambridge foi publicada em *The Cambridge Songs*, org. Karl Breul, Cambridge, Cambridge University Press, 1915, pp. 59-85.

vestida a Última Ceia; a imagem do banquete permite transferi-la para o plano material e corporal, introduzir detalhes culinários reais, transformar o apóstolo Pedro em um cozinheiro e assim por diante.

Nos séculos XI e XII, a tradição do banquete medieval se torna mais complexa devido ao surgimento do aspecto satírico. A esse respeito é muito reveladora uma obra do século XI chamada *Tratado de Garcia de Toledo*. Nessa obra é retratado um banquete infinito da cúria romana: o papa e os cardeais. O próprio papa bebe em um cálice de ouro; atormentado por uma sede insaciável, ele bebe por todos e por tudo: pela redenção das almas, pelos enfermos, por uma boa colheita, pela paz, pelos navegantes e viajantes etc. (Aqui há elementos de paródia a *ekteneiá*.)[342] Os cardeais não ficam atrás. As descrições desse banquete eterno, da sede e da ganância do papa e dos cardeais estão repletas de acentuados exageros e de longas enumerações-nomeações de natureza elogiosa e injuriosa (isto é, ambivalente). Como exemplo de sátira grotesca, essa obra costuma ser comparada com o romance rabelaisiano. O apetite descomedido do papa assume aqui dimensões cósmicas.

O *Tratado de Garcia* tem uma orientação satírica totalmente explícita contra a corrupção, a ganância e a degeneração da cúria romana. Exageradas quase a uma escala cósmica, as imagens de banquete têm aqui, ao que parece, um significado puramente negativo: trata-se de um "exagero do impróprio". Entretanto, a questão é bem mais complexa. As imagens de banquete, assim como todas as imagens festivo-populares, são ambivalentes. Aqui elas são de fato colocadas a serviço de uma tendência estritamente satírica e, portanto, negativa; mas, ao servi-la, essas imagens preservam também

[342] Trata-se de uma das principais partes da missa ortodoxa, que apresenta uma série de pedidos em forma de oração. Na Igreja Católica, há um gênero semelhante chamado ladainha. (N. da T.)

sua natureza positiva. É ela que produz os exageros, embora esses últimos sejam usados de maneira satírica. Nesse caso, a negação não é transferida para a própria matéria das imagens: ao vinho, à comida, à abundância. A própria matéria das imagens permanece positiva. Nessa obra não há uma tendência ascética séria e consequente. Lá onde existe tal tendência (por exemplo, muito comum na sátira protestante da segunda metade do século XVI), as imagens materiais e corporais inevitavelmente murcham, são apresentadas de forma seca e contida, e os exageros se tornam abstratos. Não é o que ocorre na obra analisada. Empregadas para fins satíricos, as imagens continuam a viver uma vida de banquete. Elas não se limitam à tendência à qual servem. Isso não prejudica em nada a sátira: o autor denuncia a cúria com bastante eficácia, mas ao mesmo tempo ele está sinceramente sob o domínio da força positiva das imagens de banquete. Essas imagens criam uma atmosfera livre, que permite ao autor travestir de modo paródico os textos litúrgicos e dos Evangelhos.

O fenômeno da duplicação da imagem tradicional (sobretudo festivo-popular) é muito comum em toda a literatura universal. A fórmula geral desse fenômeno é a seguinte: a imagem que se formou e se desenvolveu nas condições da concepção grotesca do corpo, ou seja, *do corpo coletivo e popular* é aplicada à *vida corporal, privada e cotidiana* das pessoas divididas em classes. No folclore, *banqueteiam o povo e seus representantes-substitutos* (os heróis e os gigantes); já no *Tratado de Garcia* banqueteiam papas e cardeais. Eles banqueteiam como heróis, embora não sejam heróis de modo algum. Banqueteiam não em nome do povo, mas à custa do povo e em seu detrimento. Quando a imagem é emprestada direta ou indiretamente do folclore, mas aplicada para caracterizar a vida das pessoas divididas em classes, e não de grupos populares, surge inevitavelmente essa específica contradição interna da imagem e sua tensão especial. É claro, nossa fórmula obrigatoriamente racionaliza e simplifica esse fenômeno: ele é complexo, rico em nuances e embates de tendências contraditórias; nele as extremidades não se unem, assim como elas em geral não se unem nem podem se unir na vida viva em devir. O pão roubado do povo não deixa de ser pão, e o vinho, apesar de o papa também o beber, é sempre magnífico. *O vinho e o pão* têm a sua lógica, sua própria *verdade*, sua *aspiração irresistível à abundância transbordante*, e ainda um *toque inesgotável de celebração e alegria vitoriosas*.

A *tendência à abundância*, que é inerente à imagem popular do banquete, colide e se entrelaça contraditoriamente com a *avidez e ganância individuais e de classe*. Tanto em um caso como em outro, há "muito" e "mais", mas seu sentido de cosmovisão e o tom valorativo são profundamente distintos. Na literatura de classes, as imagens de banquete são complexas e contraditórias; sua alma popular excedente e herdada do folclore é incompatível com o corpo individual, cotidiano, limitado e ganancioso. O mesmo caráter complexo e contraditório é revelado por outras imagens relacionadas às de banquete, como as de pança gorda, boca escancarada, falo grande e a imagem popular positiva de uma "pessoa saciada". A pança gorda dos demônios da fertilidade e dos heróis populares comilões (por exemplo, o Gargântua das lendas populares) se transforma na pança gorda do insaciável abade-simonista. A imagem vive uma vida bifurcada, complexa e contraditória entre esses limites extremos.

No século XVII, um dos representantes e mestres mais famosos da comicidade popular foi Guillaume, o Gordo (*Gros-Guillaume*, que foi um dos três turlupins).[343] Ele era muito gordo: "Precisou dar vários passos para alcançar o próprio umbigo". Usava cinto em dois lugares — sob o peito e sob a pança — e graças a isso seu corpo assumia a forma

[343] Trio cômico francês composto por Henri le Grand, Gaultier-Garguille e Gros-Guillaume, que atuava nos teatros de feira parisienses no século XVII. (N. da T.)

de um *barril de vinho*; seu rosto era todo coberto de *farinha*, que voava por todos os lados quando ele se movia e gesticulava. Desse modo, sua figura expressava *pão e vinho* em uma *encarnação corporal*. Essa abundância de bens terrenos que se movia em duas pernas fazia um tremendo sucesso entre o povo. Guillaume, o Gordo, é a alegre e popular utopia do banquete encarnada em uma forma humana, a "era de Saturno" que retornou à Terra. A santidade e a pureza de sua pança abundante não despertam, é claro, nenhuma dúvida. Outro exemplo é a barriguinha rechonchuda de mister Pickwick, que, sem dúvida, tem muito de Guillaume, o Gordo (mais precisamente de seus parentes ingleses — os palhaços populares); o povo inglês o aplaude e sempre o aplaudirá, mas essa barriguinha é muito mais contraditória e complexa do que o barril de vinho de Guillaume, o Gordo.

Na literatura universal, a natureza dupla e internamente contraditória das imagens populares dos banquetes ocorre nas mais diversas espécies e variações. Uma dessas variações é o *Tratado de Garcia* já analisado.

Abordaremos mais alguns fenômenos semelhantes pertencentes ao mesmo período da sátira de banquete medieval. Em *Os poemas latinos atribuídos a Walter Mapes*,[344] há a obra *Mestre Golias sobre um certo abade* (*Magister Golyas de quodam abbate*). Nela é representado o dia de um abade. Esse dia está repleto de acontecimentos exclusivos da vida material e corporal e sobretudo de comida e bebida em exagero. A representação de todos esses acontecimentos da vida corporal (o abade desconhece qualquer outra vida) tem um caráter claramente grotesco: tudo é exagerado ao extremo, aparecem muitas enumerações dos variados pratos devorados pelo abade. Logo no início são apresentados os vários modos de como o abade se alivia (assim ele começa seu dia).

[344] Cf. *The Latin Poems Commonly Attributed to Walter Mapes*, org. Th. Wright, Londres, Camden Society, 1841.

Aqui também as imagens materiais e corporais vivem uma complexa vida dupla. Nelas ainda continua a pulsar a vida daquele enorme corpo coletivo de cujo ventre nasceram.[345] No entanto, essa pulsação heroica é aqui fraca e intermitente, pois essas imagens estão apartadas daquilo que justificou seu crescimento, seu exagero e que as relacionou à abundância popular. A celebração do banquete de um "certo abade" é uma celebração roubada, uma vez que não conclui nada. A imagem positiva do "banquete para todo mundo" e a imagem negativa da gula parasitária se fundiram aqui em um todo internamente contraditório e intermitente.

Outra obra da mesma coletânea, *Apocalipse de Golias*, é construída da mesma maneira. Nesse caso, contudo, é enfatizado que o abade bebe um vinho bom e deixa o vinho ruim para seus monges. Ouvimos a voz de protesto de frei João, que acusa seu abade de beber o vinho bom, mas não quer e teme organizar a luta pelo vinhedo monasterial.

Na literatura recreativa latina dos séculos XII e XIII, as imagens de banquete, assim como as imagens associadas à força reprodutiva, costumam se concentrar em torno da figura de um monge bêbado, glutão e devasso. A imagem de

[345] "Mestre Golias" é apontado como autor dessa obra. É um nome dado a um libertino, a uma pessoa que saiu do fluxo normal da vida e extrapolou os limites da cosmovisão oficial; esse nome também era atribuído aos bêbados e pândegos, aos que jogam a vida fora. Como se sabe, os vagantes também eram chamados de "goliardos". Do ponto de vista etimológico, esses nomes eram interpretados de maneira dupla: por semelhança com a palavra latina "gula" (ganância) e por semelhança com o nome de Golias; ambas as interpretações coexistiam sem se contradizerem semanticamente. Os estudiosos italianos Ferdinando Neri e Filippo Ermini comprovaram a existência de um "ciclo de Golias" específico. Santo Agostinho e Beda opuseram o gigante bíblico Golias ao cristianismo, como uma espécie de personificação do princípio anticristão. Em torno da imagem de Golias se formaram lendas e canções sobre sua excepcional gula e bebedeira. Pelo visto, esse nome suplantou uma série de nomes de gigantes folclóricos locais que encarnavam o corpo grotesco.

tal monge é bastante complexa e intermitente. Em primeiro lugar, muito devoto à vida material e corporal, ele se encontra em flagrante contradição com o ideal ascético a que deveria servir como monge. Em segundo lugar, sua gula exagerada é um parasitismo de um aproveitador ocioso. Ao mesmo tempo, para os autores dessa obra ele acaba sendo o portador de um princípio positivo "pecaminoso": de comida, de bebida, de força reprodutiva, de alegria. Os autores dessas histórias reúnem em sua imagem todos os três aspectos simultaneamente: é impossível dizer onde termina o elogio e onde começa a reprimenda. Os autores estão longe de ser imbuídos do ideal ascético. A ênfase quase sempre recai sobre o aspecto pecaminoso dessas histórias. Ouvimos a voz de um clérigo democrático, que tenta glorificar os valores materiais e corporais, permanecendo ao mesmo tempo nos limites do sistema da cosmovisão religiosa. É claro, essas obras estavam relacionadas à recreação, à alegria festiva, aos dias gordos e às liberdades permitidas nesses dias.

Detenhamo-nos em uma história desse tipo, que gozava de grande popularidade. Seu conteúdo é muito simples: um monge passou noites com uma mulher casada, até que um dia o marido dessa mulher o pegou e o castrou. A simpatia dos autores dessa história tende para o lado do monge e não do marido. Ao caracterizar (de modo irônico) a "castidade" da personagem, costuma-se citar um número tão grande de seus amantes que supera qualquer probabilidade. Em essência, essa história nada mais é do que "uma farsa trágica sobre a morte de um falo monástico". A popularidade da história é evidenciada pela grande quantidade de manuscritos que chegaram até nós a partir do século XIII. Em uma série desses documentos, ela assume a forma de um "sermão alegre", e no século XV foi até apresentada na forma de "paixões". Assim, no códex parisiense, ela é chamada de "*Passio cuiusdem monachi*". Aqui, a história recebe contornos de uma leitura do Evangelho e se inicia com as palavras: "Naqueles tempos...". Em essência, são "paixões carnavalescas". Nos séculos XII e XIII, um dos temas mais comuns da literatura latina recreativa foi o das vantagens do clérigo sobre o cavaleiro nos assuntos amorosos. Por exemplo, da segunda metade do século XII foi preservada a obra *O concílio amoroso de Remiremont* [*Concilium Romarici Montis*], em que é retratado um concílio de mulheres. Nos discursos das participantes desse concílio são elogiadas as vantagens dos clérigos sobre os cavaleiros em assuntos amorosos. São análogas pela temática as numerosas obras do século XIII que descreviam os concílios e os sínodos do clero, reunidos para defender o direito dos clérigos a ter esposas e concubinas. Esse direito era provado por meio de uma série de referências paródicas aos Evangelhos e outros textos sagrados.[346]

Em todas essas obras, a figura do clérigo ou do monge se torna uma portadora contraditória da força reprodutiva e da abundância material e corporal. Assim, são antecipadas as imagens de frei João e em parte de Panurgo. Entretanto, desviamo-nos das próprias imagens de banquete.

Na mesma época, a tradição medieval dos banquetes se desenvolveu em mais duas vertentes: nas missas paródicas dos bêbados e na lírica latina dos vagantes. Esses fenômenos são bastante conhecidos e não requerem uma análise detalhada. Ao lado das missas paródicas dos bêbados ("*Missa de potatoribus*" ou "*Potatorum missa*") havia ainda as missas dos jogadores ("*Officium lusorum*"), e às vezes ambos os elementos — o vinho e o jogo — eram reunidos em uma única missa. Essas missas às vezes seguem com rigor o texto das missas religiosas originais. Nesse caso, as imagens do vinho e da bebedeira são quase completamente desprovidas de ambivalência. Por sua natureza, essas obras se aproximam das

[346] A disputa entre o clérigo e o cavaleiro também foi abordada em obras nas línguas vulgares (cf. o livro de Charles Oulmont, *Les Débats du clerc et du chevalier*, Paris, Honoré Champion, 1911).

superficiais travestias paródicas formais dos tempos modernos. Na poesia dos vagantes, as imagens do vinho, da comida, do amor e do jogo revelam sua relação com as formas festivo-populares. Há ainda a influência da antiga tradição das canções à mesa. Porém, de um modo geral, as imagens de banquete na poesia dos vagantes inauguram uma nova vertente do desenvolvimento lírico-individual.

Essa é a tradição do banquete na literatura recreativa e festiva em língua latina na Idade Média. É claro que a influência dessa tradição sobre Rabelais é incontestável. Além disso, as obras dessa tradição têm uma enorme importância elucidativa na condição de fenômenos próximos e paralelos.

Quais são as funções das imagens de banquete na tradição medieval caracterizada neste estudo?

Em todos os lugares — da *Ceia de Cipriano* e do sermão de Zenão até as tardias sátiras e paródias dos séculos XV e XVI —, as imagens de banquete *libertam a palavra*, dão um tom destemido e livre a toda a obra. No *simposium* medieval, ao contrário da Antiguidade, não há, na maioria dos casos, discursos e disputas filosóficos. Todavia, a obra inteira ou toda a sua massa verbal está repleta do espírito de banquete. O *jogo livre com o sagrado* é o principal conteúdo do *simposium* medieval. Contudo, não se trata nem de niilismo nem do prazer primitivo de rebaixar o elevado. Não compreenderemos o espírito do *simposium* grotesco se não considerarmos o aspecto profundamente positivo da *celebração vitoriosa* inerente a toda imagem de banquete de origem folclórica. A consciência da sua *força material e corporal puramente humana* preenche o *simposium* grotesco. O *ser humano não teme o mundo, ele o venceu e o devora*. Na atmosfera desse *devorar vitorioso*, o mundo adquire uma nova aparência: como uma colheita abundante, como uma cria farta. Dissipam-se todos os medos místicos (no banquete os fantasmas aparecem apenas para os usurpadores e os representantes do velho mundo moribundo). A palavra de banquete é ao mesmo tempo universalista e materialista. Por isso, o *simposium* grotesco traveste e rebaixa de maneira paródica toda vitória puramente ideal, mística e ascética sobre o mundo (ou seja, a vitória do espírito abstrato). No *simposium* grotesco medieval quase sempre há elementos do travestimento paródico da Última Ceia. Esses traços do *simposium* grotesco são preservados mesmo quando ele é subordinado às tendências estritamente satíricas.

A grande capacidade da comida e da bebida de libertar a palavra é testemunhada pela invasão, na linguagem do clero e dos escolásticos, de uma enorme quantidade de travestimentos orais, "coloquiais" e paródicos de textos sagrados relacionados à comida e à bebida. Tais travestimentos coloquiais da palavra sagrada ocorriam em todo banquete cotidiano. Textos sagrados, palavras litúrgicas, fragmentos de orações etc. virados ao avesso e rebaixados acompanhavam literalmente cada copo e cada pedaço de comida engolido. No romance de Rabelais, isso é evidenciado com nitidez na fala de frei João, mas em especial nas "Conversas dos bêbados" ["Palavras dos cozidos"]. Já citamos o testemunho correspondente de Henri Estienne. Todos esses travestimentos cotidianos à mesa (vivos ainda hoje) são um legado da Idade Média: trata-se de fragmentos do *simposium* grotesco.

Alguns contemporâneos de Rabelais — Calvino, Charles de Sainte-Marthe, [Hermann] Vultejus (Vultée) etc. — relacionam de modo direto as correntes e os humores ateístas e materialistas do seu tempo com a atmosfera à mesa; eles caracterizam essas correntes como uma espécie de "*libertinagem à mesa*".

Na Idade Média e na época de Rabelais, essa "libertinagem à mesa" tinha um caráter democrático. Em grande medida, também era assim a sua variante inglesa da época de Shakespeare: a libertinagem à mesa do círculo de Nashe e Robert Greene; na França, eram próximos a ele os poetas-libertinos: Saint-Amant, Théophile de Viau, d'Assoucy. Adiante, essa tradição à mesa assume formas de ateísmo e materialismo aristocráticos expressos com vivacidade na França do século XVII nas orgias de banquete do círculo de Vendôme.

O papel da palavra *de banquete*, liberta do medo e da reverência, não pode ser subestimado nem na história da literatura, nem na história do pensamento materialista.

Acompanhamos apenas a linha latina do *simposium* medieval. Contudo, as imagens de banquete desempenharam um grande papel tanto na literatura medieval em línguas vernáculas quanto na tradição oral popular. É enorme a importância das imagens de banquete em todas as lendas sobre os gigantes (por exemplo, na tradição oral das lendas sobre Gargântua e no livro popular sobre ele, que serviu como fonte direta para Rabelais). Houve um ciclo de lendas muito popular relacionado ao país utópico da gula e do ócio (por exemplo, o *fabliau* "Pays de Cocagne").[347] Encontramos o reflexo de lendas semelhantes em uma série de obras da literatura medieval. Por exemplo, no romance *Aucassin et Nicolette* é representado o país de Torlore, que é um "mundo às avessas". Nele, o rei dá à luz e a rainha comanda a guerra. Esta tem uma natureza puramente carnavalesca: luta-se com a ajuda de queijos, maçãs assadas e cogumelos (o rei parturiente e a guerra com alimentos são imagens tipicamente festivo-populares). No romance *Huon de Bordeaux*, é representado o país onde o pão nasce em abundância sem pertencer a ninguém. No livro intitulado *Viagem e navegação de Panurgo, discípulo de Pantagruel, a ilhas desconhecidas e maravilhosas* (1537),[348] é descrito um país utópico, em que as

[347] Publicado no *Recueil* de Méon, v. IV, p. 175 [*Fabliaux et contes des poètes françois des XIe, XIIe, XIIIe, XIVe et XVe siècles*, t. IV, Étienne Barbazan e Dominique Martin Méon (orgs.), Paris, B. Warée, 1808 (N. da T.)].

[348] Durante a vida de Rabelais, o livro foi reimpresso sete vezes, inclusive com outros títulos. Escrito sob a influência dos dois primeiros li-

montanhas são de manteiga e de farinha, os rios de leite, bolinhos quentes crescem como cogumelos direto da terra, e assim por diante.

Em Rabelais, encontramos o reflexo desse conjunto de lendas nos episódios da estadia de Alcofribas na boca de Pantagruel (o motivo do pagamento pela salvação) e no episódio da guerra das linguiças.[349]

As imagens de banquete desempenham um papel proeminente também na elaboração do tema mais popular da Idade Média: *A disputa do Carnaval com a Quaresma* (*La Dispute des Gras et des Maigres*). Esse tema foi interpretado com muita frequência e de diversas maneiras.[350] Rabelais também o desenvolveu em sua enumeração dos pratos magros e gordos oferecidos pelos gastrólatras ao seu deus, e no episódio da guerra das linguiças. A fonte de Rabelais foi um poema do final do século XIII, "A batalha da Quaresma com o comedor de carne" (no final do século XV, esse poema já era usado por Jean Molinet em sua obra *Debate entre o peixe e a carne* [*Débat du poisson et de la chair*]. No poema do sé-

vros do romance de Rabelais, essa obra, por sua vez, foi usada por ele em seu *Quarto livro* (o episódio da guerra com linguiças e o episódio com o gigante Rasanareba (*Bringuenarilles*).

[349] Hans Sachs em seu *Schlaraffenland* representa o país onde o ócio, a preguiça e a gula são respeitadas; aqui é recompensado aquele que se sobressai bem no ócio e na gula; quem luta com linguiças de fígado é consagrado para ser cavaleiro; ganha-se dinheiro para dormir etc. Nesse caso, vemos imagens semelhantes às de Rabelais: o episódio da guerra com linguiças e o episódio da estadia de Alcofribas na boca de Pantagruel. No entanto, em Hans Sachs há um forte tom moralizante, completamente estranho a Rabelais.

[350] Ele estava ainda bastante vivo no século XVI, como evidenciam os seguintes quadros de Pieter Bruegel, o Velho: as duas gravuras *Cozinha gorda* e *Cozinha magra*, o esboço *A batalha entre o Carnaval e a Quaresma* e, por fim, *O torneio entre a Quaresma e o Carnaval*; todas essas obras foram realizadas por volta de 1560.

culo XIII, é retratada a luta entre dois grandes governantes: um encarna a moderação, e o outro a comida gorda. É retratado o exército do "Comedor de Carne", composto por salsichas, linguiças etc.; aparecem ainda como participantes da batalha queijos frescos, manteiga, creme de leite e assim por diante.

Por fim, observemos a importância essencial das imagens de banquete nas *soties*, nas farsas e em todas as formas da comicidade popular da praça. Sabe-se que as figuras de bufos nacionais chegaram a emprestar seus nomes de pratos nacionais (Hans Wurst, Pikkelhering e outros).

No século XVI, houve a farsa *Mortos vivos*. Ela era encenada na corte de Carlos IX. Eis o seu conteúdo: um advogado que sofria de transtorno mental se imaginou morto; ele parou de comer e beber e ficou imóvel em sua cama. Com o propósito de curá-lo, um parente se apresentou como morto e ordenou ser colocado sobre a mesa como um defunto no quarto do advogado doente. Todos choram em torno do parente falecido, enquanto ele, deitado sobre a mesa, faz caretas tão hilárias que todos começam *a rir*, inclusive ele próprio. O advogado expressa seu espanto, mas o convencem de que os *mortos devem rir*; então ele também se obriga a rir, e este é o primeiro passo para a cura. Em seguida, o parente falecido, deitado sobre a mesa, começa *a comer e a beber*. Convencem o advogado de que *os mortos comem e bebem*; então ele começa a comer e a beber e se recupera por completo. Desse modo, *o riso, a comida e a bebida vencem a morte*. Esse motivo lembra a novela "Sobre a casta matrona de Éfeso" de Petrônio (presente em seu *Satiricon*).[351]

Na literatura medieval escrita e oral em línguas vernáculas, as imagens de banquete estão tão intimamente entre-

[351] Cf. o relato dessa farsa: Louis Guyon, *Les Diverses leçons de loys* [Lyon, A. Cloquemin, 1613], t. I, cap. 25.

laçadas com a imagem grotesca do corpo, que muitas dessas obras só serão analisadas no próximo capítulo, dedicado à concepção grotesca do corpo.

Algumas palavras sobre a tradição italiana do banquete. Nos poemas de Pulci, Berni e Ariosto, as imagens de banquete desempenham um papel essencial sobretudo nos dois primeiros. Esse papel é ainda mais significativo em Folengo, tanto em suas obras italianas quanto nas macarrônicas. As imagens de banquete e todo tipo de metáforas e comparações "comestíveis" assumem em sua obra um caráter até mesmo inoportuno. Na poesia macarrônica, o Olimpo é um país gordo com montanhas de queijo e mares de leite, nos quais flutuam bolinhos e patês; e as musas são as cozinheiras. Folengo descreve a cozinha dos deuses nos mínimos detalhes ao longo de 180 versos; o néctar é um cozido gorduroso de carne de porco com especiarias etc. O papel destronador e renovador dessas imagens é óbvio, assim como seu caráter enfraquecido e limitado: prevalecem os traços da paródia estritamente literária; a alegria vitoriosa e festiva de banquete degenerou; não há universalismo genuíno; o aspecto utópico popular está quase ausente. Não se pode negar certa influência de Folengo sobre Rabelais, mas ela concerne apenas aspectos superficiais e, de modo geral, não é significativa.

Essa é a tradição das imagens de banquete na Idade Média e no Renascimento, da qual Rabelais se tornou herdeiro e consumador. Em sua obra, prevalece o aspecto positivo, vitorioso-triunfante e libertador dessas imagens. A tendência à universalidade e abundância inerente a elas se revela aqui com plena força.

No entanto, Rabelais também conhece a imagem dos monges parasitas e glutões; esse aspecto das imagens de banquete aparece, por exemplo, no *Quarto livro*, no capítulo "Por que os monges curtem ficar na cozinha". Ao retratar o passatempo de Gargântua durante a sua educação no espírito escolástico, Rabelais mostra de uma perspectiva satírica até mesmo a gula do seu herói (aqui o passatempo do jovem Gargântua lembra bastante o dia de "um certo abade"). Porém, no romance de Rabelais, esse aspecto estritamente satírico possui uma significação bastante limitada e secundária.

A "glorificação de Gaster" tem um caráter complexo em Rabelais. Esse elogio, assim como os capítulos precedentes sobre os gastrólatras e suas imensuráveis oferendas de banquete para Gaster, é permeado pelo embate de tendências conflitantes. Nesse caso, a abundância do banquete se combina com a gula vazia dos gastrólatras, que veneram o ventre como um deus. O próprio Gaster "mandava esses macacos gordos [ou seja, os gastrólatras — M. B.] até o penico para ver, considerar, filosofar e contemplar a divindade que encontrariam na sua matéria fecal".[352] Contudo, tendo como pano de fundo essas imagens negativas da gula vazia (a negação, porém, não afeta os pratos e os vinhos servidos pelos gastrólatras), ergue-se a poderosa imagem do próprio Gaster, *o inventor e criador de toda a cultura técnica humana*.

Na literatura rabelaisiana é possível encontrar a afirmação de que, na glorificação de Gaster, se encontra o embrião do materialismo histórico. Isso é verdadeiro e falso. Não é possível falar dos primórdios do materialismo histórico em sentido estrito naquele estágio de desenvolvimento da história, quando Rabelais criava sua obra. Porém, de modo algum se deve ver aqui apenas o primitivo "materialismo do ventre". Gaster, inventor da agricultura, dos meios de armazenar grãos, das armas militares para proteção, dos meios de transporte, da construção das cidades e dos fortes, da arte de destruí-los e, em relação a isso, inventor também das ciências (matemática, astronomia, medicina etc.) — esse Gaster não é o ventre biológico de um animal, mas a encarnação das ne-

[352] F. Rabelais, *Quarto livro*, em *Terceiro, Quarto e Quinto livros de Pantagruel*, org., trad., apres. e notas de Guilherme Gontijo Flores, São Paulo, Editora 34, 2022, p. 464. (N. da T.)

cessidades materiais de um coletivo humano organizado. Esse ventre *estuda o mundo* para vencê-lo e subjugá-lo. Por isso, no elogio a Gaster soam ainda *tons vitoriosos e de banquete*, que no final da glorificação se transformam em uma fantasia tecnológica das futuras conquistas das invenções de Gaster. Não obstante, esses tons vitoriosos e de banquete se misturam com tonalidades de negação, pois ele é ganancioso, ávido e injusto: não só inventou a construção das cidades, mas também os meios de sua destruição, ou seja, a guerra. Com isso, é criada a complexa imagem de Gaster, caracterizada por uma profunda contradição interna, a qual Rabelais não foi capaz de resolver. Ele nem tentou resolvê-la: Rabelais preserva a complexidade contraditória da vida, pois está certo de que o *tempo todo-poderoso* encontrará uma saída.

Ressaltemos que em Rabelais as imagens vitoriosas e de banquete têm sempre um *colorido histórico*, como fica especialmente claro no episódio da transformação da fogueira que queimou os cavaleiros no fogo do banquete; é como se o banquete acontecesse em uma nova época. Afinal, o banquete carnavalesco ocorria, por assim dizer, em um futuro utópico, na era saturnina que havia retornado. O tempo alegre e triunfante se expressa na linguagem das imagens de banquete. Como já abordamos, esse aspecto permanece vivo em nossos brindes até hoje.

Há ainda outro lado muito significativo das imagens de banquete, que não tocamos aqui: trata-se da *ligação específica da comida com a morte e o inferno*. A palavra "morrer", entre outras acepções, significava também "ser devorado", "ser comido". Em Rabelais, a imagem do inferno está estreitamente entrelaçada às imagens de comida e de bebida. Porém, para ele o inferno tem a significação do *baixo corporal topográfico*; ele também retrata o inferno nas *formas do carnaval*. O inferno é um dos pontos nevrálgicos do romance de Rabelais, assim como de toda a literatura renascentista (não sem razão Dante o inaugura). Ainda dedicaremos um capítulo especial às imagens do baixo material e corporal e do inferno: ali retornaremos àquele aspecto das imagens de banquete, que as relaciona com o inferno e a morte.

Por fim, enfatizemos mais uma vez que as imagens de banquete na tradição festivo-popular (e em Rabelais) são nitidamente distintas das imagens da comida na vida privada, da glutonaria e da embriaguez cotidianas nas primeiras obras da literatura burguesa. Essas últimas imagens são a expressão da satisfação e da saciedade *materiais*, individuais e egoístas do ser humano, ou seja, são a expressão de um *prazer* individual e não do *triunfo* de todo o povo. Elas são separadas do processo de trabalho e de luta, são isoladas da praça popular e encerradas nos limites da casa e do quarto ("abundância doméstica"): não se trata de um "banquete para todo mundo", do qual todos participam, mas de um banquete doméstico com mendigos famintos à porta; se essas imagens de comida são hiperbolizadas, elas expressam a ganância e não o senso de justiça social. Trata-se de um *cotidiano* imóvel, desprovido de qualquer amplitude simbólica e de significação universal, independentemente de ser retratado de forma satírica estrita, ou seja, só negativa ou só positiva (como a satisfação).

Diferentemente disso, as imagens festivo-populares da comida e da bebida não têm nada em comum com o cotidiano imóvel e com a satisfação de um ser humano particular. Essas imagens são profundamente *ativas e triunfantes*, uma vez que concluem o processo de trabalho e de luta de um ser humano social com o mundo. Elas pertencem a todo o povo, pois se baseiam na inesgotável e crescente abundância do princípio material. São *universais* e se combinam de modo orgânico com as representações sobre a vida, a morte, o renascimento e a renovação. Combinam-se ainda de maneira natural com a representação sobre a *verdade* livre e sóbria, que é alheia ao medo e à reverência, e, portanto, com a palavra sábia. Por fim, estão imbuídas do tempo alegre, que segue rumo a um futuro melhor, que tudo muda e tudo renova em seu caminho.

Até o momento não foi compreendida essa profunda peculiaridade das imagens populares e de banquete. Elas costumavam ser percebidas no plano particular cotidiano e definidas como "realismo vulgar". Por isso, permaneceram incompreensíveis e inexplicados o incrível encanto dessas imagens e o enorme papel desempenhado por elas na literatura, na arte e na cosmovisão do passado. Também permaneceu inexplorada a vida contraditória das imagens populares de banquete nos sistemas da ideologia de classe, em que elas são submetidas à cotidianização e à degeneração, ainda que em graus variados a depender dos diferentes estágios do desenvolvimento das classes. Assim, na arte flamenga, as imagens de banquete, apesar da sua cotidianização burguesa, ainda preservam, embora de modo enfraquecido, sua natureza festivo-popular positiva, o que explica a força e o encanto dessas imagens na pintura flamenga. Um estudo profundo da cultura popular do passado nessa área permitirá colocar e resolver de uma nova maneira uma série de problemas essenciais.

Capítulo 5

A imagem grotesca do corpo em Rabelais e suas fontes

No conjunto de imagens de banquete analisado, encontramos nítidos exageros e hipérboles. Os mesmos exageros acentuados são próprios das imagens do corpo e da vida corporal em Rabelais. Eles também caracterizam outras imagens do romance. Contudo, expressam-se com maior clareza nas imagens do corpo e nas imagens da comida. É aqui que devem ser procurados a fonte fundamental e o princípio criativo de todos os outros exageros e hipérboles do universo rabelaisiano, ou seja, a fonte de todo e qualquer excesso e abundância.

O exagero, o hiperbolismo, o excesso e a abundância são reconhecidamente um dos sinais mais básicos do *estilo grotesco*.

É do crítico alemão H. Schneegans a tentativa mais consistente e rica, em termos do material examinado, de apresentar a história e em parte a teoria do grotesco. Uma grande parte (cerca de metade) do seu livro *História da sátira grotesca* (1894) é dedicado a Rabelais.[353] Mais do que isso, é possível dizer sem rodeios que Schneegans concentra em Rabelais a história e a teoria da sátira grotesca. A compreensão da imagem grotesca proposta por ele se destaca pela clareza e consistência, mas nos parece incorreta em sua essên-

[353] Heinrich Schneegans, *Geschichte der grotesken Satire*, Estrasburgo, Karl J. Trübner, 1894. (N. da T.)

cia. Ao mesmo tempo, os erros cometidos por ele são bastante típicos e se repetem na maioria dos trabalhos sobre a sátira grotesca tanto antes de Schneegans quanto sobretudo depois dele. Schneegans ignora a *ambivalência* profunda e essencial do grotesco e vê nele apenas um exagero negador com propósito estritamente satírico. Tendo em vista o caráter típico dessa abordagem do grotesco, iniciaremos este capítulo com uma crítica às concepções de Schneegans.

Schneegans insiste em uma distinção rigorosa entre três tipos ou categorias do cômico: *bufo* (*possenhaft*), *burlesco* e *grotesco*. Para elucidar as diferenças entre essas três categorias, ele analisa três exemplos.

Um exemplo da categoria bufo é uma cena de uma *commedia dell'arte* italiana (essa cena foi mencionada pela primeira vez por Flögel, depois por Vischer).[354] Em uma conversa com Arlequim, um gago não consegue pronunciar de jeito nenhum uma palavra difícil: ele faz esforços extraordinários, *engasga com essa palavra na garganta, sua em bicas, escancara a boca, treme, empaca, o seu rosto incha, os olhos saltam das órbitas* e "parece até que se trata de *dores do parto e de espasmos*". Por fim, Arlequim, que cansou de esperar pela palavra, socorre o gago de forma inesperada: golpeia a cabeça com toda força na barriga do gago, e a palavra difícil finalmente *nasce*. Esse é o primeiro exemplo.

O *Virgílio travestido* de Scarron é citado como um exemplo de burlesco. A fim de rebaixar as imagens elevadas da *Eneida*, Scarron coloca em primeiro plano os aspectos cotidianos, materiais e corporais: Hécuba lava fraldas; Dido, como todas as mulheres africanas, tem um nariz arredondado; e Eneias a atrai por seu vigor físico e saúde etc.

Como exemplos de grotesco são mencionadas as seguintes imagens de Rabelais: a afirmação de frei João de que "até

[354] Os teóricos alemães Karl Friedrich Flögel (1729-1788) e Friedrich Theodor Vischer (1807-1887). (N. da T.)

a sombra do campanário do mosteiro é frutífera"; também sua afirmação de que a batina monástica devolve ao cão a força reprodutiva perdida; e o projeto de Panurgo de erguer os muros de Paris a partir de órgãos reprodutivos.

Schneegans mostra o caráter diversificado do riso em cada um desses três tipos de cômico. No primeiro caso, o riso (bufo) é espontâneo, ingênuo e sem malícia (o próprio gago poderia rir). No segundo caso, o riso (burlesco) é misturado com a alegria maldosa devido ao rebaixamento do elevado; além disso, aqui o riso é desprovido de espontaneidade, pois é preciso conhecer a *Eneida* travestida. No terceiro caso (no riso grotesco), ocorre a ridicularização de determinados fenômenos sociais (devassidão monástica e venalidade das mulheres parisienses) por meio do seu extremo exagero; aqui também não há espontaneidade, pois é preciso conhecer os fenômenos sociais ridicularizados.

Schneegans fundamenta a diferença entre esses três tipos de riso e de cômico com base nas disposições da estética psicológica formal. O cômico se baseia no contraste entre os sentimentos de prazer e de desprazer. Todos os tipos de cômico se fundamentam nesse contraste, já as distinções entre os tipos são definidas pelas diferentes fontes dos sentimentos de prazer e de desprazer e por diferentes combinações desses sentimentos.

No primeiro caso (o riso bufo), o sentimento de desprazer é causado pelo caráter inesperado e inusitado da cura do gago; já a sensação de prazer é produzida pelo caráter bem-sucedido do truque de Arlequim.

No segundo caso (o riso burlesco), o prazer é gerado pela humilhação do elevado. Tudo que é elevado inevitavelmente cansa. Olhar para cima cansa e surge a vontade de baixar os olhos. Quanto mais forte e longo tiver sido o domínio do elevado, tanto mais forte será o prazer de seu destronamento e rebaixamento. Disso decorre o enorme sucesso das paródias e das travestias quando são oportunas, ou seja, quando o elevado já cansou os leitores. Assim, as travestias de Scarron dirigidas contra o despotismo de Malherbe e do classicismo eram oportunas.

No terceiro caso (o riso grotesco), o sentimento de desprazer é gerado pela impossibilidade e pela improbabilidade da imagem: é impossível imaginar que uma mulher possa engravidar da sombra do campanário do mosteiro etc. Essa impossibilidade e inimagibilidade criam um forte sentimento de desprazer. Porém, esse sentimento é superado por um duplo prazer: em primeiro lugar, reconhecemos na imagem exagerada a verdadeira degeneração e imoralidade dos mosteiros, ou seja, encontramos um lugar na realidade para a imagem exagerada; em segundo lugar, sentimos uma satisfação moral, pois essa imoralidade e degeneração são atingidas por fortes caricaturas e ridicularizações.

No primeiro caso (o riso bufo), ninguém foi ridicularizado: nem o gago, nem o Arlequim. No segundo caso, o objeto da ridicularização é o estilo elevado da *Eneida* e do classicismo em geral; porém não há base moral para a ridicularização: trata-se de uma simples piada frívola. Já no terceiro caso (o riso grotesco), é ridicularizado um determinado fenômeno negativo, ou seja, algo indevido ("*Nichtseinsollendes*"). É justamente isso que Schneegans vê como a principal particularidade do grotesco: ele exagera de modo caricato um fenômeno negativo, isto é, algo indevido. É essa a diferença entre os risos grotesco, bufo e burlesco. Tanto no riso bufo quanto no burlesco pode haver exagero, mas eles são desprovidos da orientação satírica para o indevido. Além disso, no grotesco o exagero é de natureza extrema, fantástica, chegando à monstruosidade.

Segundo Schneegans, nas artes plásticas o grotesco é sobretudo uma caricatura, mas uma caricatura levada a limites fantásticos. Schneegans examina uma série de caricaturas de Napoleão III que exageram o nariz do imperador. Grotescas são aquelas caricaturas em que o tamanho do nariz atinge o impossível, onde esse nariz se transforma em um focinho de porco ou em um bico de corvo.

O exagero do *negativo* (do indevido) até os limites do impossível e monstruoso é, segundo Schneegans, a principal particularidade do grotesco. É por isso que o grotesco é sempre uma sátira. Onde não há uma orientação satírica, também não há grotesco. Dessa definição de grotesco, Schneegans deduz todas as particularidades das imagens rabelaisianas e do seu estilo verbal: o exagero e o excesso, a aspiração a ultrapassar o limite de tudo, as enumerações longas demais, os acúmulos de sinônimos etc.

Essa é a concepção de Schneegans, que, conforme já abordamos, é bastante típica. É muito comum a compreensão da imagem grotesca como puramente satírica, ou seja, negativa. Como se sabe, Rabelais foi considerado satírico, embora ele seja tão satírico quanto Shakespeare e menos do que Cervantes. No espírito da Idade Moderna, Schneegans transfere para Rabelais sua compreensão estreita da sátira, entendida como uma negação de certos fenômenos *particulares*, e não como a negação de *toda uma ordem de vida* (incluindo a verdade dominante), negação fundida de modo indissolúvel com a *afirmação do novo em vias de nascer*.

A concepção de Schneegans é totalmente incorreta. Ela se baseia em uma completa ignorância de uma série de aspectos essenciais do grotesco e sobretudo de sua ambivalência. Ademais, Schneegans ignora por completo as fontes folclóricas do grotesco.

O próprio Schneegans acaba admitindo que é impossível revelar uma orientação satírica em todos os exageros rabelaisianos, mesmo fazendo muitas concessões. Ele explica isso pela natureza do exagero, que sempre tende a ultrapassar todos os limites: o autor do grotesco, em sua paixão e até mesmo "embriaguez" pela hiperbolização, às vezes se esquece do verdadeiro objetivo do exagero, perdendo de vista a sátira.

Como um exemplo de tal exagero que leva ao esquecimento do objetivo satírico primordial, Schneegans cita a representação do crescimento fantástico de certos membros do corpo em *Pantagruel*.

De fato, o exagero (a hiperbolização) é um dos traços essenciais do grotesco (e em particular do sistema rabelaisiano de imagens), porém esse não é o traço mais essencial. É ainda mais inadmissível reduzir a ele toda a essência da imagem grotesca. Entretanto, o próprio *pathos* do exagero, o seu princípio motriz, é interpretado incorretamente por Schneegans.

Pode-se perguntar: de onde vem esse *pathos*, essa "embriaguez" pelo exagero, se o que é exagerado é algo negativo e indevido? O livro de Schneegans não nos dá nenhuma resposta a essa pergunta. Além disso, o próprio caráter do exagero, que muitas vezes se transforma em mudanças qualitativas agudas, não é por ele revelado.

Se a natureza da sátira grotesca reside no exagero de algo *negativo e indevido*, não há como surgir aquele *alegre* excesso de exageros ao qual Schneegans se refere. Também não há como surgir a riqueza qualitativa e a diversidade da imagem, as suas relações heterogêneas e muitas vezes inesperadas com fenômenos aparentemente muito distantes e estranhos. Um exagero puramente satírico do negativo poderia, na melhor das hipóteses, explicar apenas o aspecto quantitativo do exagero, mas não a diversidade qualitativa e a riqueza da imagem e de suas relações. O mundo grotesco, no qual apenas o indevido fosse exagerado, seria grande do ponto de vista quantitativo, mas ao mesmo tempo se tornaria qualitativamente muito pobre e raso, desprovido de cores e nada alegre (em parte esse é o mundo infeliz de Swift). O que esse mundo teria em comum com o mundo alegre e riquíssimo de Rabelais? Uma pura orientação satírica não pode explicar o *pathos* positivo do exagero exclusivamente quantitativo e muito menos o *pathos* da riqueza qualitativa.

Schneegans, ao se apoiar na estética idealista da segunda metade do século XIX e nas estreitas normas artístico-ideológicas de seu tempo, não pôde encontrar o caminho certo para o grotesco, tampouco compreender a possibilidade de reunir os polos positivo e negativo em uma única imagem. Ele foi menos ainda capaz de compreender que o objeto pode ultrapassar não só seus limites quantitativos, como também qualitativos, ou seja, que ele pode superar a si mesmo e se misturar com outros objetos. Schneegans não compreendeu as imagens prenhes e bicorpóreas nem percebeu que, no mundo grotesco em devir, os limites entre os objetos e os fenômenos são traçados de uma maneira muito diferente do que no mundo estático da arte e da literatura contemporâneas a Schneegans.

Voltemos ao ponto de partida da análise de Schneegans: aos exemplos do riso bufo, burlesco e grotesco dados por ele. Com sua análise, ele tentou revelar o mecanismo psicológico puramente formal de sua percepção, em vez de se concentrar no conteúdo objetivo das próprias imagens. No entanto, se partirmos desse conteúdo objetivo e não de aspectos psicológico-formais, encontraremos uma semelhança e um parentesco essenciais entre todos os três exemplos, e as diferenças estabelecidas por Schneegans se revelarão inventadas e acidentais.

De fato, qual é o conteúdo objetivo do primeiro exemplo? O próprio Schneegans o descreve de tal maneira que não restam dúvidas: *o gago encena o ato de parir*. Ele está *prenhe* da palavra e não a consegue parir. O próprio Schneegans diz: "Parece que se trata de dores do parto e de espasmos". A boca escancarada, os olhos esbugalhados, o suor, os tremores, o sufocamento, o rosto inchado etc. são manifestações e sinais típicos da vida grotesca do corpo; nesse caso, eles são compreendidos no ato encenado de parir. Também é perfeitamente compreensível o gesto de Arlequim: ele *ajuda no par-*

to e, portanto, sua intervenção é direcionada de maneira muito coerente para o *ventre*; e a palavra de fato nasce. Ressaltamos tratar-se da palavra que nasce. Aqui o ato espiritual elevado é rebaixado e destronado por meio da transferência do ato do parto (encenado de maneira bastante realista) para o plano material e corporal. Entretanto, graças a esse destronamento, a palavra se renova e parece nascer outra vez (estamos em constante movimento circular entre o nascimento e o ato de parir). Além disso, o aspecto topográfico essencial da hierarquia corporal invertida também é evidente aqui: o baixo ocupa o lugar do elevado; a palavra está localizada *nos lábios e nos pensamentos* (na cabeça), mas nesse caso ela é transferida para o *ventre*, de onde Arlequim a expele com um golpe de cabeça. O próprio gesto tradicional de golpear o *ventre* (ou o traseiro) *com a cabeça* é essencialmente topográfico: aqui ocorre a mesma lógica da inversão, ou seja, do contato do elevado com o baixo. Ademais, aqui também há um exagero: aqueles fenômenos corporais que acompanham a dificuldade no aparelho articulatório do gago (a tensão nos olhos, o suor etc.) são tão exagerados que se transformam no fenômeno do ato de parir; como resultado, todo o acontecimento de pronunciar a palavra é transferido do aparelho articulatório para o ventre. Desse modo, uma análise objetiva revela, nessa pequena cena, os traços básicos e essenciais do grotesco. A cena se mostra muito rica e, nos mínimos detalhes, inteiramente significativa. Ao mesmo tempo, ela é universal: é uma espécie de pequeno *drama satírico da palavra*, o drama do seu nascimento material ou o drama do corpo que pare a palavra. O realismo incomum, a riqueza e a plenitude da significação e o universalismo profundo são inerentes a essa magnífica cena, assim como a todas as imagens da autêntica comicidade popular.

Uma análise objetiva das imagens da travestia de Scarron revelaria a presença dos mesmos elementos. Não obstante, as imagens de Scarron são mais empobrecidas e simplificadas: nelas há muito de acidental e de invenção literária. Schneegans vê aqui apenas o rebaixamento do elevado, que já havia cansado o leitor. Ele explica esse rebaixamento por considerações psicológico-formais: depois de olhar para cima é necessário baixar os olhos para descansar. Na verdade, o que ocorre aqui é o destronamento das imagens da *Eneida* por meio da sua transferência para a *esfera material e corporal*: para a esfera da comida, da bebida, da vida sexual e das manifestações corporais próximas. Essa esfera tem uma *significação positiva*. Trata-se do *baixo que gera vida*. Por isso as imagens da *Eneida* não são apenas destronadas, mas também renovadas. Repetimos: em Scarron, tudo isso tem um caráter mais abstrato e superficialmente literário.

Voltemo-nos ao terceiro exemplo de Schneegans: às imagens rabelaisianas. Analisemos a primeira delas. O frei João afirma que até mesmo a sombra do campanário do mosteiro dá frutos. De imediato, essa imagem nos introduz na lógica grotesca. Não é de forma alguma um simples exagero grotesco da "devassidão" monástica. Nessa imagem, o objeto ultrapassa seus limites qualitativos, deixando de ser ele mesmo. Aqui são apagados os limites entre o corpo e o mundo, o corpo se mistura com o mundo exterior e com as coisas. É preciso destacar que o campanário (a torre) é uma imagem grotesca habitual do falo.[355] Todo o contexto que prepara essa imagem cria a atmosfera que justifica essa transformação grotesca. É preciso citar o texto rabelaisiano no original:

[355] A imagem de uma torre alta como um falo era bem conhecida de Rabelais e de seus contemporâneos a partir de fontes antigas. Eis um trecho de Luciano (*Sobre a deusa Síria*): "Nesses pórticos estão *falos de trinta braças de altura*. Duas vezes por ano, um homem sobe em um desses falos e permanece em seu topo por sete dias. A maioria explica esse costume dizendo que, do alto, esse homem entra em contato estreito com os deuses e lhes pede bênçãos para toda a Síria".

> C'est (dist le moyne) *bien rentré de picques*. Elle pourroit estre aussi layde que *Proserpine*, elle aura par dieu *la saccade* puis qu'il y a moynes au tour. Car un bon ouvrier mect indifferentement toutes pieces en oeuvre. Que j'aye la verolle, en cas que ne les trouviez engroissées à vostre retour. Car seulement l'ombre du clochier d'une abbaye est feconde.[356]

Todo o discurso de frei João está repleto de elementos não oficiais e rebaixadores, que preparam o ambiente para nossa imagem grotesca. Em primeiro lugar, vemos uma expressão emprestada do campo dos jogos de cartas ("*bien rentré de picques*" ["uma cartada ruim"] no sentido de uma má jogada). Em seguida, a imagem da Prosérpina disforme, a rainha do inferno, evidentemente não seria uma reminiscência antiga, mas a imagem da "mãe dos diabos" das diabruras medievais; além disso, essa imagem tem um colorido topográfico, pois o inferno em Rabelais sempre está relacionado ao baixo corporal. Ademais, aqui há ainda um juramento ("*par dieu*") e uma promessa relacionada ao baixo corporal ("que eu pegue a pudendagra"). Além disso, há duas metáforas para o ato sexual: uma é emprestada do campo da equitação ("*saccade*"); a outra é um provérbio ("pois um bom operário bota indiferentemente todas as peças para trabalhar"). Em ambos os casos, ocorre um rebaixamento e uma renovação no plano do baixo material e corporal de objetos

[356] Grifos de Bakhtin. "Essa aí (disse o monge) foi uma cartada ruim. Ela pode ser feia que nem Prosérpina, mas, por Deus, vai levar uma encoxada, se tiver monges por perto. Pois um bom operário bota indiferentemente todas as peças para trabalhar. Que eu pegue a pudendagra, se elas não estiverem embuchadas quando vocês retornarem. Pois a mera sombra do campanário de uma abadia já é fértil." F. Rabelais, *Gargântua*, em *Pantagruel e Gargântua*, org., trad., apres. e notas de Guilherme Gontijo Flores, São Paulo, Editora 34, 2021, p. 390. (N. da T.)

de outra ordem (equitação, ofício); isso também prepara nossa imagem grotesca.

Todos esses elementos verbais criam uma atmosfera livre específica; grande parte deles está diretamente relacionada ao baixo material e corporal; eles corporificam e rebaixam as coisas, misturam o corpo com o mundo e, com isso, preparam a *transformação final do campanário em falo.*

Seria essa imagem grotesca uma pura sátira à devassidão dos monges, como afirma Schneegans?

A passagem analisada faz parte de um episódio bastante extenso sobre os peregrinos que foram engolidos por Gargântua junto com a salada, mas que depois conseguiram se salvar. De fato, esse episódio é dirigido contra a peregrinação e contra a fé no poder milagroso das relíquias que curam as doenças (nesse caso, a peste). Todavia, essa orientação determinada e particular está longe de exaurir o sentido de todo o episódio e tampouco determina todas as imagens componentes do episódio. Em seu centro está a típica imagem grotesca dos peregrinos *engolidos*, depois a não menos típica imagem do seu *afogamento na urina*, e, por fim, a travestia dos salmos que supostamente previram todas essas desventuras dos peregrinos. Essa travestia confere uma interpretação rebaixadora a algumas imagens dos salmos. Todos esses motivos e imagens têm uma ampla significação universal, e seria absurdo pensar que eles são mobilizados apenas para ridicularizar o parasitismo dos peregrinos e a sua fé grosseira nas relíquias: isso seria o mesmo que disparar balas de canhão contra pardais. A luta contra a peregrinação e contra a superstição grosseira é uma tendência oficial do episódio. Em seu discurso dirigido aos peregrinos, Grangorja expressa essa tendência aberta e diretamente na linguagem oficial elevada do sábio poder estatal. Aqui Rabelais se manifesta de maneira direta, como um propagandista oficial da realeza que expressa o ponto de vista do Estado contemporâneo a ele sobre os exageros da peregrinação. Neste caso, não é a fé que é negada, mas apenas a superstição grosseira dos peregrinos.[357] *Essa é a ideia oficial do episódio* expressa de maneira aberta. Porém, a *linguagem não oficial, festivo-popular e da praça* das imagens desse episódio diz algo completamente diferente. A poderosa natureza material e corporal dessas imagens destrona e renova todo o mundo da cosmovisão e da ordem medievais, com sua fé, santos, relíquias, mosteiros, falso ascetismo, medo da morte, escatologia e profecias. Nesse mundo aniquilado, os peregrinos são apenas um pequeno e lamentável detalhe, que despercebidos são engolidos com a salada e por pouco não são afogados na urina. A natureza material e corporal tem aqui um caráter *positivo*. Justamente as imagens materiais e corporais são exageradas em proporções improváveis: o falo monástico grandioso como o campanário, os jatos de urina de Pantagruel e sua imensa garganta que tudo engole.

É por isso que o campanário do mosteiro, destronado e renovado na imagem do falo grandioso, que fecunda a mulher por meio de sua sombra, não exagera a *devassidão* monástica. O campanário destrona o mosteiro inteiro, o próprio solo onde ele se ergue, seu *ideal ascético falso, sua eternidade abstrata e infecunda*. A sombra do campanário é a sombra do falo, que faz renascer uma nova vida. Não resta nada do mosteiro, mas resta uma pessoa viva, o monge frei João, glutão e bêbado, impiedosamente sóbrio e franco, poderoso e heroicamente ousado, cheio de energia inesgotável e sede do novo.

Deve-se destacar ainda que a imagem do campanário, que fecunda uma mulher, bem como todas as imagens semelhantes, é topográfica: ao aspirar ao *elevado*, ao céu, o campanário se transforma em *falo* (*baixo corporal*) e como uma

[357] A crítica a essas superstições é expressa no espírito daquele evangelismo moderado, que parecia contar com o apoio do poder real quando Rabelais escreveu essas linhas.

sombra *cai sobre a terra* (*baixo topográfico*) para *fecundar* uma mulher (de novo o *baixo*).

A imagem das muralhas de Panurgo também é preparada pelo contexto.

> — Ah, meu amigo, disse Pantagruel, você bem sabe o que disse Agesilau quando perguntaram por que a grande cidade da Lacedemônia não estava cercada de muralhas? Ao mostrar os habitantes e cidadãos da pólis tão experientes na disciplina militar e tão fortes e bem armados: 'Veja (disse ele) as muralhas da cidade'. Com isso, significava que só existe muralha de osso e que as vilas e cidades não saberiam ter uma muralha mais segura e mais forte que as virtudes dos cidadãos e habitantes.[358]

Já aqui, nessa reminiscência antiga do estilo elevado, ocorre a antecipação da *corporificação* grotesca das *muralhas*. Ela é preparada pela metáfora: as muralhas *mais fortes* são feitas dos *ossos dos guerreiros*. O corpo humano se torna aqui o material de construção das muralhas; a fronteira entre o corpo e o mundo se enfraquece (ainda que em um plano metafórico elevado). Tudo isso prepara o projeto de Panurgo, que é o seguinte:

> Vejo que as quiricas das mulheres deste país são mais baratas que as pedras; bastaria construir com elas as muralhas, dispondo numa boa simetria arquitetônica, metendo as maiores na primeira fileira e depois inclinando, que nem as costas de um jumento, para dispor as médias e por fim as pequenas. Depois é só fazer um belo entrelardeamento

[358] F. Rabelais, *Pantagruel*, em *Pantagruel e Gargântua*, *op. cit.*, p. 113. (N. da T.)

com pontas de diamante, que nem a grande torre de Bourges, com aquele monte de chifarotes rijos que habitam as braguilhas claustrais.

Qual diabo derrubaria uma muralha dessas? Não existe metal que resista a tanto baque. E que venham as colhãobrinas aqui se enfiar: vocês veriam (por Deus) dali destilar o bendito fruto da bexiga, miúdo que nem chuva. Seco, pelos diabos. Além disso, o raio nunca cairia em cima dela. E por quê? São bentas ou sagradas.[359]

Está bastante claro que o baixo valor das mulheres parisienses funciona aqui apenas como um motivo secundário, e mesmo nesse motivo não há nenhuma condenação moral. Já o motivo predominante é a *fecundidade, enquanto a força mais poderosa e potente*. Por exemplo, seria incorreto racionalizar essa imagem da seguinte forma: a fertilidade dos cidadãos e o crescimento da população são a mais forte defesa militar da cidade. Essa ideia não é alheia a tal imagem, mas, de um modo geral, uma racionalização tão estreita das imagens grotescas é inadmissível.

A imagem das muralhas de Panurgo é mais complexa e mais ampla, mas o principal é sua ambivalência. Nela há ainda o aspecto da negação topográfica. As muralhas de Panurgo destronam e renovam não só as muralhas da fortaleza, as proezas militares e as balas, mas também os raios, que aqui são impotentes. A potência militar e a fortaleza são impotentes diante do princípio material e corporal reprodutivo.

Em outra parte do romance (*Terceiro livro*, cap. VIII), há uma longa reflexão de Panurgo sobre o fato de que a primeira, em termos cronológicos, e mais importante parte da armadura militar seja a *braguilha, que protege os órgãos se-*

[359] *Idem*, p. 114. (N. da T.)

xuais. "Perdida a moleira, só se perde a pessoa; perdidos os bagos, perece toda a humana natureza",[360] diz ele e acrescenta que os órgãos sexuais foram as pedras com as quais Deucalião e Pirra recuperaram a raça humana após o dilúvio. Aqui aparece a mesma imagem do princípio reprodutivo corporal como a melhor pedra de construção.

Essa reflexão de Panurgo é interessante por mais uma razão: nela, o aspecto utópico é expresso com nitidez. Panurgo constata que a natureza, ao querer preservar todas as espécies do reino vegetal, armou com perfeição as sementes e os germes das plantas, protegendo-os com cascas, caroços, películas, espinhos, invólucros, farpas, enquanto o ser humano nasce nu e seus órgãos reprodutivos são desprotegidos. Nessa passagem, Rabelais se inspirou nas reflexões análogas de Plínio (elas abrem o livro VII de sua *História natural*). Contudo, Plínio, no espírito de sua cosmovisão sombria, chega a conclusões pessimistas sobre a fraqueza do gênero humano. Já as conclusões de Panurgo são bastante otimistas. Do fato de que o ser humano nasce nu e os seus órgãos sexuais não estejam protegidos, ele conclui que o ser humano está vocacionado para a paz e para o domínio pacífico sobre a natureza. Apenas a "idade dos metais" o obrigou a armar-se (e segundo a lenda bíblica, ele começou esse armamento com a braguilha, ou seja, com a folha de figueira); porém mais cedo ou mais tarde o ser humano retornará à sua vocação pacífica e se desarmará por completo.[361] Aqui se revela explicitamente, mas de forma um tanto estreita e racional,

[360] F. Rabelais, *Terceiro livro*, em *Terceiro, Quarto e Quinto livros de Pantagruel*, org., trad., apres. e notas de Guilherme Gontijo Flores, São Paulo, Editora 34, 2022, p. 72. (N. da T.)

[361] Erasmo tem um motivo semelhante (*Adágios*, III, 10, 1): ele também começa com o fato de que só o ser humano nasce nu e daí conclui que o ser humano nasce "não para a guerra, mas para a amizade".

aquilo que estava implícito na imagem da *muralha corporal indestrutível* e destronadora de qualquer potência militar.

Uma simples comparação com a reflexão de Panurgo mencionada é suficiente para mostrar o quão insignificante é o motivo satírico do baixo valor das mulheres parisienses para toda a imagem das muralhas de Panurgo. As pedras oferecidas por Panurgo para a construção das muralhas são as mesmas pedras com as quais Deucalião e Pirra ergueram novamente o edifício arruinado do gênero humano.

Com feito, esse é o conteúdo objetivo de todos os exemplos citados por Schneegans. Do ponto de vista desse conteúdo objetivo, a semelhança entre eles parece ser mais significativa do que as diferenças. É claro, essas últimas existem, mas não no lugar em que Schneegans as procura. A teoria artificial do mecanismo psicológico da percepção, por um lado, e as estreitas normas estéticas daquela época, por outro, impedem que Schneegans perceba a verdadeira essência do fenômeno por ele estudado: o grotesco.

Em primeiro lugar, os exemplos analisados aqui — tanto a cena com o gago da *commedia dell'arte* quanto a travestia da *Eneida* de Scarron, e por fim as imagens de Rabelais — estão relacionadas em maior ou menor grau com a cultura medieval e popular do riso e com o *realismo grotesco*. O próprio caráter da construção das imagens e em particular a *concepção do corpo* são uma herança do folclore do riso e do realismo grotesco. Essa *particular concepção do corpo* une e aproxima de modo mais essencial todos os exemplos analisados. Em todos os três casos, temos diante de nós um mesmo modo de retratar a vida corporal, que é nitidamente distinto tanto do tipo "clássico" quanto do tipo naturalista de representar o corpo humano. Tudo isso nos dá o direito de reunir os três fenômenos (é claro, sem ignorar as diferenças entre eles) sob o conceito geral de grotesco.

* * *

Na base das imagens grotescas, há uma *representação particular do todo corporal e das fronteiras desse todo*. No grotesco, as fronteiras entre o corpo e o mundo e entre os corpos individuais são traçadas de maneira completamente diferente do que nas imagens clássicas e naturalistas. Já observamos isso em uma série de episódios de Rabelais. No presente capítulo, devemos ampliar nossas observações, sistematizá-las e revelar as fontes da concepção grotesca do corpo em Rabelais.

Entretanto, abordaremos mais um exemplo dado por Schneegans: as caricaturas de Napoleão III, em que o nariz do imperador é bastante exagerado. Segundo Schneegans, o grotesco começa quando o exagero adquire proporções fantásticas, e o nariz humano se torna animalesco. Não trataremos essas caricaturas a fundo, pois são caricaturas superficiais e desprovidas de qualquer grotesco genuíno. No entanto, interessa-nos o *motivo do nariz*: um dos motivos grotescos mais comuns tanto na literatura universal quanto em quase todas as línguas (expressões como "crescer o nariz", "meter o nariz" etc.) e no acervo humano universal de gestos ofensivos e rebaixadores. Schneegans observa corretamente o caráter grotesco da passagem do nariz humano para o animalesco. De fato, a combinação de traços humanos e animalescos é um dos tipos mais antigos do grotesco. Todavia, Schneegans não compreende o significado do nariz nas imagens grotescas. Nelas, o *nariz* sempre substitui o *falo*. Laurent Joubert, um célebre médico do século XVI e um jovem contemporâneo de Rabelais, de cuja teoria do riso já falamos, escreveu um livro sobre os preconceitos populares no campo da medicina.[362] Aqui (no livro V, cap. IV) ele alude à crença popular muito difundida de que a partir do tamanho e da forma do nariz é possível avaliar as dimensões e a força

[362] Laurent Joubert, *Erreurs populaires et propos vulgaires touchant la médecine et le régime de santé*, Bordeaux, S. Millanges, 1579.

do órgão reprodutivo. Frei João também expressa essa ideia em seu jargão monástico. Na literatura da Idade Média e do Renascimento, essa concepção do nariz era também comum e estava relacionada com o sistema de imagens festivo-populares. Citaremos como exemplo mais conhecido a célebre obra carnavalesca de Hans Sachs, *A dança dos narizes* (*Der Nasentanz*).

Entre todas as partes do *rosto* humano apenas a *boca* e o *nariz*, este último um substituto do falo, desempenham um papel essencial na imagem grotesca do corpo. As formas da cabeça, as orelhas e o próprio nariz adquirem um caráter grotesco somente quando se convertem em *formas animalescas* ou em *formas de coisas*. Já os olhos não desempenham nenhum papel na imagem grotesca do rosto. Os olhos expressam a vida interior puramente *individual* e, por assim dizer, autossuficiente do ser humano, que não é essencial para o grotesco. O grotesco trata apenas dos *olhos esbugalhados* (por exemplo, na cena grotesca do gago e do Arlequim que analisamos), pois se interessa por tudo que *se sobressai, se projeta e extravasa para além do corpo*, tudo que escapa para fora dos seus limites. No grotesco, adquirem um significado especial todo tipo de *ramificações e brotos*, tudo o que continua o corpo e o liga com outros corpos ou com o mundo extracorporal. Além disso, os olhos esbugalhados interessam ao grotesco por testemunharem uma *tensão puramente corporal*. Porém, no grotesco, a *boca* é o mais importante no rosto. Ela predomina. Em essência, o rosto grotesco se reduz à *boca escancarada*: todo o resto é apenas uma *moldura para essa boca, para esse abismo corporal exposto e devorador*.

Como destacamos mais de uma vez, o *corpo grotesco* é um *corpo em devir*. Ele nunca está *pronto, finalizado*: ele está sempre *em construção, em criação, criando e construindo ele mesmo um outro corpo*; além disso, esse corpo *devora o mundo e é por este devorado* (lembremos da imagem grotesca do corpo no episódio do nascimento de Gargântua e da festa do abate do gado). Por isso, o papel mais essencial no corpo grotesco é desempenhado por *aquelas partes, aqueles lugares, onde ele cresce além de si, extrapola seus próprios limites, concebe o novo* (segundo) *corpo: o ventre e o falo.* Eles desempenham um papel preponderante na imagem grotesca do corpo; são eles que estão sujeitos ao *exagero positivo* — à hiperbolização; eles até podem *se separar do corpo*, levar uma vida *autônoma*, pois substituem o resto do corpo como algo secundário (de certo modo, também o *nariz* pode se apartar do corpo). Depois da barriga e do órgão sexual, o segundo papel mais importante no corpo grotesco é desempenhado pela *boca*, pela qual entra o mundo devorado, e depois pelo *traseiro*. Afinal, todas essas *protuberâncias e orifícios* são caracterizados pelo fato de que é neles que as *fronteiras entre dois corpos e entre o corpo e o mundo são superadas*, ocorrendo uma troca e orientação mútuas. Por isso, os principais acontecimentos da vida do corpo grotesco, os *atos do drama corporal* — comer, beber, defecar (e outras secreções: suar, assoar o nariz, espirrar), copular, engravidar, parir, crescer, envelhecer, adoecer, morrer, ser dilacerado, ser despedaçado e devorado por outro corpo — *ocorrem nas fronteiras entre o corpo e o mundo ou nas fronteiras entre o velho e o novo corpo*; em todos esses acontecimentos do drama corporal, o *princípio e o fim da vida estão indissoluvelmente entrelaçados*.

Desse modo, a lógica artística da imagem grotesca ignora o plano (a superfície) fechado, liso e ensimesmado do corpo e registra apenas suas protuberâncias — ramificações, brotos — e orifícios, ou seja, só aquilo que extrapola os limites do corpo e que leva para suas *profundezas*.[363] As

[363] Além do mais, essa lógica grotesca se estende também às imagens da natureza e às imagens das coisas, em que também são registradas as profundezas (buracos) e protuberâncias.

montanhas e os abismos são o relevo do corpo grotesco, ou falando na linguagem da arquitetura, as torres e os subterrâneos.

É claro que na imagem grotesca podem aparecer outros membros, órgãos e partes do corpo (sobretudo nas imagens do corpo dilacerado), mas elas desempenham apenas o papel de figurantes no drama grotesco do corpo; a ênfase nunca recai sobre elas (a menos que substituam algum órgão principal).

Em essência, na imagem grotesca, se ela for tomada no limite, não há nenhum corpo individual: afinal, essa imagem consiste em depressões e protuberâncias, que já representam outro corpo concebido; trata-se de uma porta de entrada de uma vida em eterna renovação, de um vaso inesgotável de morte e de concepção.

Conforme já dissemos, o grotesco ignora aquela superfície ensimesmada, que fecha e limita o corpo, enquanto um fenômeno isolado e concluído. Por isso a imagem grotesca mostra não só a aparência externa do corpo, mas também o seu interior: o sangue, as tripas, o coração e outros órgãos internos. De modo frequente, a aparência interna e a externa se misturam em uma única imagem.

Já nos referimos bastante ao fato de que as imagens grotescas constituem, em essência, um corpo bicorporal. Na cadeia infinita da vida corporal, elas registram aquelas partes *em que um elo se liga a outro, em que a vida de um corpo nasce da morte de outro*, isto é, *de um antigo*.

Por fim, notemos que o corpo grotesco é cósmico e universal, nele são enfatizados os elementos da natureza comuns a todo o cosmos: a terra, a água, o fogo, o ar; ele está diretamente ligado ao sol, às estrelas; nele estão os signos do zodíaco; ele reflete em si a hierarquia cósmica; esse corpo pode se fundir com vários fenômenos da natureza: as montanhas, os rios, os mares, as ilhas e os continentes; ele é capaz de preencher o mundo inteiro.

O modo grotesco de retratar o corpo e a vida corporal dominou a arte e a criação verbal por milhares de anos. *Do ponto de vista da difusão efetiva, esse modo é dominante ainda hoje*: as formas grotescas do corpo predominam não apenas na arte dos povos não europeus, mas também no *folclore europeu* (sobretudo cômico); além disso, *as imagens grotescas do corpo predominam na vida verbal não oficial dos povos*, em especial quando as imagens corporais estão relacionadas com *o xingamento e o riso*; de um modo geral, *a temática do xingamento e do riso*, como já dissemos, é quase exclusiva do *grotesco corporal*; o corpo que figura em todas as expressões do discurso não oficial e sem cerimônias *é um corpo fecundador-fecundado, que pare e é parido, devorador-devorado, que bebe, defeca, adoece e morre*; em todas as línguas existe uma enorme quantidade de expressões relacionadas a partes do corpo, tais como *os órgãos sexuais, o traseiro, a pança, a boca e o nariz*, mas ao mesmo tempo há pouquíssimas expressões em que figuram outras partes do corpo, como os braços, as pernas, o rosto, os olhos etc. No entanto, mesmo aquelas relativamente poucas expressões, em que essas partes do corpo não grotescas figuram, têm, na grande maioria dos casos, um caráter estrito e prático: estão relacionadas com a orientação no espaço mais próximo, com a definição de distância, de tamanhos ou cálculos; estão desprovidas de qualquer expansão simbólica e poder metafórico, assim como de qualquer força expressiva significativa (por isso estão ausentes dos xingamentos e dos risos).

Especialmente quando as pessoas riem e xingam em situações de comunicação sem cerimônia, o discurso delas está repleto de imagens do corpo grotesco: o corpo que copula, defeca, se empanturra; o discurso é inundado por órgãos reprodutivos, barrigas, fezes, urina, doenças, narizes e bocas, isto é, por um corpo dilacerado. Porém, mesmo quando atuam as represas das normas discursivas, dessa corrente do corpo grotesco irrompem para o discurso mais literário *narizes, bo-*

cas e barrigas, em particular quando esse discurso tem um caráter expressivo: alegre ou injurioso. Na base do acervo humano universal de *gesticulação sem cerimônia e injuriosa* também se encontra uma nítida imagem grotesca do corpo.

Nesse oceano de imagens grotescas do corpo, ilimitado no espaço e no tempo, e que invade todas as línguas, as literaturas e os sistemas de gesticulação, o cânone corporal da arte, da literatura e da linguagem decente da Idade Moderna é apenas uma pequena e limitada ilha. Na literatura da Antiguidade, esse cânone nunca foi dominante. Em essência, só nos últimos quatro séculos ele se tornou completamente dominante na literatura *oficial* dos povos europeus.

Faremos uma breve descrição do novo cânone, agora dominante, abordando mais a literatura do que as artes plásticas. Construiremos a descrição do novo cânone sobre o pano de fundo da concepção grotesca, mediante a constante observação das diferenças entre eles.

É característico do novo cânone — apesar de todas as suas significativas variações históricas e de gênero — *um corpo totalmente pronto, concluído, bem delimitado, fechado, mostrado do exterior, não misturado, individual e expressivo*. Tudo o que sobressai e se projeta para fora do corpo, todo tipo de nítidas protuberâncias, brotos e ramificações, ou seja, tudo o que no corpo ultrapassa suas fronteiras e concebe outro corpo, é cortado, eliminado, fechado e suavizado. Da mesma forma, são fechados todos os orifícios que dão acesso às profundezas do corpo. A imagem se baseia em uma *massa individual e bem delimitada do corpo, em sua fachada massiva e ensimesmada. A superfície ensimesmada e a planície do corpo*, enquanto fronteiras da individualidade fechada e imiscível com outros corpos e com o mundo, adquirem uma significação principal. Todos os sinais de inconclusibilidade e de inacabamento desse corpo são cuidadosamente eliminados, assim como são eliminadas todas as manifestações da sua vida intracorporal. As normas linguísticas do discurso oficial e literário,[364] determinadas por esse cânone, impõem a proibição de tudo o que se refere à fecundação, à gravidez, ao parto etc., ou seja, justamente daquilo que está relacionado ao corpo inacabado e inconcluso e a sua vida puramente intracorporal. Nesse sentido, é traçada uma fronteira bastante nítida entre o discurso sem cerimônias e o discurso oficial e "decente".

O século XV na França foi, nesse sentido, um século de liberdade linguística relativamente grande. Já no século XVI, as normas linguísticas se tornam muito mais rígidas, e as fronteiras entre o discurso sem cerimônias e o oficial, bastante claras. Esse processo se intensificou sobretudo no fim do século, quando finalmente se formou aquele cânone da decência linguística que passou a dominar o século XVII. No final do século XVI, Montaigne protestou contra o enrijecimento acentuado das normas e proibições linguísticas (*Ensaios*, livro III, capítulo V): "Que fez aos homens o ato sexual, natural, necessário e justo, para que não ousemos referir-nos a ele sem corar, a ponto de o excluir das conversações mais sérias e honestas? Dizemos francamente matar, roubar, trair e essa outra palavra mal ousamos pronunciá-la".[365]

Partes do corpo, como os órgãos sexuais, o traseiro, a pança, o nariz e a boca, deixam de desempenhar um papel central no novo cânone. Além disso, em vez de uma significação de gênero, eles adquirem um significado de *caráter* excepcionalmente *expressivo*, ou seja, manifestam apenas a vida individual de um corpo único e delimitado. É claro que, no novo cânone, *o ventre, a boca e o nariz* permanecem na

[364] Nesse sintagma, o adjetivo russo *rietchevoi* (o mesmo empregado no título do texto *Os gêneros do discurso*) e o substantivo *rietch* foram traduzidos por "linguístico" e "discurso". Em russo, "discurso literário" (*literatúrnaia rietch*) corresponde ao conceito de "norma-padrão" no português. (N. da T.)

[365] Michel de Montaigne, *Ensaios*, trad. Sérgio Milliet, São Paulo, Editora 34, 2016, p. 798. (N. da T.)

imagem do corpo, pois não é possível escondê-los, mas no corpo individual e concluído eles desempenham, como já dissemos, uma função puramente *expressiva* (em essência, apenas a *boca*), ou uma função *caracterizadora* e individualizante. É evidente que, no corpo individual, nem se trata de qualquer significação simbolicamente expandida desses órgãos. Se eles são concebidos de um ponto de vista caracterizador ou expressivo, são mencionados apenas no plano estritamente prático, ou seja, em observações explicativas. De modo geral, é possível dizer que, na imagem literária do corpo, tudo que é desprovido de significação caracterizadora e expressiva é transformado em uma simples observação corporal que acompanha a palavra e a ação.

Na imagem do corpo individual da Idade Moderna, a vida sexual, a comida, a bebida, as defecações mudaram drasticamente sua significação: passaram para o plano privado-particular e psicológico-individual, em que o seu significado se tornou estreito, específico e separado das relações diretas com a vida da sociedade e com o todo cósmico. Nessa nova significação, elas já não podem desempenhar as antigas funções de cosmovisão.

No novo cânone corporal, o papel de destaque é transferido às partes individualmente caracterizadoras e expressivas do corpo: a cabeça, o rosto, os olhos, os lábios, o sistema muscular e a posição individual que o corpo ocupa no mundo exterior. Entram para o primeiro plano as posições e os movimentos sensatos do *corpo pronto em um mundo exterior também pronto*, nos quais as fronteiras entre o corpo e o mundo não estão de todo enfraquecidas.

O corpo do novo cânone é *um* corpo só; nenhum sinal de bicorporalidade permanece nele: é autossuficiente e fala apenas por si; tudo que lhe acontece diz respeito apenas a ele, ou seja, apenas a esse corpo individual e fechado. Por isso, tudo o que se passa com ele adquire um *sentido único*: a morte aqui é apenas a morte e nunca coincide com o nascimento;

a velhice é separada da juventude; os golpes simplesmente atingem esse corpo sem ajudar no nascimento de algo. Aqui todas as ações e os acontecimentos são concebidos no plano de uma única vida individual: eles são contidos nos limites da morte e do nascimento individuais desse mesmo corpo; esses limites são o começo e o fim absolutos, que nunca podem se encontrar nas fronteiras do mesmo corpo.

Diferentemente disso, em um corpo grotesco a morte não encerra nada de essencial, pois a morte não diz respeito a um corpo genérico; ao contrário, ela o renova nas novas gerações. Os acontecimentos do corpo grotesco sempre se desenrolam nas fronteiras entre dois corpos, como que no ponto de intersecção entre eles: um corpo entrega a sua morte, o outro, seu nascimento, mas eles se fundem em uma única imagem bicorporal (no limite).

O corpo do novo cânone manteve um leve reflexo de bicorporalidade só em um dos seus motivos: a amamentação.[366] Contudo, as imagens do corpo — tanto da mãe que amamenta quanto do bebê — são estritamente individualizadas e concluídas, e as fronteiras entre os dois são inabaláveis. Trata-se de uma nova etapa da percepção artística da interação entre os corpos.

Por fim, a hiperbolização é completamente estranha ao cânone do corpo. Na imagem de um corpo individual, não há espaço para a hiperbolização. Aqui só é admissível uma ênfase acentuada de ordem puramente expressiva ou caracterizadora. É claro, também é impossível a separação entre os órgãos individuais e o todo corporal, e muito menos sua existência independente.

[366] Lembremos as reflexões de Goethe, citadas anteriormente, nas *Conversações* com Eckermann sobre o quadro de Correggio *O desmame* e sobre a imagem da vaca que alimenta o bezerro (a *Vaca* de Míron). Nessas imagens, Goethe se interessa justamente pela bicorporalidade, apesar de preservada em menor grau.

Em linhas gerais, esses são os principais traços do cânone corporal na Modernidade, conforme costumam se manifestar na literatura e nas normas linguísticas.[367]

O romance de Rabelais carrega a concepção grotesca do corpo herdada da cultura popular do riso, do realismo grotesco e do universo discursivo da linguagem sem cerimônias. Em todos os episódios e em algumas imagens do romance analisados, vimos apenas o corpo grotesco. Um poderoso fluxo do universo grotesco-corporal percorre todo o romance: o corpo dilacerado, os órgãos grotescos separados (por exemplo, nas muralhas de Panurgo), as tripas e as entranhas, as bocas escancaradas, a devoração e a deglutição, a comida e a bebida, os atos de defecar, a urina e as fezes, as mortes, os atos de parir, a primeira infância e a velhice etc. Os corpos estão misturados entre si, com as coisas (por exemplo, na imagem do *Quaresmeprenant* [Quaresmeiro]) e com o mundo. A tendência à bicorporalidade está em toda parte. De um modo geral, o aspecto genérico e cósmico do corpo é enfatizado.

Em todos os episódios analisados, a tendência à bicorporalidade está presente, com maior ou menor clareza. Citemos um outro exemplo da sua expressão mais exterior e grosseira:

> Para o emblema tinha uma plaquinha de ouro que pesava sessenta e oito marcos, uma figura es-

[367] As mesmas representações clássicas sobre o corpo fundamentam o novo cânone de comportamento na sociedade. As exigências da boa educação incluem: não colocar os cotovelos sobre a mesa, andar sem deixar salientes as omoplatas e sem balançar os quadris, murchar a barriga, comer sem fazer barulho, não fungar, não ofegar, manter a boca fechada etc., ou seja, fechar e separar o corpo de todas as formas possíveis, bem como planificar suas saliências. É interessante acompanhar o embate entre as concepções grotesca e clássica do corpo na história do vestuário e da moda. Mais interessante ainda é o tema do embate dessas concepções na história da dança.

maltada apropriada, onde se retratava um corpo humano com duas cabeças, uma voltada para a outra, quatro braços, quatro pés e dois cus, que nem disse Platão *in Symposio* que teria sido a natureza humana em seu começo místico.[368]

É necessário enfatizar que o motivo do "andrógino" nessa sua concepção era extremamente popular na época de Rabelais. No campo das artes plásticas, um fenômeno semelhante é o desenho de Leonardo da Vinci *Coitus*, que representa esse ato em seu aspecto intracorporal.

Rabelais não só retrata a imagem grotesca do corpo em todos os seus aspectos essenciais, mas ainda apresenta a teoria do corpo em um aspecto genérico. Nesse sentido, a reflexão de Panurgo já citada por nós é extremamente ilustrativa. Em outra passagem (*Terceiro livro*, cap. XXVI), ele diz:

> E tenho cá para mim que de hoje em diante em toda minha Salmingondin, quando desejarmos por justiça executar algum malfeitor, um ou dois dias antes vamos mandar ele trepar que nem um onocrótalo, até que em todos os seus vasos espermáticos não reste nem o que dê para um Y grego. Uma coisa preciosa dessas não pode ser perdida por besteira! Talvez possa engendrar um homem. E assim vai morrer sem arrependimento, deixando homem por homem.[369]

Na famosa reflexão de Panurgo sobre os agiotas e os endividados, ao descrever um mundo utópico e ideal, onde to-

[368] *Gargântua*, *op. cit.*, p. 249. (N. da T.)

[369] *Terceiro livro*, *op. cit.*, p. 147. (N. da T.)

dos emprestam e eles mesmos tomam emprestado, Panurgo também desenvolve a teoria do corpo genérico:

> Este mundo que empresta, deve, toma emprestado é tão bom, que, uma vez terminada essa alimentação, ele já pensa em emprestar para quem ainda nem nasceu e em perpetuar-se pelo empréstimo, se puder, e multiplicar-se em imagens a si semelhantes: os filhos. Com esse fim cada membro da mais preciosa parte de seu nutrimento escolhe e extrai uma porção e a envia para baixo: a natureza ali preparou vasos e receptáculos adequados, pelos quais ela desce até os genitais em longas ambages flexíveis, recebe forma conveniente e encontra lugares certos, tanto no homem quanto na mulher, para conservar e perpetuar a espécie humana. Tudo se faz por empréstimos e dívidas de um com o outro, daí se fala em dever conjugal.[370]

Nesse mesmo *Terceiro livro*, há uma reflexão sobre "Por que os recém-casados eram isentos de ir à guerra".[371] Aqui é desenvolvido o mesmo tema do corpo genérico. De modo geral, é um dos temas dominantes de todos os raciocínios teóricos do *Terceiro livro*.

No próximo capítulo, veremos que o mesmo tema do corpo genérico, porém num aspecto *histórico* e enquanto tema da imortalidade e do crescimento da cultura humana, é desenvolvido na célebre carta de Gargântua a Pantagruel. O tema da relativa imortalidade do sêmen aparece aqui em estreita conexão com o tema do *progresso histórico da humanidade*. O gênero humano não só se renova a cada geração,

[370] *Idem*, p. 61. (N. da T.)

[371] *Idem*, p. 64. (N. da T.)

mas cada vez *se eleva a um novo estágio superior do desenvolvimento histórico*. Como veremos, esse mesmo tema soa também na glorificação de "pantagruelião".[372]

Desse modo, em Rabelais o *tema do corpo genérico se funde com o tema e com a sensação viva da imortalidade histórica do povo*. Vimos que essa mesma *viva percepção do povo sobre sua imortalidade histórica coletiva compõe o cerne de todo o sistema de imagens festivo-populares*. Portanto, a concepção grotesca do corpo é parte inalienável desse sistema. Por isso, nas imagens de Rabelais o corpo grotesco se entrelaça não só com motivos cósmicos, mas também com motivos socioutópicos e históricos e, sobretudo, com o da alternância de épocas e da renovação histórica da cultura.

* * *

Em todos os episódios e imagens do romance analisados nos capítulos anteriores, o *baixo corporal* no sentido estrito da palavra figurou quase sem exceção. Contudo, nas imagens grotescas a *boca escancarada*, como dissemos, também tem um papel preponderante. É claro, ela está relacionada ao baixo corporal topográfico: *trata-se de portões abertos que conduzem para baixo, para o inferno corporal*. A boca escancarada está relacionada à imagem da *devoração-deglutição*: uma antiga *imagem ambivalente da morte e da aniquilação*. Ao mesmo tempo, a boca escancarada (com garganta e dentes) está ligada a uma série de imagens de banquete.

A boca escancarada (garganta e dentes) *é uma das imagens mais importantes e centrais do sistema festivo-popular*. Não por acaso, o *acentuado exagero da boca é o procedimento tradicional da decoração externa de uma imagem cômica*: nas máscaras cômicas, em todo tipo de "monstros ale-

[372] *Idem*, p. 243. (N. da T.)

gres" do carnaval (por exemplo, *Maschecroûte* do carnaval de Lyon), nos diabos das diabruras e no próprio Lúcifer.

É bastante evidente que a boca escancarada, a garganta, os dentes, a devoração-deglutição têm uma importância essencial no sistema de imagens rabelaisiano.

A boca escancarada desempenha um papel particularmente importante e até preponderante no primeiro livro do romance do ponto de vista cronológico: em *Pantagruel*. É possível supor que o protagonista desse livro seja a boca humana escancarada.

Nem o nome, nem o núcleo da imagem de Pantagruel foram criados por Rabelais. O próprio nome existia antes dele tanto na literatura, como o nome de um dos diabos nas diabruras, quanto na língua, como um substantivo comum (denominação) de uma doença da garganta: a perda da voz como resultado da embriaguez excessiva (doença dos bêbados). Desse modo, o substantivo comum (a denominação da doença) está relacionado à boca, à garganta, à bebida, à doença, ou seja, a um conjunto grotesco bastante característico. A imagem de Pantagruel nas diabruras está relacionada com o mesmo conjunto cósmico, ainda que este seja mais amplo.

Conforme já mencionamos, as diabruras, que faziam parte dos mistérios, pertenciam, pela natureza de suas imagens, às formas festivo-populares da praça. Nas diabruras, as imagens do corpo tinham um caráter grotesco nitidamente expresso. É nessa atmosfera grotesco-corporal da diabrura que pela primeira vez surge a imagem de Pantagruel.

Em primeiro lugar, encontramos essa imagem no mistério da segunda metade do século XV *Mistério dos atos dos apóstolos*, de Simon Gréban. Aqui, na diabrura, Prosérpina — "a mãe dos diabos" — apresenta a Lúcifer quatro diabinhos (*petits dyables*). Cada um deles encarna um dos quatro elementos: a terra, a água, o ar e o fogo. Ao se apresentarem a Lúcifer, cada diabinho representa suas atividades no elemento correspondente. O resultado é um amplo quadro cósmico da vida dos elementos. Um desses quatro diabinhos tem o nome de Pantagruel. Ele encarna o *elemento da água*. "Mais fácil do que uma ave de rapina, eu sobrevoo a região dos mares" — diz ele sobre si. Pelo visto, é aqui que ele se impregna do *sal marinho*, adquirindo uma relação especial *com o sal e a sensação de sede*. No mesmo mistério, Lúcifer diz sobre Pantagruel, que "à noite, enquanto esperava por outros afazeres, ocupava seu tempo *jogando sal na garganta dos bêbados*".

O diabo Pantagruel também aparece no mesmo papel em outro mistério, a saber, no "Mistério de São Luís". Aqui ele mesmo pronuncia um monólogo no qual conta em detalhes como passou a noite toda cuidando dos jovens que haviam bebido durante a tarde toda: ele "derramou, com cautela e por meio de movimentos cuidadosos para não acordá-los, sal em suas bocas. Palavra de honra, ao acordarem, sentiram sede muito maior do que no dia anterior!".

A partir disso, vemos que a imagem de Pantagruel, enquanto um diabo de mistério, por um lado, associa-se aos *elementos cósmicos* (*à água e ao sal marinho*), e, por outro, *à imagem grotesca do corpo* (*a boca escancarada, a sede, a embriaguez*) e, por fim, ao *gesto puramente carnavalesco de derramar o sal na boca escancarada*. Todos esses aspectos, que formam a base da imagem de Pantagruel, estão profundamente relacionados entre si. Esse núcleo tradicional da imagem é preservado por completo em Rabelais.

É preciso observar que *Pantagruel* foi concebido e escrito por Rabelais em 1532, durante um calor e uma seca sem precedentes. De fato, as pessoas andavam com as bocas escancaradas. Abel Lefranc tem razão ao supor que o nome do diabinho de Pantagruel e seu papel traiçoeiro de despertar a sede foram repetidamente mencionados por pessoas próximas de Rabelais, causando muitos comentários *jocosos* ou *maldições*. O calor e a sede tornaram essa imagem especialmente popular. É bem possível que, em parte, tenha sido por isso que Rabelais as usou em seu romance.

O primeiro capítulo do livro introduz de imediato a imagem grotesca do corpo com todos os seus traços característicos. Ele narra a origem da linhagem dos gigantes, à qual pertencia Pantagruel. Após o assassinato de Abel, a terra encharcada de sangue se tornou extremamente fértil. Eis o início (segundo parágrafo do primeiro livro):

> Convém então notar que no começo do mundo (falo de longe, há mais de quarenta quarentenas de noites, se contarmos à moda dos antigos druidas), pouco depois de Abel ser morto pelo irmão Caim, a terra encharcada com o sangue do justo nos foi num certo ano tão fértil em todos os frutos que se produziram de seus lombos, sobretudo em nêsperas, que passaram a chamá-lo imemorialmente de o Ano das Grandes Nêsperas, porque três delas já enchiam uma saca.[373]

Assim é o primeiro *motivo corporal* desse capítulo. Seu caráter *grotesco-carnavalesco* é evidente; a *primeira morte* (de acordo com a lenda bíblica, a morte de Abel foi a *primeira* na terra) *renovou a fertilidade da terra, fecundando-a*. Aqui já há uma *combinação de assassinato e nascimento*, que nos é familiar, porém *no aspecto cósmico da fertilidade terrena*. A morte, o cadáver, o sangue como semente enterrada no solo se erguem da terra como uma nova vida: este é um dos motivos mais antigos e difundidos. Outra variação é *quando a morte insemina a mãe terra e a obriga a gerar vida de novo*. Essa variação costuma ser colorida com imagens eróticas (é claro, não no sentido estrito e específico dessa pa-

[373] *Pantagruel*, *op. cit.*, p. 46. (N. da T.)

lavra). Em outro lugar, Rabelais diz "o doce, o desejado, o derradeiro abraço da nutriz e grande mãe, a terra, que se chama sepultura".[374] A *imagem do sepultamento* como o último *abraço* da mãe-terra foi inspirada, pelo visto, na obra de Plínio, que desenvolve em detalhes o tema da maternidade da terra e da morte-sepultura, como retorno ao seu seio (*História natural*, II, 63). Entretanto, Rabelais tende a perceber essa antiga imagem da morte-renovação, com todas as suas variações e seus matizes, não no estilo elevado dos mistérios antigos, mas no espírito carnavalesco e festivo-popular, como uma certeza *alegre e sóbria da relativa imortalidade histórica do povo* e de si mesmo no povo.

Dessa maneira, *o motivo da morte-renovação-fertilidade foi o primeiro motivo de Rabelais a inaugurar seu romance imortal*. Destaquemos isso.

A terra estava especialmente fértil em "nêsperas"[375] (*en mesles*). Porém, as pessoas que comeram esse fruto começaram a se desenvolver de maneira anormal: algumas partes do corpo cresciam até atingir tamanhos monstruosos. E eis que Rabelais apresenta uma série de imagens grotescas típicas de alguns membros do corpo monstruosamente exagerados, que escondem o resto da pessoa. Em essência, surge a imagem do corpo dilacerado, só que as partes isoladas são representadas em tamanhos grandiosos. Em primeiro lugar, são representadas pessoas com *barrigas monstruosas* (um típico exagero grotesco); *a essa raça alegre dos pançudos* pertencem São Pançante e Terça-Gorda. São Pançante é o nome humorístico de um santo, geralmente associado ao carnaval. É recorrente essa associação do carnaval à raça dos pançudos. Em seguida, Rabelais representa *corcundas* de tamanhos inacreditáveis, *narizes* monstruosos, *pernas* excepcionalmente longas,

[374] *Terceiro livro*, *op. cit.*, p. 228. (N. da T.)

[375] A palavra russa empregada por Bakhtin é *kizil*, isto é, "corniso", porém, no trecho citado, ela foi traduzida como "nêspera". (N. da T.)

orelhas imensas. São descritos em detalhes aqueles que desenvolveram um *falo* inverossímil (eles podem enrolá-lo seis vezes em torno do corpo, como um cinto), e ainda aqueles cujos testículos cresceram demais. Como resultado, temos diante de nós a imagem de um corpo grotesco grandioso e ao mesmo tempo toda uma série de figuras carnavalescas (afinal, os mesmos motivos grotescos costumam formar a base da representação de tais figuras).

Imediatamente antes dessa galeria de membros grotescos do corpo, Rabelais retrata as perturbações *cósmicas* no céu de mesmo caráter carnavalesco: por exemplo, "Espiga" deixa a constelação de "Virgem" para integrar a constelação de "Libra". Mesmo essas imagens cósmicas são entrelaçadas por Rabelais com o grotesco corporal: essas perturbações estrelares eram tão difíceis de entender "que os astrólogos nem conseguem morder. E eles bem precisariam ter dentes muito longos para alcançar até lá".[376] A imagem grotesca dos *dentes longos que vão até as estrelas* surgiu como resultado da realização de uma metáfora: "roer" uma difícil questão astrológica.

Em seguida, Rabelais apresenta uma longa enumeração dos gigantes, ancestrais de Pantagruel. Aqui é citada uma grande quantidade de nomes de gigantes bíblicos, antigos, medievais e fictícios. Rabelais conhecia muito bem o vasto material de imagens e lendas sobre os gigantes (aliás, os gigantes antigos tinham sido reunidos pelo erudito Ravisius Textor, cujo livro *Officina* Rabelais utilizou). As imagens dos gigantes e as lendas sobre eles estão em estreita relação com a concepção grotesca do corpo. Já observamos o enorme papel dos gigantes no antigo drama satírico (que era precisamente um *drama do corpo*). A maioria das lendas locais sobre os gigantes relaciona diversos fenômenos da natureza e

[376] *Pantagruel*, *op. cit.*, p. 46. (N. da T.)

do relevo local (montanhas, rios, rochas, ilhas) com o corpo do gigante e com alguns de seus órgãos. Portanto, o corpo do gigante não é separado do mundo, dos fenômenos da natureza e do relevo geográfico. Já observamos que os gigantes faziam parte do repertório obrigatório das imagens carnavalescas festivo-populares.

Esse é o conteúdo do primeiro capítulo. As imagens grotescas do corpo são aqui entrelaçadas com fenômenos cósmicos. Toda uma série de imagens do romance inicia com o *motivo da morte-renovação-fertilidade*.

Esse mesmo motivo abre também o segundo capítulo:

> Gargântua tinha quatrocentos e quatro vezes vinte e quarenta e quatro anos quando gerou seu filho Pantagruel da esposa Bocaberta, filha do rei dos amaurotes em Utopia, que morreu no parto, porque ele era tão maravilhosamente grande e pesado que não podia vir à luz sem assim sufocar sua mãe.[377]

Trata-se do motivo que combina o assassinato e o parto, já conhecido por nós desde o carnaval romano. Aqui o assassinato é cometido por aquele que nasce no próprio ato do seu nascimento.

O *parto e a morte* são a *bocarra escancarada da terra e do ventre materno*. Em seguida, entra em cena a *boca escancarada* das pessoas e dos animais.

Uma seca terrível é retratada no momento do nascimento de Pantagruel:

> [...] outros animais se achavam pelos campos, mortos, de *goela escancarada*.

[377] *Idem*, p. 51. (N. da T.)

> Quanto aos homens, era de dar dó: vocês os veriam de *língua para fora* que nem um galgo que correu por seis horas. *Muitos pularam nos poços*. Outros se enfiavam na *barriga de uma vaca* em busca de sombra [...].
>
> Além disso, toda vez que alguém entrava na igreja, vocês veriam montes de pobres *sedentos* que vinham por trás de quem a distribuía, *a bocarra aberta* [...].
>
> Ah, feliz de quem nesse ano teve um porão fresco e bem fornido![378]

É necessário observar que o "poço", a "barriga de uma vaca" e o "porão" são imagens equivalentes à "boca escancarada". Afinal, a boca na topografia grotesca corresponde ao ventre e ao "*utterus*"; assim, junto com a imagem erótica do "*trou*", ou seja, do "buraco", a entrada para o inferno é representada como a bocarra escancarada de Satanás (a "bocarra do inferno"). O poço é uma conhecida imagem folclórica do ventre que dá à luz; o porão tem um caráter semelhante, porém nele é mais forte o aspecto da morte-devoração. Desse modo, já aqui a terra e os orifícios adquirem uma significação grotesco-corporal complementar. Com isso, é preparada uma *inserção maior da terra e do mar na série corporal*.

Em seguida, Rabelais aborda o antigo mito de Faetonte, que, ao guiar a carruagem do sol, se aproximou muito da terra e por pouco não a queimou; *a terra suou tanto* que, devido ao seu suor, *o mar se tornou salgado* (segundo Plutarco, tal explicação da salinidade do mar foi apresentada por Empédocles). Rabelais transfere essas representações grotesco-

[378] *Idem*. Grifos de Bakhtin. (N. da T.)

-corporais do elevado plano mitológico para o alegre plano dos rebaixamentos festivo-populares:

> Então a terra foi tão escaldada que lhe deu um suor enorme, e ela suou o mar inteiro, que por esse motivo é salgado, porque todo suor é salgado; o que vocês podem bem confirmar, se provarem do seu próprio ou dos bexiguentos, quando danam a suar: por mim dá no mesmo.[379]

Todo o conjunto de imagens desse pequeno excerto é bastante característico: ele é *cósmico* (afinal, aqui é a terra que sua, e seu suor alimenta o mar); *a imagem do suor*, que é tipicamente grotesca, desempenha nele um papel preponderante (o suor é análogo a outras secreções, como a urina); em seguida, ele inclui a *imagem da doença*: sífilis, uma doença "alegre" e relacionada ao *baixo corporal*; por fim, nele a imagem do suor está relacionada à *comida* (sugere-se experimentar o gosto do suor), trata-se de um grau enfraquecido de *escatofagia*, típica do grotesco médico (já presente em Aristófanes). Nesse excerto, aparece implícito também o núcleo tradicional da imagem do Pantagruel-diabinho, ligada ao universo marítimo e que desperta a sede. Ao mesmo tempo, o personagem principal do trecho é a *terra*: no primeiro capítulo, ela, embebida do sangue de Abel, se tornou *fértil* e *pariu*; aqui, no segundo capítulo, ela *sua e tem sede*.

Adiante, Rabelais mostra uma ousada travestia paródica da procissão religiosa e do milagre. Durante a missa organizada pela igreja, os fiéis, que pediam chuva a Deus, de repente viam sair debaixo da terra grandes gotas de *suor*, como se fossem de uma pessoa que sua muito. As pessoas acharam que era o orvalho enviado por Deus em resposta às suas pre-

[379] *Idem*, p. 52. (N. da T.)

ces. Entretanto, eles se equivocaram, pois quando começou a procissão e cada um quis matar a sede com esse orvalho, perceberam que era uma salmoura mais salgada e pior do que a água do mar. Desse modo, o milagre enganou as esperanças bem-aventuradas dos fiéis. Aqui também a natureza material e corporal desempenha seu papel destronador.

Foi exatamente nesse dia e hora que nasceu Pantagruel. Por isso lhe deram o nome de "Pantagruel", que significa, de acordo com a etimologização burlesca de Rabelais, "todo-sedento".

O próprio nascimento do herói ocorre nas mesmas circunstâncias grotescas: do *ventre materno escancarado* primeiramente sai um comboio inteiro, carregado de *comidas salgadas* que despertam sede, e só depois aparece o próprio Pantagruel, "peludo como um urso".

No terceiro capítulo, é desenvolvido o *motivo ambivalente da morte-nascimento*: Gargântua não sabe se deve chorar pela morte da esposa ou rir de alegria pelo nascimento do filho, ele ora ri "como um bezerro" (que acabou de nascer), ora berra "como uma vaca" (que pare e morre).

No quarto capítulo, são retratadas as primeiras façanhas de Pantagruel, cometidas por ele ainda no berço; todas elas se resumem à *devoração* e à *deglutição*. A cada refeição ele *sugava* leite de quatro mil e seiscentas vacas. O mingau lhe era servido em um sino enorme. Seus *dentes* eram tão fortes e saudáveis, que ele *roeu* um bom pedaço do sino. Certa manhã, quando quis *mamar* em uma vaca, ele libertou uma de suas mãos amarradas ao berço, agarrou a vaca pelas pernas e *comeu suas tetas e metade do ventre junto com o fígado e os rins*. Ele a teria comido inteira, não fosse pela intervenção das pessoas que correram e tiraram a vaca de Pantagruel, porém não conseguiram arrancar dele a perna da vaca; ela permaneceu em suas mãos e foi *engolida* como uma salsicha. Outra vez, quando um urso domesticado se aproximou do berço, Pantagruel o agarrou, *o despedaçou e o engoliu* como um franguinho. Ele era tão forte que foi necessário acorrentá-lo ao berço, mas certa vez ele veio com o berço nas costas para a sala, onde Gargântua dava um enorme banquete e, como suas mãos estavam amarradas, ele *esticou a língua* e passou a comer com ela o que estava na mesa.

Como vimos, todas essas façanhas estavam ligadas a *mamar, devorar, deglutir, despedaçar*. Vemos aqui a *boca escancarada, a língua esticada, os dentes, a garganta, as tetas, a barriga*.

Não iremos acompanhar o desenvolvimento dessas imagens ao longo dos capítulos. Abordaremos apenas os exemplos mais expressivos.

No episódio com o estudante de Limousin, Pantagruel o agarrou pela *garganta* e por isso depois de alguns anos ele "morreu da morte de Rolando", ou seja, de *sede* (o tradicional núcleo da imagem do Pantagruel-diabinho).

No capítulo XIV, há a seguinte imagem característica. Durante um *banquete*, organizado no fim do processo de Chuparrabo e Beijacu, Panurgo embriagado diz:

> Ah, parceiro, se eu *subisse* o tanto que *entorno*, já estaria acima da esfera lunar, junto de Empédocles. Mas não sei que diabos isso quer dizer: este vinho é bom demais e mais delicioso, só que quanto mais bebo, mais tenho sede. Acho que a *sombra* do senhor Pantagruel *produz secura*, que nem a *lua* faz *catarros*.[380]

Destaquemos aqui o aspecto topográfico: as esferas mais elevadas do céu e o baixo do estômago. Aqui vemos ainda o tradicional núcleo da imagem de Pantagruel: o despertar da sede. Contudo, esse papel é desempenhado pela sua sombra

[380] *Idem*, p. 106. Grifos de Bakhtin. (N. da T.)

(enfatizemos a analogia com a sombra fértil do campanário do mosteiro). Também possui um caráter grotesco a tradicional e antiga representação da influência da lua (corpo celeste) sobre o catarro (doença).

No mesmo banquete, Panurgo conta a história, que já conhecemos, de como ele por pouco não foi *assado como carne* na Turquia e como ele mesmo *assou no espeto* um turco e por pouco não foi *dilacerado* por cachorros; ele se livrou da "dor de dente" (ou seja, da dor causada pelos dentes dos cães), jogando aos cachorros *aquela gordura* com a qual ele mesmo estava coberto. Há aqui ainda a imagem do *incêndio*, que queimou toda a cidade turca, e a imagem da *cura no fogo*: o assar no espeto curou Panurgo da sua ciática; esse episódio puramente *carnavalesco* termina com a glorificação do espeto e do assado.

De novo, o núcleo tradicional da imagem de Pantagruel ressurge no episódio com Taumasto. Depois do primeiro encontro com Pantagruel, Taumasto sentiu tanta sede que teve de beber vinho a noite toda e hidratar a *garganta* com água. Durante a disputa, quando o público começou a bater palmas, Pantagruel gritou:

> Diante dessas palavras, ficaram todos pasmos que nem patos e não ousaram nem sequer tossir, mesmo se tivessem *comido* sete quilos de penas. E ficaram tão *sedentos* só de ouvir a sua voz, que tinham a *língua meio palmo para fora da boca*, como se Pantagruel tivesse *salgado a garganta* deles.[381]

No episódio já conhecido da queima dos cavaleiros e do banquete, também aparece a boca escancarada de Pantagruel. O cavaleiro feito prisioneiro por ele

[381] *Idem*, p. 130. Grifos de Bakhtin. (N. da T.)

> [...] não tinha tanta certeza de que Pantagruel *não iria devorá-lo inteirinho*, coisa que ele de fato faria, de tão larga que era a sua *goela*, com a mesma facilidade com que a gente engole uma pastilha, e ele não daria na sua *boca* mais do que um grão de milho na *goela de um jumento*.[382]

Na representação da guerra contra o rei Anarco, aparecem com nitidez todas as principais imagens do primeiro livro: *a boca escancarada, a goela, o sal, a sede, a urina* (em vez de suor) etc. Essas imagens perpassam todos os episódios da guerra. Pantagruel envia ao rei Anarco, junto com o cavaleiro feito prisioneiro, uma caixinha cheia de eufórbio e de bagas de trovisco para despertar sua sede.

> Porém logo que ele *engoliu* uma colherada, veio um tal calor na garganta com ulceração da *úvula*, que a *língua pelou*. E ele não achou remédio algum para o seu caso, fora beber sem remissão; pois assim que tirava o copo da boca, a *língua* já queimava. Por isso, só ficaram entornando vinho *goela abaixo com um funil*.[383]

Depois do rei passaram a beber todos os comandantes. "Então cada um do exército começou a enxugar, chuchar e brindar que nem festa de São Martinho. Por fim, beberam tanto, mas tanto, que dormiram que nem porcos espalhados pelo acampamento."[384] Ao mesmo tempo, Pantagruel e seus companheiros se preparavam para a batalha à sua maneira. Ele levou consigo 237 barricas de vinho e prendeu à cintura

[382] *Idem*, p. 157. Grifos de Bakhtin. (N. da T.)

[383] *Idem*, p. 169. Grifos de Bakhtin. (N. da T.)

[384] *Idem*, pp. 169-70. (N. da T.)

a barca cheia de *sal*. Em seguida, eles beberam toda essa grandiosa quantidade de vinho, e, além disso, Pantaguel tomou uma *droga diurética*. Então, eles atearam fogo no acampamento do rei Anarco, onde todos ainda dormiam após a bebedeira. A sequência posterior das imagens é tão característica que citamos essa passagem na íntegra:

> Enquanto isso, Pantagruel começou a semear o sal que tinha na barca, e como dormiam com a *bocarra aberta e escancarada*, *foi enchendo a gorja inteira deles*, tanto que esses pobres coitados tossiam que nem raposas, gritando: "Ah, Pantagruel, você acendeu nossos tições!"
>
> Súbito Pantagruel teve vontade de *mijar*, por causa das drogas que Panurgo tinha lhe entregado, e *mijou* no acampamento tanto e tão fartamente, que *afogou* todos; e teve um *dilúvio* local num raio de dez léguas.
>
> E reza a história que, se a imensa égua de seu pai estivesse ali para mijar junto, teria resultado num dilúvio maior que o de Deucalião; porque ela nunca mijava sem produzir pelo menos um rio do tamanho do Ródano e do Danúbio.
>
> Ao verem a cena, aqueles que tinham saído da cidade diziam: "Eles foram mortos cruelmente, vejam o *sangue* escorrendo!" Mas estavam enganados, *pensando que a urina de Pantagruel fosse o sangue dos inimigos*, porque viam apenas o lustre do fogo dos pavilhões e um pouco da luz do luar.
>
> Os inimigos, por sua vez, quando acordaram vendo de um lado o fogo no acampamento e do outro a inundação e dilúvio urinal, não sabiam o que dizer, nem o que pensar. Alguns diziam que *era o fim do mundo e o Juízo Final, que seria consumado pelo fogo*; outros, que os deuses marinhos, Netuno,

Proteu, Tritão e outros, os perseguiam e que, na verdade, era água marinha e salgada.[385]

Vemos nesse caso como retornam todas as principais imagens dos primeiros capítulos do livro; apenas a água salgada não é aqui o suor, mas a urina, e ela é expelida não pela terra, mas por Pantagruel, porém ele, como gigante, adquire uma significação cósmica. Nesse trecho, o núcleo tradicional da imagem de Pantagruel é amplamente desenvolvido e hiperbolizado: *todo um exército de bocas escancaradas, uma barca inteira de sal derramada nessas bocas, o universo da água e as divindades marinhas, o dilúvio da urina salgada*. É característico o jogo com as imagens: *a urina, o sangue e a água do mar*. Todas essas imagens se somam aqui ao quadro de *uma catástrofe cósmica, do fim do mundo pelo fogo e pelo dilúvio*.

Aqui o escatologismo medieval é rebaixado e renovado mediante as imagens do absoluto baixo material e corporal. Trata-se do *incêndio carnavalesco que renova o mundo*. Lembremos da "festa do fogo", quando Goethe descreve o carnaval romano com seu "Morra!". Lembremos ainda da representação carnavalesca da catástrofe mundial em "Enigma em profecia"; as correntes de água que inundaram todos acabaram por ser *suor*, já o *incêndio universal* era um *fogo alegre do fogão*. No nosso episódio, todas as fronteiras entre os corpos e as coisas estão apagadas, como também estão apagadas as fronteiras entre a guerra e o banquete: o banquete, o vinho, o sal e o despertar da sede se tornam os principais meios de condução da guerra. O sangue é substituído por jatos abundantes de urina após uma bebedeira excessiva.

Não esqueçamos que a *urina* (assim como as fezes) é uma *matéria alegre*, que ao mesmo tempo rebaixa e alivia, transformando o *medo* em *riso*. Se as fezes são, por assim di-

[385] *Idem*, p. 171. Grifos de Bakhtin. (N. da T.)

zer, algo intermediário entre o corpo e a terra (trata-se de um elo cômico que conecta a terra e o corpo), *a urina é algo intermediário entre o corpo e o mar*. Por isso, o diabo Pantagruel dos mistérios, a *encarnação* do elemento marinho salgado, se torna em Rabelais, até certo grau, *a encarnação do alegre elemento da urina* (como veremos adiante, sua urina tem ainda propriedades curativas especiais). *As fezes e a urina corporificam a matéria, o mundo e os elementos cósmicos*, tornando-os algo intimamente próximo e *corporalmente compreensível* (afinal, trata-se de matéria e elemento gerados e expelidos pelo próprio corpo). *A urina e as fezes transformam o horror cósmico em um alegre monstro carnavalesco.*

É preciso considerar o grandioso papel do *medo cósmico*: o medo diante do imensuravelmente grande e do imensuravelmente forte (diante do céu estrelado, diante das massas materiais das montanhas, diante do mar) e o medo diante das revoluções cósmicas e dos desastres naturais presentes nos mais antigos mitologemas, nas cosmovisões, nos sistemas de imagens, nas próprias línguas e nas formas de pensamento a elas ligadas. *Algum tipo de memória sombria das revoluções cósmicas do passado e um medo vago diante dos futuros abalos cósmicos estão na própria base do pensamento, da palavra e da imagem humanos*. Esse medo cósmico — em seu fundamento nada místico em sentido estrito (afinal, é o medo do materialmente grande e da força material insuperável) — é usado por todos os sistemas religiosos para suprimir o ser humano e sua consciência. Contudo, já nas imagens mais antigas da arte popular se expressa também *a luta contra esse medo cósmico, a luta contra a memória e contra o pressentimento dos abalos cósmicos e da morte*. Nas imagens populares, que refletiam essa *luta*, se forjou a *autoconsciência destemida* verdadeiramente humana.[386] Essa luta contra o medo

[386] As imagens que expressam essa luta são muitas vezes entrelaçadas com as imagens que refletem a luta paralela, em um corpo individual,

cósmico em todas as suas formas e manifestações se apoiava não em esperanças abstratas, nem na eternidade do espírito, mas no *princípio material do próprio ser humano*. É como se o ser humano *explorasse* os elementos cósmicos (terra, água, ar, fogo), *encontrando-os e vivendo-os com vivacidade em si próprio, em seu próprio corpo; ele sentia* o *cosmos dentro de si mesmo*.

Essa apropriação dos *elementos cósmicos nos elementos do corpo* ocorria com especial agudez e consciência na época do Renascimento. Ela encontrou uma expressão teórica na *ideia de microcosmo* também utilizada por Rabelais na reflexão de Panurgo por nós citada (sobre devedores e credores). Ainda retornaremos a esses fenômenos da filosofia renascentista. Por ora, é importante frisar que o cosmos material e seus elementos *foram assimilados e percebidos nos atos e secreções do corpo, que eram também estritamente materiais: na comida, nas defecações, nos atos da vida sexual*; justamente neles, *como se de dentro do corpo*, foram encontrados, apalpados e assimilados a terra, o mar, o ar, o fogo e, no geral, a matéria universal em todas as suas manifestações. Foram as *imagens do baixo corporal* que possuíam uma *significação predominantemente microcósmica*.

com a memória de um nascimento doloroso e com o pressentimento da agonia. O medo cósmico é mais profundo e essencial; ele se aninha, por assim dizer, no corpo genérico da humanidade e, portanto, penetra nas próprias bases da língua, das imagens e do pensamento. Esse medo cósmico é mais essencial e forte do que o medo da morte individual e corporal, embora suas vozes às vezes se misturem nas imagens do folclore e, em especial, nas imagens da literatura. Esse medo cósmico é uma herança da antiga impotência humana diante das forças da natureza. A cultura popular era alheia a esse medo e o superava com o riso, com a corporificação cômica da natureza e do cosmos, pois essa cultura sempre se baseou em uma fé inabalável no poder e na vitória final do ser humano. Já as culturas oficiais com frequência utilizavam e até, por assim dizer, cultivavam esse medo para humilhar e oprimir o ser humano.

Na esfera da criação imagética, o *medo* cósmico (assim como todo medo) é vencido pelo *riso*. É por isso que *as fezes e a urina, como matérias engraçadas e corporalmente compreensíveis*, desempenham aqui um papel tão relevante. Por essa razão, elas figuram aqui em *quantidades hiperbólicas* e *dimensões cósmicas*. A *catástrofe cósmica*, representada por meio das *imagens do baixo material e corporal*, *é rebaixada, humanizada e transformada em um monstro engraçado*. O medo cósmico é vencido pelo riso.

Retornemos ao episódio da guerra contra Anarco. Nele há uma representação detalhada do combate de Pantagruel com o Gigante Lobisomem. Aqui continua o jogo com as mesmas imagens. Lobisomem se aproximou de Pantagruel com a *goela escancarada* (*la gueule ouverte*). Pantagruel "depois jogou da barca, que trazia na cintura, mais de dezoito cascos e uma arroba, que lhe encheu *boca e garganta, nariz e olhos*".[387] Durante o combate seguinte, Pantagruel atingiu Lobisomem na virilha e derramou o restante do vinho. "Então Lobisomem pensou que tinha pocado a bexiga e que o vinho era sua urina saindo."[388]

No capítulo seguinte, há um episódio com a ressurreição de Epistemão e seu relato sobre a visita ao reino do além-túmulo. Se lembrarmos que, na topografia corporal, o *inferno* é representado nas imagens do *baixo* corporal ou nas imagens da *boca escancarada* de Lúcifer, e que *a morte é deglutição ou retorno ao ventre da terra*, ficará óbvio que permanecemos no âmbito das mesmas imagens da *boca aberta* ou do *ventre escancarado*. No próximo capítulo, analisaremos em detalhes o episódio da visita ao inferno.

Todo o episódio da luta contra o rei Anarco termina com duas imagens de tipo puramente carnavalesco.

[387] *Pantagruel*, *op. cit.*, p. 175. Grifos de Bakhtin. (N. da T.)

[388] *Idem*, p. 176. (N. da T.)

A primeira imagem é um "banquete para todo mundo" utópico-carnavalesco: quando os vencedores chegam ao país dos amaurotes, "fizeram *grandes fogueiras* de regozijo por toda a cidade e belas *távolas redondas* fornidas com muita *comida*, bem postas pelas ruas. Era uma renovação dos *tempos de Saturno*, tamanho foi o *festim*".[389] A segunda imagem é o *destronamento carnavalesco do rei Anarco*, do qual já tratamos em outro lugar. Desse modo, a guerra termina com um banquete carnavalesco e com um destronamento.

No próximo capítulo é narrado como, durante uma forte chuva, Pantagruel cobriu com sua "*língua esticada*" todo o exército. Em seguida, ocorre uma descrição da viagem do autor (Alcofribas) pela *boca* de Pantagruel. Ao cair na *boca escancarada* do seu herói, Alcofribas encontrou nela *todo um mundo desconhecido*: vastos prados, florestas e cidades fortificadas. Havia mais de 25 reinos na boca. Os habitantes que povoavam a boca de Pantagruel estavam convencidos de que seu mundo era mais antigo do que a terra. Alcofribas viveu seis meses na *boca* do seu herói, *se alimentava* com o que passava pela boca de Pantagruel e *defecava* na sua *garganta*.

Esse episódio foi inspirado em Luciano (*Histórias verdadeiras*), porém termina com perfeição toda a série de imagens de boca escancarada que apresentamos. Afinal, o mundo inteiro se encontra na boca, que é uma espécie de inferno oral. Assim como o inferno na visão de Epistemão, esse mundo oral é organizado, até certo ponto, como um "mundo às avessas": aqui, por exemplo, pagam não pelo trabalho, mas pelo sono.

No episódio com o mundo mais "antigo do que a terra", localizado na boca de Pantagruel, revela-se a ideia da *relatividade* das avaliações espaciais e temporais, mas no aspecto grotesco do riso.

[389] *Idem*, p. 189. Grifos de Bakhtin. (N. da T.)

No capítulo XXXIII são narradas a *doença e a cura* de Pantagruel. Ele adoeceu devido a uma obstrução do estômago. Durante sua doença, de sua *copiosa urina quente* formaram-se, em vários lugares da França e da Itália, *fontes de águas termais com poderes curativos*. Aqui Pantagruel aparece de novo como a encarnação do alegre elemento cômico e corporal da urina.

No episódio da doença é ainda retratada a descida das pessoas para o estômago de Pantagruel, a fim de limpá-lo. Essas pessoas, armadas com picaretas, pás e cestas, entram em grandes bolas de cobre, que Pantagruel *engole* (a imagem da deglutição) como pílulas. Uma vez no estômago, as pessoas saem das bolas e fazem seu trabalho de limpeza. Assim como ocorreu com a *boca* no capítulo anterior, aqui o *estômago* é retratado em dimensões grandiosas, quase cósmicas.

Por fim, também no último capítulo — conclusivo — há imagens grotescas do corpo. Nele é apresentado o plano das partes posteriores do romance. Entre os episódios propostos é esboçada a *devastação do inferno por Pantagruel*, que joga Prosérpina no fogo, e de Lúcifer arranca *quatro dentes* e quebra seu chifre. Em seguida, é planejada a viagem de Pantagruel à lua com o objetivo de verificar se, durante a lua minguante, três quartos dela de fato se encontram na *cabeça* das mulheres.

Assim, do início ao fim de *Pantagruel*, o primeiro livro do romance (em ordem cronológica), o *leitmotiv* é composto pelas imagens da boca escancarada, da garganta, dos dentes e da língua. Essa boca escancarada integra o núcleo tradicional básico da imagem do diabo Pantagruel dos mistérios.

A imagem da boca escancarada é organicamente combinada, por um lado, com as imagens da deglutição e da devoração e, por outro, com as da barriga, do ventre e do parto. Ao mesmo tempo, em torno dela gravitam as imagens do banquete, bem como as da morte, da destruição e do inferno. Por fim, outro aspecto básico da imagem tradicional de Pantagruel está relacionado à boca escancarada: a sede, o elemento da água, o vinho, a urina.

Dessa maneira, todos os principais órgãos e lugares, bem como todos os acontecimentos fundamentais da vida do corpo grotesco, são desdobrados e aqui retratados ao redor da imagem central: a boca escancarada.

A imagem da boca escancarada é a expressão mais marcante de um corpo aberto e não fechado. Trata-se de um *portão escancarado às profundezas do corpo*. A abertura e a profundidade do corpo são ainda mais reforçadas pelo fato de existir dentro da boca todo um mundo habitado e de as pessoas descerem às profundezas do estômago como a uma mina subterrânea. A expressão da mesma *abertura corporal* aparece ainda nas imagens do *ventre escancarado* da mãe de Pantagruel, do ventre fértil da terra que bebera do sangue de Abel, do inferno etc. Essas *profundezas corporais* são férteis: nelas morre o velho, e o novo renasce em abundância; todo o primeiro livro está literalmente saturado de imagens da força reprodutiva, da fertilidade e da abundância. Junto a essa abertura corporal figuram constantemente o falo e a braguilha (como substituta do falo). Dessa maneira, o corpo grotesco está privado da fachada, da superfície fechada e ensimesmada, bem como da aparência expressiva: esse corpo é ora profundidades corporais férteis, ora protuberâncias reprodutivas que concebem. Esse corpo devora e pare, tira e dá.

Construído a partir das profundidades férteis e das protuberâncias reprodutivas, o corpo nunca é nitidamente separado do mundo: passa para o mundo, se mistura e se funde com ele; nele mesmo (assim como na boca de Pantagruel) se escondem novos mundos desconhecidos. O corpo assume dimensões cósmicas, e o cosmos se corporifica. *Os elementos cósmicos se transformam em alegres elementos corporais de um corpo crescente, reprodutor e vencedor*.

Pantagruel foi concebido e escrito durante os *desastres naturais* que se abateram sobre a França em 1532. Esses desastres não foram, é verdade, especialmente significativos e catastróficos, mas foram bastante fortes e tangíveis para impressionar a consciência dos contemporâneos e reavivar nela medos cósmicos e *representações escatológicas.*

Pantagruel foi, em grande medida, uma resposta alegre ao medo cósmico despertado por esses desastres naturais e aos sentimentos religiosos e escatológicos. Temos novamente diante de nós um exemplo formidável da ensaística renascentista de base popular e da praça. Trata-se de uma resposta militante aos acontecimentos e pensamentos da época e aos humores daquele momento histórico.

Em 1532, houve um calor e uma seca prolongados e severos, que duraram da primavera até novembro, ou seja, seis meses. A seca ameaçou as plantações e em especial os vinhedos. Em razão da seca, a Igreja organizou numerosas missas e procissões religiosas, travestidas de maneira paródica no início do romance. No outono do mesmo ano, em vários lugares da França se propagou uma epidemia da peste, que continuou até o ano seguinte. Em *Pantagruel* também há uma alusão a essa peste: ela é explicada por evaporações nocivas do estômago do herói, que sofria de indigestão.

Como já dissemos, desastres naturais e a epidemia da peste despertaram nesses anos, assim como ocorreu no século XIV, o *antigo medo cósmico* e o sistema de imagens *escatológicas* e de representações místicas a ele relacionados. Contudo, esses mesmos fenômenos, assim como no geral todas as catástrofes, costumam despertar o *criticismo histórico* e o desejo *de uma revisão livre* de todas as teses e avaliações dogmáticas (por exemplo, Boccaccio e Langland no século XIV). Algo semelhante, ainda que em menor grau, aconteceu nos tempos em que *Pantagruel* foi criado. Para Rabelais, isso serviu de ponto de partida para seu livro. É possível que a *imagem do diabinho Pantagruel*, que despertava sede, e o próprio *tom* dessa imagem *tivessem emergido do livre universo da linguagem da praça e das conversas sem cerimônias à mesa*, em que essa imagem foi o destinatário imediato de *alegres maldições* contra o mundo e a natureza, bem como personagem de *travestimentos livres* sobre o tema do escatologismo, do destino, da catástrofe mundial etc. No entanto, Rabelais concentrou em torno dessa imagem um enorme material da *cultura popular do riso, que se formara por milênios*, e que refletia a luta contra *o medo cósmico e o escatologismo*, e criava a imagem do *alegre cosmos material e corporal, em eterno crescimento e renovação.*

O primeiro livro do romance é o mais cósmico. Nos livros seguintes, esse aspecto enfraquece, e temas de ordem histórica e sociopolítica assumem o primeiro plano. Entretanto, até o fim do romance, a superação do medo cósmico e do escatologismo permanece um de seus principais temas.

O corpo grotesco desempenha um papel enorme no desenvolvimento desse tema. Esse corpo *de todo o povo*, em eterno crescimento e triunfo, se sente no cosmos como em sua *própria casa*. Ele é carne da carne e sangue do sangue do cosmos, nele há *os mesmos elementos e forças cósmicos*, só que mais bem organizados; *o corpo é a última e a melhor palavra do cosmos, ele é a principal força cósmica*; ele não teme o cosmos e todos os seus elementos. Ele tampouco teme a morte: *a morte do indivíduo* é apenas um momento na vida triunfante do povo e da humanidade, um momento *necessário para sua renovação e aperfeiçoamento.*

* * *

Passemos à análise de algumas fontes do corpo grotesco. Tocaremos apenas em alguns grupos de fontes mais próximas de Rabelais. A concepção grotesca do corpo, como dissemos, viveu nas imagens da própria língua, sobretudo nas formas da comunicação discursiva sem cerimônias; a concepção grotesca estava na base de todas as formas alegres *de fundo gestual* (mostrar o dedo, o nariz, o traseiro, cuspir, e toda uma variedade de gestos obscenos), de xingamentos, de destronamentos e de provocações; por fim, essa concepção do corpo perpassa as mais diversas formas e tipos de folclore. As imagens do corpo grotesco estavam espalhadas por toda parte; elas eram compreensíveis, familiares e habituais a todos os contemporâneos de Rabelais. Os grupos de fontes que aqui abordaremos são apenas algumas expressões características dessa concepção dominante e onipresente do corpo, diretamente relacionadas com a temática do romance rabelaisiano.

Em primeiro lugar, atentemos às lendas sobre os gigantes. Em sua essência, a imagem do gigante é uma imagem grotesca do corpo. Não obstante, é claro que esse caráter grotesco das imagens dos gigantes pode ser desenvolvido em maior ou menor grau.

Nos romances de cavalaria, muito comuns na época de Rabelais, as frequentes imagens de gigantes perderam quase por completo seus traços grotescos. Na maioria dos casos, essas imagens mostram só uma força física extraordinária e uma devoção ao seu senhor vencedor.

Na tradição heroico-cômica italiana — em Pulci (*Morgante*) e sobretudo em Folengo (*Fracassus*) —, as imagens de gigantes, transferidas do plano cortês para o cômico, readquirem traços grotescos. A tradição italiana dos gigantes cômicos era bem conhecida de Rabelais e deve ser considerada como uma das fontes de suas imagens grotesco-corporais.

No entanto, a fonte direta e imediata de Rabelais foi, como se sabe, o livro popular *As grandes e inestimáveis crônicas de Gargântua* (1532).[390] Essa obra anônima não é desprovida de alguns elementos de travestia paródica presentes em romances de cavalaria do ciclo arturiano, mas é claro que

[390] Obra incluída em F. Rabelais, *O ciclo de Gargântua e outros escritos*, org., trad., apres. e notas de Guilherme Gontijo Flores, São Paulo, Editora 34, 2023, pp. 23-56. (N. da T.)

ela não é, de modo algum, uma paródia literária no sentido tardio. A imagem dos gigantes tem aqui um caráter grotesco-corporal bem nítido. A fonte desse livro foi uma lenda popular oral sobre o gigante Gargântua. Essa lenda existia na tradição oral antes do advento das *Grandes crônicas* e continua a viver nessa mesma tradição oral até hoje, aliás não só na França, mas também na Inglaterra. Diferentes versões dessa lenda, registradas no século XIX, foram reunidas no livro de Paul Sébillot, *Gargantua dans les traditions populares* (Paris, Maisonneuve et Larose, 1883). Lendas modernas em dialeto *berrichon* sobre Gargântua e outros gigantes foram reunidas no livro de Jean Baffier, *Nos géants d'autrefois: récits berrichons* (Paris, E. Champion, 1920). Mesmo nessa tradição oral tardia, a imagem de Gargântua tem um caráter grotesco-corporal absoluto. Em primeiro plano, encontra-se o apetite grandioso do gigante seguido de outras funções grotescas do corpo; até hoje na França ainda é viva a expressão "*Quel Gargantua!*", que significa "Que comilão!".

Todas as lendas de gigantes são estreitamente ligadas ao relevo do seu local de origem: uma lenda sempre tem um *apoio evidente e visível no relevo local*, ela encontra um *corpo de gigante desmembrado, espalhado ou esmagado* na natureza. Ainda hoje, em diversos lugares da França, existe um número enorme de rochas, pedras, monumentos megalíticos, dolmens, menires etc. associados ao nome de Gargântua: trata-se de várias partes do seu corpo e de objetos pessoais. Encontramos nomes como: "dedo de Gargântua", "dente de Gargântua", "colher de Gargântua", "caldeirão de Gargântua", "cálice de Gargântua", "poltrona de Gargântua", "porrete de Gargântua" etc. Em essência, temos aqui um *conjunto rabelaisiano de membros dilacerados de um corpo gigantesco, de utensílios de cozinha e de objetos de uso pessoal.* Na época de Rabelais, esse universo de pedra composto por coisas e pelo corpo dilacerado do gigante era, é claro, mais rico ainda.

Espalhados por toda a França, partes do corpo dilacerado dos gigantes e seus utensílios gozavam de uma excepcional *evidência grotesca* e por isso não podiam deixar de exercer certa influência sobre as imagens de Rabelais. Por exemplo, em *Pantagruel* é mencionada uma tigela enorme, na qual cozinhavam mingau para o protagonista; essa tigela, acrescenta o autor, ainda hoje pode ser vista em Bourges. Atualmente, em Bourges não existe nada semelhante, mas chegaram até nós testemunhos do século XIV de que lá, de fato, havia uma enorme pedra na forma de uma piscina, chamada "*Scutella gigantis*", ou seja, "Cálice do gigante"; uma vez por ano vendedores despejavam nela vinho aos pobres. Portanto, Rabelais tirou essa imagem da realidade.[391]

Além do grotesco corporal das *Grandes crônicas*, é necessário mencionar ainda *O discípulo de Pantagruel*, um livro anônimo publicado em 1537. Esse livro refletiu a influência do próprio Rabelais e a de Luciano (*Histórias verdadeiras*); mas há ainda um aspecto festivo-popular, bem como a influência imediata da tradição oral das lendas de gigantes. Esse livro exerceu uma influência inversa sobre Rabelais.

É preciso enfatizar o papel dos gigantes festivo-populares. O gigante foi uma figura comum do repertório de teatro de feira (em que até hoje permanece junto com o anão). Contudo, ele também foi uma figura obrigatória das procissões carnavalescas, das procissões de Corpus Christi e de outras; no final da Idade Média, várias cidades tinham, além de "bu-

[391] Um vasto material folclórico sobre o corpo de pedra dilacerado do gigante e sobre seus utensílios é apresentado por Salomon Reinach em seu livro *Cultes, mythes et religions*, v. III: *Les monuments de pierre brute dans le langage et les croyances populaires* [*Cultos, mitos e religiões*, v. III: *Os monumentos de pedra bruta na linguagem e nas crenças populares*], Paris, Ernest Leroux, 1908, pp. 364-433; cf. ainda Paul Sébillot, *Le Folk-lore de France* [*O folclore da França*], Paris, Guilmoto, 1905, v. I, pp. 300-412.

fões da cidade", "gigantes da cidade" permanentes, ou até mesmo uma "família de gigantes", mantidos à custa da cidade e obrigados a se apresentar em todas as procissões festivo-populares. Em uma série de cidades e até povoados do norte da França e em especial da Bélgica, essa instituição de gigantes urbanos sobreviveu até o século XIX: por exemplo, em Lille, Douai, Cassel etc. Em Cassel, no ano de 1835, na festa em memória à fome de 1638, um gigante participou da cerimônia de distribuição gratuita de sopa a toda a população. Essa *relação dos gigantes com a comida* é bem característica. Na Bélgica, existiam "canções sobre gigantes" festivas, em que a *imagem do gigante* estava em estreita relação *com o fogão caseiro e com a preparação dos alimentos*.

A figura festivo-popular do gigante, parte indissolúvel das diversões populares da praça e das cerimônias carnavalescas, era evidentemente bem conhecida de Rabelais, embora não tenhamos dados específicos sobre essa questão. Ele também conhecia diversas lendas locais sobre gigantes, que não chegaram até nós. No romance, são mencionados nomes de gigantes lendários, que evidenciam sua relação especial com a comida e a deglutição: *Engolevent* [Engolevento], *Happemousche* [Papamosca], *Maschefain* [Mascafeno] etc.

Por fim, como já dissemos, Rabelais conhecia ainda as imagens de gigantes da Antiguidade; destacamos em especial sua familiaridade com o *Ciclope* de Eurípides, a quem ele se refere duas vezes no romance.

São essas as fontes relacionadas às imagens de gigantes. Acreditamos que, para Rabelais, as figuras dos gigantes festivos e populares eram da maior importância. Eles gozavam de uma enorme popularidade, eram conhecidos de todos, estavam profundamente imbuídos da atmosfera da liberdade festivo-popular da praça, e, por fim, estavam bastante ligados a representações populares sobre o excedente e a abundância materiais e corporais. A imagem e a atmosfera do gigante festivo dos teatros de feira certamente influenciaram a interpretação da lenda de Gargântua no livro popular *Grandes crônicas*. Parece-nos indubitável a influência dos gigantes populares, em sua interpretação do teatro de feira e da praça, sobre as imagens dos gigantes nos dois primeiros livros do romance de Rabelais.

No que concerne às *Grandes crônicas*, sua influência foi de caráter mais externo e se reduziu, em essência, a um simples empréstimo de diversos aspectos relacionados apenas ao enredo.

* * *

Um conjunto bastante relevante de fontes de imagens grotesco-corporais é constituído pelo ciclo de lendas e de monumentos literários relacionados às chamadas "maravilhas indianas". As imagens dos milagres indianos exerceram uma influência decisiva sobre todo o fantástico medieval; também percebemos sua influência — direta e indireta — no romance de Rabelais. Lembremos brevemente a história da tradição das "maravilhas indianas".

O primeiro a reunir todas as histórias sobre os milagres da Índia foi um grego que vivia na Pérsia: Ctésias de Cnido. Ele viveu no século IV a.C. e reuniu todas as histórias sobre os tesouros, sobre a fauna e a flora maravilhosas e sobre a *compleição física extraordinária* dos habitantes da Índia. A obra de Ctésias não chegou até nossos dias, mas serviu como fonte para Luciano (em suas *Histórias verdadeiras*), Plínio, Isidoro de Sevilha e outros.

No século II d.C., em Alexandria, surgiu *Physiologus*, que tampouco foi preservada. *Fisiólogo* é uma história natural, misturada com lendas e maravilhas. Nesse texto são descritos minerais, plantas e animais. Os *reinos da natureza* costumam ser misturados aqui de uma maneira bem grotesca. *Fisiólogo* foi amplamente utilizado em épocas posteriores, em particular por Isidoro de Sevilha, cuja obra serviu de fonte principal para os *Bestiários* medievais.

Um resumo de todo esse material lendário foi feito no século III d.C. por Pseudo-Calístenes. Há duas versões latinas de sua obra: uma de Julius Valerius, compilada por volta do ano 300, e outra com o título *História das guerras de Alexandre, o Grande*, compilada no século X. Mais tarde um resumo das lendas calistenianas foi incluído em todas as obras cosmográficas medievais (Brunetto Latini, Gautier de Metz etc.). Todas essas obras foram profundamente imbuídas da concepção grotesca do corpo herdada em especial do resumo calisteniano das "maravilhas indianas".

Em seguida, lendas de maravilhas indianas aparecem em relatos de viajantes, tanto reais (por exemplo, de Marco Polo) quanto fictícios (por exemplo, no livro muito popular de Jean de Mandeville). No século XIV, todas essas viagens foram reunidas em uma coletânea manuscrita e intitulada *Merveilles du monde*, ou seja, *Maravilhas do mundo*. Nesse manuscrito, há iluminuras interessantes que retratam imagens tipicamente grotescas de pessoas. Por fim, as maravilhas indianas integram um poema escrito em verso alexandrino: *Le Roman d'Alexandre*.

Assim se formou e se difundiu a lenda sobre as maravilhas indianas. Ela determinou ainda motivos de inúmeras obras de artes plásticas da Idade Média.

Qual é o caráter de todas essas maravilhas indianas? Lendas contavam sobre riquezas fabulosas, sobre a natureza excepcional da Índia e ainda sobre maravilhas de ordem puramente fantástica: diabos cuspindo fogo, ervas mágicas, florestas encantadas e fontes da juventude. A descrição de animais ocupa um lugar de destaque. Junto com animais reais (elefante, leão, pantera etc.) são descritos em detalhes animais fantásticos: dragões, harpias, unicórnios, fênix etc. Assim Mandeville descreve minuciosamente um grifo, e Brunetto Latini, um dragão.

No entanto, a descrição de seres humanos jamais vistos é de suma importância para nós. Esses seres têm um caráter puramente grotesco. Alguns deles são meio animais, por exemplo, hipópodes, cujas patas têm cascos, sereias, cinocéfalos que latem em vez de falar, sátiros, onocentauros etc. Portanto, é apresentada toda uma galeria de imagens do *corpo híbrido*. Há aqui, é claro, os gigantes, os anões e os pigmeus. Por fim, há pessoas dotadas de diversas deformidades: sciópodes que têm uma única perna, lehumanos sem cabeça e com o rosto no peito; pessoas com um único olho na testa, com olhos nos ombros ou nas costas; pessoas com seis braços, as que comem com o nariz etc. Trata-se de desenfreadas *fantasias anatômicas* grotescas que eram muito populares na Idade Média.

Rabelais também apreciava tais fantasias, tal jogo livre com o corpo e seus órgãos: basta recordar seus pigmeus nascidos dos gases de Pantagruel, cujos corações estão localizados perto do ânus; os monstruosos filhos de Antifísia, a célebre descrição do Quaresmeiro (*Quaresmeprenant*) etc. Em todas essas imagens se manifesta o mesmo caráter de fantasias anatômicas.

Uma particularidade muito relevante das lendas sobre as maravilhas da Índia é a sua relação essencial com o motivo do inferno. A grande quantidade de demônios, que aparecem nas florestas e nos vales da Índia, fez supor que, em alguns lugares, se ocultavam *orifícios* que conduziam ao inferno. A Idade Média também estava certa de que na Índia se localizava o paraíso terrestre, ou seja, o local da morada inicial de Adão e Eva: diziam que ele se situava há três dias de viagem da fonte da juventude. Diziam que Alexandre, o Grande, viu na Índia a "morada dos justos" cercada por todos os lados, onde eles viveriam até o Juízo Final. Nas lendas sobre o Preste João e seu reino (localizado na Índia), também se narra sobre os caminhos para o inferno e para o paraíso terrestre. O reino de Preste João era atravessado pelo rio Fison, que se originava no paraíso terrestre. A presença de caminhos e orifícios (*trous*), que conduzem ao inferno ou ao paraíso terrestre, cria um caráter bem particular do espaço desses países maravilhosos. Isso se deve à particularidade geral da percepção e da compreensão artístico-ideológica do espaço na Idade Média. O espaço terrestre é construído como um corpo grotesco: ele consiste em elevações e depressões. A superfície plana da terra é constantemente interrompida por direcionamentos para cima ou para baixo: para as profundezas terrestres, para o inferno. Nesses orifícios e profundezas, como na boca de Pantagruel, sugere-se a existência de um outro mundo. Ao viajar pela terra, buscavam portais ou portas que conduzissem a outros mundos. A expressão clássica de tais viagens é a notável *Viagem de São Brandão*, da qual trataremos no próximo capítulo. Nas lendas populares, esse espaço terrestre, composto de elevações e depressões ("buracos"), era corporificado em maior ou menor grau.

Tudo isso criava um caráter específico para a topografia medieval e uma representação singular do cosmos. No próximo capítulo, ainda voltaremos a essas questões.

O conjunto de lendas sobre as maravilhas indianas gozava de grande popularidade na Idade Média. Além da literatura cosmográfica em sentido amplo (incluindo a literatura de viagem) já mencionada, esse conjunto exerceu uma enorme influência sobre toda a criação literária da Idade Média. Além disso, as maravilhas indianas tiveram reflexos poderosos também nas artes plásticas: como já dissemos, elas determinaram motivos de numerosas iluminuras em manuscritos, pinturas em murais e esculturas em catedrais e igrejas.

Dessa maneira, graças em parte também às maravilhas indianas, o corpo grotesco era familiar à imaginação e ao olhar do ser humano da Idade Média. Tanto na literatura quanto nas artes plásticas, esse ser humano se deparava em toda parte com um corpo híbrido, bem como uma fantasia anatômica inusitada, ou seja, um jogo livre com os membros do corpo humano e com seus órgãos internos. A violação de todas as fronteiras entre o corpo e o mundo também lhe era familiar.

Assim, as maravilhas indianas são uma fonte importante da concepção grotesca do corpo. É necessário dizer, que, na época de Rabelais, essas lendas ainda eram vivas e despertavam um interesse generalizado.

No último capítulo de *Pantagruel*, Rabelais, ao apresentar o plano posterior do seu romance, esboça o episódio da viagem de seu personagem ao país de Preste João, ou seja, à Índia; imediatamente depois deveria vir o episódio da destruição do inferno, cuja entrada se dava, pelo visto, pelo país de Preste João. Por conseguinte, na concepção original do romance as maravilhas indianas desempenhavam um papel significativo. Obviamente, é grande a influência direta e indireta das lendas sobre as maravilhas indianas no fantástico anatômico e grotesco de Rabelais.

* * *

Outra fonte muito importante da concepção grotesca do corpo foi o palco medieval dos mistérios, em especial, é claro, das diabruras.

A imagem do corpo nas diabruras é grotesca. Aparece com bastante frequência *o corpo dilacerado, queimado, assado e engolido*. Por exemplo, no já citado *Mistério dos atos dos apóstolos*, no qual encontramos, pela primeira vez, o diabinho Pantagruel, Lúcifer ordena que os diabos assem alguns hereges, e ao mesmo tempo é feita uma descrição muito longa e detalhada dos meios pelos quais eles deveriam ser assados. Em outro mistério, o *Mistério de São Quintino*, é feita uma longa enumeração de verbos — mais de cem — que expressam todo tipo de torturas corporais: os corpos são queimados no fogo, mutilados, esquartejados, despedaçados etc. Assim, aqui ocorre uma dilaceração e uma anatomização grotesca do corpo. Em Rabelais, há imagens de *almas pecadoras sendo devoradas*, certamente na relação com as diabruras. Já abordamos o caráter grotesco-corporal da representação das imagens de demônios e de seus movimentos corporais nas diabruras.

A própria disposição do palco dos mistérios teve uma importância excepcional como fonte da concepção grotesca do corpo. Esse palco refletia as representações medievais sobre a organização hierárquica do espaço no mundo. Seu primeiro plano era ocupado por uma construção especial, um tipo de estrado que servia como primeiro andar. Esse estrado simbolizava a *terra*. No fundo do palco, o *paraíso* ou o *céu* ocupava um plano mais elevado (hoje esse nome é usado não para o palco, mas para os assentos que ficam na parte mais alta, ou seja, as galerias, *paradis*). Embaixo do estrado que representava a terra ficava a *cavidade do inferno*. Ela era demarcada por uma ampla cortina com a imagem de uma *enorme e terrível cabeça do diabo* (*Arlequim*). Essa cortina se abria por meio de cordas, e os diabos saltavam de lá *através da boca escancarada de Satanás* (e às vezes também pelos olhos) e pulavam para o estrado, que representava a terra. Certo autor de mistério dá a seguinte instrução cênica (de 1474): "O inferno deve parecer uma boca enorme, abrindo e fechando conforme a necessidade".[392]

Desse modo, a *boca escancarada* é justamente o que todos os espectadores dos mistérios viam bem diante de si. Afinal, essa entrada do inferno se localizava bem no centro do primeiro plano do palco e na altura dos olhos dos espectadores. Essa "boca do inferno" ("*la gueulle d'Enfer*", como costumava ser chamada) atraía toda a atenção do público medieval. Toda a curiosidade estava voltada para ela. Já dissemos que a diabrura — essa parte popular e da praça dos

[392] Cf. também a representação da cena de *Le Mystère de la Passion*, apresentada em Valenciennes em 1547, anexa à L. Petit de Julleville, *Histoire de la langue et de la littérature française*, Paris, Armand Colin, 1900, v. II, pp. 415-7.

mistérios — sempre gozou de um sucesso excepcional em amplas camadas do povo e muitas vezes ofuscava deles o restante do mistério. Por isso, tal organização do palco do mistério não poderia deixar de exercer uma grande influência sobre a percepção artística do universo espacial por parte do amplo público medieval: *o público se acostumou à imagem da boca escancarada em seu aspecto cósmico*, aprendendo a olhar para essa boca aberta e esperar o surgimento dos personagens os mais interessantes e grotescos. Considerando a enorme importância do palco dos mistérios para a vida artística e ideológica da Idade Média tardia, pode-se afirmar que a imagem da boca escancarada se fundiu à representação artística tanto do próprio mundo quanto da sua encarnação teatral e de espetáculo.

Otto Driesen, que dedicou à boca cênica de *Arlequim* uma série de páginas formidáveis do seu livro *A origem de Arlequim*,[393] reproduz na página 149 (desenho 1) um esboço de um balé do século XVII (esse esboço foi preservado nos arquivos do teatro da Ópera de Paris). Aqui, bem no centro do palco, há uma enorme cabeça com a boca escancarada. Uma diaba está sentada dentro da boca escancarada, dois diabos espreitam pelos olhos, há um diabo em cada uma das orelhas, e diabos e palhaços dançam em torno da cabeça. Esse esboço sugere que, no século XVII, a imagem de uma enorme boca escancarada e os atos cênicos dentro dela ainda eram comuns e bastante compreensíveis. No entanto, Driesen aponta que, ainda em sua época, a expressão o "manto de Arlequim" (*manteau d'Arlequin*) servia de termo técnico nos teatros parisienses para designar todo o primeiro plano do palco.

Assim, a topografia do palco dos mistérios era na maior parte uma topografia grotesco-corporal. Não resta nenhuma dúvida de que a boca escancarada como a principal imagem

[393] *Der Ursprung des Harlekin*, Berlim, Alexander Duncker, 1904. (N. da T.)

de *Pantagruel* está associada não só ao núcleo tradicional da imagem desse personagem (o ato de atirar sal na boca etc.), mas também com a organização do palco dos mistérios por nós analisado. A organização das imagens de Rabelais certamente reflete a topografia grotesco-corporal desse palco. Até onde sabemos, na literatura rabelaisiana, ninguém observou o papel preponderante da boca escancarada no primeiro livro de Rabelais e tampouco o comparou com a organização do palco dos mistérios. Entretanto, esse fato é extremamente relevante para uma correta compreensão de Rabelais: ele testemunha a enorme influência das formas teatrais e populares de espetáculo sobre sua primeira obra e sobre todo o caráter da sua visão e do seu pensamento artístico-ideológico. Ele também mostra que a *imagem da boca escancarada* em sua significação cósmico-grotesca, tão estranha e incompreensível ao novo leitor, era *profundamente próxima e compreensível* aos contemporâneos de Rabelais: ela era muito *familiar aos olhos*, assim como eram familiares o seu universalismo, as suas relações cósmicas e a saída dessas figuras grotescas da boca escancarada para o palco, no qual eram encenados os acontecimentos universais do drama bíblico e evangélico. Também era compreensível e evidente a significação topográfica dessa boca escancarada, como um portão para o inferno. Tal é a influência da cena dos mistérios e das diabruras no desenvolvimento da concepção grotesca do corpo em Rabelais.

* * *

As relíquias, que desempenharam um papel enorme no mundo medieval, exerceram certa influência sobre o desenvolvimento das representações grotesco-corporais. Pode-se dizer que partes dos corpos dos santos foram espalhadas por toda a França (assim como por todo o mundo cristão medieval). Não havia igreja ou mosteiro onde não se guardassem relíquias, ou seja, parte ou partícula do corpo às vezes bastante bizarras (por exemplo, uma gota do leite do seio da Virgem Maria, o suor de alguns santos, este mencionado por Rabelais); guardavam braços, pernas, cabeças, dentes, cabelos, dedos etc.; é possível fazer uma enumeração grotesca bastante extensa de órgãos do corpo desmembrado. Na época de Rabelais, a ridicularização das relíquias era muito comum, em especial, é claro, nas sátiras protestantes; até o agelasta Calvino escreveu uma série de panfletos sobre as relíquias com um quê de comicidade.

Na literatura medieval, o corpo desmembrado de um santo costumava motivar imagens e enumerações grotescas. Em uma das melhores travestias paródicas medievais, no *Tratado de Garcia* (1099), já mencionado por nós, seu protagonista, um rico arcebispo-simonista de Toledo, traz para Roma, como presente para o papa, as relíquias milagrosas dos santos-mártires Rufino e Albino. Na linguagem de travestias e de paródias daqueles tempos, esses santos inexistentes representavam o ouro e a prata. Nelas é retratado o amor especial do papa por esses santos. Ele os glorifica e pede que lhe tragam todos os preciosos restos mortais desses santos, fazendo uma enumeração totalmente grotesca das partes do corpo desmembrado: "os rins de Albino, as entranhas de Rufino, a barriga, o estômago, a cintura, o traseiro, as costelas, o peito, as pernas, o braço, o pescoço. O que mais? Todos os membros dos corpos dos dois mártires". Vemos que, já no século XI, as relíquias deram origem a uma anatomia puramente grotesca do corpo dilacerado.

A literatura recreativa latina da Idade Média era, em geral, muito rica em imagens da anatomia grotesca. Já abordamos a gramática paródica, em que todas as categorias gramaticais eram, na maioria dos casos, compreendidas no plano do *baixo corporal*. De maneira geral, a *renovação* de categorias e de conceitos filosóficos abstratos no plano material e corporal é bastante característica da literatura recreativa da Idade Média. No célebre diálogo entre Salomão e Marcul (citado por Rabelais em *Gargântua*), as elevadas sentenças morais de Salomão são confrontadas com as respostas do pícaro Marcul, que, na maioria dos casos, transfere a questão para uma esfera material e corporal bastante grosseira.

Darei mais um exemplo interessante da anatomia grotesca medieval. A partir do século XIII, em quase todos os países da Europa era muito popular o poema *O testamento do asno*. Nele, o asno, prestes a morrer, lega diversas partes do seu corpo a vários grupos sociais e profissionais da Idade Média, começando pelo papa e pelos cardeais. Assim, aqui ocorre um desmembramento do corpo, que é acompanhado de um desmembramento correspondente da hierarquia social: a cabeça do asno é deixada aos papas, as orelhas aos cardeais, a voz aos cantores, as fezes aos camponeses (para servir de adubo) etc. A origem dessa anatomia grotesca do corpo do asno é bastante antiga. Segundo o testemunho de São Jerônimo, já no século IV d.C. *O testamento do porco* (*Testamentum porcelli*) estava em voga entre os escolares. Esse antigo testamento foi copiado também na Idade Média (chegando até nós) e, pelo visto, serviu de fonte principal para *O testamento do asno*.

Em travestias como *O testamento do asno*, é curiosa *a combinação do desmembramento do corpo com o desmembramento da sociedade*. Trata-se de uma travestia paródica das mais antigas e populares representações míticas sobre a origem dos diversos grupos sociais a partir das várias partes do corpo de uma divindade (a mais antiga obra dessa topografia sociocorporal é o *Rigveda*), que na maioria dos casos era dilacerado durante o sacrifício.[394] Aqui, no lugar do cor-

[394] O *Rigveda* (X, 90) retrata o surgimento do mundo a partir do corpo do homem Purusha: os deuses sacrificaram Purusha e desmembraram seu corpo de acordo com a técnica da dilaceração sacrificial; diferentes partes do corpo deram origem aos diversos grupos sociais e aos fenômenos cósmicos: da boca surgiram os brâmanes, dos braços os guerrei-

po de uma divindade, esse papel é desempenhado pelo *corpo de um asno*. Como já dissemos, o *asno* é também uma *travestia da divindade* muito antiga e tradicional. Nas travestias medievais, é enorme o papel do asno, de seus órgãos, de seu zurro, dos gritos de incitação dirigidos a ele. Em Rabelais, encontramos os gritos dos condutores de asnos; várias vezes ocorre ainda um xingamento muito característico "*viédaze*", ou seja, o falo do asno. A natureza topográfica dessa expressão injuriosa é bastante óbvia. Citemos mais uma expressão rabelaisiana: "Isso é tão difícil quanto sair um peido (*pet*) do traseiro de um asno morto". Trata-se de uma peculiar potencialização (elevação a um grau superior) do baixo topográfico: o *traseiro*, ainda mais de um *asno*, e, além disso, de um *asno morto*. Semelhantes xingamentos potencializados ocorrem reiteradamente na linguagem rabelaisiana.

* * *

Uma fonte muito importante da concepção grotesca do corpo são as promessas, os juramentos, os xingamentos e todo tipo de expressões injuriosas. Como já discorremos bastante sobre esses fenômenos, aqui nos limitaremos somente a algumas considerações complementares.

Toda expressão injuriosa sempre contém a imagem da *morte prenhe* em alguma forma corporal-topográfica. Nossa análise de *Pantagruel* mostrou que um dos principais motivos desse livro é *o motivo da morte que dá à luz*: a primeira morte que renovou a fertilidade da terra, o nascimento de Pantagruel que sufocou sua mãe etc. Esse tema varia o tem-

ros, dos olhos o sol, da cabeça o céu, dos pés a terra etc. Na mitologia germânica cristianizada, encontramos uma concepção semelhante, com a diferença de que nela o corpo é criado a partir de diferentes partes do mundo: o corpo de Adão é feito de oito partes — a carne da terra, os ossos das pedras, o sangue do mar, os cabelos das plantas, os pensamentos das nuvens etc.

po todo em uma diversidade de imagens topográfico-corporais e se transforma, sem perder a expressão corporal, no tema da morte e da renovação históricas: a queima dos cavaleiros, a transformação da morte e da guerra em banquete, o destronamento do rei Anarco etc. Em sentido estrito, por mais paradoxal que pareça, temos diante de nós um *xingamento estendido*: *o mundo todo é mostrado como uma morte prenhe e que dá à luz*.

Na atmosfera carnavalesca e festivo-popular em que as imagens de Rabelais foram construídas, expressões injuriosas eram fagulhas que se espalhavam para diferentes direções daquele enorme incêndio que renovou o mundo. Não é à toa que, na festa do fogo, *moccoli*, a cada vela apagada soava "Morra!" com uma entonação alegre. Deve-se dizer que a forma do xingamento alegre, das maldições e das blasfêmias alegres contra as forças cósmicas, inicialmente com um caráter de culto, em épocas subsequentes desempenhou um papel essencial no sistema de imagens que refletia a luta contra o medo cósmico e contra qualquer medo diante do superior. Afinal, os antigos xingamento e ridicularização rituais eram precisamente o xingamento e a ridicularização do *poder superior*: sol, terra, rei, comandante. Na época de Rabelais, essa ridicularização ainda estava preservada nos xingamentos da praça.

Uma das fontes relevantes da imagem grotesca do corpo foram as formas da *comicidade popular da praça*. Trata-se de um universo extenso e variado; só podemos abordá-lo aqui de passagem. Todos esses *bateleurs*, *trejectaires*, *theriacleurs* etc. foram ginastas, ilusionistas, bufões, macacos-reis (macacos travestidos grotescamente como seres humanos) e vendedores de poções medicinais universais. O universo de formas cômicas cultivadas por eles era um universo grotesco-corporal bastante evidente. Ainda hoje, o corpo grotesco foi preservado com mais plenitude nos teatros de feira e em parte no circo.

Infelizmente as formas da comicidade popular francesa nos são mais conhecidas a partir de fenômenos posteriores (a começar pelo século XVII), quando já estavam sob a influência da comédia italiana improvisada. É verdade que essa comédia preservou a concepção grotesca do corpo, porém em uma forma um tanto suavizada e enfraquecida por influências puramente literárias. Em compensação, nos "*lazzi*", ou seja, em todos os truques fora do enredo dessa comédia, a concepção grotesca do corpo se desdobra em toda a sua amplitude.

No início deste capítulo, analisamos uma cena de comédia italiana com um gago e o Arlequim. A comicidade dessa cena reside no fato de que a pronúncia de uma palavra difícil era encenada como o *ato de parir*. Trata-se de um fenômeno bastante típico da antiga comicidade popular. Toda a *lógica dos movimentos* de um corpo cômico-popular (o que ainda pode ser observado nos teatros de feira e no circo) é uma *lógica corporal topográfica*. O sistema de movimentos desse corpo é orientado em relação ao *alto* e ao *baixo*: são voos e quedas (afundamentos). A sua expressão mais elementar — por assim dizer o *primeiro fenômeno* da comicidade popular — é o *movimento da roda*, ou seja, o deslocamento contínuo do alto corporal para o baixo e vice-versa (ou, o que era equivalente, o deslocamento da terra e do céu). Isso também se manifesta em toda uma série de outros movimentos elementares de um palhaço de teatro de feira: *o traseiro insiste em ocupar o lugar da cabeça, e a cabeça o lugar do traseiro*. Outra expressão do mesmo princípio é o enorme papel *do avesso, do contrário*, dos movimentos e das ações *às avessas* no agir do corpo cômico popular. Uma análise mais profunda e sutil revelaria em muitos gestos e truques tradicionais típicos dessa comicidade a mesma encenação do ato de parir que observamos na cena analisada. Além disso, na base da grande maioria dos gestos e truques tradicionais está uma *encenação* mais ou menos clara dos *três atos funda-*

mentais da vida do corpo grotesco: o *ato sexual*, a *agonia-morte* (em sua expressão grotesco-cômica: língua estendida, olhos esbugalhados, sufocamento, estertores antes da morte etc.) e o *ato de parir*. Além disso, muitas vezes *esses três atos se transformam um no outro e se fundem*, já que seus sintomas e expressões externos coincidem em grande medida (contrações e tensão, olhos esbugalhados, suor, tremor dos braços e das pernas etc.). É uma *espécie de jogo cômico de morte-ressurreição de um único corpo*; esse corpo o tempo todo cai no túmulo e de novo se ergue sobre a terra, movimenta-se sem parar de baixo para cima (um truque comum é a falsa morte e a ressurreição inesperada do palhaço). Na comicidade popular, a topografia corporal se entrelaça de modo indissolúvel com a topografia cósmica: na organização do teatro de feira e do circo, em que o corpo cômico se movimenta, percebemos os mesmos componentes topográficos da construção do palco dos mistérios: a terra, o inferno e o céu (mas, é claro, sem a sua concepção cristã, que é característica do palco dos mistérios); aqui são percebidos elementos cósmicos: o ar (voos e truques de acrobacia), a água (nado), a terra e o fogo.

O caráter grotesco se manifesta no modo como o corpo cômico-popular ganha forma. No capítulo anterior, mencionamos a imagem peculiar de *Gros-Guillaume*, que encarnava em si o vinho e o pão. O modo como a figura de *Gros-Guillaume* ganha forma mostra com bastante nitidez qual era a *tendência geral de interpretação das figuras da comicidade popular*: *apagar as fronteiras entre o corpo e a coisa, entre o corpo e o mundo e enfatizar uma parte grotesca do corpo* (a barriga, o traseiro, a boca).

Também no repertório *verbal* da comicidade popular encontramos em toda parte a expressão da concepção grotesca do corpo: uma obscenidade específica, os xingamentos e as maldições, as travestias rebaixadoras, o corpo dilacerado etc. É bastante compreensível que a comicidade popular seja uma das fontes mais essenciais das imagens grotesco-corporais rabelaisianas.

Diremos algumas palavras sobre a anatomia épico grotesca. O epos da Antiguidade e da Idade Média, bem como o romance de cavalaria, não eram nem um pouco indiferentes à concepção grotesca do corpo. Imagens de um corpo desmembrado, descrições anatômicas detalhadas de feridas e golpes infligidos eram, nesse caso, fenômenos totalmente comuns. Essas descrições anatômicas de feridas e mortes se tornam no epos algo até mesmo canônico (sob a influência de Homero e Virgílio). No prefácio de *La Franciade*, Ronsard afirma: "Se você deseja que algum oficial ou soldado morra no campo de batalha, ele deve ser atingido na parte mais mortal do seu corpo, e para isso você deve ser um bom anatomista". Contudo, no epos, essa anatomização grotesca do corpo é muito restrita, pois aqui o corpo é individualizado e fechado ao extremo. Nesse caso, só restam vestígios da concepção grotesca, já derrotada pelo novo cânone do corpo.

* * *

Uma influência significativa sobre a concepção grotesca do corpo em Rabelais foi exercida por Plínio, Ateneu, Macróbio e Plutarco, ou seja, em grande medida pelos representantes da literatura das conversas à mesa da Antiguidade. Nessas conversas, por toda parte estão presentes imagens essenciais do corpo grotesco e dos processos corporais grotescos. Na temática das conversas à mesa, fenômenos como a copulação, a gravidez, o parto, a comida, a bebida e a morte desempenharam um papel relevante.

No entanto, entre todos os autores da Antiguidade, a maior influência sobre a concepção grotesca do corpo em Rabelais foi exercida por Hipócrates, e mais precisamente pela *Antologia de Hipócrates*. Essa influência dizia respeito não só às visões filosóficas e médicas de Rabelais, mas também às suas imagens e ao seu estilo. Isso se explica pelo fato de que o pensamento de Hipócrates e de outros autores dessa antologia tinham um caráter menos conceitual e mais imagético.

Pela sua composição, a *Antologia de Hipócrates* está longe de ser una: aqui estão reunidas obras provenientes de diferentes escolas; do ponto de vista filosófico-medicinal, há diferenças significativas na compreensão do corpo humano, da natureza das doenças e dos métodos de tratamento. Entretanto, apesar de todas essas diferenças, a concepção grotesca do corpo continua a predominar em todos os textos da antologia: as fronteiras entre o corpo e o mundo são enfraquecidas, o corpo é abordado sobretudo em seus momentos de inconclusibilidade e abertura; a sua aparência interna não é separada do aspecto intracorporal; o tempo todo é registrada a troca entre o corpo e o mundo. Todo tipo de excreções do organismo, que desempenharam um papel tão grande na imagem grotesca do corpo, adquirem uma importância enorme.

A doutrina dos quatro elementos foi aquele plano em que foram apagadas as fronteiras entre o corpo e o mundo. Eis um pequeno trecho de "Sobre os ventos" ("De flatibus"):

> Os corpos das pessoas e de outros seres vivos se nutrem de três tipos de alimentos; os nomes desses alimentos são: comida, bebida e ar (pneuma). *Os ares que estão dentro dos corpos são chamados de ventos, e os que estão fora do corpo de ar*. Este é o último e maior governante de tudo e em tudo, e é importante considerar a sua força. De fato, o vento é a corrente e a saída do ar. Por isso, quando o ar abundante produz uma corrente forte, *com a força do seu sopro as árvores são arrancadas da terra com a raiz*, o mar se agita em ondas e enormes navios carregados são jogados para cima e de um lado para o outro [...]. De fato, o que há entre o céu e a terra está repleto de ar, e *ele é a causa do inver-*

no e do verão, sendo ao longo do inverno condensado e frio e no verão suave e calmo. Mais do que isso, *o ar orienta o caminho do sol, da lua e das estrelas*. Pois o ar é *o alimento para o fogo*, e o fogo não pode existir sem ele, pois o ar, por si mesmo eterno e sutil, *produz o eterno movimento do sol* [...]. Desse modo, já explicamos o motivo de o ar ter tanta força sobre o restante. Porém, mesmo para os mortais, ele é a *causa da vida*, e para os doentes a causa das *doenças*. E para todos esses é tamanha a necessidade de ar, que se uma pessoa se abstiver de todos os outros alimentos e bebidas, ainda assim poderá continuar a sua vida por dois, três ou até mais dias, mas, se o caminho do ar para o corpo for bloqueado, a pessoa morrerá em um curto período de tempo, tamanha é a necessidade do ar no corpo [...]. Porém, com muitos alimentos entra no corpo também muito ar, pois *em tudo aquilo que se come e se bebe entra o ar em maior ou menor quantidade*. E é evidente que os *arrotos* acontecem com muitos depois de comer e beber, porque sem dúvida o ar contido corre de volta, ao estourar todas as bolhas nas quais ele se escondia.[395]

O autor dessa obra reconhece o ar como o principal elemento do corpo. No entanto, esse elemento é visto por ele, é claro, não em sua forma física e química impessoal, mas em suas manifestações *imagéticas evidentes e concretas*: ele é mostrado como *vento*, que arremessa *navios carregados*, como *ar*, que dirige o *movimento do sol e das estrelas*, e como

[395] Citação a partir da tradução russa: Hipócrates, *Livros selecionados*, tradução do grego do prof. V. I. Rúdnev, organização, artigo introdutório e notas do professor V. P. Kárpov, Moscou, Editora Estatal de Bibliografia de Biologia e Medicina, 1936, pp. 264-7. Grifos de Bakhtin.

principal *elemento vital do corpo humano. Aqui a vida cósmica e a vida do corpo humano são aproximadas ao extremo e apresentadas em sua unidade imagética evidente: que vai do movimento do sol e das estrelas até o arroto humano*; tanto o caminho do sol quanto os arrotos são gerados pelo mesmo ar concreto e tangível. Em outras obras da coletânea, o mesmo papel de mediador entre o corpo e o cosmos é desempenhado por outros elementos: a água e o fogo.

Em "Sobre ares, águas e lugares" ("De aere, aquis, locis"), há o seguinte trecho:

> Com a terra ocorre o mesmo que com as pessoas. De fato, o local onde as estações do ano produzem grandes e frequentes mudanças é bastante selvagem e acidentado, e nele você pode encontrar muitas montanhas cobertas de mato, além de campos e prados. Contudo, onde as estações do ano não são muito variadas, o local é também bastante uniforme. O *mesmo ocorre com as pessoas*, se alguém atentar para isso. Com efeito, *há algumas pessoas que se assemelham a locais com montanhas, florestas e águas, e outras se parecem com locais vazios e secos; algumas têm a natureza de prados e lagos, já outras combinam com a natureza de vales e de locais desérticos e secos*, pois as *estações do ano*, que diversificam a natureza de maneira externa, se diferenciam entre si; e se elas forem muito diferentes entre si, produzirão diversas e numerosas formas de pessoas.[396]

Nesse trecho, as fronteiras entre o corpo e o mundo são enfraquecidas em outro sentido: no sentido *do parentesco e*

[396] *Idem*, pp. 293-4. Grifos de Bakhtin.

da semelhança concreta do ser humano com a paisagem natural e com o relevo terrestre. No tratado da *Antologia de Hipócrates* — "Sobre o número sete" — aparece uma imagem mais grotesca ainda: *a terra é retratada como um grande corpo humano, a cabeça é o Peloponeso, o Ístmo é a coluna vertebral* etc. Cada *parte geográfica da terra* — um país — corresponde a uma determinada *parte do corpo*; todas as particularidades corporais, cotidianas e espirituais da população desses países dependem da sua *localização corporal.*

Representada na *Antologia de Hipócrates*, a medicina da Antiguidade atribuiu importância excepcional a todos os tipos de secreções. Para o médico, a imagem do corpo é sobretudo a imagem de um corpo que expele urina, fezes, suor, muco e bile. Adiante, todos os fenômenos corporais do doente se relacionam com os *últimos acontecimentos da vida e da morte do corpo*: eles são percebidos como indicadores do resultado da luta entre a vida e a morte no corpo do doente. Enquanto indicadores e fatores dessa luta, *as manifestações mais infames do corpo estão no mesmo plano e têm direitos iguais às constelações celestes* e aos costumes e tradições dos povos. Eis um trecho do primeiro livro das *Epidemias*:

> No que concerne a todas as circunstâncias das doenças, com base nas quais deve ser feito um diagnóstico, aprendemos tudo isso com a natureza geral de todas as pessoas e com a natureza própria de cada ser humano [...]. Além disso, aprendemos com o estado geral e particular *dos corpos celestes em cada país, com os hábitos, o tipo de alimentação, o modo de vida, a idade de cada doente, com as falas do doente, os costumes, os silêncios, os pensamentos, o sono, a falta de sono, os sonhos, quaisquer que sejam e quando ocorrem, com as coceiras, as lágrimas, os paroxismos, as erupções, a urina, o escarro, o vômito.* Deve-se também atentar às fratu-

> ras e aos tipos de doenças que as causam, aos *depósitos* de sal que causam *a morte e a destruição*, e em seguida, *ao suor, aos calafrios, ao corpo gelado, às tosses, aos espirros, aos soluços, à respiração, aos ventos silenciosos ou ruidosos, aos sangramentos e às hemorroidas.*[397]

Esse trecho, bastante característico da *Antologia de Hipócrates*, reúne *em um mesmo plano indicadores da vida e da morte*, fenômenos diversos por seu *nível e tom hierárquico*: desde o estado dos *corpos celestes* até *espirros e eliminação de ventos* pelo doente. Também é característica a série dinâmica que menciona as excreções do corpo. Encontramos frequentemente em Rabelais tais séries que, sem dúvida, foram inspiradas em Hipócrates. Por exemplo, Panurgo assim elogia as propriedades benéficas do cheiro-verde:

> [...] é bom para murchar barriga, bom para *arrotar, bufar, peidar, cagar, mijar, espirrar, soluçar, tossir, cuspir, vomitar, bocejar, assoar, alentar, inspirar, respirar, roncar, suar*, empinar a chapeleta e mil outras raras vantagens.[398]

Destaquemos ainda a famosa *facies hippocratica* — "A face de Hipócrates". Aqui o *rosto* não é a *manifestação da expressividade subjetiva*, não são os sentimentos e os pensamentos do doente, mas o indicador do *fato objetivo da proximidade da morte. Não é o rosto do doente que fala, mas a vida-morte que pertence à esfera supraindividual da vida genérica do corpo. O rosto e o corpo do moribundo deixam de ser eles mesmos*. O grau de *semelhança consigo próprio* de-

[397] *Idem*, p. 347. Grifos de Bakhtin.

[398] *Terceiro livro*, *op. cit.*, p. 52. Grifos de Bakhtin. (N. da T.)

termina o grau de *proximidade* ou de *distância da morte*. Eis uma passagem notável dos *Prognósticos*:

> Em doenças agudas, o exame do doente deve ser feito da seguinte maneira. Em primeiro lugar, examinar se o *rosto do doente* se parece com o rosto de pessoas sãs e, em especial, *consigo mesmo*, pois este último caso deve ser considerado o melhor, e o rosto que mais se distancia deles é o mais perigoso. Este será assim: *nariz pontiagudo, olhos fundos, têmporas afundadas, orelhas frias e contraídas, os lóbulos das orelhas arrebitados, a pele da testa dura, esticada e seca, e a cor de todo o rosto verde, preta, pálida ou plúmbea.*[399]

Ou:

> Se a pálpebra enrugar, ou ficar azul ou pálida, bem como lábios e nariz, deve-se saber que é um sinal de morte. Também são sinais de morte os lábios soltos, pendurados, frios e embranquecidos.[400]

Por fim, citemos essa descrição formidável da *agonia* nos *Aforismos* (seção 8, aforismo 18):

> Já a chegada da morte acontece se o calor da alma acima do umbigo subir para o lugar acima da barreira abdominal e peitoral, e toda a umidade for queimada. Quando os pulmões e o coração perdem a umidade, após o acúmulo do calor em lugares mortais, o espírito do calor evapora em massa, lá

[399] Hipócrates, *Livros selecionados*, *op. cit.*, ed. V. I. Rúdniev e V. P. Kárpov, p. 310. Grifos de Bakhtin.

[400] *Idem*, p. 311. Grifos de Bakhtin.

> de onde dominava por completo todo o organismo. Em seguida, a alma, em parte pela pele, em parte por todos os orifícios da cabeça, de onde, como dizemos, vem a vida, abandona junto com a bile, o sangue, o fleuma e a carne a morada do corpo, fria e já com a aparência da morte.[401]

Nos sinais da agonia e na linguagem do corpo agonizante, a morte se torna um momento da vida, adquirindo uma realidade corporal-expressiva e falando por meio da linguagem do próprio corpo; portanto, a morte está totalmente envolvida no círculo da vida, como um de seus momentos. Chamamos a atenção para os elementos constitutivos da última imagem de agonia citada: *a queima de toda a umidade corporal*, a concentração do calor *em lugares mortais*, e a sua evaporação de lá, *a alma que parte junto com a bile e com o fleuma, através da pele e dos orifícios da cabeça*. Aqui é exibida com nitidez a *abertura grotesca do corpo* e do movimento dos *elementos cósmicos* nele e fora dele. É claro que, para o sistema de imagens da *morte prenhe*, "A face de Hipócrates" e a descrição das agonias tiveram uma importância essencial.

Já apontamos que, na imagem complexa do médico em Rabelais, a representação hipocrática dele desempenha um papel relevante. Citemos uma das mais importantes definições hipocráticas do médico presente no tratado "Sobre o comportamento decente" ("De decente habitu"):

> Por isso é preciso, tendo reunido tudo o que foi dito em separado, *transferir a sabedoria para a medicina, e a medicina para a sabedoria. Afinal, o médico-filósofo se iguala a Deus*. De fato, há pouca

[401] *Idem*, p. 734.

> diferença entre a sabedoria e a medicina, e tudo o que se busca pela sabedoria existe na medicina, a saber: o desprezo pelo dinheiro, a natureza conscienciosa, a humildade, a simplicidade no vestir, o respeito, o discernimento, a determinação, o asseio, a abundância de ideias, o conhecimento de tudo o que é útil e necessário para a vida, a aversão ao vício, a *negação do medo supersticioso diante dos deuses, a superioridade divina.*[402]

É necessário destacar que a época de Rabelais na França foi a única época na história das ideologias europeias em que a medicina estava no centro não só de todas as ciências naturais, mas também das humanas, e em que ela quase se igualava à filosofia. Esse fenômeno era observado não só na França, pois muitos grandes humanistas e cientistas da época eram médicos: Cornélio Agrippa, o químico Paracelso, o matemático Cardano, o astrônomo Copérnico. *Essa foi a única época* (é claro que tentativas individuais isoladas também ocorreram em outras épocas) *que procurou orientar toda a representação do mundo e toda a cosmovisão, precisamente a partir da medicina.*[403] Nessa época, tentaram realizar a exigência de Hipócrates: transferir a sabedoria para a medicina e a medicina para a sabedoria. Quase todos os humanistas franceses da época estavam envolvidos, em algum grau, com a medicina e trabalharam com tratados médicos da Antiguidade. Naquela época, a anatomização de cadáveres, que ainda era recente e muito rara, atraiu a atenção de amplos cír-

402 *Idem*, p. 111. Grifos de Bakhtin.

403 Georges Lote caracteriza de modo totalmente correto essa situação excepcional da medicina: "No século XVI, a medicina se tornou a *Ciência das Ciências*, ela então gozava de grande influência e confiança, as quais já não tinha mais no século XVII" (Georges Lote, *La Vie et l'oeuvre de François Rabelais*, Paris, E. Droz, 1938, p. 163. Grifos de Bakhtin).

culos da sociedade erudita. Em 1537, Rabelais realizou uma anatomização pública do cadáver de um enforcado, acompanhando-a de explicações. Essa demonstração de um corpo dilacerado gozou de enorme sucesso. Étienne Dolet dedicou um pequeno poema em latim a esse acontecimento. Aqui, o próprio enforcado glorifica o seu destino feliz: em vez de servir de alimento aos pássaros, seu cadáver ajudou a demonstrar a impressionante harmonia do corpo humano, e a face do mais importante médico do seu tempo se inclinou sobre ele. A influência da medicina sobre a arte e a literatura nunca foi tão forte quanto na época de Rabelais.

Por fim, adicionarei algumas palavras sobre o célebre *Romance de Hipócrates*. Esse romance compôs um dos anexos da *Antologia de Hipócrates*. Trata-se do primeiro romance epistolar europeu, do primeiro romance que tem como herói um *ideólogo* (Demócrito), e, por fim, do primeiro romance que desenvolve a "temática da mania" (a loucura de Demócrito ridente). Portanto, é estranho que historiadores e teóricos do romance o tenham ignorado quase por completo. Já apontamos a enorme influência que esse romance exerceu sobre a teoria do riso de Rabelais (e sobre a teoria do riso da sua época). Observemos ainda que a já citada apologia rabelaisiana da tolice (expressa por Pantagruel) foi inspirada no raciocínio de Demócrito sobre a loucura das pessoas sábias do ponto de vista prático e devotas a preocupações grosseiras e mesquinhas, que o consideravam louco por rir da seriedade prática delas. Essas pessoas entregues a preocupações práticas "consideram a loucura como sabedoria, e a sabedoria como loucura". A ambivalência sabedoria-loucura aqui se manifesta com plena força, embora de forma retórica. Por fim, aponto mais um detalhe desse romance, muito relevante em nosso contexto. Quando Hipócrates, ao chegar a Abdera, visitou o "louco" Demócrito, ele o encontrou sentado perto da sua casa com um livro aberto nas mãos, e ao seu redor estavam espalhados na grama pássaros com suas *entranhas ex-*

postas; descobriu-se que ele estava escrevendo um trabalho sobre a loucura e anatomizava os animais a fim de revelar a localização da *bile*, cujo excesso ele considerava a causa da loucura. Desse modo, encontramos nesse romance: *o riso, a loucura e o corpo dilacerado*; é verdade que os elementos desse conjunto estão retoricamente desarticulados, mas a sua ambivalência e sua inter-relação ainda estão suficientemente preservadas.

A influência da *Antologia de Hipócrates* sobre todo o pensamento filosófico e médico da época de Rabelais foi, repitamos, enorme. De todas as fontes *livrescas* da concepção grotesca do corpo em Rabelais, a *Antologia de Hipócrates* é uma das mais significativas.

Em Montpellier, onde Rabelais concluiu sua formação médica, dominava a orientação hipocrática da medicina. Em junho de 1531, o próprio Rabelais ministrou lá um curso sobre o texto grego de Hipócrates (na época isso ainda era uma novidade). Em julho de 1532, ele publicou os *Aforismos* de Hipócrates com seus comentários (nas edições Gryphe). No final de 1537, ele comentou em Montpellier o texto grego dos *Prognósticos* de Hipócrates. O médico italiano Manardi, cujas cartas médicas Rabelais publicou, também era um hipocrático consistente. Todos esses fatos evidenciam a enorme importância dos estudos hipocráticos na vida de Rabelais (sobretudo no período da escrita dos dois primeiros livros do romance).

Para concluir, mencionemos, como um fenômeno paralelo, as concepções médicas de Paracelso. A base de toda a teoria e a prática médica é, para Paracelso, a correspondência contínua entre o macrocosmo (o universo) e o microcosmo (o ser humano). Segundo ele, o primeiro fundamento da medicina é a filosofia, e o segundo é a astronomia. *O céu estrelado se encontra no próprio ser humano*, e o médico que não o conhece tampouco pode conhecer o ser humano. O corpo humano em Paracelso é excepcionalmente rico: é enriquecido com tudo o que existe no universo; *é como se o universo fosse mais uma vez reunido no corpo do ser humano em toda a sua diversidade: todos os seus elementos se encontram e entram em contato no único plano do corpo humano.*[404]

* * *

Abel Lefranc relaciona as ideias filosóficas de Rabelais (em particular, a questão da imortalidade da alma) à escola paduana de Pomponazzi. Em seu tratado *Da imortalidade da alma* (*De immortalitate animae*), Pomponazzi demonstra a igualdade entre a alma e a vida, e a inseparabilidade da vida da alma em relação ao corpo, o qual cria a alma, individualiza-a, orienta sua atividade e a preenche de conteúdo: fora do corpo a alma estaria completamente vazia. Também para Pomponazzi, o corpo é um microcosmo onde está reunido tudo o que no resto do cosmos se encontra desunido e separado. Rabelais tinha familiaridade com a escola paduana de Pomponazzi. É preciso dizer que o amigo de Rabelais, Étienne Dolet, que estudou em Pádua, também foi discípulo e fervoroso defensor dessa escola.

A concepção grotesca do corpo foi representada, em vários de seus aspectos essenciais, na filosofia humanista da época do Renascimento e sobretudo na filosofia italiana. Foi nela que se formou a ideia (com base na Antiguidade) de microcosmo assimilada por Rabelais. O corpo humano se tor-

[404] Na época de Rabelais, a crença de que todas as partes do corpo correspondiam aos signos do zodíaco era quase um consenso. Eram muito comuns as representações do corpo humano dentro do qual em diferentes órgãos e partes estavam dispostas imagens dos signos do zodíaco. Tais representações tinham um caráter filosófico-grotesco. Georges Lote, em sua monografia, traz na tabela VIII (pp. 252-3) três desses desenhos dos séculos XV e XVI, que representam a correspondência de cada parte do corpo com um dos signos do zodíaco e a localização desses signos no corpo humano.

nou aquele princípio por meio do qual e em torno do qual se realizou a destruição da visão de mundo hierárquica da Idade Média e se criou uma nova visão. É necessário se deter um pouco nesse aspecto.

O cosmos medieval foi construído de acordo com Aristóteles. Em sua base estava a doutrina dos quatro elementos, cada um dos quais (terra, água, ar, fogo) tinha um lugar espacial e hierárquico específico na construção do cosmos. Todos os elementos, isto é, as forças da natureza, estão sujeitos a certa ordem do *alto* e do *baixo*. A natureza e o movimento de cada elemento são determinados por sua posição em relação ao centro do cosmos. A terra se encontra mais próxima desse centro; cada parte separada da terra tende em linha reta novamente ao centro, ou seja, cai na terra. O oposto disso é o movimento do fogo: o tempo todo ele tende para cima e portanto se afasta do centro. Entre os campos da terra e do fogo se situa o campo do ar e da água. O princípio fundamental de todos os fenômenos físicos é a transformação de um elemento em outro vizinho: o fogo se transforma em ar, o ar em água, a água em terra. Essa transformação mútua é a lei da criação e da aniquilação, à qual se sujeita tudo o que é terreno. Entretanto, acima do mundo terrestre se ergue a esfera dos corpos celestes, que não se sujeita a essa lei de surgimento e aniquilação. Os corpos celestes se constituem de um tipo especial de matéria: "*quinta essentia*". Essa matéria já não está sujeita a transformações: pode realizar apenas o movimento puro, ou seja, só o deslocamento. Os corpos celestes, por serem os mais perfeitos, também se caracterizam pelo movimento mais perfeito: *circular* em torno do centro do mundo. A respeito da "substância celeste", isto é, da quintessência, ocorreram infinitas discussões escolásticas, que se refletiram no *Quinto livro* do romance de Rabelais: no episódio com a rainha Quinta Essência.

Assim era a visão medieval do cosmos. Para essa visão, era característica certa *ênfase valorativa do espaço: os de-*

graus espaciais, que conduziam de baixo para cima e correspondiam estritamente a *degraus valorativos*. Quanto mais alto for o degrau de um elemento na escada cósmica, mais próximo ele estará do "motor imóvel" do mundo, melhor será esse elemento e mais perfeita será sua natureza. *Os conceitos e as imagens do elevado e do baixo em sua expressão valorativo-espacial entraram na carne e no sangue do ser humano medieval.*

Na época do Renascimento, essa cosmovisão hierárquica se desfez; seus elementos foram transferidos para *um plano só*; o *alto* e o *baixo* se tornaram *relativos*; e a ênfase se mudou para o "à frente" e o "atrás". Essa transferência do mundo para um único plano, essa *substituição da vertical pela horizontal* (com o fortalecimento simultâneo do aspecto *temporal*) ocorreu *em torno do corpo humano*, que se tornou o *centro relativo do cosmos*. Contudo, *esse cosmos já não se movimenta de baixo para cima, mas adiante pela horizontal do tempo: do passado para o futuro*. No ser humano corporal, a hierarquia do cosmos era derrubada e abolida; ele afirmava sua importância fora dela.

Essa reconstrução do cosmos da vertical para a horizontal em torno do ser humano e do corpo humano encontrou uma expressão bastante viva no famoso discurso de Pico della Mirandola, *Oratio de hominis dignitate*, ou seja, *Oração sobre a dignidade humana*. Esse foi o discurso de abertura de Pico para a defesa daquelas novecentas teses, às quais Rabelais alude, ao obrigar Pantagruel a defender 9.764 teses. Nesse discurso, Pico afirma que o ser humano é superior a todos os seres, inclusive os espíritos celestes, *pois ele não é apenas um ser, mas também um vir a ser*. O ser humano extrapola os limites de qualquer hierarquia, uma vez que esta *pode definir apenas o ser sólido, imóvel, imutável, mas não o vir a ser livre*. Todos os demais seres sempre permanecem como foram criados, pois sua natureza é pronta e imutável; ela recebe uma única semente, a única que pode se desenvolver neles. No entanto, *o ser humano, ao nascer, recebe as sementes de todas as possibilidades de vida. Ele mesmo escolhe* a semente que crescerá e frutificará nele; ele a nutre e desenvolve em si. *O ser humano pode se tornar tanto uma planta quanto um animal, mas também pode se tornar um anjo e um filho de Deus.* Pico preserva a linguagem da hierarquia, assim como em parte os velhos valores (ele é cuidadoso), mas em essência a hierarquia é abolida. Aspectos como o *vir a ser*, a existência de *muitas sementes e possibilidades*, *a liberdade de escolha* entre elas, conduzem o ser humano à *horizontal do tempo* e ao *vir a ser histórico*. Destaquemos que o *corpo humano une em si todos os elementos e todos os reinos da natureza*: tanto o vegetal quanto o animal, e o próprio humano. *O ser humano não é algo fechado e pronto, ele não está concluído e se encontra aberto*: essa é a principal ideia de Pico della Mirandola.

Na *Apologia* do mesmo Pico, aparece o motivo do microcosmo (em relação às ideias de magia natural) na forma da "*simpatia universal*", graças à qual *o ser humano pode reunir em si o elevado e o baixo, o distante e o próximo*, pode penetrar em todos os mistérios ocultos *nas profundezas da terra*.

Na época do Renascimento, as ideias da "magia natural" e da "simpatia" entre todos os fenômenos eram muito populares. Na forma que lhes foi dada por Giambattista della Porta, Giordano Bruno e sobretudo Campanella, essas ideias desempenharam seu papel na destruição da cosmovisão medieval, superando a distância hierárquica entre os fenômenos, unindo aquilo que estava separado, apagando as fronteiras incorretamente traçadas entre os fenômenos e contribuindo para a transferência de toda a diversidade do mundo a um único plano horizontal do cosmos no vir a ser no tempo.

É necessário observar a extrema popularidade da ideia de *atribuição de alma a tudo*. Essa ideia foi defendida por Marsilio Ficino, segundo o qual o mundo não era um agregado de elementos mortos, mas um ser dotado de alma, em que cada parte é um *órgão do todo*. Na *Pampsychia*, Patricius demonstra que no universo tudo é dotado de alma: das estrelas aos elementos mais simples. Essa ideia não era estranha também a Cardano, que em sua doutrina sobre a natureza biologiza em grande medida o mundo, ao considerar todos os fenômenos por analogia com formas orgânicas: para ele, os metais são "plantas enterradas", que levam sua vida embaixo da terra. Também as pedras têm um desenvolvimento semelhante ao orgânico: elas têm juventude, crescimento e maturidade.

Até certo ponto todos esses fenômenos podem ter exercido uma influência direta sobre Rabelais, de qualquer modo todos eles são fenômenos semelhantes, paralelos e decorrem de tendências gerais da época. Todos os fenômenos e objetos do mundo — dos corpos celestes aos elementos da natureza — *deixaram seus antigos lugares na hierarquia do universo e se dirigiram para um único plano horizontal de um mundo em vir a ser, passaram a buscar para si novos lugares nesses planos e a criar novas conexões e vizinhanças. Aquele centro* em torno do qual se deu esse reagrupamento de todos os objetos, fenômenos e valores foi justamente o *corpo humano*, que reuniu em si toda a diversidade do universo.

Para todos os representantes da filosofia renascentista citados — Pico della Mirandola, Pomponazzi, Porta, Patricius, Bruno, Campanella, Paracelso e outros —, duas tendências são características: em primeiro lugar, o desejo de encontrar no ser humano o universo inteiro, com todos os seus elementos e forças, com seu elevado e seu baixo; em segundo lugar, a busca desse universo sobretudo no corpo humano, que aproxima e reúne em si os mais distantes fenômenos e forças do cosmos. Nessa filosofia, a nova percepção do *cosmos* — enquanto um *lar não temível pelo ser humano* — é expressa na linguagem teórica e, no romance de Rabelais, também na linguagem das imagens no plano do riso.

Para a maioria dos representantes da filosofia renascentista mencionados, a astrologia e a "magia natural" desempenham um papel relativamente importante. Rabelais não levava a sério nem a magia, nem a astrologia. Ele colidia e relacionava fenômenos que, na hierarquia medieval, estavam desunidos e infinitamente distantes entre si, destronando e renovando-os no plano material e corporal, mas não utilizava nem "simpatia" mágica, nem "correspondência" astrológica. *Rabelais é um materialista consistente*. Porém, toma a matéria apenas em sua forma corporal. Para ele, *o corpo é a forma mais perfeita de organização da matéria*, por isso é a *chave de toda a matéria*. Aquela matéria da qual todo o universo é feito revela no corpo humano sua natureza autêntica e todas as suas sublimes possibilidades: *no corpo humano, a matéria se torna criativa, construtiva, destinada a vencer todo o cosmos e a organizar toda a matéria cósmica; no ser humano, a matéria adquire um caráter histórico*.

Na glorificação do pantagruelião — esse símbolo de toda a cultura técnica humana — há a seguinte passagem notável:

> [...] os deuses, tanto marinhos quanto terrestres, ficaram todos assustados ao verem que, com o uso desse bendito pantagruelião, os povos árticos entraram em pleno aspecto dos antárticos depois de cruzarem o Atlântico, passarem os dois trópicos, contornarem a zona tórrida, medirem todo o zodíaco, se curtirem sob o equinocial, verem os dois polos na flor do horizonte. Os deuses olímpicos diante desse susto disseram: "Com o uso e o poder da sua erva, Pantagruel nos lançou num pensamento novo e aborrecido, mais do que antes os Alóades! *Logo logo, vai se casar e da esposa terá filhos*. Contra esse destino nada podemos fazer, porque já passou pelas mãos e fusos das irmãs fatídicas, filhas

> da necessidade. Pelos seus filhos (talvez) será descoberta uma erva de similar energia, e por meio dela poderão os humanos visitar as fontes dos granizos, as comportas das chuvas e a oficina dos raios, poderão invadir as regiões da lua, entrar no território das constelações celestes e ali montar abrigo, um na Águia de Ouro, outros no Carneiro, outros na Coroa, outros na Harpa, outros no Leão de Prata, para se sentarem à mesa conosco e às nossas deusas tomarem por esposas, já que é o único jeito de se deificarem".[405]

Apesar do estilo um tanto retórico e oficial dessa passagem, as ideias nela expressas não são em absoluto de ordem oficial. Aqui é representada a deificação, a apoteose do ser humano. O espaço terrestre é vencido e os povos espalhados por toda a terra são unidos pela navegação. Graças à invenção do barco a vela, todos os povos e todos os membros da humanidade entraram em um *contato material real. A humanidade se tornou una*. Graças a uma nova invenção — a aeronáutica — que Rabelais aqui antecipa, a humanidade passará a controlar o tempo, alcançará as estrelas e as submeterá ao seu poder. Toda essa imagem do triunfo (apoteose) da humanidade é construída dentro da *horizontal* puramente renascentista *do espaço e do tempo*; nada sobrou da vertical hierárquica medieval. *O movimento no tempo é garantido pelo nascimento de novas e novas gerações*. Foi desse movimento, isto é, *do nascimento de novas gerações humanas*, que os deuses tiveram medo. Pantagruel "*vai se casar e da esposa terá filhos*". Trata-se precisamente da imortalidade relativa, sobre a qual Gargântua escreveu na carta a seu filho Pantagruel. Nela, a imortalidade do corpo genérico da

[405] *Terceiro livro*, *op. cit.*, p. 239. Grifos de Bakhtin. (N. da T.)

humanidade é proclamada em uma linguagem retórica. Contudo, como já vimos, a sua percepção viva e profunda organiza todas as imagens festivo-populares do romance rabelaisiano. Não é o corpo biológico, que apenas se repete nas novas gerações, mas justamente o *corpo da humanidade histórica e progressiva* que se encontra no centro desse sistema de imagens.

Desse modo, na concepção grotesca do corpo nasceu e se formou um novo sentimento histórico, concreto e realista: não um pensamento abstrato sobre os tempos futuros, mas uma percepção viva do pertencimento de cada ser humano a um povo imortal criador da história.

Capítulo 6

As imagens do baixo material e corporal no romance de Rabelais

> "Os filósofos de vocês que reclamam que todas as coisas foram já escritas pelos antigos, e nada restou de novo por inventar, erram feio demais! O que do céu aparece, e que vocês chamam de fenômenos, o que a terra lhes exibe, o que o mar e outros rios contêm, isso nem se compara ao que está oculto dentro da terra."[406]
>
> Rabelais

> "O Eterno move-se continuamente em todas as coisas:
> Pois tudo deve desfazer-se em nada,
> Se almeja persistir no Ser."
>
> Goethe, "Um e tudo"

As palavras do *Quinto livro* do romance escolhidas como epígrafe para o presente capítulo provavelmente não foram escritas pelo próprio Rabelais.[407] No entanto, elas (se ignorarmos seu estilo) são bastante expressivas e elucidativas não só do romance de Rabelais, mas também de uma série de fenômenos semelhantes no Renascimento e na época precedente. Nessas palavras da sacerdotisa da Divina Garrafa, o centro de todos os interesses se move para o baixo, para as

[406] F. Rabelais, *Quinto livro*, em *Terceiro, Quarto e Quinto livros de Pantagruel*, org., trad., apres. e notas de Guilherme Gontijo Flores, São Paulo, Editora 34, 2022, p. 688. (N. da T.)

[407] É claro que o estilo aqui não é rabelaisiano. Porém, isso não exclui a possibilidade de que o autor do *Quinto livro* tivesse diante de si o plano e os rascunhos do próprio Rabelais, que talvez contivessem a ideia dessa passagem.

profundezas, para o centro da terra. O novo e as riquezas escondidos nas profundezas da terra superam em muito o que existe nos céus, na superfície da terra, nos mares e nos rios. A verdadeira riqueza e abundância não estão no elevado nem na esfera intermediária, mas só no baixo.

Essas palavras da sacerdotisa são precedidas por outras:

> Podem ir, meus amigos, com a proteção desta esfera intelectual que em todos os lugares é o centro e não tem em lugar algum circunferência, que nós chamamos Deus. E ao chegarem ao seu mundo, levem o testemunho de que sob a terra estão os grandes tesouros e coisas admiráveis, e não à toa.[408]

Corrente na época de Rabelais, essa célebre definição da divindade como "*esfera que em todos os lugares é o centro e não tem em lugar algum circunferência, periferia*" [acréscimo de M. B.] não pertence a Rabelais, mas foi emprestada de Hermes Trismegisto, e aparece no *Romance da rosa*, em São Boaventura, em Vincent de Beauvais e em outros autores. Tanto Rabelais quanto o autor do *Quinto livro* e a maioria de seus contemporâneos viam nessa definição sobretudo *uma descentralização do universo*: seu centro não está no céu — ele está em todos os lugares, *e todos os lugares são iguais*. Essa visão permitiu ao autor da passagem transferir o *centro relativo* do céu *para debaixo da terra*, ou seja, para o local que, segundo as crenças medievais, ficava o mais distante de Deus: *para o inferno*.[409]

[408] *Quinto livro*, *op. cit.*, p. 688. (N. da T.)

[409] Na concepção de mundo dantesca, é o ponto mais afastado da divindade: a boca tripla de Lúcifer que rói Judas, Bruto e Cássio.

Imediatamente antes das palavras da epígrafe, a sacerdotisa conta também como Ceres previu que sua filha encontraria sob a terra, ou seja, no inferno, mais bens e riquezas do que sobre a terra.

A menção às imagens de Ceres (*deusa da fertilidade*) e de sua filha Perséfone (*deusa do inferno*), bem como a alusão aos *mistérios eleusinos* contidas aqui, também são muito reveladoras de toda essa *glorificação das profundezas da terra*; todo o episódio da visita ao oráculo da Divina Garrafa é uma alusão travestida aos mistérios eleusinos.

As palavras da sacerdotisa da Divina Garrafa, escolhidas por nós como epígrafe, introduzem perfeitamente o tema do presente capítulo. O potente movimento para baixo — para as profundezas da terra, para as profundezas do corpo humano — perpassa do começo ao fim o universo rabelaisiano. Esse movimento para baixo abarca todas as suas imagens, os principais episódios, as suas metáforas e comparações. O universo rabelaisiano, em seu todo e em cada detalhe, se dirige para o inferno: terrestre e corporal. Já dissemos que, segundo o projeto original de Rabelais, as buscas pelo inferno e a descida de Pantagruel a ele (um enredo dantesco no plano do riso) deveria ter ocupado o lugar central no enredo de todo o romance. Além disso, somos obrigados a reconhecer que, embora a escrita do romance tenha durado vinte anos e ainda com grandes interrupções, Rabelais não se desviou do seu projeto original e, em essência, praticamente o cumpriu. Dessa maneira, o movimento para baixo, para o inferno, começa com o próprio projeto do todo do romance e desce para cada um dos seus detalhes.

A orientação para baixo é própria de todas as formas das alegrias festivo-populares e do realismo grotesco. Para baixo, ao avesso, ao contrário, às avessas, tal é o movimento que perpassa todas essas formas. Todas elas jogam para baixo, invertem, colocam de cabeça para baixo, transferem o elevado para o lugar do baixo, o traseiro para o lugar da frente, tanto no sentido espacial direto quanto no sentido metafórico.

A orientação para *baixo* é própria das brigas, espancamentos e golpes, que derrubam, jogam para a terra, pisoteiam. Eles enterram. Porém, ao mesmo tempo, são construtivos: eles semeiam e colhem (lembremos dos golpes nupciais na casa de Basché, da conversão da batalha em colheita ou em banquete etc.).

Como vimos, as maldições e os xingamentos são caracterizados pela mesma orientação para baixo e também cavam a sepultura, porém é uma sepultura corporal e construtiva.

O destronamento carnavalesco, relacionado aos espancamentos e às injúrias, representa o rebaixamento e o enterro. No bobo da corte, todos os atributos do rei são invertidos e reorganizados de cima para baixo; o bobo da corte é o rei do "mundo às avessas".

Por fim, o rebaixamento é o princípio artístico fundamental também do realismo grotesco: tudo o que é sagrado e elevado é repensado no plano do baixo material e corporal ou se combina e se mistura com as imagens desse baixo. Falamos sobre o vaivém do balanço grotesco, que funde em seu movimento veloz o céu e a terra; porém a ênfase recai não na subida, mas na descida do balanço: o céu se dirige para a terra e não o contrário.

Nenhum desses rebaixamentos tem um caráter abstrato-moral e relativo, mas são concretos, topográficos, visíveis e tangíveis; tendem a um centro incondicional e positivo, ao princípio devorador e gerador da terra e do corpo. Tudo o que é concluído, quase eterno, limitado e obsoleto é lançado para o baixo terrestre e corporal, para morrer e nascer de novo.

Esses movimentos para baixo, espalhados nas formas e nas imagens da alegria festivo-popular e do realismo grotesco, são reunidos de novo em Rabelais, repensados e fundidos em um único movimento, que se dirige às profundezas da terra e do corpo, onde "estão escondidos as maiores riquezas e o novo, este ainda não tratado pelo antigos filósofos".

Detenhamo-nos na análise detalhada de dois episódios do romance, que revelam com mais clareza tanto o sentido desse movimento para baixo de todas as imagens de Rabelais quanto o caráter particular do inferno rabelaisiano. Referimo-nos ao célebre episódio com os limpa-cus de Gargântua no primeiro livro do romance (capítulo XIII) e ao episódio da ressurreição de Epistemão e seu relato sobre o mundo além-túmulo em *Pantagruel* (capítulo XXX).

Abordemos o primeiro episódio.

O pequeno Gargântua conta ao seu pai sobre o novo e melhor tipo de limpa-cu ("*torchecul*"),[410] que ele encontrou após longas pesquisas preliminares. Ele considera que esse é o melhor tipo de limpa-cu: "o modo mais senhoril, o mais excelente, o mais eficiente que jamais se viu".[411]

Segue uma longa lista de limpa-cus experimentados por Gargântua. Eis seu início:

> Eu estava me limpando um dia com a máscara de veludo de uma moça e achei muito bom, pois a maciez daquela seda me dava no rego uma volúpia imensa.
>
> Outra vez, foi um com um chapéu da tal moça, e senti o mesmo.
>
> Outra vez, foi um xale; outra vez, as orelheiras de seda carmim; mas a douradura de esferas de

[410] A palavra utilizada na tradução russa de Rabelais, *podtirka*, soa mais decente, pois não inclui a nomeação da parte correspondente do corpo. Com isso, o seu aspecto injurioso e destronador (porém, ao mesmo tempo, renovador) está um pouco enfraquecido.

[411] F. Rabelais, *Gargântua*, em *Pantagruel e Gargântua*, org., trad., apres. e notas de Guilherme Gontijo Flores, São Paulo, Editora 34, 2021, p. 266. (N. da T.)

merda ali me esfolou o rabo inteiro: que o fogo de Santo Antão queime as pregas do toba que fez isso e da moça que o usava.

Esse mal passou quando me limpei com o barrete de um pajem, todo emplumado, da Suíça.

Depois, cagando atrás de uma moita, encontrei uma marta e me limpei com ela, mas seus grifos me ralaram todo o períneo.

Disso eu me curei no dia seguinte, me limpando com as luvas da mamãe, bem perfumadas de xibiu.

Depois me limpei com sálvia, com funcho, com endro, com manjerona, com rosas, com folhas de abóbora, com repolho, com acelga, com parreira, com malva, com verbasco (que escarlateia o cu), com alface e com folhas de espinafre. Tudo isso foi muito bom para as pernas. Com mercurial, com persicária, com urtigas, com consolda, mas me bateu um caga-sangue dos lombardos, e só me curei depois de me limpar com a piroca.[412]

Por enquanto, analisemos essa parte da lista de limpa-cus.

A transformação do objeto em limpa-cu é sobretudo seu rebaixamento, destronamento e aniquilação. Expressões injuriosas do tipo "como limpa-cu", "não serve nem para limpa-cu" e outras semelhantes (há muitas) são bastante comuns nas línguas modernas, porém elas preservaram apenas o aspecto negativo, destronador e aniquilador.

Já no episódio analisado do romance de Rabelais, o aspecto renovador não só está vivo, mas é até dominante. Todos esses diversos objetos citados como limpa-cus são des-

[412] *Idem*. (N. da T.)

tronados para depois renascerem. A sua imagem desgastada é renovada sob uma nova luz.

Nessa longa lista, cada coisa surge de modo absolutamente imprevisto: sua aparição não é preparada nem justificada; qualquer outra coisa poderia ser usada como limpa-cu com o mesmo resultado. Aqui as imagens das coisas são libertadas das relações lógicas e de outros sentidos; elas seguem uma após a outra quase com a mesma liberdade que num "*coq-à-l'âne*", ou seja, em amontoados de palavras e frases deliberadamente sem sentido (por exemplo, nos discursos de Beijacu e Chuparrabo em Rabelais).

No entanto, uma vez presente nessa lista peculiar, a coisa é avaliada do ponto de vista da sua finalidade como limpa-cu, que é totalmente diversa de seu primeiro objetivo. Essa finalidade inesperada nos obriga a olhar a coisa de uma nova maneira e a experimentá-lo, por assim dizer, em seu novo lugar e para um novo objetivo. No processo de experimentação, sua forma, seu material e seu tamanho são percebidos de novo. A coisa se renova para nossa percepção.

Trata-se, porém, não de uma renovação formal tomada de maneira isolada, pois ela é apenas um aspecto abstrato daquela renovação essencial, relacionada ao baixo ambivalente, material e corporal. Se analisarmos com atenção a lista de limpa-cus, veremos que a escolha das coisas não é nada aleatória e que nessa escolha há uma lógica, apesar de incomum. Afinal, as cinco primeiras coisas usadas como limpa-cu — máscara de veludo, chapéu, xale, orelheiras, barrete — são destinadas para o rosto e a cabeça, ou seja, para o alto corporal. O fato de aparecerem como *torchecul* é uma literal *transferência do alto para o baixo corporal. O corpo dá cambalhotas. O corpo gira como uma roda.*

Esses cinco limpa-cus integram um vasto conjunto de motivos e imagens, ligados *à substituição do rosto pelo traseiro e do alto pelo baixo. O traseiro é o "rosto ao inverso" ou o "rosto às avessas"*. A literatura universal e as línguas são riquíssimas nas mais diversas variações dessa substituição do rosto pelo traseiro e do alto pelo baixo. Uma das variações verbais e gestuais mais simples e comuns é o beijo no traseiro. No romance de Rabelais, essa variação também aparece mais de uma vez, por exemplo: a espada do Ginasta, que ele usa na guerra carnavalesca das linguiças, é chamada de "*Baise-mon-cul*"; o nome de um dos senhores litigantes é *Baisecul* (Beijacu); a Sibila de Panzoult mostra o traseiro a Panurgo e seus companheiros. O gesto ritual de mostrar o seu baixo — em especial o traseiro — existe até hoje.[413]

Portanto, os cinco primeiros limpa-cus integram o conjunto tradicional dos motivos de substituição do rosto pelo traseiro. O movimento de cima para baixo é encarnado neles de modo totalmente claro. Esse movimento para baixo é ainda enfatizado pelo fato de que entre os quatro primeiros e o quinto limpa-cus se insere um xingamento em relação à douradura das esferas — "*de merde*" — e uma maldição — "que o fogo de Santo Antão queime as pregas" — endereçada ao toba e à moça. Ao irromper no discurso, essa injúria atribui dinamismo a todo o movimento para baixo.

Nessa atmosfera concentrada do baixo material e corporal ocorre também a já mencionada renovação formal da

[413] Trata-se de um dos gestos de destronamento mais comuns do cotidiano universal. Ele figura ainda na descrição mais antiga dos *charivaris* do século XIV no *Roman de Fauvel*, no qual é cantada uma canção com o tema do beijo no traseiro; além disso, alguns participantes mostram o seu traseiro. Deve-se observar que a lenda sobre Rabelais conhece uma história com esse tema: conta-se que, durante uma recepção do papa, Rabelais teria sugerido beijar o rosto inverso papal, desde que fosse bem lavado. No próprio romance, os habitantes da Papimânia prometem realizar o mesmo ritual quando se encontrarem com o papa.

Em *Salomão e Marcul*, há um episódio semelhante: certa vez, Salomão se recusou a dar uma audiência a Marcul; em retaliação, este astutamente convidou o rei para sua casa e o recebeu sentado no fogão exibindo seu traseiro: "Você não quis ver meu rosto, então olhe meu traseiro".

imagem das coisas usadas como limpa-cu. As coisas literalmente renascem à luz de seu novo uso destronador; elas parecem renascer para nossa percepção; a maciez da seda, o cetim das orelheiras, "a douradura das esferas de merda" se manifestam neles em toda a sua concretude e seu caráter palpável e tangível. Na nova esfera do rebaixamento, tornam-se palpáveis todas as particularidades do seu material e da sua forma. A imagem da coisa, reiteramos, é renovada.

A mesma lógica rege toda a série posterior de limpa-cus. O sexto limpa-cu é uma gata no cio.[414] A utilização inesperada de uma gata para fins inadequados torna extremamente perceptível sua natureza felina, sua flexibilidade e suas garras. Trata-se do limpa-cu mais dinâmico. Por trás dele se desenrola toda uma cena dramática e imaginária, uma farsa alegre "*joué à deux personnages*" (a gata e o cu). Tal cena farsesca está por trás de quase todas as imagens de limpa-cus. Nessa cena, o objeto desempenha um papel impróprio e graças a isso revive de uma nova maneira. Semelhante renovação do objeto, da situação, do cargo, da profissão, da máscara é um fenômeno comum na *commedia dell'arte*, nas farsas, nas pantomimas, nas diversas formas da comicidade popular. Um objeto ou uma pessoa adquirem um uso ou desígnio que lhes é impróprio ou até mesmo oposto (devido à distração e ao mal-entendido no desenrolar da intriga), provocando o riso e a renovação do objeto ou da pessoa em uma nova esfera da existência.

Não iremos examinar todos os limpa-cus, até porque a sua lista bastante extensa é construída por Rabelais segundo o princípio do agrupamento. Depois das luvas da rainha, segue-se uma longa lista de plantas divididas em subgrupos: especiarias, legumes, vegetais e ervas medicinais (embora o agrupamento não seja rigoroso). Essa enumeração é uma bo-

[414] Na tradução brasileira citada o animal é uma marta. (N. da T.)

tânica posta em evidência. Para Rabelais, cada nome se relaciona com uma imagem visual muito particular da folha, sua estrutura específica e sua largura; ele experimenta essas folhas em um novo uso, tornando palpáveis sua forma e seu tamanho. À época, descrições botânicas de tipo visual (sem uma análise morfológica rigorosa) estavam muito na moda. O próprio Rabelais oferece exemplos de tais descrições botânicas no capítulo sobre o pantagruelião. No episódio do limpa-cu, ele não descreve as plantas, apenas as nomeia, mas o novo e inesperado uso faz surgir sua aparência material e visual na imaginação. Já ao descrever o pantagruelião, ele age ao contrário: faz uma descrição detalhada e leva a adivinhar o nome verdadeiro da planta descrita (*cannabis*).

É necessário acrescentar que as imagens das verduras usadas como limpa-cus também são apreendidas, apesar de em um grau mais tênue, pelo movimento de cima para baixo. De fato, trata-se, na maioria dos casos, de coisas comestíveis (saladas, especiarias, ervas medicinais, folhas de legumes) relacionadas com a mesa e destinadas à boca. Aqui, a substituição do elevado pelo baixo e do rosto pelo traseiro é, em alguma medida, perceptível.

Com algumas abreviações, cito a continuação da lista de limpa-cus:

> Depois me limpei com lençóis, com uma coberta, com cortinas, com uma almofada, com um tapete, com um verde, com um pano de prato, com um guardanapo [...].
>
> — Eu me limpei depois (disse Gargântua) com uma carapuça, com um travesseiro, com uma pantufa, com um bornal, com um cesto. Mas que maldito limpa-cu! Depois com um chapéu. E repare que, no caso dos chapéus, uns são lisos, outros peludos, outros aveludados, outros entafetados, outros acetinados.

O melhor de todos é o peludo. Pois faz excelente absorção da matéria fecal.

Depois me limpei com uma galinha, com um galo, com um frango, com a pele de um veado, com uma lebre, com um pombo, com um cormorão, com uma pasta de advogado, com um capuz, com uma touca, com um pássaro empalhado.[415]

Conforme vemos, aqui também os limpa-cus são organizados em grupos. No primeiro, aparecem roupas de cama e mesa. Nesse caso, há a inversão e o movimento de cima para baixo. Em seguida, ocorre o grupo do feno, da palha etc., cujas qualidades materiais são percebidas com nitidez à luz do seu novo propósito. No conjunto seguinte, mais heterogêneo, é bastante intensificada a inadequação do objeto à sua nova finalidade, e, por conseguinte, a comicidade farsesca do seu uso (o uso inadequado do cesto é enfatizado pela exclamação). No grupo dos chapéus, a análise do material é feita do ponto de vista de sua nova função. No último grupo, prevalece de novo o inesperado e a comicidade farsesca do uso inadequado dos objetos. Tanto o comprimento quanto a heterogeneidade da lista de limpa-cus não são desprovidos de significação. É quase um universo inteiro que circunda diretamente o ser humano: peças de roupa, ligadas ao rosto e à cabeça, roupas de cama e de mesa, aves domésticas, alimentos. Na lista dinâmica e injuriosa de limpa-cus, esse universo é renovado: ele ressurge diante de nós na farsa alegre de sua transformação em limpa-cus. É claro que o aspecto positivo prevalece nesse destronamento. Rabelais ama todas essas coisas em sua concretude e heterogeneidade, ele as reexamina e as toca de uma nova maneira, apalpa seu material, suas formas, sua individualidade, a própria sonoridade de seus no-

[415] *Gargântua*, *op. cit.*, pp. 266, 269. (N. da T.)

mes. Trata-se de uma das páginas daquele grande inventário do mundo que Rabelais elabora no final de uma velha época e no início de uma nova era da história mundial. Como em qualquer inventário anual, deve-se apalpar cada objeto em separado, pesá-lo e medi-lo, determinar o grau do seu desgaste, avaliar os estragos e os danos; é necessário fazer reavaliações e remarcações de valores; muitas ficções e ilusões vazias devem ser eliminadas do balanço anual, que precisa ser real e limpo.

O inventário de ano-novo é sobretudo um inventário alegre. Todos os objetos são de novo apalpados e avaliados no plano do riso, que venceu o medo e toda seriedade taciturna. É por isso que se torna necessário aqui o *alegre baixo material e corporal, que ao mesmo tempo materializa e alivia*. Ele liberta as coisas da falsa seriedade que as enredava, das sublimações e das ilusões inspiradas pelo medo. Como veremos agora, o episódio examinado aspira justamente a isso. A longa lista de objetos de uso doméstico destronados e renovados prepara um destronamento de outra ordem.

Passemos ao último e melhor limpa-cu encontrado por Gargântua. Eis a passagem:

> Para concluir, digo e insisto que não existe limpa-cu melhor que um ganso de boa penugem, desde que a gente segure a cabeça dele no meio das pernas. Dou minha palavra de honra. Porque dá para sentir no olho-do-cu uma mirífica volúpia, tanto pela doçura de tal penugem, quanto pelo calorzinho temperado do ganso, que é facilmente comunicado ao centro do toba e aos intestinos, até chegar à região do coração e do cérebro. E não vá pensar que a beatitude dos heróis e semideuses que vivem nos Campos Elísios esteja no asfódelo, ou na ambrosia, ou no néctar, como dizem os velhos daqui. Ela está (segundo penso) no fato de limparem

o cu com um ganso. E essa é a mesma opinião de João da Escócia.[416]

Ao mencionar o último limpa-cu, surge o motivo do deleite e do prazer (beatitude). É retratado ainda o caminho fisiológico desse prazer: ele nasce no ânus devido à maciez da penugem e ao calor do ganso, em seguida sobe pelo reto e depois, por outras entranhas, chega ao coração e então ao cérebro. Como resultado, esse prazer é justamente aquela eterna beatitude além-túmulo, da qual desfrutam, é verdade, não os santos e os justos no paraíso cristão, mas os semideuses e heróis nos Campos Elísios. *Desse modo, o episódio com os limpa-cus nos conduziu direto ao inferno.*

O conjunto de motivos e imagens do rosto inverso e da substituição do elevado pelo baixo está relacionado de maneira mais estreita à morte e ao inferno. Na época de Rabelais, essa relação tradicional ainda era bastante viva e consciente.

Quando a Sibila de Panzoult mostra seu traseiro a Panurgo e a seus companheiros, Panurgo exclama: "Veja lá o buraco da Sibila" ("*trou de la Sibylle*").[417] Assim era chamada a entrada para o inferno. As lendas medievais conheciam uma série de "*trous*" em variados lugares da Europa, que eram considerados a entrada para o purgatório ou para o inferno e que ao mesmo tempo recebiam uma significação obscena na linguagem sem cerimônias. O mais conhecido era o "buraco de São Patrício" na Irlanda. Esse orifício era considerado a entrada para o purgatório e, a partir do século XII, ocorriam peregrinações religiosas de todos os países da Europa para lá. Esse buraco era cercado de lendas, às quais ainda voltaremos. Ao mesmo tempo, o "buraco de São Patrício"

[416] *Idem*, p. 269. (N. da T.)

[417] *Terceiro livro*, em *Terceiro, Quarto e Quinto livros de Pantagruel*, *op. cit.*, p. 107. (N. da T.)

recebia uma significação obscena. O próprio Rabelais cita esse nome em seu sentido obsceno em "Os cacarecos antidotais, encontrados num monumento antigo"[418] ("*Fanfreluches antidotées*", segundo capítulo de *Gargântua*). Lá comenta-se sobre o buraco de São Patrício, o buraco de Gibraltar e milhares de outros buracos. Gibraltar também era chamado de "*Trou de la Sibylle*" (o nome vem da cidade de Sevilha), e esse nome era da mesma forma compreendido em sentido obsceno.

Após visitar o poeta moribundo Pombichano, que expulsara todos os monges, Panurgo explode em injúrias e, entre outras coisas, faz a seguinte suposição sobre o destino da alma do ímpio poeta:

> Sua asna se vai com trinta mil carretas de diabos. Sabe aonde? Beudo Céu! Meu amigo, vai direito para debaixo do vaso portátil de Prosérpina, dentro da própria privada infernal em que ela cumpre a obra fecal dos seus clisteres, à esquerda do grande caldeirão, a três toesas das garras de Lúcifer, no rumo da câmara negra do Demiurgo.[419]

Impressiona a precisa topografia do inferno semelhante a Dante. No entanto, para Panurgo, o lugar mais terrível nele não é a boca de Satanás, mas o vaso portátil de Prosérpina, onde ela faz suas necessidades. O traseiro de Prosérpina é uma espécie de inferno do inferno, o baixo do baixo, ao qual a alma do ímpio Pombichano deve se dirigir.

Desse modo, não é surpreendente que o episódio com os limpa-cus e o constante movimento de cima para baixo, que perpassa todas as imagens desse episódio, no final das

[418] *Gargântua*, *op. cit.*, p. 218. (N. da T.)

[419] *Terceiro livro*, *op. cit.*, p. 127. (N. da T.)

contas, nos conduzam ao inferno. Os contemporâneos de Rabelais não viam nada de inesperado nisso. De fato, somos conduzidos não tanto ao inferno, mas ao paraíso.

Gargântua fala sobre a beatitude além-túmulo dos semideuses e heróis nos Campos Elísios, ou seja, no inferno da Antiguidade. Porém, na verdade, aqui se trata de um evidente travestimento paródico dos ensinamentos cristãos sobre a eterna beatitude dos santos e dos justos no paraíso.

Nesse travestimento dos ensinamentos cristãos, o movimento para cima se opõe ao movimento para baixo. Toda a topografia espiritual é invertida. É possível que Rabelais tivesse em vista os ensinamentos de Tomás de Aquino sobre a beatitude. No episódio do limpa-cu, a beatitude nasce não em cima, mas embaixo, no ânus. Também é mostrado em detalhes o caminho da ascensão: do ânus, passando pelo reto e indo até o coração e o cérebro. Nesse caso é evidente o travestimento paródico da topografia medieval. A beatitude da alma é profundamente imersa no corpo, bem no seu baixo. Assim, se completa o movimento para baixo de todas as imagens do episódio.

Contudo, esse travestimento de um dos principais ensinamentos do cristianismo está muito longe do niilismo cínico. O baixo material e corporal é produtivo. O baixo dá à luz e, com isso, garante a relativa imortalidade histórica da humanidade. Todas as ilusões obsoletas e vazias morrem nele, e o real futuro nasce. Já vimos na representação microcósmica rabelaisiana do corpo humano como esse corpo se preocupa "com aqueles que ainda não nasceram" ("*ceux qui ne sont pas encore nés*") e como cada um de seus órgãos remete à parte mais valiosa da sua nutrição "para baixo" ("*en bas*"), para os órgãos reprodutivos. Esse baixo é o real futuro da humanidade. O movimento para baixo, que perpassa todas as imagens rabelaisianas, em última instância é orientado justamente para esse alegre futuro real. Contudo, as pretensões do indivíduo isolado à eternidade — ridículo em sua limitação e velhice — são rebaixadas e ridicularizadas. Ambos os aspectos — o rebaixamento zombeteiro do velho e suas pretensões, bem como o real futuro alegre do gênero humano — se fundem em uma única, porém ambivalente, imagem do baixo material e corporal. No mundo rabelaisiano, não devemos nos surpreender com o fato de que o limpa--cu rebaixador não apenas seja capaz de renovar as imagens de objetos reais isolados, mas também adquira uma relação com o real futuro da humanidade.

Todo o caráter do romance rabelaisiano sustenta a nossa interpretação da parte final do episódio. Em seu romance, Rabelais com coerência submete a um travestimento paródico todos os aspectos do dogmatismo e dos sacramentos medievais. O episódio com a ressurreição de Epistemão, como veremos na sequência, traveste os principais milagres do Evangelho. O peculiar travestimento da paixão do Senhor e do sacramento da comunhão (a "Santa Ceia"), ainda que cauteloso, perpassa todo o romance de Rabelais. Entretanto, esse travestimento desempenha um papel especialmente relevante e organizador nos primeiros dois livros do romance. Sua essência pode ser definida como uma transubstanciação inversa: a transformação do sangue em vinho, do corpo dilacerado em pão e da paixão em banquete. Vimos os diversos aspectos desse travestimento em uma série de episódios que analisamos. Na mesma representação microcósmica do corpo humano, Rabelais mostra como o pão e o vinho ("a essência de qualquer alimento") se transformam em sangue no organismo humano. Trata-se do lado reverso do mesmo travestimento. No romance, encontraremos uma série de outros travestimentos paródicos de diversos aspectos dos dogmas e do culto. Já mencionamos o martírio e a milagrosa salvação de Panurgo na Turquia. Abel Lefranc considera a genealogia de Pantagruel uma paródia das genealogias bíblicas. Nos prólogos, encontramos o travestimento dos métodos da Igreja para estabelecer a verdade e nos persuadir dela. Por isso, o travestimento paródico da beatitude além-túmulo dos santos e dos justos no episódio com os limpa-cus não deve parecer algo inesperado.[420]

Façamos um certo balanço da nossa análise desse episódio peculiar. No contexto da literatura da modernidade, ele parece estranho e grosseiro.

Entretanto, o limpa-cu é um tema tradicional do riso rebaixador e sem cerimônias. Já abordamos uma série de fenômenos paralelos de grande importância na literatura universal. Porém, em nenhum lugar esse tema foi elaborado com tantos detalhes e diferenciação e com tamanha dramaticidade cômica formidável como em Rabelais.

A interpretação rabelaisiana desse tema se caracteriza não só pela ambivalência, mas também pela nítida predominância do polo regenerador positivo. Trata-se de um jogo livre e alegre com coisas e conceitos, só que com um objetivo de longo alcance. Esse objetivo consiste em dissipar a atmosfera da seriedade sombria e falsa que rodeia o mundo e todos os seus fenômenos, fazer o mundo parecer diferente, mais material, mais próximo do ser humano e do seu corpo, mais corporal e compreensível, acessível, leve, e fazer com que a palavra sobre ele soe de modo diferente: alegre, sem cerimônias e destemida. Dessa maneira, o objetivo do episódio é a já conhecida carnavalização do mundo, do pensamento e da palavra. Esse episódio não é uma obscenidade cotidiana isolada da modernidade, mas uma parte orgânica do grande e complexo mundo das formas populares da praça. Apenas isolado desse mundo, tomado em si mesmo e concebido dentro da modernidade, ele pode parecer uma grosseria cotidiana de mau gosto. Como sempre em Rabelais, trata-se de

[420] Não obstante, é claro que tudo isso não pode ser compreendido como um ateísmo racionalista abstrato. Trata-se de um corretivo do riso para qualquer seriedade unilateral. É um drama satírico alegre que restaura a "integridade eternamente inacabada" e ambivalente da existência.

uma centelha do alegre fogo carnavalesco a queimar o velho mundo.

É como se o episódio tivesse sido construído em etapas: o destronamento (pela transformação em limpa-cu) e a renovação no plano material e corporal se iniciam com ninharias e se elevam até os alicerces da cosmovisão medieval; ocorre uma libertação gradativa também da seriedade mesquinha em assuntos cotidianos, da seriedade gananciosa na vida prática, da taciturna seriedade edificante dos moralistas e hipócritas, e, por fim, daquela grande seriedade do medo, que se condensou nas imagens sombrias do fim do mundo, do Juízo Final, do inferno e das imagens do paraíso e da beatitude além-túmulo. Ocorre uma gradual libertação da palavra e do gesto em relação aos tons lamentavelmente sérios da prece, da queixa, da resignação, da reverência, bem como em relação aos tons ameaçadores e sérios de amedrontamento, de ameaça e de proibição. Afinal, todas as expressões oficiais do ser humano medieval estavam repletas apenas desses tons e eram por eles envenenadas. De fato, a cultura oficial da Idade Média não conhecia a seriedade destemida, livre e sóbria. De caráter destronador, materializador e renovador, o gesto carnavalesco sem cerimônias e da praça do pequeno Gargântua que tudo transforma em limpa-cu parece purificar e preparar o solo para essa nova seriedade ousada, sóbria e *humana*.

A apropriação sem cerimônias do mundo, exemplificada no nosso episódio, preparou ainda seu novo conhecimento científico. O mundo não poderia se tornar objeto de um conhecimento livre, *experimental e materialista*, enquanto estivesse *apartado do ser humano pelo medo e pela reverência*, enquanto estivesse imbuído de um princípio hierárquico. A apropriação do mundo sem cerimônias e da praça, exemplificada também no nosso episódio, destruiu e anulou todas as distâncias e proibições criadas pelo medo e pela reverência, aproximou o mundo do ser humano e do seu corpo, permitiu que qualquer coisa fosse tocada e apalpada por todos os lados, conhecida por dentro, virada do avesso, comparada com qualquer outro fenômeno, por mais elevado e sagrado que fosse, analisada, pesada, medida e experimentada: e tudo isso no único plano da experiência material e sensorial.

É por isso que, na época do Renascimento, a *cultura popular do riso e a nova ciência experimental* se combinaram organicamente. Elas se combinaram ainda na atividade de Rabelais como escritor e cientista.

* * *

Passemos ao episódio da ressurreição de Epistemão e das suas visões além-túmulo (*Pantagruel*, capítulo XXX).

A ressurreição de Epistemão é um dos episódios mais ousados do romance. Abel Lefranc, por meio de uma análise detalhada, estabeleceu, de forma bastante convincente, que ele é um travestimento paródico dos dois principais milagres dos Evangelhos: a "ressurreição de Lázaro" e a "ressurreição da filha de Jairo". Alguns traços foram emprestados da descrição do primeiro milagre e outros do segundo. Além disso, Abel Lefranc encontra aqui traços da descrição dos milagres de cura de um surdo-mudo e de um cego de nascença.

Esse travestimento paródico é construído por meio da combinação de alusões aos textos evangélicos correspondentes com as imagens do baixo material e corporal. Assim, Panurgo aquece a cabeça de Epistemão, colocando-a sobre sua braguilha: trata-se de um rebaixamento topográfico literal, mas ao mesmo tempo de um *contato curador com a força reprodutiva*. Em seguida, o corpo de Epistemão é levado ao lugar do banquete, onde ocorre todo o acontecimento da ressurreição. Depois, o pescoço e a cabeça de Epistemão são lavados com um "bom vinho branco". Por fim, surge uma imagem anatomizante (*vene contre vene* etc.). Em especial, é preciso destacar o juramento de Panurgo: ele está prestes a perder a própria cabeça se não conseguir ressuscitar Epistemão.

Em primeiro lugar, enfatizemos a coincidência da temática desse juramento ("quero perder a cabeça") com a temática do próprio episódio (a perda da cabeça por Epistemão). Tal coincidência caracteriza todo o sistema de imagens rabelaisiano: a temática das maldições, injúrias e juramentos costuma se repetir nos próprios acontecimentos retratados (a dilaceração e o desmembramento do corpo, o ato de jogar para o baixo material e corporal, o banho com urina). Observemos ainda outro traço. Panurgo acrescenta que a perda da cabeça é um juramento comum do tolo (*fol*). Todavia, o "tolo" (*fol*, *sot*) no contexto de Rabelais (e de toda a sua época) nunca significou uma tolice cotidiana puramente negativa; o tolo é um xingamento ambivalente; além disso, essa palavra está indissoluvelmente ligada com a representação dos bufões de festa, dos bufões e dos tolos de *sotie* e da comicidade popular da praça. Para um tolo, a perda da cabeça não é uma grande perda, mas quem o diz é o próprio tolo, além disso, a perda da cabeça é tão ambivalente quanto sua tolice (o inverso e o baixo da sabedoria oficial). Esse matiz de um jogo bufo é transferido para todo o episódio de Epistemão. *A perda da sua cabeça é um ato puramente cômico*. E todos os acontecimentos subsequentes ao episódio — a ressurreição e as visões além-túmulo — estão no mesmo espírito de um ato carnavalesco ou de um teatro de feira.

Eis como é retratado o despertar para a vida de Epistemão ressuscitado:

> Num supetão Epistemão *começou a respirar, depois abriu os olhos, depois bocejou, depois espirrou, depois soltou um belo peido caseiro*.
>
> Então disse Panurgo: "Agora com certeza está curado!" E o levou para beber uma copada de vinho branco vagabundo com um churrasco açucarado.
>
> Desse jeito Epistemão foi habilidosamente curado, fora pelo fato de que passou mais de três sema-

nas enrouquecido e teve uma tosse seca, que ele não conseguia curar, a não ser quando bebia.[421]

Aqui todos os sinais do retorno à vida estão posicionados em uma sequência claramente dirigida para baixo: primeiro o respirar dos lábios, depois o abrir dos olhos (sinais sublimes da vida e o alto do corpo). Em seguida, começa o rebaixamento: o bocejo (um sinal baixo de vida), os espirros (um sinal ainda mais baixo — secreção semelhante à defecação), e, por fim, a emissão de ventos (o baixo corporal, o traseiro). No entanto, justamente esse último sinal mais baixo se revela decisivo: "*À ceste heure est il guery asseurement*" ("Agora com certeza está curado!") — conclui Panurgo.[422] Desse modo, a inversão completa — a substituição do alto pelo baixo, pois não se trata da respiração dos lábios, mas da emissão de ventos pelo traseiro — que se revela um autêntico símbolo da vida e um sinal efetivo da ressurreição. No episódio com os limpa-cus, o traseiro estava ligado com a eterna beatitude além-túmulo, já aqui, com a ressurreição.

Na parte final da passagem citada, o vinho (a imagem de banquete) se torna eminente, pois é ele que consolida a vitória da vida sobre a morte e, em seguida, auxilia Epistemão a se livrar também da tosse seca, da qual ele sofreu por algum tempo.

Essa é a primeira parte do nosso episódio: a ressurreição de Epistemão. Como vimos, todas as suas imagens estão repletas do movimento para baixo. Destaquemos ainda o seu emolduramento com as imagens de banquete. A segunda par-

[421] *Pantagruel*, em *Pantagruel e Gargântua*, *op. cit.*, p. 181. Grifos de Bakhtin. (N. da T.)

[422] Essas palavras de Panurgo são uma alusão travestidora ao Evangelho, onde a comida é reconhecida como o sinal da ressurreição efetiva da filha de Jairo.

te do episódio é dedicada às visões além-túmulo de Epistemão, ou seja, ao inferno. Ela também é emoldurada com imagens de banquete. Eis o seu início:

> E aí começou a falar, dizendo. Que ele tinha visto diabos, conversado intimamente com Lúcifer e feito uma festa no Inferno. E nos Campos Elísios. E confirmava para todos que os diabos eram bons companheiros. Quanto aos condenados, disse que estava um tanto chateado que Panurgo o tivesse revocado tão rápido à vida: "Porque eu tinha (disse ele) um passatempo muito peculiar em vê-los."
>
> — Explique mais, disse Pantagruel.
>
> — Eles não são tão maltratados (disse Epistemão) quanto vocês pensam, mas seu estado se altera de um jeito estranho.
>
> Pois eu vi Alexandre, o Grande, remendando calções velhos para ganhar a pobre vida.
>
> Xerxes era ambulante de mostarda.
>
> Rômulo era salineiro.
>
> Numa ferrageiro.
>
> Tarquínio tacanho.
>
> Pisão paisão.[423]

Desde o início, a imagem do inferno está relacionada aqui ao banquete: Epistemão banqueteou tanto no inferno quanto nos Campos Elísios. Em seguida, junto com o banquete, o inferno oferece a Epistemão o mais divertido espetáculo da vida além-túmulo dos condenados. Essa vida é organizada como um verdadeiro carnaval. Tudo aqui é o inverso do mundo superior. Todos os superiores são destronados, todos os inferiores são entronados. A enumeração feita por

[423] *Pantagruel*, *op. cit.*, pp. 181-2. (N. da T.)

Rabelais não é outra coisa senão uma série de disfarces carnavalescos dos heróis da Antiguidade e da Idade Média. A posição e a profissão além-túmulo de cada herói consistem em seu rebaixamento, às vezes em um sentido topográfico literal: por exemplo, Alexandre, o Grande, está ocupado remendando calções velhos. Às vezes, a posição além-túmulo de um herói é só a realização de um xingamento, por exemplo, Aquiles "sarnento".[424] De um ponto de vista formal, essa sequência (citamos apenas o seu início) lembra a lista de limpa-cus: as novas designações e ocupações dos heróis do inferno surgem de modo tão inesperado quanto as coisas para limpa-cu, e a própria não correspondência dessas novas posições produz o efeito de inversões e reversos farsescos. É interessante o seguinte detalhe. No inferno, o papa Sisto cura a sífilis.[425] Em relação a isso, ocorre o diálogo a seguir:

> — Como?, disse Pantagruel, tem bexiguento por lá?
>
> — Com certeza, disse Epistemão. Nunca vi tantos, tem mais de cem milhões. E podem acreditar que quem não pega bexiga neste mundo, pega no outro.
>
> — Pelo sagrado coração, disse Panurgo, eu estou livre. Porque já passei até pelo buraco de Gibraltar e enchi as rolhas de Hércules e abati as mais maduras.[426]

Em primeiro lugar, destaquemos a lógica da inversão (do contrário): quem não sofreu de sífilis neste mundo, pega

[424] "Boteleur de foin" no original, que na tradução brasileira citada foi vertido por "tintureiro". *Pantagruel*, *op. cit.*, p. 182. (N. da T.)

[425] Na tradução brasileira citada, "O papa Sisto untador de bexiga". *Pantagruel*, *op. cit.*, p. 184. (N. da T.)

[426] *Pantagruel*, *op. cit.*, p. 184. (N. da T.)

sífilis no inferno. Lembremos o caráter especial dessa doença "alegre", que diz respeito ao baixo corporal. Por fim, ressaltemos nas palavras de Panurgo (no original) as imagens geográficas do baixo corporal, que eram comuns no cotidiano da época: "buraco de Gibraltar" e as "rolhas de Hércules". Observemos a localização ocidental desses pontos geográficos: eles se situavam nas fronteiras ocidentais do mundo antigo e abriam caminho para o inferno e para a ilha dos abençoados.

O caráter carnavalesco dos destronamentos se manifesta com nitidez na seguinte passagem:

> E desse jeito aqueles que foram grandes senhores neste mundo ganhavam a mais pobre e vil e baixa vida do lado de lá. Em compensação, os filósofos e aqueles que foram indigentes neste mundo do lado de lá eram por sua vez grandes senhores.
>
> Eu vi Diógenes em passo magnífico com um grande hábito púrpura e o cetro na destra e dava raiva em Alexandre, o Grande, quando este não remendava direito seus calções e o pagava com grandes bordoadas de bastão.
>
> Eu vi Epicteto vestido finamente à francesa, debaixo de uma linda galhada com várias donzelas se distraindo, bebendo, dançando e fazendo uma festa de arromba, e perto dele escudos de sol.[427]

Aqui os filósofos (Diógenes e Epicteto) desempenham o papel dos *bufões carnavalescos escolhidos pelos reis*. São destacados os *trajes reais*: *o hábito púrpura e o cetro de Diógenes*. Além disso, não são esquecidas as bordoadas de bastão com as quais é premiado *o "velho" rei destronado Alexan-*

[427] *Idem*, p. 185. (N. da T.)

dre, o Grande. A imagem de Epicteto é retratada de um modo diferente em um estilo mais galante: é um *rei festivo* que banqueteia e dança.

A parte restante dessa visão além-túmulo é elaborada também no mesmo espírito carnavalesco festivo. O escritor Jean Lemaire (o líder da escola de retórica), que foi inimigo dos papas durante sua vida, desempenha o papel de um papa bufão no inferno. Os ex-bufões da corte Caillette e Triboullet se tornam seus cardeais. Os antigos reis e papas beijam os pés de Jean Lemaire, o qual ordena a seus cardeais recompensá-los com pauladas.

Os gestos rituais rebaixadores não podem ser desconsiderados. Quando Xerxes, ao vender mostarda, cobra muito caro, Villon urina nela. Perceforest mija na muralha em que estava representado o "fogo de Santo Antônio". Por essa heresia, o franco-arqueiro de Bagnolet, que era inquisidor no inferno, quis queimá-lo vivo.

Como havíamos dito, o banquete emoldura todo o episódio. Assim que Epistemão finalizou seu relato:

> — Ah, disse Pantagruel, vamos fazer um brinde em comemoração, vamos beber, crianças, é o que peço; porque belo é beber o mês inteiro![428]

Durante o banquete, que Pantagruel e seus companheiros rapidamente iniciam, é decidido o destino do derrotado rei Anarco: Pantagruel e Panurgo resolvem prepará-lo ainda aqui na terra para a posição que ele, enquanto rei, ocupará no inferno, ou seja, acostumá-lo a ofícios menores.

No capítulo XXXI, é retratado o destronamento carnavalesco do rei Anarco, que já foi abordado por nós. Panurgo veste o rei com trajes de bufão (que são descritos em detalhes,

[428] *Idem*, p. 188. (N. da T.)

e Panurgo explica algumas de suas particularidades por meio de um jogo de palavras) e o transforma em um vendedor de cheiro-verde. Desse modo, o destronamento carnavalesco deve reproduzir aquilo que acontece no inferno.

Resta fazer um balanço de nossa análise.

Nesse episódio, a *imagem do inferno* tem um nítido *caráter festivo-popular. O inferno é um banquete e um carnaval alegre*. Encontramos aqui todas as imagens rebaixadoras e ambivalentes já conhecidas por nós: *o banho de urina, o espancamento, a mudança de roupa e os xingamentos*. O movimento para baixo, inerente a todas as imagens rabelaisianas, leva ao inferno, e as imagens do próprio inferno estão repletas do mesmo movimento para baixo.

* * *

No sistema de imagens rabelaisiano, o *inferno* é aquele *ponto nodal, no qual se cruzam as principais vias desse sistema: o carnaval, o banquete, as lutas e os espancamentos, os xingamentos e as maldições.*

Como explicar a posição tão central da imagem do inferno e qual é o sentido da sua cosmovisão?

É claro que essa questão não pode ser respondida por meio de uma reflexão abstrata. Em primeiro lugar, é preciso recorrer às fontes de Rabelais e àquela tradição de representar o inferno que se estende por toda a Idade Média e que se conclui na literatura do Renascimento; em segundo lugar, revelar *os elementos populares* dessa tradição; e, por fim, compreender a significação dessa tradição e da imagem do inferno à luz das grandes e atuais tarefas da época de Rabelais.

Antes disso, diremos algumas palavras sobre as fontes da Antiguidade. Eis as obras da Antiguidade que contêm imagens do inferno: o canto XI da *Odisseia*, *Fedro*, *Fédon*, *Górgias* e *A República* de Platão, o *Sonho de Cipião* de Cícero, a *Eneida* de Virgílio e, por fim, uma série de obras de Luciano (a principal delas *Menipo ou a descida aos infernos*).

Rabelais conhecia todas essas obras, mas, com a exceção das de Luciano, não se pode falar de nenhuma influência decisiva. Entretanto, a influência de Luciano costuma ser exagerada. De fato, a semelhança entre *Menipo ou a descida aos infernos* e o episódio de Rabelais aqui analisado se limita a traços puramente externos.

Em Luciano, o inferno também é retratado como um espetáculo alegre. Destaca-se o momento da troca de roupas e da mudança de papéis. A imagem do inferno obriga Menipo a comparar toda a vida humana com uma procissão teatral.

> Então, ao ver tudo aquilo, ocorreu-me comparar a vida dos humanos a uma longa procissão, em que a Sorte atribuía e ordenava cada papel, dando diferentes e variadas vestes aos participantes. De fato, tomando um à sorte, veste-o de rei, põe-lhe uma tiara, dá-lhe uma guarda pessoal e coloca-lhe uma coroa na cabeça, ao passo que a outro dá uma veste de escravo; faz deste uma pessoa bela, e de outro um tipo feio e ridículo. Na verdade, convém que o espectáculo seja variado.[429]

A posição dos poderosos desse mundo — os antigos reis e ricos — é a mesma no inferno de Luciano e em Rabelais.

> Mas creio que te terias rido ainda mais, se tivesses visto aqueles que cá na terra eram reis e sátrapas, e que lá embaixo andam a mendigar ou, forçados pela indigência, a vender peixe salgado, ou como professores de primeiras letras, insultados por toda a gente e *apanhando bofetões como se fos-*

[429] Luciano de Samósata, *Menipo ou a descida aos infernos*, em Luciano IV, trad., intr. e notas de C. Magueijo, Coimbra, Imprensa da Universidade de Coimbra, 2013, p. 85. (N. da T.)

> *sem os mais ignóbeis dos escravos*. Não fui capaz de me conter, ao ver o próprio Filipe da Macedônia, que me surgiu a um canto *a remendar botas rotas em troca de salário*. Também podiam ver-se muitos outros a mendigarem nas encruzilhadas, como, por exemplo, os Xerxes, os Darios e os Polícrates.[430]

Apesar da semelhança externa, que profunda diferença de essência entre Rabelais e Luciano! *O riso em Luciano é abstrato, apenas zombeteiro e desprovido de qualquer alegria genuína*. Quase nada resta da ambivalência das imagens das saturnálias em seu inferno. As imagens tradicionais são descaracterizadas e colocadas a serviço da filosofia moral abstrata do estoicismo (que aliás foi degenerada e deturpada pelo cinismo tardio). Também nele os antigos reis são premiados com golpes: "apanhando bofetões como se fossem os mais ignóbeis dos escravos". Todavia, esses golpes são o *espancamento cotidiano do sistema escravocrata*, que foi transferido para o inferno. Quase nada restou da imagem saturnalesca ambivalente do rei-escravo. Esses golpes são simplesmente golpes sem qualquer força construtiva: não ajudam nem a nascer, nem a se renovar. As imagens do banquete têm esse mesmo caráter cotidiano unívoco. No inferno de Luciano também se come, mas essa comida não tem nada em comum com a de Rabelais. Os antigos reis não podem desfrutá-la, porém os antigos escravos e pobres também não a desfrutam. No inferno, simplesmente se come, mas não se banqueteia; tampouco banqueteiam os filósofos, que apenas riem, de modo descarado e zombeteiro, e escarnecem dos antigos reis e ricos. Nisso consiste o principal: em Luciano, o princípio material e corporal serve aos propósitos de um rebaixamento puramente formal das imagens elevadas e como sua

[430] *Idem*, p. 87. Grifos de Bakhtin. (N. da T.)

simples cotidianização; ele está praticamente desprovido de ambivalência, não renova e não ressuscita. Daí a profunda diferença de tom e de estilo em Rabelais e em Luciano.

É preciso colocar o assim chamado *Apocalipse de Pedro* à frente da tradição medieval de representar o inferno. Essa obra foi composta por um grego no final do século I ou no início do século II da nossa era; trata-se de uma síntese das representações sobre o mundo do além na Antiguidade, mas adaptada à doutrina cristã. A própria obra não estava disponível na Idade Média,[431] mas determinou a *Visio Pauli* (*Visão de Paulo*), que foi composta no século IV. Na Idade Média, circulavam variadas redações dessa *Visio*, que exerceram uma influência essencial no poderoso fluxo de lendas irlandesas sobre o inferno e o paraíso, com um enorme papel na história da literatura medieval.

Entre as lendas irlandesas sobre o inferno são de importância essencial as ligadas ao "buraco de São Patrício". Esse orifício levava ao purgatório. Segundo a lenda, Deus o mostrou pela primeira vez a São Patrício, que viveu no século V. Em meados do século XII, o monge Henri de Saltrey descreveu a descida de um cavaleiro ao purgatório em seu *Tratado sobre o purgatório de São Patrício*. Por volta dessa época, foi escrita a famosa *Visão de Túndalo*. Após a sua morte, Túndalo viajou ao inferno, mas depois voltou ao mundo dos vivos para contar às pessoas as terríveis visões que ele testemunhou. Essas lendas despertaram um interesse extraordinário e deram vida a várias obras: *O purgatório de São Patrício* de Marie de France; *Sobre o desprezo pelo mundo* do papa Inocêncio III; *Os diálogos de São Gregório*; *A divina comédia* de Dante.

As imagens de visões do além-túmulo, emprestadas da *Visão de Paulo*, foram retrabalhadas e enriquecidas pela po-

[431] Em 1886, ela foi encontrada pela primeira vez em um sepultamento egípcio.

derosa fantasia celta, tornando-se muito mais numerosas e detalhadas. As imagens grotescas do corpo se intensificaram com uma nitidez especial. Também aumentou a quantidade de pecados e de métodos de punição (de sete para nove e até mais). Na construção das próprias imagens dos tormentos além-túmulo é possível perceber sem dificuldade a lógica específica dos xingamentos, das maldições e das injúrias, a lógica das negações e dos rebaixamentos corporais e topográficos. Essas imagens de tormentos costumam ser organizadas como uma realização das metáforas contidas nos xingamentos e nas maldições. O corpo dos pecadores torturados é apresentado em um aspecto grotesco. Muitas vezes ocorre uma clara relação com a devoração; alguns pecadores são assados no espeto, outros são forçados a beber metais derretidos. Já na *Visão de Túndalo*, Lúcifer aparece acorrentado à grelha do fogão em brasa, no qual é assado e ao mesmo tempo devora os pecadores.

Havia um conjunto específico de lendas sobre o inferno relacionadas à imagem de Lázaro. De acordo com uma lenda antiga, durante o banquete de Cristo com Simão, o Leproso, Lázaro contou os mistérios do mundo além-túmulo vistos por ele. Houve um sermão de Pseudo-Agostinho, no qual se enfatizava a posição excepcional de Lázaro como o único entre os vivos que tinha visto os mistérios do além-túmulo. Nesse sermão, Lázaro também conta suas visões além-túmulo durante o banquete. No século XII, o teólogo Pedro Comestor também apresenta esse testemunho de Lázaro. No final do século XV, esse papel de Lázaro adquire uma significação especial, e sua figura passa a integrar os mistérios, mas seu relato sobre o banquete se tornou amplamente difundido devido à sua inclusão nos calendários populares.

Todas essas lendas sobre o reino além-túmulo, que incluíam aspectos grotesco-corporais essenciais e imagens de banquete, determinaram a temática e as imagens das diabruras, em que justamente esses aspectos foram muito desenvolvidos. Nas diabruras, também se intensificou bastante o aspecto do riso, isto é, cômico, das imagens grotescas do inferno.[432]

Qual influência essas lendas e obras a elas relacionadas exerceram sobre a imagem rabelaisiana do inferno?

Como vimos, na representação do inferno em Rabelais, dois aspectos são colocados em primeiro plano: em primeiro lugar, as imagens de banquete (o banquete emoldura a história de Epistemão, ele mesmo banqueteia no inferno, é descrito o banquete dos filósofos e a venda de produtos comestíveis no reino além-túmulo); em segundo lugar, o caráter carnavalesco coerente do inferno.

O primeiro aspecto está presente nas lendas e obras medievais citadas. Já na *Visão de Túndalo* (século XII), Lúcifer devora os pecadores e, como dissemos, ele mesmo é assado em uma enorme grelha do fogão, à qual está acorrentado. No palco dos mistérios, Lúcifer costumava ser representado assim. Em Rabelais, encontramos também essa imagem: em *Pantagruel*, ele menciona que certa vez Lúcifer se soltou da corrente, pois foi terrivelmente atormentado por cólicas após ter comido um fricassê da alma de algum meirinho no café da manhã. No *Quarto livro* (cap. XLVI) existe uma reflexão detalhada do diabo sobre a comparação das qualidades degustativas de várias almas: quais eram boas para o café da manhã, para o almoço e de que forma prepará-las. Dois poemas parecem ter servido como fontes diretas de Rabelais: "Salut d'Enfer" ["Salvação do Inferno"], de um autor desco-

432 Esses elementos cômico-grotescos estavam, como dissemos, em forma embrionária já na *Visão de Túndalo*; eles também exerceram influência sobre as artes visuais; por exemplo, o artista Hieronymus Bosch, em um dos seus painéis baseado em motivos de Túndalo e datado por volta de 1500, destacou precisamente os aspectos grotescos da *Visão* (a devoração dos pecadores por Lúcifer, acorrentado à grelha do fogão). Na catedral de Bourges, há afrescos do século XIII onde também são destacados aspectos cômico-grotescos na representação da vida além-túmulo.

nhecido, e "Songe d'Enfer" ["Sonho de Inferno"], de Raoul de Houdenc. Em ambos os poemas, os autores retratam a sua visita a Belzebu e a sua participação no banquete dos diabos. Já aqui aparece um desenvolvimento detalhado da culinária dos pecadores. Assim, o protagonista de "Salut d'Enfer" é servido com sopa de repolho e carne de penhorista, com assado de falsário e com molho de advogado. Raoul de Houdenc faz uma descrição ainda mais precisa da *culinária infernal*. No inferno, ambos os poetas, assim como Epistemão, são recebidos com bastante cortesia e ambos, como Epistemão, conversam descontraidamente com Belzebu.

A influência sobre Rabelais do conjunto de lendas ligadas à imagem de Lázaro também é indubitável. Já apontamos que todo o episódio com Epistemão é, em parte, uma paródia do milagre evangélico da ressurreição de Lázaro. O relato de Epistemão sobre as visões além-túmulo, assim como o lendário relato de Lázaro, é emoldurado por imagens de banquete.

Essas são as fontes do primeiro aspecto — de banquete — na imagem rabelaisiana do inferno. Contudo, o segundo aspecto — carnavalesco — também está presente, ainda que delineado de maneira rudimentar nas mesmas fontes.

O elemento festivo-carnavalesco é muito forte nos dois poemas mencionados. Entretanto, ele já se encontra nas lendas celtas mais antigas. O inferno é o mal do passado derrotado e condenado. É verdade que esse mal é concebido e retratado do ponto de vista oficial e cristão; a negação tem, portanto, certo caráter dogmático. Todavia, nas lendas essa negação dogmática está bastante relacionada com as representações folclóricas sobre o baixo terrestre, como um ventre materno, que ao mesmo tempo devora e gera vida, e com as representações do passado, enquanto um alegre monstro sendo expulso. A concepção folclórica do tempo alegre não poderia deixar de penetrar nas imagens do inferno, entendida como o mal derrotado do passado. Por isso, já na *Visão de*

Túndalo, Lúcifer é retratado, em essência, como um monstro alegre e como uma imagem do velho poder derrotado e do medo diante dele. É em razão disso que essas lendas fecundaram tanto os dois poemas com elementos festivos mencionados por nós quanto o mundo das diabruras já bastante carnavalesco. O mal derrotado, o passado derrotado, o velho poder derrotado, o medo derrotado — tudo isso, com contínuas transições e matizes, poderia gerar as imagens sombrias do inferno de Dante ou o alegre inferno de Rabelais. Por fim, a própria lógica do baixo, do inverso, do às avessas, do ao contrário fez com que as imagens do inferno adquirissem necessariamente formas e concepções carnavalescas e grotescas.

Não obstante, há mais um aspecto a ser considerado. Os deuses da mitologia antiga, rebaixados a diabos pelo cristianismo, e as imagens das saturnálias romanas que teimaram em sobreviver na Idade Média, foram lançados ao inferno pela consciência ortodoxa cristã, levando para lá seu espírito saturnalesco.

Uma das mais antigas descrições do carnaval que chegaram até nós é apresentada na forma de uma visão mística do inferno. Orderico Vital, o historiador normando do século XI, retrata em pormenores a visão de um certo padre Gochelin, que, no dia 1º de janeiro de 1091, voltando à noite da visita a um doente, viu o "exército de Arlequim" passando pela estrada deserta. O próprio Arlequim é retratado como um gigante armado de um enorme porrete (a sua figura lembra a de Héracles). O exército liderado por ele é bastante heterogêneo. À frente vão pessoas vestidas com peles de animais, carregando nas mãos todo tipo de utensílios de cozinha e domésticos. Em seguida, marcham pessoas carregando cinquenta caixões, nos quais estão sentados homenzinhos cabeçudos com grandes cestos nas mãos. Depois, seguem dois etíopes com um cavalete, no qual o diabo tortura o homem, enfiando-lhe esporas de fogo. Segue-se então uma grande quantidade de mulheres: elas montam cavalos, saltando o tempo todo em celas cravejadas de pregos em brasa; as mulheres saltam e de novo caem sobre esses pregos; algumas delas são nobres damas, inclusive algumas ainda vivas. Na sequência, marcha o clero e, no fim da procissão, os soldados rodeados por chamas. É assim que Gochelin descreve a procissão. Todos eles são almas de pecadores mortos. Gochelin conversa com três deles, incluindo seu irmão morto, e por fim descobre que se trata de uma procissão de almas errantes do purgatório que expiam seus pecados.

Esta é a visão de Gochelin.[433] É claro que aqui não há nem a palavra, nem o conceito de "carnaval". Tanto o próprio Gochelin quanto o historiador que relata sobre ele consideram que se trata de uma visão do "exército de Arlequim". Essa representação mitológica (que se assemelha a um "exército selvagem", a uma "caça selvagem" e às vezes ao "exército do rei Artur") recebe aqui uma interpretação cristã: são almas do purgatório vagando pela terra. As representações cristãs determinam o tom, o caráter e alguns detalhes do relato de Orderico: o horror do próprio Gochelin, as queixas e os gemidos das pessoas que caminham na procissão, os castigos a que são submetidos alguns dos seus participantes (por exemplo, a pessoa torturada pelo diabo no cavalete é o assassino do padre; as mulheres nas selas com pregos em brasa são punidas por depravação). Portanto, a atmosfera aqui está longe de ser carnavalesca. Porém, ao mesmo tempo o caráter carnavalesco de algumas imagens e da procissão como um todo é inquestionável. Apesar da influência deturpadora das representações cristãs, os traços do carnaval (ou das saturnálias) se manifestam com bastante nitidez. Nesse caso, vemos também a *imagem do gigante*, que era característica do corpo grotesco; este era um participante habitual de todas as procissões de tipo carnavalesco (já dissemos que sua imagem

[433] Otto Driesen analisa em detalhes a "Visão" de Gochelin em *Der Ursprung des Harlekin*, Berlim, Alexander Duncker, 1904, pp. 24-30.

lembra a de Héracles, sobretudo pelo seu porrete; na tradição antiga, a imagem de Héracles estava estreitamente relacionada ao inferno). Os etíopes dão corpo à mesma concepção grotesca. É bem típica a imagem dos recém-nascidos sentados nos caixões: por trás do colorido cristão da imagem transparece a ambivalência da morte que gera vida. No plano do baixo material e corporal é necessário compreender ainda, afastando-nos da compreensão cristã, a presença na procissão de mulheres depravadas (*dames douces*) que se movimentam de maneira indecente (ao retratar o *coitus*; recordemos da metáfora rabelaisiana do ato sexual, emprestada do campo da equitação: *saccade*). É claro que pessoas vestidas com peles de animais e armadas com utensílios de cozinha e domésticos têm um caráter totalmente carnavalesco. Também as chamas envolvendo os guerreiros são um fogo carnavalesco, que queima e renova o passado terrível (algo semelhante ao *moccoli* do carnaval romano). O momento do destronamento também é preservado aqui: afinal, todos esses pecadores são antigos senhores feudais, cavaleiros, nobres damas e clérigos, que agora são almas destronadas e destituídas de sua posição elevada. Gochelin conversa com um visconde que foi punido por ser um juiz injusto; outro senhor feudal foi punido por tirar injustamente o moinho do seu vizinho.

Nessa visão do ano-novo há algo da "procissão dos deuses destronados", sobretudo na aparência antiga do próprio Arlequim com seu porrete. Sabe-se que, na Idade Média, principalmente nos países germânicos, essas procissões carnavalescas às vezes eram compreendidas, como procissões de deuses pagãos destronados e derrubados. As representações da força superior decadente e da verdade dos tempos antigos se fundiram com o próprio núcleo das imagens carnavalescas. É claro que não se exclui a influência das saturnálias sobre o desenvolvimento dessas representações da Idade Média. Em certa medida, os deuses da Antiguidade desempenham o papel do rei destronado das saturnálias. É peculiar que ainda na segunda metade do século XIX uma série de pesquisadores alemães tenha defendido a origem germânica da palavra "carnaval", traçando sua origem de "Karne" (ou "Harth"), que significa "lugar sagrado" (isto é, a comunidade pagã — os deuses e seus sacerdotes), e de "val" (ou "wal"), que significa "morto" ou "assassinado". Portanto, segundo essa explicação, o carnaval significava a "procissão de deuses mortos". Mencionamos essa explicação apenas para mostrar o quão persistente era a representação do carnaval como uma procissão de deuses destronados.

O relato despretensioso de Orderico Vital evidencia como era estreita a ligação das imagens do inferno com as imagens do carnaval até mesmo na consciência de cristãos tementes a Deus no século XI. No final da Idade Média, essa ligação se desenvolve nas formas das diabruras, em que o aspecto carnavalesco tem uma vitória final e transforma o inferno em um espetáculo popular, alegre e da praça.

Uma manifestação paralela do mesmo processo de "carnavalização do inferno" seria o assim chamado "inferno" [*ad*],[434] que figurava em quase todas as festividades e carnavais do Renascimento.

Esse "inferno" assumiu as mais diversas formas. Suas metamorfoses nas procissões carnavalescas de Nuremberg no século XVI (elas eram registradas em detalhes) são as seguintes: casa, torre, palácio, navio, moinho de vento, dragão cuspindo fogo, elefante com pessoas montadas nele, gigante devorador de crianças, diabo velho devorador de esposas más, loja com todo tipo de tralha e cacarecos (para vender), monte de Vênus, forno de pão para assar bobos, canhão para atirar em mulheres briguentas, armadilha para capturar

434 Neste capítulo, Bakhtin com frequência utiliza, ao se referir ao inferno, a palavra *preispódnia*, que também pode ser traduzida como "submundo". Já aqui ele utiliza a palavra *ad*, cujo significado é "inferno". (N. da T.)

bobos, galera com monges e monjas, a roda da fortuna girando os bobos etc. É preciso lembrar que essa construção recheada de fogos de artifício costumava ser queimada em frente à prefeitura.

Todas essas variações do "inferno" carnavalesco são ambivalentes e, de uma forma ou de outra, incluem o aspecto do medo vencido pelo riso. Elas — de maneira mais ou menos inofensiva — são espantalhos carnavalescos do velho mundo efêmero; às vezes são monstros bastante ridículos, nos quais costumam ser enfatizadas a obsolescência do mundo efêmero, a sua inutilidade, insensatez, estupidez, pretensão ridícula etc. Tudo isso é análogo a cacarecos rebaixadores, que entulham o inferno rabelaisiano: calções velhos remendados por Alexandre, o Grande, montes de trapos e dejetos remexidos por antigos agiotas, e assim por diante. Esse mundo é entregue ao fogo regenerador carnavalesco.

* * *

Tudo o que foi abordado por nós elucida a importância da visão de mundo contida nas imagens do inferno, tanto na tradição medieval quanto no romance de Rabelais. É esclarecida ainda a relação orgânica do inferno com todas as outras imagens do sistema rabelaisiano. Detenhamo-nos em mais alguns aspectos da imagem do inferno.

Em todas as etapas do seu desenvolvimento milenar, a cultura popular do passado procurou vencer pelo riso, iluminar, traduzir para a linguagem do baixo material e corporal (em um sentido ambivalente) todas as ideias, imagens e os símbolos centrais das culturas oficiais. No capítulo anterior, vimos como o medo cósmico e as imagens a ele relacionadas das catástrofes universais e das teorias escatológicas, cultivadas nos sistemas da cosmovisão oficial, encontraram um equivalente do riso nas imagens de catástrofes carnavalescas, de profecias paródicas etc., as quais libertaram o ser humano do medo e o aproximaram do mundo, conferiram leveza ao tempo e seu curso, transformando-o em um fluxo festivo do tempo alegre das alternâncias e renovações.

O mesmo ocorreu com a imagem do inferno. Como vimos, a tradição da carnavalização das representações cristãs oficiais sobre o inferno, ou seja, a carnavalização do inferno, do purgatório e do paraíso, perpassa toda a Idade Média. Os elementos dessa tradição penetram até nas "visões" oficiais do inferno. No final da Idade Média, o inferno se tornou aquele tema-chave no qual colidiram as duas culturas: a popular e a oficial. Esse tema revelou com mais nitidez e clareza como essas duas culturas ou cosmovisões pertenciam a mundos diferentes. O inferno é uma espécie de imagem-balanço, uma imagem do fim e da conclusão de vidas e destinos individuais, e ao mesmo tempo o juízo final da vida de uma pessoa como um todo, juízo que tem como base os mais *elevados critérios* da cosmovisão cristã oficial (religioso-metafísicos, éticos, sociais e políticos). Trata-se de uma imagem-síntese, que revelava não de maneira abstrata, mas sob uma forma imagética e emocional viva e condensada as principais representações do bem e do mal na Idade Média oficial. É por isso que a imagem do inferno foi um instrumento excepcionalmente potente de propaganda da Igreja.

Na imagem do inferno, os traços fundamentais da Idade Média oficial foram levados ao limite. A seriedade sombria do medo e do amedrontamento foi intensificada ao extremo. Aqui a avaliação não histórica da personalidade e de seus atos se manifestou com mais consistência. A vertical da ascensão e da queda triunfou, enquanto a horizontal do tempo histórico e do movimento progressivo para a frente foi seguidamente negada. De modo geral, a concepção do tempo da Idade Média oficial se revelou aqui com excepcional nitidez.

É por isso que a cultura popular procurou vencer pelo riso essa expressão máxima da seriedade sombria, transformando-a em um alegre monstro carnavalesco. A cultura popular organiza a imagem do inferno à sua maneira: a morte prenhe e geradora de vida se opôs à eternidade estéril, assim como o nascimento de um futuro *novo* e melhor a partir do passado moribundo se contrapôs à perpetuação do passado e do velho. Enquanto o inferno cristão desvalorizou a terra, afastando-se dela, o inferno carnavalesco afirmou a terra e seu baixo como um útero fecundo, onde a morte encontra o nascimento e onde da morte do velho nasce uma nova vida. Por conseguinte, as imagens do baixo material e corporal permeiam o inferno carnavalizado.

Na tradição popular, a imagem do inferno se torna a imagem do medo vencido pelo riso, medo esse que se torna duplo: do próprio inferno místico (do "inferno" e da morte) e do poder e da verdade do passado (ainda dominantes, mas já moribundos), que são lançados ao inferno. Trata-se de um monstro engraçado duplo: o espantalho do "inferno" e o espantalho do poder do passado.

Na época do Renascimento, o inferno se tornou cada vez mais povoado por reis, papas, figuras religiosas e estadistas, tanto mortos há pouco tempo quanto ainda vivos. O inferno reuniu tudo o que foi sentenciado, negado e condenado. Por isso a sátira (em sentido estrito) do Renascimento e do século XVII costumava usar a imagem do inferno para retratar uma galeria de figuras históricas hostis e de tipos sociais negativos. Contudo, essa sátira muitas vezes (por exemplo, em Quevedo) tinha um caráter puramente negativo, e a ambivalência das imagens já estava bem enfraquecida. A imagem do inferno na literatura iniciou uma nova fase do seu desenvolvimento.

* * *

A partir do último capítulo de *Pantagruel*, sabemos que Rabelais pretendia retratar a viagem de seu protagonista ao lendário país do Preste João (localizado na Índia) e depois ao inferno. Esse tema não é de todo surpreendente. Lembremos que a imagem predominante de *Pantagruel* é a boca escancarada, ou seja, a mesma *gueulle d'enfer* do palco do mistério medieval. Todas as imagens de Rabelais são impregnadas do movimento para baixo (terrestre e corporal), todas levam ao inferno. Como vimos, até o episódio dos limpa-cus nos conduzia ao inferno.

Na lenda popular sobre Gargântua, que foi a principal fonte de Rabelais, havia um episódio da descida do protagonista ao inferno. Embora esse episódio não esteja nas *Grandes crônicas*, uma referência a ele como algo bem conhecido foi preservada em uma farsa de 1540; em uma das novas versões orais da lenda, registrada por Thomas Sébillet também há um episódio semelhante.[435]

Personagens do cômico popular com frequência costumam descer ao inferno [*ad*], ao submundo [*preispódnia*]. Tal descida também foi feita por Arlequim, que, assim como Pantagruel, foi um diabo em seu passado pré-literário. Em 1585 foi publicada em Paris uma obra com o seguinte título: *Uma alegre história dos feitos e das façanhas de Arlequim, um comediante italiano, com seus sonhos e visões, sua descida ao inferno para tirar de lá a mãe Cardina, assim como as circunstâncias que lhe ajudaram a escapar de lá, após ter enganado o próprio rei do inferno, Cérbero, e todos os outros diabos*.

No inferno, Arlequim dá cambalhotas e milhares de todos os tipos de saltos, anda de frente para trás, mostra a língua etc., fazendo rir Caronte e o próprio Plutão.

Todos esses saltos e cambalhotas alegres de Arlequim não são em absoluto um contraste estático com o inferno, que cria uma imagem em oximoro: são ambivalentes como o próprio inferno. Todos esses saltos e cambalhotas de Arlequim são profundamente topográficos e se orientam pelo céu, pela terra, pelo inferno, pelo alto, pelo baixo, pelo rosto, pe-

[435] Thomas Sébillet, *Art poétique françoys*, Paris, Arnoul l'Angelier, 1548 (reeditado por Félix Gaiffe, Paris, 1910), pp. 52-3.

lo traseiro; eles jogam com deslocamentos e transferências de cima e de baixo, do rosto e do traseiro; em outras palavras, o tema da descida ao inferno está implícito no simples movimento de dar cambalhotas. É por isso que os personagens da comicidade popular se dirigem ao inferno. Tabarin, um famoso comediante do século XVII, também desceu ao inferno. Sua obra *A descida de Tabarin ao inferno* saiu em 1612.

De acordo com o plano do romance, o caminho de Pantagruel ao inferno passava pelo país de Preste João, que costumava se localizar na Índia. Segundo as lendas, as entradas para o inferno e para o paraíso terrestre ficavam na Índia. Portanto, o percurso de Pantagruel é plenamente justificado do ponto de vista lendário. Todavia, o caminho percorrido por Pantagruel para a Índia é o mesmo daquele para o extremo oeste, onde sempre se supõe a existência do "país da morte", ou seja, o inferno. Segundo Rabelais, esse caminho passava pela *îles de Perlas*, isto é, pelo Brasil. Ao mesmo tempo, esse caminho lendário ao país da morte ("a oeste dos Pilares de Héracles") foi uma resposta imediata de Rabelais às explorações geográficas da época. Nos anos 1523-1524, Francisco I enviou o italiano Giovanni da Verrazzano à América Central, a fim de encontrar o estreito pelo qual fosse possível encurtar a distância até a China e a Índia (sem contornar a África, como faziam os portugueses).

Em essência, Rabelais praticamente realizou o programa da continuação do romance esboçado no último capítulo de *Pantagruel*. Dizemos "em essência" porque aparentemente ocorreu uma mudança drástica: não há nem o país de Preste João, nem o inferno. Contudo, o inferno foi substituído pelo "oráculo da Divina Garrafa" (é verdade que não sabemos como o próprio Rabelais o teria descrito), e o caminho a sudoeste foi alterado pelo noroeste (referimo-nos à viagem de Pantagruel no *Quarto livro* do romance).

Esse novo caminho a noroeste foi também uma resposta às alterações das explorações geográficas e coloniais da

França. Verrazzano não encontrou nenhum estreito na América Central. Jacques Cartier, o célebre contemporâneo de Rabelais, apresentou uma nova ideia: mudar a rota de buscas pelo estreito para o norte, para a região dos países polares. Em 1540, Cartier adentra o Canadá. Em 1541, Francisco I confiou a Cartier a tarefa de colonizar essa terra na América do Norte, que foi redescoberta. É por isso que Rabelais altera a rota do seu protagonista e o obriga a navegar para noroeste, para a região polar apontada por Cartier.

No entanto, esse caminho real de Jacques Cartier a noroeste foi ao mesmo tempo o *famoso e lendário caminho celta ao inferno e ao paraíso*. Esse caminho rumo ao noroeste estava envolto em lendas celtas muito antigas. A noroeste da Irlanda, o oceano era misterioso; lá era possível ouvir as vozes e os gemidos dos mortos no rugido das ondas; lá existiam ilhas misteriosas, que escondiam todo tipo de maravilhas semelhantes às da Índia. Esse ciclo celta de lendas sobre os caminhos para o inferno inclui ainda as já citadas lendas sobre o "buraco de São Patrício". Essas lendas celtas sobre as maravilhas do mar da Irlanda também integraram a literatura da Antiguidade tardia e, em particular, as obras de Luciano e Plutarco. Por exemplo, em Rabelais há um episódio com palavras congeladas e descongeladas; Rabelais emprestou esse episódio diretamente de Plutarco, mas suas imagens são, sem dúvida, de origem celta. O mesmo pode ser dito sobre o episódio da ilha dos Macréones inspirado em Plutarco. Aliás, Plutarco conta que, em uma das ilhas do noroeste, ou seja, no mar da Irlanda, Saturno vive protegido por Briareu.[436]

Abordaremos aqui uma lenda desse círculo celta, que exerceu uma influência incondicional sobre a viagem de Pan-

[436] Na opinião de pesquisadores contemporâneos (por exemplo, Lote), Rabelais tinha uma inclinação especial pelo fantástico celta. Isso também se manifestou no fato de que, mesmo na literatura antiga, Rabelais escolheu elementos de origem celta (por exemplo, em Plutarco).

tagruel (ou seja, no *Quarto livro* do romance): a lenda sobre a viagem de São Brandão. Trata-se de um antigo mito irlandês em uma forma cristianizada. No século X, foi escrita *A navegação de São Brandão* (*Navigatio sancti Brendani*), que na Idade Média se tornou muito conhecida em todos os países da Europa, tanto em versões prosaicas quanto poéticas. Sua adaptação mais notável é o poema anglo-normando do monge Benoît escrito em 1125. O seu conteúdo é o seguinte.

São Brandão, junto com dezessete monges do seu mosteiro, partiu da Irlanda em busca do paraíso a noroeste, subindo em direção à região polar (a rota de Pantagruel). A viagem durou sete anos. São Brandão seguiu de ilha em ilha (assim como Pantagruel), descobrindo novas e novas maravilhas. Em uma das ilhas, viviam ovelhas brancas do tamanho de um cervo; em outra, pássaros brancos habitavam enormes árvores de folhagem vermelha, cantando glória a Deus; em outra ilha, reinava o silêncio mais profundo e as lâmpadas acendiam sozinhas na hora das missas (um velho dessa "ilha do silêncio" lembra muito o "velho macróbio" de Rabelais). Os viajantes têm de festejar a Páscoa nas costas de um tubarão (Rabelais tem um episódio com o fisetério, ou seja, com uma baleia). Eles presenciam uma batalha entre um dragão e um grifo, avistam uma serpente marinha e monstros do mar. Eles superam todos os perigos graças à sua piedade. Eles veem um luxuoso altar erguendo-se do oceano em uma coluna de safira. Passam por um orifício que conduz ao inferno e de onde se elevam chamas. Perto dessa bocarra infernal, eles encontram Judas em uma rocha estreita em torno da qual as ondas se agitam. Nessa rocha, nos dias festivos, Judas descansa dos martírios infernais. Por fim, eles chegam aos portais do paraíso, que é rodeado por muros de pedras preciosas, onde brilham topázios, ametistas, âmbar e ônix. O mensageiro de Deus lhes permite visitar o paraíso. Lá eles encontram prados luxuosos, flores, árvores carregadas de frutos; aromas exalam por toda parte, as florestas estão repletas de animais mansos e domesticados; lá correm rios de leite e caem orvalhos de mel; não há calor, frio, fome ou tristeza. Essa é a lenda de São Brandão na versão de Benoît.

Temos diante de nós um exemplo vivo de representações medievais sobre o espaço terrestre e a movimentação nele. Aqui, assim como em um corpo grotesco, não há superfície terrestre fechada, mas apenas profundezas e elevações. O símbolo supremo desse relevo lendário é o buraco do inferno, e, ao lado dele, a imponente rocha festiva de Judas ou a coluna de safira com um altar que se ergue das profundezas do mar. O buraco do inferno e os portais do paraíso quebram a superfície sólida do mundo, fazendo com que, de suas profundezas, outros mundos se revelem. Nessa lenda, as representações da religião cristã se combinam de maneira contraditória com as do povo. Estas últimas ainda são fortes aqui e criam o encanto da lenda. O paraíso é um reino utópico e popular de abundância material e corporal e de paz, uma era de ouro de Saturno, onde não há nem guerras, nem batalhas, nem sofrimento, mas reinam a abundância material e corporal e o excesso. Não admira que Plutarco tenha fixado a localização de Saturno em uma das ilhas do mar da Irlanda. Desse modo, nesse poema piedoso, bem como na visão piedosa de Gochelin, ressoam nítidos os motivos das saturnálias, que nunca deixaram de existir.

Vemos que, na viagem de Pantagruel ao noroeste, o antigo caminho lendário para o país utópico da abundância e da paz se funde com o novo caminho real, isto é, com a última palavra das explorações geográficas da época: o caminho de Jacques Cartier. Tal entrelaçamento é característico de todas as principais imagens de Rabelais; no último capítulo, voltaremos a abordar essa questão.

No *Quarto livro* de Rabelais, imagens inspiradas na viagem de São Brandão se entrelaçam com imagens de outra natureza. Em essência, toda a viagem de Pantagruel se passa no mundo do inferno, que é um mundo obsoleto habitado por monstros engraçados. A ilha dos chicaneiros, a ilha dos salsichões selvagens e a guerra carnavalesca com eles, a figura carnavalesca do Quaresmeiro (a imagem do Quaresmeiro é o ápice da fantasia anatomizante), as ilhas dos papímanos e dos Papa-figos, a ilha de Gaster, as oferendas de banquete dos gastrólatras, as novelas e os episódios inseridos, em especial o relato analisado dos espancamentos dos caluniadores na casa de Basché e o relato das travessuras de Villon: tudo isso são imagens estilizadas à maneira carnavalesca do mundo antigo, do poder antigo, da verdade antiga — trata-se de monstros engraçados que formam o recheio do inferno carnavalesco e de figuras das diabruras. As mais variadas formas e expressões do movimento para baixo permeiam todas essas imagens do *Quarto livro*. Em particular, é preciso observar a grande quantidade de alusões à política da época presentes em todo o livro.

Desse modo, as maravilhas lendárias do mar da Irlanda se transformam, nas páginas de Rabelais, em um alegre inferno carnavalesco.

Como vimos, o plano original de Rabelais, esboçado no último capítulo de *Pantagruel*, apesar de todas as mudanças externas, foi por ele implementado com obstinação.

* * *

A cosmovisão do movimento para baixo e a imagem do inferno que conclui esse movimento se tornam claras no contexto daquela reconstrução radical que a imagem do mundo medieval sofreu na época do Renascimento. No capítulo anterior, descrevemos o caráter hierárquico do cosmos físico medieval (a disposição hierárquica dos quatro elementos e o seu movimento). A ordem metafísica e moral do mundo tinha o mesmo caráter hierárquico gradativo. Dionísio Areopagita exerceu uma influência decisiva sobre todo o pensamento medieval e até mesmo sobre o pensamento imagético. Em suas obras, ocorre uma realização completa e consistente das ideias de hierarquia.[437] A doutrina de Dionísio Areopagita é uma combinação de neoplatonismo com cristianismo. Do neoplatonismo ele emprestou a ideia de um cosmos gradativo, dividido em mundos superiores e inferiores; já o cristianismo forneceu a ideia de redenção como mediação entre os mundos superiores e inferiores. Dionísio faz uma representação sistemática dessa escada hierárquica que conduz do céu à terra. Um mundo de puras inteligências e de forças celestes se localiza entre o ser humano e Deus. Elas se dividem em três círculos, os quais, por sua vez, se distribuem em três seções. A hierarquia eclesiástica reflete com rigor a hierarquia celeste. A doutrina de Dionísio Areopagita influenciou bastante [Escoto] Erígena, Alberto, o Grande, Tomás de Aquino e outros.

Na visão de mundo medieval, o elevado e o inferior, o de cima e o de baixo, são de enorme importância tanto no sentido espacial quanto no valorativo. Por isso as imagens do movimento para cima, o caminho de ascensão, ou o caminho inverso, de descida, de queda, desempenharam um papel excepcional no sistema dessa cosmovisão. Eles tiveram o mesmo papel no sistema de imagens da arte e da literatura, que se basearam na mesma visão de mundo. Todo movimento essencial era pensado e representado apenas como movimento para cima ou para baixo, ou seja, um movimento no sentido vertical. No pensamento medieval e na criação artística, todas as imagens e metáforas de movimento têm um caráter vertical nitidamente explícito e uma coerência surpreendente. Essas imagens e metáforas desempenharam um papel gigantesco: afinal, todo o sistema de avaliações era transmitido justamente nas metáforas de movimento: o melhor era elevado, o pior era baixo. Em todas essas imagens, chama a atenção a ausência quase completa do movimento horizontal, ou

[437] Essas obras são as seguintes: *Sobre os nomes divinos*, *Sobre a hierarquia celeste*, *Sobre a hierarquia eclesiástica*.

seja, do movimento para a frente ou para trás. O movimento horizontal era desprovido de qualquer essência, nada mudava na posição valorativa do objeto e no seu verdadeiro destino; ele era concebido como marcação de passo, como um movimento insensato em um círculo sem saída. É característico que mesmo nas descrições medievais de viagens e peregrinações não houvesse o *pathos* espacial do movimento para a frente, para longe, pela horizontal do mundo: nessas viagens, a imagem do caminho era distorcida e deslocada pela vertical da Idade Média, pela avaliação hierárquica do espaço terrestre. Aquele modelo concreto e visível do mundo, que fundamentava o pensamento imagético medieval, era em sua essência vertical.

O movimento hierárquico pela vertical determinava ainda a relação com o tempo, que era concebido e representado como uma horizontal. Por isso a hierarquia era representada de maneira extratemporal. O tempo não tinha uma importância fundamental para a ascensão hierárquica. Não havia uma representação do progresso no tempo, ou seja, do movimento para a frente no tempo. Era possível renascer nas esferas elevadas de modo instantâneo, sem que o jarro de Maomé[438] tivesse tempo de derramar água. O escatologismo da visão de mundo medieval também desvalorizou o tempo.

A imagem do mundo em Dante é extremamente ilustrativa a esse respeito. Na visão de mundo dantesca, o movimento tem um papel de destaque, mas todas as imagens e metáforas de movimento (espaciais e valorativas) são perpassadas por uma nítida tendência vertical de ascendência e de queda. Ele conhece apenas "para cima" ou "para baixo" e desconhece "para a frente". No entanto, o sistema de imagens e metáforas do movimento vertical é desenvolvido por ele com uma profundidade e uma riqueza surpreendentes.

[438] Trata-se de uma imagem recorrente na obra de Dostoiévski, presente nos romances *O idiota* e *Os demônios*. (N. da T.)

Todo o mundo dantesco se estende na vertical: desde o baixo mais inferior, a bocarra de Satanás, até as últimas alturas da morada de Deus e das almas abençoadas. O único movimento essencial, que muda a posição e o destino da alma, é o movimento para cima e para baixo nessa vertical. Para Dante, somente nessa vertical existe uma diversidade essencial, ou seja, o que se localiza acima ou abaixo é diverso; já as diferenças do que está no mesmo nível não são significativas. Trata-se de um traço característico da cosmovisão medieval: só o aspecto hierárquico distingue significativamente um do outro e cria a diversidade valorativa. O pensamento e o imaginário oficiais medievais eram indiferentes a outras distinções que não fossem hierárquicas.

No mundo dantesco, quase não encontramos imagens essenciais da distância e da proximidade no sentido espaço-temporal real; ele conhece apenas a distância e a proximidade hierárquicas. É peculiar que em relação à imagem de Beatriz — tanto na *Divina comédia* quanto na *Vida nova* — exista apenas um afastamento ou uma aproximação no sentido hierárquico: a queda da alma afasta dessa imagem, já sua elevação aproxima; a distância infinita da amada pode ser superada em um instante, como também um instante é capaz de afastá-la infinitamente. O espaço e o tempo parecem estar completamente excluídos dessa história de amor; eles figuram aqui só em sua forma hierárquica e simbólica. Há uma grande diferença em relação à lírica amorosa popular, em que desempenham um papel tão relevante a distância espacial real da pessoa amada, os caminhos longos e difíceis até ela e o tempo concreto de espera, saudade e fidelidade.[439] No mundo dantesco, o tempo é desvalorizado. Em qualquer momento do mundo hierárquico estão presentes tanto o grau máxi-

[439] A célebre imagem provençal da "princesa distante" é uma combinação entre a distância hierárquica do pensamento medieval oficial e a real distância espacial da lírica popular.

mo de baixeza quanto a mais elevada perfeição; aqui o tempo histórico real não altera nada.

Todavia, nas obras de Dante a visão de mundo medieval já se encontra em estado de crise e ruptura. Independente da sua vontade ideológica, a individualidade e a diversidade aparecem na sua obra no mesmo plano hierárquico, no mesmo nível de elevação. Imagens como Farinata, Ugolino, Paolo, Francesca etc. se revelam significativas e diversas, porém isso não ocorre segundo um princípio hierárquico da sua posição nos degraus da ascensão das almas. O mundo de Dante é muito complexo. Sua excepcional força artística se manifesta na enorme tensão entre direções opostas, que preenchem todas as imagens do seu mundo. A poderosa tendência vertical ascendente se opõe à mesma poderosa tendência das imagens de irromper para a horizontal do espaço real e do tempo histórico, ou seja, a tendência de conceber e moldar o seu destino fora das normas e das avaliações hierárquicas da Idade Média. Daí a incrível tensão daquele equilíbrio alcançado pelo mundo graças ao titânico poder artístico do autor.

Na época de Rabelais, o mundo hierárquico medieval estava em colapso. O modelo do mundo vertical, unilateral e atemporal com seus alto e baixo absolutos, com seu sistema unilateral de movimento ascendente e descendente, passou a ser reconstruído. Um novo modelo começou a se formar, em que o papel principal foi atribuído às linhas horizontais, ao movimento para a frente no espaço real e no tempo histórico. O pensamento filosófico, o conhecimento científico, a prática e a arte humanas, bem como a literatura estavam empenhados na criação desse novo modelo.

No processo de luta por uma nova imagem do mundo e pela destruição da hierarquia medieval, Rabelais utilizou constantemente o tradicional procedimento folclórico da "hierarquia inversa", do "mundo às avessas", da "negação positiva". Ele muda de lugar o cima e o baixo, mistura de propósito os planos hierárquicos, a fim de revelar e libertar a realidade concreta do objeto e a fim de mostrar sua efetiva imagem material e corporal, a sua genuína existência real além de todas as normas e avaliações hierárquicas.

Rabelais opõe o poderoso movimento absoluto para baixo, próprio de todas as imagens populares, o aspecto do tempo nelas e a imagem ambivalente do inferno, à tendência hierárquica para cima. Ele buscou a terra real e o tempo histórico real não acima, mas abaixo. Segundo a sacerdotisa da Divina Garrafa, a verdadeira riqueza se esconde embaixo, sob a terra, e o mais sábio, de acordo com suas palavras, é o tempo, que revelará todos os tesouros escondidos e todos os mistérios.

O princípio material e corporal, a terra e o tempo reais se tornam o centro relativo da nova visão de mundo. O principal critério de todas as avaliações não é mais a ascensão da alma individual às esferas superiores pela vertical atemporal, mas o movimento de toda a humanidade para a frente, pela horizontal do tempo histórico. Após cumprir o seu destino, a alma individual envelhece e morre junto com o corpo individual, mas o corpo do povo e da humanidade, fertilizado pelos mortos, se renova eternamente e avança sem parar rumo à perfeição histórica.

Na famosa carta de Gargântua a Pantagruel (*Pantagruel*, cap. VIII), Rabelais expressou essas ideias teóricas de maneira quase direta. Detenhamo-nos no trecho dessa carta concernente a isso:

> Entre os dons, graças e prerrogativas com que o Soberano Plasmador Deus Todo-Poderoso dotou e ornou a humana natureza no princípio, a que me parece singular e excelente é aquela pela qual se pode em estado mortal adquirir uma espécie de imortalidade e no curso da vida transitória perpetuar seu nome e sua semente. O que se dá pela linhagem de nós saída em casamento legítimo. [...]

> Não é portanto sem justa e equitativa causa que dou graças a Deus meu Conservador por ter me dado forças para ver minha grisalha antiguidade reflorir em tua juventude, pois quando, por prazer daquele que tudo rege e modera, minha alma deixar esta habitação humana, não hei de me reputar um morrer total, mas sim passar de um lugar a outro, já que em ti e por ti permaneço em imagem visível e neste mundo, vivendo, vendo e conversando entre pessoas de honra e meus amigos [...][440]

Essa carta está escrita no estilo retórico elevado da época. Trata-se de um discurso livresco de um humanista, na aparência completamente leal à Igreja Católica e que obedece a todas as normas e convenções discursivas oficiais da época. Não há nem no tom, nem no estilo um tanto arcaizado, nem na seleção estritamente correta e reverente de palavras e expressões, sequer uma alusão à natureza da praça, que determina a totalidade verbal do romance. Essa carta parece pertencer a outro mundo discursivo; é um exemplo do discurso oficial da época.

No entanto, em termos de conteúdo, ela está longe de corresponder às opiniões oficiais da Igreja. Apesar das expressões bastante reverentes, que iniciam e encerram todos os parágrafos, as ideias sobre a relativa imortalidade terrena desenvolvidas na carta se situam em uma dimensão completamente distinta da doutrina da Igreja sobre a imortalidade da alma. Ao que parece, Rabelais não contesta a imortalidade da alma fora do corpo, tomando-a como algo evidente. Todavia, ele se interessa por outra imortalidade relativa ("uma espécie de imortalidade"), relacionada ao corpo, à vida terrena e acessível à experiência viva. Ele está interessado

[440] *Pantagruel*, *op. cit.*, pp. 79-80. (N. da T.)

na imortalidade da semente, do nome, dos feitos e da cultura humana. A proclamação dessa imortalidade relativa e a sua característica são tais que a imortalidade da alma fora do corpo é completamente desvalorizada por elas. Rabelais não está satisfeito com a perpetuação estática da velha alma, que, ao abandonar o corpo decrépito no mundo além-túmulo, fica privada dos posteriores crescimento e desenvolvimento terrenos. Ele deseja ver a si mesmo, sua velhice e decrepitude desabrocharem na nova juventude do seu filho, netos e bisnetos. Ele aprecia sua imagem terrena visível, cujos traços serão preservados em seus descendentes. Por meio de seus descendentes, ele deseja permanecer "nesse mundo dos vivos" e circular entre seus bons amigos. Em outras palavras, ele deseja a perpetuação daquilo que é terrestre na terra, a preservação de todos os valores terrenos da vida: bela aparência física, juventude florescente e a alegria dos amigos. Ele deseja continuar a vida com a preservação desses valores para outras gerações; ele deseja perpetuar não um estado estático de uma alma abençoada, mas justamente preservar a alternância da vida e as eternas renovações, para que a velhice e a decrepitude floresçam em uma nova juventude. Destacamos essa formulação extremamente característica de Rabelais. Ele não diz que a juventude do filho substitui a velhice do pai, pois tal expressão das suas ideias separaria o pai do filho, a velhice da juventude, opondo-os como dois fenômenos estáticos e fechados em si. A imagem rabelaisiana é uma imagem bicorporal: ele diz que a velhice desabrocha em uma nova juventude ("*mon antiquité chanue refleurir en ta jeunesse*"). Ele oferece uma tradução na linguagem retórica oficial e próxima ao espírito original da imagem popular e grotesca da velhice prenha e da morte geradora de vida. A expressão rabelaisiana enfatiza a unidade contínua, mas também contraditória, do processo da vida, que não morre na morte, mas, ao contrário, nela triunfa, pois a morte é um rejuvenescimento da vida.

Destaquemos mais uma expressão no trecho citado. Gargântua escreve: "quando [...] minha alma deixar esta habitação humana, não hei de me reputar um morrer total, mas sim passar de um lugar a outro". Pode-se pensar que o "eu" não morrerá nunca, precisamente porque se elevará junto com a alma que abandonou o corpo às moradas celestiais, passando "de um lugar a outro". Porém, descobrimos que o destino da alma que abandonou o corpo não interessa em absoluto a Gargântua; a mudança da morada é concebida por ele aqui na terra, no espaço terrestre, ele está interessado na vida e no destino terrestres do filho, que representam a vida e o destino de todas as gerações futuras. A vertical da ascensão da alma que deixou o corpo desaparece por completo, permanecendo a horizontal terrestre e corporal da passagem de uma morada a outra, de um corpo velho a um corpo jovem, de uma geração para outra, do presente para o futuro.

Contudo, Rabelais não se refere à renovação biológica e ao rejuvenescimento humano nas gerações subsequentes. Para ele, o aspecto biológico é indissociável do sócio-histórico e cultural. A velhice do pai floresce na nova juventude do filho, mas em uma fase diferente, em um nível novo e superior do desenvolvimento histórico e cultural da humanidade. A vida, ao renascer, não se repete, mas se aperfeiçoa. Na parte posterior de sua carta, Gargântua destaca uma grande reviravolta que ocorreu durante sua vida:

> Porém, por bondade divina, a luz e dignidade em minha era foram devolvidas às letras, e ali vejo uma tal melhora que no presente com dificuldade eu seria aceito na primeira classe de debutantes, quando em minha idade viril fui (não sem motivo) reputado o mais sábio do dito século.[441]

[441] *Idem*, p. 80. (N. da T.)

Enfatizemos sobretudo a consciência absolutamente nítida, característica de Rabelais, da reviravolta histórica já ocorrida, da alternância brusca dos tempos e do advento de uma nova era. Nas demais partes do seu romance, ele expressa essa sensação da grande alternância de épocas por meio do sistema de imagens festivo-populares do ano-novo, da primavera e do carnaval; já na carta ele lhe dá uma nítida expressão teórica.

Aqui o pensamento de Rabelais sobre o caráter específico do rejuvenescimento humano é formulado com uma precisão surpreendente. O filho não apenas repete a juventude do seu pai. O conhecimento do pai, a pessoa mais erudita da sua época, é insuficiente para o ingresso no primeiro ano da escola, ou seja, esse conhecimento é menor do que o de uma criança da nova geração da nova época. O progresso histórico e cultural da humanidade avança sem parar e, graças a isso, a juventude de cada nova geração é uma juventude completamente nova e superior, porque é uma juventude em um estágio novo e mais elevado do desenvolvimento cultural. Não se trata da juventude de um animal, que só repete a juventude das gerações anteriores, mas da juventude de um ser humano histórico em crescimento.

A imagem da velhice, a florescer como uma nova juventude, recebe um colorido histórico. Não se trata de um rejuvenescimento de um indivíduo biológico, mas de um ser humano histórico e, portanto, de um rejuvenescimento da cultura.

Foi preciso esperar dois séculos e meio até que essa ideia de Rabelais fosse retomada (ainda que não na melhor das versões) por Herder, em sua teoria sobre o rejuvenescimento da cultura humana por meio da juventude de cada nova geração. Essa experiência herderiana de justificação da morte é inferior, devido ao seu idealismo e otimismo um tanto forçados, à justificação incondicional rabelaisiana da vida, que inclui a morte.

Ressaltemos que a ideia de aperfeiçoamento do ser humano está desvinculada por completo da vertical de ascensão. Aqui triunfa uma nova horizontal do movimento para a frente no espaço e tempo reais. O aperfeiçoamento do ser humano é alcançado não pela elevação da alma individual nas esferas hierárquicas superiores, mas pelo processo histórico de desenvolvimento da humanidade.

A imagem da morte no romance de Rabelais é desprovida de qualquer tonalidade trágica e assustadora. A morte é um momento necessário no processo de crescimento e renovação do povo: é a outra face do nascimento.

No terceiro capítulo de *Pantagruel*, Rabelais expressou com bastante nitidez (ainda que de uma maneira um tanto racionalista e externa) essa relação com a morte-nascimento. Gargântua simultaneamente perdeu a esposa e ganhou um filho. Em decorrência disso, Gargântua se viu em uma situação bastante difícil:

> E a dúvida que perturbava sua ideia era se devia chorar em luto pela esposa ou rir de alegria pelo filho. [...]
>
> E falava chorando que nem uma vaca, mas súbito ria que nem vitela, quando Pantagruel lhe vinha à memória.
>
> "Ah, meu filhinho (ele dizia), meu colhão, meu moleque, como você é lindo e como devo a Deus por ter me dado esse belo filho tão alegre, tão sorridente, tão lindo. Ah, ah, ah, ah, como estou contente, vamos beber, ah, vamos deixar de lado toda melancolia, tragam do melhor, lavem as taças, ponham a toalha, escorracem os cachorros, acendam o fogo, alumiem a vela, fechem essa porta, cortem o pão da sopa, dispensem esses pobres, podem entregar o que pedirem, tragam meu traje, que vou vestir o gibão e festejar com as comadres."

> Ao falar isso, ouviu a litania e os mementos dos padres que enterravam sua esposa.[442]

Nessa passagem, o nascimento e a morte se encontram. A morte é a outra face do nascimento. Gargântua não sabe se chora ou ri. A alegria da renovação vence. Gargântua comemora a vida triunfante com um banquete alegre, mas nele, como em todo o mundo rabelaisiano, há algo de um futuro utópico. Tudo o que é estranho à alegria do banquete deve ser removido: não deve haver mendigos, nem cães pidões; o banquete deve ser de todos. As vestes devem ser renovadas ("tragam meu traje, que vou vestir o gibão"). Ao mesmo tempo há aqui um momento de travestimento e liturgia (e, portanto, da Última Ceia: vinho, pão, toalha limpa, velas acesas, portas trancadas). Contudo, é celebrado o verdadeiro triunfo da vida que dá à luz e vence a morte.

A combinação da morte com o riso é bastante característica do sistema rabelaisiano de imagens. O episódio que analisamos com o mestre Janota Bagarai termina assim:

> O sofista mal tinha terminado, quando Ponócrates e Eudemão racharam de rir tão profundamente, que pensaram que já iam entregar a alma a Deus, tal e qual Crasso ao ver um burro sacudo que comia cardos, que nem Filêmon ao ver um burro que comia os figos que tinham sido preparados para o almoço, morreu de tanto rir. Junto com eles começou a rir também o mestre Janota, mais e mais, até que encheu de lágrimas os olhos, por causa da intensa concussão da massa cerebral, que acabou por exprimir as umidades lacrimais e atravessá-las pelos nervos ópticos. Como isso, neles estava

[442] *Idem*, pp. 53-4. (N. da T.)

Demócrito Heraclitizante e Heráclito Democritizante bem representados.[443]

A morte pelo riso é uma das variedades da *morte alegre*, cuja imagem Rabelais retoma reiteradamente. No capítulo X de *Gargântua*, ele apresenta uma lista de mortes de felicidade e alegria que são emprestadas de fontes da Antiguidade. Por exemplo, de Aulo Gélio é emprestada a morte de Diágoras, cujos três filhos venceram os Jogos Olímpicos; ele morreu de alegria no momento em que os filhos vitoriosos colocaram as coroas em sua cabeça, e o povo o cobriu de flores. De Plínio foi emprestada a morte do lacedemônio Quilão, que também morreu de alegria diante da vitória do filho nas Olimpíadas.[444] No todo são enumerados nove casos de morte de alegria. Nesse mesmo capítulo, Rabelais ainda apresenta, com base em Galeno, uma explicação fisiológica da morte por excesso de alegria.

No capítulo XXI do *Terceiro livro*, é representada a agonia alegre do poeta Pombichano. Quando Panurgo e seus companheiros vieram visitá-lo, eles "encontraram o bom velhinho agonizando, com vulto alegre, cara aberta e olhar luminoso".[445]

No *Quarto livro*, ao narrar a estranha morte do gigante *Bringuenarilles* (Rasanareba) — o "engolidor dos moinhos de vento" —, Rabelais apresenta uma lista bastante extensa de mortes incomuns e curiosas, inclusive de mortes alegres devido às circunstâncias e ao cenário (por exemplo, morte por afogamento em um barril de malvasia). Rabelais emprestou a maioria dos exemplos de morte de coletâneas de erudi-

[443] *Idem*, p. 291. (N. da T.)

[444] Enfatizemos que essas mortes de alegria dos velhos estão relacionadas com o triunfo dos filhos, ou seja, com a vitória da vida jovem.

[445] *Terceiro livro*, *op. cit.*, p. 123. (N. da T.)

ção, velhas e novas, extremamente populares em sua época e nas quais exemplos de morte já eram sistematicamente selecionados. A principal fonte de Rabelais foi a coletânea de erudição de Ravisius Textor.[446] O primeiro capítulo é, em especial, dedicado às mortes. Nesse capítulo há uma divisão específica: "Aqueles que morreram de alegria e de rir".[447] O interesse por todo tipo de mortes incomuns está presente em todas as épocas, mas um interesse particular por mortes alegres e mortes pelo riso caracteriza a época do Renascimento e o próprio Rabelais.

A *morte* em Rabelais e em suas fontes populares é uma imagem ambivalente, razão pela qual ela pode ser alegre. A imagem da morte, ao fixar um dado corpo moribundo (individual), ao mesmo tempo captura uma parte de outro corpo, aquele que está nascendo, jovem (mesmo que este não seja mostrado nem nomeado de modo direto, está contido implicitamente na imagem da morte). Onde há morte, também há nascimento, alternância, renovação. A imagem do nascimento é igualmente ambivalente: ela registra o corpo que nasce, mas também capta uma parte do corpo que morre. No primeiro caso, é registrado o polo negativo (a morte), mas sem a separação do positivo (nascimento); no segundo caso, é registrado o polo positivo (o nascimento), mas sem a separação do negativo (da morte). A imagem do inferno tem o mesmo caráter ambivalente: registra o passado, o negado, o condenado, o indigno de estar no presente, o obsoleto e o desne-

[446] A primeira edição desse livro [*Officina*], que foi muito popular, saiu em 1503, e outras duas edições foram publicadas antes de 1532.

[447] Na coletânea de Valério Máximo, extremamente popular já na Idade Média, há também um capítulo especial "Sobre as mortes incomuns" (cap. 12 do livro IX). Dele Rabelais emprestou cinco casos. Na coletânea de Battista Fregoso (1507), há também um capítulo sobre mortes inusitadas, do qual Rabelais tomou emprestado dois casos. Essas coletâneas evidenciam a popularidade do tema das mortes incomuns e alegres na Idade Média e no Renascimento.

cessário, mas também captura uma parte da vida nova, de um futuro que nasce, afinal é ele que condena e mata o passado, o velho.

Todas essas imagens ambivalentes são bicorporais, bifaciais e prenhes. Nelas estão fundidas e misturadas, em diferentes proporções, a negação e a afirmação, o elevado e o baixo, o xingamento e o elogio. Ainda precisamos nos deter nessa ambivalência das imagens em Rabelais, mas em um plano predominantemente formal.

* * *

Abordemos sobretudo as particularidades da negação no sistema de imagens de Rabelais (que já nos são, em parte, familiares), e depois na fusão do elogio e do xingamento em sua linguagem.[448] [449]

Nas imagens festivo-populares, a negação nunca tem um caráter abstrato e lógico. Ela é sempre imagética, visual, palpável. Não é o nada que está por trás da negação, mas uma espécie de objeto inverso, o reverso do objeto negado, o às avessas carnavalesco. A negação reconstrói a imagem do objeto negado e, sobretudo, muda a posição espacial tanto do objeto inteiro quanto de suas partes: ela transfere todo o objeto ao inferno, coloca o baixo no lugar do elevado ou o traseiro no lugar da frente, distorce as proporções espaciais do objeto, exagerando alguns aspectos à custa de outros. Desse

[448] No original russo, *slovo*, termo que também pode ser traduzido por "palavra" ou "discurso". (N. da T.)

[449] Abordamos aqui fenômenos do imagético artístico popular, que até o momento permanecem incompreendidos e não estudados: são fenômenos dialéticos espontâneos. Até agora foram estudados apenas aqueles fenômenos que expressam relações lógico-formais, ou, em todo caso, se encaixam nos limites dessas relações; são fenômenos, por assim dizer, planos, unidimensionais e monocromáticos, que retratam o objeto estático e são alheios ao devir e à ambivalência. No entanto, é nos fenômenos da cultura popular do riso que encontramos a dialética em forma de imagens.

modo, a negação e a aniquilação do objeto são antes de tudo o seu deslocamento espacial e sua reconstrução. A inexistência do objeto é sua face reversa e seu avesso. Esse avesso ou baixo adquirem um colorido temporário, sendo percebidos como o passado, o antigo, o irreal. É como se o objeto aniquilado permanecesse no mundo, mas com uma nova forma de existência espaçotemporal; ele se torna uma espécie de reverso do objeto novo que o substituiu.

O carnaval celebra a aniquilação do velho mundo e o nascimento de um novo mundo, de uma nova primavera, de um novo reino. O velho mundo aniquilado é apresentado e retratado junto com o novo, como a parte moribunda de um único mundo bicorporal. É por isso que nas imagens carnavalescas há tanto avesso, tantas faces reversas, tantas proporções deliberadamente violadas. Vemos isso sobretudo nas vestimentas dos participantes. Os homens se fantasiam de mulheres e vice-versa, as roupas são vestidas pelo avesso, as partes superiores são usadas no lugar das inferiores etc. Na descrição do *charivari* do início do século XIV, é dito o seguinte sobre seus participantes: "Eles vestiam todas as suas roupas de trás para a frente".

A mesma lógica do avesso e da inversão do baixo pelo elevado se manifesta nos gestos e nos movimentos corporais: andar de trás para a frente, montar no cavalo voltado para seu rabo, andar de pernas para cima, mostrar o traseiro.[450]

Em essência, essa mesma lógica determina a escolha e o propósito dos objetos usados no carnaval; eles, por assim dizer, são usados às avessas, ao inverso, ao contrário do seu propósito habitual: os utensílios domésticos são usados como armas, os utensílios da cozinha e a louça servem como instrumentos musicais; muitas vezes aparecem coisas delibera-

[450] Na mesma descrição do *charivari* (*Roman de Fauvel*) se diz: "*Li uns montret son cul au vent*" ["Alguns mostram seu traseiro ao vento"].

damente inúteis e imprestáveis, como um balde esburacado, um barril sem fundo etc. Já vimos o papel desempenhado pelas "tralhas" nas imagens do inferno carnavalesco.

A relevância da inversão do de cima para o de baixo nas formas da comicidade popular (a começar pelas simples cambalhotas e indo até complexas situações cômicas) já foi bastante discutido até aqui.

O aspecto da negação adquire uma expressão espaçotemporal também nos xingamentos: na maioria dos casos ele é topográfico (o baixo da terra, o baixo do corpo humano). *O xingamento é a forma mais antiga da negação imagética ambivalente.*

No sistema de imagens de Rabelais, a negação em sua expressão espaçotemporal, nas formas da inversão, do traseiro, do baixo, do avesso, do às avessas etc., desempenha um enorme papel. Já demos exemplos suficientes desse fenômeno.

Ocorre que a negação cronotópica espaçotemporal, ao fixar o polo negativo, não se desconecta do polo positivo. Não se trata de uma negação abstrata e absoluta, que separa por completo o fenômeno negado do restante do mundo. A negação cronotópica não realiza essa separação. Ela toma o fenômeno em seu devir, em seu movimento do polo negativo para o positivo. Ela lida não com um conceito abstrato (pois não é uma negação lógica), mas em essência descreve a metamorfose do mundo, a sua transformação, a transição do velho para o novo, do passado para o futuro. É um mundo que transita da fase da morte rumo a um novo nascimento. Isso não é compreendido por todos aqueles que veem em semelhantes imagens apenas uma sátira puramente negativa a fenômenos muito específicos e estritamente limitados da contemporaneidade. Seria mais correto dizer (apesar de não ser muito preciso), que essas imagens se dirigem a toda a contemporaneidade, ao presente como tal, retratando esse presente como um processo de nascimento do futuro por meio do passado, ou como uma morte do passado prenhe.

Junto com a forma cronotópica de negação há ainda uma forma aparentada de construção da imagem positiva pela negação de certos fenômenos. Trata-se da mesma lógica do contrário e do avesso, porém mais abstrata, sem um claro deslocamento cronotópico. Essa forma era bastante popular no realismo grotesco. Seu tipo mais comum é a substituição da negação pela afirmação. Foi assim que Rabelais em grande parte construiu a imagem da abadia de Telema. É o oposto de um mosteiro: o que é proibido em um mosteiro é permitido e mesmo exigido nessa abadia. Na literatura medieval, encontramos uma série de construções semelhantes: por exemplo, as *Regras do libertino bento* [*Règles du libertin bénit*] é uma paródia da regra monástica elaborada a partir da permissão e da consagração daquilo que é proibido aos monges. O mesmo caráter tem o assim chamado *Canto dos vagantes da ordem* [*Chant des vaguants d'orden*], que foi formulado como negação das proibições comuns. Na época do Renascimento, a imagem de um mosteiro às avessas, onde tudo se subordinava ao culto de Vênus e do amor, aparece em *O templo de Vênus* [*Le Temple de Vénus*] de Jean Lemaire e em *Os novos direitos* [*Les Droitz nouveaulx*] de Coquillart. Ambas as obras influenciaram, em alguma medida, Rabelais.

Nesse jogo da negação é evidente o direcionamento contra o mundo oficial com todas as suas proibições e limitações. Nele se expressa a abolição recreativa e festiva dessas proibições e limitações. Trata-se do jogo carnavalesco com a negação. Esse jogo pode servir ainda a tendências utópicas (embora ele lhes dê uma expressão um tanto formalista).

O mais interessante jogo carnavalesco com a negação é a célebre *História de Nemo* [*Historia de Nemine*]. É uma das páginas mais curiosas da literatura recreativa latina medieval.

A história exterior desse jogo peculiar com a negação é a seguinte. Um certo Rodulfus Glaber (provavelmente de nacionalidade francesa) escreveu em forma de sermão a *História de Nemo*. Por sua natureza, posição e excepcional poder,

Nemo é um ser equivalente à segunda pessoa da Santíssima Trindade, ou seja, ao filho de Deus. Rodulfus soube do grande Nemo a partir de uma série de textos bíblicos, evangélicos e litúrgicos, bem como de Cícero, Horácio e outros escritores da Antiguidade; nesses textos, ele compreendeu que a palavra "nemo" (que em latim significa "ninguém" e é utilizada como negação) não era uma negação, mas o nome próprio Nemo. Por exemplo, nas Sagradas Escrituras está escrito: "*nemo deum vidit*", ou seja, "ninguém viu Deus", Rodulfus lê esse texto como "*Nemo deum vidit*", ou seja, "Nemo viu Deus". Desse modo, tudo o que nos textos citados de Rodulfus é considerado impossível, inacessível ou inaceitável, para Nemo é possível, acessível e aceitável. Como resultado dessa leitura dos textos, cria-se uma imagem grandiosa de Nemo, um ser quase igual a Deus e dotado de poder excepcional e inacessível aos demais, de conhecimento (afinal ele sabe o que ninguém sabe) e de liberdade excepcional (pois lhe é permitido tudo o que não é permitido a ninguém).

A obra do próprio Rodulfus não chegou até nós, mas a imagem de Nemo criada por ele impressionou a mente de alguns de seus contemporâneos, e até deu vida a uma seita: "*Neminiana secta*". Um certo Stefano di San Giorgio [?-1291] se opôs a essa seita; em sua obra, ele desmascarou os neminianistas e exigiu que o conselho de Paris os condenasse e os queimasse. Essa obra polêmica de Stefano [*Reprobatio sermonis de Nemine*] chegou até nós, assim como uma longa série de adaptações tardias da história de Nemo. Os manuscritos dos séculos XIV e XV com essas adaptações são incontáveis, testemunhando a enorme popularidade da imagem de Nemo. Qual era o apelo e a força desse personagem peculiar?

Não conhecemos as intenções de Rodulfus, seu primeiro criador. Todavia, é improvável que ele tenha levado a sério a imagem de Nemo por ele criada; o mais provável é que tivesse sido um jogo, ou seja, recreações de um clérigo erudito medieval. No entanto, Stefano, que era limitado, obtuso e sério (como o agelasta Taparrabo), levou tudo isso a sério e passou a combater a heresia neminiana. Porém seu ponto de vista não é relevante. Todas as adaptações da história de Nemo que chegaram até nós têm o caráter evidente e explícito de um jogo alegre.

Não há nenhum fundamento para supor uma relação direta entre a história de Nemo (em todas as suas versões conhecidas) com a festa dos loucos ou com qualquer uma das festividades de tipo carnavalesco. Entretanto, a sua relação com a atmosfera festiva e recreativa, com a atmosfera dos "dias gordos", não deixa, é claro, qualquer dúvida. Trata-se de uma recreação típica dos clérigos medievais (assim como a grande maioria das paródias medievais), na qual, para falar na língua dos apologistas da festa dos loucos, a tolice inata do ser humano (em um sentido ambivalente) se manifesta livremente. É aquele ar que precisa ser colocado nos barris para que não explodam, "em decorrência da fermentação contínua da reverência e do temor a Deus".

Nemo é um livre jogo carnavalesco com as negações e as proibições da cosmovisão oficial. A imagem de Nemo é literalmente tecida a partir da libertação de todas aquelas limitações e proibições, consagradas pela religião oficial, que pesam sobre uma pessoa e a esmagam. Daí o atrativo especial do jogo com a imagem de Nemo para um ser humano medieval. Todos esses infindáveis, mesquinhos e sombrios "Ninguém pode", "Ninguém consegue", "Ninguém sabe", "Ninguém deve", "Ninguém ousa" se transformam em alegres "Nemo pode", "Nemo consegue", "Nemo sabe", "Nemo deve", "Nemo ousa". Os autores de várias reelaborações da história de Nemo acumulam mais e mais liberdades, permissões e exceções para Nemo. Está escrito "Ninguém é profeta em sua pátria" ("*Nemo est acceptus propheta in patria*"), mas Nemo é profeta em sua pátria. Ninguém pode ter duas esposas, mas Nemo pode ter duas esposas. Pelas regras dos mosteiros beneditinos, era proibido conversar após o jantar, mas aqui também há uma exceção para Nemo, que pode conversar mesmo depois do jantar ("*post completorium Nemo loquatur*"). Assim, a independência, a liberdade e a onipotência de Nemo se estendem dos mais elevados mandamentos divinos até as menores proibições e limitações da vida monástica.

Na imagem de Nemo, o jogo com a negação não era desprovido do aspecto utópico, embora essa utopia tivesse um caráter formal e anárquico. Apesar de todas as diferenças entre esse tipo de jogo com a negação e a sua forma cronotópica, que examinamos antes (um mundo inverso, um mundo às avessas), há entre eles uma semelhança essencial de funções. Afinal, a imagem de Nemo é a encarnação do "ao contrário" do mundo das limitadas possibilidades humanas, das obrigações e das proibições oficiais. É por isso que ambas as formas costumam se entrelaçar e se fundir.

Em Rabelais, o jogo da negação ocorre com muita frequência. Além da utopia de Telema, da qual já falamos, destacaremos a representação do passatempo infantil de Gargântua, em que os provérbios adquirem um sentido oposto. Também é significativo o papel do jogo com a negação na descrição dos órgãos externos e internos do Quaresmeiro e de seu modo de vida. Esse aspecto aparece ainda na glorificação das dívidas de Panurgo, na representação da ilha de Desnasim e em uma série de outros episódios. Além disso, o jogo com a negação está espalhado por todo o romance. Às vezes, é difícil traçar um limite entre o reverso espaçotemporal e cronotópico e o jogo com a negação (ou seja, o contrário semântico), pois um se transforma diretamente no outro (como ocorre, por exemplo, na descrição do Quaresmeiro): a imagem espaçotemporal, o sentido e a avaliação dão cambalhotas. Tanto o corpo quanto o sentido sabem fazer piruetas. Nos dois casos, a imagem se torna grotesca e ambivalente. Tanto o jogo com a negação quanto a sua expressão cronotópica servem, de igual modo, para unir em uma só imagem o velho e o novo, o morrer e o nascer. Ambos os fenômenos servem como expressão para todo o mundo bicorporal e para aquele jogo com o tempo, que simultaneamente aniquila e renova, alterna e substitui toda coisa e todo sentido.

* * *

Passemos à fusão do elogio e do xingamento na linguagem[451] de Rabelais. Já abordamos esse fenômeno no capítulo sobre a palavra da praça no romance de Rabelais. Vimos que o xingamento é o lado reverso do elogio. A linguagem da praça festivo-popular ao elogiar xinga, ao xingar elogia. Trata-se de um Janus de duas faces. Ela é endereçada a um objeto bicorporal, a um mundo bicorporal, que morre e dá vida ao mesmo tempo (afinal, essa linguagem é sempre universal), e a um passado que dá vida a um futuro. Tanto o elogio quanto o xingamento podem prevalecer, mas um está sempre pronto a passar para o outro. O elogio implicitamente contém o xingamento e é prenhe dele, e vice-versa, o xingamento é prenhe de elogio.

Em Rabelais, não há palavras neutras: ouvimos apenas uma mistura de elogio com xingamento. Entretanto, trata-se do elogio e do xingamento do todo, do próprio tempo alegre. O ponto de vista do todo não é nada neutro nem indiferente; não é uma posição imparcial de um "terceiro"; não há lugar para um tal terceiro no mundo em devir. O todo elogia e xinga ao mesmo tempo. Em vozes particulares, o elogio e o xingamento estão delimitados e separados, mas na voz do todo eles se fundem em uma unidade ambivalente.

Em Rabelais, o elogio e o xingamento estão misturados não só na palavra autoral, mas muitas vezes também nas pa-

[451] Trata-se novamente do termo russo *slovo*. A tradução francesa do livro de Bakhtin usou *vocabulaire*. (N. da T.)

lavras de seus personagens. O elogio-xingamento se relaciona tanto com o todo quanto com cada fenômeno, por mais insignificante que seja (pois nenhum fenômeno é tomado fora do todo). A fusão do elogio com o xingamento é parte da própria essência da linguagem rabelaisiana.

Seria muito superficial e incorreto explicar essa fusão do elogio com o xingamento pelo fato de, em todo fenômeno real e em toda personalidade real, haver sempre uma mistura de traços positivos e negativos: há algo a ser elogiado e algo a ser xingado. Tal explicação é de caráter estático e mecânico: ela toma um fenômeno como algo isolado, imóvel e pronto; além disso, a identificação de traços individuais (positivos ou negativos) se baseia em princípios abstrato-morais. Em Rabelais, o elogio-xingamento se relaciona com o presente como um todo e com cada uma de suas partes, pois tudo o que existe morre e nasce ao mesmo tempo, nele se fundem o passado e o futuro, o velho e o jovem, a velha verdade e a nova verdade. Encontraremos a mesma fusão até na mais insignificante parte da existência. Essa fusão é profundamente dinâmica: tudo o que existe — tanto no seu todo quanto em cada uma de suas partes — está em devir e por isso é engraçado (como tudo o que está em devir), porém se trata de um engraçado-zombeteiro-alegre.

Analisaremos dois episódios de Rabelais em que a fusão do elogio-xingamento aparece com uma particular simplicidade e evidência, para depois abordarmos uma série de outros fenômenos análogos e algumas fontes comuns entre eles.

No *Terceiro livro*, há o seguinte episódio: Panurgo, atormentado por questões não resolvidas sobre seu casamento e confuso com respostas desfavoráveis a ele recebidas por meio de adivinhações, se dirige a frei João implorando conselho e solução. Ele apresenta essa súplica na forma eclesiástica de uma litania elogiosa (*acatisto*) dirigida ao frei João. Ele toma como apelo (invocação) a palavra obscena "*couillon*" e a pronuncia 153 vezes, sempre acompanhando-a com algum epíteto elogioso, que caracteriza o excelente estado desse órgão em frei João.

Citemos o início dessa litania:

> Escute, meu colhão maroto.
> Colhão coto.
> c. calçado.
> c. chumbado.
> c. feltrado.
> c. cinzelado.
> c. de estuque.
> c. com arabesco.
> c. no espeto lebresco.
> c. assegurado.
> c. calandrado.
> c. matizado.
> c. martelado.
> c. jurado.
> c. granulado.
> c. irritado.
> c. encapuzado.
> c. liripipiado.
> c. envernizado.[452]

Todos os 153 epítetos para "*couillon*" são extremamente variados e agrupados (sem um critério rígido) ou segundo aqueles campos dos quais foram emprestados, por exemplo, um grupo de termos das artes plásticas (*crotesque*, *arabesque*), um grupo de termos literários (*tragique*, *satyrique*) etc.; ou agrupados por aliteração, ou, por fim, por rima (ou assonância) que os liga. Todavia, trata-se de ligações puramente externas, que nada têm a ver com o objeto denotado pela pa-

[452] *Terceiro livro*, *op. cit.*, p. 144. (N. da T.)

lavra "*couillon*"; em relação ao qual todos os 153 epítetos são de igual modo inesperados e aleatórios, sem qualquer preparo. A palavra "*couillon*", como todas as palavras obscenas, está isolada na língua; ela não é usada nem nas artes plásticas, nem no campo da arquitetura, nem no campo do artesanato; portanto, qualquer epíteto associado a ela é inabitual e realiza uma *mésalliance*. Porém, todos os 153 epítetos têm como traço comum o caráter positivo: retratam o "*couillon*" em ótimo estado e por isso são um elogio-glorificação. Portanto, toda a invocação de Panurgo dirigida a frei João é de natureza elogiosa e glorificante.

Quando Panurgo expõe o seu caso, frei João, por sua vez, se dirige a ele. Contudo, ele está insatisfeito com Panurgo e por isso seu tom é outro. Ele escolhe a mesma invocação "*couillon*" e a pronuncia 150 vezes, acompanhada por epítetos que caracterizam o estado extremamente ruim e lamentável desse órgão. Eis o trecho da litania com a resposta do frei João:

> Diga, Colhão amolecido, c. apodrecido,
> c. corroído.
> c. duro de água fria.
> c. entorpecido.
> c. degringolado.
> c. murchado.
> c. desgastado.
> c. falto.
> c. sem asas.[453]

A invocação de frei João é uma invocação injuriosa. O próprio princípio externo da seleção de epítetos é o mesmo de Panurgo; quando aplicados àquele órgão são todos alea-

[453] *Idem*, pp. 152-3. (N. da T.)

tórios, com a exceção, talvez, de alguns epítetos que caracterizam os sinais visíveis de doenças venéreas.

Assim é o famoso episódio da litania paródica. Em primeiro lugar, observemos algumas semelhanças com o episódio dos limpa-cus analisado por nós. Elas são claras. Todos os 303 epítetos para esse órgão passam pelo rito do destronamento e realizam um novo nascimento. Seu significado se renova em uma esfera da vida que lhes é incomum. Tudo isso já nos é familiar. Passemos a analisar novos aspectos.

A própria palavra "*couillon*" era muito usada na linguagem sem cerimônias da praça como um termo de tratamento, uma injúria, uma expressão de afeto (*couillaud*, *couillette*), de encorajamento amigável ou de um simples marcador conversacional.[454] No romance de Rabelais, essa palavra também aparece com muita frequência. Rabelais cita uma quantidade significativa de derivados dela, às vezes bastante inesperados: *couillard*, *couillâtre*, *couillaud*, *couillette*, *coullonnas*, *couilloné*, *couilloniforme*, *couillonnicque*, *couillonniquement* e, por fim, o próprio nome do lenhador *Couillatrix*. Esse tipo de derivações inesperadas e incomuns reviviam e atualizavam a palavra (de um modo geral, Rabelais apreciava derivações incomuns de palavras obscenas). É preciso observar que, na palavra "*couillon*", o aspecto de invocação sem cerimônia era muito mais forte do que em outras palavras semelhantes. Foi justamente por isso que Rabelais a escolheu para sua litania paródica.

Em essência, essa palavra era ambivalente: ela combinava de modo inseparável o elogio e a injúria, tanto elevava quanto rebaixava. Nesse sentido, era semelhante à palavra

[454] O termo *usnaschénie riétchi* usado por Bakhtin também pode ser traduzido por "instrumento", "acessório", "ornamento" da fala, porém, considerando as pesquisas sobre a linguagem oral no Brasil, achamos que não se trata de algo dispensável, secundário, mas de um recurso próprio da oralidade. (N. da T.)

"*fol*" ou "*sot*". Assim como o bufão (*fol*, *sot*) foi o rei do "mundo reverso", do "mundo às avessas", também "*couillon*", recipiente principal da força reprodutiva, foi uma espécie de centro da representação não oficial e proibida do mundo, o rei do baixo corporal topográfico. Rabelais desenvolveu essa ambivalência da palavra na litania. Do início ao fim dessa litania, é impossível traçar um limite claro entre o elogio e a injúria e dizer onde começa um e termina o outro. Nesse sentido, não importa que um selecione apenas os epítetos positivos e o outro apenas os negativos: afinal, os dois se referem à palavra profundamente ambivalente "*couillon*" e, portanto, só reforçam essa ambivalência. Na litania, a palavra "*couillon*" é repetida 303 vezes, e o fato de o tom de sua pronúncia mudar e de sua entonação suplicante e afetuosa ser substituída por uma zombeteira e desdenhosa somente fortalece a ambivalência dessa palavra da praça, que, assim como Janus, é bifacetada. Dessa maneira, tanto a invocação elogiosa de Panurgo quanto a invocação injuriosa de frei João têm cada uma igualmente duas faces, e juntas constituem de novo um Janus bifacetado, por assim dizer, de segunda ordem.

Essa glorificação ambivalente de "*couillon*" cria a atmosfera específica de toda a conversa entre frei João e Panurgo, que também é própria de todo o romance. Essa glorificação introduz o tom de uma absoluta franqueza sem cerimônias da praça, onde todas as coisas são chamadas por seus próprios nomes, mostradas de frente e de trás, de cima e de baixo, de dentro e de fora.

A quem é dirigido o elogio-xingamento dessa litania? A Panurgo? A frei João? Talvez a *couillon*? Ou talvez, por fim, àqueles 303 fenômenos que, na qualidade de epítetos, estão ligados a essa palavra obscena e portanto são destronados e renovados?

De um ponto de vista formal, esse elogio-xingamento da litania é dirigido a frei João e a Panurgo, mas, em essência, não tem um destinatário definido e concreto. Ele se espalha em todas as direções, envolvendo em seu fluxo todas as esferas possíveis da cultura e da realidade (na qualidade de epítetos de uma palavra obscena). A palavra ambivalente "*couillon*", como uma forma sem cerimônia de combinar elogio com xingamento, é universal. Não é por acaso que a forma eclesiástica da litania é usada aqui. Com isso, a própria forma eclesiástica (piedosa e unilateralmente elogiosa) é rebaixada e atraída para um fluxo de elogio-xingamento, que reflete o contraditório devir do mundo. Assim, toda a invocação ambivalente perde seu caráter de uma simples expressão sem cerimônia cotidiana e se torna um ponto de vista universal, uma verdadeira litania inversa do baixo material e corporal encarnado na imagem do "*couillon*".

Vale ressaltar que entre as duas litanias (de Panurgo e de frei João) se encontram palavras de frei João sobre o nascimento do Anticristo e sobre a necessidade de esvaziar seus canais seminais ("*couillon*") antes do Juízo Final, bem como o projeto de Panurgo de que todo criminoso deveria conceber uma nova vida antes de ser executado. Aqui a imagem de "*couillon*" ("*couilles*") aparece em seu sentido cósmico e universal, em relação direta com o tema do Juízo Final e do inferno.

Desse modo, a litania paródica que analisamos é uma expressão condensada da principal particularidade da palavra rabelaisiana, que combina sempre — de maneira mais ou menos clara — o elogio e o xingamento, e é sempre dirigida a um mundo bicorporal em devir.

Essas particularidades da palavra[455] rabelaisiana já estavam presentes naquela linguagem livre e popular da praça que orienta o estilo de Rabelais.

Essa linguagem se caracteriza pela ausência de palavras e expressões neutras. Por ser coloquial, essa linguagem é sem-

[455] Nessa frase aparecem os termos *slovo*, que aqui traduzimos por "palavra", e logo adiante *rietch*, vertido para "linguagem". (N. da T.)

pre dirigida a alguém, visa o interlocutor, fala com ele, para ele ou sobre ele. Em relação ao interlocutor — à segunda pessoa — não existem epítetos e formas neutras, pois ora são polidos, elogiosos, lisonjeiros e afetuosos, ora desdenhosos, rebaixadores e injuriosos. Todavia, mesmo em relação à terceira pessoa, não existem formas e tons estritamente neutros; assim como em relação às coisas, que são ora elogiadas, ora xingadas.

Quanto mais oficial for a linguagem, tanto mais diferenciados serão esses tons (de elogio e de xingamento), pois a linguagem reflete a hierarquia social estabelecida, a hierarquia social de avaliações (em relação às coisas e aos conceitos) e aquelas fronteiras estáticas entre as coisas e os fenômenos, que são estabelecidas pela cosmovisão oficial.

Entretanto, quanto mais não oficial e sem cerimônia for a linguagem, com mais frequência e força esses tons se fundem, e mais fraco se torna o limite entre o elogio e o xingamento, passando a se misturar em uma única pessoa e em uma única coisa, como representantes de um mundo em devir como um todo. As rígidas fronteiras oficiais entre as coisas, os fenômenos e os valores começam a se deslocar e a se apagar. Desperta-se a antiga ambivalência de todas as palavras e expressões, que reúnem o desejo de vida e de morte, de semear na terra e de renascer. Revela-se o aspecto não oficial do mundo em devir e do corpo grotesco. Contudo, essa antiga ambivalência ganha vida em sua forma livre e alegre.

Os resquícios dessa ambivalência podem ser observados até na linguagem sem cerimônia das pessoas eruditas da Idade Moderna. Na correspondência íntima, às vezes nos deparamos com palavras grosseiras e injuriosas, usadas em sentido afetuoso. Quando nas relações entre as pessoas certo limite é ultrapassado e elas se tornam bastante íntimas e francas, ocorre às vezes uma quebra no uso habitual das palavras, uma destruição da hierarquia na linguagem, a qual é reestruturada de uma maneira nova e abertamente sem cerimônia;

palavras carinhosas comuns parecem convencionais, falsas, desgastadas, unilaterais e, o mais importante, incompletas; elas têm um tom hierárquico, sendo inadequadas à liberdade sem cerimônias estabelecida; por isso todas as palavras comuns são descartadas e substituídas ou por palavras injuriosas ou por palavras criadas segundo seu tipo e padrão. Tais palavras são percebidas como efetivamente completas e mais vivas. Nelas o elogio e o xingamento se fundem em uma unidade inseparável. Surge o "*couillon*" bifacetado de frei João e Panurgo. Em todo lugar, onde há condições para uma comunicação cotidiana absolutamente extraoficial, completa e integral, as palavras começam a tender a essa plenitude ambivalente. É como se a praça da Antiguidade ganhasse vida nas condições da comunicação privada e doméstica, e a intimidade começasse a soar como expressão sem cerimônias da Antiguidade, que elimina todas as fronteiras entre as pessoas.

Seria grosseiramente incorreto transferir esse fenômeno para o plano psicológico. Trata-se de um fenômeno sociolinguístico muito complexo. Todos os povos modernos ainda possuem amplas esferas impublicáveis da linguagem que, do ponto de vista da linguagem literária coloquial e educada segundo as normas e pontos de vista da linguagem literária livresca, são tidas como inexistentes. Apenas fragmentos insignificantes e suavizados das esferas impublicáveis da vida da linguagem penetram nas páginas dos livros e, na grande maioria dos casos, como "diálogos coloridos" dos personagens (eles surgem naqueles planos da linguagem que se distanciam ao máximo da linguagem autoral direta e séria). Parece impossível construir um julgamento sério, um pensamento ideológico ou uma imagem artística plena nessas esferas da linguagem, não porque elas costumam estar repletas de obscenidades (que podem até estar ausentes), mas porque parecem algo *ilógico*, que viola todas as distâncias comuns entre as coisas, os fenômenos e os valores: elas juntam aquilo que o pensamento estava acostumado a distinguir e até mesmo opor claramente. Nessas esferas impublicáveis da linguagem,[456] todas as fronteiras entre objetos e fenômenos são traçadas de maneira distinta daquela exigida e admitida pela representação dominante do mundo: é como se essas fronteiras tentassem ainda abarcar tanto um objeto vizinho quanto o próximo estágio de desenvolvimento.

Na Modernidade, todas essas esferas ilógicas da linguagem impublicável só se manifestam quando desaparecem todas as finalidades sérias da linguagem e quando as pessoas, em condições estritamente sem cerimônias, se entregam a jogos verbais desenfreados e sem objetivo ou deixam sua imaginação verbal correr livre e fora do eixo sério do pensamento e da criação imagética. Na literatura livresca, essas esferas penetram de maneira fraca e apenas nas formas inferiores do cômico verbal sem objetivo.[457]

Atualmente, essas esferas da linguagem impublicável quase perderam sua importância anterior e suas relações com

[456] Neste parágrafo, o termo "linguagem" é uma tradução da palavra russa *rietch*, a mesma presente em expressões como os gêneros do discurso, a interação discursiva, o discurso autoral. Trata-se aqui daquela linguagem sem cerimônias da praça pública, em que aparecem palavrões, xingamentos, injúrias etc. Na tradução francesa e na brasileira feita a partir dela, esse mesmo termo *rietch* foi traduzido quase sempre por *langage* ("linguagem"), e às vezes por "verbal". (N. da T.)

[457] As esferas impublicáveis da linguagem costumam desempenhar um grande papel no período inicial de desenvolvimento de um escritor, preparando *sua originalidade criativa* (que sempre está ligada com certa destruição da visão de mundo dominante e com sua revisão, mesmo que parcial). Conferir, por exemplo, o papel das esferas impublicáveis da linguagem na juventude de Flaubert. De modo geral, a correspondência de Flaubert com seus amigos (em todos os períodos de sua vida) é um material rico e bastante fácil para o estudo dos fenômenos caracterizados por nós acima (formas da linguagem sem cerimônias, obscenidades, xingamentos afetuosos, o cômico verbal sem objetivo etc.). Ver em especial as cartas de Poittevin para Flaubert e as de Flaubert para Feydeau.

a cultura popular, transformando-se, em grande parte, em resquícios de um passado em extinção.

Todavia, nos tempos de Rabelais, o papel dessas esferas impublicáveis era totalmente outro. Elas não eram "impublicáveis" de maneira alguma. Ao contrário, tinham uma ligação essencial com a praça pública. Sua relevância na linguagem popular, que pela primeira vez se tornou a linguagem da literatura e da ideologia, foi significativa. Seu papel no processo de quebra da cosmovisão medieval e de construção de uma nova representação realista do mundo foi bastante produtiva.

Aqui nos deteremos em um fenômeno, apesar de ele não ter uma relação visível direta com o elogio-xingamento ambivalente.

Uma forma muito popular do cômico verbal foi o assim chamado "*coq-à-l'âne*", ou seja, "do galo no burro" ou "do galo ao burro". Trata-se de um gênero deliberado de *nonsense* verbal. É uma linguagem solta em liberdade, que desconsidera quaisquer normas, mesmo as de lógica elementar.

As formas de *nonsense* verbal eram bastante difundidas na Idade Média. De uma maneira ou de outra, o elemento de absurdo deliberado ocorria em muitos gêneros, mas havia também um gênero especial para esse tipo de cômico verbal: as "*fatrasies*". Trata-se de obras poéticas construídas como um conjunto de palavras sem sentido, que são relacionadas por assonâncias ou rimas, mas sem nenhuma conexão semântica ou unidade temática. No século XVI, os *nonsense* verbais eram muito frequentes em *soties*.

O próprio nome "*coq-à-l'âne*" surgiu para definir o gênero de *nonsense* verbal deliberado, depois que Clément Marot escreveu seu primeiro "*coq-à-l'âne*" poético em 1535, a saber, *Épître du coq-à-l'âne, dediée à Lyon Jamet*.[458] Nesse texto não há nem unidade composicional, nem consistência

[458] É claro que a própria expressão "*coq-à-l'âne*", que significava uma incoerência e uma inconsistência da linguagem, já existia antes.

lógica na representação dos fatos e no desenvolvimento das ideias. Trata-se de várias "notícias do dia" (da corte e de Paris), e essa temática deveria justificar o conjunto deliberadamente incoerente de fatos e ideias, unidos apenas por serem notícias do dia, que nem poderiam ter uma relação lógica específica nem consistência.

No romance de Rabelais, o "*coq-à-l'âne*" desempenha um papel de destaque. As falas de Beijacu, Chuparrabo e a conclusão de Pantagruel, que formam os capítulos XI, XII e XIII de *Pantagruel*, são construídas como um puro "*coq-à-l'âne*". De modo semelhante é construído o capítulo XI de *Gargântua*, em que as brincadeiras infantis do protagonista são representadas como um conjunto de provérbios e ditados (na maioria das vezes virados às avessas). O segundo capítulo do mesmo livro, "Os cacarecos antidotais", também é uma variante específica de "*coq-à-l'âne*". Todos eles são "*coq-à-l'âne*" consequentes, puros e completos. Entretanto, ao longo de todo o romance, do início ao fim, estão espalhados elementos de "*coq-à-l'âne*", elementos de *nonsense* verbais deliberados, bem como de alogismos. Assim, por exemplo, elementos de "*coq-à-l'âne*" são fortes no capítulo IX do *Quarto livro*, em que são retratados nomes, relações familiares e casamentos incomuns dos habitantes da ilha de Desnasim.

Qual seria o sentido artístico-ideológico de todos esses "*coq-à-l'âne*"?

Trata-se, sobretudo, de um jogo com palavras, com expressões habituais (provérbios e ditados), com junções costumeiras de palavras, tomadas fora do eixo lógico comum e de outras conexões semânticas. É uma espécie de recreação com palavras e coisas, libertas das garras do sentido, da lógica e da hierarquia verbal. Em plena liberdade, elas estabelecem entre si relações e junções completamente incomuns. É verdade que, na maioria dos casos, novos laços estáveis não resultam disso, mas a coexistência breve dessas palavras, expressões e coisas fora das condições semânticas habituais as renova, revelando sua ambivalência e polissemia internas e as possibilidades nelas contidas que não aparecem em condições normais. Essa é a significação geral do "*coq-à-l'âne*".

Cada caso particular e concreto de "*coq-à-l'âne*" tem suas funções e seu caráter específico. Por exemplo, "Os cacarecos antidotais" são construídos em forma de adivinhação. Nesse capítulo são retratados alguns acontecimentos de natureza histórica, mas com uma grande parcela de obscenidades e com algumas imagens de banquete. O poema é deliberadamente construído para que o leitor procure nele alusões a acontecimentos políticos atuais ou recentes.[459] Com isso, é criada uma peculiar percepção carnavalesca da vida política e histórica. Os acontecimentos são percebidos fora da sua compreensão habitual, tradicional e oficial, revelando, portanto, novas possibilidades de compreensão e avaliação.

No capítulo XI do mesmo livro, o "*coq-à-l'âne*" tem outro caráter. Nele, as brincadeiras infantis de Gargântua são retratadas por meio de provérbios e várias expressões correntes. Contudo, elas se sucedem sem qualquer conexão lógica. Além disso, são viradas do avesso. Gargântua agiu cada vez contrariando os provérbios, ou seja, agiu ao contrário do sentido deles: por exemplo, sentou-se entre duas cadeiras, coçou-se com um copo, forjou o ferro esfriado etc. Como resultado, a imagem do pequeno Gargântua é apresentada no espírito de um bobo folclórico, que faz tudo ao contrário, opondo-se a todas as normas, ao bom senso e à verdade corriqueira. Essa é uma das variações do "mundo às avessas".

Por fim, os discursos de Beijacu, Chuparrabo e Pantagruel têm um caráter específico no episódio do litígio. Trata-se de um "*coq-à-l'âne*" mais puro e, por assim dizer, clássico. É claro que, nesse caso, não há nenhuma paródia da elo-

[459] Representantes do método histórico-alegórico tentaram decifrar todas essas alusões.

quência judicial da época (esses discursos não são construídos como os judiciais). De um modo geral, não se trata de uma paródia. As imagens que preenchem esses discursos são desprovidas de qualquer ligação aparente.

Eis o início do discurso de Beijacu:

> Senhor, é verdade que uma governanta de minha casa levava ovos para vender no mercado. [...] Mas como eu dizia, passavam entre dois trópicos seis vinténs rumo ao zênite e um trocado, tanto que os montes Rifeus tiveram naquele ano grande esterilidade de ouro de tolo por causa de uma sedição dos balivernos movida entre galimatinos e arcusieiros pela rebelião dos suíços que se reuniram até um número de bom ângulo, para irem ao visco da viradeira, o primeiro furo do ano, quando damos sopa aos bois e a chave do carvão a jovens, para dar aveia aos cães. Durante a noite inteira, de mão ao pote, apenas despachamos bulas a pé e bulas a cavalo para reter os barcos, porque os alfaiates queriam fazer de retalhos uma zarabatana para cobrir o mar oceano, que então estava grávido de uma panelada de couve, segundo opinião dos palhoceiros; porém os médicos diziam que em sua urina não reconheciam um sinal evidente de que a abetarda comesse machados com mostarda, a não ser o que senhores da corte dessem por bemol ordens à bexiga de nunca mais surrupiar bichos-da-seda, pois os palermas já tinham um bom começo para saçaricarem o estrindor no tom do diapasão, um pé no fogo e a cabeça no meio, como dizia o bom Ragot.[460]

[460] *Pantagruel*, *op. cit.*, p. 96. (N. da T.)

Como observamos, não há nenhuma relação semântica entre todas as imagens desse fragmento. De fato, o discurso de Beijacu salta "do galo para o burro". Essa discurso é construído no espírito do nosso provérbio: "Sem pé nem cabeça".[461] Todavia, as imagens desconexas se sustentam no espírito de todo o sistema rabelaisiano de imagens; temos diante de nós uma típica representação de mundo grotesca, em que o corpo que gera, devora e defeca se funde com a natureza e com os fenômenos cósmicos: rochas dos Rifeus, pedras estéreis e falsas, mar prenhe de um caldeirão de sopa de couve e empanturrado de machados com mostarda, médicos que examinam a urina do mar (o "conjunto de Pantagruel"). Em seguida, vemos os mais variados utensílios de cozinha e domésticos usados de modo carnavalesco (ou seja, contrário à sua função): para servir sopa aos bois e alimentar cães com aveia, machados oferecidos como comida. Por fim, todas essas imagens grotesco-corporais, cósmicas e carnavalescas se misturam com acontecimentos políticos e históricos (o levante dos suíços, despachos e estafetas enviados para deter navios). Todas essas imagens e a própria natureza de sua mistura são típicas das formas festivo-populares. Nós as encontramos ainda nas *soties* e farsas contemporâneas a Rabelais. Entretanto, todas elas estão subordinadas a determinadas linhas de enredo e de sentido (nem sempre, é claro); já no trecho citado ocorre um jogo carnavalesco absolutamente livre com essas imagens, que não se submete a quaisquer limites semânticos. Graças a isso, as fronteiras entre as coisas e os fenômenos são completamente apagadas, e a face grotesca do mundo se manifesta com maior nitidez.

[461] No original, Bakhtin cita o provérbio russo "v ogoróde buziná, a v Kíieve diádika" que significa literalmente "há um sabugueiro no jardim e um tio em Kíev", ou seja, algo desprovido de sentido. (N. da T.)

Nas condições de uma ruptura essencial com a representação de mundo hierárquica, bem como da construção de uma nova representação e de uma nova percepção de todas as antigas palavras, coisas e conceitos, foi de suma importância o "*coq-à-l'âne*", enquanto forma de libertação temporária de todas as relações semânticas e de sua livre combinação. Tratava-se de uma espécie de carnavalização da linguagem, que a libertava da seriedade unilateral taciturna da cosmovisão oficial, das verdades estáticas e dos pontos de vista corriqueiros. Esse carnaval da linguagem libertava a consciência humana das amarras seculares da cosmovisão medieval, preparando uma nova seriedade sóbria.

Retomemos a questão da fusão entre o elogio e a injúria em Rabelais. Analisemos outro exemplo. No *Terceiro livro*, há um célebre episódio em que Pantagruel e Panurgo, um após o outro, elogiam (de maneira ambivalente) o bufão Triboullet [cap. XXXVIII]. Eles inventam 208 epítetos, que definem o grau da sua tolice (*folie*). É também uma espécie de litania. Os próprios epítetos foram emprestados das mais variadas esferas: astronomia, música, medicina, universo das relações jurídicas e governamentais, caça com falcão etc. O surgimento desses epítetos é tão inesperado e alógico quanto na litania paródica analisada anteriormente. Nesse caso, tudo é ambivalente; afinal, todos esses epítetos, que expressam o mais elevado grau de alguma qualidade, são aplicados à tolice, glorificando-a. Contudo, como sabemos, a própria tolice é ambivalente. O seu portador, um bufão ou um bobo, é o rei de um mundo às avessas. Na palavra "*fol*", assim como em "*couillon*", o elogio e o xingamento se fundem em uma unidade indissociável. Compreender a palavra "bobo" como um puro xingamento, ou seja, como uma pura negação, ou, ao contrário, como um puro elogio (como "santo"), significa destruir todo o sentido dessa litania ambivalente. Em outro lugar do romance, Triboullet é apelidado de "moróssofo", que significa "tolo sábio". É famosa a etimologia cômica rabelaisiana da palavra "*philosophie*", como "*fin folie*".[462] Tudo isso é um jogo com a mesma ambivalência da palavra e da imagem "*fol*".

O próprio Rabelais qualifica a glorificação de Triboullet como *blason* [brasão]. *Blason* é um fenômeno literário bastante caraterístico daquela época. A própria palavra *blason*, além do seu emprego heráldico específico, possui um duplo significado: é ao mesmo tempo elogio e xingamento. Ainda no francês antigo, essa palavra tinha um duplo significado, que foi preservado por completo também à época de Rabelais (embora o seu significado negativo, ou seja, "*blâme*" [crítica, reprovação, reproche], tenha enfraquecido um pouco); só mais tarde o significado de *blason* se restringiu apenas ao de um elogio (*louange*).

Os *blasons* eram muito comuns na literatura da primeira metade do século XVI. Tudo era "blasonado", não só as pessoas, mas também as coisas.

Clément Marot escreveu dois pequenos poemas zombeteiros: "Belo seio" ["Le Beau tétin"] e "Feio seio" ["Le Laid tétin"]; com isso ele criou um novo tipo de *blason*, causa de enorme repercussão. Os poetas da época passaram, então, a "blasonar" diversas partes do corpo feminino: boca, orelhas, língua, dentes, olhos, sobrancelhas etc.; eles realizaram uma dilaceração anatômica literal do corpo feminino. O próprio tom desse *blason* — um tom de glorificação e de reprovação zombeteiro e sem cerimônias — era bem característico da época, pois se originava naquele universo da linguagem popular do qual a literatura avançada da época (em particular os poetas da escola de Marot) extraía seus recursos estilísticos. Em maior ou menor grau, o *blason* preservou a ambiguidade do tom e da avaliação, ou seja, a plenitude contraditória do tom, ele permitiu fazer com que o elogio se tornas-

462 "Uma fina loucura". (N. da T.)

se irônico e ambíguo, possibilitando elogiar aquilo que não se costumava elogiar.[463] O *blason* ficou fora do sistema oficial das avaliações diretas e unilaterais. Era um elogio-xingamento livre e ambíguo. Eis a definição do gênero *blason* dada por Thomas Sébillet em *Arte poética francesa* (*Art poétique françoys*, 1548):

> "*Blason* é uma glorificação incessante ou uma blasfêmia contínua do que se pretende *blasonar* [...] é *blasonado* com igual qualidade tanto o feio quanto o belo, tanto o ruim quanto o bom."

Essa definição claramente afirma e enfatiza o caráter ambivalente do *blason*. A *Poética* de Sébillet é a poética da escola de Clément Marot; por ser contemporânea a Rabelais, ela tem uma significação esclarecedora para a compreensão do nosso autor.

É preciso observar que os *blasons* poéticos, em particular na escola de Marot, às vezes assumiam o caráter de elogio ou reproche puros e diretos. Essa degeneração retórica do *blason* se intensifica bastante no final do século. A sua relação com os *blasons* populares e com o elogio popular e da praça bifacetado enfraquece cada vez mais, na medida em que aumenta a influência das formas (retorizadas) da glorificação cômica da Antiguidade.[464]

[463] Esse é o caráter da glorificação das dívidas por Panurgo. Na literatura italiana, o elogio ambíguo também era bem comum. Cf. os elogios de [Francesco] Berni: "In lode del debito" ("Em louvor à dívida") e a conhecida glorificação do jogo de cartas.

[464] Um exemplo interessante de elogio-xingamento retorizado em forma de um tratado cômico é *Satyrische Pilgram* (1666) de Grimmelshausen. O seu subtítulo é "Kalt und Warm, Weiß und Schwarz", isto é, "frio e calor, branco e preto". No prefácio, Grimmelshausen afirma que,

Elementos do *blason* eram muito comuns nos grandes gêneros da época (no século XV e na primeira metade do XVI): nos mistérios e nas *soties*. Aqui encontramos ainda as glorificações dos tolos (*sots*) por meio de uma longa lista de epítetos para eles: essas listas são muito semelhantes à glorificação rabelaisiana de Triboullet. Tal lista ocorre, por exemplo, no *Mistério de São Quintino*. No *Monólogo dos novos bobos*,[465] há cerca de uma centena de epítetos (48 versos são preenchidos com essa lista blasoneadora de epítetos para bobos). Por fim, no *Monólogo dos bobos alegres*[466] já são mencionados nada menos do que 150 epítetos para bobos.

Dessa maneira, a glorificação ambivalente blasoneadora de Triboullet tinha um caráter tradicional e era percebida pelos contemporâneos como algo evidente (já apontamos mais de uma vez a enorme importância da imagem do bobo-bufão e do motivo da tolice naquela época).

Passemos aos *blasons* populares em sentido estrito. Na verdade, a tradição popular dos *blasons* abrangia principalmente as avaliações elogiosas-injuriosas de outras nacionalidades, de várias regiões, províncias, cidades e povoados; a todos esses eram atribuídos certos epítetos (mais ou menos desenvolvidos), que tinham um significado ambivalente (embora com algum predomínio de blasfêmia). A mais antiga coletânea desse gênero data ainda do século XIII. Na época

com a exceção de Deus, não há nada perfeito no mundo, e, com a exceção do Diabo, não há nada tão ruim que não possa ser de alguma maneira elogiado. No tratado, são discutidos vinte temas (ser humano, dinheiro, danças, vinho, mulheres, armas e pólvora, guerra, baile de máscaras, medicina e outros), sendo que cada fenômeno é glorificado no início, depois condenado e, por fim, é feita uma espécie de síntese.

465 Anatole de Montaiglon, *Recueil de poésies françaises des XVe et XVIe siècles*, Paris, P. Jannet, 1855, t. I, pp. 11-6 ["Monologue des nouveaulx sotz de la joyeuse bende"].

466 *Idem*, 1856, t. III, pp. 11-25 ["Monologue des sotz joyeulx"].

de Rabelais apareceu uma nova coletânea desses *blasons* sob o título *Le Dict des pays*;[467] nela são apresentadas breves características, na maioria dos casos de acordo com um único traço: de nacionalidade, de província ou de cidade.

Em Rabelais, encontramos uma série de características que repetem os *blasons* populares. Por exemplo, ele diz "*soul comme un Anglais*", ou seja, "bêbado como um inglês", era um *blason* comum dos ingleses; já na coletânea mais antiga do século XIII, a Inglaterra é caracterizada por esse traço: "*li mieldre buveor en Engleterre*", ou seja, "os melhores bêbados da Inglaterra".[468] No primeiro capítulo de *Pantagruel*, Rabelais menciona os "*couilles de Lorraine*". Os habitantes de Lorraine eram *blasonados* pelo extraordinário tamanho do seus "*couilles*". Rabelais menciona ainda a rapidez dos bascos, o amor em Avignon e a curiosidade dos parisienses: todos eles são epítetos de *blasons* populares. Citemos mais um *blason* antigo, "*li plus sot en Bretaigne*", ou seja, "os mais tolos da Bretanha". Esses exemplos são suficientes.

Vemos que os *blasons* populares são profundamente ambivalentes. Cada nacionalidade, província ou cidade é a melhor do mundo em algum traço: os ingleses são os melhores bêbados; os habitantes de Lorraine são os mais potentes no sexo; Avignon tem o maior número de mulheres de vida fácil; os bretões são os mais estúpidos etc., porém esse traço na maioria dos casos é de natureza ambígua, ou melhor, dupla (estupidez, embriaguez etc.). Como resultado, o elogio e a injúria se fundem em uma unidade indissolúvel. O traço do bretão — "o mais estúpido" — lembra-nos de imediato o

[467] Cf. *idem*, 1856, t. V, pp. 106-19.

[468] É curioso que esse antigo *blason* dos ingleses seja repetido em *O herói do nosso tempo* [1840] de Mikhail Liérmontov pelo personagem Maksim Maksímovitch. Ele ocorre também em Shakespeare (utilizado por Iago em *Otelo*).

blason de Triboullet. Os *blasons* populares costumam ser chamados de irônicos, o que é verdade no sentido original da palavra em grego, mas é incorreto se lhe atribuirmos um sentido novo, mais subjetivo e negativo. Os *blasons* populares são bifacetados.[469]

No romance de Rabelais, estão presentes todos os tipos de *blasons* da época. Em *Pantagruel* [cap. V], há um *blason* poético dos licenciados da Universidade de Orléans no espírito da escola de Marot. Por todo o romance estão espalhados *blasons* populares (isto é, epítetos étnicos), alguns dos quais já citamos. A glorificação do bufão Triboullet e as litanias paródicas blasoneadoras de frei João e Panurgo revelam com grande profundidade a própria essência do *blason*, a sua natureza bifacetada, a sua completa ambivalência e a sua plenitude contraditória. Por fim, tons blasoneadores perpassam o romance de Rabelais do início ao fim: ele está repleto de elogio ambíguo e de injúria ambígua.

Enumerações puramente injuriosas sem um elemento visível de elogio também possuem certa duplicidade. Eis um exemplo de uma enumeração injuriosa no capítulo XXV de *Gargântua*:

> Com esse pedido os boleiros não sentiram a menor simpatia, mas (tanto pior) ainda por cima os ultrajaram demais, chamando-os de xepas, banguelas, sararás, panacas, mijões, zés-ruelas, nós cegos, bundas moles, lambe-sacos, pançudos, ma-

[469] No final do século passado, passou a ser publicado um interessante material sobre *blasons* populares de diferentes províncias da França. Eis alguns dos trabalhos sobre o folclore: Henri Gaidoz e Paul Sébillot, *Blason populaire de la France*, Paris, Léopold Cerf, 1884; Alfred Canel, *Blason populaire de la Normandie*, Rouen, A. Lebrument, 1859; Charles Beauquier, *Blason populaire de Franche-Comté*, Paris, E. Lechevalier/E. Leroux, 1897.

> tracas, imprestáveis, broncos, cretinos, molengas, chumbregas, chibungos, duas caras, lerdezas, maltrapilhos, jacus, escrotos, metidinhos, zoadores, toscos, dingos, vaqueiros de bosta, pastores de merda e outros epítetos difamatórios, insistindo que não eram dignos de comer aquelas belas fouaces e que deveriam se contentar com pão grosseiro solado e broa.[470]

Temos diante de nós uma enumeração de injúrias cotidianas. Impressiona a extensão dessa enumeração de xingamentos (28 palavras injuriosas). Ocorre que não são injúrias proferidas por uma pessoa só, mas por toda uma multidão de padeiros, sendo organizadas em uma única enumeração sucessiva (na verdade, esses xingamentos eram proferidos ao mesmo tempo por diferentes padeiros). A própria enumeração como um todo não é ambivalente: é uma pura injúria. Todavia, no interior da enumeração, a maioria dos xingamentos é ambivalente: referem-se a traços animalescos, a características corporais, à tolice, à embriaguez, à gula, a defecações; todos esses traços são próprios do sistema de imagens festivo-popular. Um xingamento como "*chienlictz*" (ou seja, *chienlit*) é o nome dado aos mascarados do carnaval. Assim, essa enumeração de injúrias revela uma imagem do corpo humano não separado e misturado, bem como da vida corporal (comida, defecações) em sua ambivalência grotesca. Mesmo essa enumeração de injúrias cotidianas revela um aspecto específico e bifacetado do mundo, uma característica específica das pessoas e das coisas ausente do sistema oficial da linguagem literária imagética.

Abordemos mais um fenômeno de xingamento-elogio no romance de Rabelais, mais precisamente a famosa inscri-

[470] *Gargântua*, *op. cit.*, p. 320. (N. da T.)

ção nos portões de Telema [*Gargântua*, cap. LIV], segundo a qual alguns são expulsos do mosteiro, já outros são convidados a entrar. Por sua natureza, toda essa inscrição poética pode ser atribuída ao gênero "*Cri*", ou seja, aqueles "gritos" que abriam os mistérios e *soties* e que conclamavam os representantes de diferentes classes, guildas ou bobos (em *soties*). Trata-se de um grito conclamatório alto e da praça em estilo oficial ou paródico-oficial.[471] Em essência, a inscrição nos portões de Telema é uma variedade desses "*cris*" (é claro, não por sua construção em estrofes e rimas).

A inscrição se divide em duas partes: uma de banimento e outra de conclamação. A primeira tem um caráter puramente injurioso, e a segunda, elogioso. O caráter injurioso da primeira parte é mantido com rigor. Por exemplo, na primeira estrofe são banidos os hipócritas. Rabelais lista quinze apelidos injuriosos para hipócritas (*hypocrites*, *bigotz*, *vieulx matagotz*, *marmiteux* etc.), e quase todas as demais palavras dessa parte têm um tom injurioso (*abus meschans*, *meschanceté*, *faulseté*, *troubleroient* etc.). Nas estrofes conclamatórias (a começar da oitava), ao contrário, todas as palavras selecionadas têm um tom glorificador, afetuoso e positivo (*gentilz*, *joyeux*, *plaisans mignons*, *serains*, *subtilz* etc.). Nesse caso se confrontam a enumeração estritamente injuriosa com a estritamente elogiosa. A inscrição é ambivalente como um todo. No entanto, no seu interior não há ambivalência: cada palavra ora é um puro e inequívoco elogio, ora uma pura e inequívoca injúria. Temos diante de nós uma ambivalência que se tornou um tanto retórica e externa.

Essa retorização do elogio-xingamento ocorre em Rabelais quando ele se afasta das formas festivo-populares da

[471] A célebre *sotie* de Pierre Gringoire, *Le Jeu du prince des sotz et de mère sotte*, começa com um apelo (*cri*) lançado aos bobos de todas as classes; cf. Émile Picot, *Recueil général des sotties*, t. II, Paris, Firmin-Didot, 1904, p. 127.

praça e se aproxima da linguagem e do estilo oficiais. Até certo ponto, esse também foi o caso do episódio da abadia de Telema. É verdade que aqui há um elemento de inversão, de jogo com a negação e alguns outros aspectos festivo-populares; porém, em sua essência, Telema é uma utopia humanista, que reflete a influência das fontes livrescas (sobretudo italianas).

Observamos fenômenos análogos quando Rabelais atua diretamente como um "publicista da corte" quase oficial. No *Terceiro livro* (cap. XLVIII), há uma conversa entre Gargântua e Pantagruel a respeito de um tema atual à época: a inadmissibilidade de a Igreja consagrar um casamento celebrado contra a vontade dos pais. Nessa conversa, encontramos um nítido exemplo de retorização de séries injuriosas e elogiosas:

> Por causa dessas leis de que falo, hoje não existe safado, gigolô, salafrário, pulha, pústula, patife, lazarento, jagunço, ladrão ou calhorda em seu rincão que violentamente não ataque a menina que bem quiser, mesmo que seja nobre, linda, rica, honesta, casta, o que for, da casa do pai, dos braços da mãe, para desgosto de todos os parentes, se o safado tiver se associado a algum mista, que mais dia menos dia há de participar do saque.[472]

Nesse trecho, as séries injuriosas e elogiosas são desprovidas de qualquer ambivalência, sendo separadas e opostas uma à outra como fenômenos fechados e imiscíveis; seus destinatários são rigorosamente divididos. Trata-se de um discurso puramente retórico, que traça fronteiras nítidas e está-

[472] *Terceiro livro*, *op. cit.*, p. 226. (N. da T.)

ticas entre fenômenos e valores. Da natureza da praça restou apenas a extensão exagerada da série injuriosa.

* * *

O fenômeno de fusão entre o elogio e o xingamento que analisamos tem uma importante significação teórica e histórico-literária. É claro, os aspectos elogiosos e injuriosos são inerentes a toda palavra da linguagem viva. De um modo geral, não há palavras neutras e indiferentes, mas apenas palavras artificialmente neutralizadas. Pelo visto, os fenômenos mais antigos da linguagem se caracterizam pela fusão do elogioso e do xingamento, ou seja, pela palavra bitonal. No desenvolvimento posterior, essa bitonalidade é preservada e interpretada de uma nova maneira nas esferas populares e do riso, não oficiais e sem cerimônias, onde observamos esse fenômeno. A palavra bitonal permitiu ao povo ridente — o menos interessado na estabilização da ordem existente e da representação dominante do mundo (a verdade oficial) — apreender o todo do mundo em formação, a alegre relatividade de todas as verdades limitadas de classe, a constante inconclusibilidade do mundo, a constante fusão entre a mentira e a verdade, entre o mal e o bem, entre as trevas e a luz, entre a raiva e o afeto, entre a morte e a vida.[473] A palavra bitonal popular nunca se aparta do todo e do devir, por isso tanto o aspecto negativo quanto o positivo não se expressam

[473] Uma elaboração interessante do tema da bicorporalidade no aspecto filosófico sério aparece no poema de Goethe "O pária" ["Paria"]. A fusão entre o elogio e a injúria (em relação à divindade) num plano temático (e não estilístico) monotonal é expresso da seguinte maneira:

"E amigavelmente o advertirei,
E furiosamente lhe direi,
Tal como o espírito me ordena,
Tal como o peito me inflama.
O que penso, o que sinto —
Que isso permaneça um segredo."

nela de maneira separada, particular e estática; ela, a palavra bitonal, nunca tenta deter a roda que se move e gira, a fim de encontrar e delimitar nela o de cima e o de baixo, a frente e o traseiro; ao contrário, ela registra seu constante deslocamento e fusão. Ao mesmo tempo, na palavra popular a ênfase recai sempre no aspecto positivo (porém, repetimos, sem apartar-se do negativo).

Nas cosmovisões oficiais das classes dominantes, a bitonalidade da palavra, no geral, é impossível, pois fronteiras rígidas e estáveis são traçadas entre todos os fenômenos (nesse processo, os fenômenos são apartados do todo do mundo que se encontra em um devir contraditório). Nas esferas oficiais da arte e da ideologia, quase sempre dominou a monotonalidade do pensamento e do estilo.

Na época do Renascimento, houve uma luta intensa entre a palavra bitonal popular e as tendências estabilizadoras do estilo monotonal oficial. Para uma compreensão mais profunda dos complexos e diversos fenômenos do estilo da grande época, o estudo dessa luta (bem como do embate entre os cânones grotesco e clássico relacionado a ela) é de excepcional interesse e importância. É claro, essa luta continua em épocas subsequentes, mas continua em formas novas, mais complexas e por vezes ocultas. Todavia, esse tema ultrapassa os limites do nosso trabalho.

A palavra bitonal da Antiguidade reflete, no plano estilístico, a antiga imagem bicorporal. No processo de decomposição desta última, observamos, na história da literatura e das formas de espetáculo, um fenômeno interessante de imagens em pares, que encarnam o de cima e o de baixo, o traseiro e a frente, a vida e a morte na forma de sua existência semisseparada. Um exemplo clássico dessas imagens em pares é D. Quixote e Sancho; ainda hoje imagens análogas são comuns no circo, no teatro de feira e em outras formas de comicidade. Um fenômeno interessante é o *diálogo* entre esses personagens em pares. Tal diálogo é a palavra bitonal em estágio de desintegração incompleta. Em essência, trata-se do diálogo da face com o traseiro, do de cima com o de baixo, do nascimento com a morte. Um fenômeno análogo são as *disputas* da Antiguidade e da Idade Média entre o inverno e a primavera, a velhice e a juventude, a quaresma e a abundância, o velho e o novo tempo, os pais e os filhos. Tais disputas são uma parte orgânica do sistema das formas festivo-populares ligadas à alternância e à renovação (Goethe também menciona tal disputa ao descrever o carnaval romano). Essas disputas (*agons*) são conhecidas na literatura da Antiguidade; por exemplo, chegou até nós um curioso fragmento τρίχορια, ou seja, uma disputa entre três coros: de anciões, de homens e de meninos, em que cada um defendia o valor da sua idade.[474] Tais *agons* eram especialmente comuns em Esparta e na Baixa Itália (mesmo na Sicília da atualidade, eles são um componente imprescindível das festas populares). Tais são os *agons* de Aristófanes, que, é claro, têm um caráter literário mais complexo. Disputas semelhantes tanto em latim (por exemplo, *Conflictus veris et hiemis* [Disputa entre a primavera e o inverno]) quanto especialmente em línguas populares eram comuns em todos os países na Idade Média.

Todos esses *agons* e disputas são, em essência, diálogos entre forças e fenômenos de épocas distintas, diálogos dos tempos, de dois polos do devir, do início e do fim da metamorfose em curso; de uma forma ou de outra, elas desenvolviam, racionalizavam e retorizavam o aspecto dialógico inerente à palavra bitonal (e à imagem bicorporal). Essas disputas festivo-populares entre os tempos e as idades, bem como os diálogos entre personagens em pares, entre a face e o traseiro, o de cima e o de baixo, foram, pelo visto, uma das raízes folclóricas do romance e, em específico, do diálogo roma-

[474] Cf. *Carmina popularia*, ed. Theodor Bergk, fr. 18 [em *Poetae lyrici Graeci*, Leipzig, B. G. Teubner, 1867, v. III].

nesco. Entretanto, esse tema também extrapola o âmbito do nosso trabalho.

* * *

Resta-nos fazer um balanço do presente capítulo.

O último fenômeno que examinamos — a fusão entre o elogio e o xingamento — reflete no plano estilístico a ambivalência, a bicorporalidade e a inconclusibilidade (o eterno inacabamento) do mundo, que, como vimos, se expressam em todas particularidades, sem exceção, do sistema de imagens rabelaisiano. O velho mundo, ao morrer, gera o novo. A agonia se une com o ato de parir em um todo inseparável. Esse processo é representado nas imagens do baixo material e corporal: tudo desce para baixo — para a terra e para o túmulo corporal — para morrer e nascer de novo. Por isso, o movimento para baixo permeia todo o sistema rabelaisiano de imagens do começo ao fim. Todas essas imagens derrubam, jogam para baixo, rebaixam, devoram, condenam, negam (topograficamente), mortificam, enterram, mandam para o inferno, xingam, amaldiçoam, e, ao mesmo tempo, todas elas começam de novo, fertilizam, semeiam, renovam, renascem, elogiam e glorificam. Esse movimento geral para baixo — que ao mesmo tempo mortifica e dá à luz — aproxima fenômenos aparentemente tão distintos como os espancamentos, as injúrias, o inferno, a devoração etc.

É preciso dizer que, até em Dante, as imagens do submundo (inferno) às vezes são uma realização evidente das metáforas injuriosas, ou seja, dos xingamentos, e às vezes até o motivo da devoração se manifesta com maior nitidez (Ugolino que rói o crânio de Ruggieri, o motivo da fome em seu relato, a bocarra de Satanás que rói Judas, Bruto e Cássio); ainda com mais frequência o xingamento e a devoração estão presentes implicitamente em suas imagens. Contudo, no mundo de Dante, a ambivalência dessas imagens é quase completamente silenciada.

Na época do Renascimento, todas essas imagens do baixo — desde o xingamento cínico até a imagem do inferno — estavam imbuídas de uma profunda percepção do tempo histórico, percepção e compreensão da alternância das épocas na história mundial. Em Rabelais, esse aspecto do tempo e da alternância histórica permeia de maneira especialmente profunda e significativa todas as imagens do baixo material e corporal, dando-lhes um colorido histórico. Para Rabelais, a bicorporalidade se torna a fusão histórica de dois mundos, do passado e do futuro, no ato único da morte de um e do nascimento do outro, na imagem única de um mundo histórico em devir e em renovação, profundamente engraçado. É o próprio tempo que xinga e elogia, espanca e enfeita, mata e pare, simultaneamente zombeteiro e alegre, o tempo que é o "menino brincante" de Heráclito e que detém o maior poder do universo. Rabelais constrói uma imagem do devir histórico, excepcional por sua força, em categorias do riso, algo que era possível apenas na época do Renascimento, quando essa imagem foi preparada por todo um percurso do desenvolvimento histórico.

> A história opera fundamentalmente e passa por muitas fases, quando uma forma de vida obsoleta é levada para o túmulo. A última fase da forma histórica e universal é sua *comédia* [...]. Por que é esse o curso da história? Ele é necessário para que a humanidade possa se despedir *com alegria* do seu passado.[475]

Esse sistema de imagens rabelaisiano, tão universal e abrangente, ao mesmo tempo permite e até exige excepcio-

[475] K. Marx e F. Engels, *Sotchiniénia* [*Obras*], Moscou, Izdátelstvo Polítítcheskoi Literaturi, 1955, v. 1, p. 418.

nais concretude, plenitude, detalhamento, precisão, atualidade e relevância na representação da realidade histórica contemporânea. Aqui cada imagem combina em si uma extrema amplitude e cosmicidade com uma excepcional concretude da vida, da individualidade e da atualidade publicística. O último capítulo do nosso livro é dedicado a essa notável particularidade do realismo rabelaisiano.

Capítulo 7

As imagens de Rabelais e a realidade da sua época

Até agora examinamos as imagens de Rabelais predominantemente na sua relação com a cultura popular. Interessou-nos na obra de Rabelais a *grande* e fundamental linha de embate entre duas culturas, isto é, o embate entre a cultura popular e a Idade Média oficial.

Todavia, já observamos mais de uma vez que essa grande linha de embate combinou-se organicamente com respostas imediatas a acontecimentos da época — grandes e pequenos — daqueles anos, meses, e até mesmo dias, em que foram criadas as partes do romance de Rabelais. Pode-se dizer diretamente que todo o romance, do início ao fim, surgiu da própria essência da vida do seu tempo, uma vida da qual o próprio Rabelais foi ou um participante ativo ou uma testemunha curiosa. As imagens do seu romance combinam as imensas amplitude e profundidade do universalismo popular com sua extrema concretude, individualidade, detalhamento, veracidade, atualidade e relevância. Essas imagens estão muito distantes do simbolismo abstrato e do esquematismo. Pode-se dizer que, no romance de Rabelais, a amplitude cósmica do mito se combina com a aguda atualidade do "panorama" de sua época, bem como com a precisão concreta e objetiva do romance realista. Acontecimentos e pessoas reais, a vasta experiência pessoal do autor e suas observações precisas são revelados por detrás das aparentemente mais fantásticas imagens.

Os estudos rabelaisianos franceses realizaram um grande e minucioso trabalho a fim de revelar a relação estreita e multilateral entre as imagens de Rabelais e a realidade de sua época. Esse trabalho resultou na reunião de um grande e valioso material factual. No entanto, os estudos rabelaisianos modernos elucidaram e generalizaram esse material a partir de uma posição metodológica estreita. Predomina um biografismo nocivo, em que os acontecimentos sociais e políticos da época perdem o seu sentido imediato e sua atualidade política, são abafados, enfraquecidos e transformados simplesmente em fatos da biografia do escritor, equiparando-se a acontecimentos menores da sua vida pessoal e cotidiana. Por detrás dessa massa de fatos biográficos, minuciosamente reunidos, desaparecem o grande significado tanto da própria época quanto do romance de Rabelais, bem como a *posição popular* genuína que Rabelais ocupou na luta da sua época.

É verdade que alguns estudiosos de Rabelais — e sobretudo o falecido líder dos estudos atuais de Rabelais, Abel Lefranc — dedicam muita atenção aos acontecimentos políticos da época e seu reflexo no romance de Rabelais. Ao mesmo tempo, tanto os próprios acontecimentos quanto os seus reflexos no romance são interpretados *pela visão oficial*. Abel Lefranc até considera Rabelais um "*propagandista da coroa*".

De fato, Rabelais foi um propagandista, mas ele não foi em absoluto um propagandista da coroa, embora compreendesse o caráter relativamente progressista do poder real e de alguns atos da política da corte. Já dissemos que Rabelais deu exemplos notáveis da propaganda com base popular e da praça, ou seja, um propagandismo que não tinha um pingo de oficialidade. Enquanto propagandista, Rabelais não se solidarizou *em absoluto* com nenhum dos grupos das classes dominantes (incluindo a burguesia), com nenhum dos pontos de vista, nem com nenhum dos eventos e acontecimentos da época. Entretanto, Rabelais soube compreender e avaliar muito bem o *relativo* caráter progressista de alguns fenômenos da época, inclusive de algumas medidas do poder real, que ele saudou em seu romance. No entanto, essas avaliações e saudações nunca foram incondicionais e oficiais, pois a forma das imagens populares e da praça, permeadas pelo riso ambivalente, permitiu revelar ainda toda a *limitação* desse caráter progressista. O ponto de vista *popular* expresso no romance de Rabelais sempre revelou perspectivas mais amplas, que ultrapassavam os limites do progressismo limitado acessível aos movimentos da época.

A principal tarefa de Rabelais é destruir a visão oficial da época e dos seus acontecimentos, olhá-los de uma nova maneira, elucidar a tragédia ou a comédia da época do ponto de vista de um *coro popular e ridente da praça*. Rabelais mobiliza todos os meios imagéticos da sobriedade popular, a fim de extrair de todas as representações da modernidade e de seus acontecimentos qualquer mentira oficial e a seriedade restrita ditada pelos interesses das classes dominantes. Rabelais não acredita na palavra de sua época "naquilo que ela diz sobre si e imagina de si", ele quer revelar o seu verdadeiro sentido para o povo, um povo que cresce e é imortal.

Ao destruir as representações oficiais sobre a época e seus acontecimentos, Rabelais não procura, é claro, fazer uma análise científica dela. Afinal, ele não fala na linguagem dos conceitos, mas na linguagem das imagens populares e do riso. Contudo, ao destruir a falsa seriedade e o falso *pathos* histórico, Rabelais prepara o terreno para uma nova seriedade e para um novo *pathos* histórico.

Observemos agora em uma série de exemplos como se reflete no romance de Rabelais a sua realidade contemporânea, que vai desde o círculo de pessoas mais próximo da vida do autor até os grandes acontecimentos da época.

Em *Pantagruel* (o primeiro livro em termos cronológicos), no capítulo sobre o nascimento do protagonista, são retratados um calor terrível, uma seca e uma sede geral por ela causada. Segundo Rabelais, essa seca durou "36 meses, três semanas, quatro dias, treze horas e mais um tequinho".[476] E eis que nas memórias dos contemporâneos descobrimos que naquele ano (1532), quando foi escrito *Pantagruel*, de fato houve uma seca sem precedentes, que durou seis meses. Rabelais apenas exagerou a escala e a precisão de sua duração. Como já dissemos, a seca e a sede generalizada reavivaram a imagem do diabinho Pantagruel dos mistérios, o qual despertava a sede, tornando essa imagem atual.

Nesse mesmo livro há um episódio em que Panurgo compra indulgências e, com isso, põe em ordem suas questões financeiras. No mesmo ano da escrita do romance, um extraordinário jubileu papal foi celebrado na França. E foram justamente as igrejas visitadas por Panurgo que de fato obtiveram a permissão para vender indulgências. Portanto, também aqui houve uma grande fidelidade aos fatos.

Há outro episódio no mesmo livro:

> Em seguida, lendo as belas crônicas de seus antepassados, ele descobriu que Godofredo de Lusignan, conhecido como Godofredo Dentuço, avô do primo distante da irmã mais velha da tia do genro do tio da nora de sua madrasta, tinha sido enterrado em Maillezais, e se deu a liberdade de fazer uma visita como homem de bem. Ao partir de Poitiers com alguns de seus parceiros, passaram por Ligugé para visitar o nobre abade Ardillon, por Lusignan, por Sansay, por Celles, por Colonges e Fontenay-le-Comte, para saudar o erudito Tiraqueau,

[476] F. Rabelais, *Pantagruel*, em *Pantagruel e Gargântua*, org., trad., apres. e notas de Guilherme Gontijo Flores, São Paulo, Editora 34, 2021, p. 51. (N. da T.)

> e de lá chegaram a Maillezais, onde visitou o sepulcro do tal Godofredo Dentuço.[477]

Quando Pantagruel viu a escultura em pedra de Godofredo, erguida sobre seu túmulo, ele ficou impressionado com o aspecto especialmente furioso que o artista deu a toda a figura de Godofredo [Geoffroy].

Nesse episódio, há dois aspectos fantásticos: a própria imagem do *gigante Pantagruel* viajante e a definição cômico-paródica do seu parentesco com Godofredo Dentuço. Todo o restante do episódio — os nomes das pessoas e de lugares, os acontecimentos, a aparência furiosa da escultura de Godofredo e outros detalhes — corresponde à realidade com absoluta fidelidade e está estreitamente ligado à vida e às impressões do próprio Rabelais.

Naqueles tempos (1524-1527), quando Rabelais foi secretário de Geoffroy d'Estissac, bispo e abade de Maillezais, ele várias vezes fez a viagem de Maillezais a Poitiers e vice-versa (rota de Pantagruel), passando por todos os lugares que ele nomeia em nosso episódio com fidelidade absoluta. D'Estissac viajava constantemente por sua diocese (ele, como a maioria dos senhores da época, estava muito interessado em construir), e Rabelais o acompanhava. Por isso ele conhecia como a palma da sua mão a província de Poitiers, mesmo os lugares mais remotos. Em seu romance, ele cita mais de cinquenta nomes de lugares e lugarejos de Poitiers, incluindo os povoados menores e mais distantes. Todos os lugares citados em nosso episódio lhe eram intimamente familiares. No mosteiro dos Cordeliers em Fontanay-le-Comte, Rabelais passou os primeiros anos monásticos; nessa mesma cidade, frequentou um círculo de advogados de orientação humanista, que se reuniam na casa do erudito André Tiraqueau, por

[477] *Idem*, p. 61. (N. da T.)

quem Rabelais nutriu sentimentos de amizade até o fim de sua vida. Nos arredores de Ligugé se localizava uma abadia, onde Rabelais costumava visitar o abade erudito Ardillon[478] (aqui, sob a influência de Jean Buchet, ele, ao que parece, começou a escrever poesia em francês). Dessa maneira, tanto Ardillon quanto Tiraqueau são nomes de pessoas reais e que eram conhecidas por todos.

É claro que tampouco foi inventado o antepassado de Pantagruel, Godofredo de Lusignan, apelidado de Dentuço. Trata-se de uma figura histórica que viveu no início do século XIII. Ele incendiou a abadia de Maillezais (por isso Rabelais fez dele um vendedor de pederneiras no inferno, um meio carnavalesco de castigo além-túmulo), mas, depois, tendo se arrependido, ele a reconstruiu, dotando-a de riquezas. Em razão disso, uma luxuosa estátua de pedra foi erguida em homenagem a ele na igreja de Maillezais (ele foi sepultado em outro local).

A expressão excepcionalmente furiosa da imagem de Godofredo nessa escultura, sobre a qual fala Rabelais, também é fiel à realidade. É verdade que essa escultura foi destruída, mas sua cabeça foi localizada em 1834 sob as ruínas da igreja de Maillezais e hoje se encontra no museu da cidade de Niort. Eis como Jean Plattard descreve essa cabeça: "sobrancelhas franzidas, olhar severo e imóvel, bigode desgrenhado, *boca aberta, dentes à mostra*, tudo nessa figura exprimia ingenuamente uma expressão de cólera".[479] Nessa cabeça de pedra de Godofredo, ressaltamos a *boca escancarada* e os *dentes*, ou seja, os principais traços grotescos da imagem do próprio Pantagruel no primeiro livro. Não seria por isso que Rabelais, que tantas vezes vira essa cabeça na

[478] Antoine Ardillon, abade de Fontenay-le-Comte entre 1512 e 1540. (N. da T.)

[479] Jean Plattard, *François Rabelais* [nova edição de *La Vie de François Rabelais*, de 1928], Paris, Boivin & Cie., 1932, p. 58.

igreja da abadia e a gravara na sua memória, fez de Godofredo um antepassado de Pantagruel?

Todo esse episódio pequeno e sem grande importância é bem típico em sua estrutura e composição. A imagem grotesco-fantástica (e até cósmica) de Pantagruel é aqui integrada na *realidade absolutamente verdadeira do autor e que lhe era bastante conhecida*; ele viaja por *lugares familiares e próximos do autor*, encontra com *amigos pessoais do autor*, vê os mesmos objetos vistos pelo autor. No episódio, há muitos nomes próprios — de lugares e de pessoas — e todos eles são *absolutamente reais*, sendo fornecidos até o endereço das pessoas (Tiraqueau e Ardillon).

Desse modo, a realidade, que circunda Pantagruel, tem um caráter real, individual e, por assim dizer, *nominal*: *trata-se de um mundo de objetos únicos e de pessoas conhecidas*; o aspecto da generalização abstrata, o uso de substantivos comuns e de tipificação são reduzidos ao mínimo. Destaquemos ainda o caráter topográfico-local das imagens desse episódio. Observamos esse caráter em todo o romance. Rabelais tenta sempre introduzir no tecido da sua narrativa uma particularidade da realidade local de uma ou de outra província ou cidade, alguma curiosidade ou lenda do lugar. Por exemplo, já dissemos que, à época de Rabelais, aquela tigela em que era cozido o mingau de Pantagruel era de fato exibida em Bourges como a "tigela do gigante". O pequeno Pantagruel era acorrentado a seu berço. Rabelais observa que uma dessas correntes estava localizada em La Rochelle, a outra em Lyon e a terceira em Angers. De fato, essas correntes estavam lá e eram bem conhecidas de todos que visitaram essas cidades. Em Poitiers, o jovem Pantagruel quebrou um pedaço de uma grande rocha e fez dela uma mesa para os estudantes locais. Essa pedra ainda existe em Poitiers, só que dividida em duas partes. Esses elementos locais espalhados por todo o romance realçam claramente o *caráter individual e nominal, familiar e visível* (se é possível assim falar) de todo o mundo rabelaisiano. Mesmo objetos de uso cotidiano (como, por exemplo, a tigela para mingau) têm aqui um caráter *individual e único*, semelhante a objetos que pertenceram a personalidades históricas e que são conservados em museus. Mais tarde voltaremos ao tipo especial de individualização rabelaisiana.

Passemos a *Gargântua*, que é cronologicamente o segundo livro do romance. Todos os acontecimentos desse livro (com a exceção dos episódios parisienses) ocorrem nas redondezas de Chinon, ou seja, na terra natal do próprio Rabelais. Todos aqueles lugares e lugarejos, onde se desenvolvem as ações, foram nomeados com absoluta precisão e podem ser encontrados nos mapas ou cadastros da época. No centro (topográfico) de toda a ação está, como se sabe, a "residência" real de Grangorja (pai de Gargântua). Atualmente, os estudiosos de Rabelais conseguiram identificar com total precisão e clareza a residência de Grangorja, o solar de Devinière, pertencente ao advogado Antoine Rabelais, pai do escritor. O próprio escritor nasceu nessa propriedade. A modesta casa da família Rabelais em Devinière existe até hoje. Também foi preservada a antiga lareira diante da qual se sentava o bondoso Grangorja, assando castanhas e esperando que elas se rompessem, ao mesmo tempo que atiçava o fogo com uma vara de ponta queimada e contava à família histórias dos bons velhos tempos, naquele exato momento histórico, em que foi informado da inesperada agressão de Picrócolo.

Quando a identificação da residência de Grangorja em Devinière foi estabelecida com precisão, ganharam vida todos os nomes e indicações geográficos, sem exceção, que Rabelais cita ao retratar os acontecimentos do romance (há muitos desses nomes e indicações). Tudo foi real e preciso nos mínimos detalhes (apenas exagerados na escala). Não muito longe de Devinière, na margem esquerda do rio Négron, existe até hoje o prado — la Prairie de la Saulsaye — onde aconteciam as "conversas embriagadas" e onde Gargântua nasceu no dia 4 de fevereiro, durante a festa carnavalesca do abate do gado. Com razão, Abel Lefranc afirma ter sido nesse local e nessa data que nasceu o próprio Rabelais.

Toda a topografia da guerra picrocolina se revelou absolutamente real e precisa. Tanto Seuilly, quanto Lerné e a estrada entre elas, onde houve a briga entre os vinicultores e os padeiros, bem como o vale do Négron, onde ocorreram as ações militares em torno de Devinière, em um espaço muito estreito delimitado por diferentes lados por Lerné, La Roche--Clermault, Vaugaudry e La Vauguyon; todos esses lugares foram nomeados e indicados com absoluta precisão no romance, revelando uma representação nítida e clara de todas as operações militares. Até hoje existe a vinícola do mosteiro defendida por frei João, e foi preservada uma parte da antiga muralha contemporânea a Rabelais.

Contudo, a própria guerra picrocolina se baseia em um acontecimento completamente real. Ao retratá-la, Rabelais usou um conflito verdadeiro, ocorrido em sua terra natal, do qual participaram de um lado a família Rabelais e seus amigos e de outro o senhor Gaucher de Sainte-Marthe, senhor de Lerné. Este último era dono de um negócio de pesca no Loire, que atrapalhava a navegação. Daí se originou o conflito e o processo judicial entre o senhor de Lerné e as comunidades vizinhas, que tinham interesse na navegação fluvial. Esse processo se estendeu por muito tempo, ora se enfraquecendo, ora se intensificando. Ele adquiriu um caráter particularmente agudo no outono de 1532, quando François Rabelais visitava seu pai em Devinière, durante a colheita de uvas. O advogado Antoine Rabelais, pai do escritor, foi amigo do seu vizinho Gaucher de Sainte-Marthe e até administrou seus negócios, mas no conflito com as comunidades tomou o partido delas. Durante o processo, os interesses das comunidades foram defendidos pelo advogado Gallet, parente e amigo próximo do pai de Rabelais. Desse modo, durante sua estadia em Devinière no verão de 1532, François Rabelais se encontrou no centro desse conflito e, talvez, até tenha participado dele.

A representação da guerra picrocolina está repleta de alusões a esse conflito real. Mesmo alguns nomes próprios são verdadeiros. Assim, o defensor da causa de Grangorja foi Gallet: vimos que o verdadeiro Gallet realmente se encarregou do caso das comunidades contra Gaucher de Sainte-Marthe. Chama-se Marquet o porta-estandarte dos padeiros, que foi espancado, causando, em parte, a guerra. Trata-se do nome do genro de Sainte-Marthe. No capítulo XLVII, Rabelais enumera os nomes de 32 feudos (uma das longas listas de enumerações e nominações de Rabelais), que constituíam a "antiga confederação" e ofereceram sua ajuda a Grangorja. Não há aqui nenhum nome inventado. Todos são nomes de cidades, vilas, povoados e aldeias, localizados às margens dos rios Loire e Vienne ou próximos deles e que estavam diretamente interessados na navegação mercante no rio Loire. De fato, todos eles formaram uma aliança no processo de julgamento contra Sainte-Marthe. É bem possível que também o episódio da briga entre os padeiros de Lerné e os vinicultores de Seuilly tenha realmente ocorrido. Abel Lefranc salienta que até hoje existe uma antiga rivalidade entre esses dois povoados: uma memória remota de alguma antiga inimizade.

Desse modo, os episódios centrais do primeiro livro — *Gargântua* — realmente ocorreram, *em um mundo intimamente conhecido da casa paterna de Rabelais e de suas redondezas*. A topografia da terra natal é apresentada nos mínimos detalhes e com precisão excepcional. Todo esse mundo — das coisas às pessoas — tem *nomes próprios* e um caráter inteiramente concreto. Acontecimentos fantásticos, como os peregrinos sendo engolidos com salada e afogados em urina, ocorrem no pátio e no jardim do solar Devinière, que são apresentados com toda a precisão topográfica (eles se conservaram quase sem alterações até hoje).

Todos os demais episódios desse livro e dos dois restantes têm o mesmo caráter. Por trás da maioria deles, os estudiosos de Rabelais descobrem lugares reais, pessoas reais, acontecimentos reais. Assim, vários personagens do *Terceiro livro* são identificados com contemporâneos de Rabelais: Her Trippa é Cornelius Agrippa von Nettesheim; o teólogo Hippothadée, Lefèvre d'Étaples; o poeta Raminagrobis, Jean Lemaire; o doutor Rondíbilis, o médico [Guillaume] Rondelet etc. A aldeia de Panzoult (no episódio da Sibila de Panzoult) existiu e existe de fato e nela realmente viveu uma profetisa muito conhecida na época; mesmo hoje ainda mostram uma gruta na rocha onde, segundo a lenda, teria morado essa feiticeira.

O mesmo pode ser dito sobre o *Quarto livro*, embora nesse caso os estudos rabelaisianos não disponham de um material tão rico e preciso como nos primeiros livros. Limitemo-nos a um exemplo: o relato intercalado da traquinagem de Villon. A ação dessa "farsa trágica" ocorre em Saint-Maixent (isto é, na província de Poitou que era tão familiar a Rabelais). Aqui, nas proximidades dessa cidade, até hoje se preserva dos tempos de Rabelais a cruz de beira de estrada, à qual o autor aludiu, ao dizer que o cérebro de Taparrabo "foi se estarrachar perto da cruz hosaneira".[480] É provável que, além das fontes livrescas, essa novela tenha sido inspirada em alguma história local, já que uma das paróquias mais próximas de Saint-Maixent ainda é chamada de "a paróquia do monge morto"!

Limitemo-nos aos exemplos citados. Eles são suficientes para elucidar o lado essencial das imagens rabelaisianas: seu vínculo com a realidade efetiva e diretamente próxima do autor. O objeto retratado mais próximo e o primeiro pla-

[480] F. Rabelais, *Quarto livro*, em *Terceiro, Quarto e Quinto livros de Pantagruel*, org., trad., apres. e notas de Guilherme Gontijo Flores, São Paulo, Editora 34, 2022, p. 310. (N. da T.)

no de todas as imagens é *um mundo de lugares habitados e conhecidos, de pessoas vivas e familiares, de coisas vistas e palpáveis*.

Nesse mundo próximo (o primeiro plano retratado), tudo é individual, único e histórico. O papel do geral e do comum é mínimo: cada objeto aqui parece querer ser chamado pelo *nome próprio*. É característico que, mesmo em comparações e equiparações, Rabelais sempre tende a trazer objetos e fenômenos completamente individuais e historicamente únicos. Por exemplo, quando Pantagruel, durante o banquete após a queima dos cavaleiros, diz que seria bom pendurar sinos embaixo das mandíbulas que mastigam, ele não se limita à imagem dos sinos de igreja em geral, mas nomeia alguns muito específicos: *os sinos dos campanários de Poitiers, Tours e Cambrai*. Um outro exemplo: no capítulo LXIV do *Quarto livro*, há a seguinte comparação:

> Frei João, associado aos mestres-salas, mordomos, padeiros, escanções, escudeiros talhadores, copeiros, provadores, trouxe quatro espantosos pastéis de presunto tão grandes, que até me lembrei dos *quatro bastiões de Turim*.[481]

É possível citar inúmeros exemplos semelhantes. As imagens de Rabelais sempre gravitam em torno de *objetos históricos únicos e vistos por ele pessoalmente* (uma variação disso seria sua predileção especial e comum à época por curiosidades, raridades e maravilhas).

É curioso que a maioria dos lugares que acabamos de examinar ainda possa ser vista hoje: é possível visitar a "residência real" de Grangorja e o lar da sua família — esse símbolo da política pacífica; é possível ver a vinha do mosteiro

[481] *Idem*, p. 476. Grifos de Bakhtin. (N. da T.)

do frei João, a cabeça de pedra de Godofredo Dentuço, a mesa de pedra para festas estudantis em Poitiers, a cruz à beira da estrada de Saint-Maixent, perto da qual estarrachou o miolo de Taparrabo.

No entanto, a realidade contemporânea de Rabelais refletida no seu romance não se restringe a esse mundo mais próximo (ou melhor, mundinho) de lugares, coisas e pessoas que viu e conheceu. Trata-se apenas do plano mais próximo (da sua personalidade, vida e olhos) das imagens do romance. Por trás dele revela-se um segundo plano — mais amplo e historicamente significativo — que integra a mesma realidade contemporânea, porém medido em uma escala diferente.

Voltemos às imagens da guerra picrocolina. Como já vimos, elas se baseiam em um conflito local *provinciano* e até mesmo quase *familiar* das comunidades do Loire com o vizinho de Antoine Rabelais, Sainte-Marthe. A arena dessas imagens é *o estreito espaço das redondezas de Devinière*. Trata-se do *primeiro plano mais próximo das imagens da guerra picrocolina, percorrido pelo próprio Rabelais, familiar aos seus olhos, apalpado pelas suas mãos, relacionado a seus parentes e amigos*.

Contudo, os contemporâneos e descendentes imediatos de Rabelais reconheceram na imagem de Picrócolo não Gaucher de Sainte-Marthe, mas Carlos V e em parte outros *governantes agressivos* daquela época: Ludovico Sforza ou Fernando de Aragão. E eles tinham razão. Todo o romance de Rabelais está estreitamente ligado a acontecimentos e problemas políticos de sua época. Os três primeiros livros do romance (em especial *Gargântua* e o *Terceiro livro*) remetem à *guerra entre a França e Carlos V*. Em particular, a guerra picrocolina é uma *resposta direta a essa guerra*. Por exemplo, na magnífica cena do conselho militar de Picrócolo, há um elemento de sátira direta à política de conquistas de Carlos V. A cena do conselho é a resposta de Rabelais a uma cena semelhante da *Utopia* de Thomas More, em que as reivindicações à monarquia mundial e a agressividade são atribuídas a Francisco I. Rabelais transferiu essas acusações a Carlos V. A fonte do discurso de Ulrich Gallet, no qual ele acusa Picrócolo de agressão e defende a política pacífica de Grangorja, foi um discurso semelhante sobre as causas da guerra entre a França e Carlos V, endereçado por Guillaume du Bellay (futuro patrono e amigo de Rabelais) aos príncipes alemães.

Na época de Rabelais, *a questão da definição do agressor* era muito aguda e tinha uma relação bem concreta com as guerras entre Carlos V e Francisco I. São dedicadas a essa questão diversas obras anônimas da época, que foram produzidas pelo círculo dos irmãos Du Bellay, do qual Rabelais fazia parte.

As imagens da guerra picrocolina são *uma resposta viva a esse tema político atual sobre o agressor*. Rabelais deu a sua solução para essa questão e, com a figura de Picrócolo e seus conselheiros, criou a imagem imortal de um político militar agressivo. Não resta nenhuma dúvida de que ele lhe atribui alguns traços de Carlos V. Esse vínculo com os problemas políticos da época cria um *segundo plano atual e político* das imagens da guerra picrocolina.

No entanto, nos séculos XV e XVI, o problema da guerra e da paz se tornou mais amplo e fundamental do que, por assim dizer, a questão *particular* do agressor em determinado conflito militar. Estava em pauta a discussão sobre o *direito fundamental* dos governantes e dos povos de fazerem guerra e sobre a *diferença entre guerras justas e injustas*. Discutiam-se ainda aspectos da organização da paz mundial. Basta citarmos Thomas More e Erasmo.

As imagens da guerra picrocolina estão estreitamente ligadas a essa problemática política mais ampla e fundamental da época. O segundo plano dessas imagens é ampliado e aprofundado por ela.

É claro que todo o segundo plano das imagens é *concreto* e *histórico-individual*. Aqui não há generalizações *nem ti-*

pificações abstratas, mas trata-se de uma individualidade em escala histórica e semântica mais ampla. Da *pequena* individualidade passamos à individualidade *grande e abrangente* (não do tipo abstrato); o maior repete a estrutura do menor.

Atrás do segundo plano surge o terceiro e último plano das imagens da guerra picrocolina: o corpo grotesco dos gigantes, as imagens de banquete, o corpo dilacerado, os jatos de urina, a transformação do sangue em vinho e da batalha em banquete, o destronamento carnavalesco do rei Picrócolo etc., ou seja, o plano carnavalesco festivo-popular da guerra picrocolina que analisamos anteriormente.

Esse terceiro plano — festivo-popular — também é *individual e concreto*, mas trata-se *de uma individualidade mais ampla, abrangente e universal.* Ao mesmo tempo, nas imagens festivo-populares desse plano é revelado *o mais profundo sentido do processo histórico, que extrapola os limites não só da atualidade em sentido estrito, mas de toda a época de Rabelais.* Nelas é revelado o *ponto de vista popular* sobre a guerra e a paz, sobre o agressor, o poder e o futuro. À luz desse ponto de vista popular formado e sedimentado ao longo de milênios é mostrada a *alegre relatividade* tanto dos próprios acontecimentos quanto de toda a problemática política da época. É claro que nessa alegre relatividade *não se apagam as diferenças* entre o justo e o injusto, o certo e o errado, o progressista e o reacionário no *recorte de uma dada época e da atualidade mais próxima*, mas essas diferenças *perdem seu caráter absoluto, sua seriedade unilateral e limitada.*

O universalismo festivo-popular permeia todas as imagens de Rabelais, concebendo e comungando cada detalhe e cada minúcia da *totalidade última.* Todas essas coisas e detalhes topográficos, individuais e únicos, que foram realmente vistos por ele e que ocupam o primeiro plano das imagens, comungam *da grande totalidade individual do mundo, do todo bicorporal e em devir, revelado no fluxo dos elogios e das injúrias.* Nessas condições, não pode haver qualquer *dis-*

persão naturalista da realidade nem qualquer *tendenciosidade abstrata*.

Tratamos das imagens da guerra picrocolina. Contudo, todas as imagens do romance de Rabelais possuem um segundo plano mais amplo da realidade. Todas elas estão relacionadas aos mais atuais acontecimentos políticos da época.

Rabelais estava muito bem-informado a respeito de todas as questões políticas nas altas esferas da sua época. A partir de 1532 começa a relação estreita de Rabelais com os irmãos Du Bellay, que estiveram no centro da vida política do seu tempo. Sob Francisco I, o cardeal Jean du Bellay chefiou uma espécie de serviço da propaganda diplomática e literária, que à época passou a ter uma excepcional importância. Uma série de panfletos publicados na Alemanha, nos Países Baixos, na Itália e, é claro, na própria França, foram escritos ou inspirados pelos irmãos Du Bellay. Por toda parte e em todos os países, eles tinham seus próprios agentes diplomáticos e literários.

Devido às relações estreitas com os irmãos Du Bellay, Rabelais pôde conhecer a alta política da época em suas fontes, por assim dizer, primárias. Ele foi uma testemunha direta de como essa alta política era criada. É bem provável que ele estivesse a par de muitos projetos e planos secretos do poder real, executados pelas mãos dos irmãos Du Bellay. Rabelais acompanhou Jean du Bellay em três de suas viagens à Itália, por ocasião de missões diplomáticas muito importantes junto ao papa. Serviu sob o comando de Guillaume du Bellay durante a ocupação francesa no Piemonte. Estava presente no encontro histórico entre Francisco I e Carlos V em Aigues-Mortes, como parte da comitiva real. Desse modo, Rabelais foi uma testemunha direta das ações políticas mais importantes de seu tempo. Elas ocorreram diante dos seus olhos ou muito próximas dele.

A começar por *Gargântua* (ou seja, cronologicamente pelo segundo livro), questões políticas reais desempenham um papel essencial no romance. Além da evidente temática política, os três últimos livros do romance estão repletos de alusões mais ou menos claras a diversos acontecimentos políticos e a várias personalidades da época.

Tracemos os principais temas políticos da época presentes no *Terceiro livro* e no *Quarto livro*.

Já dissemos que a imagem central do prólogo do *Terceiro livro* — a defesa de Corinto — reflete as medidas de defesa da França daquela época e, em particular, de Paris, ocasionadas pela piora das relações com o imperador. Essas medidas foram implementadas por Jean du Bellay, e, pelo visto, Rabelais foi uma testemunha direta delas. Os primeiros capítulos do *Terceiro livro*, que tratam da política sábia e humana de Pantagruel nas terras conquistadas do rei Anarco, são uma glorificação quase direta da política de Guillaume du Bellay no Piemonte ocupado pela França. Durante essa ocupação, Rabelais esteve sob o comando de Guillaume du Bellay na condição de secretário e confidente próximo, sendo assim uma testemunha direta e bem-informada de todas as medidas do seu chefe.

Guillaume du Bellay — senhor de Langey — foi uma das pessoas mais notáveis daquela época. Pelo visto, ele foi o único dos contemporâneos a quem Rabelais, em sua sobriedade e exigência impiedosas, não pôde recusar certo respeito. A imagem do senhor de Langey o impressionou a ponto de deixar uma marca em seu romance.

Rabelais foi muito próximo de Guillaume du Bellay durante a última fase de sua atividade política; ele também presenciou a sua morte, embalsamou o seu corpo e o levou ao local de sepultamento. No *Quarto livro* do romance, ele rememora os últimos momentos do senhor de Langey.

Rabelais teve uma simpatia profunda pela política de Guillaume du Bellay no Piemonte. Acima de tudo, Du Bellay procurou conquistar o apoio da população dos territórios ocupados; buscou impulsionar a economia do Piemonte; e, submetido a uma disciplina rigorosa, o exército foi proibido de oprimir a população. Além disso, Du Bellay trouxe ao Piemonte uma enorme quantidade de trigo e o distribuiu entre a população, gastando inclusive toda a sua fortuna pessoal.[482] À época, isso era algo completamente novo e inédito nos métodos de ocupação militar. O primeiro capítulo do *Terceiro livro* descreve essa política piemontesa do senhor de Langey. O principal motivo do capítulo é a fertilidade e a abundância de todo o povo. Ele começa com a fertilidade dos habitantes de Utopia (súditos de Pantagruel), e depois introduz uma glorificação da política de ocupação de Du Bellay (nesse caso, de Pantagruel):

> Vocês já notarão, meus manguaceiros, que o jeito certo de manter e reter um país recém-conquistado não é (conforme a opinião errônea de alguns espíritos tirânicos para sua própria ruína e desonra) pilhando, forçando, esfalfando, vexando e regendo os povos com vara de ferro, nem comendo e devorando os povos, que nem Homero ao chamar o rei iníquo de *demóvoro*, ou seja, "comedor de povo". [...] Que nem criança recém-nascida, é preciso aleitar, embalar, alegrá-los. Que nem árvore recém-plantada, é preciso apoiar, firmar, defendê-los de todo acidente, estrago e calamidade. Que nem pessoa salva de uma longa e dura doença que vem a convalescer, é preciso mimar, poupar, repará-los.[483]

Vemos que toda essa glorificação do método político da época está profundamente imbuída da *concepção festivo-po-*

[482] Após sua morte, os herdeiros não receberam quase nada. Até a pensão que ele deixou para Rabelais, pelo visto, não foi paga devido à falta de recursos.

[483] *Terceiro livro*, *op. cit.*, p. 45. (N. da T.)

pular do corpo coletivo que nasce, se alimenta, cresce e renasce. O crescimento e a renovação são os principais motivos da imagem do povo. O povo é um bebê recém-nascido, em amamentação, *uma árvore replantada em crescimento, um organismo em recuperação e renascimento. O governante do povo é uma mãe que amamenta, um jardineiro, um médico que traz cura*. O mal governante também recebe uma definição grotesco-corporal: um "comedor de povo", "aquele que engole e devora o povo".

Essas imagens do povo e do governante puramente rabelaisianas e ao mesmo tempo carnavalesco-festivas ampliam e aprofundam de modo significativo a questão política, de grande atualidade, da ocupação piemontesa. Elas comungam esse aspecto com o todo maior de um mundo em crescimento e renovação.

Como já mencionamos, o senhor de Langey deixou uma marca profunda no *Terceiro livro* e no *Quarto livro* do romance. As lembranças da sua imagem e dos últimos momentos da sua vida desempenham um papel essencial naqueles capítulos do *Quarto livro* que são dedicados à morte dos personagens e que pelo seu tom *quase* totalmente *sério* se destacam com muita nitidez do restante do romance. Emprestada de Plutarco, a base é combinada aqui com imagens heroicas celtas do ciclo de peregrinações ao país da morte ao noroeste (em particular, da *Viagem de São Brandão*). Todos esses capítulos sobre a morte dos heróis são uma espécie de *réquiem ao senhor de Langey*.

Todavia, o senhor de Langey também determinou a imagem do próprio protagonista do *Terceiro livro* e do *Quarto livro*, ou seja, a imagem de Pantagruel. Com efeito, o Pantagruel dos dois últimos livros já não se parece com o diabinho dos mistérios, que desperta sede e é protagonista de facécias alegres. Ele se torna, em grande medida, a imagem ideal de um sábio governante. Eis como ele é caracterizado no *Terceiro livro*:

> Já falei para vocês, e falo de novo, que era o melhor pequeno e grande camaradinha que já cingiu uma espada. Levava tudo de boa, interpretava tudo no melhor. Nunca se atormentava, nunca se escandalizava. Também teria sido excluído da deífica morada da razão, se fosse de algum modo entristecido ou afetado. Pois todos os bens que o céu recobre e que a terra contém em todas as suas dimensões, altura, fundura, longitude e latitude, não são dignas de mover nossos afetos e perturbar nossos sentidos e espíritos.[484]

Na imagem de Pantagruel, os traços míticos e carnavalescos são enfraquecidos. Ele se torna mais humano e heroico, mas ao mesmo tempo adquire também um caráter um tanto abstrato e retórico-elogioso. Pelo visto, essa mudança na imagem de Pantagruel ocorreu sob a influência de impressões da personalidade do senhor de Langey, cuja imagem Rabelais tentou imortalizar em seu *Pantagruel*.[485]

No entanto, essa identificação entre Pantagruel e o senhor de Langey não deve ser exagerada: trata-se apenas de um dos aspectos da imagem, cuja base permanece folclórica e, portanto, mais ampla e profunda do que a glorificação retórica do senhor de Langey.

O *Quarto livro* está repleto de alusões a acontecimentos políticos contemporâneos e a questões da atualidade da época. Vimos que o próprio percurso da viagem de Pantagruel combina o antigo caminho celta ao país utópico da morte e do renascimento com as verdadeiras explorações coloniais daquela época, isto é, com o caminho de Jacques Cartier.

[484] *Idem*, p. 50. (N. da T.)

[485] Em *La Vie et l'oeuvre de François Rabelais*, Paris, E. Droz, 1938, pp. 387 ss., Georges Lote estabelece uma comparação consequente entre Guillaume du Bellay e Pantagruel.

Na época da escrita do *Quarto livro*, ocorreu uma intensificação drástica da luta da França contra as reivindicações papais. Isso se refletiu nos capítulos sobre as decretais. Quando foram escritos, esses capítulos tinham um caráter quase oficial e correspondiam à política galiciana do poder real, mas, quando o livro foi publicado, o conflito com o papa estava quase resolvido; assim, a manifestação publicística de Rabelais foi um tanto tardia.

Alusões a acontecimentos políticos da época estão presentes também em episódios importantes do *Quarto livro*, como o episódio da guerra das linguiças (a batalha dos calvinistas de Genebra) e o episódio da tempestade (o concílio de Trento).

Vamos nos limitar aos fatos citados. Todos eles testemunham até que ponto *a atualidade política, seus acontecimentos, suas tarefas e problemas se refletiram no romance de Rabelais*. O livro de Rabelais é uma espécie de "panorama", de tão relevante e atual. Contudo, a problemática das imagens rabelaisianas é muito mais ampla e profunda do que qualquer panorama, extrapolando em muito os limites da contemporaneidade mais próxima[486] e de toda a época.

No embate das forças de sua época, Rabelais ocupou *as posições mais avançadas e progressistas*. Para ele, o *poder real* foi a encarnação daquele *novo princípio*, a que pertencia o *futuro histórico mais próximo*: o princípio do *Estado nacional*. Portanto, ele era igualmente hostil tanto às reivindicações do papado quanto às reivindicações do império ao mais alto poder supranacional. Nas reivindicações do papa e do imperador, ele viu o passado agonizante dos séculos góticos; *já no Estado nacional, ele percebeu o novo e jovem*

[486] Essa expressão parece aludir à "situação social mais próxima" presente em *Marxismo e filosofia da linguagem*, de Valentin Volóchinov (São Paulo, Editora 34, 2021 [1929], p. 204). (N. da T.)

princípio da vida histórica estatal do povo. Essa foi sua posição *direta* e ao mesmo tempo *bastante sincera*.

Sua posição sobre a ciência e a cultura foi igualmente direta, aberta e sincera: ele foi um defensor convicto da formação humanista e dos seus novos métodos e avaliações. No campo da medicina, exigiu o retorno às fontes autênticas da medicina antiga — Hipócrates e Galeno — e foi inimigo da medicina árabe, que, na opinião dele, distorcia as antigas tradições. No campo do direito, ele também exigiu o retorno às antigas fontes do direito romano, que não foram alteradas pelas interpretações bárbaras dos ignorantes comentaristas medievais. Nos assuntos militares, em todas as áreas da tecnologia, em questões de educação, na arquitetura, nos esportes, no vestuário, no cotidiano e nos costumes, ele foi um defensor convicto de tudo o que era novo e avançado e que naquela época vinha da Itália num fluxo potente e irresistível. Em todos os campos que marcaram seu romance (que é enciclopédico), Rabelais *estava na vanguarda de sua época*. Ele tinha um *senso* aguçado não só do *novo*, da novidade e do modismo, mas do que era *essencialmente novo* e que de fato *nascia da morte do antigo* e a que *pertencia o futuro*. Rabelais tinha uma capacidade muito desenvolvida de sentir, selecionar e mostrar esse essencialmente novo, que *está nascendo*.

Rabelais expressou direta e inequivocamente suas opiniões avançadas nos campos da política, da cultura, da ciência e do cotidiano em certas partes do seu romance, por exemplo, em episódios sobre a educação de Gargântua, a abadia de Telema, a carta de Gargântua a Pantagruel, a reflexão de Pantagruel sobre os comentaristas medievais do direito romano, a conversa de Grangorja com os peregrinos, a glorificação da política de ocupação de Pantagruel etc. Todos esses episódios são mais ou menos retóricos e neles predominam a linguagem livresca e o estilo oficial da época. Aqui ouvimos uma palavra *direta* e quase totalmente *séria*. Trata-se de uma palavra nova, avançada, *a última palavra da época*. Ao mesmo tempo é uma palavra *bastante sincera* de Rabelais.

Todavia, se no romance não houvesse outros episódios, outra palavra, outra linguagem e outro estilo, Rabelais seria um dos humanistas mais avançados, porém *medianos* da época, embora de primeira linha; seria algo como Guillaume Budé. Porém, ele não seria o Rabelais genial e único.

A última palavra da *época*, afirmada com *sinceridade* e *seriedade*, ainda assim não seria a última palavra do *próprio Rabelais*. Por mais progressista que essa palavra fosse, Rabelais conhecia os limites dessa progressividade; e embora pronunciasse a última palavra de sua época com seriedade, ele conhecia os limites desta época. *A palavra efetivamente última do próprio Rabelais é a palavra popular, alegre, livre e absolutamente sóbria*, a qual não poderia ser subornada por aquela medida limitada do progresso e da verdade *acessível à época*. Essa alegre palavra popular tinha diante de si perspectivas de futuro muito maiores, apesar de seus contornos positivos ainda serem utópicos e pouco claros. Toda *determinação* e *conclusão* acessíveis à época eram até certo ponto *ridículas*, por serem ainda *limitadas*. Contudo, o riso era *alegre*, pois toda definição *limitada* (e, portanto, *conclusiva*), ao morrer e se decompor, brotava com *novas possibilidades*.

Nesse sentido, a última palavra do próprio Rabelais não deve ser procurada nos episódios diretos e retóricos do romance citados, em que as palavras são quase inequívocas, monossêmicas e quase totalmente sérias, mas naquele universo festivo-popular das imagens em que esses episódios estão imersos (é por isso que não se tornam unilaterais por completo e não se limitam pela seriedade). Por mais sério que Rabelais fosse nesses episódios e nos seus enunciados diretos e inequívocos, ele sempre deixa uma *alegre evasiva* que abre passagem para um *futuro distante*, que tornará *ridículas* a *relativa* progressividade e a *relativa* verdade acessíveis à sua época e ao *futuro visível mais próximo*. É por isso que *Ra-*

belais nunca diz tudo o que tem a dizer em seus enunciados diretos. É claro, não se trata de uma ironia romântica, mas da *amplitude e da exigência populares* herdadas por ele de todo o sistema de formas e imagens festivo-populares do riso.

* * *

Desse modo, a realidade da época tão ampla e plenamente refletida no romance de Rabelais é iluminada pelas imagens festivo-populares. À sua luz, até as melhores perspectivas dessa realidade parecem limitadas e distantes dos ideais e aspirações festivo-populares. Porém, em decorrência disso a realidade da época não perdeu de modo algum a sua concretude, clareza e vivacidade. Pelo contrário, à *luz sóbria* das imagens festivo-populares, todas as coisas e todos os fenômenos da realidade adquiriram *um relevo, uma plenitude, uma materialidade e uma individualidade* especiais. Eles *foram libertos de todos os vínculos semânticos estreitos e dogmáticos*. Essa revelação ocorreu em uma atmosfera absolutamente livre. Esse fato determinou a excepcional riqueza e diversidade de coisas e fenômenos presentes no romance de Rabelais.

Assim como todas as grandes obras da época, a de Rabelais é profundamente enciclopédica. Em seu romance, não há ramo do conhecimento e da vida prática que não esteja representado, e ainda com detalhes específicos. Os estudos atuais de Rabelais — e Lazare Sainéan tem grande mérito nisso — mostram sua competência excepcional e surpreendente em todos os campos abordados. Atualmente, os resultados de uma série de trabalhos especializados já comprovaram a ampla e impecável erudição do nosso autor não só na medicina e em diversos ramos das ciências da natureza, mas também na jurisprudência, na arquitetura, na arte militar, nos assuntos marítimos, na culinária, na falcoaria, nos jogos e exercícios esportivos, na numismática etc. A nomenclatura e o léxico desses inúmeros ramos do conhecimento e da prática cotidiana no romance de Rabelais surpreende não só por sua riqueza e plenitude, mas também pelo notável conhecimento dos mais sutis matizes de expressão técnica, acessíveis apenas a um especialista. Qualquer que seja o termo específico ou a expressão profissional que Rabelais utilize, ele o faz com a fidelidade e a precisão de um mestre e não de um diletante. Em meados do século passado, foram expressas sérias dúvidas sobre a correção e a competência de Rabelais no uso do seu rico léxico marítimo. Essas dúvidas foram levantadas por [Auguste] Jal, especialista em assuntos marítimos. Entretanto, Lazare Sainéan provou que todas elas eram injustas e infundadas: a competência de Rabelais se revela ampla e sólida também nesses assuntos.

Essa erudição enciclopédica de Rabelais e a riqueza excepcional do seu universo têm uma particularidade notável e pouco apreciada pelos rabelaisianistas: nelas prevalece tudo o que é *novo, recente, primordial*. Sua enciclopédia é aquela de um *mundo novo*. Ela era concreta e material, e muitas dessas coisas integraram pela primeira vez o horizonte vivo dos contemporâneos de Rabelais, adquiriram pela primeira vez um nome ou renovaram um nome antigo com um novo significado. À época, o mundo das coisas e o mundo das palavras (da língua) sofreram enorme expansão, enriquecimentos, renovação essencial e reagrupamentos repentinos e peculiares.

É de conhecimento geral o enorme e variado conjunto de novas coisas que, à época e pela primeira vez, passou a integrar o horizonte da humanidade. Na França, essa novidade chegou com algum atraso, mas logo se tornou uma corrente poderosa. Essa corrente veio da Itália com o início das guerras italianas, intensificando-se e expandindo-se cada vez mais. A vida de Rabelais coincidiu com aquele período, em que essa corrente foi mais ampla e incontrolável. Uma vez que o contato estreito com a Itália começou como um contato entre dois exércitos e só depois entre dois povos, primeiramente chegaram novos objetos bélicos e da tecnologia militar e depois da navegação e da arquitetura; já em um segundo momento, outros campos da vida começaram a se renovar: indústria, comércio, cotidiano e arte. Novas coisas foram acompanhadas por novas palavras: a língua foi inundada de italianismos, helenismos, latinismos e neologismos. Deve-se enfatizar que não se tratava simplesmente de novas coisas isoladas: essas coisas tinham o poder de *renovar em torno de si as demais coisas antigas, transformando-as* e obrigando-as a se adaptarem a elas, como é próprio, por exemplo, de todas as descobertas e novas invenções tecnológicas.

Rabelais demonstrava amor e sensibilidade excepcionais à novidade *essencial* das coisas e nomes. Ele não só acompanhava o século, mas muitas vezes caminhava à sua frente. A sua nomenclatura militar reflete (junto com alguns arcaísmos) a mais recente tecnologia militar, especialmente rica no campo da engenharia. Muitas palavras foram registradas pela primeira vez em suas páginas.

A nomenclatura arquitetônica de Rabelais também estava atenta a tudo o que era novo. Esse campo ocupa um lugar bastante significativo em seu romance. Seu léxico arquitetônico está repleto de termos *novos* e *inovadores*, muitos dos quais ele foi um dos primeiros a usar. Por exemplo, a palavra "*symétrie*", que era nova e renovadora (no que diz respeito à sua importância para a nova arquitetura), aparece quase pela primeira vez em suas páginas. Em sua obra, fenômenos e palavras tais como "*péristyle*", "*portique*", "*architrave*", "*frise*" têm um caráter igualmente novo, de algo visto e nomeado pela primeira vez. Enquanto fenômenos isolados, todas essas palavras e as coisas nomeadas por elas não são apenas novas, mas têm o poder de renovar e reconstruir todas as representações arquitetônicas da época.

Na nomenclatura de todos os demais campos do conhecimento e da prática, observamos o mesmo enorme papel das palavras e das coisas novas e renovadoras. Essa nomenclatura é ainda rica em palavras antigas e nela há muitos arcaísmos. Rabelais buscou a plenitude e a diversidade em tudo e por toda parte, mas sempre enfatizou o novo,

Passemos a um fenômeno muito relevante da vida estilística da palavra no romance de Rabelais.

Rabelais extraiu uma enorme quantidade de elementos da linguagem a partir de *fontes orais*: são *palavras virgens*, saídas pela primeira vez do seio da vida popular, do universo da linguagem oral e inseridas no sistema da linguagem *escrita* e *impressa*. Mesmo o léxico de quase todos os ramos das ciências veio, em grande medida, da linguagem oral e foi *pela primeira vez incluso no contexto livresco, no pensamento livresco sistemático, na entonação da escrita livresca e na construção sintática livresco-escrita*. À época de Rabelais, a ciência apenas começava, com grande dificuldade, a conquistar o direito de falar e escrever na língua nacional vulgar, e esse direito ainda estava longe de ser conquistado por completo. Nem a Igreja, nem as universidades, nem as escolas reconheciam ainda essa linguagem. Rabelais, junto com Calvino, foi o criador da linguagem da prosa literária francesa. Em todas as esferas do conhecimento e da prática (em algumas mais, em outras menos), ele teve de se apoiar no universo da linguagem falada e extrair dele a riqueza verbal. Dessa fonte, as palavras chegavam até ele completamente *frescas*, ainda *não polidas pelo contexto escrito e livresco*.

Tomemos, por exemplo, sua nomenclatura para os peixes. Ela é muito significativa: só no quinto capítulo do *Quarto livro* (as oferendas dos gastrólatras no banquete), ele menciona mais de sessenta nomes de peixes. Há aqui peixes de rio, mediterrâneos e oceânicos. Onde ele encontrou esse rico vocabulário sobre peixes? É claro que não foi em fontes livrescas. As obras ictiológicas do século XVI escritas pelos criadores da ictiologia francesa, Guillaume Rondelet e Pierre Belon, foram publicadas apenas em 1553 e 1554, ou seja, após a morte de Rabelais. A fonte do conhecimento de Rabelais só poderia ser a linguagem oral. Ele aprendeu os nomes de peixes oceânicos na Bretanha e na Normandia, em algum lugar dos portos de Saint-Malo, Dieppe ou Le Havre, da própria boca de pescadores bretões e normandos, que lhe ensinaram nomes locais e provinciais de peixes para sua lista. Ele aprendeu os nomes mediterrâneos de peixes com pescadores de Marselha. Esses nomes de peixes eram absolutamente frescos, tão frescos quanto os peixes dos cestos dos pescadores, que Rabelais provavelmente examinava naquela ocasião. Esses nomes ainda não tinham sido incorporados à linguagem escrita e livresca, *ainda não tinham sido elaborados pelo contexto livresco-abstrato, generalizador e sistematizador*. Ainda não tiveram contato com os nomes de *outros* peixes, sendo apenas vizinhos dos seus próprios peixes, por exemplo, bretões, que eram acompanhados por pesados xingamentos e juramentos, pelo vento e pelo barulho do mar da Bretanha. A rigor, ainda não eram os nomes dos peixes, mas *apelidos* e *alcunhas*, ou seja, *quase nomes próprios de peixes locais*. Eles adquirirão o *grau adequado de generalização e o caráter de denominação* apenas no contexto livresco, e, na verdade, pela primeira vez sob a pena de Rondelet e Belon, porque, nas *enumerações e nomeações* de Rabelais, eles ainda são *nomes semipróprios*.

A questão não é que Rabelais tenha aprendido esses nomes de fonte oral. Mas que esses nomes de peixes enumerados por ele *nunca estiveram presentes no contexto livresco. Esse fato definiu o seu caráter na consciência linguística de Rabelais e de seus contemporâneos*. Ainda não eram nomes, mas, como dissemos, apelidos e alcunhas na língua vulgar. O *aspecto abstrato-sistemático neles ainda estava pouco desenvolvido*; eles ainda não tinham se tornado termos da ictiologia, como tampouco tinham se tornado simples substantivos comuns da linguagem literária.

Em Rabelais, os vocabulários de outros ramos do conhecimento têm, em maior ou menor grau, o mesmo caráter. Ocorre o mesmo com sua nomenclatura da medicina. Embora faça amplo uso de neologismos, helenismos e latinismos, ele também se baseia muito em fontes orais da língua vulgar. Muitas vezes ao lado de um neologismo erudito, ele coloca seu equivalente vulgar (por exemplo, *épiglotte* [epiglote] e *gargamelle* [gorgomilos]). É de particular interesse os *nomes vulgares de doenças*. Neles, ainda é muito forte o *traço de nome próprio* e ao mesmo tempo o *de um apelido injurioso*. Muitos nomes de doenças estavam diretamente ligados a nomes de santos, que, por algum motivo, eram considerados curandeiros ou às vezes causadores dessas doenças (por exemplo, *le feu de Saint-Antoine, le mal de Saint-Vit*). Todavia, no geral, todos os nomes de doenças nas línguas vulgares eram facilmente *personificados*, ou seja, eram percebidos como *nomes próprios de seres vivos*. Na literatura da época, encontramos representações de doenças como personagens, em especial a sífilis (*La Dame Verolle*) e a gota (*La Goutte*). Nomes de doenças desempenham um enorme papel nos *juramentos* e *maldições* e muitas vezes se transformam em *apelidos injuriosos*: ora se roga a alguém cólera, peste, praga, ora *a pessoa mesma é chamada* de cólera, peste, praga. Esse mesmo caráter é adquirido facilmente pelos nomes vulgares dos órgãos sexuais. Dessa maneira, na nomenclatura médica de Rabelais existem muitos nomes ainda não generalizados e polidos o bastante pela linguagem livresca generalizadora a ponto de se tornarem nomes *neutros* da linguagem literária e da terminologia científica.

Assim, as palavras virgens da linguagem vulgar oral, que pela primeira vez entraram no sistema da linguagem literária, se aproximam em alguns aspectos dos *nomes próprios*: são *individualizadas* de maneira específica, e nelas ainda é muito forte o *aspecto injurioso-elogioso*, que as aproxima do *apelido* e da *alcunha*; ainda não são generalizadas e neutras o suficiente para se tornarem simples nomes comuns da linguagem literária. Além disso, suas propriedades são de *caráter contagiante*: com certa organização do contexto, elas expandem sua influência para outras palavras, agindo sobre o caráter de todo o discurso.

Abordamos aqui uma particularidade muito especial do estilo verbal de Rabelais: em sua obra, não há aquela diferença acentuada entre nomes comuns e próprios, a que estamos acostumados na linguagem e no estilo literário habitual (novo). É claro que as diferenças formais permanecem em pleno vigor, porém, do ponto de vista interno e mais significativo, a fronteira entre eles está enfraquecida.

Esse enfraquecimento das fronteiras entre nomes próprios e comuns é de *caráter recíproco*. Ambos tendem a *um ponto comum: um apelido elogioso-injurioso.*

Aqui não podemos nos aprofundar nesse tema mais específico. Abordaremos apenas suas linhas gerais.

A grande maioria de nomes próprios em Rabelais tem o caráter de apelidos. Não se trata apenas dos nomes criados pelo próprio Rabelais, mas também daqueles herdados por ele da tradição. É o caso sobretudo dos nomes dos personagens principais: Gargântua, Grangorja, Gargamela, Pantagruel, todos os quatro nomes foram herdados por Rabelais da tradição. Dois deles — Grangorja ("Garganta grande") e Gargamela ("Garganta") — têm uma etimologia bastante clara que *era percebida com nitidez* tanto pela tradição quanto por Rabelais (e, é claro, por todos os seus leitores).

Se o nome tem um significado etimológico *claro e conhecido*, e ainda caracterizador da *pessoa nomeada*, não é um simples nome, mas um *apelido*. Tal *nome-apelido* nunca é *neutro*, pois seu significado sempre inclui o *aspecto da avaliação* (positiva ou negativa), sendo em essência um *blason* (brasão). Todos os verdadeiros apelidos são *ambivalentes*, ou seja, têm um matiz *elogioso-injurioso*.

Grangorja e Gargamela são nomes-apelidos evidentes. No caso de Gargântua, a questão é um pouco mais complexa. A etimologia desse nome não é certa e, pelo visto, não foi muito bem compreendida por Rabelais e seus contemporâneos.[487] Nesses casos, Rabelais recorre a uma etimologia artificial do nome, às vezes deliberadamente forçada e inverossímil. É o que ele faz nesse caso. Gargântua nasceu com o terrível grito "beber, beber, beber". "Mas que garganta, uai!" ("Que grand tu as..."),[488] falou Grangorja referindo-se a ele. A partir dessa primeira palavra dita pelo pai, a criança recebeu o nome de Gargântua. Essa etimologia cômica, em essência, renova o real significado do nome: "garganta".

A mesma etimologia artificial (mas com outro princípio) é atribuída por ele ao nome "Pantagruel" ("Todo sedento"), cuja etimologia não era percebida.

Todos os quatro nomes-apelidos são ambivalentes. Os três primeiros significam "garganta", concebida não enquanto termo neutro e anatômico, mas como *imagem elogiosa-injuriosa da glutonaria, do ato de engolir, do ato de devorar, do banquete. Trata-se daquela mesma boca escancarada, túmulo-ventre, do ato de devorar e nascer*. A mesma significação tem a etimologia de Pantagruel — alguém sedento —, o que revela o sentido ambivalente da sua imagem tradicional. É claro que a ausência de raízes na língua nacional enfraquece a ambivalência desse nome.[489]

Desse modo, os nomes herdados por Rabelais da tradição, ora são apelidos elogiosos-injuriosos desde o início, ora se transformam neles mediante uma etimologização artificial.

[487] Em espanhol, *garganta* é "garganta" mesmo; a língua provençal conhece a palavra *gargantuon*, que significa "comilão"; pelo visto, a etimologia de "Gargântua" é a mesma de outros personagens: "garganta", "gorja" etc.

[488] *Gargântua*, em *Pantagruel e Gargântua*, *op. cit.*, p. 243. Literalmente, "quão grande é você". (N. da T.)

[489] É possível que nessa palavra existam algumas raízes da língua nacional e uma compreensão vaga do seu significado etimológico. Lazare Sainéan é dessa opinião (cf. *La Langue de Rabelais*, Paris, E. de Boccard, v. II, 1923, p. 458).

Os nomes criados pelo próprio Rabelais têm o mesmo caráter dos apelidos ambivalentes. Nesse sentido, é ilustrativa a enumeração de 64 nomes de cozinheiros no *Quarto livro* do romance. Todos esses nomes são apelidos característicos *precisamente de cozinheiros*. Eles se baseiam, em especial, nos nomes de pratos, peixes, saladas, vegetais, louças e diversos utensílios de cozinha. Por exemplo, as sopas dão origem a uma série de nomes: *Bouillonsec* [Caldosseco], *Potageouart* [Sopildo], *Souppimars* [Sopemarço] etc.; a carne dá origem a uma série de nomes — *Soufflemboyau* [Sopratripa], *Cochonnet* [Leitão] etc.;[490] muitos nomes foram formados a partir da palavra banha. Essa parte da enumeração é uma *cozinha barulhenta e um banquete em forma de nomes próprios*. Outra parte da lista são apelidos de *tipo injurioso*: são baseados em *especificidades físicas, deformidades, falta de higiene* etc. Por sua natureza estilística e imagética, essa parte da série de nomes é completamente análoga à *série de xingamentos*, por exemplo, aqueles com que os padeiros "premiam" os pastores.

Os nomes dos conselheiros e guerreiros de Picrócolo têm o caráter de apelidos-injuriosos. Por exemplo, *Merdaille* [Merdalha], *Racquedenare* [Rapavintém], *Trepelu* [Andrajo], *Tripet* [Tripeido].

Tanto em Rabelais quanto no *cômico popular* em geral, a formação de nomes próprios *baseada no tipo de xingamento* é um dos modos mais comuns.

Nomes elogiosos de tipo grego têm um caráter específico. Por exemplo, os guerreiros de Grangorja, diferentemente dos guerreiros de Picrócolo, têm nomes gregos de tipo elogioso: *Sebaste* [Sebasto], *Tolmere* [Tolmero], *Ithibol* [Itíbolo]. São de tipo elogioso os seguintes nomes de protagonistas de

[490] *Quarto livro*, *op. cit.*, pp. 393-5. (N. da T.)

Rabelais: Ponócrates, Epistemão, Êustenes e até mesmo Panurgo (πανοῦργος — capaz de fazer tudo, "pessoa muito habilidosa").

Do ponto de vista formal, todos esses nomes gregos são análogos a apelidos, embora retóricos e desprovidos de ambivalência genuína. Nas partes oficiais do romance de Rabelais, esses nomes se assemelham a enumerações retóricas, nas quais o elogio e a injúria estão separados.

A autêntica ambivalência é inerente apenas àqueles nomes-apelidos elogiosos-injuriosos, cujas raízes estão fincadas no solo da língua nacional e nas imagens populares a ela associadas.

Vamos nos limitar aos exemplos analisados. Em Rabelais, todos os nomes são, de alguma maneira, concebidos como *apelidos ou alcunhas elogiosos-injuriosos*. As únicas exceções são os nomes de pessoas históricas reais e de amigos do autor (por exemplo, Tiraqueau) ou aqueles que devem se aproximar deles pela sua sonoridade (por exemplo, Rondíbilis no lugar de Rondelet).

Contudo, outros nomes próprios, além de nomes de personalidades reais, manifestam a mesma tendência a uma concepção elogiosa-injuriosa ambivalente. Vimos que vários nomes geográficos receberam uma interpretação corporal-topográfica, como *trou de Gylbathar* [buraco de Gibraltar], *bondes de Hercules* [rolhas de Hércules] etc. Em alguns casos, Rabelais recorre a uma etimologização artificial de tipo cômico, quando, por exemplo, explica as origens dos nomes "Paris" e "Bauce". É claro que aqui há matizes específicos, mas, *grosso modo*, a linha básica para a concepção de nomes e sua transformação em apelidos elogiosos-injuriosos permanece a mesma.

Por fim, no romance há alguns capítulos em que o tema dos nomes e das denominações recebe uma abordagem específica no plano teórico. Assim, no *Terceiro livro*, é tratado o problema da origem dos nomes das plantas; no *Quarto livro*, ocorre um jogo carnavalesco com os nomes na ilha *Ennasin* [Desnasim]; e, nesse mesmo livro, há uma longa reflexão relacionada aos nomes dos capitães *Riflandouille* [Carcalinguiça] e *Tailleboudin* [Talhachouriço].

Portanto, no romance de Rabelais, os nomes próprios tendem a se tornar apelidos e alcunhas elogiosos-injuriosos. Todavia, como vimos, os nomes comuns seguem o mesmo caminho. No contexto rabelaisiano, *o aspecto da generalização está enfraquecido*. Os nomes de animais, pássaros, peixes, plantas, órgãos, membros e partes do corpo, pratos e bebidas, utensílios de cozinha e domésticos, armas, peças de roupa etc. soam, no romance de Rabelais, quase como *nomes-apelidos de personagens de um peculiar drama satírico de coisas e corpos*.

Ao analisar o episódio dos limpa-cus, observamos esse papel específico das coisas, como se fossem personagens de um drama cômico (o drama do corpo era combinado com o drama das coisas). É preciso enfatizar que muitos dos nomes vulgares de ervas, de plantas e de certas coisas, utilizados como limpa-cus, ainda eram inéditos e virgens no contexto literário e livresco. Neles, o aspecto da generalização ainda era fraco, não eram denominações, mas nomes-apelidos. Seu papel inesperado na lista dos limpa-cus contribuiu ainda mais para sua individualização. Afinal, nessa lista peculiar, eles integram um grupo completamente novo. Eles são retirados até mesmo daquelas fracas relações sistematizadoras e generalizadoras nas quais apareciam na fala até então. Seu caráter nominal-individual se intensifica. Além disso, na lista dinâmica e injuriosa de limpa-cus, sua materialidade e sua forma individual se destacam com nitidez. Aqui a denominação quase se transforma no nome-apelido característico de um personagem em uma cena farsesca.

A *novidade* da coisa e da sua denominação ou a *renovação* de uma coisa antiga com um novo uso e com novas e inesperadas vizinhanças *individualizam* a coisa de uma maneira especial e reforçam, na sua denominação, o *caráter de nome próprio*, aproximando-o de um *nome-apelido*.

É de particular importância para a individualização das denominações a saturação geral do contexto rabelaisiano com nomes próprios (nomes geográficos e nomes de pessoas). Já dissemos que, para comparações e analogias, ele utiliza objetos historicamente únicos (por exemplo, compara tortas com bastiões da cidade de Turim). Ele tende a atribuir uma definição histórica e topográfica a cada coisa.

Por fim, a *destruição paródica das obsoletas relações ideológicas e semânticas entre as coisas e os fenômenos*, e às vezes até das relações lógicas elementares (alogismos de *coq-à-l'âne*), tem importância especial. As coisas e suas denominações, *soltas das amarras da cosmovisão moribunda* e deixadas em liberdade, adquirem uma individualidade especialmente livre e suas denominações se aproximam de *alegres nomes-apelidos*. Palavras virgens da língua popular oral, ainda não disciplinadas pelo contexto literário-livresco com sua diferenciação e seleção lexical rígidas, com seus *significados e tons precisos e limitados*, com sua hierarquia verbal, trazem consigo uma liberdade e uma individualidade carnavalescas especiais e, portanto, se transformam facilmente em nomes de personagens do drama carnavalesco das coisas e do corpo.

Desse modo, uma das particularidades essenciais do estilo de Rabelais é que, por um lado, todos os nomes próprios, e, por outro, todos os substantivos comuns das coisas e dos fenômenos, tendem, no limite, a apelidos e alcunhas elogiosos-injuriosos. Graças a isso, todas as coisas e fenômenos do mundo de Rabelais adquirem uma individualidade peculiar: *principium individuationis* — elogio-injúria. *No fluxo individualizante do elogio-injúria são enfraquecidas as fronteiras entre as pessoas e as coisas: todas elas se tornam participantes do drama carnavalesco em que ocorre ao mesmo tempo a morte do mundo velho e o nascimento do novo.*

* * *

Atentemos ainda a outra particularidade bastante característica do estilo de Rabelais: o uso carnavalesco dos números.

Nas literaturas antiga e medieval, os números têm uso simbólico, metafísico e místico. Existiam números sagrados: três, sete, nove e outros. Na *Antologia de Hipócrates* foi incluído o tratado "Sobre o número sete". Nele, esse número foi interpretado como um *número de crise* para o mundo todo e em especial para a vida do organismo humano. Contudo, o próprio número, isto é, qualquer número, era sagrado. A Antiguidade estava repleta de representações pitagóricas sobre o número como base de tudo o que existe, de toda a organização e ordem, incluindo os deuses. O simbolismo e a mística medievais dos números são de conhecimento geral. Os números sagrados ainda serviram de base para a composição de obras de arte, inclusive as literárias. Lembremo-nos de Dante, cujos números sagrados determinam não só a construção de todo o universo, mas também a composição do seu poema.

Simplificando um pouco, é possível definir os fundamentos da estética antiga e medieval do número da seguinte maneira: o número deve ser definido, conclusivo, arredondado, simétrico. Apenas tal número pode formar a base de uma harmonia e de um todo conclusivo (estático).

Rabelais retira dos números suas vestes sagradas e simbólicas, destronando-os. *Ele profana o número*. Contudo, não se trata de uma profanação niilista, mas alegre e carnavalesca, que faz o número renascer e se renovar.

No romance de Rabelais há muitos números, eles estão presentes em quase todos os episódios. E todos eles têm um caráter carnavalesco e grotesco. Esse efeito é alcançado por vários meios. Às vezes, Rabelais realiza um rebaixamento direto e paródico dos números sagrados: por exemplo, nove espetos de caça segundo o número das nove musas, três pilares triunfais com acessórios carnavalescos (no episódio do extermínio de 660 cavaleiros, sendo que o próprio número de cavaleiros é paródico e apocalíptico). Todavia, tais números são relativamente poucos. A maioria deles surpreende e produz um efeito cômico devido ao hiperbolismo grotesco (a quantidade de vinho consumido, de comida ingerida etc.). De modo geral, em Rabelais todas as definições quantitativas, expressas em números, são desmesuradamente exageradas e inflacionadas, transbordam e violam quaisquer verossimilhanças. Há uma deliberada falta de medida. Adiante, o efeito cômico é produzido pelas pretensões à precisão (e ainda excessiva) nos casos em que qualquer cálculo preciso é completamente impossível: por exemplo, afirma-se que Gargântua afogou na sua urina "duzentas e sessenta mil quatrocentas e dezoito pessoas". Entretanto, o principal está na própria *estrutura* grotesca dos números rabelaisianos. Elucidemos tudo isso com um exemplo.

Eis um pequeno trecho do relato de Panurgo sobre as suas aventuras turcas: "saíram mais de seis, até mais de treze centenas e onze cães, grandes e pequenos, todos juntos fugindo do fogo na cidade".[491]

Há aqui um exagero grotesco e ainda com um salto brusco (de 600 direto para 1.300), bem como o objeto rebaixador do cálculo (cães), a completa inutilidade do excesso de precisão, a impossibilidade do próprio cálculo e, por fim, a palavra "mais" que destrona a precisão. Porém, o mais característico é a própria estrutura do número. Se acrescentássemos um — por exemplo, mil trezentos e doze —, ele, de imediato, se tornaria calmo, redondo, conclusivo, e o efeito cômico sofreria uma diminuição drástica. Já se aumentássemos até *mil quinhentos e doze*, ele se tornaria totalmente cal-

[491] *Pantagruel*, *op. cit.*, p. 110. (N. da T.)

mo, estaticamente concluso, perderia toda a assimetria e a abertura, deixando de ser um número grotesco rabelaisiano.

Em Rabelais, essa é a estrutura de todos os grandes números: eles se distanciam enfaticamente dos números equilibrados e calmos, sólidos e conclusivos. Tomemos os números já citados dos cavaleiros afogados na urina — duzentos e *sessenta* mil *quatrocentos e dezoito* — e alteremos sua estrutura estética — duzentos e *cinquenta* mil *quinhentos e vinte* — e o efeito mudará drasticamente. Mais um exemplo: o número dos assassinados na vinícola do mosteiro é — *treze* mil *seiscentos* e vinte e duas pessoas; mude um pouco a sua estrutura — *doze* mil *quinhentos* e vinte, e você matará sua alma grotesca. Tudo isso pode ser facilmente confirmado por meio de uma análise de todo grande número em Rabelais. Ele segue com rigor o seu princípio estrutural. Todos os seus números são inquietos, ambíguos e inconclusivos, como os diabos nas diabruras medievais. A estrutura do número, como em uma gota, reflete toda a estrutura do universo rabelaisiano. É impossível construir um universo harmônico e concluso com base nesse tipo de número. Em Rabelais, domina uma estética do número diferente daquela da Antiguidade e da Alta Idade Média.

Parece não haver nada mais distante do riso do que um número. Todavia, Rabelais também soube torná-lo cômico e, em igualdade de direitos com o restante, comungou-o com o mundo carnavalesco do seu romance.

* * *

Por fim, abordemos mais um aspecto essencial: a relação específica de Rabelais com a língua e com a cosmovisão linguística.

Na história das literaturas e das línguas europeias, o Renascimento se singulariza por ser a época em que ocorreu o fim da dualidade das línguas e a *alternância linguística*. Muito do que era possível nessa única e excepcional época da vida literária e linguística se tornou impossível em todas as épocas posteriores.

Pode-se afirmar que a prosa literária e principalmente o romance da Idade Moderna surgiram *no limiar de duas línguas*. A vida literária e linguística se concentrou nesse limiar. Houve uma tensa interação, orientação e elucidação mútuas das línguas. As línguas se encaravam direta e tensamente: cada uma tomava consciência de si mesma, de suas possibilidades e limitações *à luz de outra língua*. Essa *fronteira entre as línguas* era sentida em todo objeto, todo conceito e todo ponto de vista. Afinal, *duas línguas são duas cosmovisões*.

Em outro lugar do nosso trabalho (no capítulo 1), já dissemos que a fronteira divisória entre as duas culturas — a popular e a oficial — em parte coincidia com a linha divisória entre as duas línguas: a popular e a latina. A língua popular, que abarcava todas as esferas da ideologia, expulsando de lá a língua latina, trouxe consigo novos pontos de vista, novas formas de pensar (como a ambivalência), novas avaliações; afinal, essa língua era a língua da vida, do trabalho material e do cotidiano, a língua dos gêneros "inferiores", que em grande parte eram cômicos (*fabliaux*, farsas, "gritos de Paris" etc.); e, por fim, era a língua da fala livre da praça (é claro, a língua popular não era una, pois continha esferas oficiais da fala). Enquanto isso, o latim era a língua da Idade Média oficial. A cultura popular se refletiu na língua latina de maneira fraca e um tanto distorcida (principalmente no ramo latino do realismo grotesco).

Contudo, a questão não se limitou apenas à dualidade das línguas — a nacional-popular e a latina medieval; as fronteiras de outras línguas também se cruzaram com essa fronteira principal; a orientação mútua das línguas foi complexa e multifacetada.

O historiador da língua francesa Ferdinand Brunot, ao responder à questão de como poderia ser resolvido o problema da transição para a língua popular na época do Renascimento e suas tendências clássicas, aponta com bastante razão *que a própria aspiração do Renascimento a restaurar a língua latina em sua pureza da Antiguidade clássica inevitavelmente transformou a língua latina em uma língua morta*. Era impossível manter a pureza da língua da Antiguidade clássica e ao mesmo tempo usá-la na vida cotidiana e no mundo dos objetos do século XVI, expressando nela todos os conceitos e coisas da *contemporaneidade* viva. A restauração da *pureza clássica* da língua inevitavelmente *restringiu seu uso* a uma esfera da estilização. A ambivalência da imagem do "renascimento" também se manifesta em relação à língua: a outra face do renascimento é a *morte*. O renascimento do latim de Cícero transformou o latim em uma *língua morta*. A contemporaneidade — a Idade Moderna em sua novidade — escapou das garras do latim de Cícero e o confrontou. A contemporaneidade matou o latim clássico com suas pretensões de servir de língua viva.

Assim, vemos que a orientação mútua entre a língua nacional e o latim medieval se tornou complexa devido à orientação e elucidação mútuas entre este último e o latim clássico genuíno. *Uma fronteira cruzava a outra*. O latim de Cícero elucidou o autêntico caráter do latim medieval, a sua verdadeira face. Em essência, as pessoas viram pela primeira vez essa face verdadeira; até então, elas dominavam sua língua (o latim medieval), mas não podiam ver a sua face disforme e limitada.

O latim de Cícero também pôde colocar diante do latim medieval o "espelho da comédia": nele se refletiu o latim das *Cartas de pessoas obscuras* [*Epistolae obscurorum virorum*].[492]

Essa elucidação mútua entre o latim clássico e o medieval ocorreu no contexto do novo mundo moderno, que não

[492] Essa coleção de cartas em latim publicadas no século XVI na Alemanha satirizavam os teólogos cristãos. (N. da T.)

se encaixava nem em um nem em outro sistema da língua. A contemporaneidade e o novo mundo iluminaram o latim de Cícero: embora fosse belo, estava morto.[493]

O novo mundo e as novas forças sociais que o representavam se expressavam de maneira mais adequada nas línguas nacionais populares e vernáculas. Portanto, o processo de orientação mútua entre o latim medieval e o clássico ocorre à luz da língua popular nacional. Três línguas interagem e se delimitam em um processo uno e indissociável.

Rabelais teria comparado essa orientação mútua das três línguas com a "*farce jouée à trois personnages*" (ou seja, a farsa com três personagens); já fenômenos como as *Cartas de pessoas obscuras* e a poesia macarrônica poderiam ser comparadas com a briga entre três línguas na praça. A morte alegre da língua, com sua falta de ar senil, tosse e lapsos de memória, é retratada por Rabelais no discurso do mestre Janotus de Bragmardo [Janota Bagarai].

Nesse processo de elucidação mútua das línguas, a *contemporaneidade viva* das línguas, ou seja, tudo o que é novo e não existia antes — novos objetos, novos conceitos, novos pontos de vista — adquire *uma compreensão excepcionalmente aguda*; *os limites entre os tempos, os limites entre as épocas, entre cosmovisões e entre cotidianos são claramente palpáveis*. Nos limites de um único sistema linguístico lento e em renovação gradual, a percepção do tempo e da sua passagem nunca pode ser tão aguda e nítida. Nos limites do sistema do latim medieval que tudo nivela, os *vestígios do tem-*

[493] A Modernidade também colocou o "espelho da comédia" diante do latim empolado e estilizado dos seguidores de Cícero. O latim macarrônico foi uma reação ao purismo ciceroniano dos humanistas. Não se tratava de modo algum de uma paródia do latim de cozinha: a língua latina macarrônica é um latim sintaticamente muito correto, mas repleto de palavras da língua materna com terminações latinas. O mundo das coisas e dos conceitos modernos, que era totalmente alheio à Antiguidade clássica, desaguava nas formas das construções latinas.

po são quase completamente apagados; a consciência vivia nele como se estivesse em um mundo eterno e imutável. Nesse sistema, era muito difícil olhar à sua volta no tempo (bem como no espaço, ou seja, sentir a peculiaridade da sua nacionalidade e da sua província). Todavia, *nos limites entre três línguas*, a consciência do tempo teve de assumir formas excepcionalmente agudas e peculiares. *A consciência se viu no limite entre épocas e cosmovisões*; pela primeira vez, pôde abranger *grandes escalas* para medir a passagem do tempo; foi capaz de sentir com agudez seu *hoje*, sua *diferença em relação ao dia anterior, seus limites e perspectivas*. Essa orientação e elucidação mútuas entre três línguas revelaram de súbito o *quanto morrera do antigo e nascera do novo*. A contemporaneidade tomou consciência de si, isto é, viu sua própria face. Ela pôde refletir essa face também no "espelho da comédia".

No entanto, a questão não se limitou à orientação mútua entre as três línguas. O processo de delimitação mútua também se realizou no interior do território das línguas nacionais vernáculas e populares. Afinal, ainda não existia uma única língua nacional. Ela estava apenas em lenta criação. No processo de transição de toda a ideologia para as línguas nacionais e de criação de um novo sistema de uma língua literária única teve início uma intensa *orientação mútua dos dialetos* dentro das línguas nacionais, que ainda estavam muito distantes de uma centralização. Acabou a coexistência ingênua e pacífica desses dialetos. Eles passaram a se elucidar mutuamente, revelando as peculiaridades de suas faces. Surge o interesse científico pelos dialetos e seu estudo, assim como o interesse artístico pelo uso dos dialetismos (seu papel no romance de Rabelais é enorme).[494]

[494] Por exemplo, Rabelais apreciava muito o dialeto gascão por ser mais enérgico e rico em expressões injuriosas, *jurons* e maldições. Ele compartilhou esse amor com todos os seus contemporâneos. Montaigne (*En-*

Um tratamento especial do século XVI em relação às particularidades dialetais ocorre, por exemplo, no livro *Estudos alegres da língua toulousiana* (*Joyeuses recherches de la langue tolosaine*), de Odde de Triors. Esses *Estudos alegres* foram publicados em 1578 e refletem uma significativa influência de Rabelais.[495] Contudo, a abordagem da língua e dos dialetos pelo autor é característica de toda a época. O autor examina as particularidades do dialeto de Toulouse em comparação com a língua provençal geral, em particular do ponto de vista daquelas ambiguidades e dos alegres mal-entendidos que ocorrem como resultado do desconhecimento dessas características. As particularidades e matizes dialetais são usados no peculiar jogo de línguas no espírito rabelaisiano. Aqui a elucidação mútua entre línguas se desenvolve diretamente como uma *farsa alegre*.

A própria ideia de "gramática alegre" não é nova. Já dissemos que a tradição das facécias gramaticais se estende ao longo de toda a Idade Média. Essa tradição começa com a já mencionada gramática paródica do século VII, de Virgilius Grammaticus.

Entretanto, toda essa tradição medieval é de caráter um tanto formalista, por tratar da língua latina sem abordá-la *como um todo*, com sua fisionomia peculiar, sua *imagem* e *comicidade*. E é justamente essa abordagem que é característica das facécias e travestias linguísticas e gramaticais do século XVI. Os dialetos se tornam, por assim dizer, *imagens íntegras*, tipos finalizados de fala e pensamento, como se fossem *máscaras linguísticas*. É bem conhecido o papel dos dialetos italianos na *commedia dell'arte*; atrás de toda máscara havia um determinado dialeto da língua italiana. Contudo, é

saios, livro II, cap. XVII) também faz uma caracterização elogiosa do dialeto gascão.

[495] Em 1892 esse livro foi reeditado por J.-B. Noulet em Toulouse.

preciso observar que as imagens das línguas (dialetos) e a sua comicidade são apresentadas nessa comédia de maneira bastante primitiva.

Rabelais criou uma notável imagem da língua dos latinizadores no episódio com o estudante limusino em *Pantagruel*. Ressaltamos que se trata precisamente de *uma imagem da língua retratada como um todo* em seus aspectos essenciais. Essa imagem é *injuriosa*, *destronadora*. Não é por acaso que a temática do discurso do estudante está repleta de obscenidades. Enfurecido com sua linguagem, Pantagruel o agarrou pela garganta, e o infeliz assustado pôs-se a falar em puro dialeto nativo limusino.[496]

Se a orientação e a elucidação mútuas das grandes línguas aguçaram e concretizaram a percepção do tempo e das alternâncias temporais, a elucidação mútua dos dialetos, nos limites de uma língua nacional, aguçou e concretizou a percepção do *espaço histórico*, fortalecendo e concebendo o sentimento da peculiaridade local, regional e provincial. Trata-se de um momento essencial daquela nova percepção diferenciada do espaço histórico do seu país e do mundo inteiro, que era característica da época e que encontrou uma expressão muito potente e viva também no romance de Rabelais.

No entanto, a questão ainda não se limitou à orientação mútua dos dialetos. A língua nacional, ao se tornar a língua da ideologia e da literatura, inevitavelmente teve de entrar em contato significativo com outras línguas nacionais, que

[496] A Idade Média só conhecia o *cômico primitivo da língua estrangeira*. Assim, nos mistérios são bastante comuns os discursos em línguas inexistentes, que devem provocar o riso pela sua *estranheza e incompreensibilidade*. Mais significativo é o uso da comicidade das línguas estrangeiras na célebre farsa *Maître Pathelin*. Nela, o protagonista fala os dialetos bretão, flamengo, limusino, lorrenense, picardo e normando, e, por fim, um latim macarrônico e o *grimoire*, ou seja, uma língua inexistente. Em Rabelais, há um fenômeno semelhante no episódio em que Panurgo responde a Pantagruel em sete línguas, incluindo duas inexistentes.

completaram esse processo e mais cedo dominaram o universo das coisas e dos conceitos novos. No caso do francês, essa língua foi o italiano. Junto com a tecnologia e a cultura italianas, numerosos italianismos entraram para a língua francesa. Eles inundaram a língua francesa e logo provocaram uma reação contrária. Teve início uma luta entre os puristas e os italianistas. Surgem ainda paródias da língua dos italianistas, que criam uma *imagem* da língua distorcida pelos italianismos. Por exemplo, Henri Estienne escreveu uma paródia desse tipo.

A italianização da língua francesa e a luta contra ela é um documento novo e importante na história da elucidação mútua entre as línguas. Trata-se aqui de duas novas línguas nacionais, cuja orientação mútua introduz um novo aspecto tanto na percepção da língua como um *todo peculiar* com suas limitações e perspectivas quanto na percepção do tempo e do espaço histórico concreto.

É necessário lembrar em especial da enorme importância das *traduções* nesse processo de elucidação mútua entre as línguas. É conhecido o lugar excepcional das traduções na vida literária e linguística do século XVI. A tradução de Homero feita por [Hugues] Salel foi um acontecimento. Um acontecimento ainda maior foi a célebre tradução de Plutarco realizada por [Jacques] Amyot (1559). As numerosas traduções de autores italianos também tiveram uma importância essencial. Foi preciso traduzir para uma língua ainda não pronta e em formação. No processo das traduções, a própria língua se formava e dominava o mundo ainda novo da alta ideologia e de novas coisas e novos conceitos, que inicialmente se revelaram nas formas da língua estrangeira.[497]

[497] Étienne Dolet escreveu sobre os princípios da tradução no século XVI em *La Manière de bien traduire d'une langue en aultre* (*A maneira de bem traduzir de uma língua para outra*, Lyon, Dolet, 1540). Joachim du Bellay, em *La Défense et illustration de la langue française* (*A defesa e ilus-*

Vemos em que *complexa intersecção de fronteiras entre línguas, dialetos, variantes e jargões se formou a consciência literária e linguística da época*. A coexistência ingênua e sombria entre línguas e dialetos acabou, e a consciência literária e linguística se viu não em um sistema consolidado da sua língua una e indiscutível, mas na fronteira entre muitas línguas, no ponto da sua *tensa inter-orientação e luta*. As línguas não são cosmovisões abstratas, mas concretas, sociais, permeadas por um sistema de avaliações, inseparáveis da vida prática e da luta de classes. Por isso *todo objeto, todo conceito, todo ponto de vista, toda avaliação, toda entonação se encontraram no ponto de intersecção das fronteiras entre as línguas-cosmovisões* e foram envolvidos em uma tensa luta ideológica. Nessas condições excepcionais, tornou-se impossível qualquer tipo de *dogmatismo linguístico e discursivo*, bem como qualquer *ingenuidade* discursiva. Até hoje, são às vezes chamadas de ingênuas a língua do século XVI e, em particular, a língua de Rabelais. Na realidade, a história das literaturas europeias não conhece uma língua que fosse menos ingênua. As suas excepcionais desenvoltura e liberdade estão muito longe da ingenuidade. A consciência linguístico-literária da época foi capaz não só de perceber sua língua de dentro, mas também de *vê-la de fora, à luz de outras línguas*, perceber *suas fronteiras*, vê-la como uma *imagem* específica e limitada em toda a sua relatividade e humanidade.

tração da língua francesa, Paris, Arnoul l'Angelier, 1549), também deu destaque aos princípios da tradução. Sobre as traduções dessa época confira o livro Pierre Villey, *Les Sources d'idées: XVIe siècle* (*As fontes das ideias: século XVI*, Paris, Plon-Nourrit, 1912). Análises muito valiosas dos métodos de tradução da época são feitas por René Sturel em *Jacques Amyot, traducteur des* Vies parallèles *de Plutarque* (*Jacques Amyot, tradutor das* Vidas paralelas *de Plutarco)*, Paris, Honoré Champion, 1908 (aqui há uma análise do texto inicial da tradução de Amyot, na qual são reveladas as tendências gerais dos tradutores do século XVI).

Esse multilinguismo ativo e a capacidade de olhar para sua própria língua, de fora, isto é, pelos olhos de outras línguas, torna a consciência excepcionalmente livre em relação à língua. A língua passa a ser bastante plástica até na sua estrutura formal e gramatical. No plano artístico-ideológico, é importante sobretudo a excepcional *liberdade de imagens e de suas combinações, a libertação de todas as normas discursivas e de toda a hierarquia linguística estabelecida*. Perdem a sua força na língua a divisão entre o elevado e o baixo, o proibido e o permitido, o sagrado e o profano.

Ao longo dos séculos é enorme a influência do dogmatismo velado e fortalecido da própria língua sobre o pensamento humano e, em especial, sobre as imagens artísticas. *Quando a consciência criativa* vive em uma única língua ou se encontra em meio a muitas línguas estritamente delimitadas entre si e que não lutam pelo domínio, é impossível superar esse profundo dogmatismo arraigado no próprio pensamento linguístico. Só é possível estar fora da sua língua quando ocorre uma significativa *alternância histórica das línguas*, quando elas, por assim dizer, se ajustam umas às outras e ao mundo, quando nelas começam a ser sentidos com agudez *os limites entre os tempos, as culturas e os grupos sociais*. A época de Rabelais foi precisamente assim. Apenas nessa época foi possível o excepcional *radicalismo artístico e ideológico das imagens rabelaisianas*.

Em seu notável livro *Pulcinella*, Dieterich, ao falar da peculiaridade da antiga arte do riso na Baixa Itália (mimos, farsas, jogos cômicos, bufonarias, adivinhações, improvisaçoes cômicas etc.), afirma que todas essas formas são características de um tipo de *cultura mista*: afinal, na Baixa Itália, as culturas e as línguas grega, osca e latina entraram em contato direto e se entrelaçaram. Três almas viviam no coração de todos os italianos do sul, assim como no do primeiro poeta romano, Ênio. Os atelanos e sua cultura cômica se situam também no meio da cultura mista grego-osca e, mais tarde, romana.[498] Por fim, a figura de Pulcinella emerge das profundezas populares naquele mesmo lugar, em que *os povos e as línguas se misturavam o tempo todo.*[499]

Essas são as afirmações de Dieterich. É possível resumi-las assim: a extremamente *livre* e específica *palavra do riso* da Sicília e da Baixa Itália, a palavra semelhante dos atelanos e, finalmente, a similar palavra bufa de Pulcinella surgiram na *fronteira entre línguas e culturas*, as quais não só estavam em contato direto, mas de certo modo se entrelaçaram. Acreditamos que, *para o universalismo e o radicalismo do riso* dessas formas, foram de excepcional importância o surgimento e o desenvolvimento delas justamente na *fronteira entre línguas*. A relação apontada por Dieterich entre essas formas e o multilinguismo nos parecem de enorme importância. No campo da criação imagética literária e artística *mediante esforços do pensamento abstrato*, é impossível superar aquele dogmatismo mais profundo e oculto, que se sedimenta em todas as formas desse sistema, permanecendo em uma língua una e única. A vida de uma imagem completamente nova, verdadeiramente prosaica, autocrítica, muito sóbria e *destemida* (e, portanto, *alegre*) começa apenas na fronteira entre línguas. No sistema de uma única língua, fechado e surdo a outras línguas, a imagem é estagnada demais para "a audácia e o descaramento verdadeiramente divinos", que Dieterich encontra no mimo e na farsa da Baixa Itália, nos atelanos (até onde podemos julgá-los) e na comicidade popular de Pulcinella.[500] Repito: outra língua é outra cosmovisão e outra cultura, mas na sua forma concreta e que não pode ser *traduzida até o fim*. Somente na fronteira entre línguas foram

[498] A. Dieterich, *Pulcinella*, Leipzig, B. G. Teubner, 1897, p. 82.

[499] *Idem*, p. 250.

[500] Segundo Dieterich, "apenas a audácia e o descaramento verdadeiramente divinos de Pulcinella são capazes de nos elucidar o caráter, o tom e a atmosfera da farsa antiga e dos atelanos" (*idem*, p. 266).

possíveis a excepcional liberdade e a alegre impiedade da imagem rabelaisiana.

Desse modo, na obra de Rabelais, *a liberdade do riso*, consagrada pela tradição das formas festivo-populares, é elevada a um grau superior da consciência ideológica *graças à superação do dogmatismo linguístico*. Essa superação do dogmatismo mais obstinado e velado só foi possível nas condições daqueles processos agudos de orientação e elucidação mútuas entre as línguas, que ocorreram na época de Rabelais. Na vida linguística da época, desenrolava-se o mesmo drama da *simultaneidade da morte e do nascimento, do envelhecimento e da renovação* tanto de formas e significados isolados quanto de *línguas-cosmovisões inteiras*.

* * *

Analisamos todos os aspectos mais significativos — do nosso ponto de vista — da obra de Rabelais e tentamos mostrar que a excepcional originalidade dessa obra é determinada pela cultura popular do riso do passado, cujos contornos poderosos emergem por trás de todas as imagens de Rabelais.

A principal insuficiência dos estudos contemporâneos de Rabelais no exterior é o fato de que, sem conhecerem a cultura popular, tentam enquadrar a obra de François Rabelais nos moldes da cultura oficial, compreendendo-a na corrente única da "grande" literatura francesa, isto é, da literatura oficial. É por isso que os estudos rabelaisianos são incapazes de dominar aquilo que há de mais essencial na obra de Rabelais. Já no nosso trabalho procuramos compreender Rabelais precisamente na corrente da cultura popular, que sempre, e em todas as etapas do seu desenvolvimento, se opôs à cultura oficial das classes dominantes, elaborando o seu próprio ponto de vista específico sobre o mundo e as formas especiais do seu reflexo por meio das imagens.

Os estudos literários e a estética costumam partir das reduzidas e empobrecidas manifestações do riso na literatura dos três últimos séculos, tentando enquadrar o riso do Renascimento nessas concepções estreitas do riso e do cômico; entretanto, essas concepções são insuficientes até mesmo para compreender Molière. Rabelais é o herdeiro e sintetizador de milênios do riso popular. Sua obra é uma chave imprescindível à compreensão da cultura do riso em suas manifestações mais poderosas, profundas e originais.

* * *

A nossa pesquisa é apenas o primeiro passo na grande empreitada do estudo da cultura popular do riso no passado. É possível que esse passo ainda não seja muito firme e correto. Todavia, estamos bastante convencidos da importância da tarefa colocada por nós. É impossível compreender corretamente a vida cultural e literária das épocas passadas da história da humanidade, bem como sua luta, ignorando a especificidade da cultura popular do riso, que sempre existiu e nunca se fundiu com a cultura oficial das classes dominantes. No estudo de épocas passadas, somos com frequência obrigados a "acreditar na palavra de cada época", ou seja, acreditar nos seus ideólogos oficiais — em maior ou menor grau —, porque não ouvimos a voz do próprio povo, não sabemos encontrar e decifrar a sua expressão pura e sem interferências externas (assim, até hoje imaginamos a Idade Média e sua cultura de maneira muito unilateral).

Todos os atos do drama da história medieval ocorreram diante do *coro popular ridente*.[501] Sem ouvir esse coro, é impossível compreender o drama em seu todo. Imaginemos o *Boris Godunóv*[502] de Púchkin sem as cenas populares:

[501] É claro que o próprio povo participa do drama da história universal, porém, além de outras diferenças, ele se distingue dos demais participantes pela capacidade e pelo direito ao riso ambivalente.

[502] Nesse drama histórico de Aleksandr Púchkin escrito em 1825, o

tal ideia do drama de Púchkin não só seria incompleta, mas também distorcida. Afinal, cada personagem do drama expressa um ponto de vista limitado, enquanto o verdadeiro sentido da época e dos seus acontecimentos na tragédia se revelam apenas nas cenas populares. Em Púchkin, a última palavra pertence ao povo.

A nossa imagem não é uma simples comparação metafórica. Cada época da história mundial encontrou seu reflexo na cultura popular. Sempre e em todas as épocas do passado existiu a praça com o povo ridente, aquela mesma na qual o impostor sonhou no pesadelo:

> Embaixo o povo na praça borbulhava
> E apontava para mim rindo;
> E eu me envergonhava, e ficava com medo[503]

Reiteramos, todo ato da história mundial foi acompanhado pelo riso em coro. Contudo, não foi em toda época que o coro do riso teve um corifeu, como Rabelais. Embora fosse um *corifeu* do coro popular apenas na época do Renascimento, Rabelais revelou a linguagem peculiar e complexa do povo ridente com tamanha lucidez e completude, que sua obra lança luz também sobre a cultura popular do riso de outras épocas.

conflito entre o ser humano e o poder se desenvolve com grande participação do povo. (N. da T.)

[503] A. S. Púchkin, *Boris Godunov*, trad. Irineu Franco Perpétuo, São Paulo, Globo, 2007, p. 39. (N. da T.)

Apêndice

Rabelais e Gógol (A arte da palavra e a cultura popular do riso)[1]

Em nosso livro sobre Rabelais, buscamos mostrar que os princípios fundamentais da criação desse grande artista são determinados pela antiga cultura popular do riso. Uma das insuficiências fundamentais da teoria da literatura contemporânea consiste em tentar inserir toda a literatura — e em particular, a do Renascimento — nos limites da cultura oficial. Entretanto, a obra do próprio Rabelais só pode ser de fato compreendida no fluxo da cultura popular, que sempre e em todas as etapas do seu desenvolvimento, contrapôs-se à cultura oficial e elaborou o seu ponto de vista específico sobre o mundo e as formas específicas de seu reflexo imagético.

[1] Partes deste texto compunham as páginas finais da tese "François Rabelais na história do realismo", defendida por Mikhail Bakhtin em 1946 no Instituto de Literatura Mundial Maksim Górki (IMLI). Essas páginas foram retiradas posteriormente pelo próprio Bakhtin em razão de, em 1947, após a defesa, a Comissão de Certificação Superior (VAK) ter considerado um erro grosseiro "a afirmação da influência de Rabelais sobre Gógol" (Bakhtin, 2008, p. 918). Elas tampouco integraram a primeira publicação do livro em 1965 na União Soviética. Esses fragmentos sobre Nikolai Gógol se encontram entre as páginas 501 e 505 de M. M. Bakhtin, *Obras reunidas*, v. 4(1), François Rabelais na história do realismo (1940), Materiais para o livro sobre Rabelais (anos 1930-1950), Comentários e anexos (Moscou, Iaziki Slavianskoi Kultury, 2008). Nos comentários deste volume, Irina Popova informa que, nos anos 1970, Bakhtin ampliou as páginas retiradas de sua tese defendida em 1940, dando origem ao ensaio aqui traduzido. (N. da T.)

A teoria da literatura e a estética costumam partir de manifestações estreitas e empobrecidas do riso, presentes na literatura dos últimos três séculos, assim como tentam encaixar o riso do Renascimento nessas concepções estreitas do riso e do cômico; porém essas concepções estão longe de serem suficientes até mesmo para a compreensão de Molière.

Rabelais é aquele que herda e resume milênios do riso popular. Sua criação é a chave insubstituível de toda a cultura europeia do riso em suas manifestações mais poderosas, profundas e originais.

Abordaremos aqui o fenômeno mais significativo da literatura do riso na Idade Moderna: a obra de Gógol. Interessam-nos apenas os elementos da cultura popular do riso na sua obra.

Não abordaremos a influência direta e indireta (através de Sterne e da escola natural francesa) de Rabelais sobre Gógol. Importam-nos aqui aqueles traços da criação deste último que — independentemente de Rabelais — são determinados pela relação imediata de Gógol com as formas festivo-populares da sua terra natal.

A vida das festas e feiras populares ucranianas, que Gógol conhecia perfeitamente, organiza a maioria dos contos em *Serões numa granja perto de Dikanka*: "A feira de Sorotchinski", "Uma noite de maio", "Noite de Natal"[2] e "A véspera de Ivan Kupála". *A temática da própria festa e uma atmosfera festiva e livremente alegre determinam* o *enredo, as imagens e o tom desses contos*. A festa e as crenças a ela relacionadas, sua atmosfera específica de liberdade e alegria, tiram a vida do seu curso habitual e tornam o impossível possível (inclusive a realização de casamentos antes impossíveis). Nos contos puramente festivos citados por nós, e em alguns

[2] Conto que integra a coletânea O *capote e outras histórias*, de Nikolai Gógol (1809-1852), com tradução de Paulo Bezerra (São Paulo, Editora 34, 2010). (N. da T.)

outros, as diabruras alegres desempenham um papel essencial, pois são profundamente próximas pelo caráter, tom e função das alegres visões carnavalescas do inferno.[3] Nesses contos, a comida, a bebida e a vida sexual têm um caráter carnavalesco e de Máslenitsa.[4] Destaquemos ainda o enorme papel do fantasiar-se e das mistificações de todo tipo, assim como dos espancamentos e dos destronamentos. Por fim, nesses contos o *riso gogoliano* é um *riso puramente popular e festivo*. Ele é ambivalente e espontaneamente materialista. Esse fundamento popular do riso gogoliano, apesar da sua evolução essencial posterior, permanece até o fim de sua obra.

Os prefácios aos *Serões numa granja perto de Dikanka* (principalmente na primeira parte) são próximos dos prólogos de Rabelais por sua composição e estilo. Eles são construídos em um tom de tagarelice explicitamente sem cerimônias com os leitores: o prefácio à primeira parte começa com xingamentos bastante extensos (é verdade que não são do próprio autor, mas xingamentos antecipados dos leitores): "Mas que grande novidade é essa: *Serões numa granja perto de Dikanka*? Que serões são esses? E quem jogou no mundo esse livro foi um tal de colmeeiro!...".[5] E adiante encontramos insultos característicos ("um moleque esfarrapado qualquer, um maltrapilho que remexe terra no quintal dos fundos..."), juramentos em nome de Deus e maldições ("nem que me mate", "que o diabo empurre o pai deles da ponte" etc.). Ocorre também uma imagem característica: "A mão de Fo-

[3] Destacamos uma imagem completamente carnavalesca do jogo de cartas "burro" no inferno, no conto "Propávchaia grámota" ("A carta perdida") [de *Serões numa granja perto de Dikanka*].

[4] Festa típica das culturas eslavas de origem pagã, correspondente ao nosso carnaval. Ver verbete do Glossário. (N. da T.)

[5] O colmeeiro Rudi Pankó é o editor ficcional criado por Gógol que teria reunido e editado a coletânea de contos *Serões numa granja perto de Dikanka*, publicada em dois volumes em 1831 e 1832. (N. da T.)

má Grigórievitch, em vez de mostrar uma *figa*,[6] estendeu-se para pegar um *knich*".[7] Há uma história sobre um estudante que inventa palavras em latim (compare com o episódio do estudante de Limousin em Rabelais). No fim do prefácio, há a representação de uma série de pratos, ou seja, imagens de um banquete.

Citaremos uma imagem muito típica da velhice dançante (quase uma *morte dançante*) de "A feira de Sorotchinski":

> Tudo dançava. Mas a visão das velhinhas — cujos rostos vetustos emanavam a indiferença de uma cova, acotovelando-se no meio de pessoas jovens, vivas e risonhas — despertaria no fundo da nossa alma um sentimento ainda mais estranho e indecifrável. Despreocupadas! Sem uma felicidade infantil e sem uma faísca de compaixão, movidas apenas pelo lúpulo, como um mecânico faz seu autômato sem vida repetir movimentos semelhantes aos humanos, elas vagarosamente balançavam suas cabeças ébrias, tentando repetir a dança do povo que se divertia, e nem mesmo dirigindo os olhares para o jovem casal.

Em *Mírgorod*[8] e em *Tarás Bulba* sobressaem traços de realismo grotesco. As tradições do realismo grotesco na Ucrâ-

[6] Nas culturas russa e ucraniana a figa é gesto ofensivo. (N. da T.)

[7] Prato típico da cozinha ucraniana, espécie de pastel redondo com recheios variados assado no forno. (N. da T.)

[8] Coletânea de contos escrita por Nikolái Gógol entre 1832 e 1834 e publicada em 1835, que dá continuidade aos contos de *Serões numa granja perto de Dikanka*. A novela *Tarás Bulba* integra a primeira parte de *Mírgorod*. Há uma tradução desta novela para o português: Nikolai Gógol, *Tarás Bulba*, trad. Nivaldo dos Santos, São Paulo, Editora 34, 2007. (N. da T.)

nia (assim como na Bielorússia) foram muito fortes e vivas. Em sua maioria, essas tradições foram disseminadas pelos seminários, pela *bursa*[9] e pelas academias (em Kíev houve um "monte de Santa Genevieva" com tradições análogas). Os seminaristas errantes (bursacos) e o baixo clero, "os professores errantes", propagaram a literatura oral recreativa — *facetiae*,[10] anedotas, pequenas travestias[11] orais, gramáticas paródicas etc. — por toda a Ucrânia. Na Ucrânia, as recreações escolares com suas tradições e liberdades específicas desempenharam um papel essencial no desenvolvimento da cultura. As tradições do realismo grotesco ainda eram vivas nas instituições de ensino ucranianas (e não somente nos seminários) à época de Gógol e até depois. Elas eram vivas nas conversas à mesa da *intelligentsia* ucraniana oriunda de diferentes classes (mas proveniente sobretudo do meio religioso). Gógol não tinha como desconhecê-las diretamente em sua forma oral viva. Além disso, ele as conhecia muito bem de fontes livrescas. Por fim, aspectos essenciais do realismo grotesco foram assimilados por ele de Nariéjni,[12] cuja obra estava profundamente permeada por essas tradições. *O riso recreativo livre dos bursacos era próximo do riso festivo-popular* dos *Serões*, e ao mesmo tempo era *um eco longínquo kievano do "risus paschalis"* (riso pascal) ocidental. Por isso os elementos do folclore festivo-popular ucraniano e os elementos do realismo grotesco bursaco combinam-se tão orgânica e harmoniosamente em "Viy"[13] e em *Tarás Bulba*, assim

[9] Nome dado ao alojamento para estudantes do seminário de Kíev. (N. da T.)

[10] Ver verbete do Glossário. (N. da T.)

[11] Gênero humorístico, geralmente em forma de poesia, em que um tema elevado é representado de maneira cômica. (N. da T.)

[12] Vassíli Nariéjni (1780-1825), escritor de origem ucraniana que exerceu forte influência sobre a obra de Gógol. (N. da T.)

[13] Conto incluído em *O capote e outras histórias*. (N. da T.)

como elementos análogos se combinaram organicamente três séculos antes também no romance de Rabelais. A figura do bursaco democrático e bastardo, como Khomá Brut,[14] que combina, por um lado, a erudição latina com o riso popular e, por outro, a força do *bogatír*[15] com o apetite e a sede desmesurados, é extremamente próxima dos seus irmãos ocidentais, ou seja, de Panurgo e sobretudo de frei João.

Em *Tarás Bulba*, além de todos esses aspectos, uma análise atenta revelaria ainda imagens dos *bogatires alegres*, a *hipérbole das batalhas sanguinárias e dos festins* de tipo rabelaisiano e, finalmente, descobriria, na própria representação da ordem e da vida da livre *Siétch*,[16] elementos profundos do *utopismo festivo-popular* e uma espécie de *saturnália ucraniana*. Em *Tarás Bulba* há muitos elementos do tipo carnavalesco, como, por exemplo, bem no início da novela, a chegada dos bursacos e o *pugilato de Óstap com o pai* (que são no limite "socos utópicos" das saturnálias).

Nos contos petersburguenses e em toda a criação posterior de Gógol encontramos também outros elementos da cultura popular do riso, sobretudo no *próprio estilo*. Aqui não resta qualquer dúvida sobre a influência imediata das formas do cômico popular, da praça e da feira. As imagens e o estilo de "O nariz" estão ligados, é claro, a Sterne e à literatura sterniana; naquela época essas imagens eram correntes. Contudo, Gógol encontrou no teatro de feira, em que atuava o nosso Pulcinella russo, Petruchka,[17] tanto o próprio nariz grotesco, que aspira à independência, quanto o tema do na-

[14] Personagem de "Viy". (N. da T.)

[15] Herói do folclore eslavo. Ver verbete do Glossário. (N. da T.)

[16] Referência à unidade administrativa cossaca de Zaporójie, região da atual Ucrânia ocupada pelos cossacos e que tinha certa autonomia política. (N. da T.)

[17] Personagem tradicional do teatro de fantoches russo. (N. da T.)

riz. Ainda no teatro de feira, ele encontrou o estilo da fala do *pregoeiro do teatro de feira*, que, com seus tons de propaganda irônica e elogios, com seus alogismos e disparates propositais (elementos de "*coq-à-l'âne*"),[18] se intromete no curso da ação. Em todos esses fenômenos do universo imagético do estilo gogoliano, o sternianismo (e por conseguinte a influência indireta de Rabelais) se combinava com a influência direta do cômico popular.

Os elementos de "*coq-à-l'âne*" — tanto os alogismos isolados quanto os disparates verbais mais desenvolvidos — são muito frequentes em Gógol. Eles são especialmente comuns na representação dos litígios da protelação burocrática, na representação de boatos e fofocas, por exemplo, nas suposições dos funcionários públicos sobre Tchítchikov, na verborragia de Nozdrióv, no diálogo das "duas damas" e nas conversas de Tchítchikov com os proprietários de terras sobre a compra de almas mortas etc.[19] Não resta dúvida sobre a ligação desses elementos com as formas do cômico popular e com o realismo grotesco.

Toquemos, por fim, em mais um aspecto. Uma análise atenta de *Almas mortas* revelaria formas da peregrinação alegre (carnavalesca) pelo inferno, ou seja, pelo país da morte. *Almas mortas* faz um paralelo interessantíssimo com o *Quarto livro* de Rabelais, no qual é narrada a viagem de Pantagruel. Não sem razão, é claro, o aspecto além-túmulo está presente no próprio projeto e no título do romance gogoliano (*Almas mortas*). O mundo de *Almas mortas* é o mundo do inferno alegre. Em seu aspecto exterior, ele mais se parece com o inferno de Quevedo;[20] já em sua essência interior, com

[18] Ver verbete do Glossário. (N. da T.)

[19] Referências ao "poema em prosa" de Nikolai Gógol, *Almas mortas*, publicado em 1842 (ed. bras.: trad. Rubens Figueiredo, São Paulo, Editora 34, 2018). (N. da T.)

[20] Cf. Quevedo, *Visões* (escritos em 1607-1613 e publicados em

o mundo do *Quarto livro* de Rabelais. Nele encontraremos a gentalha e a escória do inferno carnavalesco, bem como uma série de imagens que são a realização de metáforas injuriosas. Uma análise criteriosa revelaria aqui muitos elementos tradicionais do inferno carnavalizado, do baixo terrestre e corporal. O próprio tipo da "viagem" ("da peregrinação") de Tchítchikov é também um tipo cronotópico de movimento. Evidentemente, essa base profunda e tradicional de *Almas mortas* ganhou mais riqueza e complexidade devido a um enorme material de uma outra ordem e de outras tradições.

Na criação de Gógol, encontraremos quase todos os elementos da cultura festivo-popular. Era próprio de Gógol uma cosmovisão carnavalesca, ainda que, na grande maioria dos casos, com matizes românticos. Essa cosmovisão recebe dele formas variadas de expressão. Lembraremos aqui só uma característica carnavalizada, de uma boa corrida e dos russos: "E qual é o russo que não gosta de uma boa corrida? Não é sua alma que tem tanta vontade de rodopiar até ficar tonta, de se esquecer da vida e dizer às vezes: 'que vá tudo para o diabo!', não é sua alma que ama isso?". E um pouco adiante: "voa não se sabe para onde, na distância a perder de vista, e algo aterrador se encerra nesses lampejos que passam em velocidade, nos quais nem temos tempo de distinguir o objeto que fica tão depressa para trás".[21] Destacaremos essa violação de todas as fronteiras estáticas entre os fenômenos. Uma percepção especificamente gogoliana da "estrada", expressa por ele com tanta frequência, também possui um caráter puramente carnavalesco.

1627). Aqui, no inferno, aparecem representantes de diferentes classes e profissões e de pecados e fraquezas humanas específicos. Na sátira quase não há ambivalência profunda e autêntica.

[21] *Almas mortas*, *op. cit.*, p. 254. (N. da T.)

Gógol tampouco é alheio à concepção grotesca do corpo. Eis um esboço bastante representativo no primeiro volume de *Almas mortas*:

> E de fato há todo tipo de rostos neste mundo. Qualquer focinho que você pegar será diferente do outro. Em um o papel de comandante é desempenhado pelo nariz, em outro pelos lábios, em um terceiro pelas bochechas, que estenderam o seu domínio até tomar conta dos olhos, orelhas e do próprio nariz, que por isso não parece maior do que um botão de colete; nesse o queixo é tão comprido que ele a todo minuto deve cobri-lo com lenço, para protegê-lo de cuspes. E quantos são aqueles que nem parecem gente. Este é um perfeito cão de fraque, a tal ponto que você se pergunta por que ele carrega uma bengala; pois parece que ela será arrancada pelo primeiro que ele encontrar...

Em Gógol, encontraremos ainda um sistema extremamente coerente de transformação de nomes em alcunhas. Que precisão quase teórica revela o nome dado por Gógol à cidade no segundo volume de *Almas mortas*,[22] Tfuslávl, que é a própria essência de um apelido ambivalente e elogioso-injurioso![23] Nele encontraremos também exemplos expressivos de uma combinação sem cerimônias de elogios e injúrias (como uma maldição que simultaneamente admira e abençoa), como: "Que diabos! Como você é boa, estepe!...".[24]

[22] Obra que não chegou a ser publicada, pois o autor a destruiu, restando apenas rascunhos (que foram incluídos na tradução brasileira citada). (N. da T.)

[23] O nome Tfuslávl combina duas palavras russas: *tfu*, que é som do cuspe, e *slávl*, que significa "glória". (N. da T.)

[24] *Tarás Bulba*, *op. cit.*, p. 29. (N. da T.)

Gógol sentiu profundamente a *cosmovisão universal do seu riso*, e ao mesmo tempo não pode encontrar nem o lugar devido, nem a fundamentação e a elucidação teóricas adequadas a esse riso na cultura "séria" do século XIX. Quando Gógol explicou em suas reflexões porque ria, ele, pelo visto, não ousou revelar por completo a natureza do riso, seu caráter popular, universal e abrangente; ele costumava justificar seu riso pela moral limitada do seu tempo. Nessas justificativas voltadas ao nível da compreensão daqueles aos quais elas se dirigiam, Gógol involuntariamente rebaixava, limitava e por vezes tentava com sinceridade encerrar nos limites oficiais aquela enorme força transformadora que irrompia em sua obra cômica. O primeiro efeito exterior, "ridicularizante" e negativo, ao atingir e derrubar os conceitos habituais, não permitiu aos observadores imediatos ver a essência positiva dessa força. "Mas por que começa a surgir essa tristeza no meu coração?", pergunta Gógol em "À saída do teatro" (1842), e responde: "Ninguém tinha reparado na personagem respeitável que está em minha peça". Ao revelar adiante que "Essa personagem nobre e honrada era... Era o *riso*", Gógol continua: "Ele é nobre porque se atreve a se mostrar, apesar de trazer consigo um ofensivo epíteto".[25]

É justamente esse epíteto "*ofensivo*", "*rebaixado*" e *popular* que atribui a esse riso, segundo a definição de Gógol, um traço "nobre"; e Gógol ainda poderia acrescentar que se trata de uma personagem *divina*, pois os deuses assim riam no universo popular da antiga comédia. Esse riso (e o próprio fato de ele ser um "personagem atuante") não cabia nas explicações existentes e possíveis à época.

Ali mesmo o próprio Gógol escreve:

[25] Nikolai Gógol, "À saída do teatro", em *Teatro completo*, trad. Arlete Cavaliere, São Paulo, Editora 34, 2009, p. 376. (N. da T.)

> O riso é muito mais profundo e significativo do que eles pensam. Não aquele riso que nasce da irritabilidade passageira ou de um caráter colérico e doentio. Nem o riso leve, que serve para a vã distração e para o divertimento das pessoas. O riso de que falo é o que nasce da profunda natureza humana. Nasce dela, porque é no fundo da natureza humana que está a fonte que faz fluir eternamente os temas mais profundos. [...]
>
> Não, é injusto dizer que o riso causa indignação. O riso causa indignação somente porque ele ilumina o que estava na escuridão. Muitas coisas deixariam o homem indignado se fossem retratadas sem disfarces. Mas o poder iluminado do riso torna a alma mais serena. [...] Mas não se ouve a poderosa força de tal riso no mundo. "Que há de engraçado em tal baixeza?", dizem. Só ao que se pronuncia com voz forte e severa chamam de "elevado".[26]

O riso "positivo", "iluminado", "elevado" de Gógol, nascido do solo da cultura popular do riso, não foi compreendido (e em muitos sentidos continua assim até hoje). *É justamente esse riso, incompatível com o riso satírico,*[27] que determina o elemento principal da obra de Gógol. É possível dizer que a natureza interior o fazia rir "como os deuses", mas ele considerava necessário justificar seu riso pela limitada moral humana de sua época.

[26] *Idem*, pp. 376-7. (N. da T.)

[27] Aqui o conceito de "sátira" é utilizado naquele sentido preciso da palavra que foi estabelecido pelo autor no livro *A obra de François Rabelais e a cultura popular na Idade Média e no Renascimento*, Moscou, Khudójestvennaya Literatura, 1965.

Contudo, esse riso se revelou por completo *na poética* de Gógol e *na própria construção da linguagem*. Essa linguagem era integrada livremente pela vida linguística[28] não literária do povo (suas camadas não literárias). Gógol emprega esferas linguísticas impublicáveis. Os seus cadernos de anotações estão literalmente repletos de palavras exóticas, misteriosas, ambivalentes pelo sentido e pela sonoridade. Ele até pretendia publicar seu *Dicionário explicativo da língua russa*, em cujo prefácio afirma: "Tal dicionário me parecia ainda mais necessário, porque na vida estrangeira da nossa sociedade, tão pouco próxima ao espírito da terra e do povo, deturpa-se a significação direta e autêntica das palavras russas tradicionais: a umas é atribuído um outro sentido, e outras são totalmente esquecidas". Gógol sente com agudez a necessidade da luta da natureza linguística popular com as *camadas mortas e exteriorizantes da língua*. A ausência de uma língua una, indiscutível e de autoridade, característica da consciência do Renascimento, ecoa na organização da interação multilateral cômica das esferas discursivas em sua obra. Nas suas palavras, observamos uma libertação permanente das significações esquecidas ou proibidas.

Perdidas no passado, as significações esquecidas começam a se comunicar entre si, a sair da concha, a buscar aplicação e junção umas com as outras. As relações semânticas que antes existiam só no contexto de determinados enunciados, nos limites de determinadas esferas discursivas, indissoluvelmente ligadas às situações que as geraram, adquirem nessas condições a possibilidade de renascer e comungar com uma vida renovada. Caso contrário, elas permaneceriam invisíveis e deixariam de existir; não se conservariam, pois, via

[28] Tradução do adjetivo russo *retchevói*, que poderia ser vertido também por verbal, discursivo, oral, da fala. Trata-se do mesmo adjetivo que aparece nas expressões *retchevóie vzaimodéistvie* ("interação discursiva") e *retchevíe janri* ("gêneros do discurso"). (N. da T.)

de regra, não eram fixadas em contextos semânticos abstratos (automatizados na linguagem escrita e impressa), se perderiam para sempre, mal tendo tempo de se formarem para expressar uma ocasião viva e irrepetível. Na língua normativa abstrata, elas não teriam nenhum direito de ingressar no sistema de cosmovisão, uma vez que não se trata de um sistema de significações conceituais, mas da própria vida falante. Por serem a expressão de situações não literárias, não comerciais, não sérias (quando as pessoas riem, cantam, xingam, festejam, banqueteiam — e de modo geral saem do curso normal da vida), elas não poderiam reivindicar representação na língua oficial séria. Entretanto, essas situações e expressões linguísticas não morrem, embora a literatura possa esquecê-las e até evitá-las.

Por isso o retorno à linguagem popular viva é necessário e ocorre já de modo perceptível a todos na obra de expoentes tão geniais da consciência popular como Gógol. Aqui é anulada aquela representação primitiva, que costuma se formar nos círculos normativos, de um movimento retilíneo para frente. Revela-se que qualquer passo verdadeiramente essencial para a frente é acompanhado de uma volta ao princípio ("principialidade"), ou, mais precisamente, de uma renovação do princípio. Só a memória pode caminhar para a frente, e não o esquecimento. A memória retorna ao princípio e o renova. Certamente os próprios termos "para a frente" e "para trás" perdem, nessa compreensão, seu caráter absoluto fechado, revelam mais rapidamente, por meio da sua interação, a natureza paradoxal viva do movimento, que foi estudada e interpretada de modos diferentes pela filosofia (desde a escola eleática até Bergson). Quando aplicado à língua, esse retorno significa um restabelecimento da sua memória ativa e acumulada em seu volume semântico pleno. Um dos meios desse restabelecimento-renovação é justamente a cultura popular do riso expressada com tanta vivacidade na obra de Gógol.

Em Gógol, a palavra do riso se organiza de tal modo que o seu objetivo não é a simples indicação de certos fenômenos negativos, mas a *revelação de um aspecto específico do mundo como um todo*.

Nesse sentido a zona do riso em Gógol se torna uma *zona de contato*. Aqui se une o contraditório e o incompatível, que revivem como uma *ligação*. As palavras carregam consigo impressões totais de contatos, ou seja, de gêneros discursivos, quase sempre muito distantes da literatura. A mera tagarelice (das damas) soa nesse contexto como um problema discursivo, como algo significativo, que emerge por meio de do lixo discursivo que poderia parecer irrelevante.

Nessa linguagem ocorre um afastamento das normas literárias da época e uma relação com outras realidades que explodem a superfície da palavra oficial, direta e "decente". O processo de comer e as diversas manifestações da vida material e corporal — como um nariz com uma forma estranha, um galo na cabeça etc. — exigem uma linguagem própria para sua designação, novos artifícios, concordâncias, bem como uma luta com a necessidade de se expressar com asseio e sem ofender o cânone; mas, ao mesmo tempo, está claro ser impossível não ofendê-lo. Nasce uma fissura, um salto de sentido de um extremo a outro, uma tentativa de manter o balanço, e simultaneamente os fracassos: o travestimento cômico da palavra, revelador da sua natureza multidimensional e indicador dos caminhos de sua renovação.

Esse objetivo é obtido por uma dança desenfreada, por traços animalescos que sobressaem nas pessoas etc. Gógol dá atenção especial para o plano dos gestos e injúrias sem desprezar quaisquer particularidades específicas da linguagem popular do riso. A vida fora da farda e da patente atrai Gógol com uma força descomunal, embora na juventude ele tenha sonhado justamente com a farda e a patente. Os direitos violados do riso encontram em Gógol um defensor e um expoente, ainda que ele tenha idealizado durante toda a vida uma literatura séria, trágica e moral.

Desse modo, vemos a colisão e a interação de dois mundos: um mundo bastante legalizado, oficial, formalizado em patentes e fardas, expresso com nitidez no sonho sobre a "vida na capital", e um mundo onde *tudo é engraçado e pouco sério, onde só o riso é sério*. A insensatez e o absurdo trazidos por esse mundo se tornam, ao contrário, o princípio interior que verdadeiramente unifica o outro mundo, exterior. É este o alegre absurdo das fontes populares, que possuem uma variedade de correspondências linguísticas registradas por Gógol com precisão.

O mundo de Gógol, portanto, se encontra o tempo todo em uma zona de contato (assim como toda representação do riso). Nessa zona, todas as coisas se tornam novamente palpáveis, a comida representada por meios linguísticos é capaz de despertar o apetite, como também é possível a representação analítica de movimentos isolados, que não perdem a integridade. Tudo se torna existente, contemporâneo e de fato presente.

É característico que nada de substancial daquilo que Gógol deseja transmitir seja dado por ele na zona da memória. Por exemplo, o passado de Tchítchikov é apresentado em *uma zona distante e em um outro plano linguístico* diferente daquele em que ocorrem suas buscas por "almas mortas", lá não há riso. Quando ocorre a verdadeira revelação do caráter, entra em ação a natureza do riso que o tempo todo une, confronta e coloca em contato tudo ao redor.

É importante que esse mundo do riso esteja constantemente aberto para novas interações. O conceito comum e tradicional do todo e do seu *elemento*, que apenas no todo adquire sentido, aqui precisa ser revisto e abordado com profundidade maior. A questão é que cada um desses elementos é simultaneamente um representante de algum outro todo (por exemplo, da cultura popular), no qual ele, inicialmente, adquire seu sentido. Desse modo, a totalidade do mundo de Gógol não é em princípio fechada e autossuficiente.

Apenas graças à cultura popular a contemporaneidade de Gógol comunga com o "grande tempo".

A cultura popular dá profundidade e ligação às imagens carnavalizadas dos coletivos: à avenida Niévski, aos funcionários públicos, à chancelaria, à repartição (o início de "O capote", o xingamento — "a repartição das canalhices e dos disparates"[29] etc.). Só nela se torna compreensível a *morte alegre*, ou seja, as mortes alegres em Gógol: o heroísmo alegre de Bulba, que perdeu seu cachimbo; a transfiguração de Akáki Akákievitch moribundo (o delírio agonizante com xingamentos e revolta) e suas aventuras além-túmulo. Os coletivos carnavalizados, na verdade, são retirados pelo riso popular da vida "verdadeira", "séria" e "decente". Não há um ponto de vista da seriedade que se oponha ao riso. O riso é o "único herói positivo".

O grotesco em Gógol é, por conseguinte, não uma simples violação das normas, mas a negação de todas as normas abstratas e imóveis, pretendentes ao absoluto e à eternidade. O grotesco nega a obviedade e o mundo do "evidente por si" em prol do inesperado e do imprevisível da verdade. É como se o grotesco dissesse que o bem tem que ser esperado não naquilo que é estável e habitual, mas no "milagre". Nele está contida a ideia popular que renova e afirma a vida.

A compra das almas mortas e as diversas reações às propostas de Tchítchikov também revelam, nesse sentido, seu pertencimento às representações populares sobre a ligação entre a vida e a morte e a sua ridicularização carnavalizada. Aqui também está presente o elemento do jogo carnavalesco com a morte e com as fronteiras entre vida e morte (por

[29] Citação do início da primeira redação de "O capote". (N. da T.)

exemplo, na reflexão de Sobakiévitch de que os vivos servem para pouca coisa, o medo que Koróbotchka tem dos defuntos e o provérbio "um corpo morto só serve para escorar a cerca"[30] etc.). O jogo carnavalesco consiste na colisão entre o ínfimo e o sério, o terrível; são empregadas de modo carnavalesco as representações sobre o infinito e a eternidade (litígios sem fim, disparates sem fim etc.). A viagem de Tchítchikov é igualmente *inconclusa*.

Nessa perspectiva vemos também com mais precisão a comparação entre as imagens e os enredos reais do regime de servidão (a venda e a compra de pessoas) no império russo. Essas imagens e esses enredos acabam junto com o fim do regime de servidão. As imagens e as situações do enredo em Gógol são imortais, estão no grande tempo. O fenômeno pertencente ao pequeno tempo pode ser puramente negativo, apenas odioso, mas no grande tempo ele é ambivalente e sempre querido, como parte da existência. Daquele plano em que podem apenas ser aniquilados, odiados ou aceitos, em que eles já não estão, todos esses Pliúchkin, Sobakiévitch e os demais passaram para o plano em que permanecem eternamente, em que são mostrados como pertencentes à existência imortal, em eterno devir.

O velho ridente não pode ser alegre. No limite, ele é taciturno e sombrio. Já em Gógol, o riso vence tudo. Ele cria uma espécie de *catarse* da vulgaridade.

O problema do riso de Gógol só pode ser corretamente colocado e resolvido com base no estudo da cultura popular do riso.

[30] *Almas mortas*, *op. cit.*, p. 112. (N. da T.)

exemplo [illegible] que os [illegible] [illegible] [illegible] [illegible] do [illegible]

[illegible]

[illegible] gada de [illegible]

[illegible]

[illegible]

[illegible]

[illegible]

Glossário

Ambivalência (*ambivaliéntnost*, pp. 79, 92, 95, 261, 399-400, 588-9, 631-3, 648-9, 687-9) — traço constitutivo e norteador do realismo grotesco, a ambivalência manifesta os dois polos da mudança e da vida — a negação do velho e a afirmação do novo, a morte e o nascimento, o início e o fim da metamorfose. Nas *Conversas com Duvákin*, Bakhtin reconhece que a ambivalência veio da dialética e do diálogo. Na dialética hegeliana, o "devir" é a unidade do movimento e do equilíbrio contraditório (unifica em si aquilo que é contraposto a si) com duas direções: "Uma direção é o *perecer*, ser passa para nada, mas nada é, igualmente, o oposto de si mesmo, passar para o ser, nascer. Esse nascer é a outra direção: nada passa para ser".[1] Esse movimento ocorre pelo que Hegel chama de "suprassumir", unidade contraditória entre conservar e pôr fim. Portanto, a definição de realismo grotesco como a simultaneidade da negação do velho e da afirmação do novo, a morte e o nascimento, se filia ao conceito de devir hegeliano, mas se distancia deste por seu caráter imagético, visual, palpável, conforme Bakhtin reitera várias vezes.

Apelido ou *alcunha* (*prózviche* ou *klítchka*, pp. 684-91) — nome com um significado etimológico claro e conhecido, e que ainda caracteriza a pessoa nomeada. Tal *nome-apelido* nunca é *neutro*, pois seu significado sempre inclui uma avaliação (po-

[1] G. W. F. Hegel, *Ciência da lógica, 1. A doutrina do ser*, trad. C. C. Iber, M. L. Miranda e F. Orsini, Petrópolis/Bragança Paulista, Vozes/Editora Universitária São Francisco, 2016, p. 110.

sitiva ou negativa), sendo em essência um *blason* (brasão) (ver verbete). Todos os apelidos ou alcunhas são ambivalentes, ou seja, têm um matiz elogioso-injurioso. No romance de Rabelais, quase todos os nomes dos personagens principais, Gargântua, Pantagruel, Grangorja (Garganta grande) e Gargamela (Garganta) são ao mesmo tempo nomes próprios e apelidos de caráter avaliativo. Todos os quatro aludem à "garganta", concebida como uma imagem elogiosa-injuriosa da glutonaria, dos atos de engolir e de devorar, do banquete, ou seja, de uma boca escancarada, ao mesmo tempo túmulo e ventre.

Banquete (*pir*, pp. 439-71) — as imagens do banquete procedem da tradição grotesca do *simposium* da Antiguidade. Durante a refeição, os limites entre o corpo e o mundo são superados a favor do corpo humano que triunfa sobre o mundo. O banquete sempre celebra a vitória, que é parte de sua própria natureza. A celebração do banquete é universal: é o triunfo da vida sobre a morte e equivale à concepção e ao nascimento. A palavra no banquete fala sobre a antecipação de um futuro melhor. O corpo vitorioso toma para si o mundo vencido e se renova. Enquanto celebração da vitória e da renovação, o banquete costuma desempenhar a função de conclusão na arte popular. Tem um significado especialmente importante como uma moldura essencial para a palavra sábia, o discurso e a verdade alegre.

Blason (pp. 642-6) — gênero poético muito popular na literatura da primeira metade do século XVI. A própria palavra *blason*, além do seu sentido heráldico (brasão), se caracteriza por ter um duplo significado, combinando elogio e injúria. Originário do universo da linguagem popular, o *blason* preservou a ambiguidade do tom e da avaliação, ou seja, a plenitude contraditória do tom, permitindo que o elogio se tornasse irônico e ambíguo, e possibilitando elogiar aquilo que não se costumava elogiar. O *blason* ficou fora do sistema oficial das avaliações diretas e unilaterais. A tradição popular dos *blasons* abrangia principalmente as avaliações elogioso-injuriosas de outras nacionalidades, de várias regiões, províncias, cidades e povoados; a todos esses eram atribuídos certos epítetos, que tinham um significado ambivalente (embora com algum predomínio da blasfêmia). Segundo Bakhtin, tons blasoneadores permeiam todo o romance de Rabelais.

Boca, nariz e *olhos* (*rot, nos* e *glazá*, pp. 179-80, 476-77, 334, 479, 489-98, 501-8, 511-21, 642) — entre todas as partes do rosto humano, a boca escancarada e o nariz (este último um substituto do falo) desempenham um papel essencial na imagem grotesca do corpo. Segundo Bakhtin, a boca escancarada é uma das imagens centrais do sistema festivo-popular e está relacionada com o baixo corporal topográfico: trata-se de portões abertos que conduzem para baixo, para o inferno corporal. A boca escancarada está relacionada com a imagem da devoração-deglutição: uma antiga imagem ambivalente da morte e da aniquilação. A boca na topografia grotesca corresponde ao ventre e ao útero. Ao mesmo tempo, a boca escancarada (com garganta e dentes) está ligada a uma série de imagens de banquete. As formas da cabeça, as orelhas e o próprio nariz adquirem um caráter grotesco somente quando se convertem em formas animalescas ou objetuais. Já os olhos não desempenham nenhum papel na imagem grotesca do rosto, por expressarem a vida interior individual e autossuficiente do ser humano, que não é essencial para o grotesco. O grotesco trata apenas dos olhos esbugalhados, pois se interessa por tudo que se sobressai, se projeta e extravasa para além do corpo e para fora dos seus limites. Além disso, os olhos esbugalhados interessam ao grotesco por testemunharem uma tensão puramente corporal.

Bogatír (p. 368) — personagem do folclore eslavo que se distinguia por sua extraordinária força física e suas façanhas heroicas.

Bufões e bobos (*chutí i durakí*, pp. 67-73, 187-8, 328-9, 416-8, 585, 641-6) — são figuras características da cultura do riso medieval e presentes na vida comum, extracarnavalesca, ou seja, desempenhavam um papel não apenas durante o espetáculo teatral, mas sempre e em todo lugar. Estavam na fronteira entre a vida e a arte. Não eram simplesmente excêntricos e tolos, tampouco atores cômicos. Por meio do riso rebaixador, o bufão medieval era um dos portadores da verdade questionadora do mundo e do poder.

Bursa (pp. 37, 713-4) — nome do alojamento para estudantes do seminário de Kíev.

Cânone (*kanón*, pp. 97-104, 494-8) — em uma concepção estreita, é um conjunto determinado de regras, normas e proporções de representação do corpo humano conscientemente estabelecidas. Na acepção de Bakhtin, é uma determinada tendência mais ampla, dinâmica e em desenvolvimento de representação do corpo e da vida corporal. Bakhtin distingue dois cânones que podem entrar em interação, luta, influência mútua, cruzamento e mistura: o clássico e o grotesco (ver verbetes).

Cânone clássico (*klassítcheski kanón*, pp. 103-4, 651) — tendência de representação em que o corpo é rigorosamente concluído, completamente pronto, solitário, sozinho, apartado de outros corpos e fechado. Há uma preferência pela idade mais distante do ventre materno e do túmulo, ou seja, em uma distância máxima do início e do fim da vida individual. A ênfase recai sobre a individualidade autossuficiente e concluída do corpo em questão. São mostradas apenas aquelas ações do corpo no mundo exterior em que há limites nítidos entre o corpo e o mundo. As ações e os processos intracorporais de absorção e eliminação não são revelados. O corpo individual é mostrado fora da sua relação com o corpo popular da espécie.

Cânone grotesco (*grotéskni kanón*, pp. 103, 651) — tendência de representação do corpo em que as ênfases recaem sobre aquelas partes em que ora ele está aberto para o mundo exterior, quando o mundo entra no corpo ou sobressai dele, ora o próprio corpo sobressai para o mundo mediante os orifícios, as protuberâncias, todo tipo de ramos e ramificações: a boca escancarada, as genitálias, os seios, o falo, a barriga gorda, o nariz. O corpo revela a sua essência como um princípio que cresce e extrapola os seus limites, fundamentalmente em atos como a copulação, a gravidez, o parto, a agonia, a comida, a bebida e a defecação. É um corpo inacabado, eternamente criado e criador, é um elo na cadeia da evolução da espécie, ou mais precisamente dois elos, mostrados no ponto em que se juntam, em que um entra no outro. Isso é particularmente evidente no período arcaico do grotesco. As idades desse corpo, diferentemente dos cânones mais novos, são mostradas em uma proximidade máxima com o nascimento ou a morte. Trata-se da primeira infância e da velhice com uma ênfase nítida na sua proximidade com o ventre e o túmulo, com o útero que gera e devora. Como tendência, esses dois corpos se unem em um só. Aqui a individualidade está em transformação, como a que está morrendo e ainda não está pronta. O corpo está ao mesmo tempo no limiar entre o túmulo e o berço, já não é um corpo, mas ainda não são dois; nele sempre batem dois pulsos: um deles, materno, está prestes a parar. Este corpo, inconcluso e aberto (que morre — gera — é gerado), não está apartado do mundo por meio de fronteiras nítidas: está misturado com o mundo, com os animais e com as coisas. Ele é cósmico e representa o mundo material e corporal com todas as forças da natureza. Como tendência, o corpo representa e encarna em si todo o mundo material e corporal, tomado como um baixo absoluto, como um princípio que devora e gera, como um túmulo e um útero corporal, como um campo que é semeado e no qual amadurecem novos frutos (ver verbete *Corpo grotesco*).

Carnaval (*karnaval*, pp. 68-78, 184-5, 257-70, 328-35, 356-60, 393-410, 434-5, 593-6) — festa que sobreviveu, enquanto outras festas da cultura festivo-popular, próximas a ela por seu caráter, estilo e gênese, salvo poucas exceções, ou morreram ou degeneraram até se tornarem irreconhecíveis. Com todo seu complexo sistema de imagens, foi a expressão mais plena e pura da cultura popular do riso e da praça, independente da Igreja e do Estado (mas por eles tolerada). A abolição temporária do poder exclusivo do mundo oficial da Igreja resulta em um retorno temporário dos deuses pagãos destronados: tornam-se possíveis a passagem dos arlequins, a aparição das fadas, do mensageiro do rei dos arlequins, e a festa das prostitutas na praça conduzida pelas fadas. As origens do carnaval estão nas festividades antigas pagãs de tipo agrário e nas saturnálias romanas, vistas como um retorno temporário da era de ouro de Saturno à Terra. Opunha-se à festa oficial e celebrava uma libertação temporária da verdade dominante, da ordem existente, bem como a anulação temporária das relações hierárquicas, dos privilégios, das normas e proibições. O carnaval era avesso a toda eternização, conclusão e fim. A ênfase recaía sobre o futuro, cuja imagem utópica era ensaiada nas festas populares. É a segunda vida do povo, a festiva e organizada segundo o princípio do riso; não conhece a divisão entre intérpretes e espectadores, e nem a ribalta. O carnaval não se contempla, nele todos vivem, porque por princípio ele é de todo o povo. Enquanto o carnaval se realiza, não há outra vida a não ser a carnavalesca. Dele não se pode fugir, pois o carnaval não conhece limites espaciais. Durante o carnaval só se pode viver segundo as leis da liberdade carnavalesca. O carnaval tem um caráter universal, é um estado específico do mundo (seu renascimento e renovação) dos quais todos participam. É muito importante o tema da tolice e da loucura: a festa dá direito à tolice. O carnaval libertou a consciência do poder da visão de mundo oficial. Permitiu olhar o mundo de uma nova maneira: sem medo, sem reverência, de modo crítico, mas ao mesmo tempo sem niilismo e positivo, pois revelou o princípio material, o excedente do mundo, seu devir, alternância, sua natureza inelutável, o novo sempre triunfante e a imortalidade do povo.

Carnavalesco (*karnaválni*, pp. 67-87, 108-9, 199-204, 320-39) — epíteto usado por Bakhtin para ampliar o sentido de carnaval, ao incluir não só as festividades e suas imagens num sentido mais estrito, mas todas as formas da cultura e da vida popular, festiva e do riso na Idade Média e no Renascimento.

Carnavalização (*karnavalizátsia*, pp. 130, 433-4, 577, 596, 598, 641) — a carnavalização da consciência é uma libertação completa da seriedade gótica, com vistas a abrir caminho a uma seriedade nova, livre e sóbria. Essa carnavalização da consciência está presente em todas as grandes obras do Renascimento e, em especial, na obra de Rabelais.

Chifres (*rogá*, pp. 388, 391-2) — o tema dos chifres representa o destronamento do marido obsoleto e o novo ato de concepção com um jovem. O marido chifrudo desempenha o papel de um rei destronado, do ano-velho, do inverno que passou.

Comida e bebida ou *comer e beber* (*edá* e *pitió*, pp. 439, 442-9, 458, 466, 491, 544, 687) — a comida e a bebida são algumas das manifestações mais importantes da vida do corpo grotesco (ver verbete), que se particulariza por seu caráter aberto, inconcluso, sua interação com o mundo. No ato de comer, o corpo ultrapassa os seus limites: ele engole, absorve, dilacera o mundo, suga-o para dentro de si, se enriquece e cresce à sua custa. O encontro do ser humano com o mundo, que ocorre em uma boca escancarada, roedora, dilaceradora e mastigante, é alegre e jubiloso, bem como um dos enredos mais antigos e importantes do pensamento e da imagética humana. Aqui o ser humano prova o mundo, sente seu gosto, o introduz em seu corpo, tornando-o uma parte de si. O ser humano triunfava sobre o mundo, o devorava e não era por ele devorado. A fronteira entre ele e o mundo era apagada em um sentido positivo para o ser humano. No sistema antigo de imagens, a comida estava estreitamente ligada ao trabalho. O encontro e a luta do ser humano com o mundo por meio do trabalho terminava em comida, ou seja, no devorar da parte conquistada do mundo. Como última e vitoriosa etapa do trabalho, a comida com frequência substitui no sistema de imagens todo o processo de trabalho. A comida e o trabalho eram dois lados de um mesmo fenômeno, isto é, da luta e da vitória do ser humano sobre o mundo. O trabalho e a comida eram coletivos, pois toda a sociedade participava deles em pé de igualdade. O ato de comer não pode ser triste e está ligado à celebração da vitória (ver verbete *Banquete*).

Conclusibilidade (*zaverchónnost*, *zaverchímost*, pp. 123, 198) — traço característico da cultura oficial que, a partir do século XVII, reforça imagens estáveis com sentidos e tons únicos.

Conversas à mesa ou *palavra à mesa* (*zastólnie bessiédi* ou *zastólnoe slovo*, pp. 101, 183, 441, 446-9, 522, 542) — têm um caráter lúdico e livre, e estão ligadas ao riso festivo-popular, à bufonaria, à liberdade e à franqueza. A verdade livre e sincera só pode ser expressa na atmosfera do banquete e apenas no tom das conversas à mesa. Trata-se de uma verdade interiormente livre, alegre e materialista. O pão e o vinho (o mundo vencido pelo trabalho e pela luta) dispersam todo tipo de medo e libertam a palavra. O encontro alegre e triunfante com o mundo no ato da comida e da bebida do ser humano vencedor, que devora o mundo sem ser por ele devorado, estava em profunda sintonia com a própria essência da visão de mundo rabelaisiana. Essa vitória sobre o mundo no ato de comer era concreta, tangível, material e corporal; sentia-se o próprio gosto do mundo vencido. Os temas e as imagens das conversas à mesa são sempre matérias elevadas e questões profundas, que são destronadas e renovadas no plano material e corporal. As conversas à mesa são liberadas da exigência de observar as distâncias hierárquicas entre os objetos e os valores, e misturam livremente o profano com o sagrado, o elevado com o baixo, o espiritual com o material. A palavra no banquete tem uma relação com o futuro e a glorificação-ridicularização, que sobrevive nos discursos e brindes festivos. A palavra no banquete pertence ao próprio tempo, que mata e gera vida em um único ato, por isso essa palavra é ambígua e ambivalente. O momento da celebração do banquete assume a forma utópica da antecipação de um futuro melhor.

Coq-à-l'âne (do galo para o burro, pp. 567, 636-8, 641, 691) — é um gênero muito comum da comicidade popular na Idade Média, que consistia em um *nonsense* verbal deliberado. Trata-se de um jogo com palavras, com expressões habituais (provérbios e ditados), com junções costumeiras de palavras tomadas fora do eixo lógico comum e de outras conexões semânticas. É uma espécie de recreação com as palavras e os objetos, libertos das garras do sentido, da lógica e da hierarquia verbal. Em plena liberdade, eles estabelecem entre si relações e junções totalmente incomuns. A curta coexistência dessas palavras, expressões e objetos fora das condições semânticas habituais os renova, revelando sua ambivalência e polissemia internas e as possibilidades neles contidas que não aparecem em condições normais.

Corpo grotesco (*grotésknoie tiélo*, pp. 97, 372, 440-4, 442-4, 490-3, 521-4, 541-2, 633) — não é separado do resto do mundo, antes está misturado com ele, com os animais e com as coisas; não é fechado, concluído, nem pronto; no limite não há corpo individual; transborda a si mesmo e ultrapassa os seus limites. Ele é capaz de criar a si e criar outro corpo; devora o mundo e é devorado por ele. O corpo é cósmico e representa o mundo material e corporal em todos os seus elementos e forças da natureza. O corpo assume dimensões cósmicas, e o cosmos se corporifica. Esse corpo de todo o povo, em eterno crescimento e triunfo, se sente no cosmos como em sua própria casa. Ele é carne da carne e sangue do sangue do cosmos, nele há os mesmos elementos e forças cósmicos, só que mais bem organizados; o corpo é a última e melhor palavra do cosmos, ele é a principal força cósmica; ele não teme o cosmos e todos os seus elementos. A ênfase está nas partes abertas para o mundo exterior, principalmente o ventre e o falo, ou naquelas em que o mundo adentra o corpo, ou seja, nos orifícios, nas protuberâncias. A imagem grotesca do corpo mistura a aparência externa com seu interior: o sangue, as tripas, o coração e outros órgãos. De modo frequente, a aparência interna e a externa se misturam em uma única imagem. O corpo grotesco revela a sua essência como um princípio que cresce e extrapola os seus limites em atos como a copulação, a gravidez, o parto, a agonia, a bebida, a comida e a defecação. Esse corpo nunca está pronto, mas em constante processo de criação. Esse corpo está muito próximo dos seus dois limites: do nascimento e da morte, da primeira infância e da velhice. Além disso, a topografia do corpo grotesco tem como centro as tripas, onde o alto e o baixo transitam entre si e onde se encontram a vida e a morte, o nascimento, as defecações e a comida. A morte renova o corpo grotesco nas novas gerações. Seus acontecimentos sempre se desenrolam no ponto de intersecção de dois corpos: a morte e o nascimento do corpo se fundem em uma única imagem bicorporal. Os conceitos e as imagens do elevado e do baixo em sua expressão valorativo-espacial eram essenciais ao homem medieval. Na época do Renascimento, essa visão de mundo hierárquica se desfez; ocorreu a substituição da vertical (o alto e o baixo) pela horizontal (o passado e o futuro). O corpo se tornou o centro do universo. (Ver verbetes *Cânone grotesco* e *Boca, nariz e olhos.*)

Cultura oficial (*ofitsiálnaia kultura*, pp. 67, 165, 192, 198-9, 239, 284, 433-5, 705-6) — tem um caráter sério, dogmático e unilateral, que levou ao surgimento de uma cultura paralela, subversiva, baseada no riso e no travestimento paródico dos cultos e rituais religiosos oficiais nas festas populares e, em especial, do carnaval. A seriedade da cultura de classes é oficial, autoritária, violenta, proibitiva e restritiva. Nela, sempre há um elemento de medo e de amedrontamento. O poder, a violência e a autoridade nunca falam a linguagem do riso.

Cultura popular do riso ou *percepção carnavalesca do mundo* (*naródnaia smekhováia kultura* ou *karnaválnoie mirooschuschiénie naróda*, pp. 66-7, 86-8, 103-8, 135-42, 705-7) — um ponto de vista específico sobre o mundo, bem como formas particulares de seu reflexo imagético, contrapostos à cultura oficial. É composta por formas de expressão dinâmicas, mutáveis, lúdicas e instáveis, dotadas de alternâncias e renovações e da consciência da relatividade alegre das verdades e dos poderes dominantes. Construída como paródia à vida comum, essa cultura ou percepção de mundo se orienta pela lógica do inverso, do às avessas, e não se restringe à negação do parodiado, mas ao seu renascimento e renovação. Consiste em três formas principais de expressão: as festividades carnavalescas (ver verbete), a literatura popular do riso (ver verbete) e o discurso ou linguagem sem cerimônias da praça (ver verbete).

Demônios e *diabos* (*biéssi* e *tchiérti*, pp. 105, 115, 118-20, 191, 284, 413, 422-5, 502-3, 530-4, 694) — eram personagens das diabruras, espetáculos populares que faziam parte do gênero mistério. Este tinha parentesco com o carnaval, extrapolava a ribalta, interferia na vida da praça, gozava dos direitos carnavalescos a uma liberdade sem limites. Antes da encenação do mistério, e às vezes com vários dias de antecedência, era permitido que os participantes da diabrura fantasiados de demônios corressem pela cidade e até pelas aldeias vizinhas. Pessoas fantasiadas de diabo se sentiam, até certo ponto, fora das proibições habituais e contagiavam com esse seu humor especial também aqueles com quem entravam em contato. Em torno dessas pessoas se criava a atmosfera de uma liberdade carnavalesca desenfreada. Considerando-se fora das leis ordinárias, os "diabos", que na maioria das vezes eram pessoas pobres (daí a expressão *pauvre diable*), costumavam infringir os direitos de propriedade, roubavam os camponeses e, fazendo uso do seu papel, melhoravam sua condição financeira. Eles cometiam ainda outras atrocidades. Por isso, eram com frequência emitidas proibições especiais contra a liberdade dos diabos que extrapolavam seu papel. Contudo, mesmo permanecendo dentro dos limites do papel atribuído a eles no mistério, os diabos preservavam sua natureza profundamente extraoficial. O papel deles contemplava tanto os xingamentos (ver verbete) quanto as obscenidades (ver verbete). Eles agiam e falavam contra a cosmovisão cristã oficial. No entanto, o diabo dos mistérios não é só uma figura extraoficial, mas também uma imagem ambivalente semelhante ao bobo e ao bufão (ver verbete). Ele foi um representante da força destruidora e renovadora do baixo material e corporal.

Diálogo e aspecto dialógico (*dialóg e dialoguítcheski momiént*, pp. 82, 90, 183, 194, 198, 204, 209, 634, 651-2) — muito presente na filosofia e na literatura da Antiguidade e da Idade Média, o aspecto dialógico é um componente da palavra bitonal (ver verbete), a qual, por sua vez, surgiu da decomposição da imagem bicorporal na Antiguidade. Os dois lados da palavra bitonal entram em embate por meio do aspecto dialógico dessa palavra. O aspecto dialógico — muito presente nos pares de personagens, nas disputas entre tempos e idades, face e traseiro, o cima e o baixo — é uma das origens folclóricas do romance e do diálogo romanesco.

Dualidade do mundo (*dvumírnost*, p. 69) — trata-se de uma compreensão da vida e da cultura na Europa durante a Idade Média, formada por um lado sério, oficial e religioso, e por outro lado do riso popular, não oficial e não religioso. Uma de suas principais manifestações eram as festas na praça pública (ver verbete *Formas rituais de espetáculo*).

Épocas de ruptura ou *momentos de crise* (*perelómnie epókhi* ou *krízisnie momiénti*, pp. 74, 231-2, 609) — são associados à festa popular e à vida da natureza, da sociedade e do ser humano. Os momentos de morte e de renascimento, de alternâncias e renovações, sempre predominaram na visão de mundo festiva. A libertação temporária da verdade e da ordem predominantes, bem como uma anulação temporária de todas as relações hierárquicas, privilégios, normas e proibições, estavam presentes no carnaval (ver verbete). A crise está presente nas imagens e concepções do corpo grotesco (ver verbete), ao representarem o embate entre uma velha vida persistente e uma nova vida que nasce. Já a festas oficiais da Idade Média relacionavam as mudanças e as crises ao passado, bem como afirmavam o caráter estável, imutável e eterno da ordem existente. Nas épocas de ruptura e de crise, a cultura popular, com sua concepção da existência inconclusa e do tempo alegre (ver verbete), exerce uma poderosa influência sobre a grande literatura, como ocorreu no Renascimento. (Ver verbete *Inconclusibilidade*.)

Epos (*epos*, pp. 192-3, 224, 542) — o epos é um gênero poético da Antiguidade e da Idade Média que narra o passado heroico de um povo, e no qual o corpo, segundo Bakhtin, era muito individualizado e fechado, apesar das descrições detalhadas de desmembramentos e ferimentos. No epos, há apenas resquícios da concepção grotesca do corpo (ver verbete). Em polêmica com Hegel, Bakhtin contrapõe o epos ao romance, por considerar que o epos está ligado ao passado primordial de um povo, enquanto o romance está conectado com a contemporaneidade inconclusa.[2]

Esfera linguística ou discursiva (*retchevâia sfiéra*, pp. 86, 101, 634, 720) — corresponde às variantes, nem sempre cultas e padrão, que formam uma língua. Bakhtin, no texto sobre Gógol, destaca que este autor introduziu esferas linguísticas populares, não literárias, esquecidas ou proibidas na composição de suas obras. Ele aborda ainda o fato de determinados enunciados existirem apenas nos limites das esferas linguísticas ligadas às situações que os geraram.

Esferas da linguagem impublicável ou *esferas impublicáveis da linguagem* (*sfiéri nepublikúiemoi riétchi* ou *nepublikúiemie sfiéri riétchi*, pp. 634-6, 720) — trata-se da linguagem popular, coloquial e, muitas vezes, obscena. Essas esferas estão presentes em todas as culturas, embora não sejam aceitas do ponto de vista da linguagem literária padrão e livresca. Apenas fragmentos insignificantes e suavizados das esferas impublicáveis da vida da linguagem aparecem nos livros. Parece impossível construir um julgamento sério, um pensamento ideológico ou uma imagem artística plena nessas esferas da linguagem, não porque elas costumam estar repletas de obscenidades (embora possam estar ausentes), mas porque parecem algo *ilógico*, que viola todas as distâncias comuns entre os objetos, os fenômenos e os valores. Elas juntam aquilo que o pensamento estava acostumado a distinguir e até mesmo a opor claramente. Nessas esferas, todas as fronteiras entre os objetos e fenômenos são traçadas de maneira distinta daquela exigida e admitida pela representação dominante do mundo. À época de Rabelais, essa linguagem popular se tornou pela primeira vez a linguagem da literatura e da ideologia.

Espancamento (*pobói* e *izbiénie*, pp. 293, 327-43, 391-3, 419-22, 711) — faz parte do desmembramento carnavalesco do protagonista de um jogo cômico e tinha um caráter alegre. Ele é

[2] Cf. Mikhail Bakhtin, *Teoria do romance*, v. I, II e III, trad. Paulo Bezerra, São Paulo, Editora 34, 2015, 2018 e 2019.

tão ambivalente quanto o xingamento que se transforma em elogio, uma vez que, no sistema festivo de imagens, não há negação absoluta. Os golpes tinham um caráter erótico e simbólico ambivalente. Ao mesmo tempo destruíam e davam uma nova vida, encerravam o velho e começavam o novo.

Facécias (*facetiae*, pp. 269, 303-4) — gênero típico da época do Renascimento, formado por pequenos contos humorísticos.

Fantasia (*pereodevánie*, pp. 172, 329-30, 423-6, 530-1, 605, 711) — era um aspecto obrigatório das festas populares na Idade Média. As fantasias, o uso de roupas pelo avesso e das calças na cabeça simbolizavam uma transferência do alto para o baixo, do elevado e o velho (pronto e concluído) para o inferno material e corporal com vistas à morte e ao renascimento.

Festa dos loucos (*prázdnik durakóv*, pp. 81, 99, 111-2, 119-20, 163-8, 358, 360, 415-6, 624) — a palavra *durák* significa "bobo", "tolo", um personagem que se revela sábio no universo do folclore eslavo. Já o referencial francês utiliza a palavra *fou*, que significa "louco", por isso a opção pela tradução "festa dos loucos". Originária de cultos pagãos, segundo Bakhtin, é uma das expressões mais marcantes e puras do riso festivo medieval sobre assuntos da Igreja. Inicialmente era celebrada nas igrejas e tinha um caráter bastante legal, mas se tornou semilegal e já no fim da Idade Média totalmente ilegal. Apesar disso, essa festa continuou a ser celebrada nas ruas, praças e tabernas. Ela sobreviveu com força e persistência especiais na França. Quase todos os ritos da festa dos loucos representam um rebaixamento grotesco de vários ritos e símbolos religiosos por meio da sua transferência para o plano material e corporal: glutonaria e bebedeira no altar, movimentos corporais obscenos, corpos nus etc. Os participantes dessa festa a entendiam como uma celebração alegre e livre da tolice ou da nossa segunda natureza. Essa tolice alegre se opunha à seriedade da "reverência e do medo divino". Dessa maneira, os participantes da festa dos loucos viam nela não só a libertação, ainda que uma vez por ano, do curso habitual da vida, mas também a libertação do ponto de vista religioso sobre o mundo, da reverência e do medo divino. Permitia-se olhar para o mundo com olhos tolos, e esse direito era atribuído não só à festa dos loucos, mas à dimensão popular e da praça de qualquer festa. (Ver verbetes *Loucura* e *Tolice*.)

Festa oficial (*ofitsiálni prázdnik*, pp. 74-5, 273, 395) — guiava-se pela seriedade, que era alheia ao princípio do riso, e afirmava uma verdade pronta. Sancionava a ordem existente e tinha uma relação formal com o tempo, em que a crise estava relegada ao passado. A festa oficial estava orientada para o passado, que consagrava a ordem presente, asseverando a estabilidade, a imutabilidade e a eternidade dos valores, normas e proibições religiosos, políticos e morais. Nas festas oficiais, as distinções hierárquicas se sobressaíam: os participantes tinham de se apresentar com todas as distinções da sua patente, posto, mérito e ocupar o lugar correspondente à sua classe. A festa consagrava a desigualdade.

Festa ou *festividade* (*prázdnik* ou *prázdnestvo*, pp. 67-80, 162-3, 169-74, 200, 273, 394-5, 436-7) — trata-se de uma das três formas fundamentais de expressão da cultura popular do riso na Idade Média; as outras duas são obras cômicas verbais em latim e línguas vernáculas, e os fenômenos e gêneros da linguagem sem cerimônia da praça (ver a Introdução). É uma forma primordial da cultura humana, com um profundo conteúdo semântico e de cosmovisão ligado à esfera ideológico-espiritual. Ela sempre tem uma relação essencial com o tempo natural (cósmico), biológico e histórico. Ademais, era relacionada a momentos de crise e de ruptura na vida da natureza, da sociedade e do ser humano. Os momentos de morte e de renascimento, as alternâncias e as renovações sempre nortearam a percepção de mundo festiva. A partir do século XVII, Bakhtin aponta o enfraquecimento das formas festivas da vida popular. Há uma estatização e cotidianização da vida festiva. Apesar de perder a sua força, ela continua a fecundar diferentes campos da vida e da cultura. A festa privada e doméstica de uma pessoa da época burguesa ainda preserva, de forma distorcida, a autêntica natureza festiva: durante a festa, as portas da casa estão abertas para os convidados (no limite para todos, para o mundo inteiro); tudo é mais abundante (a comida festiva, a roupa, a decoração do ambiente). São preservados os votos festivos de prosperidade (mas com uma perda quase total da ambivalência), os brindes festivos, os jogos, as fantasias, o riso alegre, as piadas, as danças etc. A festa liberta de todo utilitarismo e praticidade (como o descanso, o relaxamento etc.); é uma saída temporária para um mundo utópico. Ela transgride todos os limites. Não se pode separar a festa da vida do corpo, da terra, da natureza e do cosmos.

Fogo (*ogón*, pp. 305, 398-404, 515, 539, 554, 578, 597) — tinha caráter carnavalesco e festivo-popular. Primeiramente, era queimado o espantalho que representava o inverno, a morte, o ano-velho, e depois ocorria o banquete para todo mundo, também preparado na fogueira. A pira funerária, que consumiu o velho mundo, se transforma no fogo do banquete. Portanto, o fogo era de natureza ambivalente: consumia o velho para alimentar o novo. Bakhtin cita ainda as reflexões do texto "Quarta-feira de cinzas", em que Goethe descreve a festa do fogo (*moccoli*) em Roma, que revive a antiga ambivalência do desejo da morte pelo fogo como meio de renovação.

Formas rituais de espetáculo (*obriádovo-zriélischnie formi*, pp. 69-71, 120) — o caráter festivo é a particularidade essencial de todas elas. Eram organizadas segundo o princípio do riso e se opunham, de modo paródico, às formas oficiais sérias do Estado feudal. Essas formas têm um parentesco genético distante com a liturgia cristã, embora sejam exteriores à Igreja e à religião e algumas sejam paródias explícitas do culto religioso. O princípio do riso as liberta de qualquer dogmatismo religioso, do misticismo, da devoção e do caráter mágico. Entre elas estão a festa dos loucos, a festa do asno, as festas do templo com suas feiras de rua, as *soties*, os mistérios, as festas agrícolas, o *risus paschalis* (ver verbete).

Gênero discursivo ou *gênero do discurso* (*retchevói janr* ou *janr riétchi*, pp. 68, 84-6, 262, 285-7, 495, 720) — trata-se da mesma expressão que surge em *Marxismo e filosofia da lin-*

guagem, para designar os pequenos gêneros da ideologia do cotidiano, e em *Os gêneros do discurso*, no qual é proposta a divisão entre primários e secundários. Novos tipos de comunicação geram novos gêneros do discurso, que ressignificam ou eliminam formas antigas. Bakhtin inclui entre as formas da cultura popular do riso os diversos gêneros do discurso sem cerimônias e da praça: insultos, perjúrios, juramentos, brasões populares, gritos (ver verbete *Gritos de Paris*) etc. Estes se inserem na literatura de ficção, onde passam muitas vezes a desempenhar um papel estilístico essencial. No apêndice sobre Gógol, Bakhtin mostra como o autor incluiu em sua obra gêneros distantes da literatura, como a tagarelice das damas da alta sociedade.

Gigante (*velikán*, pp. 67-8, 464, 506-7, 524-8, 594) — a imagem dos gigantes tem um caráter grotesco-corporal, relacionado a funções grotescas do corpo, como o apetite grandioso, e está em estreita relação com o fogão caseiro e com a preparação dos alimentos. As lendas de gigantes costumam ter paralelo no relevo geográfico local, que representa seu corpo desmembrado, espalhado ou esmagado na natureza. O gigante era figura obrigatória nas festividades populares, tais como o teatro de feira, as procissões carnavalescas e de Corpus Christi etc., onde estava profundamente imbuído da atmosfera da liberdade festivo-popular da praça, ligada a representações populares sobre o excedente e a abundância materiais e corporais. A imagem e a atmosfera do gigante festivo dos teatros de feira influenciaram os romances de Rabelais.

Grande tempo (*bolchóe vrémia*, pp. 135, 724-5) — trata-se de imagens e enredos imortais, ligados aos princípios universais da existência humana e em eterna constituição. Parece aproximar-se do conceito de "grande diálogo" presente em *Problemas da poética de Dostoiévski* (1963). A obra de Gógol se conecta com o grande tempo por meio da cultura popular.

Gritos de Paris (*cris de Paris*, pp. 265-6, 305-14, 325, 648, 695) — são uma variedade da palavra da praça composta por reclames ruidosos dos comerciantes parisienses que, numa rítmica poética em quarteto, elogiavam determinada mercadoria. São ainda uma cozinha barulhenta e um banquete ruidoso e abundante, em que cada produto e cada prato tinha a sua rima e a sua melodia habituais. São uma sinfonia da cozinha e do banquete (ver verbete) que constantemente ressoa nas ruas. Os gritos eram percebidos à luz do fogão e da cozinha, que, por sua vez, refletiam a luz do sol. Esses gritos também exercem funções rebaixadoras: materializam e corporificam o mundo; estão essencialmente relacionados ao baixo material e corporal ambivalente. Todavia, neles domina o polo positivo desse baixo: a comida, a bebida, a cura, o renascimento, o poder reprodutivo, a abundância. A importância desses gritos na criação verbal viva era bastante significativa, sendo uma das manifestações da língua francesa vernácula.

Grotesco (*grotésk*, pp. 104-35, 147, 179, 192, 208, 226, 228, 473-81, 488-93, 724) — a essência do grotesco está na expressão da plenitude contraditória e ambígua da vida, que inclui a negação e o aniquilamento (a morte do velho) como um momento necessário, inseparável da afirmação, do nascimento daquilo que é novo e melhor. É a negação de todas as normas abstratas e imóveis de caráter absoluto e eterno, bem como do óbvio em prol do inesperado e do imprevisível. O grotesco encerra a ideia popular renovadora e afirmadora da vida, que se realiza por meio de um hiperbolismo positivo do princípio material e corporal. O grotesco medieval e renascentista se distingue do romântico pela relação com o terrível: o mundo do grotesco romântico é terrível e alheio ao ser humano, tudo o que é habitual, comum, costumeiro se revela insensato, duvidoso, alheio e hostil. O mundo se transforma em um mundo alheio, o comum e não terrível se revelam terríveis. O mundo do grotesco medieval e renascentista é relacionado à cultura popular do riso, que só conhece o terrível vencido pelo riso (monstros engraçados). O mundo se aproxima do ser humano por meio do corpo e da vida corporal.

Grotesco romântico (*romantítcheski grotésk*, pp. 113-33) — é um renascimento do grotesco com uma ressignificação radical, em que ele se torna uma expressão de uma visão de mundo subjetiva, individual e muito distante da visão de mundo carnavalesca popular dos séculos anteriores (apesar de alguns elementos dessa última também permanecerem nele). O carnaval é vivido de modo solitário e com a consciência aguda desse isolamento. Para Bakhtin, a cosmovisão carnavalesca passa a ser traduzida para a linguagem do pensamento filosófico, subjetivo e idealista e deixa de ser aquela percepção vivida concretamente e corporalmente da unidade e inexaurabilidade da existência como ocorria no grotesco medieval e renascentista. O princípio do riso se reduziu e assumiu a forma do humor, da ironia e do sarcasmo, perdendo a sua natureza alegre, positiva e ressuscitadora. Outra variante do novo grotesco é o romance gótico. Segundo Bakhtin, ele foi uma reação àqueles elementos do classicismo e do Iluminismo responsáveis pela limitação e pela seriedade unilateral dessas correntes: o racionalismo estreito da razão, o autoritarismo estatal e lógico-formal, a tendência ao caráter pronto, concluído e monossemântico, o didatismo e o utilitarismo dos iluministas, o otimismo ingênuo ou burocrático etc. Ao negar tudo isso, o grotesco romântico se apoiou, sobretudo, nas tradições da época do Renascimento, principalmente em Shakespeare e Cervantes, que naquela época foram redescobertos e à luz dos quais foi interpretado o grotesco medieval.

Guerra (*voiná*, pp. 323-4, 370-1, 441-2, 464-5, 513-5, 518-9, 568) — Rabelais desenvolve o tema popular e utópico da vitória do trabalho pacífico e da abundância sobre a guerra e a aniquilação. Nas imagens festivo-populares da guerra (o corpo grotesco dos gigantes, as imagens de banquete, o corpo dilacerado, os jatos de urina, a transformação do sangue em vinho e da batalha em banquete, o destronamento carnavalesco do rei Picrócolo), os acontecimentos e a problemática são mostrados de um ponto vista alegre e relativo, que não apaga as diferenças entre o justo e o injusto, o certo e o errado, o progressista e o reacionário, mas essas diferenças perdem seu caráter absoluto e sua seriedade unilateral e limitada.

Imagem (*óbraz*, pp. 213-6, 348, 456-60, 634, 654-5) — é uma categoria basilar da criação artística e um conceito central na teoria literária russa, sendo um dos termos mais frequentes do livro (a palavra *óbraz* e seus derivados aparecem mais de 1.500 vezes). A imagem artística é uma forma de reprodução, interpretação e assimilação da vida por meio da criação de elementos de um todo artístico com existência e conteúdo relativamente independentes. As origens mais distantes dessa categoria estão nas reflexões de Aristóteles sobre a *mimeses*: a livre imitação da vida pelo artista, sua capacidade de produzir objetos íntegros e internamente organizados e o prazer estético associado a esse processo. A influência mais próxima advém dos *Cursos de estética* de Hegel, que a concebe como uma metáfora exaustiva, isto é, quando dois fenômenos ou estados autônomos são postos em unidade, de modo que um estado fornece o significado que é tornado apreensível por meio da imagem de outro estado.[3] Trata-se aqui da relação firmemente determinada entre duas existências concretas. No texto "O problema do conteúdo, do material e da forma na criação literária" (1924), a imagem é um componente estético ou uma formação estética singular realizada com a ajuda do material (a palavra na poesia, o material visual nas artes figurativas etc.). As imagens são elementos ou componentes do objeto estético da obra (por exemplo, a cidade vivenciada pelas reminiscências, pelo passado e pelo futuro do autor, estes entendidos como valores ético-estéticos) que adquirem forma no conteúdo para expressar a relação axiológica e estética do autor e do espectador com esse objeto. As possibilidades próprias de cada material são transformadas pelo artista criador em imagens ou signos do conteúdo artístico. Em *Marxismo e filosofia da linguagem*, Volóchinov propõe que "qualquer corpo físico pode ser percebido como a imagem de algo",[4] ou

[3] G. W. F. Hegel, *Cursos de estética*, v. 2, trad. Oliver Tolle e Marco Aurélio Werle, São Paulo, Edusp, 2014, p. 135.

[4] Valentin Volóchinov, *Marxismo e filosofia da linguagem*, trad.

seja, um signo ideológico, elemento da realidade cotidiana que se transforma em signo ou imagem ao refletir e ao refratar sentidos culturalmente construídos, partilhados, ambivalentes e em constante transformação. Ao longo da obra de Rabelais, Bakhtin mostrou como as imagens refletem a cosmovisão e as formas específicas da cultura popular do riso, em oposição à cultura oficial.

Imagem das fezes, *imagem das defecações*, *imagens escatológicas* (*óbraz kala*, *óbraz isprajniéni*, *skatologuítcheskie óbrazi*, pp. 259-64, 296-8, 364-5, 515-8, 522) — imagem ambivalente, relacionada com o renascimento e a renovação, que desempenha um papel específico na superação do medo. As fezes são uma matéria alegre. Nas imagens escatológicas antigas, as fezes estão relacionadas à força reprodutiva e à fertilidade. Por outro lado, são concebidas como algo intermediário entre a terra e o corpo, como algo que os aproxima. As fezes são também algo intermediário entre o corpo vivo e o corpo morto, em decomposição, que se transforma em terra, em adubo; em vida o corpo oferece fezes à terra; as fezes a fertilizam, assim como o corpo humano morto. Rabelais ainda percebia com nitidez todos esses matizes de significado, os quais não eram alheios às suas opiniões médicas. Para ele, como artista e herdeiro do realismo grotesco, as fezes eram, acima de tudo, uma matéria alegre e sóbria, ao mesmo tempo rebaixadora e terna, que combinava em si o túmulo e o renascimento em sua forma mais leve, engraçada e não assustadora. As defecações estão ligadas à imagem das tripas como centro da topografia corporal, onde o alto e o baixo transitam entre si.

Inconclusibilidade (*nezaverchénnost* ou *nezaverchímost*, pp. 97, 102, 175, 231, 494, 543), *inconcluso* (*nezaverchímo*, pp. 75, 78, 224-5, 409, 442, 495, 725), *finalização* (*zakóntchennost*, p. 65), *inacabamento* (*negotóvost*, pp. 102, 106, 134, 407, 494, 653) — é um elemento da cosmovisão popular carnava-

Sheila Grillo e Ekaterina Vólkova Américo, São Paulo, Editora 34, 2021 [1929], p. 92.

lesca que nega tudo que é estático, sério, dogmático, autoritário, imóvel, finalizado, em prol do infinito, imprevisível, instável, inconcluso, não oficial e não canônico. A inconclusibilidade está presente ainda no realismo grotesco por meio da não separação entre o corpo e o mundo, bem como de imagens ambivalentes do corpo, em que a velhice e a morte geram vida. Em épocas de crise, alguns escritores percebem e lidam com um mundo inconcluso, em transformação e reconstrução. Suas obras estão repletas, por um lado, de um passado em decomposição e, por outro, de um futuro não dito, ainda não formado. A polissemia, a obscuridade aparente, a monstruosidade destoam dos cânones e normas das épocas conclusas, autoritárias, dogmáticas. No Renascimento, o ser humano passa a ser percebido como inconcluso, aberto, livre e em constante devir. Esse conceito está presente nos dois livros de Bakhtin sobre Dostoiévski e na sua teoria do romance.

Inferno (*preispódnia* ou *ad*, pp. 101, 156-7, 171-2, 184-5, 230, 469-70, 518-21, 530-5, 563-5, 573-5, 582-605, 618-21, 715-6) — é aquele ponto central em que se cruzam as principais vias do sistema rabelaisiano de imagens: o carnaval, o banquete, as lutas e os espancamentos, os xingamentos e as maldições. O movimento para baixo, inerente a todas as imagens rabelaisianas, leva ao inferno, e as imagens do próprio inferno estão repletas do mesmo movimento para baixo. O inferno é uma espécie de imagem-balanço, uma imagem do fim e da conclusão de vidas e destinos individuais e ao mesmo tempo o julgamento final da vida de uma pessoa como um todo, julgamento que tem como base os mais elevados critérios da cosmovisão cristã oficial (religiosos-metafísicos, éticos, sociais e políticos). Trata-se de uma imagem síntese, que revelava, não de maneira abstrata, mas sob uma forma imagética e emocional viva e condensada, as principais representações da Idade Média oficial sobre o bem e o mal. É por isso que a imagem do inferno foi um instrumento excepcionalmente potente de propaganda da Igreja. Enquanto o inferno cristão desvalorizou a terra, afastando-se dela, o inferno carnavalesco afirmou a terra e seu baixo como um útero fecundo, onde a morte encontra o nascimento e uma nova vida nasce da morte do velho. Na tradição popular, a imagem do inferno se torna a imagem do medo vencido pelo riso, medo esse que se torna duplo: do próprio inferno místico (do "inferno" e da morte), bem como do poder e da verdade do passado (ainda dominantes, mas já moribundos), que são lançados ao inferno.

Intrepidez (*besstráchie*, p. 116) — as imagens grotescas da cultura popular são absolutamente intrépidas, e todos comungam dessa intrepidez. Essa intrepidez é característica também das obras mais grandiosas da literatura do Renascimento. Contudo, o ápice nessa relação é o romance de Rabelais. Aqui o terror é eliminado na raiz, e tudo vira alegria. Já as imagens do grotesco romântico refletem o medo diante do mundo.

Ironia e *sarcasmo* (*irónia* e *sarkázm*, pp. 114, 222) — a ironia e o sarcasmo ocorrem no grotesco romântico como resultado das transformações do riso carnavalesco medieval e renascentista. Na ironia e no sarcasmo, o riso popular adquiriu formas reduzidas, que irão se desenvolver na qualidade de componente estilístico dos gêneros sérios (sobretudo do romance). No século XIX, essas formas perdem o seu caráter popular, alegre, positivo e ressuscitador. Esse aspecto da ironia é uma possível razão da sua ausência entre as formas de palavra bivocal propostas por Bakhtin em *Problemas da obra de Dostoiévski* (1929) e *Problemas da poética de Dostoiévski* (1963).

Jogo (*igrá*, pp. 335, 374-86, 414, 711) — as imagens do jogo têm uma relação com o tempo e o futuro, com o destino, com o poder estatal e com o seu caráter de visão de mundo. Assim eram entendidas as peças de xadrez, as figuras e os naipes das cartas, e os dados. Os reis e as rainhas das festas costumavam ser escolhidos jogando dados. As imagens do jogo eram vistas como uma espécie de fórmula universal resumida da vida e do processo histórico: felicidade-infelicidade, ascensão-queda, ganho-perda, coroação-destronamento. É como se nos jogos fosse apresentada a vida em miniatura (traduzida para a linguagem dos símbolos convencionais), e ainda sem ribalta. Ao mesmo tempo, o jogo extrapolava os limites da rotina habitual da vida, libertava de suas leis e regras, colocando em seu lugar outra convenção, mais concisa, alegre e leve. O jogo é internamente semelhante à festa, que também é extraoficial e governada por leis que se opõem ao curso normal da vida. Isso concerne não só às cartas, aos dados e ao xadrez, mas também a outros jogos, inclusive esportivos (o boliche, o jogo de palma etc.) e infantis. Entre esses jogos ainda não havia aqueles limites nítidos que foram traçados mais tarde. Em épocas posteriores, as imagens do jogo passaram para a esfera cotidiana, onde perderam suas relações universais.

Juramento e *promessa* (*bojbá* e *kliátva*, pp. 86, 265-6, 301-3, 314-26, 579-80, 684-5, 711) — gêneros discursivos específicos que se destacam pelo caráter isolado, concluído e por ter um objetivo em si. Inicialmente faziam parte do discurso oficial, mas foram eliminados dele por violarem as normas discursivas dessa esfera, passando para a esfera livre do discurso sem cerimônias da praça (ver verbete). Na esfera carnavalesca, se impregnaram do princípio do riso ambivalente. Muito presentes nos prólogos dos romances de Rabelais, esses gêneros desafiam a cultura oficial por meio de alusões, rebaixamentos, obscenidades e travestias de nomes de santos.

Liberdade (*svobóda* ou *vólnost*, pp. 106-7, 315, 425-33) — em certas passagens, Bakhtin emprega duas palavras na sequência para o mesmo termo em português: liberdade. O primeiro, *svobóda*, compreende a liberdade individual que respeita os limites da liberdade alheia. Já o segundo, *vólnost*, significa uma liberdade desenfreada, sem limites, absoluta, à qual o povo tem direito na época de festividades como o carnaval.

Linguagem ou discurso sem cerimônias da praça (*familiárno-plochadnáia rietch*, pp. 83, 85-6, 282, 287, 630, 635), *linguagem carnavalesca* (*karnaválni iazik*, pp. 76-7), *linguagem sem cerimônias* (*familiárnaia rietch*, pp. 180, 261-7), *gêneros do discurso sem cerimônias* (*familiárnie rietchevíe jánri*, pp. 85-6, 495), *a palavra da praça* (*ploschadnóie slovo*, pp. 255-326, 626, 631), *atmosfera da linguagem da praça* (*retchevária at-*

mosfiéra plóschadi, p. 274-6), *linguagem dos anúncios de praça* (*rietch ploschadníkh zazivál*, p. 276), *palavra do riso* (*smekhovóie slovo*, pp. 704, 722), *linguagem popular do riso* (*smekhováia naródnaia rietch*, p. 722) — Bakhtin emprega nessas expressões o termo *rietch* — que pode ser traduzido por "discurso", "fala" ou "linguagem" a depender do contexto, o mesmo utilizado no famoso texto *Os gêneros do discurso* e em diversas obras de Bakhtin e do Círculo — e também o termo *slovo*, que aparece nos capítulos "A palavra em Dostoiévski" e "O discurso em Dostoiévski" de *Problemas da obra de Dostoiévski* (1929) e *Problemas da poética de Dostoiévski* (1963), e também em *Teoria do romance I. A estilística*, em que foi traduzido como "O discurso no romance". Trata-se de uma das três formas fundamentais de expressão da cultura popular do riso na Idade Média. Nasce na praça pública carnavalesca com um caráter livre, não oficial, sem cerimônias, sem divisão de classes, sem normas, proibições ou distâncias. Entre os gêneros desse discurso, Bakhtin menciona os xingamentos, os juramentos (ver verbete), as promessas e a linguagem obscena.

Línguas nacionais e *dialetos* (*natsionálnie iazikí* e *nariétchia*, pp. 697-702) — na Idade Média, a fronteira divisória entre as duas culturas — a popular e a oficial — em parte coincidia com a linha divisória entre as duas línguas: a vernácula e a latina. No final da Idade Média, a língua popular (vernácula) abarcou todas as esferas da ideologia, expulsando de lá a língua latina, e trouxe consigo novos pontos de vista, novas formas de pensar (como a ambivalência), novas avaliações. No Renascimento, as literaturas e as línguas europeias viviam em uma situação de tensa interação, orientação e elucidação mútuas entre línguas, dialetos, variantes e jargões, cada um dos quais tomava consciência de si, de suas possibilidades e limitações à luz do outro. Essa fronteira entre as línguas era sentida em todo objeto, todo conceito e todo ponto de vista. As línguas não eram cosmovisões abstratas, mas concretas, sociais, permeadas por um sistema de avaliações, inseparáveis da prática de vida e da luta de classes. O novo mundo e as novas forças sociais que o representavam se expressavam de maneira mais adequada nas línguas nacionais populares e vernáculas. A consciência se viu no limite entre épocas e cosmovisões. Pela primeira vez, pôde abranger grandes escalas para medir a passagem do tempo; foi capaz de sentir com agudez seu dia, sua diferença em relação ao dia anterior, seus limites e perspectivas. Essa orientação e elucidação mútuas revelaram de súbito o quanto morrera do antigo e nascera do novo. A contemporaneidade tomou consciência de si, isto é, viu sua própria face. No processo de transição de toda a ideologia para as línguas nacionais e de criação de um novo sistema com uma língua literária única, teve início uma intensa orientação mútua de dialetos dentro das línguas nacionais, que ainda estavam muito distantes de uma centralização. Acabou a coexistência ingênua e pacífica desses dialetos. Eles passaram a se elucidar mutuamente, revelando a peculiaridade das suas faces. Surgiu o interesse científico pelos dialetos e pelo seu estudo, assim como o interesse artístico pelo uso dos dialetismos. (Ver verbetes *Multilinguismo* e *Traduções*.)

Literatura do riso (*smekhováia literatura*, pp. 79-83, 87, 105, 138, 166, 222, 710) ou *obras verbais do riso* (*sloviésnie smekhovíe proizvediénia*, pp. 68, 79) — trata-se de uma das três formas fundamentais de expressão da cultura popular do riso na Idade Média, remontando à Antiguidade cristã. Eram obras em língua latina e em línguas vernáculas impregnadas pela percepção de mundo carnavalesca, que utilizavam amplamente a linguagem das formas e imagens carnavalescas. A dramaturgia medieval do riso era ligada mais estreita e imediatamente à praça carnavalesca. A ideologia e a ritualidade religiosas e oficiais eram representadas no aspecto do riso: praticamente todos os aspectos do culto e da doutrina religiosos eram parodiados (liturgias, salmos, preces, máximas do Evangelho etc.). Entre outras variações, existiam também as disputas, os diálogos e as crônicas paródicos, que demandavam dos seus autores um bom grau de erudição.

Loucura (*bezúmie*, pp. 116, 129, 201, 417, 551-2) — o motivo da loucura é muito característico de todo o grotesco, pois permite ver o mundo com outros olhos, não turvados por representações e avaliações "normais", ou seja, comumente aceitas. No entanto, no grotesco popular a loucura é uma paródia alegre à razão oficial, à seriedade unilateral da verdade oficial. É uma loucura festiva. Já no grotesco romântico, a loucura adquire um tom sombrio e trágico de alienação individual.

Máscara (*máska*, pp. 105, 115, 117-8, 160, 699) — é o motivo mais complexo e polissêmico da cultura popular, e revela com muita nitidez a própria essência do grotesco. Ela está ligada à alegria das alternâncias e reencarnações, à relatividade alegre, à negação também alegre da identidade e da univocidade, à negação da coincidência obtusa do ser humano consigo mesmo. Ela está ligada às passagens, metamorfoses, transgressões das fronteiras naturais, zombarias, apelidos (no lugar do nome). Na máscara, está encarnado o princípio lúdico da vida. Na sua base, jaz uma inter-relação totalmente peculiar entre a realidade e a imagem, que é característica das formas de ritual e de espetáculo mais antigas. Fenômenos como a paródia, a caricatura, a careta, as contorções corporais afetadas, os trejeitos etc., são em sua essência derivados da máscara. No grotesco romântico, a máscara separada da unidade da visão de mundo popular e carnavalesca adquire outras significações: oculta e esconde algo, engana, perde seu princípio ressuscitador e renovador e adquire um tom sombrio. Apesar desses aspectos, a máscara sempre preserva algo de sua natureza carnavalesca e popular, pois é sempre percebida como uma partícula de outro mundo.

Máslenitsa (pp. 112, 163, 171, 351, 357, 711) — festividade eslava celebrada na última semana antes da quaresma e que se origina na mitologia pagã. Análoga ao carnaval, celebra o fim do inverno e a proximidade da primavera.

Médico (*vrátch*, pp. 302-3, 549-52) — sua imagem contém traços populares e da praça. É complexa, universal e ambivalente. Sua composição contraditória inclui, como limite superior, o "médico que se iguala a Deus" de Hipócrates e, como limite inferior, o médico-escatófago (devorador de fezes) da comédia antiga, do mimo e das *facetiae* (facécias) medievais. O médico desempenha um papel decisivo na luta entre a vida e a morte no corpo humano, bem como no parto e na agonia: ele participa do nascimento e da morte. O médico não lida com um corpo finalizado, fechado e pronto, mas com um corpo que nasce, que está em formação, engravida, pare, defeca, adoece, morre e é desmembrado, ou seja, aquele mesmo corpo encontrado em maldições, xingamentos, juramentos e em todas aquelas imagens grotescas relacionadas ao baixo material e corporal. O médico está relacionado às defecações e sobretudo à urina, cujo papel na medicina antiga era enorme.

Medo cósmico (*kosmítcheski strakh*, pp. 516-8, 522-3, 539, 597) — trata-se do medo diante do imensuravelmente grande e forte (diante do céu estrelado, diante das massas materiais das montanhas, diante do mar). Trata-se ainda do medo diante das revoluções cósmicas e dos desastres naturais presentes nos mais antigos mitologemas, visões de mundo, sistemas de imagens, nas próprias línguas e nas formas de pensamento a elas ligadas. Algum tipo de memória sombria das revoluções cósmicas do passado e um medo vago diante dos futuros abalos cósmicos estão na própria base do pensamento, da palavra e da imagem humanos. Esse medo cósmico era usado por todos os sistemas religiosos para enquadrar o ser humano e sua consciência. Contudo, já nas imagens mais antigas da arte popular se expressa também a luta contra esse medo cósmico, a luta contra a memória e o pressentimento dos abalos cósmicos e da morte. Nas imagens populares, que refletiam essa luta, se forjou a autoconsciência destemida verdadeiramente humana. Essa luta contra o medo cósmico em todas as suas formas e manifestações se apoiava no princípio material do próprio ser humano, que explorava os elementos cósmicos (terra, água, ar, fogo). Encontrava e vivia esses elementos com entusiasmo, em seu próprio corpo, sentindo o cosmos dentro de si mesmo. A catástrofe cósmica, representada por meio das imagens do baixo material e corporal, é rebaixada, humanizada e transformada em um monstro engraçado. O medo cósmico é vencido pelo riso.

Memória (*pámiat*, p. 721) — só ela pode caminhar para a frente, e não o esquecimento. A memória retorna ao princípio e o renova. O movimento adiante da história, da cultura e da língua é sempre acompanhado de um retorno ao princípio que é realizado pela memória. No entanto, trata-se de uma renovação desse princípio, por natureza paradoxal e viva, e não de um retorno a um passado absoluto e fechado. Quando essa renovação é aplicada à língua, ocorre um restabelecimento da memória em seu volume semântico pleno, sendo a cultura popular do riso em Gógol um dos meios desse restabelecimento.

Morte (*smiért*, pp. 398-405, 496-510, 615-8, 724) — no sistema de imagens grotesco, a morte entra no todo da vida como seu momento necessário, como condição de sua renovação e rejuvenescimento constantes. A morte está sempre correlacionada ao nascimento, enquanto o túmulo, ao seio gerador da terra. A morte integra a vida e junto com o nascimento determinam seu eterno movimento. Na obra de Rabelais, a morte está desprovida de toda tonalidade trágica e assustadora e, muitas vezes, aparece combinada com o riso. A morte pelo riso é uma das variedades da morte alegre. A imagem da morte, ao fixar um dado corpo moribundo individual, ao mesmo tempo captura a imagem de outro corpo, aquele que está nascendo, jovem. Mesmo que este não seja mostrado nem nomeado de modo direto, está contido implicitamente na imagem da morte. Onde há morte, também há nascimento, alternância e renovação. A imagem do nascimento é igualmente ambivalente: ela registra o corpo que nasce, mas também capta uma parte do corpo que morre. No primeiro caso, é registrado o polo negativo (a morte), mas sem a separação do positivo (o nascimento); no segundo caso, é registrado o polo positivo (o nascimento), mas sem a separação do negativo (a morte).

Motivo (*motiv*, pp. 116-8, 129, 171, 179, 201, 222, 490, 530, 538) — de acordo com o dicionário soviético de termos literários, uma primeira acepção do termo "motivo" se origina do latim *moveo*, primeira pessoa do singular do verbo "mover" e se refere ao principal núcleo psicológico e imagético de uma obra de arte. Uma segunda acepção corresponde às unidades formadoras do enredo. Bakhtin emprega com frequência o termo em ambas as acepções: na primeira acepção, ele aproxima motivo de tema, ou seja, os principais núcleos imagéticos da obra de Rabelais como o motivo/tema da "morte que dá à luz"; na segunda, para identificar os componentes do enredo ou as suas unidades imagético-temáticas, a saber: o inferno é um dos motivos das "maravilhas da Índia"; o nariz é um motivo grotesco substitutivo do falo na literatura universal e em Rabelais. Mencionado com frequência no livro *O método formal nos estudos literários* (1928) de Pável Medviédev, o conceito de "motivo" decorre aqui do diálogo com os formalistas russos e em especial com Viktor Chklóvski.

Movimento vertical e *movimento horizontal* (*dvijénie po vertikali* e *dvijénie po gorizontali*, pp. 555-6, 559, 598, 606-10, 613, 615) — Na Idade Média, todo movimento essencial era pensado e representado apenas como um movimento para cima ou para baixo, ou seja, um movimento no sentido vertical. Bakhtin considera característico que mesmo nas descrições medievais de viagens e peregrinações não houve o *pathos* espacial do movimento para a frente, para longe, pela horizontal do mundo: nessas viagens, a imagem do caminho era distorcida e deslocada pela vertical da Idade Média, pela avaliação hierárquica do espaço terrestre. O movimento hierárquico pela vertical determinava ainda a relação com o tempo, que era concebido como uma horizontal. Por isso a hierarquia era representada de maneira extratemporal. O tempo não tinha uma importância fundamental para a ascensão hierárquica. Não havia uma representação do progresso no tempo, ou seja, do movimento para a frente no tempo. Na época do Renascimento, essa visão de mundo hierárquica se desfez, ocorrendo uma substituição da vertical (alto e baixo) pela horizontal (passado e futuro).

Mulher (*jénschina*, pp. 386-92) — sua imagem provém de duas tradições: 1) a própria tradição popular do riso; e 2) a tendência ascética do cristianismo medieval. A tradição popular do riso não é, em absoluto, hostil às mulheres e não as avalia de modo negativo. Nessa tradição, a mulher está relacionada ao baixo material e corporal. A mulher é a encarnação desse baixo, que ao mesmo tempo rebaixa e faz renascer. Ela é tão ambivalente quanto esse baixo. A mulher rebaixa, aterrissa, corporifica, mortifica, mas ela é sobretudo o princípio que gera vida. Ela é o ventre. Já a tendência ascética via nas mulheres a encarnação de um princípio pecaminoso — a tentação da carne — e costumava utilizar os materiais e as imagens da tradição popular do riso. Rabelais combina ambas as tradições com base na tradição gaulesa, na qual a imagem da mulher, assim como todas as outras imagens, é dada no plano do riso ambivalente, que ao mesmo tempo destrói com zombaria e afirma com alegria. Na obra de Rabelais, o ventre da mulher é inesgotável e insaciável. Uma mulher é organicamente hostil a tudo o que é velho (como um princípio que gera o novo).

Multidão popular carnavalesca (*karnaválnaia naródnaia tolpá*, pp. 186, 283, 315, 322, 408) — é um todo popular, porém organizado a seu modo, contrário às formas de organização socioeconômica e política forçada, que fica suspensa durante a festa. Trata-se de uma organização festiva do povo profundamente concreta e sensual. O indivíduo se sente uma parte inseparável do coletivo, um integrante do corpo da massa popular. Nesse todo, o corpo individual, até certo ponto, deixa de ser ele mesmo: é como se fosse possível trocar de corpos uns com os outros, renovar-se por meio das fantasias e das máscaras. Ao mesmo tempo, o povo sente a sua concreta e sensual unidade e comunhão materiais e corporais. O corpo popular na praça carnavalesca sente a sua unidade no tempo, sente sua contínua duração nele, sua relativa imortalidade histórica. No mundo carnavalesco, a percepção da imortalidade popular se combina com a percepção da relatividade do poder em vigor e da verdade dominante. No todo do mundo e do povo, não há lugar para o medo; o medo pode penetrar apenas naquela parte que se separou do todo; apenas no elo moribundo, tomado isoladamente daquilo que nasce. O todo do povo e do mundo triunfa alegre e destemido.

Multilinguismo (*mnogoiazítchie*, pp. 703-4) — é a situação em que uma única língua perde a sua posição dogmática diante da intersecção de várias línguas, dialetos, variantes e jargões. Nessas condições, é possível olhar para a sua própria língua de fora, isto é, pelos olhos de outras línguas, tornando a consciência excepcionalmente livre em relação à ela. A estrutura formal e gramatical da língua se torna bastante plástica. No plano artístico-ideológico, ocorre uma grande liberdade de imagens e de suas combinações, a libertação de todas as normas discursivas e de toda a hierarquia linguística estabelecida. Na língua, a separação entre o elevado e o baixo, o proibido e o permitido, o sagrado e o profano perdem a sua força.

Negação e *lógica do avesso* (*otritsánie* e *lóguika isnánki*, pp. 619-25) — nas imagens festivo-populares, a negação é sempre imagética, visual, palpável. Não é o nada que está por trás da negação, mas uma espécie de objeto inverso, o reverso do objeto negado, o às avessas carnavalesco. A negação reconstrói a imagem do objeto negado e, sobretudo, muda a posição espacial tanto do objeto inteiro quanto de suas partes. A negação transfere todo o objeto ao inferno, coloca o baixo no lugar do elevado e o traseiro no lugar da frente, distorce as proporções espaciais do objeto, exagerando alguns aspectos à custa dos outros. Desse modo, a negação e a aniquilação do objeto são, sobretudo, o seu deslocamento espacial e a sua reconstrução. A inexistência do objeto é sua face reversa e seu avesso. Esse avesso ou baixo adquire um colorido temporário, sendo percebido como passado, antigo, irreal. É como se o objeto aniquilado permanecesse no mundo, mas com uma nova forma de existência espaçotemporal. Ele se torna uma espécie de reverso do objeto novo que o substituiu. O carnaval celebra a aniquilação do velho mundo e o nascimento de um novo mundo, de uma nova primavera, de um novo reino. O velho mundo aniquilado é retratado com o novo, como a parte moribunda de um único mundo bicorporal. É por isso que, nas imagens carnavalescas, há tanto avesso, tantas faces reversas, tantas proporções deliberadamente violadas.

Números (*tchísla*, pp. 692-4) — são abundantes e possuem um caráter carnavalesco e grotesco nos romances de Rabelais. A maioria deles gera um efeito cômico por meio do seu hiperbolismo grotesco e da sua pretensão à precisão, nos casos em que um cálculo exato é impossível. Todos os números de Rabelais são inquietos, ambíguos e inconclusivos, como os diabos nas diabruras medievais. A estrutura do número reflete toda a estrutura do universo rabelaisiano. É impossível construir um universo harmônico e conclusivo com base nesse tipo de número. Rabelais subverte o uso dos números na literatura da Antiguidade e da Idade Média, nas quais eles tinham significados simbólicos, metafísicos e místicos, servindo de base para toda organização e ordem, inclusive a dos deuses.

Oprítchnina (p. 429) — no Estado russo dos anos 1565-1572, era propriedade pessoal de Ivan, o Terrível: um território específico com seu próprio exército e aparelho estatal. Também é conhecida como parte da política estatal russa, que consistia em repressões, confisco de propriedades da nobreza e do clero em prol do Estado, bem como em execuções em massa de possíveis traidores. Segundo Bakhtin, em seu aspecto externo de organização havia elementos carnavalescos (por exemplo, a vassoura e os sininhos bufos); o cotidiano interior da *oprítchnina* (sua vida e banquetes na fortaleza Aleksándrovskaia Slobodá) tinha um nítido caráter carnavalesco e extraterritorial à maneira da praça. Mais tarde, no período de estabilização, a *oprítchnina* não foi só liquidada e repudiada, mas foi travada uma luta contra seu espírito, que era hostil a qualquer tipo de estabilização.

Palavra bitonal (*dvutónnoie slovo*, pp. 650-2) — se caracteriza pela fusão entre o elogio e o xingamento, preservando-se posteriormente nas esferas populares do riso. A palavra bitonal popular nunca se aparta do todo e do devir, por isso tanto o aspecto negativo quanto o positivo não se expressam nela de maneira separada e estática (embora a ênfase recaia sobre o aspecto positivo); ela nunca tenta deter o constante movimento da vida. A palavra bitonal permitiu ao povo captar o todo do mundo em formação e devir, a alegre relatividade de todas as verdades limitadoras e a constante inconclusibilidade do mundo. Segundo Bakhtin, não há palavras neutras e indiferentes, mas apenas palavras artificialmente neutralizadas. Na Antiguidade, a palavra bitonal era o reflexo no plano estilístico da antiga imagem bicorporal. No processo de sua decomposição, surgiu, na história da literatura e das formas de espetáculo, o fenômeno das imagens em pares (de cima e de baixo, da morte e da vida, da face e do traseiro etc.) em diálogo. A palavra bitonal é de natureza dialógica, refletindo confrontos entre forças e fenômenos de épocas distintas, diálogos dos tempos e dos dois polos do devir: o início e o fim da metamorfose em curso. Essas disputas são uma das origens do romance e em particular do diálogo romanesco. É um conceito próximo ao de "palavra bivocal" presente em *Problemas da obra de Dostoiévski* (1929) e *Problemas da poética de Dostoiévski* (1963).

Palco de mistérios e diabruras (*stséna mistéri i diabliéri*, pp. 423-4, 532-5, 541, 591, 600) — a disposição do palco dos mistérios teve uma importância excepcional como fonte da concepção grotesca do corpo. Esse palco refletia as representações medievais sobre a organização hierárquica do espaço no mundo. Seu primeiro plano era ocupado por um tipo de estrado que servia como primeiro andar e simbolizava a terra. No fundo do palco estava o paraíso e o céu, que ocupavam um plano mais elevado (hoje esse nome é usado não para o palco, mas para os assentos que ficam na parte mais alta, ou seja, galerias, *paradis*). Embaixo do estrado que representava a terra se localizava a cavidade do inferno, demarcada por uma ampla cortina com a imagem de uma enorme e terrível cabeça do diabo (*Arlequim*). Essa cortina se abria com cordas: os diabos saltavam de lá através da boca escancarada de Satanás (e às vezes também pelos olhos) e pulavam para o estrado que representava a terra. Segundo Bakhtin, a imagem da boca escancarada e seu significado topográfico como portão para o inferno eram familiares aos contemporâneos de Rabelais.

Paródia (*parodia*, pp. 77, 81-2, 91-2, 116-7, 175-6) — é um gênero que apresenta características distintas na Idade Média e na Idade Moderna. Nesta última, tem um caráter negativo e está privada de toda ambivalência ressuscitadora. Naquela tem um caráter ambivalente, que ao mesmo tempo nega e afirma, aniquila e ressuscita. As paródias medievais trazem o aspecto alegre, livre e cômico do mundo com sua inconclusibilidade e abertura, e com a alegria das alternâncias e das renovações. Os rebaixamentos paródicos têm sua origem na cultura popular do riso. O objeto da paródia popular é a vida não carnavalesca, habitual, virada às avessas. Na literatura do riso latina, ocorre a paródia sacra, ou seja, aquela que parodia textos sagrados e cerimônias religiosas. A paródia medieval está direcionada ao todo universal, à história, a toda a sociedade, à visão de mundo. O riso é a segunda verdade sobre o mundo e nada escapa ao seu domínio. É uma espécie de aspecto festivo do mundo em todas as suas manifestações, e de segunda revelação sobre o mundo por meio do jogo e do riso.

Praça e *praça festiva* (*plóschad* e *prázdnitchnaia plóschad*, pp. 67-8, 108, 186, 189, 208, 267, 286, 316) — era o território específico da cultura popular do riso na Idade Média e na época do Renascimento. Seu tempo específico eram os dias festivos e de feira. Era um segundo mundo no interior do mundo oficial da Idade Média, em que reinava a comunicação da praça livre e sem cerimônias, impossível em outros lugares e nitidamente distinta da linguagem da Igreja, do palácio, dos tribunais, das instituições, da literatura oficial e da língua falada das classes dominantes (aristocracia, nobreza, alto e médio clero, a elite da burguesia urbana). Esses espaços do mundo oficial às vezes eram invadidos por elementos da linguagem da praça. Nos dias festivos, principalmente durante o carnaval, elementos da praça em menor ou maior grau estavam presentes em todo lugar, até mesmo na Igreja (a festa dos loucos, a festa do asno). A praça festiva reunia uma enorme quantidade de gêneros e formas, pequenos e grandes, atravessados pela percepção de mundo única e não oficial.

Pequeno tempo (*máloie vriémia*, p. 725) — o tempo finito da existência humana terrestre, ao qual estão ligados os acontecimentos concretos da vida. (Ver verbete *Grande tempo*.)

Peste (*tchumá*, pp. 431-2, 483, 522, 685) — momento em que a vida sai do seu curso habitual, é rompida a teia da convenção e são aniquiladas todas as fronteiras oficiais e hierárquicas. Uma atmosfera específica é criada, que dá tanto o direito externo quanto o interno à liberdade e à franqueza. Dá direito ainda a uma palavra outra, a uma abordagem outra da vida e do mundo, onde não só todas as convenções caem, mas também são silenciadas as leis divinas e humanas. Bakhtin entende que, no *Decamerão* de Boccaccio, a peste dá aos interlocutores e ao autor o direito a uma especial franqueza e a uma liberdade absoluta. Nessa obra, a peste, como uma imagem condensada da morte (ver verbete), é um ingrediente necessário de todo o seu sistema de imagens, em que o baixo material e corporal renovador desempenha um papel decisivo.

Princípio material e corporal da vida (*materiálno-teliésnoie natchálo jízni*, pp. 87-95, 124, 129, 138-41, 170-1, 198, 352) — é um princípio universal e de todo o povo, que cresce eternamente e se renova, daí a sua grandiosidade, incomensurabilidade e infinitude, bem como seu caráter afirmativo e positivo. O excesso e a natureza universal popular determinam ainda o caráter alegre e festivo de todas as imagens da vida material e corporal. Compõe-se de imagens exageradas do corpo (ver verbete *Corpo grotesco*), da comida, da bebida, da defecação, da vida sexual, presentes na obra de Rabelais e de outros representantes da literatura do Renascimento (Boccaccio, Shakespeare, Cervantes), enquanto uma reabilitação do corpo e uma reação ao ascetismo medieval. É uma herança, ainda que reformulada pelo Renascimento, da cultura popular do riso e principalmente da concepção estética da existência que

Bakhtin chama de realismo grotesco (ver verbete). Esse princípio se opõe a qualquer separação das raízes materiais e corporais do mundo, a qualquer isolamento e fechamento em si, a qualquer ideal abstrato, a quaisquer pretensões sobre uma significação abstrata e independente da terra e do corpo.

Realismo grotesco (*grotéskni realízm*, pp. 88-95, 100-6, 125, 133-5, 148, 202, 230, 259, 264-5, 276-80, 445-6, 563-4, 712-5) — a particularidade principal do realismo grotesco é o rebaixamento, isto é, a transferência de tudo que é elevado, espiritual, ideal e abstrato para o plano material e corporal, para o plano da terra e do corpo em sua união indissolúvel. Trata-se de uma concepção estética da existência proveniente da cultura popular do riso e das recreações dos seminários. Caracteriza-se pela manifestação do princípio material e corporal em seu aspecto universal, festivo e utópico.

Realismo renascentista (*renessánsni realizm*, p. 95) — caracteriza-se pelo cruzamento de dois tipos de concepções imagéticas do mundo: uma que remonta à cultura do riso popular, e outra, propriamente burguesa, de uma existência pronta e difusa. O realismo renascentista é constituído por uma alternância entre essas duas linhas contraditórias de percepção do princípio material e corporal. O princípio material da vida crescente, inesgotável, indestrutível, excedente e fértil, o princípio que ri eternamente, que tudo destrona e renova, combina-se de modo contraditório com o princípio material mesquinho e estagnado do cotidiano da sociedade de classes. O realismo renascentista, segundo Bakhtin, só pode ser compreendido por meio da consideração do realismo grotesco (ver verbete).

Rebaixamento (*snijénie*, pp. 89-92, 100-1, 296, 564) — o rebaixamento é o principal procedimento do realismo grotesco (ver verbete), com um caráter topográfico e corporal, uma vez que o alto corresponde ao céu, ao rosto, à cabeça, e o baixo, à terra, à parte inferior do corpo. O rebaixamento comunga com a terra, destrói e enterra, para depois gerar novamente de maneira maior e melhor. O rebaixamento é a comunhão com a parte inferior do corpo, a barriga e os órgãos reprodutivos (com atos como copulação, concepção, gravidez, nascimento, devoração e defecação, que proporcionam um novo nascimento). Tem um caráter essencialmente ambivalente: nega e afirma, precipita para baixo para em seguida ressuscitar. O baixo sempre origina algo. Os rebaixamentos, característicos da literatura do Renascimento, continuam as tradições da cultura popular do riso. Banhar com urina e arremessar fezes são gestos rebaixadores tradicionais com sentidos ambivalentes.

Rei e bufão (*korol i chut*, pp. 172, 328-30, 335, 355, 397, 403, 564, 585) — no sistema de imagens carnavalesco, o rei é um bufão eleito por todo o povo para depois, no fim do seu reinado, ser ridicularizado, xingado e espancado por todo o povo. No início do seu reinado, o bufão é paramentado como rei, e, ao término, é de novo vestido e travestido em trajes de bufão. Os xingamentos e os espancamentos equivalem a esse travestimento, troca de roupas e metamorfose. (Ver verbete *Bufões e bobos*.)

Riso (*smiekh*, pp. 66-95, 103-8, 111-99, 709-25) — é uma zona de contato, em que se unem o contraditório e o incompatível. O riso medieval é direcionado para os mesmos objetos da seriedade medieval, está preferencialmente orientado para o elevado, para a totalidade, o geral, o todo. Além do universalismo, a segunda particularidade notável é sua relação indissolúvel e essencial com a liberdade. É como se ele construísse seu mundo contra o mundo oficial, sua Igreja contra a Igreja oficial, seu Estado contra o Estado oficial. Outro aspecto essencial é a sensação de vitória sobre o medo da morte e do poder, humano e divino, ou seja, tudo o que é ameaçador se torna risível. No fim da Idade Média, começa o processo de enfraquecimento mútuo das fronteiras entre a cultura do riso e a grande literatura; as formas baixas preenchem cada vez mais as camadas superiores da literatura, como o epos. Nessa época, a cultura do riso extrapola os limites da festa e preenche todas as esferas da vida ideológica. No Renascimento, o riso tem uma profunda significação de cosmovisão, é uma das formas mais essenciais da verdade sobre a totalidade do mundo, a história e o ser humano; por isso o riso é tão aceito na grande literatura enquanto um problema universal. A partir do século XVII, o tratamento do riso muda: deixa de ser uma forma universal e de visão de mundo, podendo relacionar-se a fenômenos tipicamente particulares da vida social e a fenômenos de ordem negativa; o essencial e o importante não pode ser risível; não podem ser risíveis a história e as pessoas que atuam como seus representantes (imperadores, comandantes, heróis); o campo do risível é estreito e específico (vícios particulares e sociais); a verdade essencial sobre o mundo e o ser humano é impossível de ser falada na linguagem do riso, aqui cabe apenas o tom sério; por isso na literatura o lugar do riso se encontra apenas nos gêneros baixos, que retratam a vida de pessoas particulares e das classes sociais baixas, o riso é ou uma distração leve ou uma espécie de castigo de utilidade pública para pessoas vis e baixas. Na literatura do século XVIII, o processo de decomposição do riso popular e festivo se concluiu, mas sua influência sobre a literatura ainda era significativa e se tornou um meio artístico a serviço de diferentes objetivos. No século XIX, em Gógol, o riso vence tudo e cria uma espécie de catarse do passado.

Riso carnavalesco, riso popular, riso em coro (*karnaválni smiekh, naródni smiekh, smekhovói khor*, pp. 66-70, 78-9, 165-6, 171-4, 707) — todo ato da história mundial foi acompanhado pelo riso em coro, que nasce de ritos mais antigos como uma ridicularização ritual das divindades. Ele pertence a todo o povo (todos riem e ninguém fica de fora), é universal (dirigido a tudo e a todos, inclusive àqueles que riem) e ambivalente (ao mesmo tempo nega e afirma, enterra e ressuscita). Em Gógol, ele é ambivalente e espontaneamente materialista. Esse riso tem uma relação estreita com a alternância temporal: a alternância das estações do ano, das fases do sol e da lua, da morte e da renovação da vegetação, dos ciclos agrícolas. Nessa alternância se acentuava de modo positivo o momento do novo, do vindouro, daquilo que se renova, incorporando aspirações populares de um futuro melhor, de uma ordem socioeconômica mais justa, de uma nova verdade. Em certa medida, o aspecto popular e do riso da festa encenava esse futuro melhor da abundância material geral, da igualdade, da liberdade, assim como as saturnálias romanas encenavam o retorno da era de ouro de Saturno. Graças a isso, a festa medieval se tornou uma espécie de Janus bifacetado: seu rosto oficial e religioso era voltado para o passado e servia para consagrar e sancionar a ordem existente, já o seu rosto ridente, popular e da praça olhava para o futuro e ria no enterro do passado e do presente. O riso libertava não só da censura externa, mas acima de tudo do grande censor interno, do medo diante do sagrado, da proibição autoritária, do passado, do poder, que foi cultivado no ser humano por milênios.

Riso natalino (*rojdiéstvenski smiekh*, pp. 81, 169) — ocorria nas igrejas em canções alegres de conteúdo bastante mundano; os cantos espirituais eram entoados com melodias mundanas e até mesmo de rua. A tradição das canções natalinas floresceu em especial na França. O conteúdo espiritual se entrelaçava com melodias mundanas e com momentos de rebaixamento material e corporal. O tema do nascimento do novo e da renovação se combinava organicamente com o tema da morte do velho em um plano alegre e rebaixador, e com as imagens do destronamento bufo e carnavalesco. Em razão disso, a canção natalina francesa pôde se desenvolver em um dos gêneros mais populares da canção revolucionária de rua.

Riso pascal (*risus paschalis*, pp. 68, 81, 136, 168-9, 174, 241, 451, 713) — durante a Páscoa, a antiga tradição autorizava, até na igreja, o riso e as piadas livres. Do púlpito o sacerdote se permitia contar todo tipo de histórias e piadas, para que os fiéis, depois de uma longa quaresma e contrição, pudessem rir com alegria, em uma espécie de renascimento feliz. Essas piadas e histórias alegres tratavam em sua maioria da vida material e corporal; eram piadas de tipo carnavalesco relacionadas à permissão simultânea de carne e da vida sexual, que eram proibidas durante a quaresma. A tradição do *risus paschalis* ainda estava viva no século XVI, ou seja, na época de Rabelais.

Seriedade (*serióznost*, pp. 65, 80, 93, 113-4, 161-6, 184, 188-91, 223-6) — na Idade Média a seriedade se orientava pelos princípios do medo, da fraqueza, da submissão, da resignação, da mentira, da hipocrisia ou, ao contrário, da violência, do amedrontamento, das ameaças e das proibições. Por isso a seriedade medieval e o tom oficial provocavam desconfiança no povo. A seriedade oprimia, assustava, imobilizava; ela mentia e dissimulava; era avarenta e abstinente, dogmática e unilateral. Na Antiguidade, a tragédia grega expressou uma seriedade trágica, de caráter universal e repleta da ideia de morte fundante. A seriedade trágica era privada de dogmatismo e não temia o riso e as paródias, exigindo a correção e a complementação do riso. Outra forma de seriedade não dogmática e não unilateral na Antiguidade era a filosofia crítica, cujo fundador, Sócrates, estava ligado de modo imediato com as formas carnavalescas da Antiguidade, que fecundaram o diálogo socrático e libertaram-no da seriedade unilateral retórica. Na Idade Moderna, adquiriu grande importância a seriedade científica rigorosa sem qualquer dogmatismo e unilateralidade, mas de natureza problematizadora, autocrítica e inconclusa. Em todas as épocas da literatura universal houve obras em que coexistiram a seriedade e o riso. A autêntica seriedade aberta não teme nem a paródia, nem a ironia, nem outras formas de riso reduzido, pois ela sente sua participação no todo inconcluso do mundo. O riso verdadeiro, ambivalente e universal não nega a seriedade, mas a purifica e a completa.

Simposium (*simpossion*, pp. 445-54, 462-4) — formado pelas imagens de banquete que libertam a palavra e dão um tom destemido e livre a todas as obras. A tradição presente nas obras da Antiguidade era caracterizada pelos discursos e disputas filosóficos. Já na Idade Média, o conteúdo principal se tornou o jogo livre com o sagrado. O *simposium* grotesco é preenchido pela consciência da força corporal puramente humana, que não teme o mundo, mas o vence e o devora. Na atmosfera desse devorar vitorioso, o mundo adquire a aparência de uma colheita abundante ou de uma cria farta. Dissipam-se todos os medos místicos. A palavra de banquete é ao mesmo tempo universalista e materialista, por isso, o *simposium* grotesco traveste e rebaixa de maneira paródica toda vitória puramente ideal, abstrata, mística e ascética sobre o mundo. No *simposium* grotesco medieval quase sempre há elementos do travestimento paródico da Última Ceia. Esses traços do *simposium* grotesco são preservados mesmo quando ele é subordinado às tendências estritamente satíricas.

Tempo alegre (*vessióloe vriémia*, pp. 231, 347, 350, 359, 365, 382, 392, 469-70, 592, 598, 626) — aspecto da cultura popular e em especial do carnaval, que, ao matar, gera vida. O tempo alegre não deixa perpetuar nada que é velho e não cessa de gerar o novo e o jovem. O tempo alegre prossegue rumo a um futuro melhor, que tudo muda e renova em seu caminho.

Tolice (*glúpost*, pp. 415-8) — a tolice é profundamente ambivalente: nela há tanto o aspecto negativo do rebaixamento e da aniquilação, preservado no xingamento moderno "bobo", quanto o aspecto positivo da renovação e da verdade. A tolice é o reverso da sabedoria e da verdade. É o avesso e o rebaixamento da verdade oficial dominante; a tolice se manifesta, sobretudo, na incompreensão das leis e convenções do mundo oficial e na desobediência destas. A tolice é a sabedoria festiva livre, liberta de todas as normas e limitações do mundo oficial, bem como das suas preocupações e da sua seriedade.

Topografia grotesca do corpo (*grotésknaia topográfia tiéla*, pp. 229, 280, 508, 534-5) — as partes superiores e inferiores do corpo têm uma visão topográfica: a parte de cima representa o céu e a de baixo, a terra. Os princípios devorador (sepultura, ventre) e gerador da vida (o útero materno) estão inter-relacionados, assim como o céu e o inferno. As partes superiores do corpo se relacionam com o baixo corporal; por exemplo, a boca corresponde ao ventre e ao útero. Por sua vez, o espaço terrestre é construído como um corpo grotesco formado por elevações e depressões. Nos orifícios e nas profundezas da terra, vislumbrava-se a existência de um outro mundo, cujas portas ou portais de acesso eram procurados pelos viajantes.

Traduções (*perevódi*, pp. 701-2) — no século XVI, tiveram uma enorme importância no processo de elucidação mútua entre as línguas (ver verbete *Multilinguismo*). As traduções de Homero, de Plutarco e de muitos autores italianos foram essenciais, e os tradutores tiveram o desafio de traduzir para uma língua que ainda não estava pronta e formada. Foi no processo das traduções que a própria língua se formou e dominou um mundo ainda novo da alta ideologia e de novos objetos e conceitos, que se revelaram nas formas da língua estrangeira. Para Bakhtin, uma outra língua é uma outra cosmovisão e uma outra cultura, mas na sua forma definitivamente concreta e intraduzível.

Travestia (*travestia*, p. 81, 163, 271, 286, 321, 373, 537-8) — gênero humorístico, geralmente em forma de poesia, em que um tema elevado é representado de maneira cômica.

Travestimento (*travestia*, pp. 171, 180, 302, 321, 328, 331, 385-6, 575-9, 616, 722) — procedimento muito utilizado por Rabelais, originário da cultura carnavalesca, em que relatos e episódios provindos da cultura oficial são alvo de alusões rebaixadoras e obscenas. É um jogo com assuntos elevados e sagrados, que se combinam com imagens do baixo material e corporal (a urina, os travestimentos eróticos e de banquete).

Urina (*motchá*, pp. 257-64, 303-4, 513-6) — é uma matéria alegre, que ao mesmo tempo rebaixa e alivia, transformando o medo em riso. A urina é algo intermediário entre o corpo e o mar. Pantagruel, o diabo dos mistérios e a encarnação do elemento marinho salgado, se torna em Rabelais um alegre elemento da vida. As fezes e a urina corporificam a matéria, o mundo e os elementos cósmicos, tornando-os algo intimamente próximo e corporalmente compreensível. A urina e as fezes transformam o horror cósmico em um alegre monstro carnavalesco.

Útero, *ventre* (*utróba*, *tchriévo*, pp. 98-9, 364-6) — a parte do corpo que desempenha um papel central no sistema de imagens do realismo grotesco. Trata-se de uma imagem verdadeiramente grotesca de uma única vida corporal supraindividual: um grande ventre, devorador-devorado-gerador-gerado.

Utopia (*utópia*, p. 246, 311, 422, 458, 625, 649) — os ritos populares têm um caráter socioutópico: por um curto período, os participantes da festa popular ingressam no reino utópico da liberdade e da igualdade absolutas. Em todas as utopias festivo-populares, o aspecto utópico adquire uma encarnação material e corporal: a liberdade e a igualdade se realizam em um grosseiro contato corporal de caráter alegre. Na utopia, a ribalta está ausente da encenação, não há divisão entre participantes (intérpretes) e espectadores, pois aqui todos são participantes. Na utopia festivo-popular, não há um limite nítido entre o jogo-espetáculo e a vida: um se transforma no outro.

Xingamentos ou *injúrias* (*rugátelstva*, pp. 68, 85-6, 100-1, 280-90, 301-3, 325-8, 347-9, 421-4, 538-41, 621, 647, ou *bran*, pp. 70, 286-96, 329, 630-1, 645-50, 691) — gênero específico do discurso sem cerimônias da praça carnavalesca com gênese heterogênea e dotado de funções diversas na comunicação ancestral, principalmente de caráter mágico e ritualístico. Entre eles, Bakhtin destaca os xingamentos-blasfêmias de caráter ambivalente dirigidos às divindades: rebaixavam e mortificavam, ao mesmo tempo que ressuscitavam e renovavam. No contexto da comunicação carnavalesca, perderam seu caráter mágico prático e se tornaram um objetivo em si, contribuindo para a criação de um ambiente carnavalesco livre e próprio do segundo aspecto do mundo, o do riso. Uma outra característica do xingamento é sua união com o elogio. Na linguagem sem cerimônias da praça, as palavras de xingamento, principalmente as obscenas, costumam ser utilizadas com um sentido carinhoso e elogioso. A ambivalência da linguagem grotesca da praça — em que se combinam xingamento e elogio — decorre de sua orientação à natureza inacabada e transitória do mundo. A injúria e o elogio são dois aspectos de um mesmo mundo bicorporal. Em vozes particulares, o elogio e o xingamento estão delimitados e separados, mas, na voz do todo, eles se fundem em uma unidade ambivalente.

Sobre o autor

Mikhail Mikháilovitch Bakhtin nasceu em 17 de novembro de 1895 em Oriol, próspera cidade russa, em uma família de comerciantes que valorizava a ciência e a cultura, e passou a infância em Oriol, Vilna e Odessa. As informações sobre a sua formação são incertas, mas, segundo algumas fontes, Bakhtin teria ingressado na Universidade de Odessa em 1913 e prosseguido os estudos como ouvinte na Universidade Imperial de Petrogrado (hoje Universidade Estatal de São Petersburgo), sem, no entanto, obter diploma. Em 1918 mudou-se para Nével (na atual Bielorrússia), onde foi professor de história, sociologia e língua russa durante a guerra civil, transferindo-se em 1920 para a capital regional Vítebsk. Nessa época liderou um grupo de intelectuais que ficaria mais tarde conhecido como Círculo de Bakhtin, e que incluía nomes como Matvei Kagan, Maria Iúdina, Lev Pumpianski, Ivan Solertinski, Valentin Volóchinov e Pável Medviédev. Em 1921 casou-se com Elena Aleksándrovna Okolóvitch, e em 1924 o casal se mudou para Petersburgo, então chamada Leningrado.

Em dezembro de 1928, Bakhtin foi preso por participar do círculo filosófico-religioso Voskressênie (Ressurreição). Nessa mesma época, publicou um de seus trabalhos mais importantes, *Problemas da obra de Dostoiévski* (1929), mais tarde revisto. Em 1928 e 1929 também são publicados dois livros fundamentais do Círculo da Bakhtin: respectivamente *O método formal nos estudos literários*, de Medviédev, e *Marxismo e filosofia da linguagem*, de Volóchinov, que chegaram a ser atribuídos ao próprio Bakhtin. Inicialmente condenado a cinco anos em um campo de trabalhos forçados, Bakhtin teve, devido à saúde frágil, a pena comutada para o exílio em Kustanai, no Cazaquistão, onde viveu entre 1930 e 1936.

Mesmo depois de terminado o período de degredo, Bakhtin continuou proibido de viver em grandes cidades e permaneceu com extrema dificuldade para publicar seus trabalhos. Depois de algumas mudanças estabeleceu-se em Saransk, onde trabalhou no Instituto Pedagógico da Mordóvia entre 1936 e 1937. Com a turbulência política, precisou abandonar Saransk ainda em 1937, morando clandestinamente em casas de amigos em Moscou e Leningrado, e depois conseguindo uma residência em Saviólovo, próximo a Moscou, no distrito de Kimri, onde lecionou em duas escolas de ensino médio até 1945. Ainda em 1938, a doença crônica de que sofria, a osteomielite, se agravou, e Bakhtin precisou amputar uma perna. Nesse período redigiu sua famosa tese de doutorado sobre François Rabelais, defendida no Instituto de Literatura Mundial, em Moscou, em 1946. A tese gerou polêmica, e o título pleiteado de livre-docente lhe foi negado e concedido o de doutor. Também nessa época foi escrito o ciclo de trabalhos sobre o gênero romanesco, nos quais o autor desenvolveu o conceito de cronotopo. As obras desse produtivo período em Saviólovo só seriam publicadas décadas mais tarde. De volta a Saransk, em 1945, o autor retomou o posto de professor de literatura universal no Instituto Pedagógico da Mordóvia, instituição que recebeu o status de universidade em 1957, e na qual permaneceu até se aposentar, em 1961.

Desde 1930 Bakhtin não havia publicado quase nada e estava isolado dos principais circuitos acadêmicos e literários da União Soviética. Em 1960, três estudantes de Moscou — Vadim Kójinov, Serguei Botcharov e Gueórgui Gátchev — redescobriram seu livro sobre Dostoiévski e, surpresos em saber que o autor seguia vivo e morava em Saransk, escreveram-lhe uma carta. A partir desse momento seguiu-se uma série de publicações que trouxeram seu nome de volta ao cenário intelectual soviético: a obra sobre Dostoiévski foi completamente revista e publicada novamente sob o título *Problemas da poética de Dostoiévski* (1963); em seguida, publicou *A obra de François Rabelais e a cultura popular na Idade Média e no Renascimento* (1965) e preparou a coletânea de ensaios *Questões de literatura e de estética*, publicada logo após sua morte. A obra de Bakhtin só veio a ser conhecida no Ocidente a partir de 1967, mesmo ano em que o autor foi oficialmente reabilitado pelo governo russo. Faleceu em 1975 em Moscou, onde seis anos antes fixara residência.

Sobre as tradutoras

Sheila Vieira de Camargo Grillo nasceu em 1968 em Tatuí, SP. É formada em Letras pela Universidade de São Paulo, mestre em Linguística Aplicada pela Unicamp e doutora em Linguística pela USP. Atuou como doutoranda, pós-doutoranda e pesquisadora nas universidades Paris X-Nanterre, Stendhal Grenoble III e no Instituto Górki da Literatura Mundial (Moscou). É líder, junto com Dária Schúkina (Universidade Górnyi, São Petersburgo), do grupo de pesquisa "Diálogo" (USP/CNPq) e integra o grupo de pesquisa "Linguagem, Identidade e Memória" da PUC-SP e o GT de "Estudos Bakhtinianos" da ANPOLL. É professora na área de Filologia e Língua Portuguesa do Departamento de Letras Clássicas e Vernáculas da USP, e desde 2023 é também professora permanente do Programa de Pós-Graduação em Letras e Artes da Universidade Estadual do Amazonas. É autora do livro *A produção do real em gêneros do jornalismo impresso* (Humanitas/Fapesp, 2004) e tradutora, junto com Ekaterina Vólkova Américo, de *O método formal nos estudos literários*, de Pável Medviédev (Contexto, 2012), *Questões de estilística no ensino da língua* e *Problemas da obra de Dostoiévski*, de Mikhail Bakhtin, *Marxismo e filosofia da linguagem* e *A palavra na vida e a palavra na poesia*, de Valentin Volóchinov (Editora 34, 2013, 2022, 2017 e 2019, respectivamente).

Ekaterina Vólkova Américo nasceu em 1978, em Moscou. Formou-se em História, Literatura e Cultura Russa e Hispano-Americana pela Universidade Estatal de Ciências Humanas de Moscou. É mestre e doutora em Literatura e Cultura Russa pela Universidade de São Paulo e professora de Língua e Literatura Russa da Universidade Federal Fluminense. Publicou, em coautoria com Gláucia Fernandes, o manual *Fale tudo em russo!* (Disal, 2013). Tem diversas traduções publicadas, entre elas os livros *O método formal nos estudos literários*, de Pável Medviédev (Contexto, 2012), e *Marxismo e filosofia da linguagem*, de Valentin Volóchinov (Editora 34, 2017), ambos em parceria com Sheila Grillo, e os artigos "Sobre o significado das obras de arte para a sociedade", de Pável Ánnenkov, e "Púchkin", de Fiódor Dostoiévski (ambos em colaboração com Graziela Schneider), para a *Antologia do pensamento crítico russo* (Editora 34, 2013), além de textos de Iúri Lotman, Mikhail Bakhtin, Piotr Bogatyriov e Roman Jakobson, entre outros.

Obras do Círculo de Bakhtin publicadas pela Editora 34

Mikhail Bakhtin, *Questões de estilística no ensino da língua*, tradução, posfácio e notas de Sheila Grillo e Ekaterina Vólkova Américo, apresentação de Beth Brait, São Paulo, Editora 34, 2013.

Mikhail Bakhtin, *Teoria do romance I: A estilística (O discurso no romance)*, tradução, prefácio, notas e glossário de Paulo Bezerra, São Paulo, Editora 34, 2015.

Mikhail Bakhtin, *Os gêneros do discurso*, organização, tradução, posfácio e notas de Paulo Bezerra, São Paulo, Editora 34, 2016.

Valentin Volóchinov, *Marxismo e filosofia da linguagem: problemas fundamentais do método sociológico na ciência da linguagem*, tradução, notas e glossário de Sheila Grillo e Ekaterina Vólkova Américo, ensaio introdutório de Sheila Grillo, São Paulo, Editora 34, 2017.

Mikhail Bakhtin, *Notas sobre literatura, cultura e ciências humanas*, organização, tradução, posfácio e notas de Paulo Bezerra, São Paulo, Editora 34, 2017.

Mikhail Bakhtin, *Teoria do romance II: As formas do tempo e do cronotopo*, tradução, posfácio e notas de Paulo Bezerra, São Paulo, Editora 34, 2018.

Mikhail Bakhtin, *Teoria do romance III: O romance como gênero literário*, tradução, posfácio e notas de Paulo Bezerra, São Paulo, Editora 34, 2019.

Valentin Volóchinov, *A palavra na vida e a palavra na poesia: ensaios, artigos, resenhas e poemas*, organização, apresentação, tradução e notas de Sheila Grillo e Ekaterina Vólkova Américo, São Paulo, Editora 34, 2019.

Mikhail Bakhtin, *Problemas da obra de Dostoiévski*, tradução, notas e glossário de Sheila Grillo e Ekaterina Vólkova Américo, ensaio introdutório e posfácio de Sheila Grillo, São Paulo, Editora 34, 2022.

Mikhail Bakhtin, *O autor e a personagem na atividade estética*, tradução, posfácio e notas de Paulo Bezerra, São Paulo, Editora 34, 2023.

Mikhail Bakhtin, *A obra de François Rabelais e a cultura popular na Idade Média e no Renascimento*, tradução, notas e glossário de Sheila Grillo e Ekaterina Vólkova Américo, ensaio introdutório de Sheila Grillo, São Paulo, Editora 34, 2025.

Este livro foi composto em Sabon, pela Franciosi & Malta, com CTP e impressão da Edições Loyola em papel Pólen Natural 70 g/m² da Cia. Suzano de Papel e Celulose para a Editora 34, em novembro de 2025.